・SF・シリーズ

5056

流《る》浪《ろう》蒼《そう》穹《きゅう》

VAGABONDS

BY

HAO JINGFANG

郝 景芳《ハオ・ジンファン》

及川 茜・大久保洋子訳

TOKYO
HAYAKAWA
BOOKS

A HAYAKAWA
SCIENCE FICTION SERIES

カバーデザイン　川名 潤

流浪蒼穹
るろうそうきゅう

おもな登場人物

ロレイン…………………火星出身の18歳の少女。水星団《マーキュリー》のメンバー
ルディ……………………ロレインの兄。エンジニアチームのリーダー
ハンス……………………ロレインの祖父。火星総督

ガルシア………………〈マアース〉船長
ジャネット……………火星の映像資料館研究員
ラック……………………火星の公文書館館長
ホアン……………………火星の航空システム長官
レイニー…………………火星の医師
エーコ……………………地球のドキュメンタリー映画監督

アンカ……………………水星団のメンバー。火星の飛行中隊所属
ハニア……………………水星団のメンバー。体操選手
トーリン…………………水星団のメンバー
ミラー……………………水星団のメンバー
ジル………………………ロレインの幼なじみ。デザイナー志望
ピエール…………………ロレインの幼なじみ。技術開発者

前言

本作『流浪蒼穹』は二〇〇七年に書き始め、二〇〇九年に完成した。当初は『流浪蒼穹』というタイトルで三部からなり、それぞれ「星の舞」「雲の光」「風の翼」という名前がついていた。しかし出版する際に頁数の関係で一冊として出すことができず、二冊に分けることになり、第一部を『流浪のマアース』として先に出版し、二年後に残りの二部をまとめて『カロンへの帰還』と名づけて出版した。こうしたことについて私には何も異論はなく、出版社は現実的な配慮に基づいて発行したのだと理解しているが、いずれにせよやはり少し残念に思った。もともとはつながった一つの作品なのだから、関係のないタイトルをつけて二冊に分けてしまったら、連続性が失われてしまう。

今回の再版にあたり、本来のタイトル『流浪蒼穹』に戻すことができ、とても嬉しく思っている。これは初心への回帰だ。書き始めた時の心持ちはまさにこうした感覚だった。一群の若者たちがおり、彼らは幼少期にある制度の下で生活し、少年期に大きな環境の変化を経験する。そこで感じた引き裂かれる感覚や違和感のために、彼らは永遠に二つのモデルの間でさまよい、放浪する。『カロンへの帰還』のあとがきで、私はこんなふうに書いた。「このような、表現してみようという信念だけがすべてを生み出し、そのほかの末節はみな派生したものなのだ。この若者たちはどこにも頼るものがなく、信頼に足る既成のモデルも、目の届く範囲に帰依できるほかのモデルもない。自分を頼りに無限に手探りをする戸惑いだけがあり、過去と未来の間を浮遊し、前世の記憶と現実の間を漂う。彼らは容易に何かを疑うが、容易には信用しない」「流浪蒼穹」とは、こうした感覚を形容した言葉だ。

だから、どうか理解し、許してほしい。タイトルを変えたのは古い酒を新しい瓶に詰めて売ろうとしたわけではなく、最初の執筆時の構想に戻したかっただけなのだ。

文章や内容そのものはさほど修正していない。それは決して、この本が完全無欠で直すべきところなどないということではなく、修正しようとした時に迷いが起こったのだ。どんな時であろうと、より成熟した目で過去の作品を見る時はいつも欠点や不満が見つかる。しかしどの程度修正するか、より成熟した作品に直すかどうかは、実は決めているわけではない。修正は恐らく際限がなく、再版するたびに絶えず推敲していたら、最後にはまったく違うものになってしまうかもしれない。完璧な作品を生み出したいと願えば願うほどそれは不可能になる。将来自分にどんな変化が起こるかなんて知り得る時はないからだ。だから将来の自分を満足させることは永遠にできない。そのため私は過去の自分を修正せず、それをその時の姿のままで永遠に存在させ続けることにした。完璧ではないところをすべて残したまま、何も隠したり、飾ったりせずに。一枚の絵、あるいは一つの彫刻のように、完成は完成で、欠陥を持ったままで見せよう。欠陥も完全さの一部なのだから。

この小説で、私はいくつかの新しい技術と新しい経済モデルを構想した。当時の私にとって、それはすべてが想像というわけではなく、シミュレーションといった方が近かった。当時すでに、私はその中の多くが近いうちに現実になるだろうとわかっていた。二一九〇年ほどはるか遠くでなくてもよかったが、火星への移住という歴史のためだけに、年代を遠い未来に設定したのだ。書いてから十年足らずで、多くのものがすでに周囲では現実となった。例えばバーチャル・リアリティ、電子商取引の急激な進展、多国籍企業がまもなく世界の覇者になるだろうということなど。さらに重要なのは、経済と人間の行動様式の変化だ。電子商取引は人的リソースを解き放ち、それによって職業と労働は地理的制約を打ち破り、人間は身分の多様性と流動性を手に入れることができる。それは人類の世界を徹底的に変えるだろう。資本主義は労働の要素を真に解放できていないが、将来はそれらすべてを目にすることができるだろう。現在の変化は氷山の一角にすぎず、ネット上の有名人はその潮流で最も目を引く波しぶきなのだ。未来の世界は個の世界、身分が流動する世界で、繁栄と苦難がいっそう思いがけない形で繰り広げられるだろう。だがその一方で、小説の設定よりもはるかに発展が遅れる分野もあるだろう。例えば人類の宇宙への旅立ちは、さほど大きな動きが起こらない可能性が高い。経済の側面から見ればそれは合理的なことだが、人類の未来にとっては何とも評価できない。

小説はいつも現実のシミュレーションだ。いくつかは実現し、いくつかは実現しない。現実はある部分では同じ宇宙に入り込み、別の部分ではもう一つの並行宇宙に入り込む。それは常に興味深く、それゆえに小説家は幾重にも重なった世界での生活を持つことができる。これもまた書くことの最大の魅力だ。

今日まで書いてきてもなお書き続けたいと強く願うのは、この多重世界での生活のためだ。たとえ粗末な部屋に一人きりで座っていたとしても、この多重世界には目に映らぬ幾千万もの山水があり、鳥がさえずり花々が香るうららかな景色が広がっている。

プロローグ

ある一つの世界で生まれ、もう一つの世界で成長した若者たちがいる。

　彼らが生まれた世界は戒律の厳しい塔、成長した世界は雑然とした庭園だった。一方の世界は静粛で壮大な未来予想図、もう一方の世界は享楽的で野放図なカーニバル。二つの世界は相前後して彼らの生活を訪れ、彼らの意見を求めることも、彼らの感受性を考慮することもなく、ただ運命の鎖の上に次々と降臨し、押しとどめることのできない冷静さをもって彼らの一生を席巻した。

　塔で建設されたものは、庭園で破壊された。カーニバルで忘れられたものは、未来予想図の中でまだ記憶されていた。塔の中でだけ暮らしていたものは、その破壊を被《こうむ》らなかった。カーニバルの中でだけ暮らしていたものは、あの幻の風景を見なかった。二つの世界を行き来した若者だけが、一夜のうちに豪雨の到来と未来の消失を、荒野に大きく奇怪な花が芽吹くのを目撃した。

　彼らはそのために沈黙し、様々な方向から非難された。

　これは、どのような若者たちが、何のためにその運命へと歩んでいったかの物語だ。それは恐らく二百年にわたる複雑な昔話を経てこそ答えられる問いなのかもしれない。彼ら自身は語ることができず、多くの人もできない。彼らは数千年に及ぶ放浪者の歴史の中の最も若い一群で、運命を理解できない年頃に運命の中に放り込まれ、もう一つの世界に対してまだ何もわからずにいるうちにその世界に巻き込まれたのかもしれない。彼らの放浪はふるさとから始まり、歴史の方向は彼らには選ぶすべもなかった。

物語はこの若者たちの帰郷の時に始まる。肉体の移動はその時に終わるが、魂の放浪はその時に始まる。

これは、最後のユートピアが崩壊する物語だ。

第一部　火星への回帰

船

船が岸に近づき、灯火は消えようとしている。

船は宇宙を漂い、暗闇の中の一滴の水のように、弧を描くターミナルにゆっくりと滑り込む。船はすでに古ぼけて、鈍い銀色の光を放ち、まるで長い時間に伴われた徽章《きしょう》のように、表面の模様だけを残し、シャープだった輪郭はぼやけている。船は暗闇の中でとても小さく、真空の中で孤独に見える。船と太陽と火星は一直線に連なり、太陽ははるか遠くの端に、火星は手前にあり、船はその間にあって、まっすぐな航路はあたかも一振りの剣のようだが、その切っ先は見えない。


暗闇が周囲を覆い、船は一滴の銀色の水のように、弱々しく光を放っている。

船は孤独だ。それは静寂の中で少しずつ岸に近づき、孤独に身を寄せた。

船の名はマアース。火星と地球の間の唯一のつながりだ。

船が生まれる前、この航路はかつて往来が盛んだった。船はそれを見たことがない。それは生まれる前の記憶だ。生まれる百年前、今の船の位置は輸送船が占めており、まるで沸き返る河の水が砂漠に降りそそぐように激しく往来を繰り返していたことを船は知らない。それは二十一世紀後期、人々はついに重力と大気圏、心理的抵抗という三つの障壁を突破し、おののきから高揚へと移り変わる興奮を抱《いだ》き、様々な物資をはるかかなたの夢の星へとたゆむことなく運んでいった。競争は地表近くの宇宙から火星の表面にまで達し、多くの国の士官たちが異なる色の制服を着て異なる言葉を話し、それぞれの開発計画の中でそれぞれの国の任務を果たした。その頃の輸送船は鈍重で灰緑色の鉄板に覆われており、まるで金属で作られた象のように緩慢だが確かな足取りで一隻また一隻と到着し、巻き上がるオレンジ色の砂埃の中でハッチドアを開き、機械を下ろし食料を荷揚げし、キャビンにひしめく情熱に満ちた人々を送り出した。

船はまた、生まれる七十年前に、政治的な役割を持った輸送船が商人たちの開発船に少しずつ取って代わられていったことも知らない。火星基地が建設されて三十年後、商人たちの触角はまるでジャックの豆の木のようにぐんぐん伸び、ついに宇宙へと昇っていった。ジャックはそれを登り、勘定書と慎重な計画を携え砂漠の中で辺りをきょろきょろと見渡した。最初の経営方式は実物取引で、商人は政客と同盟を結び、火星の土地経営権、資源交易権、宇宙製品開発権を獲得し、感動的なキャッチフレーズを使って二つの星を互いに売りさばいた。その後ビジネスは知識そのものへと移行し始め、地球で起きた歴史的転換と同様、二百年の過程を二十年に圧縮して実現し、無形資産が取引の中心となり始め、商人たちは科学の知恵を借りて基地と基地の間に架空の障壁を打ち立てた。当時の夜行船は酒宴と契約に埋め尽くされ、華麗な回転式レストランが地球の高層ビルを模倣して作られた。

船が同様に知らないのは、生まれる四十年前、その航路に戦闘用飛行艇が登場し始めたことだ。様々な原因によって火星独立戦争が勃発して以来、基地の探検家やエンジニアが同盟を組み、地球の管理者に対して抵抗運動を起こした。彼らは宇宙飛行と探査技術で金と政治権力に対抗した。航路には戦闘艇が鎖のように連なり襲撃に抗した。それらは海の波のように広大で、また波のように音もなく引いていった。小さく敏捷な飛行艇がかなたから飛来し、叛逆への怒りに燃えて星空を超え、冷静でありながら狂ったように爆弾を投下し、砂漠の中で無音の血しぶきを咲かせた。

そうした昔話を船はどれも知らなかった。船が生まれた年、戦争は終結してすでに十年、すべてが霞のようにかき消えてから丸々十年が過ぎていた。静寂の夜空はその静寂を取り戻し、航路にはもはや何の影も見えなかった。暗闇がすべてを押し流し、船はその暗闇の中で誕生した。飛散した金属片を寄せ集めて作られ、星の海に孤独に向き合い、二つの星の間を行き来し、かつて往来が盛んだった商業の道と遠征の道を、ひとりきりで往復した。

船は静かに、音もなく飛んだ。夜空にはもはや行き交うものはなかった。それは孤独な銀色の水滴のように、距離を貫き、真空を貫き、目に見えない氷の壁を貫き、二つの世界で誰も触れることのない幾重もの昔日を貫いた。

船が誕生してすでに三十年、すり減った外殻には時の痕跡が刻まれている。

船の内部は迷宮だ。船長を除けば、誰もその真の構造を知らない。

船は巨大で、階段が左右を行き交い、船室が林のごとく立ち並び、回廊は複雑に入り乱れている。船内の多くのパントリーは一つまた一つと連なる退廃的な宮殿のごとく雄大にして豪壮、調度が積み重ねられ、柱が周囲を取り囲み、片隅にたまった埃は誰も訪れる者がいないことを物語っている。回廊はパントリーの間を縫う細長い通路で、居室とバンケット・ホールをつなぎ、起伏し入り乱れ、複雑に錯綜する物語のように往来する。船には上下の区別がなく、床は回転する巨大な円筒の内壁で、金属の柱が円筒の中心に向かって集まっており、人は遠心力によって歩くことができる。

船は古く、柱には彫刻があり、床には紋様が刻まれ、壁には旧式の鏡が掛けられ、天井には絵が描かれている。それは時間への敬意であり、記念だ。かつてあった時代、人と人がまだ離れ離れになっていなかった頃を記念しているのだ。

今回、船は三つの団体を乗せていた。地球代表団五十人、火星代表団五十人、学生団二十人だ。

代表団は双方向展示会のために組織された。第一回火星博覧会は地球で円満に幕を閉じ、第一回地球博覧会はまもなく火星で開催されることになっている。互いに各種の風変わりな貨物を載せ、地球に火星を、火星に地球を展示して見せ、双方の人々に再び互いの存在を思い起こさせる。長きにわたる断絶の後で、それは両者の初めての全面的な接触だった。

学生団は「水星団《マーキュリー》」と呼ばれる十八歳の若者たちの集団で、地球での五年間の生活を終え、ふるさとへ帰るところだ。水星はマーキュリー、使者だ。火星と地球以外のもう一つの星であり、相互理解への希望だ。

戦争終結から四十年、船の航行開始から三十年。地球と火星の間の、それは唯一のつながりだ。


船はいくつもの交渉、取引、契約、不愉快な結末に終わった紛争を目撃し、さらに多くのものを目撃せずにいた。船は長い間捨て置かれ、巨大な船内は空洞となり、船室には乗客がおらず、パントリーには品物がなく、バンケットホールに音楽が鳴り響くことはなく、操舵室には任務がなかった。

船長と船長夫人は豊かな白髪の老人だった。二人は三十年間船で働き、船で暮らし、船で年老いた。船は二人の家であり、生命であり、世界だった。

「ずっと降りたことがないんですか」

船長室の外で、一人の美少女が恐る恐る尋ねた。

「最初の数年はまだ降りていたのだけれど、歳を取るにつれて降りられなくなったわね」

少女の向かいで、船長夫人が穏やかな笑みをたたえて答えた。カールした銀髪や、新月のように弧を描く口の端、優雅な姿は、一本の冬の木を思わせる。

「どうして」

「重力の変化に適応できなかったのよ。歳を取ると、骨がだめになってしまうの」

「じゃあ、どうして退職しないんですか」

「ガルシアがしたがらないのよ。一生、船の上にいたいって」

「船にはたくさん人がいるんですか」

「任務がある時は二十人あまりね。ない時は私たち二人きりよ」

「任務はどのくらいの間隔であるんですか」

「まちまちよ。四カ月のこともあるし、一年以上ないこともあるわ」

「そんなに？　じゃあ、普段はとても寂しいでしょう」

「大丈夫よ。もう慣れたから」

少女はしばらく黙りこんだ。長いまつげをそっと伏せ、再びそっと上げた。

「おじいさまはしょっちゅう二人のことを話しています。とても会いたがってます」

「私たちも会いたいわ。ガルシアのデスクには四人で撮った写真をずっと飾っていて、毎日見ているのよ。帰ったらおじいさまによろしくね」

少女は笑った。その笑顔は優しく、だが少し愁いを帯びていた。

「アリーおばさま、またきっと会いに来ます」

少女の優しい笑顔は目の前の夫人が好きだったからで、愁いを帯びていたのは、恐らく自分が当分来られないことを知っていたからだ。

「ええ」船長夫人も笑い、少女の長い髪を優しくなでた。「きれいになったわね。お母さまにそっくり」

船長室は船の先端に位置し、コックピットと無重力トレーニングジムに接していた。船長室は二本の通路が交わる角にあり、多くの人がそこを通るが、それとはわかりにくい。ドアの前には青い電球が掛けられており、小さな空間に青白い光を放ち、月光のように優しく老婦人と少女の頭上を照らしている。それは船長室と火星の自宅に唯一共通する装飾で、ドアの前を通るたびに、青い光がふるさとの記憶を照らし出す。ドアは乳白色のガラス製で、両側の白い壁と一体となり、浮き出る彫刻だけがその材質の違いをさりげなく示している。彫刻されているのは小さな銀色の宇宙船で、船首を持ち上げ、船尾の部分には小さなベルが掛けられている。宇宙船の下の方には飾り文字で一行、「アリー、ガルシア、マアース」と書かれている。ドアは音もなく閉じ、両側の通路は長く静かで、まるで無限に奥深くへと延びているかのようだ。

ガルシアは船長の名だ。彼と少女の祖父は生涯の戦友だった。二人は若い頃、同じ飛行中隊に属した仲間で、戦争中に生まれ、戦争の中で十数年の歳月を過ごした。どちらも戦後の火星を支えてきた人物だが、少女の祖父は地上にとどまり、船長は宇宙へと上った。

戦後の火星は極めて苦しい時代を送った。瘦せた土壌、薄い空気、足りない水源、危険な放射線、すべてが生命に関わるもので、彼らが毎日直面する生存の苦境だった。戦前の開発は常に地球からの補給を受けており、食糧の多くは船が運んだ。生まれる前の胎児が母体の栄養から切り離されていないように。だが戦後の独立はあたかも誕生の陣痛のようで、へその緒を切断された赤子は自力で歩くことを覚えねばならなかった。その頃の火星は最も困難な時期にあり、常に何らかの物資を地球に求めざるを得なかった。最も聡明な頭脳ですら、動物や利益をもたらす細菌、石油の中にある有機高分子といったものを無から作り出すことはできなかった。それらがなければ、生命はただ維持されるだけで繁栄することはできない。船長はまさにその頃、船に乗り込んだのだった。

それは戦後十年目で、多くの火星人が地球に救援を求めることに賛成していなかった。だが彼は火星の外交における最初の試みとして、ある決意をもって地球の周縁で孤軍奮闘を貫いた。してやられたという屈辱がこの時に恨みと復讐の喜びに変わった地球の態度を、彼は誰よりもよく理解していたが、後戻りすることはできなかった。後戻りすれば、新たに生まれたふるさとは永遠に育たなくなってしまう。

船長の後半生は船と共に綴られた。彼は船上で暮らし、地球に情報を送った。彼はねばり、懇願し、威嚇し、誘惑した。火星の技術を地球に差し出し、生き残るための物資を地球に求めた。乗船して三十年、二度と地上に降り立てなかった。彼こそが火星の外交だった。彼がゆっくりと航行した三十年の間に、火星と地球は最初の交易を行い、最初の相互人材派遣を行い、最初の展示会を行い、最初の留学生を送った。ガルシアとは船長であり、船長とはガルシアだった。彼の身分と名前は血肉のように一体となり、分かつことは不可能だった。アリー、ガルシア、マアース。それはドアに彫られた唯一の文字だ。

少女が船長夫人とひとしきり言葉を交わし、背を向けてその場を去ろうとした時、船長夫人がふいに後ろから彼女を呼び止めた。

「そうだわ、ひとつ話があるの。ガルシアがあなたのおじいさまに伝えてほしいって。あの人、さっき言い忘れたのね」

「どんなことですか」

「ガルシアは言っていたわ。時には、宝をめぐって闘うことは、宝そのものよりも重要だ、って」

少女はしばらく考え、何か問いたげだったが、何も言わなかった。船長の言葉はきっと外交と関係があるはずだと思ったが、そうした大事をあれこれ聞くわけにはいかなかった。少女はうなずき、わかったと言って、すぐにその場を離れた。その後ろ姿は軽やかで、ふくらはぎはすらりと伸び、つま先はやや外側に開き、地を踏むさまはまるで二枚の羽根か水面にとまるトンボ、清らかな風のようだった。
船長夫人は彼女の姿が見えなくなるとようやく身体の向きを変えて部屋に入り、ドアのベルが夜のしじまの中で軽やかに音を立てた。夫人は真っ暗な室内を眺め、無言の吐息を漏らした。室内は静まりかえり、船長はすでに暗闇の中で安らかな眠りに落ちていた。彼の身体は衰える一方で、先ほども話が終わらないうちに疲れてしまい、ベッドで休むほかはなかったのだ。彼があとどのくらい持ちこたえられるのか、また自分自身もあとどれほど長く持ちこたえられるのか、彼女にはわからなかった。ただ自分が彼に従い船に乗った時から、この日が来ることはわかっていた。彼女は彼と共にこの船の上で年老い、一日でも長く生きられるのなら地球と火星の間をその分だけ長く航行するのだとすでに覚悟を決めていた。彼女は部屋に入り、背後でドアをそっと閉めた。

少女の名はロレイン。水星団《マーキュリー》に所属する学生で、十八歳。ダンスを学んでいる。

船の名はマアース。火星《マーズ》と地球《アース》の名を組み合わせて名づけられ、その性質をイメージ豊かに表し、感動的な対話と歩み寄りの精神を体現した名前でありながら、美的感覚に欠ける実用主義的な名称の典型でもあった。

船の技術は複雑ではなく、構造とエンジンは戦前の伝統を保っていた。太陽エネルギーによって蓄電し、円筒状の船体が回転することによって重力を得る。このような構造は穏当で堅固だが、動作は遅く、体積は大きい。地球であろうと火星であろうと、戦時には技術が大きく発展し、より速い船を建造し、より短い時間で目的地に到達する能力を持った。だがマアースは唯一の船だった。三十年が過ぎ去っても、何ものもそれに代わることはない。それは緩慢さと巨大さのために攻撃力を備えることはなく、それによって双方が暗黙の了解のうちに歩み寄るバランスに達することができた。船は拙《つたな》さをもって巧みさに打ち勝ち、緩慢をもって敏捷を克服し、不可能をもって可能を乗り越えた。恐れと疑惑がまだ消え去っていない氷のように冷たい真空の中で、それはまるで一匹の巨大な鯨のように、ひとりきりで緩慢な弧を描く。それは誰よりもはっきりとわかっている。かつて戦いを交えた者たちにとって、最も乗り越えがたいのは物理的な距離ではないということを。最も古めかしいものが、もしかすると最も優れたものであるのかもしれない。

船内は四つのエリアに分かれ、円柱に対応して九〇度ずつに区画されている。各エリアは通路でつながっているが、かなりの距離があり、経路は複雑で、普段は行き来する者は少ない。三つの団体と船員はそれぞれのエリアに居住し、同じ船の中で百日間航行していても、直接接触することはめったにない。パーティーは多いが、そこでの会話は堅苦しいものだ。

三つの団体にはそれぞれの特徴があった。火星代表団はすべての任務を終えて帰郷の途についたところであり、そのため愉快な気分で、リラックスし、だらけ、なりふり構わず、ふるさとにいるような口調で美食を語り、子どもの話をし、地球での数多くの出会いについて話し、中年期の悩みを愚痴り、食堂で談笑し、久々の料理を前に水を得た魚のように生き生きと、話に花を咲かせている。

学生団は最後の馬鹿騒ぎをしている。この二十人の少年たちは十三歳で家を離れ、十八歳で成人するまで、お互いが唯一の同じ火星生まれの仲間で、普段は地球の各地に散らばり、顔を合わせることはめったになかったから、この航行は彼らにとって実に貴重なだんらんだった。まるまる百日間というもの、彼らは喜び集い、酒を飲んで笑い騒ぎ、無重力ジムで球技をし、夜ごとに楽器を奏で歌を歌った。

地球代表団はまったく別の顔をしている。代表団のメンバーはそれぞれ別の国から参加しており、互いを知らず、まだ相手を理解する段階だった。ビジネスでの会食を除けば、バーで慎重に言葉を交わすだけだ。代表団には国家の指導者や著名な科学者、工業界の大物、メディアの巨頭がいる。ある意味で彼らは似通っており、衆目を集めることに慣れてはいるが、心の中ではよそよそしい。シンプルな服を着て袖口から贅沢をちらつかせ、言葉は親しみやすいが自分自身を語ることは少なく、目つきの傲慢さを押し隠してはいるものの、その気遣いを他人に見せつけている。

地球エリアの小さなバーでは、二、三人で集う姿がしばしば見られる。彼らは薄手のパイピングシャツを着て、小声で会話をしている。バーは地球の習慣にならって装飾されており、格式張って、照明は薄暗く、口の広いグラスに氷を入れた薄いウイスキーが立てる波がきらめき、回転する。

「なあ、正直な話、君はアントーノフと王《ワン》とのいさかいに気づいたかね」

「アントーノフと王の？　いえ。何もないと思いますが」

「よく見てごらん。君は他人よりもよく観察すべきだ」

話しているのは禿頭の中年男性と褐色の髪の青年だ。中年の男は質問した時、満面の笑みを浮かべた。あごひげはなめらかに剃り上げ、薄いグレーの瞳は夏の日の海の水のように目まぐるしく表情を変える。青年は口数が少なく、時々返事をする代わりにただほほ笑む。巻き毛が額にかかり、深い褐色の瞳は眉骨の下に隠れ、表情ははっきり見えない。中年男性の名はティン、地球のタレス・メディア・グループの後継者にして最高経営責任者《CEO》だ。青年の名はエーコ。代表団付きのドキュメンタリー映画監督で、タレス・グループの専属アーティストでもある。ティンが言ったアントーノフはロシアの、王は中国の代表で、領土問題のために冷戦状態にある。代表団のメンバーの関係は複雑で、国同士の背景には長きにわたる紛争があり、表面上はぶつかり合うことはないが、水面下では様々な感情が入り乱れている。ティンは国籍に縛られない人間だ。彼は四カ国のパスポートを持ち、五カ国で生活し、六カ国の食事をし、七カ国の時差に耐えている。そうした国と国との紛争に対していつも笑みをたたえて傍観し、明確に把握していながら意に介さない。二十二世紀後期の最も典型的な生活観念を持ち、国に対しては笑ってやり過ごし、グローバル化の後も残る歴史的問題については嘲笑する姿勢を取り、理解しようとはしない。エーコは様々な事情を理解してはいたが、普段は反応しないようにしている。代表団の内部がそれぞれの欲望にあふれているのは、そもそもこれ以上ないほど正常なことだ。火星に向かう一人一人に自分の欲するものがあり、エーコも例外ではなかった。

「今回の最高の撮影素材は何だと思うかね」ティンがほほ笑んで尋ねた。

「何ですか」

「少女だ」

「少女？」

「水星団《マーキュリー》の少女だよ。名前はロレイン」

「ロレイン？　誰だろう」

「髪が黒くて一番長い子だ。色白で、ダンスを習っている」

「見たことがある気がします。彼女がどうしたのですか」

「彼女は今回火星に戻り、舞台に上がるんだ。ソロでね。極めて美しいはずだ。彼女を追いかけて撮ればきっと受けるぞ」

「それから？」

「それから、とは？」

「それから……ほかの理由です。あなたの真の理由」

「君は質問が多いね」ティンは笑った。「だが、教えてあげよう。彼女の祖父は現職の火星総督だ。彼女は独裁者のたった一人の孫娘だ。私も知ったばかりだよ」

「……では、総督にお伺いを立てるべきでは？」

「必要ない。できる限り誰にも知られるな。面倒を起こしたくない」

「戻って面倒に巻き込まれるのは構わないのですか」

「戻ってからのことはその時に考えるさ」

　エーコは答えず、賛成も反対もしなかった。ティンもまた、賛成か反対かは尋ねなかった。こうした共通の沈黙が最適だった。表面的な同意は何もとりつけられていない。エーコは承諾による束縛を受けず、ティンは教唆の罪を負わない。エーコはただ静かに手の中のグラスを揺らし、ティンは満面の笑みをたたえて彼を見つめている。

　ティンは数多くの映画を製作してきた経験があり、どのような売り方をすれば狙った客層を引き寄せられるかを心得ていて、問題別の解決方法も知っていた。

　エーコはこの業界に入って日が浅く、まだ学生臭さが抜け切らず、アイディアは多いものの、世間ずれしたことは好まなかった。ティンは時間の力を信じていた。彼はそんな孤高を気取った駆け出しの若僧をあまりにも多く見ており、悟ったふりをしながら最後には態度を変える者も大勢見てきた。才能で生きていくためには、誰もおごり高ぶっているように見られてはならないのだ。

　バーにはエレクトロ・スウィングがゆったりと流れ、すべてのテーブルの商談と密談を覆い隠している。室内は暖かく、どのネクタイも慎みを失って緩められている。従業員はおらず、飲み物は壁のボトルから選択すれば自動的に流れてくる。天井から半球形の色ガラスのランプシェードが垂れ下がって薄暗い光をまき散らし、友好を装った顔や、それぞれの思惑をめぐらす頭を覆っている。笑い声が時折聞こえ、着陸前の最後のあいさつを交わしている。

代表団の目的は複雑多岐にわたっていたが、大きな方向性はあった。それは技術だった。技術とは金だ。二十二世紀を通して、知識と技術は絶えざるキーワードであり、世界を構成する部品、相互依存の源であり、金融体系における新たな通貨形式だった。技術の国際的信頼は、かつての金本位制のように、複雑で脆弱な国際関係の中で調和しがたいバランスを保っていた。知財取引が世の中で最も重要な役割を演じ始め、それは戦争による断絶を打ち破り、火星をもその中に組み込んだ。人々は、火星こそがエンジニアの農場《ファーム》であり、知識がその独立を促し、荒稼ぎを可能にするものだと考えた。

音楽がたゆたい、灯火がたゆたい、ほほ笑みがたゆたい、抜け目ない計算がたゆたっている。

バーは薄暗く、壁には旧時代の写真が掛かっているが、気に留める者は誰もいない。新参の客たちは、写真の後ろにひび割れが隠されていることを知らない。ある写真は二十年前の弾痕を隠し、別の写真は十年前にできた傷痕を隠している。かつて、金のたてがみのライオンのような老人がここで大声を上げ、白髪白ひげの老人がここで罠を暴きもした。二人の名はガリマンとロニング。ガルシアのデスクにある四人の写真のうちの二人だ。

すべての紛争が静まると、すべての不快事が誤解であったことが文書によって証明され、すべての痕跡が覆い隠された。バーはなおも優雅なバーのまま、写真はダークブラウンの装飾フレームに入れられ、巧みに、整然と掛けられている。

船はあと半日で到着する。パーティーは止み、興奮は静寂へと変わるだろう。船内にしつらえられた乗客のための舞台は取り壊され、卓上のナフキンと花は撤去され、枕とシーツは回収され、スクリーンはひそかに下ろされ、埃は清められ、宮殿のごときパントリーは空っぽになり、すべての部屋は透明な静けさへと戻るだろう。ただなめらかな床と透明なガラスのテーブルと椅子が残され、赤子の身となった船だけが残される。

船はすでに飽満と空虚を幾度も経験してきた。宴卓には時代によって様々に異なるクロスが掛けられ、絨毯はすべての時代の対決を目撃した。船はすでに空虚に慣れ、無から有へ、そしてまた有から無へ、モノクロからカラーへ、そしてまたモノクロへの移り変わりに慣れてきた。キャビンの通路には多くの写真が掛けられ、人類が写真機を発明したばかりでまだ宇宙に移民していなかった時代のモノクロ写真から、戦後のそれぞれが繁栄しそれぞれが奢《おご》った時代の三次元写真まで、ありとあらゆる写真があった。曲がりくねる通路に沿ってそぞろ歩き、グレーの壁をなで、ローマ風の廻り縁を伝って進み、階段を昇り降りすれば、入り乱れる時間に任せて、数多くの時代の中を行き来することができる。このそぞろ歩きは何らかの時間の終わりへと人を導くことはない。なぜなら写真がそもそも、時代順に並べられていないからだ。戦後が戦前につながり、二〇九六年が一九〇五年につながる。順序がバラバラになれば、対立は覆い隠される。火星と地球は壁面で安らかに同居し、様々な論理の中で様々に循環する歴史を並べる。

船が岸に着くたびに、あらゆる道具や装飾は棚へ収納されるが、それらの写真だけは取り外されない。任務のないそうした日々の中で、船長が一人で通路をめぐり、写真の一枚一枚をそっと磨いていることを知る者はない。

船がドック入りする前、灯火が輝くパーティーは最後のひとときを迎えた。

ロレインはその迷宮のような宇宙船の真の構造をずっとつかめずにいる。無重力ジムだけが彼女の心の中で変わることのないよりどころだ。無重力ジムは船の最後尾にある巨大な球状の船室で、船体と反対方向に回転することで無重力を実現している。外側には展望台がめぐらされ、そこは彼女の一番好きな休憩場所だった。舷窓は足元まで達し、果てしない宇宙の暗闇を見渡すことができる。

ロレインは船長室からそこへと急いで通路を通り抜けた。展望台には誰もおらず、舷窓の外は夜空が渺茫《びょうぼう》と広がっている。まだ行きつかないうちから、潮騒のような歓声が室内で弾けるのが聞こえた。彼女はゲームが終わったことを知って足取りを早め、慌てて駆け寄ると扉を押し開けた。

室内はまるで盛大に花火を打ち上げたかのようだった。

「誰が勝ったの……」ロレインはそばにいる人を捕まえて尋ねた。

答えを聞く間もなく、ロレインはすぐさま誰かに強く抱きしめられた。呆然とする。レオンだった。

「最後の試合だ」レオンの声はくぐもっている。

彼はロレインを放すと、近づいてきたキングスレーと抱き合い、肩を乱暴にぶつけ合う。アンカが人混みをかきわけてロレインのそばまで来たが、何も言わないうちに後ろのトーリンに肩を引き寄せられた。ハニアが彼らのそばまで飛んでくる。ロレインには彼女の目じりに涙が光っているのが見えた。

ミラーがジオ酒を二本開けると、彼らは球状の部屋の中央に酒を注ぎ、酒は無数の金色に輝く小さな球体となって漂った。皆は壁を蹴って空中を舞い、宙に浮いたまま身体を回転させ、口を開けてその小さな球をつかまえる。

「勝利に！」アンカが叫ぶと、応える声が部屋中に轟《とどろ》いた。「明日の着陸に」ロレインは彼が続けてつぶやくのを聞いた。

彼女は上を向いて目を閉じ、後ろへ倒れた。まるで形のない手に託されるように、広大な星空の懐に横たわるように。

それは彼らの最後の夜だった。

火星時間午前六時、マアースは朝日を伴い、まだ眠りの中にいる火星大陸に接近し、定刻通りに火星同期軌道上の乗継ターミナルにドッキングした。ターミナルは環状で、片側にはマアースが、反対側には地表と行き来するための飛行艇が十五機停まっている。

ドッキング完了まで三時間かかるため、船上で安眠をむさぼる乗客には、まだ夢の世界に浸る時間がたっぷりあった。船はセントラルエリアへと少しずつ入っていき、前方のガラス越しに眺めると、環状のターミナルはまるで壮麗な神殿の門のよう、船は聖地を巡礼する鳩のように、緩《ゆる》やかに清らかに飛んでいる。太陽は背後にあり、ターミナルのアーチは陽光に照らされ四方へ金色の輝きを放ち、明暗をくっきりと分けている。飛行艇は反対側で静かに整列し、神殿の衛兵のように、均等に開かれた扇のように、左翼をターミナルに接続し、右翼は火星の表面の埃っぽい風が渦巻く赤い土を指し示している。

その時、船上の百二十人の乗客のうち三十五人が目覚めていた。ある者は立ち、ある者は座り、自室で、あるいは人気《ひとけ》のない一角で、ドッキングを眺めていた。船が完全に静止する瞬間、彼らはみな思い思いの方法で素早くかつ誰にも知られずに自分のベッドへと戻った。船がこの時ほど静かだったことはない。一時間半後、柔らかな音楽が響き出し、すべての人が寝間着のまま、目をこすりながら朝のあいさつを交わした。てきぱきと手際よく身支度を整え、にぎやかに和気藹々《わきあいあい》と集う。乗客たちは互いに言葉を交わし、礼儀正しく別れを告げ、それぞれの飛行艇へ乗り込み、散り散りになった。地球暦二一九〇年、火星暦四〇年のことだ。

ホテル

　エーコは窓辺に立ち、長い間凝視していた。目に映る火星には、どこかバグパイプの音色のような味わいがある。

　ホテルの部屋は清潔で明るい。ガラス窓は天井から床まで達し、何も遮るもののない視界が足元から地平線までまっすぐに開《ひら》けている。赤い大砂漠ははるかかなたまで見渡す限り平らに広がり、始まりも終わりもない一巻の詩のように荒々しく広大だ。

　ここが、あなたが自分を埋葬したがっていた場所なのですか。エーコは心の中で問いかけた。

　火星に来るのは初めてだった。だがこの風景はすでに見たことがあった。十五歳で初めて先生の家を訪れた時、室内の壁にこの永遠の赤が投影されていたのだ。彼は入口に立ち、壁に映る石ころを見て怯え、中へ入れなかった。先生はビロードのハイバックチェアに座って壁に向かい、入口に背を向けていた。金髪が椅子の背の縁からちらちらと覗《のぞ》き、夕日の中で輝きを放っていた。室内にはバグパイプの旋律が流れ、そのすばらしい音響は四方八方から聞こえてくるようだった。画面の中の砂漠は動かないように見えたが、目をこらすと常に動いているのだった。どうやら低空で飛行する船から撮影したようで、速度は遅いが、石ころは素早くかすめ飛んでいく。真っ暗な星空が遠くの背景だ。彼は入口からこわごわと見つめていた。どれほど経ったのか、画面に突然、前触れもなく深い谷が現れた。彼はあっと小さく声を上げ、入口に立つすらりとした木の彫刻にぶつかり転んでしまった。慌てて体を起こし、顔を上げてみると、先生がすでに前に立っており、彼の肩を支えて言った。君がエーコ君かね、入って掛けなさい。ちらりと壁を見ると砂漠はすでに消え、白い壁には壁紙がかすかな紋様を描いているだけだった。バグパイプの音色は室内を静かにめぐっている。彼はふいにわずかな失望を感じた。

この時のことをエーコは誰にも語ったことがない。先生と共に過ごした十年の間にも、持ち出すことは極めて少なかった。それは彼と先生との間の秘密で、二人の間には二つの世界が存在していたのだ。先生は彼に火星の話をすることはめったになかった。先生は彼に映像技術を教えたが、火星の動画を見せることは二度となかった。

十年が過ぎ、エーコはついに本物の火星大陸に出会った。その時、バグパイプが彼の頭の中でひとりでに演奏を始めた。彼は長い間窓辺に立って凝視し、自分の少年時代の記憶と久々の再会を果たした。

熱いシャワーを浴びた後、エーコはシングルソファーに腰掛け両足を伸ばした。ホテルは快適で、たちまち緊張が解ける。

エーコは一人でいることが好きだった。彼は誰とでも和やかに付き合うことができ、映画イベントに何の苦もなく出席し、撮影のために様々なタイプの人間と交際することができたが、それでも一人でいることをより好んだ。他人と一緒にいる時、彼はいつも気を張り、感覚を研ぎ澄ませていた。一人に戻った時だけ、息をついて身体を解きほぐし、自分が存在していることをもう一度感じることができた。

彼はソファーに沈み込み、天井をわずかに仰ぎ見た。彼はその場のすべてに興味を持っていた。訪れる前は数え切れないほど想像したが、来てみると現実と想像はやはり違っていた。現実が想像を上回るのか、想像が現実を上回るのかはわからなかったが、ただ違っていて、同じ方向にはないとしか言えなかった。彼は十五歳の頃から想像し始めた。先生をここに八年もとどまらせ、帰ることすら忘れさせてしまうなんて、火星というのはいったいどんな場所なのだろうかと。

彼のイメージの中でそこは人類の最後のユートピアであり、俗世を遠く離れた、優れた知恵のある場所だった。彼はそんなイメージが地球での一般的な評価とどれほど違うかを認識していたが、意に介さなかった。

見渡せば目の前の部屋はマアースの客室にそっくりだった。透明のデスク、透明のクローゼット、ベッドの支柱も透明だ。透明な青で、濃淡はそれぞれ異なっている。ソファーも透明で、どうやらグラスファイバー製で中空、両端は上向きに弧を描き、身体の圧力に応じて変形する。外壁も全体が透明で、ソファーに座れば遠くまで見渡すことができた。廊下側の壁だけが不透明な乳白色で、隣室や行き来する客からの視線を遮っている。部屋全体が水晶の箱のよう、屋根ですら半透明のすりガラスのようなスカイブルーで、太陽が頭上にかかって白いペンダントライトのようにぼんやりと輝くのが見える。

彼は座って、この透明の意味を考えた。ある意味では、透明とは微妙な言葉だ。部屋はプライベートな空間で、透明はしばしば覗き見を暗示する。すべての部屋が透明なら、覗き見は集団による注視にまで拡大される。それが何を意味するのか、彼にははっきりわかっていた。

彼はこれをひとつの象徴、ひとつの記号に拡大することができる。集団による個のプライバシーに対する征服の象徴、ある種のイデオロギーとしての記号、暗示の中の寓話《アレゴリー》だ。

その視点は地球の主流的思想とぴったり一致するだろうし、映画も注目されるだろう。地球の個人主義の思想家が待ち受けているのはまさにこのような証拠、強力な、「天上の地獄」を大いに非難する目撃者の証言だ。これは彼らが火星を攻撃する上で有利な根拠となるだろう。だがエーコはそうしたくはなかった。少なくとも軽々しく自分の立場を手放そうとは思わなかった。彼自身も内心では好奇心を持っていた。精神的抑圧に満ちた場所が先生に自ら残りたいと思わせ、丸々八年間もとどまらせることができるとは信じていなかった。彼は自分が火星に来た目的を誰にも告げていない。察しがつく人がいるかどうかはわからない。

彼が先生の継承者であることはこれまで秘密にされてはいなかった。今回代表団に選ばれたのは、表面的には前年の受賞によるものだったが、彼には内心わかっていた。ティンが彼を推薦したのは、ほとんど先生のおかげだったのだ。エーコは依頼を承諾し、詳しく知ろうとはしなかったし、ティンも説明をしなかった。ティンと先生の友情は厚く、エーコは先生の葬儀で、最初から最後までサングラスを掛け通しの禿げ頭のテインを見たことがあった。エーコはポケットの中の小さなチップをそっと取り出し、手のひらに乗せてじっくりと眺めた。先生の臨終の記憶はすべてこの中に入っている。脳波を0と1に変換した画像の記録だという。彼は理性ではそうした技術をさほど信用していなかったが、感情では信じたかった。一人の人間が死ぬ時、もしその記憶がまだ生き続けられるのなら、記憶が身を潜める場所をその人自身が決められるのなら、死による消滅はもはや強大無敵ではなくなる。

エーコは空腹を感じ、立ち上がって壁にルームサービス用のディスプレイを見つけた。メニューには奇妙な名前がついており、彼は適当に何種類か選んだ。食事はすぐに届いた。わずか六、七分のうちに壁の小さなライトが灯り、トレーが小さなエレベーターのように黒いガラスの通路から上がってきて、停止すると小さな扉が上に開いた。

エーコはかがんでトレーを取り出し、載せられた食事を興味深げに観察した。火星の食物を目の前に見るのは初めてだった。マアースでは、地球代表団用の食材は地球で積み込み、全行程を通して火星のものは一切出ない。彼はこれまでに、海賊物語のような血なまぐさい想像力に満ちた様々な噂を何度も耳にしていた。火星人は砂の中に棲む蛇を食うのだという人もいれば、プラスチックや金属の削りかすを食うという人もおり、それぞれ異なる多様な話があった。いつの世にも、自分の見たことがないものを大げさな口ぶりで語り、空想の野蛮さの中に空想の文明人としての自己満足を得ようとする人はいるものだ。

エーコは手の中のトレーを見つめたまま、あれこれと思いをめぐらした。自分は神秘的で美しい食卓を撮影し、ほんの少しの情緒を追加して流行の映画メディアにアップし、人々の野蛮な想像を異国情緒への憧れに転化させるべきだろうか。それはとても簡単なことだし、よくあることだ。

突然、先生がいまわの際に語った言葉を思い出した。面白くしたければ頭を使いなさい。信じたければ心と目を使いなさい。自分が何を信じるべきなのか、彼にはわからなかった。その時の先生の様子が目の前に浮かんだ。髪はまばらで、ビロードのハイバックチェアに身体全体を縮こめ、口を開くのもすでに難しくなっていたが、力を振り絞って両手を動かし、空中に手ぶりをした。その動作は緩慢で、わずかに震えていた。

面白くしたければ、ここを使いなさい。信じたければ、ここと、ここを使いなさい。先生は声を出さずに言った。

最初はここ、と先生は頭を指した。二番目と三番目、先生は片手で目を指し、もう片手で心臓を指した。

エーコはその時は特に注意深く聞いていなかった。ただ先生の痩せて長い指を見ながら、まるで回ることのない風車のようだと思っていた。先生はまだ若い、と彼は思った。五十五歳は壮年のはずだが、分厚い毛布の中に縮こまっていると、まるでひ弱な子どものように見えた。先生が生涯貫き通した勇気がこの時はこれほど役に立たないのかと思うと、彼は虚しくなった。

言葉は光の鏡だ。先生はまたゆっくりと言った。

エーコはうなずいたが、はっきりとわかったわけではなかった。

鏡のために光を忘れてはいけない。

はい。わかりました。

聴きなさい。慌ててはならない。

何を聴くんですか？

先生は答えなかった。そして室内の空気をじっと見つめた。まるで知覚を失ったかのように、目がいくらか濁っている。エーコはしばらく待った。先生がそのまま世を去ってしまうのではないかと焦った。幸い、先生はまた指を動かした。窓越しに差し込む夕日の中で、縁がひび割れた氷山のように。

もし火星に行くことができたら、それを……持っていきなさい。

先生の指先をたどると、サイドテーブルに置かれたボタンのような形のチップがあった。エーコは目の前の情景のあまりの冷たさに胸を衝かれた。先生は自分の死後の居場所を用意したのだ。先生は指で自分の本当の居場所を指し、肉体をもって記憶に別れを告げる。その言葉は不明瞭だったがとても穏やかで、そのためにエーコはふいに感傷的になった。

その夜、先生は昏睡状態になり、二日後に世を去った。途中で一度意識を取り戻し、エーコに何かを書こうとしたが、アルファベットの「B」を書いただけでまた震え出し、再び人事不省に陥った。エーコはずっと枕元で待っていたが、先生は結局、二度と目を覚まさなかった。

エーコは黙って朝食をとったが、しばらくの間は味わうことすら忘れていた。記憶の中から現実に戻ってみると皿の上のものは大半がなくなっており、二切れの小さなパンと、マッシュポテトのような付け合わせしか残っていなかった。パンをフォークで刺して口に入れてかんだが、まるで味覚を失ってしまったかのように、旨いとも不味いとも感じなかった。

彼は集中力を自分の映画に向け、抑えきれない心の弱さから逃れようとした。もしかすると映像の饗宴《きょうえん》を撮影するべきかもしれない、と彼は思った。バロック式のダンスを。結局のところ、ここはあらゆるものがこれほどまでにバロック風で、これほどまでに流れるようなのだから。彼はテーブルをなでた。テーブルの曲線が手のひらを慰めた。多くの箇所について、初めて見た時には気づかずにいたが、見れば見るほど新鮮で興味深く感じられた。テーブルの縁のガラスには噴水の模様が刻まれ、壁のフレームには立ち昇る炎が、トレーの縁には浮彫の花があしらわれている。こうした装飾は目立たないが、激しいバロック風の躍動を室内にもたらしている。周縁の流動、細部の飛翔。多くの家具が壁と一体化し、テーブルとベッド、クローゼットは岩のある箇所で滝が曲がるように渾然一体となり、テーブルの隅の曲線はそっと渦を巻く波しぶきのようだ。エーコはとても面白く感じた。彼はずっと、火星では正確で鋭い機械的な美が崇められているのだと思い込んでおり、こんな柔らかさや素朴さに出会うとは思いもよらなかった。まるで現実から遠く離れた谷間の渓流に入り込んだかのようだ。

エーコはカメラグラスを取り出して掛け、もう一度部屋の中を一通り見渡して保存した。それからスーツケースの中の機器を一つ一つ取り出し、周囲に設置した。温度分布記録計、大気成分測定表、日照追尾型クロノメーター。孵化する前の恐竜の卵のように、いくつもの小さな球体が躍っている。

オリエンタルな美にポイントを置くのは、恐らくうまいやり方だろう。ここの装飾一つ一つの違いは、地球の観客から見ればはるかかなたの神秘的で猟奇的な美しさを醸《かも》し出すことだろう。それは撮影者と被写体に十分な心理的距離を持たせ、絵を見るのと同じように、あらゆる精神的な壁を忘れさせるだろう。

ずっとそうやって撮影しようとは思っていない。そのように撮ることで最も満足するのはきっと火星の役人だ。彼らは到着した当初からエーコに友好的な決まり文句を並べ、親切そうな社交辞令で、彼の訪問を大変歓迎する、火星の姿を地球に伝えてほしい、彼の作品が双方の美しい信頼関係を増すことを願っている、と語った。エーコはほほ笑みながらうなずき、おっしゃる通りです、火星はきっと美しい場所でしょうね、と言った。彼らは空港の通路で親しく握手を交わし、エーコは自分の撮影用ドローンでこのまことしやかな一幕を撮影すらした。

エーコにとってそれはうわべだけの態度では決してなかったが、そうした友情を完全に認めてもいなかった。彼はただ、ほんの少しの観察で軽々しく態度を表明したくなかっただけだ。エーコはどんな役人も信用せず、自分の考えはできるだけ表明しないようにしなければならないと考えていた。彼はしばしばあちこちを移動しなければならなかったため、様々な意見に対してどうしても必要な時だけは自分の見解を貫き、そのほかの時は観察する方が語るよりも重要だと知っていた。

代表団の中には、彼が撮ろうとしている映画について意見を言う者は一人にとどまらなかった。アメリカのチャック教授は、全体主義的な地域は真の姿を他人に見せはしないだろう、と善意で彼にほのめかしたことがある。一方、ドイツのホフマン大佐はもっとストレートに、エーコはまだ若い、自分が理解していないことにあまり多く首を突っ込まない方が良い、と言った。彼が政治のことを言っているのだとエーコはわかっていたし、理解もできた。エーコはただの映画監督で、代表団の中では介入する立場になかった。政治的介入というだけではなく、映像への介入にすら問題があった。映像とは証拠だ。将来の多様な歴史叙述の可能性をある程度引き下げてしまう。真に優れたアドバイスを彼に与えてくれる人はいなかった。マアースのバーで行き交う人影はエーコのそばを通る時、いつも笑って彼の肩を軽く叩き、頑張れよ、と言って向こうを向き、自分の話し声を二デシベル落とすのだ。

ティンだけが、興味深げに様々な積極的なアドバイスを彼に与え、今回の旅行をひとつのビジネスチャンスとして捉えていた。

ドラマ性！　ドラマ性が鍵なのだ。

ティンがその話をした時の表情こそ、ドラマ性があった。彼はビジネスマンで、海辺で休暇を過ごすサーファーのようないでたちをしていても、中身は最も熟達したビジネスマンだった。彼にとって、感覚器官を掌握できないことは最大の敗北だった。あらすじが面白ければその他のことには構わず、自由か全体主義かは彼にとっては完全にどうでもいい問題で、自分が皮肉られても意に介さなかった。

エーコは周囲の人々を見ていると、ロータリーに腰掛けて車が忙しく行き交うのを眺めているような感覚に陥る。彼は周囲のそんな振る舞いをあまり気にかけない。彼らが目指しているのはどれも彼が探し求めているものではなく、的外れな矢と同じで遮る必要など少しもない。彼らのアドバイスはあらゆる方向から締めつけてこようとする縄の結び目のようだが、彼自身は結び目の中のシャボン玉だ。結び目がきつく締まれば締まるほど、彼は別の方向へと膨らんでいく。彼が一人一人にうなずいて承諾してみせるのは、まだ見つけたいものを見つけていないからだ。見つかれば、自分は必ずそれをやり通すだろう。

八千万キロを超えて暗い夜空を飛んできたのは、牧歌的なテーマ作文を書くためではない。見つけたいのは薬、自分の目に映る地球の不治の病を治すことができる新鮮な良薬なのだ。

結論を急ぐつもりはない。彼はまだより多くの情報を必要としていた。撮りたいのは、まだ起こっていないシナリオだ。彼は未来によって現在を決めたかった。

彼は結末を持っておらず、だから始まりを名指しすることはできない。

朝食を済ませると眠気を覚えた。代表団の役人たちと一日中行動を共にしていたためにずっと神経を張りつめていた。今すべてから解き放たれると、倦怠感がたちどころに襲ってきた。

ベッドに倒れて思い切り身体を伸ばし、たちまち深い眠りに落ちた。彼は長い夢を見た。夢の中で先生の後ろ姿にもう一度会った。彼はしばしば先生の後ろ姿を夢に見る。ハイバックチェアに座り、低い声でよく聞き取れない言葉を長々とつぶやいている。彼はいつも正面に回り込んで先生の顔をはっきりと見、その言葉をはっきり聞きたいと思うのだが、それが果たせない。彼はいつも夢の中で物事をなし遂げられない。長い道のりを駆け、山を越え河を渡り、へとへとになるほど走っても、椅子の正面にたどり着くことができない。

夢から覚めるとすでに午後四時だった。外を見ると、夕日が大地に長く鋭い光と陰のラインを描いている。火星と地球の時間はほぼ同じだから、歓迎パーティーがまもなく始まる頃だ。彼はベッドに横たわったまま、動く気になれずに目を閉じた。目の中にはまだ夢の世界の名残がゆっくりと漂っている。

俺は先生のようにここに残るのだろうか。エーコはふいに思った。自分には残る理由など何もないことはわかっていたが、他人から見れば当時の先生にも残る理由は何もなかった。十八年前、火星と地球の間で初めて人が行き来をし、先生は映画界の代表者として新しい映像技術を学びに火星に来た。だが先生は帰らず、必要なソフトウェアとマニュアルをマアースに託して地球へ届けた。地球のメディアは騒然となったが、先生がそうした理由や目的は誰にも推し量れなかった。当時先生は三十七歳で、ちょうど事業が成功している時期にあたり、プロデュースした映画が次々と賞を獲得し、業界では新しい権威となりつつあり、周囲との人間関係は良好で、逃げ出す理由も離反する理由も一切なかった。いくつかのメディアは、先生は火星の機密を知ってしまったために当局に拘束されたのだと報じ、また別のいくつかは、より長い時間をかけてさらに役立つ技術を学ぼうとしているのだと報道した。

当時エーコはまだ七歳で、すべてのことに対してまったくの無知だったが、彼もネットで長々と述べ立てられた評論や分析は覚えていた。噂は途切れることなく続き、先生が地球に帰還した年に最高潮に達し、連日の強引なインタビューと追跡報道に形を変えた。先生は沈黙を守り通し、命が尽きる時まで、いかなる手がかりも与えることを拒否した。

エーコは事件をずっと傍観しており、そのために言葉を慎むようになり、事件の理由を好き勝手に推測することはもはやなくなった。どんな物事も他人はすべて知ることができる。ただ一つ、理由を除いては。彼は自分の行動を軽々しく予告することすらしなくなった。真の状況がわからなければ、理由を知ることは不可能だと理解していたからだ。

カメのような形の掃除機が壁際をゆっくりと這っている。室内は夕日を浴びて静謐《せいひつ》だ。夕日は赤くはなく、相変わらず淡く弱々しい白だが、ただ壁越しに差し込み、すべての物にキラキラと輝く光の縁取りをして、天井から差す光とは大きく異なっている。エーコは身体を起こして窓辺に座り、ベッドのそばの壁に掛かる静物画にそっと触れた。画面が消えてディスプレイが光り出し、鏡面がさざ波のようにかすかに震える。一人の少女が画面に現れた。赤いチェックのスカート、ウエストには白いレース、小さな麦わら帽子をかぶり、優しくほほ笑んでいる。ホテルサービス担当のバーチャル従業員だ。

「こんにちは、良いお天気ですね。私はヴェラ。何をいたしましょうか」

「どうも、僕はエーコだ。ここでの移動方法について知りたい。つまり、車の乗り方とか、チケットの予約方法、路線図の調べ方なんかだ」

少女は瞬きをして処理と検索を行った。動画は精細で美しい。数秒後に彼女はほほ笑んで二つのえくぼを見せ、スカートの裾をつまんで軽くお辞儀をし、スカートを花柄の傘のように揺らした。

「こんにちは、エーコさん。火星の主な移動方法はチューブトレインです。予約も運賃も必要ありません。どの住宅にも近くに小さな駅があり、車両は十分ごとに到着します。それに乗って最寄りの大型ターミナル駅に行き、地図を見て広域列車を選びます。どの駅にも路線図があり、AIで検索できます。火星都市は一周百五十分です」

「わかった。ありがとう」

「ほかに何か必要なサービスはありますか。都市機能の紹介や博物館の検索、ショッピングガイドをご提供できます」

「えっと……検索してもらえるかな」

「何を検索しましょうか」

「ある人の連絡先を」

「もちろん、構いません。調べたい方の氏名とスタジオをお知らせください」

「ブルック。ジャネット・ブルック」

「……ジャネット・ブルックさん、ラッセル区、タルコフスキー映像資料館第三スタジオ研究員。住所はラッセル区、七経十六緯、一号。ブルックさんにはスペースメッセージを送ることができ、スタジオに通話をつなぐこともできます」

「わかった。ありがとう」

「以上の資料はお客様の客室サイトに記録しました。今すぐアクセスなさいますか？」

「いや」エーコは慎重に考えて答えた。「今はいい」

「ほかに何か検索しましょうか」

「ちょっと考えさせてくれ。もう一人、たしかロレイン・スローンという名だ。今回、留学から帰ってきた学生だ」

「……ロレイン・スローンさん、ラッセル区、ダンカン・ダンスカンパニー第一ダンス教室の学生です。住所はラッセル区、十一経二緯、四号。スローンさんのパーソナルスペースは一時的に閉じられていて、まだ開かれていません」

「わかった。ありがとう。以上だ」

「ご用命ありがとうございました」

少女はキャンディーのように声を弾ませ、くるりと回って一礼し、別れのあいさつをすると、ぴょんぴょん飛び跳ねながら離れていった。

エーコはベッドに腰掛け、手に入れたばかりの情報をいつも身につけている電子ノートに書き込んだ。この先数日間の行動に目標ができた。どんな人物や出来事が自分を待っているのだろうかと、わずかな不安を帯びた興奮を感じる。彼は静かに座ったまましばらく考え、心の中の思いや疑問をゆっくりと整理した。

そろそろ時間だ。エーコは立ち上がった。約束の集合時間はまもなくだ。代表団の全員が集まり、火星の歓迎パーティーに参加するのだ。彼は服を着替え、髪を軽く整えると、撮影機材のパックを手に取った。

出ようとして、また壁際でしばらく立ち止まった。夜が訪れ火星都市に明かりがともり、街は照らし出されてきらきらと輝いている。朝、飛行艇から見下ろした時は、都市の構造に驚いた。まるで水晶の都市のようで、細い通りが入り乱れる複雑な構造をしている。ガラスの建物が広大な平原にぽつりぽつりと散在し、精巧で、形は様々だった。斜めに広げられたセイルボードのような屋根は深い青色で、遠くからはまるで水面が陸地を切り裂いているように見える。チューブトレインは家々を網の目のようにつなぎ合わせ、交差する静脈のように中空にかかっている。彼は上から見下ろしながら、直観的な衝動を感じた。それらは彼が慣れ親しんできたどの世界とも異なっており、異なっているからこそ、強く人を惹きつけた。

家

空港から出ると、陽光がロレインの目をくらませた。彼女は五年もの間、火星の大地で朝日を見ておらず、ほとんどその感覚を忘れてしまっていた。地球の空は青く、太陽は暖かなオレンジ色だが、火星は違う。黒は黒、白は白で、混じり気もなければ遮るものもない。

空港のロビーは広々として明るい。それはロレインが出発した後に完成した建物で、彼女は仲間たちと並んで歩きながらずっと無口だった。壁やドーム型の天井、床はおなじみのガラス製で、床には大理石の紋様が入っている。壁面には装飾は何もなく、鉄筋や鉄骨を除けば、二層のガラスの間で細い糸がねじれるように渦巻く断熱ガスのかすかに淡い色しか見えない。スペースシャトルから下へと伸びているのはベルトコンベアで、工場の組み立てラインを流れるように一人ずつシートに腰掛け、地上に降り立つとそこは出口で、ＩＤ識別通路の先には広々としたロビーが懐かしいふるさとの姿を示している。

ロレインはハニアと一緒に歩いていた。彼女たちは地球代表団の様子を眺めて思わずほほ笑んだ。地球代表団は火星代表団の後ろ、学生代表団の前を歩いている。彼らのいでたちは火星人よりも派手だが、一連の手続きについては明らかに準備不足だった。

首席代表のビバリー氏が颯爽《さっそう》と先頭を歩いていたが、指紋識別機の前で面食らい、どうするべきかわからずにいると、虹彩測定計が一本の触手のように片側から彼の前に伸びてきて、顔の間近でパンと小さな音を立てて撮影を終えた。驚いた彼が大きく一歩後ろに飛びのくと、背後から伸びてきていた放射線モニターのセンサーにぶつかり、センサーはビービーという音を立て、静かなロビーにいる全員の注意を引いた。ビバリー氏は顔を赤らめ、落ち着き払った様子を取り繕ってほかの人に笑いかけ、手を伸ばしてセンサーに触れたが、思いがけず音量はいっそう大きくなってしまい、彼は驚いて飛び上がり、前を行く火星代表団の代表たちがほほ笑んで駆けつけ手助けをした。ロレインたちもそっと笑いながら、あえて彼を見ないようにして、慣れたしぐさで荷物を引き、両側から一本ずつ伸びてきた触手の間を通り抜けた。頭を振り手をかざす様はまるで踊っているようでも、センサーと握手をし、あいさつをしているようでもあった。

ビバリーは手に首席代表のマークが入った授権書を持ってまっすぐに歩いてきたが、検査官には一人も出会わず、並んだ検査機器の間を通り抜けるとすぐに到着ロビーだったので、証書を誰に見せるべきかわからず、ばつが悪そうに突っ立っていた。

ロビーは扇形で、扇のかなめにあたる箇所に到着出口があり、正面の弧を描く側にはチューブトレインの乗車口が整然と並んでいる。扇の端の二辺に沿って飲み物や食品、土産物の販売機が並び、焼きたての菓子や新鮮な果物が陳列されている。ロビーの中央にはガラス板が数枚立てられており、その上には入り組んだチューブトレインの地図が色とりどりのタペストリーのように描かれ、ゆっくりと入れ替わる。チューブトレインの入口には小型端末があり、火星の代表たちはもう次々と近づいて自宅の最寄り駅を選んでいた。

ロレインとハニアは到着出口の外に立ち、そうしたすべてを眺めながら、長いこと迷っていた。

「着いたんだよね」ハニアがそっと尋ねる。ロレインに尋ねているようでもあり、独り言のようでもあった。

「うん。そうじゃないかな」

「今、どんな感じ？」

「何も感じない」

「そうなの？」ハニアが振り向いて見つめる。

「うん」ロレインは軽くうなずく。「変でしょう？」

「変じゃないよ。私も何も感じない」

ロレインはつやつやとして明るいロビーを見ながら言った。「ねえ、ここの空港と私たちが行ったことのある地球の空港、いったい何が違うと思う？」

ハニアは少し考えて答えた。「名前が違う」

ロレインは彼女の乱れた長い髪を見て言った。「帰ったら少し眠った方がいいよ。夜はまたイベントがあるから」

「うん。お互いにね」

学生たちはそれぞれ別れを告げ、たちまち散り散りになる。別れを繰り返してきたため、今ひとたびの離別にも、何も感傷的な様子はない。昨夜の酒はまだ醒めず、それぞれの頭の中には夜の星空の映像が今もなお浮かんでいた。空港の光線はまぶしく、何かを言い表そうとする欲求が一切起こらなかった。別れの過程はまるで計測器のように素早い。

ロレインは学生団の最後尾について、地球代表団のメンバーたちが一ヵ所にかたまり、ロビーの中央でうろうろしているのを目にした。ある人はうきうきと壁のスナックを手に取り口に運び、自分の臨時口座から代金が音もなく引き落とされていることをまだ知らずにいる。

火星人たちがいなくなる頃、扇形のロビーのアーチ中央の自動ドアが開き、一群の人々がどやどやと入ってきた。ロレインが見やると、先頭にいるのは彼女の祖父だった。彼は一群の中年男性を引き連れて地球代表団の前に立ち、ビバリーに手を差し出した。二つの団体のメンバーは向かい合い、二つの星の手が握り合わされた。火星は地球よりも重力が小さいため、火星人の平均身長は地球人よりも明らかに高く、二団体のメンバーはアンバランスで、互いに観察し合い、沈黙し、あいさつは形式的だった。

明らかに祖父に声をかけるタイミングではなかった。彼女は祖父のすらりと背が高い体つきを見つめ、黙って振り向くと自宅へ向かうボタンを押した。

火星が第一回地球留学生を派遣したのは五年前のことだ。

議事院は当時、長い時間をかけてこの件を討議した。三ヵ月に及ぶ資料検討、三週間に及ぶネットワークでのヒアリング調査、三日間に及ぶ議員の討論、最後に九つの機関のトップと総督、教育大臣が最終投票を行った。議事院の最高議事堂で、建国者の銅像に向かって行う記名投票だ。青少年教育の問題についてこれほど厳粛な国を挙げての協議が行われたのは、戦後四十年の歴史の中でもかつてないことだった。国が建てられ教育体制が確立され、すべての教師が火星の偉大な教育者アーセンの碑銘に手を置き創造のために教えることを宣言して以来、青少年に関する事柄がこれほど多くの人を動員したことは長らくなかった。議論は激しく、最終的には賛成六票、反対五票で、決定の小づちが金糸で縁飾りをした議長席の卓上に打ち下ろされ、柱が高くそびえる黒い議事堂に、続けざまに大きなこだまが響いた。青少年の運命は歴史に書き込まれた。

実のところ、子どもたちが地球で何を経験できるのか、火星の政策決定者も十分にわかっていなかった。彼ら自身が火星の生まれであり、騒々しい商業社会については前世の記憶しか持っておらず、今生の体験はなかった。火星には都市が一つあるだけで、それはドームで完全に覆われたガラスの都市であり、土地は公有で、高度なAIがコントロールしており、不動産取引も、密輸も、先物取引も、銀行もない。このような国で生まれ育った子どもがいきなり地球の市場原理の中に入り広告の爆撃に適応できるかどうか、誰にも確かなことは言えなかった。出発の前、彼らは子どもたちに制度に関する多くの集中講義を実施したが、現実の厳しさは教えることができても、青少年の心の成長は教室では永遠に教えようがなかった。

家へと向かうチューブトレインの中で、ロレインはガラスにもたれ、ぼんやりとしているのに集中していた。

窓の外の風景は生き生きとしているが、動かない。陽光が梢を縫って青いガラス屋根のへりに差し、低く垂れさがった葉の影がチューブの天井に落ち、彼女の顔にも映っている。車内には彼女一人きりで、窓の外にも人影は見えない。周囲は静かで現実味がない。車両の外壁は冷たく透き通り、列車が住居の屋根すれすれをかすめると、庭で静かに佇む樹木が目に入る。

長い間隠してきた戸惑いが、この時心の中に湧き上がってきた。

自分がなぜ地球へ行ったのか、彼女にはわからなかった。マアースで、彼女は自分はどうやら資格を満たしていたわけではないらしいことを知った。

ある夜のことだった。彼らは舷窓の前で気ままに語らっており、誰かが当時の選抜試験の問題のことを持ち出すと皆が反応し、てんでに話し始め、記憶が寄せ集められてたちまち試験の輪郭がかたどられ、思い出を共有することによって喜びが湧き立った。ロレインは歓声の中で黙り込んだ。彼女は皆の口ぶりから、彼らの回答のレベルと自分の当時の回答を比較し、自分の成績が合格には程遠かったことに気づいた。星の光が輝く中、彼女は大勢の間で羞恥を感じていた。

その疑いが事実なのかどうかはわからなかった。もし間違いならば、すべては今まで通りだ。もし当たっているなら、彼女の合格は誰かの意を受けて仕組まれたということだ。その結論を考えただけで身も凍った。それは、彼女の能力が足りないというだけでなく、いわゆる人生の転機や運命というものは、実は誰かがひそかに計画している一切にすぎないということにもなる。彼女は自分がチャンスをつかんだと思い込んでいたが、実はチャンスの方が彼女をつかんだにすぎなかったのだ。

彼女は祖父のことに思い至った。もしもひそかに選抜結果を変えられる人がいるとしたら、祖父を除いて他にはいない。それがなぜなのかはわからなかった。誰もそのことを持ち出したことはなかった。もしもあの時の偶然がなければ、彼女は恐らく永遠に察することはなかっただろう。

帰宅して祖父に尋ねたかったが、言い出せるかどうかわからなかった。彼女と祖父は決して親しいとは言えず、祖父は単に両親が亡くなってから引っ越してきてロレインたちと同居したにすぎなかったのだ。祖父は彼女にお菓子を買ってくれたが、彼女を抱くことはめったになかった。地球人は祖父を大独裁者と呼んだ。祖父はいつも一人で散歩をしていた。彼女には、自分が口を開く勇気があるかどうかわからなかった。代わりに調べてもらえるかどうか、兄に聞いてみることも考えた。兄は彼女の盾で、厄介ごとが起こるたびに、あれこれと彼女を喜ばせる方法を考えてくれた。だが兄はひたすら前進することを考える人間で、過去をさかのぼろうとする彼女の執拗な感情を理解してくれるかどうかはわからない。

チューブトレインは空中を音もなく滑り、記憶のように素早く往復し、陽光をくぐり抜け、ガラスにはきらめく光の斑点が映っている。彼女は小さなホールを通り、並木道を通り、子どもの頃に遊んだ運動場を通り、滑り台のある庭園を通った。辺りは夢の世界のように静かだった。まれに女性がのんびりとベビーカーを押しながら小径《こみち》でおしゃべりをしているのが見えた。

なぜ知りたいのだろう、と彼女は自分に問いかけた。当初は単に内心に不安な衝動があるためだとか、単なる好奇心からだなどと思っていたが、後になって、不安なのは運命のためだと気づいた。自分が運命に巻き込まれたことはわかっていたが、それまで人に二種類の運命があるとは思っていなかった。一つは自然で客観的なもので、人はそれに向き合い、引き受けるしかない。もう一つは人が操るもので、原因と目的があり、疑いを抱くことも放棄することもできる。後者の運命は自分で選ばなければならない。それを見極めるまで、彼女は自分を前に進めることができないのだ。

なぜ地球へ行ったのだろう、なぜ。そう何度も自分に問いかけたが、この時ほど差し迫っていたことはなかった。彼女は地球で数多くの道を歩んできており、その多さはもはや感動を覚えなくなったほどだが、自分がなぜ地球に行ったのかはわからなかった。

車内には音楽が流れ、チェロは遠く、ピアノは近く、風景の静けさにいっそうの豊かさを加えている。ゆっくりと、我が家が地平線上に姿を現した。屋根裏部屋の開いた小窓が遠くに見え、茶褐色の窓枠が日差しを反射し、ドーム型のガラス天井の下で穏やかに光っている。

ロレインは、帰宅する瞬間はどんな感覚なのだろう、と何度も考えたことがある。感動、震え、懐かしさ、郷愁、かすかな不安、けれど彼女は自分の心の中に何の感覚もないとは思ってもみなかった。彼女はそんな感傷のなさにほんの少し傷ついた。五年間の喧噪《けんそう》を経てふるさとの静けさの中に戻ってきたのに、彼女は郷愁という名の田園の情緒を捨ててしまったのだ、永遠に。

チューブトレインは正確な位置にぴったりと停まった。我が家だ。日差しが見慣れた赤い門を照らしているのを見て、彼女は泣いた。

門が開く瞬間、金色の光芒《こうぼう》が車内に差し込んだ。ロレインはその光に目がくらみ、額に手をかざした。大気中にキラキラと輝く小さな星たちが漂い、空気の光が渦巻く。金色のベンチが彼女の前に停まる。全体が透き通り、風船のような質感で、つやつやとなめらかに光り、細く柔らかなフォルムを描いている。

目の前の我が家を見やると、二階の窓が開いており、兄が笑いながら手を振った。変わらないはつらつとした表情だ。

彼女も窓に向かって笑いかけ、荷物を抱えてベンチに腰を下ろした。ベンチは上昇し空中で止まると、斜め上に漂っていく。周囲を見回せば、雫《しずく》形の庭園、扇形の花壇、傘の形をした木、ドーム型のガラス屋根、深紅の扉、オレンジ色の台形のポスト、二階の開かれた窓、窓辺に掛けられた、花でいっぱいの柵が目に入った。すべてが子どもの頃のままだ。

ベンチが窓辺に停まるとルディが荷物を受け取り、両腕を広げた。彼女が軽く身を躍らせるとルディはしっかりと受け止め、そっと床に下ろした。つま先が床に触れた瞬間、彼女は地上の確かさを感じた。

兄は五年前よりずっと背が高く、たくましくなり、髪は少年時代のような巻き毛ではなかったが、輝く金色は変わりない。

「疲れただろう」ルディが尋ねた。

彼女は首を振った。

ルディは手を伸ばしてロレインの頭の上にかざし、言った。「ずいぶん背が伸びたね。この前会った時はこんなに小さかったのに」言いながら、自分の腰の辺りに手を置く。

ロレインは小さく笑った。「まさか。それじゃ、三十センチも伸びたことになるじゃない」

それは彼女が帰宅して初めて口にした言葉で、声はいくらかかすれ、自分でも少し嘘っぽく感じた。

五年間でロレインはたった五センチ伸びただけだった。着いたばかりの頃は地球の少女たちより頭一つ分高かったが、出発する時はもう目立たないほどになっていた。その原因は彼女自身が最もよくわかっていた。地球の重力が大きすぎ、火星の子どもは適応しきれないのだ。彼女が経験してきたのはいわば抑圧された成長で、骨格は試練を、心臓は重圧を受け、軟部組織はむくみ、ほんのわずかな成長はすべて自分への挑戦となった。

「元気？」彼女は兄に尋ねた。

「僕？　元気だよ」ルディは少し笑った。

「どこのスタジオに配属されたの？」

「電磁第五」

「どう？」

「まあまあだね。もうチームのリーダーになってる」

「そうなの。すごいね」

「おまえは？」ルディは彼女が疲れていることに気づき、彼女の髪をそっとなでて尋ねた。「元気なのか、ここ数年は」

ロレインはうつむきがちに答えた。「わからない」

「わからないっていうのは、元気っていうこと？」

「わからないものはわからないの」

「じゃあ、元気じゃないってこと？」

「それも違うの。ただ、何と言えばいいかわからないの」

ロレインは地球の多くの場所に住んだことがあり、

心の中のふるさとはそれらの場所で少しずつ崩れていった。

　東アジアのある都市で、彼女は超高層ビルの百八十階に住んだ。通ったダンス学校もその中にあった。ビルはピラミッド型の鋼鉄製の建物で、巨大な山のようにそそり立っていた。内部は完全に構築された一つの世界で、エスカレーターはピラミッドの角に沿って飛ぶように運行し、人波は激しく、すべてをのみ込むハリケーンのように、上下に行き交っていた。

　中欧のある郊外では、都市と農村の境い目に打ち捨てられた古い家に住んだ。ダンスの課題のインスピレーションを求めてそこを訪れたのだ。その土地は広々として、金色の麦の波が沸き返り、野生の鳥たちが飛翔し、花は雲が集まっては散り散りになるように咲いては散り、雲は潮が満ちては引くように集まっては散り散りになった。土地の持ち主は遠方のビジネスマンで、年に一度そこを訪れ、部外者は立ち入りが許されなかった。

　北米の原野では、荒野の中の人工風景区に暮らした。地球の役人が火星の青少年たちを休暇に招いたのだ。草原は歌に歌われるほど寂しく、枯れ木がまばらに立ち、空は重く垂れ下がり、飛ぶ鳥は孤独だった。洋々たる雲海が辺りを覆い、稲妻は天の頂に逆さまにぶら下がる木の枝のよう、木の枝は地上に凝固した稲妻のようだった。

　中東のある高地では、雪山のふもとのキャンプ地に暮らした。彼女は原理主義者の友人たちと共に集会やデモに加わった。雪山の頂はキラキラと透き通り、雲の端に隠れ、まれに雲が開いたところから太陽が輝き、金色の光が降りそそいだ。高地には世界各地の原理主義の青年たちが集い、激しいスローガンを叫び、秩序に対抗し、秩序に制圧された。塵埃《じんあい》の中を暴動が席巻し、陽光の中で風景はなおそのままにあった。

　そうしたすべてを、彼女は幼い頃に見たことがなかった。それらは火星にはなく、あるいは起こるはずがなかった。火星にはビルがなく、荒野がなく、土地には持ち主がなく、稲妻がなく、雪山がなかった。覚えている限り、鮮血もなかった。

彼女は地球でそのすべてを経験したが、どのように形容するべきかわからなかった。無数の記憶を手に入れたが、夢を失ってしまった。様々な風景を歩いたが、ふるさとからは離れ始めていた。その一切合切を、どのように形容すべきかわからずにいた。

「兄さん」彼女は兄の瞳を見つめ、打ち明けようと決めた。「おかしいと思っていることがあるの」

「うん」

「五年前は私が選ばれるはずはなくて、後から入れ替えられたみたいなの。それってどういうことなのかな」

言い終えると、兄の反応を待った。兄は落ち着き払っていたが、内心には葛藤があるようだった。顔色は変わらなかったが、長い間何も言わなかった。様子がおかしい。兄は答えを考えているのだと彼女は思った。

「誰に聞いたの」兄は尋ねた。

「聞いたんじゃなくて、私がそう感じたの」

「人の感覚は、正しくないことが多い」

「でも私たち、話したの」

「私たちって」

「私とほかの学生たち。水星団《マーキュリー》の学生たちよ。帰還の途中で昔の試験のことを思い出したの。私、みんなの得点は私よりも確実に高かったって気づいた。みんなができた問題はどれも私はできなくて、それにみんなは面接に参加していたのに、私だけがしてなかった。まだ当時のことを覚えているの、とてもはっきり。ずっと連絡がなかったのに、ある日突然、行けると知らせが来て、すぐに出発したから、心の準備すらできなかった。だからきっと直前になって入れ替えられたのよ、違う？　そのことを知っていた？」

見つめると兄は少し肩をすくめたが、顔には何の表情も見出せなかった。

「誰かが急に辞退したのかもしれない」

「そうかな」

「ただそういう可能性があるというだけだよ」

その瞬間、ロレインはふいに、自分が兄から遠く隔たっていることを感じた。兄はすべてを知っているが、伝えたくないだけなのだと思った。兄の反応は普通ではなかった。わざと落ち着き払っていたが、それは実はおかしなことだった。兄も奇妙に思うはずで、少なくともはっきり問いただそうとするはずだ。だが兄の表情にはごまかしがあった。兄が自分とそれほど隔たっていると感じたのは初めてだった。子どもの頃、二人はずっと秘密の同盟者で、兄は彼女を連れて色々な悪戯をやり、大人を騙しはしたが、大人のために何かをして彼女を騙したことはこれまで決してなかった。

彼女は突然の孤独を感じた。自分の疑いを祖父に尋ねることはできないだろう、だが少なくとも兄に助けを求めることはできると思っていたのに、今は兄も彼女のそばにはいなくなってしまった。兄はほかに何かを知っている、と彼女は思った。何かを知っているのに知らせずにいるのだ。

「それじゃ、どうして選ばれたのが私なの」彼女は頑固に尋ねた。「兄さんはそのことを知っている、そうでしょう」

ルディは答えなかった。

ロレインはしばらく悩み、やはり一息に疑問を口にすることにした。「おじいさまが手配したんでしょう」

ルディはやはり答えなかった。

空気が重苦しい。そんなふうに話をするのは二人にとって初めてのことだった。五年間も家に帰っていなかったのだから、そんなふうに話すべきではないと彼女にはわかっていたのに、思いがけずそうなってしまった。お互いに相手が口を開くのを待っていたが、どちらも口を開かず、まるで張りつめた弦のようにその場に固まっていた。長い時間が経ち、ロレインがため息をついて話題を変えようとすると、ルディは態度を和らげ穏やかに尋ねた。「どうしてはっきりさせたいの」

彼女は顔を上げ、自分も声を和らげた。「退役した兵士だって、戦争の原因を尋ねてもいいでしょう」

「もう終わったことだよ。聞いて何かの役に立つの」

「立つわ。もちろん役に立つわよ」

彼女はあれほど多くの場所をさまよってきて、そのために信じられるものまで失ったのだ。なぜ行かなければならなかったのか、知るべきではないとでもいうのだろうか。

ルディは少し考え、ゆっくりと言った。「あの頃、おまえはまだ子どもだった。幼かったし、それに……感情的になっていた」

「どういう意味？」

「お父さんとお母さんが亡くなってから、おまえはずっと落ち込んでいただろう」

「お父さんとお母さん？」ロレインはその言葉を聞いて、突然息を止めた。

「そうだ。二人の死はおまえにとって影響がとても大きかった。だから……おじいさまは気分転換させようとしたんだよ」

ロレインはさっと黙りこみ、長い間沈黙したのちにようやく小声で尋ねた。「それが理由？」

「僕にはわからない。単なる可能性だ」

「でも」彼女はどうも釈然としなかった。「あの時、お父さんとお母さんが亡くなってからもう五年も経っていたのよ」

「その通りだよ。でもおまえはずっと落ち込んだままだった」

「そうだった？」

ロレインは詳しく思い出そうとしたが、当時の記憶はぼんやりとしていた。五年前、十三歳。あの頃の自分がどんな状態で、どんな気持ちだったか。とっくに忘れてしまったようだった。すべてが、まるで一時代も前のことのように聞こえる。

「そうかもしれない」彼女はその答えの方がまだしも理にかなっているように思え、軽くうなずき、ひとまず受け入れることにした。

二人は何を言えばよいのかわからず、また黙り込んだ。ロレインは兄を見つめた。兄はすっかり大人になっていた。肩幅は広く、体つきはたくましくなり、顔つきはしっかりとして、眉も子どもの頃のように生き生きと跳ね回ってはいなかった。兄は二十二歳になった。スタジオのトップグループに加わって企画を手掛けているのだ。地に足をつけ、むやみに駆け回ることはなくなり、口を開けば宇宙船のロケットや異星人の戦争のことをいつまでも尽きることなく喋り立てるようなことももはやなくなった。兄は沈黙を知り、大人のような口をきくようになった。

ルディがふいに笑って、尋ねた。「何か聞き忘れていることはない？　チャンスをあげるよ」

ロレインは面食らったが、はっと兄の考えを悟った。あの一言を忘れていた。子どもの頃、もしあの一言を言ってあげなければ、兄は丸一日気にかけていた。

「あのベンチ、どうやってやったの？」

ルディは指を打ち鳴らした。「簡単だよ！　腰掛けの部分は普通のガラスコーティングで、表面にニッケルの薄膜をメッキしただけ。磁気モーメントがすごく強いから、庭に適当な磁場を作っておけば、自然と浮き上がるんだ」そう言いながら兄が窓の外を指差すと、白い管が小さな広場のへりに巡らせてあるのが見えた。それがどうやら簡易的なコイルになっているらしい。

「すごいね！」ロレインは称賛した。

まさにその言葉だった。子どもの頃からずっとその言葉さえ言い続けていれば、彼女には新しいおもちゃが無限に与えられた。

ルディは笑いながら彼女の頭をなで、穏やかに何言か返事をすると、階下へ降りていった。彼女はその後ろ姿を見ながら、兄は昔を呼び起こそうとしていたのだと、そうすることでしか時間の裂け目を無視してすべてがまだ元の場所にあるようなふりをすることはできなかったのだと思った。元の場所にあるものなど何もないのに、人はすべての力を注いでそれを否定しようとする。

兄が立ち去ると、ロレインは窓辺に立ち、改めて視線を外に向けた。

陽光の下で、あらゆる物がくっきりと形を作っている。光は金色で、影は長く奥深い。新しい白いコイル以外は、一切が変わっていないかのようだ。花も、カフェのテラスも、チューブトレインの出口も。花は毎年新たに咲き誇り、静物は数多くの見えない過去を平らに塗り込める。彼女はかつての自分を窓の外に見た。周囲には誰もおらず、彼女の影は走っている。ピンクの靴を履いておさげを垂らし、小径で顔を上げる。無垢な笑顔で走りながら振り向いて空を見上げ、視線は窓越しに今彼女が立っている部屋の奥の暗い影を貫いている。

庭は静かで、わずかな細部だけが時間の痕跡を綴っている。彼女はポストの後ろのベルトコンベアが空っぽで、子どもの肌のようにきれいさっぱり、何もないことに気づいた。そこには昔、小さな丸いチップがあった。それは子どもの頃、兄が彼女を連れてこっそりと備えつけたX線透視器で、届いた郵便物の中におもちゃがあるかどうかを透視できた。今はもうなくなっており、細長い筒の表面はなめらかで何もなかった。彼女が遠く離れていたように、時間の矢と同じように。

午後、眠りから覚めると、祖父が室内に立っていた。

祖父は壁際に立って窓の方を向き、手に何かを持っており、彼女が目を覚ましたことに気づかなかった。彼女は背後からその後ろ姿を見つめた。夕日が山に落ちかけて部屋の片隅に差し込み、祖父は光線の傍らの暗がりの中に立ち、もともと高い背が、床の置時計のそばにいるとまるで文字を刻んだ石碑のように見えた。ロレインはそうした後ろ姿に慣れ親しんでいた。地球では何度も祖父を思い出したが、それはすべて祖父がこんなふうに掃き出し窓の前に立ち、窓外のかなたを眺め、身体の片側は明るくもう片側は暗く、沈黙し、何を考えているのかわからない後ろ姿だった。

祖父は気配を感じて振り返ると、ほほ笑みを浮かべた。すでに夜のパーティーのために着替えを済ませており、スマートな黒いタキシードを身にまとい、グレーの髪をきれいになでつけ、コートをはおっている。今もなお軍人の雰囲気をたたえており、とうに七十を越えた老人のようには見えなかった。

「起きたのかね」ハンスはほほ笑みながら彼女のベッドのそばに腰掛ける。深いグレーの瞳はとても穏やかだ。

「うん」彼女は軽くうなずく。

「帰路は順調だったかね。疲れたか」

「まあまあ。それほど疲れてない」

「マアースは古くて、乗り心地が悪かったんじゃないか」

「そんなことない。地球よりもぐっすり眠れたくらい」

「それならいい」彼はにっこりと笑う。「ガルシアとアリーは元気だったかね」

「元気だった。おじいさまによろしくって」ロレインは言いながら思い出した。「そうだ、ガルシアおじさまから伝言」

「なんだね」

「こう言ってた。時には、宝をめぐって闘うことは、宝そのものよりも重要だ、って」

ハンスはしばらく考え込むと無言で少しうなずき、何事かに思い当たったようだった。

「それ、どういう意味なの」ロレインは尋ねた。

「……ただの古い言葉だ」

「私たち、今は地球と仲が良くないの？」

彼はしばし沈黙し、ほほ笑んで答えた。「ずっとこうだよ」

ロレインは祖父の説明を待ったが、続きはなかった。彼女も問いたださなかった。

心の中の疑問を口に出したかったが、言葉を組み立てている最中にふと祖父の手の中のものがちらりと目に入り、息をのんだ。それは一枚の写真、両親の写真だった。母は髪をゆるく束ね、手袋をして彫刻刀を手に持ち、顔に粘土をつけて気楽な笑顔を浮かべている。父はその後ろに立って両腕を母の身体に回し、あごを首筋につけ、幸せそうに笑っている。ハンスは彼女の視線に気がつき、写真を手渡した。「ちょうどいい時に帰ってきた。明日はおまえのお父さんとお母さんの命日だ。どうだね、明日、夕食の時に二人のために祈るというのは」

ロレインは一瞬気が沈んだが、小さくうなずき、祖父の手から写真を受け取った。

「おまえはますます母親に似てきたな」

祖父の声は夕暮れの静寂の中で重々しく響き、打ち破ろうという気を起こさせないような厳粛な静けさがあった。

ロレインは複雑な心境になった。写真の中の人によるものか、あるいはそれを手渡してくれた手によるものかはわからないが、その写真にはそれまで感じた覚えのない温もりがあった。写真の中の両親はまだ若く、写真の外の祖父のまなざしは複雑なやるせなさを帯びている。祖父はそんな表情をめったに見せなかった。

ロレインが静かに見つめていると、写真の中と外の四人はまるで声のない問答をしているかのようだ。両親が亡くなって十年になり、彼女は前回こうして集ったのがいつだったのか、ほとんど忘れてしまっている。夕日の残照はもうほとんど消えていて、彼女と祖父の間にはあたかも死によって結びつけられたある種の特殊ないたわり合いがあるようだった。

ちょうどこの時、ベルの音がけたたましく鳴り始めた。

壁の小さな赤いライトが点灯する。緊急の呼び出しだ。ハンスは突然、夢から覚めたかのように素早く大股で壁際へ近づくと、通話ボタンを押した。壁が一瞬揺れ、殺伐とした表情を浮かべたホアンの顔がスクリーンに現れた。

「会って話せますか」ホアンは口を開くや否や、単刀直入に厳しい口調で言った。

「パーティーの前にか」

「パーティーの前にです」

ハンスはうなずき、顔色を変えずにスクリーンを閉じて振り向き、ドアを出てマフラーを手に取ると、階下へ降りていった。

ロレインは呆然と座っていた。ほんの数分間の出来事が、室内の夢の世界をすっかり消してしまった。

ドアは少しずつ時間をかけて閉まり、廊下はひっそりと静かだった。

彼女は去っていく祖父の後ろ姿を見ながら、やはり言い出せないと思った。他の人に確かめる方が良い。比べてみても、その方がずっと簡単だ。何と言おうと、祖父はやはり祖父だ。彼は戦闘機乗りで、永遠の行動者なのだ。彼は多くの物事を決して口に出さない。彼女もどう尋ねるべきかわからなかった。彼女は手元の写真を見つめ、ベッドに座り、胸の中で何度も思い返した。五年前の自分はどんなふうだったか、両親の死はどんなふうだったかを。

帰還パーティーはグロリアス・メモリアルホールで行われた。出席者は水星団《マーキュリー》と地球代表団、火星の主要官僚たちだ。グロリアス・メモリアルホールは火星の祝祭日の式典が開かれる場所で、長方形のホールの両側にはそれぞれ八本の柱が立ち、柱の間には火星の様々な歴史的重要事件の縮小模型が陳列されている。天井画と壁画は投影されたもので、コンピューター制御により、場面ごとに入れ替えることができた。

その夜のパーティーホールは灯火が絢爛《けんらん》と輝き、装飾は手が込んでいたが華美ではなかった。壁には百合の花のモチーフが描かれ、さながら白と緑が入り混じる壁紙のようだ。小さなステージの中央には貴賓席が四卓設けられ、ほかに十六の円卓がその周囲を二重に取り囲んでいる。テーブルには白いクロスが掛けられているが、火星には布が不足しているため、これはすでに最高級の待遇だった。テーブルにはセントポーリアの大きな鉢が置かれ、ステージの両側の花台にはポインセチアが置かれている。天井からはグラスファイバー製のリボンが垂れ下がり、明るい光を放っている。

料理用のコンベアはホールの左手にあり、フードやドリンクはビュッフェ形式で、ボーイはいなかった。ホールの一角は地球の十六世紀の農村の市場のように飾りつけられ、巨大な野菜や果物で宇宙農業の様子が表現されており、ノスタルジックでありながらウィットに富んでいた。

地球人にとって、そんなパーティーはパーティーではなかった。ボーイのいないパーティーはまるですべてにおいてランクが一段階下がったようなもので、ワイシャツに黒いベストを着てポケットからハンカチーフの角を覗かせた優雅なボーイがほほ笑んで腰をかがめ、まだ空になっていないグラスに絶妙のタイミングでワインを注ぎ、料理が出るたびにナイフとフォークと皿を取り替え、まるでそのようにしなければ自分の優雅さを示せないとでもいうように振る舞うことに、彼らはとっくに慣れ切っていた。だがその夜は、そうしたものは何一つなかった。コンベアは一本の曲線を描き、壁から出てまた壁の中に入り、速くも遅くもなく、高貴な来賓が自分で自分の世話をするのを悠然と待ち受けている。酒は壁の蛇口から流れ出て、来賓が自分で取るようになっており、そこはモチーフで装飾されてはいるものの、地球の来賓には田舎臭さを感じさせた。来賓たちは昂然《こうぜん》と顔を上げ、自分たちの国がどれほど見栄えのする宴会を執り行うかをわざと大声で語った。

火星には従者はいない。どんな場所にも従業員は見つけられず、いるのは実習の学生やボランティアだけで、サービス係も召使もなく、第三次産業もない。火星人は全員スタジオの研究員で、サービスに生涯従事するホテルのボーイはいなかった。パーティーの準備と片づけは、組織した者が自ら行った。

そのような背景について、火星人はパーティーでは説明しない。そのため、バンケットホールにはある種の興味深く無理解なボタンのかけ違いが生じた。欧州人たちは期せずして、近代以前の古めかしく贅沢な貴族の生活を思い出し、アジア人たちはいにしえの東方世界がすでにどれほど礼儀を重んじていたかを互いに同調しつつ語り合った。アラブ人たちは胸を張って、自分たちの国の男が十分に強く、女たちは豪奢な邸宅で宴会に仕えるほど暇なのだと語った。火星人たちはそれを聞くと調子を合わせて笑い、その後数人一緒に連れ立って食べ物を取りに行った。地球人はそうした無関心な鈍感さにひどく怒りを覚え、互いにひそひそ話をし、代わる代わる首を振った。

水星団《マーキュリー》は二つのテーブルに分かれて座り、ロレインはハニアとアンカの隣だった。彼らは子どもの頃から慣れ親しんでいる飲み物を飲み、食べ物を食べ、話に花を咲かせ、大人たちと同じテーブルにつかずに済んだことを喜んだ。コンベアが手の込んだ一口大のデザートを送り出すと、ハニアが駆け寄り皿に山盛りにして戻ってきた。皆で取り分けて食べる。この上ない味だ。

「おいしい！」ハニアが大声で称賛した。「これこそ料理ってものよ！」

　彼らは地球の食事に満足できず、ハニアは地球の食べ物をずっと「餌」と呼んでいた。

　アンカがうなずいた。「うん。誰が作ったのかな」

　ロレインは味見して推測した。「たぶんモリーさんよ。子どもの頃、モリーさんのプディングが大好きで、悲しいことがあるたびにお母さんに買ってきてもらっていたの。どんなに落ち込んでいても、一口食べれば元気になれるの」

　そうした居心地のよさは、空気中にかすかに漂う緊張感とは決してそぐわなかった。ロレインはその緊張を感じ取ることができた。水星団《マーキュリー》のテーブルは貴賓席に近く、彼女の席はちょうどすぐ隣にあり、貴賓席の談話がいつも途切れ途切れに耳に飛び込んできた。一人一人の言葉がすべて聞こえたわけではないが、同じテーブルの人々が自制する中で、ホアンの大声は常に際立っていた。

「もう一度『ない』と言ってみろ！　言っておくがな、俺はこの目でばあさんが爆撃で殺されるのを見たんだ。どんな様子だったかわかるか。ばあさんは寝室で祈っていた、神様お守りくださいってな、次の瞬間には爆撃されて肉の塊だ。知らなかっただろう。聞いたこともないだろう。それこそあんたら地球人がしたことだ。一般市民を爆撃したんだ！　全人類史上、これほど卑劣なやり方はないぞ！」

　相手が低い声で一言何か答えた。ホアンの怒りはさらに激しくなった。

「潔白なふりはやめろ！　あんたがやったかどうかなんて知ったこっちゃない、それでもあんたがやったってことなんだ。もう一度『私には関係ない』なんて言ってみろ、俺はあんたをここからつまみ出すぞ！」彼は少し考えて一言つけ加えた。「表に放り出されたらどうなるかわかるか。火星に来たことはないよな。教えてやろう。こうなるんだ――バン！――あんたは爆発するんだ、膨れたタコみたいに」

ロレインは声を立てて笑った。こっそりと振り返り、貴賓席を眺める。ホアンの隣、主賓の席にはビバリーが座り、ひどくばつの悪そうな顔をしてひっきりなしにナフキンで口元を拭いている。

ロレインはおかしくてたまらなかった。ビバリーは地球では大スターで、ずっと温和で上品な人間として通っていた。こんな場面に出くわしたらほかの人間であれば怒り出しているところだが、ビバリーだけはそれができなかった。彼はレトロ調の新しいスーツを着ている。ビロードと金糸でパイピングされ、銅のボタンが二列に並び、数百年前の旧時代の貴族の風格を帯びて、しかつめらしくイメージを保っている。怒ることは誰にでもできたが、彼にはできなかった。長い沈黙が続き、もう誰も何も言わなかった。ロレインがもう一度ホアンの声を耳にした時、彼はそれまでよりもっと興奮していた。彼はさっと椅子から立ち上がると、その場にいたすべての人々が注目しているのにも構わず、一言ずつ大声で言った。

「で、き、な、い。絶対にダメだ！」

パーティーホールの中は一時騒然となり、人々は何が起きたのかを口々に小声で言い合った。事態を後から知った者は近くの人に何が起きたのかを尋ね、近くの人は隣にいる人に尋ねた。誰にもわからず、目撃者もただ呆然と肩をすくめるだけだった。ホアンのいる貴賓席はとりわけ気まずい雰囲気で、座らせようとする者もいたが彼は聞かず、別の地球人は立ち上がろうとしたが近くの人に押さえられてしまった。最後に立ち上がったのはやはり祖父だった。彼はホアンの肩をそっと叩き、自分が話すから彼は座るようにと促した。

「地球のお客様方」彼はグラスを掲げた。「この機会をお借りして、少しお話を申し上げます。最初に、私たちは皆さんの到来を心より歓迎いたします。過去は追わず、来る者に寄り添います。私たちの前にはまだ長い未来が広がっています。双方が今回の博覧会を開催したのは、互恵と共栄、それぞれが必要なものを得るという目的を達成するためですから、交渉は永遠に必要なのです。私たちは必ずや、最後にはお互いにとって満足できる結果を見つけ出せると信じています。皆さまのご要望を検討しないことはありません。ただ、最終的にはいかなる決定も国民全体の合意が必要なのです。これは火星にとっては大きなことですから、民主的に行わなければなりません。それに、私は代表団の皆さんも民主的であり、最後の決定もきっと皆さん全員が満足して合意に至るものと信じています。今夜はすばらしい夜です。今ここではいかなる結論も時期尚早です。どうかすべてのいさかいを収め、盃を上げ、私たちが共に過ごす最初の夜を心おきなく楽しみましょう」

会場全体がグラスを上げた。

ハニアはロレインに、彼らはいったい何を議論していたのか尋ねたが、ロレインは首を振り、自分も何も知らないと答えた。

しかし彼女は知っていた。祖父の言葉はガルシアの言葉で、代表団の民主とはすなわち宝物をめぐって闘うことなのだ。彼女が胸中にぼんやりと抱いていた疑惑は次第にはっきりとした線を描いたが、彼女には地球人が闘ってまで奪いたい宝物とは何なのかがわからなかった。たった今の祖父の言葉はあいまいすぎて、判断がつかない。彼女は一人でうつむいて食事をし、静かに考えをめぐらした。

映像館

ジャネット・ブルックを訪問する前に、エーコは代表団の首席代表であるピーター・ビバリーの部屋を訪ねた。アポイントメントは取らず、インタビューにするつもりもなかった。直接ビバリーの部屋を訪れ、ドアをノックした。

午前九時半だった。その時間にはビバリーはすでに起床し、身支度を整えていることはわかっていた。十時に第一回正式会談が始まるからだ。ホテルから会議場まで一〇分。彼は少し質問をしたいだけだった。数分で済む。

ビバリーは前夜、楽しく過ごしたとは言えないだろう。ホテルに戻ってからの彼の顔を見てみたかった。

昨夜、エーコのカメラは花台のポインセチアのそばに置かれており、そのことを知らせはしなかったが、ビバリーは知っていたはずだ。ビバリーは映画俳優出身で、地球上で最もカメラに敏感な人間だ。一晩中、顔の右半分を斜めにカメラに向け、微笑し、自分が最も良く見える完璧な角度を作っていた。彼が三十五歳で演劇を離れ政界に入ってから、こうした演出はすでに何度見せてきたかわからない。エーコは興味深く感じた。ビバリーほど出世の道が平坦な人間はめったに見たことがない。容姿に恵まれ、名家の出身で、名門校を卒業し、人脈は幅広く、五十歳にもならないうちに最高の地位にまで上りつめ、すでに多くの人から次期大統領選での民主党の最有力候補者とみなされている。彼の後ろには一族の総力を挙げた支援があり、今回火星に来ることができたのは、一族が様々なコネを動員し、働きかけて実現したものだと言われている。このように目立ち、しかもリスクを伴わない場面で頭角を現せる才能は将来の重要な政治資本となることを誰もが知っていた。だから彼は誰よりも見た目を重視し、カメラを重視した。まさにその点が、エーコに強い興味を抱かせた。彼は昨夜部屋に戻るとパーティーの動画を再生し、自分がビバリーの傍らのあの赤ら顔をした大声の男をかなり気に入ったことに気づいた。

ドアが開いた時、ビバリーは血色の良い顔をしてきちんと身なりを整えており、水色のシルクのスーツを身にまとい、ひときわ魅力的だった。彼はほほ笑んでエーコを歓迎し、そのしぐさは相変わらず上品で礼儀正しかった。

「おはようございます」エーコは言った。「いえ、お部屋にはお邪魔しません。いくつかお伺いしたいだけですから」

ビバリーはかすかに首をかしげて同意を示した。

エーコは尋ねた。「昨夜、火星総督が語った民主主義の問題をお聞きになりましたね。私はパーティーの後、ある議員から聞いたのです。火星の議事院は通常の事務や事業について政策を決定するものの、火星のすべての住民に関わる大きな政策については、国民投票を経なければならないそうです。これは、私たちが普段聞いている火星とは少し違うようですが」

「ええ、少し違いますね」

「このことについてどうお考えですか。つまり、このような……違いについて。私たちは代議制と選挙を採用しています。彼らは選挙は行わないものの、大衆には直接参政権があります」

「違い、ですか」ビバリーは軽くうなずいた。「おっしゃる通り、これは違いです。一考に値しますね」

「この点について映画の中で描写しても構いませんか」

「もちろんいいですとも、差し支えるわけがありません」

「しかしこれは幅広い観念の問題に関わりますから、

この方面を探り続けてどんな結論が出てくるかわかりませんよ」

「構いません。思考を試みることは常にその結果より重要です」

「……ビバリーさん、私が思うに、あなたはもしかすると私の言葉の意味を完全にはおわかりになっておられないかもしれません。現在の一般的な見方では、火星は民主的な場所だとは決して思われていないのです。ですから私の映画は大きな影響をもたらすかもしれません」

ビバリーは相変わらずほほ笑みを浮かべ、丁寧に耳を傾けているようだったが、エーコは彼が肩に落ちた髪を二度払い、さらにカフスを整えたことに気がついた。彼は手を伸ばしてエーコの肩を軽く叩いた。まるで親しみやすい叔父のように。

「若い人は影響を引き起こすことを恐れてはいけない。影響があってこそ、前途があるのだ」

エーコはいくらか腹が立った。何の誠実さも感じられない。ビバリーのきれいごとは耐えがたいほどよそよそしかった。彼は何の姿勢も示していないか、あるいはそもそも何の姿勢も持っていないのだ。彼は恐らく自分なりの考えというものを持ち合わせていないのだろうとエーコは推測した。

理屈から言えば、地球ではそれぞれの国が互いにどれほど競争し足を引っ張り合っていようとも、火星を相容れない陣営とみなしている点では一致していることを、ビバリーが知らないはずはない。それはもう一つの冷戦、蒼穹《そうきゅう》を超えた冷戦なのだ。火星は邪悪な軍人と狂った科学者が管理する孤島だと言われ、あらゆる面にわたる高圧政治やロボットによる人類支配の典型だと言われ、偉大なる自由商品経済の対立項だと言われ、学者やメディアの間では終始、消えることのない全体主義と残忍さ、氷のような冷たさといった印象を持たれ、巨大なロボット戦車のように、地球上ではいまだ実現したことのないディストピアが極限まで展開されていると考えられていた。戦争もまた自殺式の反逆で、遅かれ早かれもとのさやに収まるか滅亡するものだと安直にもみなされていた。ビバリーがこうしたことを知っており、なおかつこうした主張の影響を理解していたなら、彼はエーコの考えを理解したはずだ。火星の民主を撮影することはすなわち定説を覆すということ、地球での多くの見方が決して真実ではないと認めること、ひいては自分たちの側の偏狭さや敗北の後の嫉妬を認めることを意味している。それは些細なことではない。それは最も基本的な立場に関わるのだ。エーコが尋ねたかったのはまさにそれだった。彼自身はどんな波風を起こそうと怖くはなかったが、何が政治的に正しいのかを知っており、政府関係者としては当初から立場上の制限があった。

だがビバリーは単に優雅にきれいごとを並べ立て、貴族のように鷹揚《おうよう》に振る舞うだけだ。

それもいいだろう、とエーコは思った。将来どんな作品を出すにせよ、自分は指示を受けていないとは言えないのだから。実のところ、そうした結果は彼にとっていっそう有利であり、年季の入った反体制派原理主義者として、エーコは地球に不意打ちを喰らわすことを好んでいた。

「ありがとうございました」彼はビバリーに言った。「ですが、お伝えするのを忘れていました。さっきのはインタビューではなく、カメラも回っていません」

彼は言い終えると、礼儀正しくその場を辞した。立ち去る時、美しいビバリー夫人が室内の鏡に向かい化粧の仕上げをしているところがちらりと見えた。彼女はビバリーより十歳若く、人気女優でもあった。二人の恋愛は当初から人々の注目の的で、初めてのキスから息子の誕生まで、すべてカメラの前で行われた。ビバリーは誰よりもうまく貴族を演じ、優雅で温厚な好男子を演じ、ロマンスを表現し、古典の詩を朗唱することができた。彼の結婚生活は模範的なものであり、どこへ行くにも妻を伴った。エーコは政治に関わった俳優を数え切れないほど見てきたが、彼らはいずれも女性票の重要性を理解していなかった。ビバリーは多くの女性の支持を得ており、得票数は年を追うごとに増えていき、激減することも、分裂することもめったになかった。彼は選挙の真の勝利者だった。

ビバリーの部屋から出て、エーコは映像資料館へ向かった。資料館はさほど遠くなく、ホテルと同じ都市の南部に位置している。二つの区の境い目にあり、直通のチューブトレインが通っている。乗車時間は約二十四分で、途中、市内で最も重要な市政ホールとコンベンションホールを通過する。

朝の訪問と同様、今回資料館に向かう時も、エーコはアポイントメントを取らなかった。彼はジャネットのスペースにメッセージを残さなかったし、資料館にも連絡しなかった。彼女に何らかの暗示を与えたくなかったし、通信画面で回りくどく居心地の悪い思いをしながら面会を求めたくもなく、またお互いが十分に用意を整えた状況でよそよそしい対話をしたくもなかった。彼女が何の準備もしていない状態ではどんな女性なのかを見てみたかった。彼女に「理由」があるかどうかは、会ってみなければ判断することはできない。

エーコはチューブトレインの中でカメラを取り出し、車両の壁に貼りつけて沿線の風景を記録した。前日の夜に一度乗りはしたが、近距離だったため撮影する暇がなかったのだ。チューブトレインの外壁はガラスで、上下左右の視界は開けている。車両にはそれぞれ違う色が塗られており、今、エーコが乗っているのは透明がかったベージュ色だった。彼はとても興味を引かれた。まるで一滴の溶液の中に腰を下ろし、くねくねと曲がりくねるカテーテルの中を流れ、ある容器から別の容器へと移動しているかのようだ。車両は様々な建築物をかすめ、住宅と大型公共建築が入れ替わり、小さな住宅は大型建築の衛星のように、周囲を取り囲み、分散する。大型建築は多くが環状形で、中心部には高くそびえるドーム型の屋根があり、小さな住宅はガラスの半球の中に直接はめ込まれ、半球の中には庭園があり、様々な草花がいっぱいに植えられている。エーコは、一般的な建築物の中の酸素は大部分がそれらの草花によって供給されており、そのために多くのエネルギーを節約でき、複雑な機械も不要なのだと聞いていた。車内の小型ディスプレイには沿線の地名と建物の竣工年が表示されている。エーコは、それらの住宅の造形がほぼすべての伝統様式をなぞっていることに気づいた。ルネッサンス期の対称と調和から、ロココ調の複雑な華麗さ、そして東洋の屋根つき回廊や立方体のモダニズムへと、都市全体が自然の建築博物館を形作り、豊かで多様だ。とりわけ独特なのは流線形の建築物で、壁はまるで流れる水のようなラインを描き、ひとときわやわらかい印象を醸し出している。すべての建築がガラス製だった。

市政ホールを通り過ぎる時、エーコは身を起こし、何枚か写真を撮った。市政ホールは火星で最も重要な場所で、様々な中央の政策がすべてここで決定されている。見た目は非常に荘厳で、巨大ではないが古典的な風格を備え、長方形の建物が四方を取り囲む構造で、正門は短い方の辺にあり、両側には銅像や金属製のローマ風の柱が並んでいる。壁は珍しいダークゴールドで、象牙色の柱のラインにマッチし、まるでスカラ座を移し替えたようだ。

自動撮影の間、エーコはもう外を眺めなかった。彼は携帯しているメモ帳を取り出し、略号を使って見たものを記録した。自宅にいようと海辺の戦場にいようと、読書と記録は彼の永遠の習慣だった。

ビバリーは頭が足りない。

彼はそう書いて、少し考え、削除することにした。

そんなふうに書くのは決して客観的とは言えず、彼の本意でもなかった。ビバリーは決して馬鹿ではなく、時勢を判断し情勢を推測することに長け、自分の役割にも敏感で、頭が足りないという評価は明らかにそぐわない。彼はただ、エーコが知性と定義するものを備えていないだけなのだ。エーコの価値観では、機を見て行動できることを知性とみなすことはできない。ビバリーはアイドルであり、彼の三次元的な虚像は今やスーパーマーケットの一軒一軒に登場し、笑顔は灯火の中でまぶしく発光し、柔らかい語気で人々のショッピングにつきそう。これらに知性は必要ない。

　エーコは少し考え、調子を変えた。

「彼は決して愚かではない。単に思想がないだけだ。これは二百年前にアーレント（ハンナ・アーレント、一九〇六〜七五、ドイツ出身の哲学者。一九六三年、『エルサレムのアイヒマン』を連載した）がアイヒマン（アドルフ・アイヒマン、一九〇六〜六二、ナチス親衛隊将校でホロコーストを指揮した）について語った言葉だが、現在にも当てはまるだろう。僕はビバリーが好きではない。理由は何もない。彼は自分自身で作った蠟人形のようだ。自分にほほ笑みを求めるが、ほほ笑みたいとは思っていない。容姿は魅力的だが、ただそれだけだ。彼には先達のケネディ（ジョン・F・ケネディ、一九一七〜六三、第三十五代アメリカ大統領）が持っていたユーモアすら欠けている。そのような人物は恐らく過去の時代にはいなかった。虚飾に満ちた政治家はいつの世にもいるが、今世紀以前には、生まれるや否やこんなふうに完全に映像化された人物はいなかった。ビバリーは虚像として登場することに慣れきっており、虚像を真実とし、自分自身を逆に偽りの姿とするまでになってしまっている」

　エーコがこれらを急いで書き留めた途端、チューブトレインは目的地に到着した。それが映像産業を支えるためには最も効果の大きい方法なのだとわかってはいたものの、それでも彼は政治的な人間を撮影することを毛嫌いしていた。そうした撮影では仕事に対する情熱を保つことが難しく、街角で下品な言葉を口にする悪童たちを撮影する方がまだましだった。彼はメモ帳を閉じて上着のポケットに差し込むと、撮影機器を片づけてドアへ向かった。

車両のドアが開いた。オーシャンブルーの貝殻形の建築物が目の前に広がる。貝殻は半分口を開いており、内部はよく見えない。小さな通路がチューブトレインの出口から貝殻の中へと続き、その入口は巻貝の形をしていた。

映像資料館の入口には円形のディスプレイがそびえ立ち、画面上では写真が回転していくつかの選択肢を表示していた。自由見学、映画鑑賞、スタジオ訪問。エーコは最後のひとつを選んだ。またいくつかの選択肢が飛び出した。彼は辛抱強く順番に選択し、すぐにジャネット・ブルックの項目を見つけた。

エーコの胸は高鳴り始めた。彼は彼女の名前を押した。淡い金髪の女性の写真が画面に現れた。写真は大きく、鮮明だった。エーコは一目見て、自分が探し当てたことを知った。これこそが先生のメモに書かれていた女性だ。見た目は先生の写真よりもいくらかふっくらとして、皮膚がわずかにたるみ、髪も短くなっていたが、間違いない、彼女だ。彼女の目のカーブは特徴的で、いつも笑っており、口は小さいが唇は厚い。数えてみると、彼女は今年四十五歳になるはずだ。いくらか老けてはいるが、顔にはまだ十分にエネルギッシュなものがある。エーコは、彼女こそ自分が探していたジャネット・ブルックだと確信した。彼はしばらく観察した後、呼び出しを選択した。

ディスプレイが、接続中、訪問先につないでいます、処理をお待ちください、と移り変わる。時間は一秒また一秒と流れていく。

数分後、ジャネットが通路に現れた。エーコは彼女が優雅な足取りでゆっくりとゲートを開けるのを見ていた。ぽっちゃりとした体型で、白いシャツにゆったったりとしたピンク色の上着をはおり、薄化粧で片側の髪を耳に掛けている。エーコを見て少し戸惑った。明らかに彼が誰なのか思い出せない様子だ。だが彼女は礼儀正しく、その困惑をあらわにせず、自分からエーコにほほ笑みかけてあいさつした。

「こんにちは。ジャネット・ブルックです」

エーコは手を差し出した。「お会いできて光栄です。エーコ・ルーです。地球から来ました」

ジャネットははっとした。「ああ、代表団の方ね？」

「そうです。団付きのドキュメンタリー映画の監督です」

「本当に？」

「僕の名刺です」

「あっ、信じていないわけではないのよ。ごめんなさい。私はただ……今回、監督までいるとは知らなかったの」

「僕だけです」

「それは本当にありがたいことね。もうずいぶん長いこと、地球の同業者はみえていないわ」

「十八年です」

「……十八年？　ちょっと待って……そう、そのようね。もうそんなになるかしら。まったく、記憶力がますます悪くなってしまって」

エーコは少し沈黙した。ジャネットの反応からは何も判断できなかった。彼女の表情は穏やかで、地球や監督といった言葉は取り立てて刺激を与えていない。もう少し探ってみることに決め、来意は後で告げることにした。

「議事院の長官に、こちらの映画人と交流したいと言ったんです。それであなたを推薦して頂きました」

「わかりました。どうぞ中へ」

ジャネットはドアを開き、手を差し出してエーコを導いた。エーコは歩きながらあちこちを観察した。入口の巻貝の形はずっと奥まで続き、巨大なアーチ型の通路はなめらかな曲線を描いて、ブルーグレーの縞模様が流動しつつ内側へと廻旋《かいせん》している。両側の壁では光と影が入れ替わり、通路は曲がりくねり、まるで迷宮のようだった。エーコは少し考え、ジャネットに雑談をもちかけた。

「実は、どうしてあなたのスタジオを推薦されたのか、僕にもよくわからないのです。あまり説明してくれなかったものですから」

ジャネットは笑った。「単にあの人たちが私の仕事をよく知っているというだけじゃないかしら」

「それはどうして」

「あの人たちは以前、うちの技術を地球に持っていって交易をしたことがあるの。地球人に歓迎されたそうよ」

「どの技術ですか」

「3Dホログラムよ」

エーコはいくぶん興奮した。彼はもともと理由をひねり出していたのだが、ジャネットの方から当時の交易について話し出すとは思わなかった。彼は話を続け、より多くのことがわかるかどうか試してみることにした。

「ホログラフィーはあなた方のスタジオの技術だったのですか」

「ええ。二十年以上になるわ」

「では、あなた方に感謝しなければなりませんね。今の仕事を与えてくれたのですから」

「ホログラム映画を撮っているの？」

「ほとんどの人がそうですよ。2D映画はもはや絶滅しかかっています」

ジャネットは笑い出した。その声には誠実なほがらかさがあった。「それなら、私たちに感謝する必要はないわ。ホログラフィーがなくても、あなたは仕事を得られるでしょう。でも、ホログラフィーができたことで、多くの人たちは仕事を失ったわ」

　エーコも笑った。彼には彼女の言わんとすることがわかった。変革はそのたびにいつも古い世界に取り残される人々を大量に生み出す。無声映画から有声映画へ、2Dから3Dホログラムへ。人々は学べないのではなく、単に望まないのだ。それは重苦しい話題だった。古い世界で抜きんでていた人物ほど、新しい世界には入りたがらない。彼らは過去の形式に生き生きとした息吹を注ぎ込み、捨て去ることを不可能にする。自分を捨てたい人間は誰もいない。

「では、こちらではどうなのですか」

「私たち？　二つのやり方を並行しているわ。大量の会議の記録や工業資料にはホログラフィーは必要ないし、コストがかかりすぎるから」

「ああ、それは僕たちもそうです。でも、普通は映画の範疇《はんちゅう》には入りません」

「ええ、知っています。あなた方は配給できるものしか『映画』と呼ばないのよね」

「こちらでは違うのですか」

「違うわ。私たちは純粋に技術面から定義するの。ある程度の長さを持った映像であれば、映画とみなすのよ。あなた方はネット上でタイプ別に配信するけれど、私たちはそうではなくて、データベースに個人別に保存するの。ドラマフィルムやドキュメンタリー、いくつかの細かな実験、工業資料を撮影する可能性は誰にでもあるから、そうしたものをさらに細分化する理由はないわ」

　エーコは彼女の話に沿って、慎重に探りを入れた。

「地球の状況についてはよくご存じのようですね」

「ほんの少しだけよ。知っているとは言えないわ。ただ個人的な趣味で、たまに少し調べるだけよ」

「なぜ地球に興味を？」

「きっと……職業病と言えるでしょうね。以前、ある時期の映画制度史の研究をしたことがあるの。現在の制度については分析しなかったけれど、ずっと興味を持っているわ」

「では、地球と接触したことがあるのですか。地球と火星の間はまだ自由に通信できないでしょう」

「ええ、確かにできないわ。オフィシャル動画をいくつか見たのだけれど、ほとんどが大づかみで大まかな内容だったから、私の理解は実はとても浅いのよ」ジャネットは軽くほほ笑んだ。「だからあなたが来てくれて本当に嬉しいわ。たくさんのことをお話ししてもらえるもの」

エーコは黙り込んだ。彼の質問はどれもたしかな答えを得られなかったようだ。ジャネットの答えは常にまともで、まともすぎ、解説員なら誰でも持つべき上品さと客観性を備えていた。親しげだが、個人の影が欠けている。それは個性がないということではなく、彼女の笑顔はまっすぐで明るく、活発な性格であることもその目を通してはっきりと伝わるのだが、そうした個性は話の内容とは関係がなく、彼女は常に自然に、プライベートな話題をすべて避けていた。エーコはいくぶん行き詰まったように感じた。このまま遠回しに話していても仕方がない。だが話題をはっきりさせるのは唐突すぎる気がする。

彼らは歩き続け、館内の大ホールに入った。ホールの中はとても明るかったが、日当たりはまちまちで、そのせいでいくらか視線が錯綜した。空中に薄いガラスが吊るされ、空間の統一を乱している。ガラスの形状は様々で、その表面に文字と画像が交互に映し出されている。巨大な人間の映像がたびたび現れ、宙に向かって生き生きとスピーチをしている。室内は涼しかったが、空気はややこもっていた。

「あれはみなベテランの映画製作者よ。一つずつ見ていきましょう。この陶器のチップを耳に入れれば、彼らの声が聞こえるわ」ジャネットは説明した。

「このガラスも全部ディスプレイなのですか」

「そういうわけではないの。単に、ガラスに導電膜と発光膜をメッキしているだけ。とても薄いから、肉眼では見えないのよ」

「火星ではガラスがとても好まれているようですが、何か特別な意味があるのですか」

「意味？　どういうこと？」

「つまり……なぜこのように決められているのですか」

「決められているというようなものではなくて、仕方がなかったのよ。ここには砂質土しかない。粘土もなければ岩もないから、鉄のほかにはガラスを作るしかないの。今の建築様式はニルス・ガリマンが戦争中に発明したもので、構造は単純、解体や回収も簡単よ」

「そうでしたか。ですが、プライバシーの問題はどのように解決しているのですか。何か決まりがあるのですか。住宅の多くは決して透明ではありませんが、私の部屋は透明なのです」

ジャネットはけげんな表情をした。「知らないの？　壁はすべて調節できるのよ。あなたの部屋のサービス係はまったく怠慢ね、その機能すら説明しないなんて。ガラス中のイオンを電界によって制御するの。室内のつまみをひねれば壁の成分が増減して、半透明や不透明に変わるわ」

エーコの胸を一瞬、滑稽な感覚がよぎった。彼は自分が火星についての一般的な見方に沿って推測していたのを思い出し、それをそっくりそのまま映像に取り入れなかったことに胸をなで下ろした。彼は地球の文脈に慣れきっており、そうした記号学や政治学による観察方法を対象に直接当てはめることはできた。だが昨夜から、彼はそこにある危険性に気づいていた。それは主観的な色彩を帯びているだけでなく、客観的にも事実ではないのだ。軽率に判断を下すことより危険なことはないと、地球の思考様式に警告を発したかった。ガラスの建物はガラスの建物なのだ。象徴的な意味はなく、単に純粋な地理的、技術的理由によるものであって、禁止されていることなど何もない。真実を撮影するには、やはり潜っていかなければならない。底まで潜ってこそ、真の文脈に迫ることができるのだ。

「透明なのはあえてそう決められているのかと思っていました」

「それは……そうとも言えるし、そうでないとも言えるわ。透明かそうでないかは、光によって決まるのよ」

「どういうことですか」

「どう調整しようと、一部の光に対しては透明だし、一部に対しては不透明なの。純粋な遮断というものはあり得ないのよ」

エーコは少し考え、尋ねた。「それはガラスのことを言っているのですか、それともほかの何か？」

ジャネットはほがらかに笑い出し、再び目をアーチ形に細め、笑いながら言った。「ここにしばらく住んでみれば耳にするはずよ。ラッセル区には、その言葉を単なる言葉の綾《あや》とも、純粋な比喩とも受け取ってはならない人間が二人いるって。一人はレイニー医師で、もう一人が私よ。どう理解しようとご自由に、答えはないわ」

　そう言うと彼女は何気ないあざとさをあらわにし、中年の顔に若々しい躍動感を浮かべた。エーコは、彼女は若い頃はきっと非常に生き生きとしていたか、あるいは大きな魅力があっただろう、息をのむような美人とは言えないが、豊かな生命力に満ちた誠実さを感じさせただろうと思った。そうしたものは得難く、人の心を動かしやすい。先生が彼女を愛したのは決して奇妙なことではない気がした。彼は突然、事実をありのままに話してしまいたい衝動に駆られた。

「ブルックさん、打ち明けなければならないことがあるんです。今頃お話しすることを許してください。お会いしたばかりの時は、言うべきかどうか、突然すぎるのではないかと、本当にわからなかったのです。あなたを驚かせたくなくて。でも、今が恐らくその時だという気がするんです」

ジャネットはゆっくりと笑顔を引っ込めた。「どうぞ、どんなことですか」

「僕はアーサー・ダボスキーの学生です。彼の代わりに来たんです」

エーコが予想した通り、ジャネットの表情はこわばった。まるではるか遠い昔の、真実ではない声を聞いたかのように。彼は彼女を見つめた。二人は広々としたホールで、まるで二つの彫像のように向かい合って立っていた。ガラスの人物たちは語り、動いており、彼ら二人だけが静止していた。エーコはジャネットを見つめ、ジャネットは二人の間の空気を見つめた。

長い一分間が過ぎ、ジャネットは深く息を吸うと小声で言った。「私のスタジオに来て。座って話しましょう」


「……あの年、私は二十七歳だった。結婚はしていなかったけれど、考えてみてもいい相手はいたわ。その男性は私を求めていて、私の方は特に好きでも嫌いでもなく、ただずっと引き延ばそうとしていた。迷っていたの。それからアーサーが来た。最初は彼のことを何とも思わず、単に仕事相手として技術を説明していただけで、気にとめることは少しもなかった。その後のある日、彼は一緒に撮影しようと私を誘ったの。

アーサーはなんというか……少しずつ人を引き寄せる人だった。いつも色々な変わった考えを持っていて、なんとかして生活を違うものにしようとしていた。あなたは彼の学生だからよくわかるはずよ。最初、彼は新しい技術を試したい、自分に習得できるかどうかやってみたいとしか言わず、私はそれは当たり前のことだと思ったから、手伝うことに同意した。その後、ようやくわかったの。それは単にもっと長い計画の最初の小さな一歩にすぎず、彼の狙いは技術などではなく、自分の頭の中の考えをリアルに表現することにあったのよ。彼は夢中になって、一つ一つ進んでいく撮影計画にのめりこんだ。そして私もその時、彼に夢中になったのよ。

あなたは当時の状況について詳しいのかしら。地球では、アーサーはとても成功していたかもしれないけれど、いつも自分の次の作品の売り込みのことで気を揉《も》んでいた。でもここではそうではない。私たちの収入はみな決まっていて、年齢に基づいて支給される。どのスタジオであろうと、業績がどうであろうとね。私たちの作品はすべて完全公開のデータベースに収められ、誰でも閲覧できるし、人に身銭を切らせるような問題もない。そうしたことがアーサーにはとても重要だった。彼は訪問者手当を受けていて、生活の心配をする必要はなかった。それに加えて、配給の問題にとらわれることなくただ自分の考えを表現することだけ考えるチャンスをついに手に入れたのだと気づいたのよ。彼はもしかすると長年の蓄積があって、ホログラフィー技術もすでに習得していたのかもしれない。それで始めたら最後、まるで別世界に暮らす空想家のように毎日創作漬けになった。

私はアーサーのそんな燃えるような情熱が好きだった。彼も……彼も私を好きだったわ。彼はまるで黒い隕石のように、突然私の生活に飛びこんできた。そんなことはそれまでなかった。私たちは毎日色々な方法で撮影をし、新しい技術を試し、フィルムを編集し、それから彼のホテルの部屋に行って本を読み、議論し、愛し合った。彼は光と影の問題が一番好きだった。揺らぐ空気と陽光を描きたい、これはファン・ゴッホ（フィンセント・ファン・ゴッホ、一八五三〜九〇、オランダの画家）の言葉で、彼が一番好きだった言葉でもあるわ。彼は火星の空は地球とは違うと言って、太陽の光の中に星が見えるのを気に入っていた。

アーサーは帰りたがらなかった。ここに来て三ヵ月、帰るべき時期だったけれど、彼は延長を申請した。さらに三ヵ月が過ぎてもまだ帰りたがらず、ほかの人に技術を託して、自分は残った。そうして私たちは一緒に暮らし始めた」

ジャネットは背の低いグラスを手に取っていたが、一口も飲んでいなかった。終始ゆっくりと穏やかに語り、時々エーコを見つめたが、窓の外を眺めている時間の方が長かった。ジャネットのスタジオは資料館の二階にあり、真南に面し、日当たりはすばらしい。窓の外には背の低い棕櫚《しゅろ》の並木があり、その梢はちょうど部屋の床の高さで、遠くにはモスクのようなドーム屋根の建物が見える。陽光がジャネットの横顔を照らし、顔の起伏に沿って砕け、小さなかけらになっている。彼女の顔は十八年前よりずっと衰え、たるんでいるが、そこには追憶の光があり、はっきりと過去に通じている。

エーコは小さな丸テーブルの前に座り、やはり手にグラスを持っており、グラスの中には薄紅色の飲み物が入っている。彼は静かに耳を傾け、目の前にあの頃の先生を見ることができた。隕石のように素早く、直接に。それは病床の老人とは異なっていたが、それが確かに先生であることがエーコにはわかった。

「一つ質問があります。ずっと疑問だったのです。火星はなぜ先生がとどまることを許可したのですか。先生の目的を疑わなかったわけではないでしょう？　先生が技術スパイではないかと疑わなかったのですか」

「私が保証したのよ。私、そして私の父が。父は当時、情報システムの事務総長だった。自分の職位を担保にしてくれたわ。私がお願いしたの、優しい父親だったのよ」

「では、あなた方は結婚したのですか」

「結婚？　いいえ、しなかったわ。考えはしたけれど、結局しなかった」

「どこに住んでいたのですか」

「アーサーのホテルよ。彼には所属がなかったから、住宅が割り当てられなかったの」

エーコは少し沈黙した。次にどう尋ねるべきかわからなかった。その八年間に何が起こったのか尋ねたかったし、先生が結局立ち去った理由も知りたかった。先生は何も語らなかった。まるで言葉のブラックホールのように。彼は心の中で言葉を組み立てた。

ちょうどその時、ジャネットが先に口を開いた。

「教えて、彼け今も元気なの？」

エーコは言葉に詰まった。彼はもともと、事情をすべて聞き、先生の地球での十年間を簡単に述べてから、ジャネットに最後の様子を告げるつもりだった。だが彼女の方が先に質問し、すべてを直接、終わりまで進めてしまった。彼は彼女の真剣な顔を見つめた。彼女はごく何気なく尋ねたのだが、声も表情も無意識のうちに緊張していた。笑顔は顔に張りつき、膨らませればふくらませるほど薄くなる風船の表面のように、静かに張りつめ、自分を抑制していた。エーコが一言言えば、中の空気が残らず抜けてしまうか、風船が割れてしまうだろう。彼女は先を促さず、できるだけ切羽詰まっていないように見せていたが、息を凝らして集中している様は、エーコにいっそうの形のない圧力を与えた。自分は嘘をつくべきではなく、答えないこともできないとエーコは知った。

「亡くなりました」

「えっ？」

「先生は亡くなりました。末期の肺癌《がん》でした。半年前のことです」

ジャネットは数秒間呆然とし、突然泣き出した。肩を震わせ、涙が泉のように湧き出した。両手で口を押さえ、涙はとめどなく流れ出し、まるで果てのない河のようだった。大きな声を上げまいとしていたが、涙はこらえようとするといっそう激しくあふれた。彼女は泣き続け、いかなるものも涙を止めることができないかのように、午前中ずっと保っていた礼儀正しさや自制は煙と化したとりでのように、脆《もろ》さがそのわなきの中に余すところなく暴き出された。彼女は相変わらず静かに座っていたが、その姿は蕭然《しょうぜん》として、見るに忍びないほどだった。

エーコはつらかったが、どうすべきかもわからなかった。女性に泣かれた経験がなく、慰め方を知らなかったし、自分に慰められるとも思わなかった。彼女には泣く理由がある。あらゆる抑圧がその流れ続ける涙の中にあふれ出てくるのが見えた。彼はティッシュペーパーを渡しながら相手を見つめた。今日は何も質問してはならず、チップのことは別の日に話さなければならない。彼は彼女に付き合い、彼女がようやく泣きやんで次第に落ち着いてくるまで長い間座っていた。彼女に付き合って、人生で最も長い午後を過ごした。

別れ際、ジャネットはエーコを小型ディスプレイの前に連れていき、いくつか操作をすると、画面上に「登録完了」の文字が表示された。彼女はエーコにIDとパスワードを手渡し、部屋に帰ったらそれでサインインし、データベースに入って火星のすべての映像資料を視聴することができる、と告げた。

「アーサーのフィルムは全部あるわ。彼の名前で検索すればいい」

ジャネットの声は少しかすれ、まだ嗚咽が交じっていた。目は赤く腫れ、顔もむくんでいるように見え、髪は乱れていた。だがエーコは、彼女をとても美しいと思った。誠実な感情ほど人を美しく見せるものはない。ジャネットは今年四十五歳になる。彼女は多くの日々を力強く生きてきたが、今日、最も大切な生活を失ったのだ。先生がいつか戻ってくることを心の中でずっと期待し、その期待は彼女を孤独だが強くほがらかにさせていた。しかし今日すべてが終わった。エーコが終わらせてしまったのだ。

先生は死んだ。だが世界はそのために止まることはない。火星と地球は、空想者を一人失ったからといって運行を変えることはない。

二十二世紀の地球はメディアの世界だ。メディアが経済の柱になっている。バーチャル映像とプライベートネットワークが社会の構造を変え、人と世界の関係を変えた。実体製造業は行き詰まり、知財《IP》経済が救世主となった。「君こそがネットワークだ」これはIP経済の最も感動的なスローガンだ。一人一人がいくばくかの知識を差し出し、全世界をネットワーク化し、アイディアの取引によって無限のビジネスチャンスを得る。誰もが取引をし、言葉一つが商品に変わりうる。それは源のない水であり、資本のないところから生まれる莫大な利益であり、新しいネットワークへの合意がもたらす新しい変革であり、すべての思想、すべての絵、すべての笑顔が世界の富として生み出される。

人々は売り、買い、自分の作品を隠し、他人に金を払わせて公開する。どのような言葉もネットワーク取引で収入を得ることができるが、ネットワーク取引でなければ収入は得られない。ネットワークは瞬間の取引だ。資本の力が国家を超える。三大メディアグループが世界的規模で触手を伸ばし、手広く商売をし、帝国に成長し、様々な言葉を広め、そこから利益をむさぼる。「メディアへの投資は利益のためであり、価値とは無関係だ」という二百年前の記述はまだ効力を持っている。

一方、二十二世紀の火星もメディアの世界だ。火星のメディアは経済ではなく、むしろあらゆる人の生活スタイルだ。それは安定して変化のない電子空間であり、スタジオと結びつき、巨大な鍾乳洞のようにすべての人の創作をそこに置かせ、また他人の創作を自由に摘み取らせる。それは作者に代わり著作権を記載し帰属を明らかにするが、金銭の報酬は与えない。与えることと取ることはどちらも義務であり、金銭は別の統一された方法で支給される。

地球のメディアについてエーコは誰よりもよく知っている。それがどれほど素早くダイナミックで、また潮《うしお》のように強大かを知っており、宝箱のふたをどのように魅力的に描き、中の物を発掘するために人々に金を出させるかを知っている。彼はそうしたことを知っている。知らざるを得なかった。しかし火星のメディアについてはまだほとんど知らない。彼の感覚の中で、それはまるで静かに潜伏し、暗闇の中で生き、人々が敬虔に供物を捧げるのを待っている巨大な獣のようなものだ。彼はそれと人々との関係を知らず、誰が誰をコントロールしているのか、誰が誰の命令を聞いているのかを知らない。それが創作者の生存を困難なものにすることがないのは間違いないが、創作者の富と栄華を阻んでもいるのだ。

先生は亡命者だ。エーコはついにそれを確信した。先生は大胆な恋人であり、自覚した亡命者だった。この二つの星の二百億という人間の中で、恐らく最初の一人だった。先生は二つの世界を行き交い、それらが遠く隔たり、バラバラに運行し、互いに遠ざかり、互いに無知であるのを見つめていたのだ。

映像館を出ると、エーコは道順通りにダンカン・ダンスカンパニー第一教室へやって来た。同じラッセル区にあり、さほど遠くなかった。電子地図に従い、二本の道を通り商店街を抜けると菱形の建物が見える。建物は平屋で、ガラスの壁越しに少女たちの姿が見える。

ダンス教室の周囲には遊歩道があり、遊歩道と壁の間にはフジバカマが植えられている。エーコは目立たない一角まで来ると遊歩道に立ち止まり、室内を眺めた。

ロレイン・スローン。彼には彼女が見えた。彼はマアースの船上と歓迎パーティーで彼女を見たことがあり、一目で見分けがついた。彼女は一人で教室の片隅で練習しており、ほかの少女たちは先生に連れられ、反対側でそろってストレッチをしていた。

彼は彼女の動作を見つめ、静かに観察した。撮影機器を出さず、ただ静かに見ていた。彼女の資料を調べたことはあったが、今は本人に会いたかった。ロレインが教室内で一人で跳躍しているのが見えた。彼女は長い時間をかけてずっと同じ動作を練習していた。連続した小さな跳躍、次に何度も回転する大きな跳躍。漆黒のウェアが彼女を色白でほっそりと見せ、黒く長い髪が後頭部できちんとまとめられている。時折立ち止まり、壁際に行って水を飲み、それから立ち上がり外を眺め、しばらく佇むとまた戻っていく。

エーコが撮影対象を探していたのは確かだが、彼女が適切かどうかはわからなかった。彼はティインのアドバイスを受け入れたが、それはティインのためではなかった。お姫様のゴシップには興味などなく、むしろ彼女の個人資料の中に地球でのいくつかの事件に関する記載を見て、大いに好奇心をそそられたのだ。それらの記載は無味乾燥で簡潔なものだったが、そこからあふれる吸引力は奇妙な衝撃を人に与えた。彼はその少女を想像し、その吸引力がどこから来るのかを推測した。彼女の外見は純白の小瓶のように物静かで、その中に秘められた矛盾した想念は、まるで静かな瓶の中に逆巻く海の波が収められているかのように、外からはまったくうかがい知れない。

午後の陽光がダンス教室の片側に照りつけ、うっそうと伸びたフジバカマがガラスに影を落としている。ロレインは練習を終え、腰を下ろしてシューズを脱ぎ、きちんとくるとバックパックに入れ、それから顔を上げてほほ笑み、反対側にいる教師にあいさつをした。

エーコは離れたところをうろつき、ロレインが出てきたらどうやって彼女に声をかけようかと思案していた。ちょうどその時、ダンス教室の正門の外の小径を、一人の青年が急いでやって来た。彼は痩せて背が高く爽やかで、骨格はしっかりとし、肩幅が広く、短い丈の制服のようなウインドブレーカーを着ている。室内を少し眺めると袖のボタンについた時計を見、遊歩道に立って待った。エーコは木の陰に隠れた。数分後、ロレインがバックパックを背負って出てきた。青年は彼女に笑いかけてバックパックを受け取り、二人は何も言わずに並んで立ち去った。

エーコは二人の後ろ姿を見送り、好奇心に駆られた。二人に素朴な穏やかさを見たものの、恋人同士かどうかは判断できなかった。親しげなしぐさはしなかったが礼儀正しいよそよそしさもなく、ただ黙ってほほ笑み、立ち去った。二人が与える感覚はとてもくつろいだもので、この都市の気配に似て、急がず、蠱惑《こわく》的なところもなく、わずかに無頓着で率直だった。それはエーコが慣れ親しんできた世界とは大きく異なっていた。彼が暮らした娯楽産業で発展した都市には、いたるところに飛ぶようなスピードや謎めいた関係があった。彼は慌ただしさと蠱惑に慣れていた。そのためここに来て、人々がゆったりと散歩し街角に腰を下ろしておしゃべりをしているのを見ると、強烈な違和感に正面から襲われた。彼は二人の若者の後ろ姿を見て好奇心を抱き、ロレインの子どもの頃を想像し、ここでの穏やかな社交生活を想像した。訪問の予定は空振りに終わり、きびすを返してもと来た道を戻った。

街に戻るチューブトレインで、エーコは映像資料館の展示ホールを思い出した。あの時、ホールには大小様々なクリスタルブロックが広々とした床に点在し、その中では動く風景や立体的な人物の姿が生き生きと行き交っていた。ブロックの側面の金属プレートには、その風景がどの映画から取られたものかが書かれていた。エーコはそれらを思い出し、突然、わけのわからない感覚に陥った。自分とそれらの映像の中の小さな人物たちが同じであることに、自分はまさにクリスタルの箱の中に、今この時だけでなく、火星に来る前にもいたことに気がついたのだ。

書斎

ロレインとアンカは並んで歩いている。二人はダンス教室の入口のチューブトレインには乗らず、直接ターミナル駅まで歩くことにした。二人とも歩くのが好きなのだ。

歩行者用のチューブはトレインの下に並行する位置にあり、細長く続いている。ガラスのチューブの中を歩くのはまるで厄介ごとをやり過ごすように感じられ、二人の距離は近づき、同じ方向を向く。チューブの直径は約三メートルで、床は地面から約五〇センチ浮いており、透明な床から赤い大地が見える。チューブの左右の端にはアイリスがまばらに植えられ、その真ん中に人が二人通れるほどの小径が延び、辺りの風景が一望できる。二人は肩を並べていたが、どちらも相手には触れなかった。手はそれぞれの服のポケットに差し込まれ、歩調は揃っていた。ロレインのコートはダンスカンパニーの制服で、アンカのウインドブレーカーは飛行中隊の制服だった。ロレインの背はアンカの下あごの高さで、横を向けば彼のまっすぐな首が見え、彼の肩の筋肉の起伏を感じることができ、アンカには彼女の華奢な横顔が見え、彼女の髪の柔らかく淡い香りを嗅ぐことができた。

ロレインは胸の内をアンカに打ち明けた。そのことを人に話したのは初めてだった。もともと、水星団《マーキュリー》の友人たちには永遠に隠しておくつもりだった。権力で横入りさせられた、そんなことは友人たちの手前、恥ずかしかった。彼女は子どもの頃から、身分によってひいきされることを最も嫌っていた。

「みんな、私を笑うかな」彼女は小声でアンカに尋ねた。

アンカは笑った。「僕たちがみんな才能に恵まれていると思ってる？」

「それでもみんなは正式に選抜されたのよ」

「ただの試験だ」

「私がおじいさまの権力を借りてうまくやった人間だとは思わないの？」

「馬鹿を言うな」アンカは答えた。「君は君だ」

ロレインはいくらか安堵《あんど》した。アンカはいつも、大きな問題を取るに足りないものにする力を持っている。彼は普段は無口で、どんな建前も口にしたがらず、深刻な重大事や些細な物事は彼にかかればなんでもなくなった。話しているうちに、彼女も本当に何でもないたような気になった。私が小さいことを大げさに捉えていたんだ、と彼女は思った。アンカは彼女の話を聞く時、あまり質問をしない。それは二人の間の暗黙の了解だった。話があれば話し、話すことがなければ相手も多くは尋ねない。アンカが彼女に話したいことがある時も同じだった。二人の習慣はそんなふうだった。

「昨日の晩餐会の後で倒れたって、ハニアが言ってたけど」アンカは尋ねた。「大丈夫だった?」

「大丈夫」

「どうしたの」

「何でもない。帰ってきたばかりで疲れていたの」

「じゃあ今日は練習しない方が良かったのに」

「公演までたった二十日間なのよ。重力もまだつかめていないもの」

ロレインの言葉は事実だった。彼女は今回の公演にまったく自信がなかった。昨日の午後にしばらく練習してみたが、パーティーの後に倒れてしまった。突然変わった重力に慣れるには、想像していたよりもずっと体力を要した。彼女のソロダンスは今回の公演の目玉だった。火星の子どもゆえに生まれつき骨質が軽く、バランス感覚が良い。加えて地球環境の負荷の下で育ち、さらにプログラムは跳躍が中心で、人間の身体の限界に挑戦することになる。これらすべてが重要なテーマとして研究者の興味を引いた。彼女は彼らの格好の標本だった。地球人は彼女を地球の長いダンスの歴史における生きた展示品とみなし、火星の子どもたちは宇宙から帰ってきた少女の何が違うのかを、早くから好奇心をもって見たがっていた。彼女にはそうした視線が見えた。議事堂ホールの中央で、ダンス教室に入っていった時、彼女の映像が街角の大型ディスプレイに現れた時、彼女にはそうした待ちかまえるような視線が見えた。熱く、好奇心に満ち、凝視し、不満げな視線だ。

今日のレッスンがまるきりうまくいかなかったことを、彼女はアンカに伝えたくなかった。空中の姿勢をうまくコントロールできなかったし、踏切と着地の地点もしっかりとつかめなかった。身体は軽く、地球でなじんだ力がみな消えてしまっていた。膝とくるぶしはひどく疲弊し、くるぶしは特に痛み、繰り返し語られすぎた昔話のように、張りを失っている。重力の転換は生易しいことではなく、地球から来た者は身体をなじませる必要があり、歩く時には金属製の重い靴を履かなければならない。だが彼女はほとんどすぐにレッスンを始め、歩くことに慣れる前に踊ることに慣れねばならなかった。

「今日は中隊は何もないの」彼女は話題を変えて、アンカに尋ねた。

「あるよ」

「じゃあ、私に会いに来るのは面倒だったんじゃない？」

「帰ってきたばかりだから大丈夫」

「フィッツ大尉がすごく厳しいって言ってなかった？」

アンカは笑った。「大したことないよ。せいぜいクビになるくらいで、それもどうってことはない。ちょうど喧嘩したばかりだし」

「どうしたの」

「ちょっとしたこと。口喧嘩だ」

ロレインは胸がざわつき、探るように言った。「アンカは何もかも順調なんだと思ってた。新しい制服も作ったのに」

「僕のために作ったわけじゃない。僕がちょうど間に合ったんだ。うちの隊だけじゃなく、空軍十一支隊はみんな作った」

「どうして。もうすぐ活動があるの？」

「いや。今年は航空システム全体の予算が五〇パーセント増えたんだ。だから空軍にも増えた」

「どうして」

「ケレスと関係があるんだって」

ロレインはしばらく考えて尋ねた。「……地球とは関係ある？」

アンカもしばらく考え込み、それからうなずいた。

「あると思う」

彼は説明を続けようとはせず、二人はしばらく沈黙した。ロレインの不安はますます強くなった。似たような話を聞くのはこれが最初ではなかった。アンカは空軍第五中隊に所属し、平時は技術チームとして衛星輸送と宇宙巡回に携わっているだけだが、トラブルが起きればただちに配備を変え、強い戦闘力を持つ。ロレインは子どもの頃、輸送機が五分間で戦闘機へと大きく姿を変え、戦えるようになるのを見たことがある。当時彼女はまだ七歳で、驚きのあまり口をぽかんと開けてしまった。穏やかに過ごしている生活の下に、もう一つの見えない秘密の顔があるのを見たようだった。

彼女はアンカの話がどの程度戦争の危険性を予言しているのかわからなかったが、開戦は望んでいなかった。彼女は地球で人生の最も大切な一時期を過ごし、その大切さは火星での子ども時代にも劣らない。どうであろうと、彼女はそこが戦火に侵略されるのを望まなかった。誰が勝とうが負けようが、見たくはなかった。

チューブトレインに乗り、たった数分でロレインは自宅に着いた。アンカは彼女に付き合って下車し、戸口で別れを告げた。二人は小径に立ち、ロレインはアンカを見つめた。彼の瞳は青く、しばしば散漫な、心ここにあらずといった色を浮かべる。彼女は彼の鼻すじに細い葉が一枚ついているのを見つけ、手を伸ばして取った。彼は手を上げて自分の鼻をなで、彼女を見て少し笑った。

「帰って早く休んで」アンカは念を押した。

ロレインは大人しくうなずき、わかった、と言った。

「あまり考えすぎないで」彼は付け足した。「君は君だ」

それから彼は別れを告げ、背を向けてチューブトレインに乗った。ロレインはひとり庭に佇み、長い間静かにそれを見つめていた。

アンカは大事を小事のように言う人で、どんなこともするべきことはやり、大げさに言うことを一番嫌っているから、彼がフィッツ大尉と口論したと語ったのは恐らく激しいぶつかり合いだったのだと、彼女はわかっていた。何があったのだろう、と彼女は静かに推測した。

いくつかのことが、彼女とアンカの間ではこれまで語られてこなかった。

五年前、地球で初めて空港ターミナルビルを出た時の情景を、彼女はまだ覚えている。その時彼女を出迎えたのは潮騒のように轟くエンジン音だった。彼女は数歩後じさり、驚きで目を見張った。地球の空には大小様々なプライベートジェットが行き交い、上空から地表まで絶えず往復し、すさまじい速さで翼が摩天楼をかすめ、すれすれに交錯し、互いに身をすり合わせていた。彼女は荷物を抱えた。さながら洪水の中で岩にしがみつくように。空は灰色で、彼女がよく知っているダークブルーでも、砂嵐の中のオレンジ色でもなかった。あらゆるものが鳴り響き、音量はふいに大きくなったり小さくなったりし、広告看板がいたるところで瞬く。何百何千もの人々が海の波のように、せわしない足取りで彼女のそばを通り過ぎ、まるでうなり声を立てる幻影だ。ほかの子どもたちはみな先へ行ってしまい、みんなも引率の地球の職員も大声で彼女を呼んでいたが、彼女はただ身動きができず、その場に硬直し、荷物を抱きかかえ、いら立ちを込めた様々な音が耳をつんざくばかりに鳴り響くのを聞いていた。通行人が彼女にぶつかり、荷物が、まるで山の岩が音を立てて崩れるように地面に落ちた。

その時、一本の手が前方から伸びてきて、彼女の荷物を拾い上げると肩に掛け、彼女の手を引き、先へと連れていった。彼は、彼女が恐怖に呆然としていたわけを聞かず、ただ一言、急ごう、前の方はもうずっと先へ行ってしまった、と言い、彼女を引っ張って人混みの中を突き進み、案内板の指示を読み、人々を追い越して引率者を探した。彼はとても落ち着いているようで、脇目も振らず、視線は鋭く辺りを見回し、時折、判断するための言葉をいくつか口にした。二人は素早くスムーズに仲間に追いついた。恐らくたった数分間、彼は彼女の手を引いて、新しい世界へと安全に連れていった。その日、彼は少しほほ笑んだだけだったが、それ以来彼女の心には彼の笑顔だけがあった。彼女は彼に伝えなかったし、彼が自分のことをどう思っているかもわからなかった。

庭にはほころぶ花が静かに生い茂っている。ガーベラはいっそう盛んに伸び、ユキノシタは足元に広がり、花壇のわきの小径をほとんど覆い尽くすまでになっていた。

ロレインがドアを開けると、激高した話し声がたちまち襲ってきて、思考を断ち切った。彼女は注意深く耳を傾けた。声は客間から聞こえており、そこには多くの人が集まっているようだった。

彼女は呆然として初めは理解できずにいたが、いくつかの言葉を聞いて、室内で何が話されているのかがわかってきた。胸が高鳴り、こっそりと客間の戸口に近づいてドアの前に立ち、息を潜めて室内の声を聞いた。大人の会話を盗み聞きするのは初めてで、見つかるのではないかという不安と習慣からくる後ろめたさを感じながら、何かにぶつかったりしないように用心深く立っていた。

室内の声はほとんどが聞き慣れたものばかりだった。祖父が彼女の家に引っ越してきてから、彼らはよく家に出入りするようになった。大声の人はルアクだ。彼は水システムの長官で片耳が聞こえず、会話ではいつも首を傾けており、声は非常に大きいが、耳が遠いことを他人に知られるのを最も恐れていた。早口の人はラックで、公文書館の館長だ。常にいかめしく、古典の引用を好み、文才に優れ、あまりに博学であるためその話はほとんど理解できないほどだった。ハスキーな声はロランだ。土地システムの長官で、普通の言葉でロレインには一言も理解できないことを話す。数字と単語が入り乱れ、周波数を合わせ間違えたロボットのようだ。もちろん、ホアンもいる。彼の声はすぐに聞き分けられる。彼は航空システムの長官で、こうした場面には必ず同席している。

「……一万回は言ったぞ、最も重要なのは今じゃない、未来だ」これはホアンだ。

「私だって何度も話したさ、五十年の間に彼らがそれを実現する可能性はファイブシグマに満たない」ロランが言う。

「それでも可能性はあるんだな？」ホアンが問いただした。

「排除できないとしか言えない」ロランが答えた。

ルアクが叫ぶように言った。「確率の話だ！　どんなことでも徹底的に排除することはできないのだ！　サルにだってシェイクスピアを書けるのだ！　我々はこうした小さな確率のために何もせずにいてはならない！」

「それだってどんな問題かによるさ！」ホアンは少しも譲らず、声は極めて厳しかった。「制御可能な核融合なんて、どんなに低い確率でもダメだ！　百万分の一でも核融合エンジンに発展する可能性がある限り、奴らには渡せん。責任を負うなんて言うなよ、おまえにはその責任は負いきれないんだ！　奴らの腹には友好しかないと本当に思っているのか。奴らが友好談義のために来たと本気で思っているのか。教えてやろう、今日俺たちが核融合を奴らに渡したら、奴らは明日にでも宇宙船で攻め込んでくるぞ」

「では、どうすればいいのだ」ルアクもいら立ちを見せた。「奴らはたとえかみ殺されたって俺たちに水力工学拠点の計画を渡さないぞ。まさか着工しないわけにはいくまい。ケレスの水はどうする。水は要らないのか。俺たちは星ひとつをはるばる運んできたのに、まさかここでやめるのか。全部台無しか。水がなければ渇き死ぬんだぞ」

「はっきり言うぞ」ホアンがすぐさま言葉を継いだが、声は逆に落ち着きを取り戻していた。「威嚇手段がなければ何も手に入らない」

ラックはずっと口をつぐんでいたが、その場をなだめ、圧力を和らげるかのように立ち上がった。

「ルアク、このプロジェクトは本当になくてはならないのか。彼らは電気制御プロジェクトシステムの提供にはすでに同意したじゃないか。どうだろう……もう一つの方は、こちらで方法を考えることはできないか」

「考える……もちろんできるさ。誰にでも考えられる」ルアクの声はますます沈んできた。相変わらず大声だったが、ずいぶん気が滅入ったようだ。「だがどこでデータを手に入れればいいんだ。俺たちに河流実験室があるか。河流があるか。本物の乱流衝突データが必要だ。今はモンテカルロでも成しとげられない。これはエンジニアリングだ。データがなければ、何も保証できない」

客間は三秒間、静まり返った。音のない、長い三秒間だった。風船が膨らみ、もうすぐ破裂しそうな三秒間だった。三秒後、ロレインに祖父の声が聞こえた。

「ホアン、武力を行使しないことが原則だ」祖父は簡潔に、だが重々しく言った。「今はまだその必要もない。向こうもまだ、核融合技術が絶対に必要だとは言っていないし、こちらから話題にすることはない。まずはなかったことにして、様子を見るのだ。向こうもこれを欲しがるとは限らない」

ホアンの口ぶりはやや緩んだ。「だが俺たちにはどうしたって最低限の共通認識が必要でしょう」

「武力に訴えないことが共通認識だ」祖父はしばし口をつぐみ、再び穏やかに付け加えた。「もちろん、ロ

では好きなように言って構わない。それはわかってい
るだろう」

しばしの静けさの後、ロレインには彼らが立ち上がる物音が聞こえた。ソファーがギシギシと軽くきしみ、衣服がこすれ、靴が床を踏んで力強い音を立てる。彼女は慌てて抜き足差し足、ホールの方まで戻り、玄関を入ってきたばかりというふうを装い、鏡に向かってコートを脱ぐとルームウェアに着替え、鏡の中の髪形を見つめているふりをした。

室内の大人たちが出てきた。まずルアク、続いて連れ立ったラックとロラン。ルアクが一番背が高く、すらりとした姿はまるで帽子掛けのようで、後ろの背が低いロランをいっそう痩せて小柄に見せている。ロランのひげはまばらでぼさぼさだが、目つきは生き生きとして、彼自身を精悍に見せている。ラックは一番温和で親しみやすく、生まれつき愁いに満ちた学者風の容貌で、目じりが下がり、口元にはいかめしい皺《しわ》が寄っている。ロレインは兄がかつて、ルアクはエンジニアの中では将軍で、ロランは数学の天才、ラックは言語学の大家なんだと話しているのを聞いたことがある。彼らはみな戦後の火星再建の功労者だ。彼女は大人たちを見て努めて優しい笑顔を浮かべ、帰宅したばかりのようにいつも通りあいさつをしたが、心臓は激しく鼓動を打った。声が震えてしまいそうだったが、幸い大人たちはみな考えごとが多すぎて、誰も気づかなかった。彼らは順番に彼女のそばを通り過ぎ、彼女に笑いかけ、肩を叩き、帰宅を祝い、それから上着と帽子を身につけ、慌ただしく去っていった。

通り過ぎる時、ラックは短く素早く、済まなそうに告げた。彼女が前日に書いた手紙を受け取ったが、返事が間に合わなかった、自分はここ数日ずっと滞在しているから、執務室に直接訪ねてきて構わない、と。

ロレインは慌てて感謝を述べた。

最後に近づいてきたのはホアンだった。彼は色の濃

いゴムボールのような顔と、ベルトが締まりきらない丸い腹をして、木版画の中の八百年前のインドのスパイス商人にそっくりだった。がっしりとした体格だったが、動作は機敏だった。二筋のひげは弧を描いて跳ね上がり、眉は黒く濃く、髪は巻き毛だった。こうした特徴は彼を愉快な人物に見せ、闊達《かったつ》な第一印象を与えやすく、鋭く怒りを帯びた目つきをやすやすと隠すことができた。客間を出る時、彼の顔つきはまだ殺伐としていたが、ロレインを見るとたちまち大きく口を開けて笑い出し、彼女が子どもの頃のように、顔を見るなり抱え上げた。

「おいおい、白ウサギちゃんが帰ってきたな。早く俺に見せてくれ」彼は彼女を抱え上げたままくるりと回ると、また下に下ろした。「どうしてまだこんなに軽いんだ。地球でいじめられたのか。ちゃんと飯を食っていなかったのか」

「私……私、ダンスをしているから」

「ダンスをしてたってちゃんと食わなきゃ！　ぽっちゃりしてた方がダンスもきれいだぞ」

「それじゃ高く跳べないもの」

「高く跳べないからって何だ。そんなに高く跳んでどうする。食いたいものを食えよ。何を食えばいいかわからなかったら俺のところに来い。あのな、ホアンおじさんは芸術家なんだ。昨晩のケーキは食ったか。いくつ食った？　うまかったか」

「二つ。おいしかった」

「あれは俺が作ったんだ。食事が始まる前にオーブンに入れたのさ」

「おじさまはケーキも作れるの？……ホアンおじさま、昨日の夜、おじさまの声が聞こえたの、おばあさまが……」

「おまえにも聞こえたのか」ホアンはよく通る声で高らかに笑い出し、その声の中には少しの陰りも聞き取れず、それはいくぶんロレインの予想を裏切った。

「ウサギちゃん、あのな、交渉っていうのは、脅かし役と善人役が要るものなんだ。おまえのおじいさんはいつも善人役をやりたがるから、俺は脅かし役になるしかない。こいつは不公平ってもんだ。俺はずっと前におじいさんに言ったよ、いつか俺も善人役になるんだってね」

ホアンは大らかに笑って腹を叩き、後日必ず自宅に食事に来るように言うと、立ち去った。

その後ろ姿を見ながら、ロレインの胸は高鳴っていた。彼女はホアンが向こうを向いた瞬間にその表情がまた厳しくなり、大股で、正確な一直線を描いてトレインに乗車し、上半身が少しも揺れ動かないのを見た。彼はロレインが子どもの頃から彼女をあやすのが好きで、彼女を抱いて自分の太った腹の上に座らせ、白ウサギちゃんと呼び、頬ひげを剃った後の顔で頬ずりし、大きくなったら何になりたいか聞くのが一番好きだった。

彼女は今、大きくなったらどうなりたいかがわかっている。成長するということは、言葉そのものではなく、言葉の裏側にあるものを理解しようとすることだ。

廊下は静かになった。振り向くと、兄と祖父が客間の入口に立ち、小声で話し合っている。廊下のつきあたりには明かり取りの掃き出し窓があり、暗赤色の地面が逆光の中でほとんど褐色になり、チョウセンアサガオの花がぽつりぽつりと銀白色を浮かべている。二人は言い争っているようだったが、声は低く、ロレインにはよく聞こえない。祖父が青ざめ、ひどく厳しい表情を浮かべているのが見えた。祖父のそんな表情はめったに見たことがない。覚えている限りたった一度、たしか画面上で見た、祖父が議事堂のホールで騒動を鎮めた際の厳しい表情は、今日といくらか似ていた。その時祖父は大股で扉を抜け、椅子を引いて座り、まだ一言も口にしないうちに、その表情にホール全体が静まり返ったのだ。

「……原則でも最後の一線とは限らないよ」兄が話していたようだ。

「最後なのだ」祖父の言葉が聞こえた。「原則であるからには、最後の一線だ」

彼女はその時、ようやく自分の不安を確信した。それは嵐の前の静けさだった。もし交渉が決裂すれば、戦争が再び始まるかもしれない。だが地球人が欲しがっているのは、制御可能な核融合技術なのだ。

ロレインは部屋に戻るとバックパックを床に落とし、自分もそのまま床に座り込み、身体の力を抜いた。彼女にとって、それは長い午後だった。大人たちの会話は大まかで、あらましであり、テクニカルな言葉が多かったが、大筋をつかむには十分だった。彼女は落ち着かない気分で着替え、入浴し、浴槽の中に座ってぼんやりと考えた。湯気が頭の周りに満ちている。

もう長いことそうした直接政治に関わる議論を聞いていなかった。子どもの頃はそうしたことに慣れ親しんでいた。大人たちはしばしば彼女の家に集い、苦いコーヒーを何杯も飲んで気持ちを奮い立たせ、壁一面に地図を投影した。だが地球ではそうした場面に出くわすことはめったになく、最後の一年の原理主義運動を除けば、残りのほとんどの時間は遊び気分でいっぱいの浮き立った環境の中で暮らしていた。その毎日はまるでシャンパンのように軽やかに、ゆっくりと立ち昇る気泡に満ちていた。

彼女は長い間、今日のようなエスプレッソにも似た濃い議論を目にしておらず、それは地球で政策決定者の住まいから遠く離れていたためだけではなく、雰囲気によるところが大きかった。地球で出会った政策決定者に比べ、火星の大人たちは明らかに極めて幅広い物事について真剣であり、彼女は彼らが宇宙における責任や人類の終末について語るのをいつも聞いていたが、地球の政治家はどうやらそうした問題に触れたことがないようだった。彼女は地球で、ある国の政府が世界銀行に破産申告をし、またある国の元首が自ら動画を撮影して観光を促進し、さらにある国の外務省が表立って他国の債権をいくらか購入するのを見ることができ、それぞれがまるで企業のように運営のためにマネジメントをしていたが、火星でよく耳にするような、ある星を移動させたり、人類生存のための新しいモデルを構築したり、人類の文明の成果を統合したり、人類史のシミュレーションにおけるエラーを計算したり、といった類《たぐい》のニュースを聞くことはめったになかった。彼女はしばしば、ある種の転倒した錯覚を覚え、もしも宇宙の異種族がこれらの情報を目にしたなら、前者は二千万人を統率し、後者は二百億人を統率していると勘違いするのではないか、と考えた。

彼女は今日、そうした話を聞き、もはやはるか遠いことのように感じた。子どもの頃はそのような遠大さに心が沸き立つ思いをしたものだが、地球では、その情熱は突然失われてしまった。誰かにそう言われたのではなく、彼女が単に信じられなくなったのだ。より大きな、より混乱した世界を見てたちまち困惑してしまい、まるで自分たちの変革を待っている人類も、自分たちに希望を託す文明もないように感じた。かつての遠大さは遠大さへの錯覚に変わり、あたかも幻想の風景に対して意気込んでいたように思えた。

それが何を意味するのか、彼女にはわかっていた。それは道に迷うということだ。まぎれもなく、今日彼女の家を訪れた大人たちは火星における人生のモデルであり、科学研究、エンジニアリング、探索、開発における成功者で、火星の厳粛で輝かしいあらゆる道の頂点だったが、彼らの姿の中にどうすれば自分の未来の行方を見出せるのか、彼女にはわからなかった。

目を閉じ、温かく柔らかな湯の中で身を縮めた。ベッドの枕元のディスプレイにはパーソナルスペースのサインイン画面が光っており、まるで弱々しい幻のように、浴室のガラスを通して彼女の顔を照らしている。そちらを見るまでもなく、彼女にはそれが感じられた。

彼女は自分が決断するべきなのだとわかっていた。すぐにスタジオに登録し、IDを復活させなければならない。それは毎年、火星の成人がしなければならない手続きで、スタジオがあってこそID番号があり、将来の様々なライフイベントやショッピングをするためのパーソナルスペースを得ることができるのだ。あらゆる仕事、あらゆる通行証、あらゆる金がすべて、その番号が証明するパーソナルアカウントの中にある。彼女はまだそれをアクティブにしておらず、それはまるで彼女がまだ存在しておらず、まだ地球から戻ってきていないかのようにひっそりとしていた。

だが彼女はこの選択をしたくなかった。戦いを終えた人が労働を望まないように。

火星のスタジオは多くの場合終身所属で、移籍する人はいるが、大部分の人は一つのスタジオで生涯働き、一段階ずつ昇進する。ロレインはそれを望まなかった。それは必然的な軌跡であり、誰もがそうしているのはわかっていたが、地球にいた五年の間、彼女は十四回引っ越し、十二の都市に暮らし、七種類の仕事をし、五つの異なるコミュニティに所属した。彼女は生涯の居場所をどうやって決めるべきか、もうわからなくなっていた。一律ということをもはや受け入れることができず、一切の階層を嫌悪し始めてもいた。幼い頃は絶対の真理だと思っていたことが、今はただの束縛に感じられた。そう思いたくはなかったが、自分自身を説得する方法がなかった。

サインイン画面は光り続け、彼女はいつまでもクリックせずにいる。

ディスプレイのそばの窓辺にはカラフルな可愛らしい小物が飾られている。歩き回りながら歌うデジタル時計、イチゴ形の温度計、あどけないロボットの人形、オレンジ色と黄緑色のガラスのランプ。ロレインはそのものたちを眺めた。自分がそれらを好きだったことはほとんど忘れてしまったが、そのものたちはくっきりと静かに佇み、十三歳の少女の世界のすべてを残していた。

ロレインは浴槽から出てドライルームで身体を乾かし、パジャマを着ると、清潔な暖かい香りの中で慰められるような勇気を感じた。彼女は見知らぬ一人の少女を見るかのように、鏡の中の自分を見つめた。髪はしっとりと濡れ、白い首は細すぎてとても脆そうに見え、期待した自分の姿とは異なっていた。彼女は自分がもっと強く明晰《めいせき》で、どのように生活すべきか、どのように選択すべきかを知り、静かに思いをめぐらすことができ、はっきりとした、確固とした生活を送れるようでありたかった。この鏡の中のように困惑し、弱々しい姿でありたくはなかった。

彼女は髪をまとめ、そっと部屋を出、廊下を通って祖父に会いに行こうとした。

昨日、祖父は言っていた。今日は両親の命日だから、一緒に夕食を取り祈りを捧げようと。部屋部屋を一通り見て回ったが祖父も兄もおらず、ダイニングには食べ物が、調理器具の中で温かいまま置かれていた。

彼女は透明な皿と空っぽのダイニングを眺めながら、心の中でため息をついた。祖父は結局、自分の提案を守れなかったのだ。祖父を責めることはできない。彼は総督であり、彼女は今しがた交渉の危機があのように突然現れるのを目の当たりにしたばかりなのだ。

何も食べず身を翻してキッチンを出ると、静まり返った階段を上り、二階の父の書斎に行った。

彼女は一人で両親と話し、どのように生活を選ぶべきかを尋ねたかった。

両親が亡くなった時、彼女はたった八歳で、多くの物事がわかっておらず、わかっていたことはもう今では忘れてしまっていた。彼女は地球で自分の記憶を閉ざそうと努め、長い間そうしていたために本当に開くことができなくなってしまった。自分を強くするために過去とのつながりを絶ったのだが、あまりにも長い間そうしていたために、過去の扉は開くことができなくなってしまったのだ。

ドアを開けると、彼女はその部屋が五年前に離れた時のまま、十年前に両親が生きていた時の様子を保っていることに気がついた。それは父が生前本を読み、母が彫刻をした場所であり、両親と友人たちがお茶を飲み議論した部屋でもあった。卓上にはまだティーカップが並び、ティースプーンが皿の上に置かれており、あたかもティーパーティーが終わったばかりで、談笑はまだ止まず、人々はまた戻って来るかのようだった。テーブルや棚にはところどころに道具が置いてあり、作業台には未完成の彫刻まで置いてある。すべてが入念に守られ、死者の衰頽《すいたい》が注意深く避けられていた。部屋全体が完全無欠で、ただあまりにも守られすぎていた。窓枠や部屋の隅々まであまりに清潔で、塵《ちり》ひとつなく、生者の気配がないことは一目でわかった。

不揃いな本棚は建築物のようだ。それらは父のデザインで、高さはまちまちで横幅も異なり、直線的で、細密な文字を空中の楼閣のように積み上げている。夜がすでに訪れ、本棚は細部の見えない黒い影となっている。部屋全体がかつての歳月を凝視していた。人は消えたが、記憶はまだ存在している。両親の生活はずっと芸術と関わりがあったことをロレインは覚えている。その頃彼女はまだ小さかったが、記憶は心の中にある。ある種の気配、芸術の、交流の気配だ。

彼女は壁に沿ってゆっくりと歩き、室内の物を一つ一つ眺め、手に取ってはまた元に戻し、両親が以前それらを手に取っていた様子を思い浮かべた。

壁際のコンソールの上に、一冊のアルバムが開かれた状態で立っているのを見つけた。中には両親の大きな写真があり、半月形のコンソールに厳《おごそ》かに佇み、あたかも飾り気のない清潔で落ち着いた祭壇の遺影のようだ。

アルバムを手に取り、一ページずつめくった。両親の幼い頃からの写真、教室での表彰、ダンスパーティーの集合写真、研究と芸術創作の記録。若い頃は二人とも活発な性格で、父は歴史劇を書いて自ら演出し、出演したことがあった。そのシーンは壮大かつ華麗で、地域の小劇場を借りてプロジェクターで背景を写しており、まだ幼さの抜けない十数歳の学生を数多く引き連れ、あたかも刑場に赴こうとするかのように、重々しく決然とした表情をたたえていた。母は絵画と彫刻を好み、少女時代にコンテストに出品した作品が今も地域の博物館のホールに展示されていることが写真からわかった。二人はのちにエンジニアリングスタジオを選択したが、趣味は生命が尽きる時までずっと続いた。

ロレインは眺めているうちに、自分が子どもの頃に最も多く母と過ごした場所は母の作業部屋だったことを思い出した。

彼女は突然、虚空の中に母を見出した。棚のそばに佇み、黒く長い髪を編んで後頭部にまとめ、集中したまなざしで細やかに情感を込めてじっと自分を見つめ、それから素早く作業台の前に戻った。両手は緊張を伴いつつ素早く粘土を叩き、視線は粘土を凝視し、手の中の彫刻刀が細かな輪郭を描き出した。彼女は自分がリボンをつけて椅子に腰掛け、腕に人形を抱いて興味津々で母を見つめ、虚空の中の情熱に感染しているのを見た。

それから父も見えた。彼女たちのそば、棚の一つに腰掛け、茶褐色のシャツと毛皮のベストを着て、片足を傍らの椅子に、肘はもう片足の上に乗せ、手にはペンを取り、虚空に向かって手ぶりをし、すべてを見通せるかのような鋭い笑顔をたたえて歴史を語っていた。傍らには他にも多くの大人たちがおり、男も女も、歴史や感動的な芸術や思想について語っている。彼女にはわからなかったが、聞き続けた。

その場面は彼女の記憶を描き出し、頭の中に封印されていた過去のことを一つ一つよみがえらせ始め、文字と夜色に伴い周囲の空間に流れ出した。彼女は自分が多くの場面を忘れたわけではなく、ただ一時的に思い出さずにいただけだったことに気づいた。

彼女は突然、あるページにその一行を見つけ、はっとした。

　　今日から、アデルは正式にスタジオがない者になった。

それは母のことだった。

母がスタジオをなくすことなどあり得るだろうか。急いで日付を見ると、自分が六歳になった年だった。ほかには説明がなく、何が起こったのかわからない。

ページをめくり、出来事の一覧までくると、母の記載は亡くなる二年前で終わっていた。その後はどのスタジオにも登録しなかったため、資料や出来事はすべて、突然幕を閉じる未完の演劇のように断ち切られてしまっている。

母も登録を望まなかったのだ。ロレインはそう考えると、わずかに甘い悲しみを感じた。死によって隔てられた生命の両端で、彼女は魂がかすかに続いていることに気づいた。自分が一人ぼっちで悩んでいるわけではなく、そこには幾重にもからみ合う両親の影響と面影が含まれているような気がした。自分の漂泊とそれによって起こる不安は、そのために奇妙なものとは感じられなくなった。彼女は大きく遠回りをして、最後に母の道へと戻ってきたのだ。

けれど、母はなぜそうしたのだろう。わからなかった。自分の悩みが地球の生活様式によって変えられてしまったことなのは明らかだったが、もし母が自分と同じ苦しみを経験し、最後に所属しないことを選んだのなら、それはどうしてだったのだろう。

母に関する資料をもっと読んでみたかったが、アルバムにあったのはそれだけだった。彼女はそれをきちんとコンソールに戻し、振り向いて、傍らの本棚にほかの資料を探そうとした。

ちょうどその時、彼女は月明かりのもと、半月形のコンソールのそばの暗がりに一束の白い花が置かれているのを見つけた。花は百合で、地味な緑色のフロックペーパーに包まれ、目立たないように、月の光が届かない場所に置かれていた。先ほど入って来た時には見えなかったのだが、今突然、視界に入ってきたのだ。

近づいて花束を持ち上げると、下に一枚のカードがあった。カードは祖父の筆跡で、内容はたった一言だった。

許してくれ

ドキリとした。

祖父はもう来ていた。夕食は共にできなかったが、すでに来ていたのだ。

彼女はそのカードを繰り返し眺め、奇妙に思った。わずかな月明かりが照らす中、カードは真っ白く、万年筆の黒く角ばった文字がくっきりと目を引いた。

その意味を推測したが、何の手がかりもない。祖父は両親の許しを求めなければならないようなどんなことをしたのだろう。祖父はその日、両親の写真を見ながら、こんなふうに慈しみと悲しみを抱いていたのだ。

許してくれ

彼女はもう一度その文字を見つめた。突然、電流に打たれたような気がした。

頭の中に午後のホールで祖父が話していた時の表情

が浮かび、その瞬間、彼女の心臓はまるで躍動を止めたようになった。自分がいつ、祖父の映像を見たのかを突然思い出した。それは出発の前、出発の二ヵ月前だった。彼女は客間で映画を見ようとしており、ふいに流れたばかりの別の場面に触れてしまったのだ。それは祖父とあの議事堂ホールの騒動の映像だった。彼女は祖父が険しい表情を浮かべてホールに入り、騒ぎを起こしたすべての人を鎮めるのを見た。まだよく見ていないうちに祖父が客間の入口に現れた。そこで彼女は慌てて動画を止めた。

一ヵ月後、彼女は地球へ行くことを知らされた。

展示会

ホテルの大型ガラスはそのままディスプレイとして使うことができる。壁面全体にプロジェクターで投影すると、なめらかで光沢があるために画像が鮮明だ。エーコは部屋を映写室にし、撮影をしない時はずっと室内にこもり、先生の遺作にどっぷり浸かっていた。

先生の作品はエーコに様々なことを連想させた。彼はそんな映画を見たことがなかった。先生は子どものように数多くの疑問を投げかけ、作品一つ一つがすべて質問になっていた。技巧にはまったく構わず、仕掛けもなく、ただ最もダイレクトなシーンを次々と並べ、自分自身が奥深いと感じる設定を配置するだけだった。

先生の作品を見ていると、まるで一冊の日記を読んでいるような気がした。先生は自分の生活について決して語りはしなかったが、シーンを点描することによって八年間の思考を記録していた。一つ一つのシーンすべてが言葉だった。その中には大量の不完全なシーンがあり、「未公開」というカテゴリに分類され、まるである人が日記に思いのままに書き出したひらめきのようだった。完全な作品は二十篇で、長いものも短いものもあり、いずれも名前はついておらず、ただ番号で編成されていた。

ある作品の冒頭で、先生は一人の少女を撮影していた。ピンク色のスカートをはいた美しい少女で、カメラは左から右へ、頭からつま先へと、彼女をはっきりと映した。画面の外の声が言う。しっかりと見ておいてください。これは私たちが彼女を見る最後の機会になるでしょう。言い終えると、カメラはふいに少女の身体に向かっていき、画面は黒くなり、それにつれて彼女の身体の中へ入っていったような感覚を見る者に与える。その後、観客は内側に閉ざされた魂としてすべてを見るが、まるで仮想のカバーがカメラに掛かったかのように、「自分」の外側を常に意識し、少女の様子を常に思い起こす。少女はそれからいくつかのこと、ありふれた些細なことをするのだが、すべての平凡さははるかかなたのものに変わってしまう。カメラはゆっくりと、だが他人の不幸を味わうように、知覚がありながら物事を見通すことのできない人間がどのように自分で築き上げた籠の中に閉じ込められるのかを、極めてはっきりと表現する。

様々な表現手法に対する先生の模索は、すべて「正確」という言葉で形容してよいものだった。

火星に来る前、エーコは自分の職業に疑問を持っていた。映画を撮るということは、ますます技術を必要としない仕事になっていた。3D技術の到来に伴い、誰でも監督になることができ、自分の家庭のショートフィルムばかりか、長篇連続ドラマを撮ることもできた。場面は立体的でリアル、さらに温度や湿度、匂いをつけることもでき、眼鏡を掛ければそのシーンに身を置き、その中に入り込んだように感じさせることもできる。そうして映画人の注意力は絶え間なく移り変わり、もはや画面の表現技巧はさほど考慮されなくなり、ただあらすじの複雑さに重点が置かれるようになった。だが先生は自分のやり方を通して、最良の表現手法は最新のものではなく、最も独特なものであることをエーコに伝えた。先生は依然として2Dの作品を作っていた。2Dの限界は優位性になった。先生は、若い頃に突飛な思いつきで毎日眠るときに自分を写真に撮り、人生の変化を記録しようとする人を撮影した。その男は本当にそのようにしていた。初めの頃はアラームを使って思い出さなければならないが、その後は食事や雑談や入浴の後のごく自然な毎日の習慣となる。ある日彼は仕事を終えて帰宅し、暇だったので、すでに撮った写真を見てみることにする。食事の支度をし、酒を用意し、暗がりに座ってリモコンを手に取り、壁に一枚ずつ写真を投影していく。映画は彼の視線とともに壁を凝視し、一枚また一枚と鮮明な胸像が過ぎていく。初めは違いがわからないが、映していくうちに男は老いていく。そこまで写真を映した彼は、そのまま止めずに先までずっと映し続け、男は少しずつ老いていき、老いさらばえた写真まで来て突然止まる。画面がすばやくその男に切り替わると、彼は相変わらずリモコンを手にして暗がりに座っているが、すでに年老いて死んでおり、食事はそのままテーブルに残されている。カメラはそこで止まり、静けさの中に死神の気配を漂わせる。

先生は3Dの作品もいくつか撮ったことがあった。それらの作品は、3Dホログラムによる正確な拡大縮小の感覚を利用していた。先生は、自分の手のタコに常に気を取られ、いつもそれをむしり取りたいという衝動に駆られている神経症の人物を撮影した。自分で自分を傷つけてしまわないように、男は注意をほかの場所に向けようと試み、その結果、壁の中の自動湯沸かし器の次第に大きくなるピーピー音が男の神経を痛めつける。そうして男は自分の手の皮膚に注意を払わないすべての人を羨み始める。男は他人の手に特に注意を向けるようになり、そのために苦しむ。作品を通して観客は立体の環境の中に入り込み、主人公の過敏な苦しみが異常なまでに拡大される。作品では特に二人のエンジニアを傍らに配し、巨大なプロジェクトが失敗しかけ、星が危機に直面していると語らせるが、比較すればやはり切実な苦しみ、手の上のタコの方がよりリアルに、より人を悩ませることを見る者に感じさせる。

エーコはすべての作品をすぐに見終えることはできなかった。外出せずに済む時はいつもホテルにいたが、それでも多くは見られなかった。先生が終始、人と生活の確実さを疑っていたことに彼は気づいた。先生の作品の中では、日常生活は分解されてはまた組み立てられ、まるであらゆる表象が安定せず、流動し、拡大あるいは散逸することも可能であるかのようだった。そうした過程で、いくつかの意味は消失し、いくつかの結論が奇怪にも浮き彫りになった。

エーコは先生が火星に残った理由を理解し始めた。そうしたすべての作品、実験的な物語やシーンのすべては、地球の環境では販路を得られない。先生が興味を抱いていたのは常に生活の分解だったが、その興味は誰からも必要とされなかった。人々が求めていたのは生活を指し示すことであり、生活の外を指し示すことではなかった。地球のネット上で最も簡単に売れるのは人の欲求を満たす作品、例えば孤独な時に交流できる幻影や、香水の匂いや血の匂いを帯びたもの、美女を伴って他人と闘うものや神秘的な啓示を含んだものので、それらはいずれも３Ｄ映画が最も得意とするところだった。社会への鬱憤を晴らす映画もかなり多くの支持を集めていたが、先生の作品を買う人はめったにおらず、それらが実際には風変わりなものかどうかにかかわらず、ビジネスで生き残ることは難しかった。先生のすべての作品はデータベースの中に存在している。先生が立ち去った後、スペースはジャネットがずっと管理していた。

データベースについて、エーコはその全貌と構造を詳しく知らなかったが、極めて巨大であることはわかった。彼はまっしぐらに、先生のパーソナルスペースを直接探そうとした。だがスペースに入る途中で、樹齢一千年の大木の枝のように生い茂る分節を目にした。それは極めて多くの記憶を保存しているのだろう、と彼は推測した。火星に生まれた人がみな自分のスペースを持っているとすれば、スペースの数は少なくとも数千万はあるだろう。さらに数十万ものスタジオのスペース、絶えず更新を続けるパブリックスペース、展示スペース、インタラクティブスペースが加わり、データベース全体がもう一つの火星都市、巨大な仮想都市となっている。一人の人間のパーソナルスペースはその人の家のようなもの、都市の掲示板は広場だ。自宅に作品を置き、広場で広告を打ち、他人に鑑賞を求める。まさに樹齢一千年の大木だ。枝葉が生い茂っている。

エーコはデータベース全体を閲覧して回ることはしなかった。一つには時間がなかったため、もう一つはジャネットに求められたためだった。

「秘密を守ってもらえないかしら」ジャネットはエーコにパスワードを渡した時、切実な口調で言った。「アーサー以外、私たちは他人にアクセス権を与えたことはなかったの。この中には多くの自由なものがあって、オープンになっているけれど、とても重要なのよ。管理人として、私は職権を逸脱すべきではないわ。でもあなたはアーサーの学生だから、彼が残したものを見てもらいたいのよ。彼の作品、それに彼が暮らした世界を。彼女はうつむいて自分の両手を見つめ、声はまだ泣いた後のかすれ声だった。私のほかに、一緒に覚えていてくれる人がほしいの。アーサーの八年間はすべてそこにあり、いつか私も死んだら、この世には誰も知っている人がいなくなってしまう。何でも見ていい、作品も持っていって構わない。ただ秘密は守って、お願い。

わかりました。守ります。エーコは約束した。

彼が他人に言うはずはなかった。彼はこれまで誰にも話したことはない。先生は人生の最も大切な部分をここに残し、彼は沈黙をもってその時間を受け継ぐだろう。先生は作品を残し、ジャネットは彼のためにスペースを開いた。これらすべては、彼が手に入れた最も貴重な贈り物だった。彼はその世界をゆっくりと回遊し、先生が探し当てたものを理解し、先生が火星に残り、そして離れた理由を探したかった。

エーコに言わせれば、地球のとめどない低俗化はまさに二十二世紀のしこりだ。知識の大衆化は二十世紀には全世界を覆い始めたが、その頃はまだ古い時代の名残があり、偉大で高貴な思想や知恵のために生きる人々も一部にいたのだが、二十二世紀になるとあらゆる偉大さは消滅し、それらを追い求める人はもはやいなくなり、人々のまなざしと理想はこれ以上ないほど萎縮してしまった。至高の知恵が追い求められることはなく、文明全体が低俗になり始めた。それは彼自身を含むすべての人が患う病だ。彼は先生がここで答えを見つけたのかどうか、疑いを抱いて火星に来た。

一人の人間からすれば、世界は一つの部屋だ。彼は一生その部屋に住むことも、扉を開けて別の部屋に入ることもできる。部屋を出ると思うと恐怖を感じもするが、時には出入りは単なる一瞬の転換にすぎない。空間的地図から見ると人間は部屋よりも小さいが、その人自身にとって部屋は単に生命の底流の一部にすぎず、時間的地図から見れば人は部屋よりもずっと広大だ。

表面的には、地球と火星の創作生活にはさほど違いがなく、創作し、公開し、歓迎してくれる人を得ようとするが、エーコほどそこにある本当の違いをはっきりと認識している者はなかった。地球でも作品を公開するスペースはあり、見かけはすべての人に対して民主的であるようだが、それはスーパーマーケットのような一過性の空間であり、作品は交易エリアに入ったなら、一瓶の牛乳のようにすぐに買い手を見つけ、素早く陳列棚から持っていかれなければならない。さもないと賞味期限が近づき、工場に戻されてしまう。三日、あるいは三十日。売れるか、さもなくば死だ。倉庫という倉庫は在庫がゼロになることを期待し、商人たちはみな目新しい商品に注目する。もし短い取引の中で問い合わせる者が誰もいなかったなら、あたかも作品までが腐敗し変質するかのようだった。理論的には、作品は誰かに発見されるまでずっと陳列棚に静かに置いておくことができるのだが、実際にはそうした状況は永遠に発生せず、その場で取引されるのでなければ、在庫にコストがかけられることはなかった。アドルノ（テオドール・アドルノ、一九〇三〜六九、ドイツの哲学者、社会学者）は、執筆における希望は世界に対して影響をもたらすことではなく、ある日、ある場所で、ある人が彼の執筆の本来の意図を完全に理解することだ、と語った。だがそのような希望は彼の死から二百年後、単なる幻想であったことがついに証明された。

そのような一瞬の取引では、至高の知恵に対する追求は受け入れられない。エーコはそのようなスーパーマーケットの中で七年間生きてきた。十八歳から二十五歳までだ。彼は遠大な理想を追い求めようとし、そのために大市場から離れることも惜しまなかった。彼の作品はある種の特殊な小型マーケットに属し、高価な有機フルーツ売り場のように工業製品とは区別され、購入者は固定していた。彼はその場所でのみ販売し、その場所でのみ購入した。彼には固定したサークルがあり、まるでカンザス南部で雨の恵みを受けた樹木のように、実を結ぶリンゴは多くはなかったが、独特の郷愁と香りを持っていた。それは彼の一貫した風格であり、テインがあえて組み込んだものでもあった。テインは当初からエーコと提携し、彼の代わりに計画を立て、安定したサークルこそが販売の鍵だと彼にアドバイスした。

だがそうであっても、エーコは地球でやはりあちこち奔走し、高層ビルの最上階の軽合金製高級デスクの傍らに腰掛け、見込みのありそうなスポンサーに自分の次の計画を述べ、新しいフレーバーのタバコをくわえ、芸術を語らずに自分の市場シェアを語らなければならなかった。彼は毎週二回、オンライン交流サイトへ行ってユーザーに会い、仮想の人物となってポーズを作り、自分の行動をアピールした。それは長年慣れ親しんだ生活であり、創作よりもずっと多くの時間を占めていたほどだ。

どうやら、それらはすべて火星では必要ないもののようだ。彼らは生存を憂えず、配給を心配せず、広告を打つ必要はなく、利益を追求しなくても構わない。それはどのような状態なのか、エーコにはほとんど想像もつかなかったが、彼はそうした生活に大きな魅力を感じることができたし、少なくとも彼にとっては、衣食の心配がいらず、ほかのことに気を散らすこともなく、一日中創作と理想を語るだけでよいのは、実に理想的なことだった。

エーコは作品をすべて見終えた後に、ジャネットともう一度よく語り合いたかった。彼は亡命者の視線で周囲の世界を見つめたことで、戸惑いを抱き始めていた。先生が火星を去ったのは、やはり不自然ではないだろうか。一人ぼっちで荒野をさまよう人が、木を伐り石を積んで垣根を作ったのに、家が完成したその日に都会に戻ってしまうようなものだ。あるいは、ある世界が明るくなり始めたら、もう一つの世界に身を隠すようなものだ。

それはなぜなのか、彼は考えた。何も部屋同士が回転扉でつながっているわけではないのだ。

その日の朝、エーコはいつも通り展示センターのホールにやってきた。

センターは火星で最も高く大きな建築物で、博覧会のメイン会場だった。地球の展示品はすべてここに展示され、代表団と火星の交渉もここの中央会議室で行われる。センターの構造は特殊で、五階建ての建物はさながらピラミッドのように、最下層が広いホールで、上層階になるほど一回りずつ小さくなっており、最高層の五階には会議室が一つあるきりだった。ちょうどその時、代表団は会議室で交渉の真っ最中で、地球の様々な品物が火星の住民たちとともに一階のフロアに連なっていた。

展示会のない日、センターはたいてい、科学技術博物館として使用される。火星の一般的な家屋の柱は不透明な色に塗装され、その中で動く機械の構造や回路を隠している。だが展示センターは違う。ホールには多くの太い柱がそびえ立ち、すべて透明で内部の構造をあらわにし、あたかも特殊な水族館の水槽か、あるいはスキャナーを通して見える生物の骨格のようだ。どの柱の脇にもプレートがあり、内部の設備の技術や機能、開発者、開発年表が掲示されている。基本的に、建物に必要なセキュリティやコントロールはすべてこれらの回路が司《つかさど》り、冷暖房から宇宙放射線粒子の遮蔽、水循環や空気循環に至るまで、壁そのものが自然環境の役割を果たしている。エーコはこれらを撮影し、読み、多くのことを学んだ。

普段の朝、エーコはまずするべき仕事を終わらせ、ホールで見学者を撮影し、会議室で交渉の場面を撮った後、心の赴くままに都市のほかの場所をあちこち見学したりぶらついたりして、目新しく興味を引かれる風景を撮影し、火星の生活を記録した。交渉の内容にはたいして面白いものはなかった。双方とも同じ話を繰り返し、希望を多く語れば相手は受け入れる。毎日の定例報告も同様だった。お互い友好的に意見を交換し、重要な問題について議論を行う。交渉を熟知している人はみな、それは同じ一日の繰り返しで、実質的な進展などないことを知っていた。地球代表団は表向きの虚勢の陰に混乱を隠しており、ある国の代表の要望はしばしば別の国の代表に妨害され、アントーノフが語ったことを王《ワン》が立ち上がって否定するという具合で、彼ら自身が共通認識に達することができず、ひそかに闘争し、火星のような統一され一丸となった言辞には程遠かった。ここ数日、地球では経済危機が起こってテクノロジー分野の株が大暴落し、どの国も影響を受けていたため、火星の技術を利用して自分は危機から脱出しようと誰もが願いつつ、他人が同じようにすることは恐れていた。エーコはそうしたことには興味がなかった。彼が毎日展示センターで費やす時間はさほど長くはなく、普段は習慣的にそこに赴き、すぐに立ち去るのだった。

その日の朝は違った。その日、彼はカメラグラスを掛けてすぐ、遠くにいるロレインを見つけた。彼女はリラックスした服装で二人の少女と並んで歩き、傍らには十三、四歳の少年が二人いた。

エーコは興奮した。彼にとって、それは得難いチャンスだった。この少女を撮影しようと決めてはいたが、尾行はしたくなかった。彼には猟犬のような鋭さがあったが、丸太のような頑固さもあった。盗撮は望まず、たとえ盗撮することで作品の鋭さがよりいっそう増すとしても、そうしたくなかった。三日前にダンス教室にインタビューに行って彼女を一度撮影したが、教室の外では会っていなかった。彼女は毎日練習しなければばならず、出かけることはめったになく、彼と出会うことはもっとなかった。今日、言葉を交わす機会があるかどうか、彼にはわからなかった。

ロレインは今日はダークグレーのダンスパンツをはいている。練習用ではなく、幅広で柔らかなワイドパンツで、すらりと格好がいい。丈の短いトップスの上にはおった長めでゆったりとしたノースリーブのシャツがロングパンツに合わせて揺れ動き、身軽で快適そうだ。

エーコは遠くからじっと見つめ、その少女の個性を外見から推し量った。彼女は今日は髪をゆるくまとめ、そのファッションのように、自由で軽やかな印象だ。いくらか心ここにあらずといった様子で、自分自身も周囲のすべてもさして気にとめず、他人と一緒にいても口数は少なく、気持ちは別の世界にあるかのようだ。彼女がずっとそんなふうに上の空なのか、それともこの日は特に考えごとがあるのかわからない。彼はただ、彼女が困惑している様子は独特で、とてもきれいだと感じた。

ロレインは数人の若者たちの中にいて、自分から行先を決めずに人に任せており、どこに行こうが構わないようだった。足取りは静かで、傍らで飛んだり跳ねたりしている赤い髪の少女と鮮明な対比をなしていた。

エーコは彼女たちに近づくと、一定の距離を保った。彼はグラスを起動し、ロングショットで彼女たちの歩みについていった。

三人の少女はのんびりと歩き、ほとんどは二人の少年の足取りについていった。エーコはその中の一人に見覚えがあった。ルオー・ビバリー、ビバリー氏の息子で、代表団で唯一のお坊ちゃんだ。今は様々な商品の前に立ち止まり、何もはばからない様子であれこれと難癖をつけている。もう一人の少年は丸々と太り、ルオーより頭半分ほど背が高く、見た目は温和そうだが顔には明らかに人と張り合うような利かん気を浮かべ、どうやら常にルオーに反論する口実を探しているらしかった。

ルオーは劣勢に立たされている様子で、いささか不機嫌に口をへの字にして大股で前へと歩いている。白い服の少年が元気よく飛び跳ねながらついていく。

「トト、走り回らないで！　お客さんのお世話をして！」ロレインのそばの赤い髪の少女が二人の背中に向かって叫んだ。

エーコは興味深く感じた。彼は生活の中の普通の人を撮るのが好きだ。彼らが誇りに感じたり、周囲を軽蔑したり、人と争って勝とうとしたり、些細なことで怯えたりするのを撮るのが好きだ。毎日展示会を歩き回っていると、様々なタイプの火星の住民を見かける。展示品に対する態度は普通それぞれ異なり、地球の態度ともまったく違っていた。それはエーコに最も興味を起こさせることだった。

エーコは彼らについていった。

彼らは健康食品のショーケースの前に来ると、トトと呼ばれた少年があるポットを指して尋ねた。「これ、何」

ルオーはたちまち元気になって言った。「イオンポットだよ。体質に合わせて、その人に一番合うイオンドリンクを配合してくれるんだ。ちょうどいい元素の組み合わせを選んでくれて、栄養たっぷりなんだ。電子プローブがついてて、いつでも身体のｐＨ値や微量元素の濃度が測れて、体液を常に一番健康なレベルに保ってくれるんだよ」

トトは笑い出し、丸い鼻が頬に挟まれ皺が寄った。「バカなこと言ってらあ」

「トト！」赤い髪の少女が彼の背中を思い切り叩いて言った。「どうしてそんなことを言うの」

トトは口をとがらせて弁解した。「だってそうじゃないか。人間のｐＨ値やイオンレベルは全部自分で調整するんだ。こんなものを使ってどうするんだよ」

ルオーは言った。「わかってないなあ。専門家が言ってるんだ。人間の自己調整機能には波があるから、最適にはならないんだよ」

トトは問い返した。「波がなんだよ。そもそも波はあって当然だろ」

ルオーは首を振った。「自分を買いかぶりすぎだよ。僕は試したことがあるんだ。うちには最新型があって、一カ月間使わずにいたら疲れやすくなったし、風邪も治りにくくなった」

トトは口を歪めて笑い出した。「当たり前だろ。こいつを使い慣れていたら、自己調整なんてできるわけがないよ」彼はいっそう興奮し、目を二本の縫い目のように細めた。「先生がとっくに言ってたよ。地球人は人を脅かすのが一番好きだって。そういうのは欲望の生産って言うんだ」

エーコの心はひやりとした。トトからそのような大人びた言葉が飛び出すとは思わなかった。彼が言っていることは一つも間違っておらず、商品の神髄は欲望にあり、欲望が満たされれば欲望を生産する。新しい欲望を生み出せる者が、マーケットの中央に立つことができる。この理屈は正しいが、トトの口から出ると、考える価値があることのように感じられた。それは火星の教育が早くから商品経済の弊害について教えているということだが、トトがどれほど理解できているのか、口先の表現を覚えているだけなのか、それとも本当に若くして制度を理解できているのかはわからない。

ルオーはトトに言い負かされて気まずい表情を浮かべ、顔をそむけた。彼は父親を真似て、表情は常に自制していようとしていたが、ただ一つのやり方しか知らず、相手によって意見を変えることは学んでいなかった。彼の顔は幅が狭く、両目はやや接近し、機嫌の悪い時には目鼻がぎゅっと集まり一直線になった。彼は商品社会の理想の産物で、真理を信じるように広告を信じ、売り手の側に立って考えることはすべて買い手のためなのだと思い込んでいた。

「じゃあ、君たちは何なんだよ」彼は負けずに反論した。「君たちは欲望を抑え込んでる。それは人間性の破壊だ！」

「バカ言うな」トトも腹を立てた。「おまえらが欲望を生産してるんじゃないか！」

「君たちが欲望を押さえつけてるんだ！」

「おまえらが……」

「はいはい」赤い髪の少女が慌てて二人を遮り、とがめた。「教養のある小さな紳士が、そんなふうに口喧嘩するなんてみっともないよ。どっちが正しいか、ロレインお姉さんに判断してもらおう」

彼女はロレインの腕を引っ張り、言い争いを鎮めさせようとした。

ロレインはその時初めて上の空のぼんやりした状態から抜け出し、彼女を見、さらに傍らの二人の少年を見て静かに言った。「欲望？　どの場所にもそれぞれ欲望があるでしょう」

赤い髪の少女は少し考えたが、その答えはあまりにあいまいで、少年たちがまた口論を始めるのではないかと思ったようで、話を合わせて尋ねた。「あなたも地球で買い物に狂ってた？」

「狂ってないよ、でもしょっちゅう買ってた」

「毎月、靴を買うとか？」

「まあ、そんなところ」

「履きつぶしてなくても買うの」

「うん」

「どうして」

「理由はないよ。あなたも行けば同じ」

「それってどうしてなの」

ロレインは彼女の手を軽く叩いて言った。「ダンスカンパニーにいた時は、ショッピングは娯楽だったの。私たちがダンスパーティーを開くのと同じよ」

「え、本当に？」赤い髪の少女は次第に興味を持ち始め、少年たちにはもう構わず、自分の関心に従って質問を続けた。「どうして同じなんてことあるの。あの人たちの買い物は、ここと違うっていうの」

「少し違う」

「どう違うの。聞きたい、教えて」彼女はロレインを促した。「この前、地球のことを話してくれるって言ってたのに、ずっと話してなかったじゃない。ダンスカンパニーではどうだったの。普段はダンスパーティーをしないの」

「あるけど、こっちのとは違う」ロレインは答えた。「向こうのは、知らない人同士なの。その場で知り合って踊るのよ。あらかじめパートナーを見つけておかなくてもいい。私たちも行ったけど、毎週決まった時間じゃなかった。二、三日続けてお酒を飲んだり踊ったりすることもあれば、二、三週間行かないこともあった。ダンスカンパニーの女の子たちはみんなショッピングが好きで、何も予定がない時はショッピングに行ってた。私は一緒に行ったり、行かなかったりだった。何でも一度慣れてしまえば、理由はなくなるの。毎週行ってたら、行かないと変な感じがするのよ。


向こうではショッピングは確かにここととは少し違ってた。私たちは、ほとんどのものは直接注文するでしょう。向こうは違うの。たくさんのものがすごくきれいにディスプレイされているのよ。お店が公園と一体になってて、小さな山みたいに通路が上にも下にもあって迷宮みたいで、それに華やかな小さな汽車が山や谷を越えてお店を通りかかって、通り過ぎながら服や靴やおもちゃが童話のシーンみたいに並べられているのを見ると、たまらなくなって買ってしまうの。デートもほとんどが買い物に行くの。向こうに着いて最初の二年くらい住んでいたマンションは実は大きなショッピングモールで、街でもあった。ここのセンターと形は変わらなくて、ピラミッド型なんだけど、二百階建てで、私たちは百八十階に住んで、五十階で練習をして、二十階で食事をして、百二十三階で踊って、どのフロアでも買い物ができた。もしあなたが行ったら、たぶん私よりもっとたくさん買うと思うな」

「二百階建て！」赤い髪の少女は口を開けて大きな吐息をついた。「それって何メートルあるの！」

ルオーが傍らで得意げに耳を傾け、口の端に薄い笑いを浮かべている。まるでその壮観さが自分の功績であるかのようだ。

「じゃあ、その後は住まなかったの」赤い髪の少女はまた尋ねた。

ロレインは首を振った。「その後引っ越した」

「どうしてよ」

「ダンスカンパニーを辞めたから」

赤い髪の少女はさらに続けて質問しようとしたが、ロレインはまたぼんやりし始めたようだった。二人の少年がまた歩き出したので、少女たちも後についてゆっくりと歩き続けた。エーコはロレインに対してさらに強い好奇心を抱き、タイミングを見計らって話しかけようと、ひそかに質問を考えた。

いくらも経たないうちに、また二人の少年が言い争う声が聞こえた。

「……こいつはすごいんだ」ルオーはまた得意げな口ぶりに戻っている。「昔のIP指紋認証はネットワーク送信しか監視できなくて、オフラインの取引は管理しきれなかったから、電子書籍の闇市がのさばっていたんだ。でもこの新しい生成器はソースコードを直接本に書き込むから、どこから手に入れたかにかかわらず、読むだけで自動的に信号を送って、作者のネット口座に料金が支払われる。こうすればIP経済の版権問題を完全に保証して、市場を安定した、秩序あるものにできるんだ」

トトは眉をひそめた。「IP経済って」

ルオーは顔を歪めて笑い、物知り口調で言った。

「伝統的工業からクリエイティブ産業への偉大なる飛

躍だよ」

トトはよくわからなかったようだ。「じゃあ、どうして本を読むのに料金が必要なの」

ルオーは彼を白い目で見て、そんな質問には答える気にもなれないといった様子だ。

彼は傍らの小さな巻物をそっと手に取り、書籍ほどの大きさに広げると、トトに言った。「見ろよ！　最新型のパソコンだ。軽くて小さいから手軽に使えるし、それに超防水加工がしてあるから、プールの中でだって使えるんだ」

トトは言った。「バカだな。プールでパソコンを使う奴なんていないよ」

ルオーは相手にせず、続けて言った。「こいつをポケットに入れておけば、どこに行っても使える。超長時間のマイクロバッテリーで、それに赤外線やマイクロ波、光ファイバーやなんかの色んな方法でネットワークにアクセスできて、超強力なファイアウォールがあるから、地下鉄の中でもネットができるんだ」

トトはますますわからなくなったようだ。「これで何するの。まさか君たちのところは地下鉄の中に端末がないの」

「端末って」

「端末は端末だよ。こっちには駅や博物館、お店にはみんなある」

「公共コンピューターだろ。それは全然違うよ。公共コンピューターには自分のドキュメントがない。どうやって仕事をするんだよ」

「仕事ができないわけがあるもんか。パーソナルスペースにサインインすれば済むじゃないか」

ルオーとトトはどちらもムッとした顔をしていた。彼らは互いに相手の話がわからず、このつかみどころのない言い争いに混乱させられている。

この時はロレインが自分から割って入り仲裁した。「トト、地球はここと違うの。あそこにはセントラルルサーバーがないの。地球は大きすぎるし、人も多すぎるから、パソコンをつなげてネットワークを構築しているのよ」

ロレインは最も単純かつ素朴に、当たり障りなく説明したが、知らぬ間に大きな違いをないことにしてしまった。

エーコは彼女の言葉が正しいことを知っていた。火星と地球の違いは、まさにセントラルサーバーとパソコンであり、データベースとネットワークだ。だが彼女はそのことをあっさりと地域や人口の問題に帰して、言い争いをもはや不要なものにしてしまったようだった。しかし実際には、そうした違いは多くの複雑な側面に関わっている。例えばメーカーの利益の問題だ。地球のパソコンは平均三年ごとに世代交代するが、火星のように建物に組み込んでしまえば、取り除くことは容易ではなく、コンピューターメーカーは成長のしようがない。また、技術と責任の問題もある。地球では、そうした一連のシステムを運営する力を持つ者は、政府だろうと企業だろうと財力と能力も持っているものだ。さらに、より重要な思想的背景の問題がある。地球の主要メディアは方法論的個人主義を誇りとする伝統を持ち続けており、もしこのようなセントラルサーバーで人々を統合したなら、思想家たちはどれほど激しく批判することだろう。

いったい、ロレインがそうした問題をはっきりわかっていないのか、それともあえて無視しているのか、彼にはわからなかった。もしわかっていないなら、ちょうど一番単純な答えを見つけたのだ。もしわかっているなら、少年たちに対してその問題を持ち出したくなかったのだ。彼は彼女のすっきりとした目鼻立ちを見ながら、その考えを推し量った。近づいてあいさつをすべき時かもしれない、と彼は思った。

ちょうどその時、若者たちはぶらぶらと傍らのフードエリアに向かい始めた。

エーコは彼らに追いつき、ビュッフェカウンターの横でロレインの隣に立った。ロレインは彼をちらりと見て、かすかに頭を下げた。

「おはよう」エーコは自分から声をかけた。

「おはようございます」

ロレインはおしゃべりをしたそうには見えなかったが、拒否もしなかった。返事は淡々としていたが足取りは自然に緩慢になり、他の若者たちから遅れ、それがエーコに話しかける余地と機会を与えた。

「あの子たちは以前からの友達？」彼は前にいる少女を指した。

「はい。隣人です」

「火星人は引っ越しをしないんだろ？」

「したことはありません」

「じゃあ長年の隣人なんだね」

「私がよそに行っていなかったら、十八年です」

「じゃあ、お互いによく知っているんだ」

「もしよそに行っていなければとてもよく知っていました」

「今は？」

ロレインは直接には答えず、赤い髪の少女を指さして言った。「ジルの一番の夢はデザイナーになることで、将来、一番きれいなウエディングドレスをデザインすることなんです」言い終えると、今度は隣のずっと黙っている青い服の少女を指さした。「ブレンダの願いは詩を書くことで、バイロンのようなすばらしい詩を書いて、名作として刻まれることです」

「じゃあ、君は」

「私は植物学者になりたいんです。偉大な植物学者になって、花びらや色の秘密を発見したいんです」

「本当に？」

なぜかわからなかったが、エーコはそっとほほ笑んだ。彼女のひどく真剣な表情のためだったかもしれないし、あるいはいかにも真面目なその夢のためだったかもしれない。彼女と子どもの頃のことをもっと話したくなった。自分が撮影するものを単なるゴシップにはしたくない。彼は自分の声と口調が、覗き見目当ての調査ではなく、世間話をするようなものであることを願った。

ロレインはしばらく何も言わず、棚からリンゴを一つ取り、手の中に置いて考えていた。エーコも無造作にチョコレートクリームを取った。二人はゆっくりとレジまで歩いていき、スキャナーに手をかざして料金を支払うと、壁際の小さな丸テーブルのそばに立ち、他の若者たちとつかず離れずの距離を取った。ロレインはずっと彼らを見ており、彼らが自分を探しているのを見ると、手を上げて軽く合図した。

「じゃあ、君の今の大きな夢は何」エーコは気軽に尋ねた。

「大きな夢なんてありません」

「偉大なダンサーにはなりたくないの」

「なりたくありません」

「どうして。ここにはこんなに良い条件がそろっているのに」

「良いですか」

「違うかな。君たちの生活はこんなに安定していて、販路を心配する必要はないし、スペースも、スタジオもある」

ロレインはふいに黙り込んだ。エーコは答えを待つつもりだったが、しばらく待っても返事はなかった。奇妙に思い、彼女の顔をうかがった。ひどく沈み込んでいる様子で、それは困惑や上の空という限度を超えている。初めは彼女が話したがらず、単に他のことを考えているのだと思っていたが、後になって、彼女の沈黙は一種の抑圧のようなもので、感情が滅茶苦茶になってしまっているのにじっと耐え忍んで声を立てずにいるようなものなのだと気がついた。いつからこうなったのだろう。先ほどはまだこんな様子はなかったのに。

「どうしたの」彼は尋ねた。「何か間違ったことを言ったかな」

「間違っていません」彼女は無表情に言った。「全部、良すぎるんです」

「どういう意味」

「意味はありません」

「君は良くないと思うの」

彼女は顔を上げ、見開いた目で彼を見つめて言った。

「問題は良いか悪いかじゃなくて、悪いと思えないことなんです。このこと……わかりますか」

　エーコは虚を衝かれ、どう答えるべきかわからなかった。彼女の瞳は悲しみをこらえているようだったが、彼にはその悲しみの源がまるでわからない。彼は答えを考え、彼女の透き通った瞳は彼の顔にしばし注がれたが、答えを待たずに、ごめんなさい、と言うと身を翻して走り出し、友人たちが声をかける間もなかった。彼らはいぶかしんで背後から彼女を呼び、振り向いてエーコを見つめた。エーコにはわかった。彼女は友人に自分の悲しみを見せたくなかったのだ。だが彼はどれだけ考えてもそのわけを理解できなかった。

　それ以降、その日はエーコも上の空だった。彼は最後に展示会のホールを一めぐりして、もう一度全景を撮影すると、立ち去った。

　展示会場の様子は地球とは大きく異なっていた。ホールには彩りがなく、展示品は几帳面に陳列ケースに並べられ、傍らには規格のそろった紹介パネルがあり、まるで展示即売会ではなく博物館のようだった。地球の準備委員会は洞窟探検や超高速体験のセットを持ち込んでいたが、ホールは高さが足りず、設置できなかった。彼らは遠路はるばるまばゆいセットを携えてきて、どんな包囲や宣伝の襲撃であろうと対応できたのだが、包囲や宣伝の爆撃がないことには対応できなかった。そびえ立つ華麗な展示台は広げられず、半分組み立てられただけで、まるで地面に小さくうずくまっているかのようだった。光電カーペットは半分だけ広げられ、いかにも窮屈そうだった。宣伝ポスターは壁一面に貼られていたが、大きすぎるために、近くで見るとまるで奇妙な顔のように見えた。あらゆるものの効果が割り引かれており、そのため双方ともに成果をあげることができなかった。

公文書館

ロレインとハニアは並んでタワーに座っていた。頭上にはすでに星々が輝き、夜空はじっと見つめていられないほどまばゆく、銀河は左から右へと天空を横切っている。タワーからは火星都市のほぼ全景を望むことができ、灯火はまばらに光り、まるで地上の星空のようだ。二人は二つの星の海の間に座り、鉄の階段が足元から伸びていた。二人はそこに腰掛け、ようやくふるさとから遠く離れたような錯覚を覚えた。

「最初は私も一番単純な可能性を考えた。おじいさまが良い勉強の機会だと思って、勝手に権力を使って私を入れたんだって」

「あり得ると思う?」ハニアは彼女を見つめ、美しい切れ長の目尻に皮肉を浮かべた。「私が総督だったら、自分の孫娘を代表団から外させるな」

ハニアは体操を学んでいる。運動を学んでいるのは代表団で二人だけだったため、ロレインの苦しみをハニアはよくわかっていた。

ロレインは首を振った。「組織委員会は私たちがつらい思いをしていることを知らなくて、本当に私たちに新しいことを学ばせたがっているんだって、あの時は思っていたの」

ハニアは低い声で言った。「そうだといいね」

ハニアは常に冷ややかな結論を出すことを恐れなかった。だがロレインはそれを望まなかった。そうした可能性を考えられないわけではなかったが、単にそう考えたくなかった。自分でも理由はわからないが、そうするのが嫌なのだ。多くの実際の物事を無意識に回避しており、それが自分の欠点だということはわかっていた。彼女は自分が生きた実験体だという考え方を受け入れたがらず、その点ではハニアのような現実的で強い部分はまったく持ちあわせていなかった。

「そのことを思い出してからは、私もそう思わなくなった。委員会が地球の大変さを知っていたかどうかにかかわらず、それはおじいさまが私を地球に行かせた理由ではないのよ。私はあの動画を見て一カ月もしないうちに代表団に入れられた。それって偶然すぎる。本当に偶然だったわけがないよ」

「それは私もまったく同感」

「だから今一番の疑問は、私がもっと多くのことを知るのをおじいさまが恐れていたのだとしたら、それは何なのかっていうこと」

「簡単だよ。あなたに知られたくなかったんだ。自分があなたの親を死なせたっていうことをね」

「死なせたんじゃなくて、二人を罰して鉱山へ行かせたの」

「大した違いじゃないよ。ダイモス（火星の第二衛星）の辺りの採鉱船はしょっちゅう事故を起こしてるじゃない」

「本当はあの動画がお父さんとお母さんへの罰の場面だったのかどうか、今でもわからない。あの時ははっきり聞こえたわけじゃないし、聞こえたとしても、意味がわかっていなかったかもしれない。ただぼんやり二人の名前が聞こえた気がしたの。しかも一部分」

「それなら、向こうもあなたがもっとたくさんのことを知ったんじゃないかって心配してるんじゃない」

「おじいさまだけなら私もおかしいとは思わなかった。でもつらいのは、兄さんもたぶんとっくに知っていて、おじいさまと一緒になって私に嘘をついていたっていうことなの」

「もしかしたら、お兄さんはお父さんとお母さんがどうして罰せられたのかまで知っているのかも」

　ハニアの言葉はロレインの琴線に触れた。彼女が今日、ハニアを連れ出したのは、人間がどんな間違いで衛星の鉱山で罰を受けることになり、それによって死に追いやられてしまうのか、一緒に考えてほしかったからだ。二人はすでにしばらく考えていたが、何の手がかりもなかった。二人が幼い頃から見てきた罰は少なく、肉体労働をさせられるというもので、作品の提供が許されないことがすでに大きな罰だった。火星の生活は静かで落ち着いており、犯罪や争いはめったに起こらない。ロレインは両親がどんな大罪を犯したのか本当に思いつかなかった。彼らはずっとあんなふうに生活を愛しており、パーソナルスペースでも悪い記録など一つもなかった。二人とも幼い頃から様々な賞を受賞しており、ただ一度きりの処罰が致命的な罰となったのだ。彼らは一年と経たないうちに事故に遭った。彼女には何が起きたのかわからない。あれこれと考えるに、母の最大の過ちはどうやら登録をしなかったことのようだった。

　彼女は夜空を眺め、そっと尋ねた。「ねえ、登録をしないのは罪になると思う？」

ハニアは自嘲気味に少し笑って答えた。「もしそうなら、私はいっそ罰を受けるよ」

「ハニアも登録していないの」

「してない」

「私も」

「みんなしてないみたいだよ」

「本当に？」ロレインは虚を衝かれた。「知らなかった。他の人も引き延ばしているの？」

「そうなんだよ。アンカなんて除隊寸前だったじゃない」

「えっ、いつ」

「知らなかったの？」ハニアは少し驚いた。「帰って来た日にもう大尉と口論したんだよ。パーティーの後、地球代表団のホテルを包囲して、上空を飛行して示威行動をするっていう任務があったんだけど、アンカは拒否したらしい。兵士が命令を拒否するなんて、怒らない上官がいると思う？　その後数日間はずっとつらい目に遭って、あと一歩で除隊しかけたこともあったって」

「そうだったの……」ロレインはつぶやいた。

他人の口からアンカの話を聞くのはいつも少し奇妙な感覚だった。彼女は実際には彼のことをあまり知らず、いつも人から聞いていた。だがそうであっても、他人が語るアンカはやはり彼女自身が記憶しているアンカとは異なっていた。彼はすべての物事をとても自由に捉える人だと彼女は思っていたのだが、地球ではロ論の末に除隊したことがあった。彼女はいつもハニアから話を聞いており、ハニアはすべての人の状況に詳しいようだった。

「登録しないのは大きな間違いかもしれないよ」ハニアはふいに言った。

「えっ」

「ほかの小さな間違い、例えば物を盗んだり他人を利用したりっていうのは一回限りのことで、みんな間違いだってわかってて、影響もそれほど大きくはないし、ちょっと罰を受ければそれで済む。でも観念の革命は違う。観念の革命は今の生活様式への挑戦で、もしそれが広がったら秩序を脅かす恐れがあるから、スタジオの統率を拒否するのは大きな間違いなのかもしれない」

ロレインは何も言わなかった。ハニアの言葉は地球の原理主義者の友人たちの言葉を思い出させた。

「もちろん」ハニアはつけ加えた。「私もあてずっぽうだけど」

「今日考えてたの」ロレインは言った。「私たちのこの世界の最大の問題は、良くないと思えないことなのよ。誰もがどこかの場所を選んで、今ある形で生活しなければいけない。そう考えるとすごく怖くなるの。本当にあなたが考えてる通りに、登録しないことが大罪になるのなら、人間にはこのシステムを離れる自由すらないことになる。それって、なんて怖い世界なんだろう」

ハニアは答えず、逆に質問した。「帰ってきてからそういうふうに考えるようになったんでしょう」

ロレインはうなずいた。

「私もだよ。こういうのはすごくつらいと感じることもある。やっと帰ってきたのに、どんなことも見過ごすことができないなんて」

ロレインは少し考えて言った。「もし一つの生き方しかできないとしたら、つまり、直観にだけ従って生きるというのは、実はすごく幸せなことなんだよね」

ハニアは笑った。「それって四年前に私たちが話したことじゃない」

ロレインも笑った。「私もあの時の言葉を覚えてる。あんな感情的なこと、今はもう言わなくなったね」

彼女たちは今はもう、そうした人生を一括りにするような話はしなくなっていた。目にしてきた悩みが多すぎ、一括りにするような表現では間に合わなくなったのだ。当時、二人は地球人について気軽な感想を言い合っており、今夜のような重苦しさとは程遠かった。ハニアは突然、首をかしげて彼女に尋ねた。「今、一番何がしたい？」

ロレインは思わず答えた。「出ていきたい」

ハニアは笑い出し、目を細めてうなずいた。「一緒だったんだ」

ロレインは顔を上げ、頭上の硬くひんやりとしたガラスの天井をなでて言った。「もう出ていけなくなっちゃったね」

四つの展望タワーは都市で最も高い建築物で、守護神像のように都市の四つの方角に静かにそびえ立っている。彼女たちはここが好きだった。ここは火星で一番高いドーム天井に触れることができ、直接外を眺め、生活の中では触れることができない都市の周縁に触れることができるからだ。夜空の星は明るく光り、大気圏に遮られることはなく、星の海は常に変わらず輝いている。

「だからこそ出ていきたいんだよ」ハニアは言った。「地球で口論したことある？　火星の治安がどれほど良くて、道徳観念がどれほど高いかって。私はあるよ。でも昨日やっとわかった。どうしてここの治安がこんなに良いのか。火星人が生まれつき高尚なんじゃなくて、誰も出ていけないだけなんだよ。だから、逃げられる場所なんてない。あの人たちは遅かれ早かれあなたを捕まえるだろうから、悪いことなんてできないよ」彼女はふいに悲しげにロレインを見つめた。「逃げられる場所なんてないんだから、こうして生活するしかないんだよ」

ロレインは答えなかった。ハニアの栗色の長い髪は相変わらず乱れて、好き勝手にはねている。

二人はもう長い間、生活様式の問題を語り合っていなかった。地球に着いたばかりの頃、彼女たちは熱心に語り合い、目新しい仕事や風景に出会うたびに長い時間をかけてそれを品定めし、その中にいくつかの道理を見つけ、自分がどんな生活を送りたいか熱弁をふるった。しかし帰還する前年から、二人はあまり話さなくなった。彼女たちに決められる生活は実に少なく、様々な生活様式とやらも、自分で決められることは実際にはごくわずかだった。

だが何と言おうと、彼女たちはあれらの異なる生活様式を目にしたのだ。

火星の生活様式は長い伝統に従っている。子どもたちはみな、同じような過程をたどる。六歳で学校に上がり、九歳でボランティアに参加し、十二歳で将来のことを考え始め、十三歳で選択授業のリストを手にして興奮する。彼らは少年時代にそれぞれのスタジオで学び、単位を満了すると、好きな分野を選んで実習を始め、論文を書き、助手となり、その後、誰もがスタジオを選んで所属する。商店や工場、鉱山で働く者もいるが、それはスタジオの実習の一部で、勤労奉仕であり、経験を積むことが中心だ。スタジオと無関係の仕事をすることはなく、誰もそこを離れない。誰もが生涯のスタジオと一つの番号、仕事を記録したスペース、一生続くまっすぐな道を持つ。

だが地球では、ロレインの移動に関わったのは、彼女が出会った様々な仕事をする人々だった。新しい場所に行くたびに新しい仲間たちに囲まれた。彼らはいかなる場所とも長期的な契約を結ばず、ただ単に、レストランの従業員をしたり、文章を書いたり、荷物を輸送したり、あちこち駆け回って小銭を稼いだり、政府機関でボランティアをしたり、非合法の商売をしたり、自分の知識をネットで売ったりしていた。働き、その日の報酬を得ていた。彼らは都市を転々とし、空港でファストフードを食べ、ホテルのロビーでパーティーをし、手に入れたばかりの金でタバコを買い、知り合ったばかりの人と商売をした。彼らの職業はまなざしと同じようにあいまいで、火花が散ったかと思えば、たちまち方向を変えた。

それは不安定ともいえる魅力的な生活で、彼らが幼い頃からなじんできたプラトン式の創造の園とは強く対立し、二つの寒流のように彼女の生活を冷たく吹き乱し、心の中で衝突し、嵐となった。

そんなふうに、彼らが地球で経験したのは二つの相反する適応の過程だった。生活手段の上ではより原始的な不便さに適応し、生活様式の上では複雑な方に適応したのだ。火星都市の運営は地球よりはるかに発達していたが、火星の生活様式は地球よりもずっと古めかしかった。

ロレインからすれば、火星の人々は太陽神《アポロン》のように覚醒していたが、地球の人々の多くには酒神《バッカス》のような熱狂があった。火星人は十歳にもなればアリストテレス論理学やハンムラビ法典、ジャコバン派革命とブルボン朝復古王政、人類の歴史の芸術的な展開を理解する。人々は自分のデスクの前で、長いカフェテーブルの前で、穏やかに哲学を議論し、精神史における宇宙の意思の体現について語り合い、文明の更迭や、人類の歴史に対する自意識の推進作用について話し合う。彼らは偉大なる知恵と芸術、そして発明を最も崇拝している。すべての火星人が最も多く自分に問いかける問題は、なぜそのようにしなければならないのか、そのような振る舞いは文明の進化の過程においてどのような価値を持つのか、ということだ。

だが地球人はそうではない。

ロレインが地球で最初に学んだのはまさにその熱狂で、ダンスカンパニーの少女たちやその友人たちと酒を飲み、麻薬とタバコの境目にある幻覚作用のある薬物を吸い、ふわふわと心地の良い幻覚の中で神の光の輝きを感じた。彼女は人々が話すジョークを聞き、大声で歌い、みんなで身体を揺らし、お互いに過去も未来も語らず、ただ身体の解放を共有し、親しげに抱き合い、興味と感覚に任せて物事を行い、やり終えればすぐに忘れ、一人の人間の身体美を極限まで発揮し、自分こそが宇宙であり、幸福なひとときこそが宇宙の永遠なのだと語り合った。彼女はそうしたすべてをたちまち学び取り、彼らとともに大笑いして騒ぎまわり、なぜそうするのか、そうしたことは人類の歴史においてどんな役割を持っているのかを尋ねはしなかったし、そうした興奮に溺れている時にはそんな質問は野暮で、意味がないことをわかっていた。

火星にも酒はあるが、めったに酔うことはない。水《マー》星団《キュリー》の子どもたちはほぼすべて、そうした生活に衝撃を受けた。彼らは否応なく疑問にぶつかった。生命は偉大な歴史や傑作のために存在しているのか、それとも生活そのものにすべての意味があるのか。彼らはそうしてためらい、群衆の中で沈黙し、熱狂の中で醒め、学ぶ時に酔い、ほとんど一瞬にして何も信じられなくなった。

ロレインは自分が地球に行くことになった真の理由をどうしても知りたかった。彼女は誰かにお膳立てされたくはなかった。以前は成り行き任せに受け入れることができたすべての段取りが、今はもう受け入れられなくなっている。彼女は一切が理にかなっていたのかどうかを知りたかった。

オリュンポスの神々よ。彼女は無言で考える。あんなに多くの子どもたちがあなた方の冷静と熱狂に戸惑い、揺れ動き、もがいていたことを知っていたのですか。

ラックのスタジオに行く前、ロレインはチューブトレインに乗って長いこと考えた。彼女はわざと目的地を間違え、二度そうして、大きく遠回りをして戻ってきた。そんなことをしなければおよそ五分で到着しただろう。チューブトレインは自動的に最適化されており、目的地に従い最も適切な経路を選び、迷ったり考えたりする時間を与えない。

彼女は自分が恐る恐るひとつの境界に向かっており、日常生活では出会えない、こうした変化の狭間でしか感じ取ることのできない問題に向かおうとしているのを感じた。彼女は今もなお、存在しない人間だった。登録をしておらず、アカウントもＩＤも持っていない。彼女はこのシステムの外に立つ、心に叛旗を掲げる人なのだ。登録しない。彼女はこの短いが断固とした言葉をそっと声にした。それはものすごい罪名なのだろうか。この世界の存在秩序に挑戦しているのだろうか。祖父が両親を追放し、自分にその理由を知られまいとするに値することなのだろうか。システムはなぜこれほどその九桁の番号を重視するのだろう。

地球でいくつかの話を聞いたことがある。機械の時代と呼ばれる頃の物語で、人々はそれについていかにも恐ろしげに、あの世界では機械のシステムがすべての人を囲い込んで束縛し、自由に使用したり処分したりできる部品として人間を扱い、人間の自由や権利、尊厳はみな抑圧され失われたのだと語った。彼らは、火星こそがその典型的な例だと言った。彼女は恐れ、人知れず震えた。彼らの悪口雑言が恐ろしかった。彼らは一度も火星に来たことがなかったが、話は筋が通っており、彼女よりもずっとよく理解しているかのようだった。その後、何度も話を聞くと彼女も慣れてしまい、もはやそうした中傷に臆することはなくなったが、彼らの言うことが真実なのではないかと恐れを抱き始めた。彼女は自分自身に尋ねた。もしも自分の社会が本当に邪悪な統治によって成り立っているなら、どうすればよいのだろう。

ロレインが尋ねたいことは数多くあったが、ほとんどは直接聞く勇気がなかった。地球では多くの人が彼女に対して、君の祖父は独裁者だ、と言った。彼らはまことしやかに、感情を込めて言った。けれどそれらの言葉について彼女は尋ねる勇気がなかったし、尋ねたくもなかった。彼女には祖父の血が流れており、自分の疑問を、あからさまな言葉にして相手にぶつけることはできなかった。

幼い頃の記憶の中では、祖父こそが火星の守護者だった。彼女は心の奥底では祖父が独裁者であるとは信じていなかったが、些細なひっかかりを覚える事柄が積み重なり、彼女に多くの疑問を抱かせた。祖父は軍人出身で、戦争時代の最後の飛行士であり、幸運なる生存者、勝利者、担い手だった。彼は戦後、商業飛行士となり、採鉱船を操縦し、火星の衛星と火星の間を往復し、木星に探査に向かい、小惑星で水を採取し、火星の衛星に基地を建設した。科学研究事業と宇宙船の試験飛行に加わった後、艦隊と航空システムの技術開発を指導したが、生涯の大半を一匹狼として活動した。中年になってから議事院に入り、議員から長老となり、六十歳で総督になった。ロレインは幼い頃、祖父が毎日机に向かい、夜通し本を読んだり、夜を徹して議論しているのを見てきた。ロレインたち家族が祖父の家に集っていても、祖父は他の意気軒高な大人たちから食卓を追い出され、戻ってこないこともあった。祖父のパーソナルスペースの記録は、一つの学校に匹敵するほどの分量があった。ロレインは祖父を独裁者だとは思わなかった。もしそうなら、この独裁者はあまりに苦労してきたというものだ。だがもう一方で、様々な事柄が心の中でぶつかり合い、そのために彼女は心を決めかねていた。例えば彼女を遠くへ行かせたこと。例えば両親の死。例えばデータベースの運用方法。

彼女はそうしたことをはっきりさせたかった。それは避けて通ることのできない疑問だった。

チューブトレインはなめらかに光るパイプの中を水滴のようにすべっていき、空気が車両を包みこみ、雑音すら聞こえない。ロレインは子どもの頃、ふるさとがこれほど静かな場所だとは知らなかった。高速で運行するエレベーターも、沸き返る人々の声も、自動車も、飛行機もない。小さいが手の込んだ家屋、ガラス、庭園、小径があるだけ、自動販売の小さな店、カフェ、無人販売の映画館、水滴のようにチューブの中を流れる透明な列車があるだけだ。学習と労働、静かな考察、語り合う人々があるだけだ。大麻はなく、叫び声はなく、夢うつつの中のあけっぴろげな熱狂もない。騒音はなく、ただ静けさだけがある。

ロレインは都市をぐるりと大きくほぼ一周し、光の中から暗闇の中に入り、暗闇からまた光の中に出て、明暗が交錯する光の条《すじ》の境目が車両の中であいまいになっていくのを見つめ、最後にやはり降りようと決めて、モンテスキュー公文書館、ラックのスタジオのボタンを押した。

答えを知らなければならなかった。馬鹿げて見える現実に向き合いたくはなかったが、永遠に知らずにいて、永遠に結論が出ないことはもっと恐ろしかった。自分の人生に対する疑念はあらゆる恐怖の中で最も人に迫ってくるものだ。その疑念を宙ぶらりんに放置したまま何事もなかったかのように暮らすことはできない。

ラックは火星公文書センターの中核を担っている。彼はIDデータについて誰よりも詳しい。人間に関するそれらのデータはあたかも蜂の巣のようにぎっしりと並べられている。ラックはその中央に座し、まるでそれらと融合しているかのようだ。彼の前には古いデスクがあり、その表面にはかすかに亀裂が走っているが、なめらかに磨かれ、調度品は整然と置かれている。

「掛けなさい」

ラックはデスクの前の椅子を指した。ロレインはそっと腰を下ろし、無意識に背筋を伸ばした。

「メールを見たよ。君の意向はわかった」ラックは言った。

ロレインは答えず、気をもんで待っていた。陽光がちょうど目の端に当たり、前がよく見えない。

「本当に調べたいのかね」

ロレインはうなずいた。

「いいだろう」ラックは言った。「だが、毎日の生活の中の多くの物事について、必ずしも詳しくさかのぼる必要はないよ」

「知っているのと知らないのとでは違います」

「何も違わないよ」

「違います」

「数が増えれば、何も変わらなくなる」

ロレインはラックを見つめた。彼は細長い十本の指を組み合わせ、両肘をデスクについて、ひどく厳しい目で彼女を見ていた。彼の声は少しも動じていなかったが、その表情は極めて重々しかった。背筋をピンと伸ばし、頭は水瓶を載せているかのようにまっすぐだったが、どういうわけか、彼の姿はまるで祈りを捧げているように見えた。両手を組み、デスクの上で支えている。彼の目の中にはある種の苦しみがあり、それはひそやかでありながらはっきりと、丸眼鏡を通して、両手を通して、二人の間を隔てるデスクの上の空気を通して、彼女の目の前に届いた。ラックはきっと、彼女にそれが見えることを望んでいるのだろう。彼は決して軽々しく感情をあらわにする人ではなく、ホアンとは違って、大声で怒ることも、大声で笑うこともなかった。彼の面差しは常に木彫りの彫刻のように古めかしく、変化に乏しかった。もし彼がやるせない苦しみをあらわにするとしたら、それはきっと彼女が自分の考えを読み取ることを望んでいるからに違いない。

彼の顔はほっそりとして、頬骨は高く、髪の毛はすでにまばらで、青白い顔には過度の焦慮が浮かんでいる。彼は身体を沈めたまま、彼女の最後の答えを待っていた。

「やっぱり調べたいです」

「わかった」ラックはうなずいた。

彼が身体を起こして壁を軽くなでると、スクリーンセーバーの壁紙が消え、一面の四角形の金属のセルがあらわになった。本物の金属ではないが、そっくりだ。コーヒー色の小さな扉、金色の縁取り、取っ手の下にはすべて小さな白いカードがついており、手を伸ばせば引き出せそうな錯覚を覚える。セルは天井から床まで壁一面にびっしりと並べられ、その正面に腰を下ろして見つめていると、めまいがするような感覚があった。ラックは慣れた様子でカードの表記を調べると、壁沿いに少し歩き、一つのセルにそっと触れ、パスワードをいくつか入力した。すぐに壁の向こうでかすかな作動音が響き始めた。

たちまち一枚の電子ペーパーが壁の隙間から落ちてきた。

ラックはペーパーを拾い上げ、ロレインに渡した。ロレインは一杯の水を捧げ持つように慎重にそれを受け取り、目を凝らして読んだ。書かれているのは当時の試験問題と成績だった。透明のグラスファイバーに耐えがたいほどくっきりと映された文字は、細いナイフがうねうねと空気を切り裂くように上へと上がっていった。

彼女は長い間見つめ、ようやく顔を上げた。書かれていた内容は予想していた通りで、今はただそれが確定したにすぎなかった。

「ラックおじさま、どうして私になったんですか」

ラックはかすかに首を振った。「私は君に事実を提供することはできるが、原因は提供できない」

「その子が誰かを知りたいんです」

「どの子だって」

「あの、本来は地球に行くはずだった子です。私と運命を取り換えた子です。それは誰ですか」

ラックは少し迷ってから、言った。「私は知らない」

「そんなはずありません。おじさまは絶対にご存知です。当時の主任試験官だったでしょう、知らないわけがありません」

ロレインはいくぶん興奮して口走ったが、言い終えてから自分があまりに礼儀を失していることに気づいた。彼女はそんな自分は好きではなかった。疑念をおぼえるといつも我を忘れてしまう。彼女は顔をそむけ、静かに自分を落ち着かせた。

ラックの目つきはますます哀れみを増し、悲痛さすら漂わせていた。

「たとえ知っていたとしても」彼は言った。「君に教えることはできない。自分の個人情報ファイルを調べても構わない。それは君の権利だ。だが君は他人のファイルを調べることはできないし、私にはその権利はない」

ロレインはうつむき、自分の両手を見つめた。執務室の椅子は古めかしい肘掛け椅子で、背が高く、両側の肘掛けも高く、そのラインは広げた手のようで、そこに深く座るとまるで抱かれているようだった。ロレインのこの時の気分からすれば、彼女にはそうした抱擁が必要だった。引っかかっていた岩が崩れてきて大海に落ち、海の底の高波を引き起こしたのだ。

「ラックおじさま」彼女は顔を上げて尋ねた。「他人の個人情報ファイルは何も調べられないのですか」

「できない」

「家族のものも」

「そうだ」

「公文書のスペースはすべて透明で公開されているのではなかったのですか」

「そうだ、だが前提が二つある。自ら望むか、法律が規定するかだ。自ら公開を望む資料や作品は公開することができ、通過させようとする政策は公開が義務づけられ、業務や管理者として関わった財務収支は公開しなければならないが、それ以外は秘匿する権利がある。すべての人にあり、公文書館にもある。数多くの公文書が公開されることなく、最後には歴史の記憶となる。それはどの時代でも同じなのだ」

「それじゃ、父と母の個人情報ファイルも調べられないのですか」

「彼らが公開していなければ、そうだ」

「母の個人情報を調べてみようとしたことがあるんです。でも公開されていた記録は母が亡くなる二年前、スタジオを離れた時点で止まっていました。私はその後に何が起こったのか何も知りません。まるでその二年間が存在していなかったみたいに」

ラックの目は悲しげだったが、声は冷静だった。

「そのことは私も残念だよ」

「どうしてそんなことになったのですか」

「公開された部分はほとんど彼女の業務に関する自動的な記録だから、スタジオを離れれば記録がなくなるのは正常なことだ」

「つまり、スタジオを離れた人のことは、システムは死んだと同じようにみなすということですか」

「そう考えていい」

ロレインは黙り込んだ。窓外の光が斜めに差し込み、壁全体を冷静に区切っており、影の中のセルは果てしない深海のようだ。ラックは正しく、彼の言葉はすべてその通りであることを彼女は知っていた。正しすぎて絶望するほどに。

「それが登録する意味なのですか」

「必ずしもそうではない」

「では、登録する意味とは何なのですか」

「物資の分配だ。公平、公開、透明に物資を分配するのだ。一人一人の得るべき金がその人の口座に入金されるよう保証するのだ。多くも少なくもなく、漏れも隠蔽もなく」

「でも私たちのお金は年齢に基づいて分配されているのではないのですか。登録やスタジオと何の関係があるのですか」

「それは生活費だ。システム資本の最小の部分にすぎない。その部分は確かに登録とは無関係で、年齢にのみ基づいて入金される。だが君も大人になればわかるが、成人が正常に所有するすべての資本のうち、生活費は副次的な部分にすぎない。ある人間の経済活動の大部分は研究経費や創作コスト、制作費用、購入と販売に伴う支出と所得なのだ。これらの資本フローはすべてスタジオの枠組みの中で流動するが、スタジオはただ使用するのみで、最終的には全体に還元される。それでこそアカウントの統計が取れるのだ。登録していないアカウントに対して、システムは入金を許可しない」

「一人で研究してはいけないのですか」

「構わない。だが、自分の生活費を使うしかない。公共の助成金を申請することはできない。システムの総収入に個人への入金窓口が開いてしまえば、不正な操作や財産の収奪が、せき止めるすべのない河の水のようにあふれ出てしまうだろう」

「でも、そういうお金が要らないのなら、登録しないことは何も大犯罪ではないでしょう」

「そうだ」

「追放されることはない？」

「ないだろう」

「では、父と母はどうして死んでしまったのですか」

ロレインはついに勇気を奮い起こしてその質問をした。彼女はそっと唇をかみ、心臓はドキドキと脈打ち、唇は緊張で少し乾いていた。ラックは思っていたほど、そのことに驚かなかった。相変わらず静かに座っており、姿勢は良く、表情や声に変化はなく、なお平静に昔を懐かしみ、その質問にはとっくに備えていたかのようだった。

「二人は不幸な宇宙船の事故で亡くなったのだ。私もとてもつらく思っている」

「知っています。でもそのことをお尋ねしているのではありません。お尋ねしているのは、二人を処罰した理由は何かということです」

「言っただろう。私は事実しか答えられない。原因は答えられない」

「でも罪名は必要でしょう」

「罪名は国家の安全を脅かしたことだ」

「安全って何ですか。脅かすって、どうやって」

「罪名に含まれていない言葉について、私には説明できない」

　ラックは依然として厳かに、静かに座っていたが、声だけがますます小さくなってきた。ロレインは彼と向かい合っていたが、まるで見えないロープがその間に張られ、二人で引っ張り合っているのにどちらも少しも動かせずにいるかのようだ。彼女はふいに悔しさを覚えて喉がかすかに詰まったが、やはりこらえ、泣かなかった。ラックは黙ってティーカップを差し出したが、彼女は首を振り、手を伸ばさなかった。

　彼女はもの悲しげにラックを見つめた。「おじさま、一つ教えて頂けませんか」

「何だね」

「おじいさまは独裁者なのですか」

　ラックは直接答えなかった。彼女を見つめ、そう尋ねた理由を考えているようだった。だが答えようとはしなかった。

　彼はただしばらく沈黙し、その後で教科書通りの冷静な回答をしたが、声は淡い陽光の中で骨董品のように偽りじみていた。「その問題は定義の面から説明しなければならない。『国家』（古代ギリシアの哲学者、プラトンの著者）以降、独裁者の定義に大きな変化は起きていない。もしも一人の人間が立法や法の執行を任意に行うことができ、制約も監督も受けずに国家の政務を決定できるとしたら、それは独裁者とみなしていいだろう」彼は少しうなずいた。「私たちから見て、君のおじいさまは好き勝手に法律を決定することはできない。法律はシステムを監視する長老が立案するからだ。政策決定を勝手に行うこともできない。システムには自制権があり、内部決定はシステムが自主的に行い、システムをまたぐ全体的な政策決定は議事院で協議しなければならず、星全体の決定は全住民による投票で決まる。おじいさまも監督を受けないわけにはいかず、データベースには記録があり、彼の一挙手一投足、金銭の支出はすべてはっきりと目に見えるようになっている。これで、君は彼を独裁者だと思うかね」

「では、どうして私はおじいさまの個人情報ファイルを見ることができないのですか。私も監視してはいけないのですか」

「それは別の話だ」ラックはゆっくりと言った。「すべての人間にプライバシーがある。記憶に属する部分だ。その部分は海の中の岩礁だが、我々が監視する権利を持っているのは海上の舟だけだ。職務以外の資料については、誰にも探る権利はない」

ロレインは唇をかんだ。ラックの言葉は彼の後ろのセルの海のようで、彼女には底が見えなかった。

「このデータベースにはいったい何が記録されているのですか」

「記憶だ。時間の記憶だ」

「どうして地球人にはこういうデータベースがないのですか」

「地球人にもある。君に見えないだけだ」ラックはますます根気強く、いっそうゆっくりと話した。「地球に行ったのなら、気がついたはずだ。私たちの個人情報ファイルは多くの手間を減らしてくれ、あるスタジオから別のスタジオに移っても、身分証明書類を何も用意する必要がなく、在留証明書や銀行口座を移す必要もなく、何の書類も要らない。スタジオが確定ボタンをクリックするだけで、すべては自動的に伝送されるのだ。便利だと思わないかね。これは私たちがその人間の真の信用記録を構築することを保証してもいるのだ」

「はい、その通りです」ラックは正しい、それが彼女にはわかる。彼女は地球で分厚い公証書類を抱えて一つの職場から別の職場へと移動し、その書類を使って自分を説明し、自己紹介し、自分を移し、自分が自分であることを証明し、すべての職場での質問を受け、箇条書きの質問に答え、質問に包囲され、一覧表の中に埋没した。度重なる詐欺や、様々な偽装を目にした。彼は正しい、完全に正しい。だがそれは自分が尋ねたいことではなかった。

「私が質問したいのは、どうして誰もが一つの番号、一つの固定したスペース、一つのスタジオでの身分を持たなければならないのかということです。どうして放浪をして、気の向くままに、いつでもどこでも過去を忘れて、自分を変えてはならないのですか。どうして自由でいてはいけないのですか」

「君は自由でいていいし、自分を変えても構わない。問題はない」ラックはいくらか秘密めかすようにゆっくりと答えた。「だが君は過去を忘れることはできない」

落日の陽光がもうほとんど地面と平行になり、大きな影が天井をいっそう高く見せている。ラックの影は相変わらず細くまっすぐで、グレーのベストと白いシャツには装飾がなく、袖口と襟の金ボタンはきっちりと掛かっている。丸眼鏡の奥から哀れむようにロレインを見つめ、多くのことを告げたそうだったが、何も言わなかった。彼の両手はデスクの上に置かれ、細く長い指は古いガチョウの羽根ペンのように、静かに並んでいる。ロレインは周囲の柱が、古代ギリシアの神殿の石柱のようにまっすぐな秘色《ひそく》のストライプを帯びて、神聖で厳かに、その中の高速で稼働する電子回路を隠していることに初めて気づいた。デスクも木の色で、ガラスには見えず、その上のペン立てにはかすかな人工の模様が入っている。部屋は歴史の重みに満ちていた。まるでラックその人のように。

カフェ

火星のコーヒーは一種の代替品だ。合成カフェインである。薫り高く、さほど苦くない。濃さや添加物は選ぶことができる。頭をすっきりさせることもオプションの一つだ。カフェは広く、ウェイターはおらず、セルフサービスのカフェマシンが壁にはめ込まれ、厨房ではパティシエが菓子を焼いている。カフェは雑談のための場所だ。ホテルや一般家庭にもカフェマシンはあり、カフェのものと大きな違いはなく、カフェに来る人は普通、友人に会ったり商談をしたりする。そのためカフェの環境には特殊な処理が施されており、吸音材がかけられ、植物で仕切られ、座席も離れて配置され、テーブルの間にはプライバシーを保って会話ができるだけの十分なスペースが保たれている。

カフェは街で最も良い場所に位置し、掃き出し窓から外を眺めると、左側の衣料品店、右側のギャラリー、向かいの灌木に囲まれた野外劇場がはっきりと見える。街には様々な彫刻がある。目の前の道はシェフ通りと呼ばれ、ここにある彫刻は歴代の傑出した料理家だ。火星ではほとんどすべての通りに科学者や画家、美食家、ファッションデザイナーなど、優れた人物の名がつけられている。すべての通りに彫像があり、高く、大きく、いかめしくそびえる像もあれば、ユーモラスなしぐさをしているものもある。この通りの料理家の彫像はとりわけ生き生きとし、一つ一つ造形が異なり、立っているものもあれば座っているものもある。人間の像は食べ物の彫刻に囲まれ、味覚の瞬間を永遠にとどめている。

子どもたちが飛んだり跳ねたりしながらカフェの前を通り過ぎ、傘の形をした木の下で果物を食べる。道路の中央の円形広場では、四人の少年が弦楽四重奏を演奏している。数人の少女が道端のガラスの箱を開け、お手製の人形を中に入れて展示する。それらはすべてスタジオのカリキュラムの一部だ。掃き出し窓をかすめて人々が行き交い、その足取りは颯爽として一陣のおぼろな風のようだ。

ジャネットはこのカフェでエーコと会う約束をしていた。ここは映像館に近く、彼女とアーサーが初めてデートした場所だからだ。彼女はコーヒーに手をつけず、目は存在しないかなたを見つめ、静かに耳を傾けていた。

「……以上があらましです」

エーコは彼に思い出せる限りのことをすべて話した。

「彼は……もう作品を作っていなかったの」

「ええ」

「インタビューも受けなかったのね」

「受けませんでした。先生はずっと謎めいた方で、誰にも語りませんでした」

「あなたにも話さなかった？」

「ごくたまに少し話すことはありましたが、その頃僕はまだ幼かったので、多くのことはよくわかりませんでした」

ジャネットはため息をついた。「アーサーという人はそうだった。牛のようなの。自分で考えたことは一心不乱にやったわ、他人がどう思おうと構わずに」彼女は話しながら自分の両手を見つめ、指を絡ませ、声を低めた。「でも、少なくとも家族には話したでしょう」

「家族って、あなたが言っているのは……」

「彼の奥さんと子どもよ」

「いいえ。先生と奥さんは早くに離婚して、ずっと別々でした。先生は十年ほど、ずっと一人で暮らしていました」

ジャネットは目を上げた。「十年？……アーサーはいつ離婚したの」

「とても早くに。僕にもはっきりとはわかりません。たぶん、先生が三十二、三歳の頃でしょう」

「彼は火星に来る前にもう離婚していたということ？」

「そうです、それは間違いありません。知らなかったのですか」

ジャネットは開いた口を手で押さえ、しばらくしてようやく言った。「ええ、知らなかったわ」

エーコはいぶかしんだ。どうして八年間も知らずにいるなんてことがあるのだろう。彼は慎重に尋ねた。

「先生は何も言わなかったのですか」

ジャネットは首を振り、いくらか心ここにあらずといった様子で、たちまち思い出の中に入り込んだように、目は床を見つめたまま戸惑って焦点を結ばず、肘をテーブルについて両手の指をきつく重ね合わせ、二回ほど何かを言おうとしたが、口を少し開いただけだった。

エーコは静かに、邪魔をせずに待った。

しばらくするとジャネットは深く息を吸い込み、一気に話した。「アーサーは言わなかった。でもそれは彼の問題ではないわ。私の問題」彼女は軽くうなずいた。「私がずっと知りたがらなかった。怖かったのかもしれない。アーサーが来たばかりで、私たちがまだ親しくなっていなかった頃、彼が身につけている写真を見たことがあったわ。彼と一人の女性と小さな男の子で、奥さんと息子さんかと尋ねたら、彼はそうだと言った。こんなに長い間家を離れていて、家族のことが気にかからないの、と聞くと、今はあまりうまくいっていないと答えた。それがどういう意味かは聞かなかった。ただ仲が良くないのだと思い込んで、良くなくても家に帰らないと、と笑って言うと、彼はそうだね、帰るだろう、と答えた。それから……それから彼は帰らずに、私たちは付き合い始めて、私はもうそのことを持ち出せなくなった。持ち出して彼が去ってしまうのが怖かったの。彼はいつも言ったわ。ジャネット、話さなければいけないことがある、って。帰るの、と聞くと、違う、帰らない、と言うの。それなら何も言わないで、と私は言った。それで彼はもう何も言わなくなった。アーサーはもともと、石のような人だった。質問しても答えるとは限らなかったし、質問しなければもっと何も言わなかった。自分のシナリオに没頭して、私はただそばでそんな彼を見ているだけだった。そうやって一年また一年と過ぎていって、私はずっと考えすぎないようにしていたの。内心ではずっと気にかかっていて、彼がいつか決意して帰ってしまうのが怖かった。そう思えば思うほど、明らかにできなくなった。ずっと、彼が永遠に火星にいることはないだろうという直観があった。ただ、その日を一日一日と遅らせたかったの、それ以上遅らせられないところまで。だからアーサーが最後に帰ると言い出した時、おかしいと思わなかったほどよ。つらかったけれど、奇妙には思わなかった。それは必ず訪れる日で、単に早いか遅いかの問題だと思っていたの」

「あなたは……」エーコは言葉を選んだ。「先生が戻って奥さんと暮らすと思っていたのですか」

「ええ。そう思っていたわ」

「そうではありませんでした。先生と奥さんは完全に別れていたんです」

「私も……私もそう思ったことはあるわ」ジャネットの目はまた少し赤みを帯びた。「彼がまた戻ってこれるようにずっと願っていたの。いくつかのことを片づけに行くと言っていたから。私は、彼がそのことを……そのことを片づけに行ったのだと思っていたわ」

ジャネットは顔を上げ、斜め上を向いて瞬きをし、涙がこぼれないようにした。髪を後ろに払い深呼吸をして、無理にエーコに笑って見せ、気持ちを少しずつ落ち着かせた。彼女はすでに中年になっており、もう自分を弱く見せたがってはいなかった。特に若い世代の前では。彼女は今日はもともと十分に心の準備をしており、初めからとても静かに、冷静さを保ち、感情を高ぶらせることも、落ち込んで苦しむこともなかった。エーコは尊敬をもって彼女を見つめた。彼女の顔色は良いとはいえず、いくらか憔悴し、皮膚はくすみ、目元には涙がたまっていた。ここ数日は悲しみに浸っていたのだろう。だが彼女は強さを保っている。髪はきちんと整い、身にまとったストライプのシャツはシンプルだが丁寧にアイロンがかかっている。長い間一人で生活すると、ある種の慣れによる独立というものを得て、どれほど気持ちが混乱していても、習慣に従い自分の世話をすることができるようになることをエーコは知っている。ジャネットは結婚していない。彼女は先生のために空白を残していた。ずっと、その空白を永遠に埋められなくなるまで。

「本当は、先生は戻ってきたかったのです」エーコはゆっくりと言った。

そう言ったのは慰めるためではなかった。ジャネットを慰めたいのは確かだったが、わざわざ慰めの言葉を言いはしない。その話は事実で、彼は先生の最後の日々を、先生が死ぬまでずっと火星を懐かしんでいたことを理解していた。口に出さなければ出さないほど、懐かしんでいたのだと。

「ただ、先生の病状はずっと良くなりませんでした。ここ十年間はほとんど治療に費やしていましたが、最後にはやはり転移してしまったんです」そうした状況が彼女の悲しみを少しでも減らすことができるかどうかはわからなかった。「その病気こそ、先生が地球に帰った理由だと僕は思います。先生は地球に着くとすぐに治療を始めました。レーザー、ナノ手術、化学療法。恐らく先生は火星にいた時にもう病気に気づいていたけれど、あなたを心配させたくなくて打ち明けず、地球に帰って直してからまた戻るつもりだったのかもしれない。地球の医学はある分野ではやはり進んでいますから。残念ながら、結局治すことはできませんでしたが」

「それはあり得ないわ」ジャネットは首を振った。「帰還する前の健康診断は正常だったもの」

そのことはエーコも予想していなかった。「本当ですか」

「本当よ。大きな病気がある場合は宇宙船に乗ることができないの。宇宙放射線はとても危険で、正常な人にも害があるのだから、病人にはなおさらよ。もし腫瘍が見つかっていたら、私たちは行かせなかったでしょうね。彼は出発した時は検査をパスしていた。健康だったのよ」

「そうでしたか……」エーコは眉をひそめた。「じゃあ、途中の放射線で癌になったのかもしれない。もう確かめようもありませんが」

彼は黙り込んだ。彼はもともと、それこそが先生が火星を離れた理由だと思っていたが、彼女の話はその可能性を取り除いてしまった。自分はやはり何も知らなかったのだ。ジャネットに答えを教えてもらえると思っていたのに、彼女の方こそもっと実情を語ってもらう必要があったとは思いもよらなかった。彼とジャネットはそれぞれある種の理にかなった推測をしていたが、お互いに相手を否定することになってしまった。この問題は文字通り宙吊りになり、断ち切られた手がかりをつなぎ直すことができるかどうか、彼にはわからなかった。

彼はしばらく沈黙し、陰鬱な雰囲気にのみ込まれ、話をしたくなくなった。ドームの天井は傘のように、散乱する陽光の中に彼を包み込み、その光は雨の糸のようだった。中央のテーブルは回転し、自動演奏のピアノが愁いと悲しみを増した調べを奏で、ピアノの鍵盤はひとりでに跳ね、まるで見えない演奏者がいるかのようだ。鉢植えの木の葉がエーコの視線をくらまし、彼はしばらくの間、燕尾服の人影が本当にピアノの前に座り、こちらに背を向け、見えなくなったり現れたりするような気がした。

しばらくして彼はふいに我に返り、今回の旅行で最も大切なことをまだ話していなかったのを思い出し、慌てて姿勢を正すと真剣な表情で言った。

「忘れるところでした。先生はあなたにこれを」

彼はバッグから先生の遺品を取り出した。女性用の櫛で、先生の胸像と名前の入った輝く徽章がついている。さらに先生がずっと携帯していた電子メモを、なめらかな褐色のテーブルの上に並べた。

「ええ、これは私のよ」ジャネットは軽くうなずき、それらの小物を順番になでた。「これは……彼の通行証ね、私が手配してあげたの。これは日記ね、地球から来た時にはもう持っていたわ」

「あなたの写真を見たことがあります」エーコは言った。「先生のノートにありました。……ええ、先生はもう奥さんの写真を持っていませんでした。持っていたのは、あなたの写真です」

ジャネットはうつむいてじっと見つめ、指でそっとそれらに触れた。軽く、優しくなでるように。

「それから……」エーコは口調を緩め、言葉を選んだ。「先生は亡くなる前に脳波をデジタル信号に変換して、チップに記録したんです。つまり、先生は記憶を保存したのです。先生は私に、それをこの火星に持って来させ、ここに残すように言いました。あなたに渡すべきだと思うんです。先生は何も言いませんでしたが、それが恐らく先生が一番望んだ埋葬方法だと思うんです」

彼はずっと身につけていた極小の円形チップを取り出し、手のひらに載せ、丁寧に差し出した。

ジャネットの唇は震えた。手を伸ばしたが、その手も震えていた。彼女の手はエーコの手のひらに触れるとまた引っこみ、まるで彼が載せているのが炎で、自分には近づけないかのようだった。彼女はそのチップを見つめ、腫れた両目はまた潤んできた。

「アーサーは……彼は何も言わなかったの？」

「ええ。だから僕はどうすべきかわからないんです」

「亡くなる時は苦しんだ？」

エーコはどう答えればよいかわからなかった。彼は少し考えて言った。「苦しんだとは言えませんが、ただ長いこと衰弱していて、話ができなかったんです。最後に意識を取り戻した時、Bという文字を書きました。それはあなたの名前だと僕は思いました」

「B？」ジャネットは頭を上げて彼を見つめ、突然、冷静な口調になった。「いいえ、それは私のことではないわ。彼は私を姓で呼ばなかったもの。もし私の名前を書くなら、たとえ省略したとしても、Jと書くはずよ」彼女は頭を振りながら、確信したように言った。不愉快さを表に出さず、突然物事が明らかになったかのように、声は落ち着き始めた。「そのチップをどこへ持っていくべきか知っているわ。そう、それがアーサーのやり方なのよ」

エーコは注意深く聞いていた。

「その前に、あなたに一つ話をしましょう」ジャネットは言った。「彼は帰った時、あるものを持っていったの。他人は誰も知らないわ。彼は立ち去る前に情報システムの光電スタジオに行った。データベースのハード中枢メンテナンスセンターよ。私たちのデータベースは単原子をメモリデバイスとして利用するもので、単原子の電荷遷移を0と1として情報を保存すれば、莫大な量のデータを保存できるの。アーサーはそのスタジオからベースとなる方法を手に入れて、地球に持ち帰った」

ジャネットは簡潔に、はっきりと語った。その時、エーコはひとすじの電流に貫かれたように感じた。彼は突然、事情をすべて悟り、理解できなかった部分がすべてつながり始めた。ジグソーパズルを完成させるピースを得たのだ。そうだ、それこそが理由だ。それこそが、先生が立ち去った本当の理由なんだ。それに先生はジャネットが考えているように、帰る時にある技術をついでに持っていったのではなく、その技術のためにこそ帰ったのだ。先生が残ったのはこの広大なスペースのためであり、離れたのもそのためだった。先生はデータベースの保存方法を持ち帰り、地球にデータの貯蔵庫を、静かな、すべての奇想天外な思いつきを蓄えておける貯蔵庫を作ろうとしたのだ。先生は、地球には十分な保存技術がなく、これほどの大容量を記録しておくことはできないと考えたために、執拗な意欲を抱いて、その技術を求めて火星の研究室を何度も訪ね、希望に満ちあふれて帰還の船に乗りこんだのだ。先生はジャネットに、いくつかの事を片づけに行く、それが終われば戻ってこられると言った。先生が言ったのはこのことだったのだ。先生が地球で声高に主張せず、説明もせず、取材も受けなかったのは、それほど貴重な火星の技術を持ち帰ったことを、地球人に勝手に知られるわけにいかなかったからだ。もしかすると先生は誓約を立てたのかもしれず、その誓約こそが方法を手に入れる条件だったのかもしれない。ただ、先生は自分が癌を患い、二度と戻ることができなくなるとは思っていなかったのだ。

それですべてに説明がつく。残るただ一つの疑問は、先生が地球でいったい何をしたのかだ。

エーコはほとんど一瞬のひらめきの中でテインのことを思いついた。おそらく間違いない。先生は帰るとすぐにテインを探したのだ。先生とテインは昔なじみで、タレス・グループの創立に深く関わっていた。先生はタレス・グループがその技術を受け継ぐことを願った。これほど多くの分野にわたり、これほどの実力と影響を備えた組織は世界でもまたとないからだ。二十二世紀の後半、ネット市場は実体市場を全面的に上回り、タレスは世界企業のトップを独占した。先生が技術を普及させたかったなら、きっとティンを訪ねたはずだ。ティン以外に、誰がそんな力を持っているだろう。

劇場

兄を待っている間、ロレインの心の中はひそかに波立っていた。どうあっても、兄から両親のことを聞きたかった。兄は毎朝早く出勤し、帰りは遅い。家で姿を見ることはほとんどない。彼女は兄のスタジオに会いに行ってみた。兄はおらず、同僚の人が、加工工場に行ったと教えてくれた。そこで彼女は工場に来て、休憩室でじっと待っているのだ。

作業室には入れず、休憩室との間は硬質な強化ガラスで隔てられていた。巨大な作業室は広く清潔で、壁は透明で中の回路があらわになっており、ドアは分厚くしっかりと閉ざされ、隔壁は緑色のラインで小窓に区切られている。窓の中の兄は保護帽とゴーグルを身に着け、ベルトコンベアを自ら操作していた。傍らには助手が二人いて、兄よりもいくらか年上だが、兄の指示に従い、そばで手伝ったり、細かな作業や品質確認を行っている。ルディは手慣れた様子で冷静に指示を出し、背の高い機械の前に一人で立ち、まるで一頭の巨大な竜を手なずけ、自分の代わりにその機敏で大きな手足を使って頭の中の設計図を完成させようとしているかのようだ。巨大な竜は青と白が互い違いになり、節の一つ一つが細長く、金属を裁断したり繊維を吐き出したりしており、片側には水瓶に似た原材料の口が三つ、反対側からは気泡のような金色のベンチが軽やかに吐き出されている。

ロレインはそのベンチに見覚えがあった。帰宅した初日に彼女を出迎えたものだ。

帰宅してから数日間で最もはっきりわかったのは、兄の生涯の計画だった。実験と研究、エンジニアチームのリーダー、議事院の議員、システムの長老。それは火星で輝かしい地位を得るための最も順調な道だ。兄は自分の人生を始めたところなのだ。彼は幼い頃から成績抜群で、いつも口の端に傲慢な笑みを浮かべていた。今のところは、すべてが順調だ。すべては始まったばかりだ。

電磁第五研究所は太陽光システムに所属するスタジオだ。火星の大部分の生活エネルギーは太陽の電磁放射線から来ているため、電磁研究は普通、太陽光システムの下に入れられている。屋根の回路基盤、都市を取り囲むアンテナ、建物の磁性粒子遮蔽回路はすべて太陽光システムの研究成果だ。火星では壁と屋根が透明で、ガラスの壁の中には見える回路も見えない回路も組み込まれているが、それらを組み替えれば、局所的に強磁場を発生させることができる。ルディはそれを利用して自分の研究を進めたのだ。

ロレインは一人でジュースを二杯飲み、物憂い色の液体に幼少期のことを思い出した。彼女は二人がかつて語り合った人生の夢を思い出した。彼女の願いは陽のあたる窓辺で愛する人と並んで本を読むことだったが、兄の夢は好きな女性を連れて宇宙を旅することだった。彼女は行きたくなかったが、兄は行きたかった。けれど結局、彼女が宇宙に出て、兄はふるさとで堅実に根を張って成長している。彼女は二度と彼に幼い頃の夢のことを持ち出さなかった。

コップが空になり、兄はやっと出てきた。

彼は彼女を見ると少しいぶかしみ、保護帽を脱いで乱れた金髪を軽くなでつけ、うなずいて、彼女のそばに腰を下ろした。元気がなく、いくらか落ち込んでおり、目は充血し、どうやら疲れているようだ。彼は壁からコーヒーを受け取り、クッキーを二枚取った。急いでコーヒーを飲んだためにむせてしまい、激しく咳をした。ロレインは彼が落ち着くのを待って、そっと口を開いた。

「兄さん、大丈夫？」

「大丈夫。いつも通りだ」

「今日は少し疲れているみたい」

「なんでもない」ルディは軽く首を振った。「おまえは？　練習はどう」

「普通」

二人は少し沈黙した。ルディはロレインが口を開くのを待っている。彼女は少し迷い、傍らの忙しく稼働する作業室をちらりと見て、兄のカップを取ると立ち上がってコーヒーを注ぎに行き、砂糖を少し入れて彼の前に置いた。

「兄さん、私、ラックおじさまに会いに行ったの」

「えっ」ルディはけげんな顔をした。

「おじさまに会って、私の疑問は見当ちがいじゃないってわかった」

彼は理解し、うつむいてコーヒーを飲み、鼻声で言った。「うん」

「あの時、知っていたんでしょう」

彼は答えなかった。

「お父さんとお母さんが亡くなった原因を兄さんも知っていたんでしょう」

彼はやはり答えなかった。

「教えてくれない？」

「本当に事故だったんだ」ルディは無表情で言った。「事故を起こした宇宙船の技術責任者も、あの後で処罰された」

ロレインは兄が距離を取ったことに傷ついてつらい気持ちになり、アプローチを変えて彼を見つめながら率直に尋ねた。「兄さん、おじいさまは独裁者なの？」

ルディは眉をひそめた。「どうしてそんなことを聞くの」

「他の人がみんなそう言ってるから」

「誰が」

「たくさんの人」

「地球人？」

「うん」

「おまえまで地球人の言うことを信じるのか。ほとんど偏見だよ」

「そうじゃないこともあるよ」

「偏見でなければ無知なんだ。わかるだろう」

「わからない」

「わかるはずだ」

ロレインは兄を見つめた。彼の眉間にはかすかに皺が寄り、真剣な表情で、目はまっすぐに彼女を見ている。

「私もわかってると思ってた」彼女はうつむいて小声で言った。「でもおじいさまは火星の革命を禁止したんでしょう」

それは彼女が原理主義者の反政府デモに参加した時、教えられたことだった。彼らがどうやってそのことを知ったのか、彼女は知らない。地球人が火星について知っている多くのことを、彼女は知らなかった。ちょうど火星人が地球について多くのことを知っているのに、地球人がそうしたことを知らないのと同じように。彼らはかつて一緒にテントの中に座り、焚火を囲み、相手についてのニュースを教え合った。それから伝聞と真実がごちゃ混ぜになり、いったい何が真実なのか誰にもわからなくなった。

「あれはそもそも禁止されるべきだったんだ」ルディはゆっくりと、だがきっぱりと言った。「火星は地球とは違う。ああいうことは危険すぎるよ」

「そうなの？」ロレインもゆっくりと答えた。「でもお父さんとお母さんはそのために死んだのではないの」

「適当なことを言うなよ」

「でもほかの理由があり得る？　登録しないことそのものは罪にはならないけど、革命を考えたり、大勢でスタジオに従わないような反抗的な感情を引き起こしたりすれば罰を受ける、そうでしょう」

「それ、誰から聞いたんだ」

ロレインは構わずに続けた。「二人の自由な思想が私たちの周囲の秩序そのものに楯突いたから、そのために罰を受けた、そうでしょう。おじいさまが自ら罰を下したんでしょう。システムが革命を受け入れないから。違う？」

ルディは相変わらず冷ややかに言った。「そうやっていつもロマンチックに考えるのはよせよ」

ロレインは口をつぐんだ。兄は子どもの頃の兄とは変わってしまった。子どもの頃の兄は血沸き肉躍る革命の歴史を読むのが大好きで、ルネッサンスやフランス革命、二十一世紀中ごろの無政府主義革命のことを彼女に語ってくれ、興奮して眉を跳ね上げ、早口で、手に持ったペンはまるで剣のように上へ下へと舞い飛び、顔いっぱいに憧れを浮かべていた。兄はあの若い先人たちが人類の若い歴史の中で起こした若々しい革命に思いを馳せ、血をたぎらせた。兄はかつて、すべての決まりは破られるためにある、と言った。あの頃の兄の夢は二つだけ、かなたへの航海と、革命だった。

「じゃあ、どういうことなのか教えて」彼女も冷ややかに言った。「あの時に教えてくれればよかったのよ、騙したりせずに。どうして教えてくれずに、こんなに遠回りしなければならなかったの。どうしてみんな、私が思い切れないなんて思ったの」

「おまえが思い切れないことはあるよ」

「そんなことない」

ルディは彼女と口論せず、むしろできるだけ早く話を終わらせたがっているようで、口調にはやる気のなさがにじんでいた。「思い切れるって言うなら、今この問題にこだわるのはよせよ。今は大きい仕事を抱えているから、そういう気分じゃないんだ。終わってからまた話そう」

「今？　どんなこと」

「交渉のことだ」

ロレインはそこでようやく、危機が目の前にまだあることを思い出した。「交渉はやっぱりまとまらないの」

「ああ」

「向こうはどうしても核融合技術を欲しがっているの」

「まだわからない。でもどっちにしてもそんなに簡単にあきらめないだろう」

「じゃあ私たちは何て答えるの」

「それもまだ決まっていない」ルディはしばしロをつぐみ、口の端に突然、嘲るような笑みを浮かべ、狩人が銃で獲物を打つ時のような欲望をあらわにした。「もし僕だったら」彼は言った。「ホアンおじさまを支持するね。先手必勝は一番の基本だよ」

「ホアンおじさまは主戦派なの」

「そうだ」

「おじさまのおばあさまは戦争で亡くなったのではないの」

「それとは話が違う。戦争の種類が違うんだ。ホアンおじさまは卑劣な地球人の真似をして虐殺をしようなんて考えていない。おじさまは単に月面基地を占領したいだけだ。迅速に、血を流さずにね。その後、地球の軌道上にある衛星をすべて制御するか、破壊する。それは地球を制御下に置くに等しい。虐殺とは違う。おじさまはもちろん虐殺を考えているわけではないよ」

「迅速で血を流さずになんて、どうやったらできるの」

「できるさ」ルディはきっぱりと断言した。「僕たちがここ数年やって来た飛行実験は無駄だとでも思っていたのか。僕たちがどれだけ投資したか知らないだろう。サンリアスとロキアの両センターはずっと急ピッチで稼働している。地球のあのビジネスマンたちは僕たちほど投資をしたことは一日もなかっただろう。僕たちの飛行機は核融合エンジンを使わなくても彼らよりずっと優れている。大げさじゃなく、今の僕たちの誘導制御とレーザーを使えば、二週間以内に月面基地を完全に掌握できる。ほとんど抵抗は受けないはずだ」

　二週間。ロレインはその言葉を聞いて気が沈んだ。どんな戦闘が二週間で終えられるというのだろう。

　彼女は地球の古い家屋を思い出した。彼らはそこで二週間、語り合った。二週間で、私たちはすべてを取り戻すことができる。リリルタ姉さんはそう言った。二週間で私たちは手に入れ、神に、まだ堕落していない世界に返すことができる。彼女はその時、しなやかにカールした長い金髪を振り、目を細めて水タバコを吸いながら古いソファーに横たわり、両足をソファーの背に載せ、兄とそっくりの表情をしていた。信じて、二週間あれば十分だから。

彼らは敬虔な異教徒で、自然神を信仰し、大企業が土地を独占するのは大地に対する侮辱だと考えており、ロレインは彼らと共に、迅速かつスムーズにある田園を奪った。だが二週間後、彼女とリリルタ、それに友人たちはともに孤絶した大部屋に閉じ込められ、水や食べ物の遮断、大音量のクラクションによる威嚇や武装車両の包囲に直面し、ベルリンの友人が航空機で救援物資を届けてくれるのを待っていたが、ベルリン郊外でも同じように救援を待つ襲撃者が包囲されていることを知らなかった。彼らは結局、全員逮捕され、犠牲者が出ることもなく早々に事態は収束し、監獄に三週間入れられ、その混乱ぶりはいくらか滑稽なほどだった。それは最良の結末だった。単に滑稽で死者が出なかっただけだ。ロレインは二週間でできるという言葉を以前から信じていなかったし、それ以後はいっそう信じなくなった。計画的な急襲は一度は成功するだろうが、その後でさらに苛烈な反撃や抵抗が起こらないとは思えなかった。

「始めたらもう止められなくなるよ」彼女は言った。

「それは強さが足りないからだ」彼は答えた。

彼女は兄を見つめた。そこが、子どもの頃とは違っていた。子どもの頃は戦争を憎んでいたのに。

「戦わずに済む方法はある？」

「交渉が成功するしかない」

「どうしてもあの二つの技術がなければならないの」

「どちらが欠けてもダメなんだ。『山を動かして海を埋める』って言うだろう。それほどの大事業だ、人命に関わるんだ」

「どうしても海を埋めなければならないの」

「何を言ってるんだ？」

ルディは突然怒り出し、立ち上がるとカップをテーブルに叩きつけ、いら立った声を上げた。「『しなければならない』じゃない、『もうすでに』なんだ。僕たちはもうすでにここまで来てしまった、止まることはできないんだ。知らないわけがないだろう、僕たちはもうケレスを運んできた、一つの星をだ。それは今、この頭の上を飛んでいるんだ。そのために一つの街の一万人の人を追いやった。手をこまねいて何もしないなんてことがどうしてできるんだ。止められるわけがないだろう」彼は言いながら、ますます悲しそうになり、声も震え始めた。「ロニングおじさまはどうして行かなければならなかったのか。『海を埋める』ためでなければ、どうして。行かなければ、死ぬはずがなかったんだ。おじさまは亡くなったんだ、わかってるか。まだ太陽系も出ないうちに宇宙船の中で亡くなったんだ。あんなに高齢なのに、行くべきじゃなかった。でも行った。そして死んだんだ!」そこまで言うと、ルディはふいに長く息を吸い、呼吸を止めて、自分を落ち着かせた。再び口を開いた時、彼の声はまた冷静になっていた。「僕たちはもう始めたんだ、止めることはできない。どうしても止められない。どんな代価を払っても」

ロレインの胸の中は爆弾が爆発したように、ぽっかりと穴が開いた。

「何の話をしているの」

「ロニングおじさまが亡くなったんだ」

「いつのこと」

「昨日」

ロレインは呆然と兄を見つめた。彼は少しうつむき、目は真っ赤で、とても疲れているように見えた。

彼女はその知らせにショックのあまりぼんやりしていた。ロニングおじさまが死んだ。おじさまは死んだ。白い髪、白いひげ、笑ったりお話をしたりするのが大好きな、サンタクロースのようなロニングおじさまが死んだ。おじさまはどうしてそんなふうに死んでしまったのだろう。

ロレインはその知らせにかつての時間の中へ連れ戻

され、気持ちが静まってきた。

帰郷してからの半月というもの、彼女はいら立っていた。内心の疑惑と追及心が彼女をまるで疾走する暴れ馬のように、常に不安にさせていた。だが突然訪れた死の知らせによって、彼女はたちまち本物の海の波のような記憶によって包みこまれ、青い時間の中に落とし込まれた。彼女は部屋の窓辺に腰掛け、貝殻のように開いた大きな窓にもたれ、あの疾走と銀の鈴のような笑い声につなぎ合わされた古き日の場面を窓外の草花の間に再現し、映画を見るように昔を眺めた。

ロニングは彼女にとって最も親しい年長者だった。両親は彼女を掌中の珠のように大切にしたが、彼らは早くに世を去り、格言めいたいくつかの言葉が時間を超えて彼女の心の中にとどまっている以外、記憶はどれも夢の世界のようにあいまいだった。けれどロニングは違った。彼は彼女が八歳から十三歳の最も感情が落ち込む時期にずっとそばで話をしてくれ、恐れと失敗を聞いてくれ、勉強を教え、波瀾万丈な自然と運命によって彼女をそのほとんど引きこもった孤独な生活から連れ出した。彼はエネルギッシュで、ほがらかで、やる気に満ちあふれており、彼ほど親しみを感じた人は他にいなかった。

「人は必ず死ぬものだ」

ロニングはかつて、そう彼女を慰めた。彼女の両親が死んだという事実を少しも隠そうとしなかった。彼女は当時、死や孤独や愛をもう十分に理解できるほど成長しており、そうした事柄の原因は理解できずとも、そうした事柄を感覚的に理解することはできた。ロニングは唯一、真面目な口調で、大人にするのと同じように、彼女にそうしたことを語る人だった。

「人は必ず死ぬもので、それは何でもないことだ。古代の中国では、人は気体が集まってできていて、数十年経つとバラバラになると考えられていた。古代インドのある宗派では、人は宇宙の光の一瞬の窓にすぎないと考えられていた。古代ギリシアの伝説でも、シーレーノス（ギリシア・ローマ神話の半人半馬の種族で予言の力を持つ）の口を借りて人類を嘲笑し、人間はこのようにはかなく哀れな虫けらで、一番良いのは生まれないこと、次に良いのはいっそ早く死ぬことだと言わしめた。彼らはみな人の短い命に向き合った。たった数十年、どう頑張って伸ばしても、宇宙の天地《てんち》神明《しんめい》に比べれば取るに足りない一瞬の光だ。だがまさにそれこそ、生命のあらゆる美しさが宿るところなんだ。すべての生命力、すべての執着、すべての意志、抵抗、懸命に努力する絶望的な姿、それらはまさにこのような実りのない早世によってこそ心を震わせる壮麗さを持つ。考えてごらん、人は閃光のように現れては消え、跡形も残さない。けれど人はそのごく短い間隙《かんげき》に、単純で素朴な魂を使って自分の生命よりもずっと長く存続するものを作り出し、この世界に残し、自分に代わって永遠に生きさせるんだ。それはなんて不思議なことだろう。たとえ光がひらめくただの一瞬に刻まれる姿であっても、それは宇宙の中で最も神秘的なものだ。

それこそ私たちが創作する理由だ。世界中のほとんどすべての民族の哲学は人のそうした早世という特性を昇華し、答えを出したものだが、それこそが私たちの答えだ。私たちは創作によって魂を刻んでいるんだ。

だから」ロニングは彼女の細い肩を両手でつかみ、すべてを包み込むまなざしで言った。「お父さんとお母さんが死んだことを過剰に悲しむことはない。二人はあんなに輝いて生き、自分たちの魂を刻んだすばらしい作品を残し、そして君を残した。彼らはすでに最良の生涯をまっとうしたんだ。喜んでいいことだよ」

記憶の中のその言葉はロレインの涙をあふれさせた。それは十一歳の時にロニングがかけてくれた言葉で、何も知らない彼女の心の中に種を植えつけた。今、それを思い出し、ロレインは深く感謝した。六十歳を過ぎた老人が十一歳の少女にこれほど真剣にそんな話をするなんて、どうして考えられるだろう。誰もが彼女には理解できないと思っていたが、ただロニングだけが、この子にはわかると信じた。そして彼女は本当に理解した。七年後、ついに理解した。

ロニングは彼女に生と死に関することを伝えたが、今や彼は死んでしまった。生の一瞬のひらめきを子どもの心の中の言葉に変えて、死んでしまったのだ。


三日後、ロレインは落成したばかりの大劇場でリハーサルを行った。

彼女はこの時、これまでにないほど真剣に自分のダンスに向き合っていたが、それは創作の意味を突然再認識したためだった。それまでは恐れや倦《う》み、栄誉のために取り組んでおり、今この時のように厳粛な気持ちで向き合ったことはなかった。それは彼女の創作であり、彼女が歩いた地球の多くの町々や、二つの星の花々を集めて作ったものなのだ。単純で素朴なやり方で、複雑さや完璧さとは程遠かったが、しかしそれは彼女の五年間の生命だった。彼女は何度も転んだが、再び起き上がったのは、身体から泡を一つ取り出すように魂を取り出し、手のひらに載せ、円形の舞台の上でそれを空間全体にまき散らすためだった。

地球に行って二年目にダンスカンパニーを辞めたのはまさにその創作のためだったことを、彼女はまだ誰にも告げていなかった。その頃の暮らしは申し分のないもので、単純で楽しく、誰にも束縛されなかった。教師たちは授業を終えればすぐに立ち去ってしまい、彼女たちはたった十三、四歳で自由を謳歌し、男の子と好きなようにデートをし、ダンスのホログラム動画を撮影してネットで金に換えれば服を買うことができた。週末には遊びに行き、資産家のパーティーに招待され、ダンスで座を盛り上げて多くの金を稼ぎ、時には映画のエキストラをやった。彼女たちの生活は贅沢で愉快で、特に理由がない限り、ロレインはそこで楽しく五年間を過ごすことができるはずだった。

だがその生活はどうしても、何かが足りないと感じさせずにはいられなかった。

初めは単に慣れていないだけだと思っていたが、二年目のある夏の夜、突然理解した。ロニングが語った言葉がすでに沈殿して発酵を始め、血の中に刻み込まれていたのだ。そして彼女は立ち去り、高層ビルに別れを告げ、かなたへと足を踏み出した。

彼女は突然気づいた。ふるさとのすべてを疑うこともできる。けれど、それが自分の心の奥に創作の精神を植えつけたことを忘れることはできない。

今日は地球代表団の見学の日だった。

大劇場は火星からすれば非常に大きな建築だ。外観は波が一輪の蓮の花を持ち上げたような形をしており、波は廊下、蓮の花はホールだった。ホールは楕円体のドーム天井で、屋根が高いために内部は極めて明るかった。中央は円形舞台で、天井には雪玉のようなスポットライトがかかり、観客席が舞台を取り囲んでいる。

ロレインが劇場に到着した時、ルディは地球代表団一行を率いて周囲を見学しているところだった。彼はもう数日間、準備にあたっていた。この日はパリッとしたダークカラーの制服を着て、それは彼の肩幅を広く、体つきをすらりと見せており、襟と袖口はパイピングされ、胸元には金色の糸で名前が刺繍されていた。ロレインたちは代表団から離れたところに立っていた。ジルはずっと顔を上げて、人々の姿をじっと眺めている。

ロレインは離れて立っていた。彼女は、ジルがなぜ今日をリハーサルの日に選んだのかがわかった。

「一般的な円形劇場にとっての難題は、公演の時、演者がずっと一方向にしか向かないことです。普通の方法では回転式舞台にしますが、私たちが設計したのは移動式観客席です」

ルディは説明しながら、右側の制御室を指し示した。

彼の言葉とともに、ホール内の観客席がゆっくりと移動し始めた。

　本来は舞台を取り囲んでいる座席が徐々に片側に集まり、そのうち一部は楕円形の壁に沿ってゆっくりと上昇した。壁は座席の背後で上方が緩やかにせり出しており、一部の客席はかなりの高さまで少しずつ上っていき、壁に宙吊りになった様子は、風船でできたレリーフのようだ。代表団の中の一人の女性が小さく驚きの声を上げた。ロレインは小さくほほ笑んだ。

「私たちの座席の表面は大きな磁場を伴っていて、壁を使って動かすことができます。ちょうど磁石が鉄の釘を吸い寄せてテーブルの上を走らせるように。理論的には、この座席は壁のどの位置にでもとどめておくことができます。皆さんはこの技術の安全性に疑問を抱かれるかもしれませんが、そのようなご心配は無用です。まず、火星の建造物の電磁技術は都市建設の鍵であり、数十年間にわたる試験を経ていますし、磁力は強く、十分に信頼に足るものです。次に、たとえ実際にトラブルが起こり、座席が落ちることがあっても問題ありません。床下にはもう一つの単独で稼働する磁場があり、これによって斥力《せきりょく》を発生させることができます。作用力は大きくありませんが、座席が床に落ちる前に安全な速度にまで減速させるには十分です」

　ルディは説明している間ずっとほほ笑みを浮かべ、両手を上げたり、前で広げたりし、髪は頭に沿って自然に揺れ動いた。彼は火星少年スピーチコンテストで一位になったことがあり、子どもの頃から人前での話し方を心得ていた。

　彼は話しながら代表団を率いてゆっくりと歩き、声は次第に遠ざかった。「……音声の処理については、このドーム天井の表面にミクロ孔の層がはめ込まれていて……」

　ジルはルディが離れていくのを見て、慌ててロレインに舞台に上がるよう促し、自分は傍らの制御室に駆け込んだ。

今日のロレインはジルがデザインしたダンススカートをはいている。これは彼女のリハーサルであり、ジルの衣装のリハーサルでもあるのだ。ジルの緊張具合は彼女に負けず劣らずで、ルディがいるために、ジルの顔はロレインよりも赤かった。

ジルのスカートはたった一週間で完成した。一週間前、二人はロレインの家で雑談をしており、ロレインのダンスの話題になって、ジルがテーマを尋ねたのだ。ロレインは「熒惑《けいこく》」、古代東方での火星の名称だ、と答えた。物語は古代の東方神話に基づいており、一人の少女が戦争の象徴である災いの星に取り憑かれ、一生を不遇の中で過ごし、最後に戦火の砂煙の中を天空へと昇り、雲になるというものだ。ジルは話を聞くと手を叩いて声を上げ、今回の衣装を作るのは自分以外にいない、と言った。

ロレインは最初は気に留めておらず、ジルが「自分以外にいない」と言った意味がわからなかった。だが一週間後にそのスカートを見た時、ふいに感動に襲われた。それは本当に美しく、霞のようで、彼女のダンスにぴったりだった。触ると色が変わり、ジルによるとピエールの研究所で扱う新材料で、極めて細い半導体繊維を織り上げており、圧力が加わると繊維の中の配位子場が変化し、光の吸収率が変わるのだ。ジルは正直に、だが同時に何も知らないかのように、説明しながら時々舌を出して笑った。配位子場って何、なんて聞かないで、私もわからないから。ピエールが言っていたの。いずれにせよ触ると色が変わるんだよ、踊る時、動作につれて色が変化するの。ロレインはその柔らかい衣装をなで、感激してジルを見つめ、その柔らかさとともに心もほぐれてくる気がした。

ジルとブレンダはロレインと共に成長し、共に人形遊びをし、共に学校に通い、共に社交パーティーに参加した。彼女たちは今年十八歳、スタジオを決めたばかりで、ロレインが経験していない、水のような、一直線に流れるような人生を送っている。ジルはファッションデザインを選び、ブレンダは詩を選んだ。ジルは子どもの頃から色々な人形の服が好きで、ブレンダは十一歳でもうソネットを書くことができた。彼女たちは毎日下あごに手を当てて優しい笑みを浮かべ、自分の作品がデータベースの中で引用率のトップに上りつめることを夢見ていた。

ロレインは彼女たちを見るたびに、心が波立った。

舞台の直径は約五十メートルで、普段は通路と同じ高さに設置されているが、公演の際は上下動ができる。床には円に囲まれた五芒星《ごぼうせい》が描かれ、五つの方向に、五つの自然元素を表す幾何学模様が描かれている。ラインの縁は発光する繊維で包まれ、暗闇で光らせることができる。少年合唱団がちょうどステージの片側に立ち、シェーナ先生が子どもたちを指揮してプッチーニの『トスカ』をリハーサルする声が入り混じって響いていた。

劇場は静まり返った。ロレインは舞台の中央に進み、立ち止まって両手を交差させ、衣装の袖を垂らした。室内の空気は静かで、衣装は軽く、半透明の清らかな水のよう、その縁には長くたなびく雲の模様が描かれ、中空の小花がちりばめられ、裾は足元に届き、ウエストはぴったりしていた。

ロレインは静かに立ち、劇場の出入口の方を見やった。代表団はすでにメインの見学を終え、列を作って出入口に向かい、エーコとテインが言葉を交わしながら列の最後尾についている。エーコはきちんとしたダークカラーのスーツを着て、すらりと背が高い。ルディは制服をまとっている。テインは濃いブルーのシルクのシャツを着て、カフスを留めず、シルクの生地をつやつやと光らせてルディとエーコの間に立っており、悠然として人目を引く。

音楽が鳴った。

まずは四小節の前奏、それからスポットライトがともる。

明るい藍白色《あいじろいろ》が一瞬にしてロレインの身体に当たり、彼女はまぶしい光に包まれ、明るかったホールが暗くなり始める。彼女は両手を身体の前で交差させ、足をわずかに踏み出し、前へと三回ジャンプする。スカートは身体の上で柔らかく、ほとんど重さを感じない。裾はとても長く、そっと揺れ動き、その縁はまるで空気の中に散らばっていくようだ。彼女が動作や姿勢を変えると、皮膚と衣装が触れる場所が特に幻想的に光る。一つ一つステップを踏む時、振り向いて舞い踊る裾を見ると、その色は次々と移り変わり、オレンジから淡い紫へ、まるで空中にとどまる霞のようだ。

音楽は揺らめき、ステップは舞う。スピン、ジャンプ、アラベスク、開脚ジャンプを三周。

彼女は夢中でダンスの中へ、ここ数年の間に訪れたすべての場所へと足を踏み入れていった。彼女は神話の中のあの少女であり、戦乱の支配する土地で睨み合う様々な視線の間を通り抜けた。長い道のりを行き、通り過ぎた風景は最後に彼女自身になった。すべての麗しい陽光、雪に覆われたすべての山、すべての場所が生命の一瞬のひらめきのうちに目の前の家や河に表れ、一切が彼女自身と化した。彼女は細切れになった数々の光景の中でそれらによって形作られた。彼女がそれらを創造したのではなく、それらが彼女を創造した。それらはそれぞれの場所で彼女を迎え、それぞれの時に彼女を抱擁し、ひとかけらずつ彼女を空白の中から形作り、彼女はただそれらを表現するだけだった。作ること、いつの時も絶えず作り続けること。目の前にすべての美しく感動的な笑顔がよぎる。ダンスカンパニーの少女たちが彼女を連れ出して酒を飲み熱狂したひたむきな喜び、リリルタ姉さんが神話を語ってくれた時の生き生きとした目つき、原理主義者たちが焚火を囲んで互いに暖を取り分け隔てなく笑い合ったこと、それからジルが熱を込めて手を叩き言った、「自分以外にいない」。それらすべて、融け合うそのすべて。

彼女は我を忘れて跳び、それらの笑顔の中で舞った。くるぶしがわずかに痛んだが構っていられず、ただ力一杯飛び、回転し、旋回し、旋回し、スカートを身体の周囲で目まぐるしく変幻する光へと揺れ動かした。

ドラムの音の中で彼女は最後のジャンプを終え、着地し、片膝を床につき、袖をベールのように垂らした。音楽が止んだ。会場が静まる。

彼女はわずかに息を切らした。目尻には涙があふれ、静かにうつむいていた。ロニングの魂が自分のダンスを見ることができるかどうかわからない。ただベストを尽くしたと言いたかった。

「すごい！　実にすばらしい」

突然、澄んだ拍手の音ががらんとした劇場に響くのが聞こえ、顔を上げると、テインが両手で大きく拍手し、客席の端から近づいてくるのが見えた。額を照明の下で明るく輝かせながら、満面の笑みを浮かべ、彼女の前まで来ると旧式の大げさなお辞儀をした。

「やはり火星の小さなお姫様だ、森の中の仙女だ。地球で君のダンスを見られなかったのは本当に残念だ」

なぜかはわからないが、ロレインはいぶかしんで見つめた。

テインの声は変化に富んでいる。だがロレインには、彼の目が冷静で、少し笑ってはいるが、多くの複雑なものを孕んでいるのが見えた。何か魂胆があるのだろう、と彼女は思った。そうでなければ、これほど大げさに言葉を惜しまず褒め称えるわけがない。

案の定、テインは口調を変えて話題を移し、尋ねた。

「君がはいているスカートはどの天才の手になるものかね」

ロレインはジルを指さした。

「ああ、こちらの美しいお嬢さんだったのか」テインは両手を広げて言った。「君は自分の傑作について地球人にも理解してもらうことに興味はあるかね」

ジルは興奮して目を見開いた。「本当、本当ですか。すごい！　それじゃ私、お伝えします……」

ロレインはとっさにジルを遮った。彼女は一瞬にしてどういうことかを悟った。ジルが言おうとしたのは、自分のアカウントと作品番号を伝える、すぐにダウンロードできる、ということだ。彼女はジルが、自分のデザインを広めてくれる人をどれほど望んでいるかを理解していたし、それはジルの作品の記録に多くの点数を上乗せするだろう。だがロレインはとっさに、テインにはそんなふうに直接それを手に入れさせたくないと思った。彼女は刹那のひらめきの中で、これは交渉の絶好のチャンスかもしれないと考えた。

衣料も技術であり、技術でさえあれば、最終的には交渉され、取引される。取引が成功すれば、核融合エンジンに代わって二つの星の最終合意書に記される名称にすることができるかもしれない。そうすれば戦争は必要なくなる。

ロレインは静かに佇み、心の中でその突然訪れた戦争回避のチャンスと成功の可能性がどれほど大きいかをひそかに推し量った。それはまぎれもなくとても魅力的な技術で、すべてが透明であるかのようでいて、実際には不透明だ。地球の女性たちはきっと気に入るだろう、だからテインも気に入るだろう。ファッションの技術も技術であり、ファッションはテインにとって重要な利益の源だ。

テインが代表団全体に影響を与えられるほどの力を持っているのかどうか、彼女はしばし考え、持っているだろうと感じた。テインは地球である種の壁を支配している。それは火星のガラスよりももっと分厚く、もっと透明な壁だ。形のない壁だ。タレス・グループは地球で最大のネットワーク市場の運営業者で、あまたの人がタレスのネットワークの中で遊び、取引し、データを手に入れ、ニュースを読み、交際をし、知識を売り、情報を買っている。誰であろうと、薄っぺらいディスプレイ一枚できらびやかなネットワークプラットフォームに入ることができる。それは人気圏のような壁で、全地球を覆い、国境を超える。大統領から宗教指導者まで、誰もがそれを使って自分を売り込まねばならない。それほど各国に共有されているものはなく、そのためにテインほど地球代表一人一人に影響を与えることができる人物はいなかった。

彼女はテインの顔を見つめた。彼の笑顔はすべてのネットワークコミュニティの入口に登場していた。鼻はやや曲がり、ほほ笑むと口が平たくなって、全体的に見れば決して醜くはなく、聡明に見える。交渉に影響を与える人物を見つけたいなら、それは彼をおいて他にないだろう。テイン以外の他に誰がそんな力を持っているというのだ。

スタジオ

ロレインやジルとの約束の時間は午前十時だった。場所はラッセル区布居樹《ブージューシェ》ファッションスタジオだ。

その日はめったにない好天で、砂嵐もなく、星空は深く澄み、陽光は輝き、穏やかで静かだった。

エーコはテインに同行しており、二人はチューブトレインに乗って窓の外を眺め、口を開かなかった。エーコにはテインが今何を思っているのかわからなかったが、テインへの不満や怒りはまだ消えていなかった。列車は穏やかに素早く走行し、家々は目の前を滑っていったが、彼は何も目に入らず、ただ前夜の不愉快な対話と、自分が最後に叩きつけたドアのことを思い返していた。

だからあなたは実は何もしなかったのですか。

その言葉を口にした時、エーコは椅子から猛然と立ち上がり、胸の奥に言い知れない炎が上がった。

……そうだ。

地域限定の試写すらしなかったと。

ニューヨーク映画評論家協会のデータベースに送っただけだ。それと、ロンドン王立芸術学院に。

提供したのですか、それとも売った？

売ったのだ。チップを売り、プランは売っていない。一つ九百万米ドル、七百六十万ポンドだ。

そうしてあなたは大金を手に入れたのですか。

大金とも言えんよ。さほど大きい金額でもない。

エーコは一瞬、喉が詰まった。彼はテインを凝視した。テインは見た目は無表情で、ソファーに沈み込み、三本の指でワイングラスを持ち、目は何事もないようにグラスを見ている。エーコは腹が立った。彼は亡くなる前の先生の縮こまった身体や、泉のようにあふれるジャネットの涙を思い出し、胸を痛めた。両者の光景の落差に、エーコは心が引き裂かれるようだった。

彼はテインがなぜそれほど冷静でいられるのか、なぜそれほど無関心で、まるで自分とは関係がないかのように、何を言っても気に留めずにいられるのかわからなかった。彼は怒りをこらえて対話を続けようとしたが、背中の筋肉がこわばり出した。

あなたはそうやって、先生が命と引き換えにしたものを利用したのですね。

他に方法がなかったのだ。地球と火星は違う。普及させようがないものもある。

利益、そうでしょう。

……利益を見損なってはいけない。タレスは大きなグループだ。全世界に数百万人の社員がいる。

あなたは買い手一人につき、いくら稼げるのですか。

一セントだ。

たった一セントで手ばなせるんですか。

一セントだぞ。地球上で毎年どれだけの一セントが製造されていると思うんだね。

でもあなたにはすでに色々な店舗や公園や広告収入があるのに、なぜその一部を手放せないんですか。オープンなアートスペースはすべての人に利益をもたらすと知っているでしょう。

そうかね。君は他のクリエイターもそう考えると思うのか。

本物のクリエイターはそう考えるはずです。

テインの口の端に、ひとすじの皮肉な笑みが浮かんだ。彼はグラスを揺らし、目を上げてエーコを見た。

どうやら、と彼は言った。アーサーは自分の幻想を君に遺《のこ》したようだな。

エーコはカッとなった。彼はもう一言も口をきかず、上着を取ると大きな音を立ててドアを閉め、出ていった。内心の誇りはテインに冷や水を浴びせられ、傷つけられた痛みを感じていた。

彼はテインの態度に我慢がならなかった。テインが冷静な傍観者然として、タバコの灰を落とすように軽々と先生の希望を振り払ったことが、エーコの憎悪をかき立てた。彼が先生の夢を幻想だと言ったのは、先生の選択を現実的ではない幼稚なものだと言ったに等しかった。エーコはそんなことを望まなかった。彼は先生がたった一人で、チップを懐に秘めて八千万キロの真っ暗な星の海を渡り、孤独の帰路へと踏み出したのが見えるようだったし、先生が夜になると火星を眺め、ジャネットが同じ時に地球を眺め、二人の間が無限の真空に隔てられているのを想像することもできた。彼にはそのすべてが見て取れ、それらをまったく意味のないものだとみなして、一言ですべてを虚空に追いやるようなことは望まなかった。それはまるで一人の人間が黒い岩を押しながら坂道を上がり、長い山道を苦しみながら歩いても、山頂の一本の指にそっと押し倒され、轟音を立てて転がり落ちるようなものだ。

エーコは先生の選択を信じた。本物のクリエイターはそうしたスペースを歓迎するはずだ。そうだ、その人の収入は減るだろうが、そんな環境があれば受け手は十倍に増える可能性があると知っているはずだ。金を払って買おうとしない人も見に行くだろう。それは作品により大きな生存の余地を与えることだ。本物のクリエイターが気にかけるのは、自分の創作を気に留める人がいることであり、他のことではないはずだ。そうでないわけがあるだろうか、幻想であるわけがあるだろうか。エーコはがらんとした廊下を大股で歩き、心の中で声高に問いただした。利益、なぜ利益だけを考えられるのか、なぜ利益を度外視したものをすべて幻想だというのか、おまえはただ拡大することしか知らず、妨げる者のない帝国を作り上げ、机上の数字に恋々としている。おまえはそれこそが世界を理解することだとでもいうのか、おまえに批評をする資格などあるのか。商人だ、おまえは単なる商人だ。

エーコは歩きながら、喉がかすかにむせぶのを感じた。彼はもう長いこと怒っていなかった。普段の彼はいつも、自分は現実の様々な仕組みを理解しており、怒ることはないと思っていた。だがその夜は、長い間抑圧されていた感情がぶちまけられ、心の中で波打ち、衝動を抑えることができなかった。

まさにその時、ティンが後ろから彼を呼び止めた。

エーコ、待ちなさい。

エーコは立ち止まり、首をひねって顔をこわばらせ、ティンに何を言うべきかわからずにいた。ティンが自室の入口に立ち、片手をドア枠に添えてあいまいな笑みを浮かべ、廊下のウォールライトが顔に影を落としているのが見えた。

明日の商談は行くかね。ティンが尋ねた。

ええ、もちろん行きます。エーコは答えた。約束しましたから。行かないわけがありません。

そうだ、もちろん行かなければ。彼は思った。行かないわけがないだろう。

彼は突然冷静になり、胸の内で笑った。これは絶好のチャンスだ。どうして行かずにいられるだろう。明日、僕もおまえの計画を妨害してやる。そうだろう、おまえの絶好のビジネスチャンスを妨害し、おまえの正体を暴露し、それからおまえのすべてが幻想だと軽やかに嘲笑してやる。そんな機会をどうして逃すものか。彼は突然、視界が開けたように感じ、心が落ち着いてきて、穏やかな足取りで部屋へ戻った。その夜、彼はいくつもの夢を見てなかなか寝つけなかった。

翌朝、エーコは早くから起床し、データベースに入ってジルとブレンダのパーソナルスペースを見つけ、じっくりと閲覧した。データベースは自由な倉庫で、スタジオを見つけさえすれば、すべての作品や情報を見ることができる。彼は彼女たちの略歴や習作、自己紹介を見て、平穏で満たされた気分になった。ジルのファッションデザインのすべての技術パラメータまで閲覧した。ティンに告げさえすれば、その日の商談は必要がなくなるだろう。だが彼は安心して口を閉ざしていることにした。秘密を守るとジャネットに約束したのだし、ティンに成功させる気は少しもなかった。彼は事実によってティンに反論するつもりだった。

その日の天気は格別だった。チューブトレインは穏やかに走行し、車内では誰も会話をしていない。車窓には教会やとんがり屋根の別荘がよぎり、広場の灌木は整っている。窓外の陽光は輝き、星空は深く澄み、砂嵐もなく、穏やかで静かだ。

エーコがティンをちらりと見ると、ティンは何事もなかったかのように彼に向かって笑った。

実は、前夜は最初から言い争っていたわけではなかった。エーコは話し合うつもりでティンの部屋を訪れ、ティンも最初は珍しく真剣だった。二人は小声で会話し、陰鬱な気分で、ともに故人への懐かしさを抱いて最初の半時間を過ごした。ティンは幼少時に始まるアーサーとの友情を思い出した。アーサーは四歳年上で、二人の家は近く、同じ学校で学び、同じ業界で働いた。アーサーはいつも彼をスキーに連れていき、卒業式にはシャンパンを開けてくれた。二人は良い仲間で、アーサーが製作した映画はすべてテインがプロデューサーとなり、映画祭で賞を獲り、ネットで大売れした。のちにアーサーが火星に行った時は、誰にもその一部始終を語らなかったが、テインには語った。火星の状況について、テインはエーコよりも理解していた。アーサーのアドバイスを受け、タレスのホログラム技術はあらゆるメディアグループを上回り、それによってこそ市場で不敗の地位を築いたのであり、テインはアーサーに心から感謝していた。二人は生涯の友人だった。だがそうであっても、テインはやはりアーサーの最後の十年間を幻にしてしまったのだ。

午前十時ちょうど、エーコはテインの後についてスタジオに足を踏み入れた。

スタジオの第一印象は豊かで色彩にあふれていた。芸術的な雰囲気は濃厚とはいえなかったが、家具の配置は気ままで、直観のまま、無造作に置かれたような快適さがあった。左側の壁には巨大な額がかかり、描かれているのは人物像や好き勝手な落書きがほとんどだ。右側の壁には大小様々なバッジがバラバラに傾いて掛けられ、表彰メダルもあれば、記念品もある。トルソーが数体、部屋の中央に立ち、華やかな、あるいは奇抜な未完成の服をまとい、それぞれの身体をさらしている。床には色つきの透き通ったクッションが散らばり、その形は様々だ。陽光がベージュ色の窓ガラスを通して均等に室内に広がり、室内は暖かく、明るい。

エーコたちが入っていった時、室内にはもう少女たちが集まっていた。ロレイン、ジル、ブレンダが一番大きな円形のエアクッションに座り、本を読んでいた。

ブレンダは左側に、ロレインは中央に座り、赤毛のジルはもともと彼女たちのそばに寝そべっていたのだが、エーコとティンを見ると身体を起こして座り、頭をロレインの方にもたせかけ、興味深げに彼らを観察した。ブレンダは静かな表情で、何も読み取れない。彼女の髪は淡い金色で、顔色は青白く、純粋なアングロサクソンの血筋のようだった。

エーコとティンは用意された小さなソファーに腰掛け、少女たちと向き合った。正面の壁にはごちゃごちゃと文字が書かれており、入ってきた時、エーコは意味のないコンセプチュアル・アートだと思ったが、落ち着いて見るとそれは完全な言葉だった。「最大限の自由こそが我らの願いだ。それは抽象概念としてだけではなく、適切な組織や教育として表現されなければならない。――ファイヤアーベント（一九二四～九四、オーストリア出身の哲学者）」

エーコは興味深く思った。陽光が斜めに差し込み、つやつやとした美しい壁に不揃いな言葉が一陣の疾風のようにコラージュされている。

エーコはわずかに下を向き、ロレインの膝の上に置かれた電子アルバムを見た。アルバムには東洋の山や竹林が表示され、鮮やかな緑が美しく、恐らく彼女が地球で撮った写真をジルに見せていたのだろう。その傍らには閉じた本が置かれており、書名を見ると『シーシュポスの神話』（仏小説家カミュが一九四二年に発表した随筆）で、彼は少し違和感を覚えた。その本のタイトルは彼が昨夜考えた岩を押し上げる者のイメージと期せずして符合しており、大いなる偶然を感じさせた。顔を上げて彼女を見たが、彼女はこちらを見ていなかった。

ティンは雑談から始めた。彼はロレインのアルバムを見て、彼女の地球での生活について尋ねた。

「君はロンドンやパリには住んだことがあるのだろう」

「あります。でもどちらも短くて、数週間ずつでした」

「では〈夢幻の旅〉《ドリームスケープ》には行ったことがあるかね。ロンドン、パリ、どちらにもある。上海にもある。君は上海の近くに住んでいたのだろう」

「あまり近くありませんでした。聞いたことはありますが、行ったことはありません」

ジルはロレインの肩にもたれ、好奇心をもって尋ねた。「〈夢幻の旅〉って何？」

ロレインは答えた。「タレス・グループが誇るファンタジックなテーマパークよ。宇宙船や森や川、おしゃれなステージやグルメが集まってて、すごく広くて、そこだけで映画や物語や人生を体験できるの」

「わあ」ジルは叫んだ。「どうして行かなかったの」

「私？……」ロレインは首を振った。「忘れちゃった」

エーコはそれを聞いて、かすかに心が動いた。ロレインが広告の宣伝文句を流暢にそらんじたものの、実際の誘惑はあっさりと拒絶したことに、彼は共感を覚えた。もしも〈夢幻の旅〉の巨大なカリスマ性を目にしたことがなければ、彼は少女が見せた落差ゆえの魅力に気づかなかっただろう。地球では〈夢幻の旅〉は夢のようなもので、多くの少女たちは行ったことがあるか、行けないかであって、ロレインのように無関心な人はめったにいなかった。

ロレインの表情は静かで頑なように見え、どうやらこうした雑談で時間を浪費したくないようで、柔らかいが率直な口調で直接切り出した。「ティンさん、ジルのデザインはダンスウェアだけでなく、色々な服に使えます。服そのものは軽く薄く、織目は隙間があるので、通気性に問題はありません」

「ああ」ティンはかすかにほほ笑んだ。「見てわかるよ」

「色が変わるのは固有の性質で、光源次第で変色方法も変わります」

「面白いね」

「加工も難しくありません」

「すばらしい。だが、少し待ってくれ」ティンはほほ笑み、笑いながら身体を前に傾けた。「それが極めて才能に満ちたデザインだということは信じるよ。代理店になれるなら、それほど光栄なことはない。だが……君たちの要求は何かね」

「要求？　どういったことを指しているのですか」

「例えば、我々にどんな代価を期待しているのかね。我々の代理方式かね」

ロレインは小さく笑い、ティンを安心させるように、大らかに言った。「何も特別なことはありません。公式ルートで正式に取引してくれれば、他には何もいりません。地球上のことは私たちは口を出さず、完全にタレスがやってくださって構いません」

「つまり……知的財産権を完全に移譲すると」

「そう理解してくださって構いません」


ティンはうなずき、身体をソファーの背に戻した。彼は満足したようだったが、考えにふけっているようでもあった。笑顔を浮かべ、顔色は変わっていなかったが、エーコには彼が笑顔の中にいくばくかの疑問を抱いているのがわかった。彼はロレインの目的を考えている。それはティンの才能で、目の前にいる人間を決して低く見積もらない。ロレインがただの子どもであろうと、ティンはやはり胸中で真剣に思案した。彼はロレインの意図を読み取れなかったため、軽々しく態度を表明することはしなかった。ティンの原則は相手に相応のメリットを与えること、それが彼が利益を出し続ける方法だとエーコは知っている。相手が何もいらないと宣言する時、ティンはどんな時にも増して仔細に考える。そうした人間は普通、二種類に分かれると彼は考えている。状況に対して完全に無知であるか、または背後により深いものを隠しているかのどちらかで、後者が多い。このため彼は簡単に良い話を引き受けなかった。

ティンは焦らず、小学校の校長が児童を見るようにほほ笑み、リラックスした雰囲気で交渉を続けようとした。ロレインに余暇の趣味を尋ね、ジルに普段のカリキュラムについて尋ねた。彼の鷲鼻は時に鋭く、また時には腹に一物を抱えているかのように彼を見せた。

「こんなに良い作品に、君は名前をつけたのかね」彼はジルに尋ねた。

「いいえ……まだです」

「では、私たちが手伝ってあげよう。『縹渺《ひょうびょう》』はどうかね。かすかでぼんやりしているという意味だ……まるで夜空のように。ちょうど火星の名称とも相性がいい。キャッチコピーはこうだ。服があなたを昇天させる。凝固する旋律を、流動する絵画を見よ。どうだね」

ジルは明らかに広告の文句に慣れておらず、恐らく初めてそうした過剰な誉め言葉を聞いたのだろう。顔はたちまち赤くなり、まん丸い小さなリンゴのようになった。「本当にそんなに評価してくださるんですか」

その時エーコは、自分が何か言わなければならないと気づいた。

陽光が広い窓から室内に差しこみ、温かく明るい床全体を照らし、離れた場所にいる子どもたちはおやつを食べ始め、スタジオの一角にあるカフェカウンターに魅力的なミルクの香りが立ち昇りだした。室内の空気はひどく甘く、皮肉すら帯びて、故意か知らずにかあらゆる背後の差異をあいまいにし、まるで誰もが互いの褒め言葉を楽しみ、その場の状況を華やかでおしゃれなパーティーへと向かわせたがっているようだ。ジルは陽気に笑い、ティンが慎重に描いてくれた前途が嬉しくてたまらないようだ。ロレインは彼女のそばに静かに座り、口を挟みも、意見を述べもしなかった。彼女の顔は陽光の中でやけに白く見え、唇すら白みがかっていた。エーコは彼女を見つめた。その黒い目はいつものように考えごとをしているようだった。彼には彼女の考えがわからなかったが、ティンが計画通りに一歩ずつ少女を仲間に引きずり込み、食い物にするのを見たくなかった。

彼は身体を起こし、少し咳払いをして、会話に入ることにした。

「ジル」彼はジルに笑いかけた。「そう呼んでいいかな。……ありがとう。失礼だけど、質問したいんだ。君たちが普段発表する作品は、誰でも注文できるのかな」

「もちろんです」ジルは大きく目を見開いた。

「僕にもできる?」

「できるでしょう。……わかりません。もちろん問題ないと思います」

「それなら、僕に一着、作ってくれないか」

「はい、ええ、すごいわ! 今すぐサイズを測ります」

ジルは喜んで飛び上がり、傍らのキャビネットに駆け寄って巻尺を取り出した。エーコは立ち上がり、両腕を上げ、左右に回って、ジルに色々な角度からサイズを測らせた。肩幅、袖丈、胸囲、ウエスト。ジルはとても真剣に、数字を正確に読み、測りながらぶつぶつとつぶやき、覚えたデータを電子ノートに入力した。二人の動作は素早く、夢中で、まるで暗黙の了解があるようだった。他の数人はややいぶかしげに見つめた。二人の突然の熱心さに思考を断ち切られ、誰も口を開かない。

エーコはジルにサイズを測らせながら、ほほ笑んでブレンダと雑談しようとした。彼は目で彼女の膝の上の詩集を指し、簡潔に尋ねた。「詩を書くのが好きなの」

ブレンダはそっとうなずいた。「ええ。たくさんは書いていません。でも大好きです」

「じゃあ君は、自分の作品が静かに陳列されて、ある日突然それらを理解する人に読まれるのを待っているのは、幸福だと思う？」

「もちろん。もちろんそうです。それが幸福のすべてです」

エーコはうなずき、もう何も言わなかった。ブレンダのほっそりした頬は静かな幼さをたたえ、真面目な様子はとても可愛らしく、両手は深いネイビーのスカートの膝の上でとても青白く、弱々しく見える。彼は彼女の詩を読んできており、それは探求心に満ち、子どもっぽかったが、誠実さも見えた。ティンをちらりと見ると、ティンも彼を見ており、口の端には不遜な笑みを浮かべ、まったく動じていないようだ。

「いいですよ。終わりました」ジルは巻尺をしまって言った。

「ありがとう。いつもらえるかな」

「二日あればできます。デザインを起こして、それとパラメータを工場に持っていけば、すぐにでき上がります」

「いくらかかるの」

「高くありません、高くないです」ジルは言い訳をするように慌てて手を振った。「技術は簡単ですし、材料も珍しくありません。ピエールは、こういう薄膜や繊維はスタジオでは普段から作り慣れていて、服を作るのは自分たちにとって簡単すぎるから、普通は作らないんだって言ってます」彼女はそう言うと申し訳なさそうに少し笑い、まるで彼が要求を撤回するのを恐れるように言った。「安心してください、安いですから」

彼は笑って尋ねた。「たくさんの人に君のデザインを注文してほしいと思う？」

「もちろんです」ジルは言った。「今、私の引用率はとても低いんです」

「じゃあ、君の服が地球でどんな運命をたどるかわかるかな」

「運命って」

「君のこういう新材料は、決して多くの人から注文されないだろう。ごくわずかな人しか着ない」

「どうしてですか。地球にはたくさんの人がいるでしょう」

エーコはわざと語り口調で言った。「ティンはそれを隠すだろう。普通の人はそれをどうやって作るのか誰も知らず、手に入れることもできない。彼はごくごくわずかな量しか生産せず、値段を吊り上げるんだよ」

ジルはそれを聞いて困惑した。

彼はかすかに笑った。「どうして」「その前に質問するよ、君たちはどうやって価格を決めているの」

「原料、それに機械の稼働時間です」

「僕たちの所ではそうじゃない。向こうでは言うだけでいい。好きな値段をつけられるんだよ」

「どうしてそんなことができるんですか」

「買う人がありさえすればできる」

「でもそんなに高い値段をつけて、買う人なんているんですか」

「いるんだ」エーコはひどく困惑した口ぶりで答え、自分でも滑稽だと思った。自分が少女に赤ずきんの物語を話して聞かせる才能があるなどとはこれまで知らなかった。「安さや品質の良さに頼らず、他の方法で購入を促すことはできるんだ」

「どんな方法ですか」

「他のどんな企業にも生産させず、さらにわざと価格を最高に吊り上げ、ごく一部の人にしか触れられないようにし、そうして人為的に格差を作り出せば、それは最高に光栄なものになり、身分や地位の象徴になり、争って買う人が現れる。それこそがティンの定番のやり方なんだ」

「でもそんなのは不公平です」ジルは真剣に言った。

「人は生まれながらにして平等でしょう」

エーコは笑った。「そうは言うけど、考えてみて。もし人が本当に平等なら、誰が買い続けたいと思うだろう。格差こそが原動力なんだ。一部の人に手に入れさせないからこそ、人々は常に買いたがるんだ。ティンはこういう服をある種の人格を示すもののように偽って、それを着ればユニークな人格や高級な人格、理想に満ちた人格を手に入れ、火星のお姫様になれるかのように言うんだよ」

「でもそれは嘘です」今度口を挟んだのはブレンダだ。

「その通り、僕も嘘だって知ってる」エーコは笑い、続けた。胸中にはある種の告発の快感があった。「でも地球では君たちのようなたくさんの女の子が本当だと信じているんだ。彼女たちは彼の誘導に従い、服やアクセサリー以外には何も欲しがらず、心の中は空っぽで、頭の中にはブランド物を買い続けることしかなく、それこそが魂だとすら思い込んでいるんだ」

「もうやめてください」その時、思いがけずロレインが突然立ち上がり遮った。「エーコ・ルーさん、私、それは大げさすぎると思います。地球の女の子が服を買うのが好きなのはその通りだけど、あの子たちが魂を失っているとは思いません」

「君はやっぱり女の子だね」エーコは鷹揚に言った。「君には君の物の見方がある。ティンにはティンのね。ジル、言っておくけど、引用率が一番大事だとは思っていないだろうね。もしそうならきっと失望するよ。ティンは君のデザインを取り出してみんなに見せることなど決してしないだろう。彼はそれを一種の戦略、個人的な武器、格差を生み出す武器にして、そういうやり方で女の子たちを操り、彼女たちから絶えず金を稼ぎ、そうして至上の権力を手に入れるんだ」

「どうしてそんなことができるの！」ジルは大声で叫んだ。「それは悪いことです！　あの人にはあげられません！　そんなことをするのを手助けはできないわ」

ロレインはひどく頑なように見えた。彼女の黒い目はエーコをじっと見つめていた。「そんなことあり得ません。この技術は地球でシェアされて、ティンさんはそれを利用なんてしないって信じています」彼女は言いながらティンを見やった。「私はそれを信じています」

エーコはいくらか疑問を感じた。彼は自分の言葉が底の浅い大げさなものだったことは認めるが、決して嘘は言っていないと考えていた。消費の宗教性やグレードは誰でも知っており、それらは二十二世紀においては何でもなく、ビジネスの戦略はすでに大衆に認められている。そうした戦略はそもそもがビジネスマンの誇りであり、彼らは消費者心理と呼んでいた。少なくともティン自身は意に介したことはなかった。

「違うのかな」彼はロレインに問い返した。「じゃあ、ティンさん自身に聞いてみればいい」

彼はティンを見やった。ティンは自分の言葉が本当だと証明してくれるはずだ。ティンという人間は嘘をつかず、他人の皮肉のために偽りを言うことはない。

予想したように、ティンはそっとうなずいて言った。「そうだ、私はいくつかのグレードを作る。だが、私はそれが不公正なことだとは考えていない」彼は悠然と落ち着いており、相変わらずソファーにもたれ、まるで自分とは無関係な芝居を見物し、見終えてから好き勝手に批評するように言った。

「どうしてそんなふうに無関心なんですか」ジルは腹を立てた。「私、騙されないから」彼女はロレインの手を引いて言った。「あの人に渡すのはやめようよ」

エーコの目的は果たされた。彼のその日の唯一の目的は、ティンのビジネスを妨害し、多くのクリエイターが実際には利益ではなく価値をより重視していることを彼に教えることで、その目的はすべて果たされた。だが、エーコは喜べなかった。彼が成功したその時、ロレインの複雑な視線が見えたからだ。

ロレインは何も言わず、ただじっとエーコを見つめており、その目の中には曰《いわ》く言い難い恨みのような表情と、わずかな疲労、心細さがあった。彼女のまつげは黒く長く、額にかかる前髪に隠れて、まるで山中の細い草が泉のほとりで音もなく揺れているようだった。

彼女は一言も言わず、ただ静かに唇をかみ、目の奥でひそかにこう言っていた。「あなたはどうしてそうなの、あなたは何も知らない」エーコはひやりとした。自分は本当に何も知らないのだろうか、と彼は自分に尋ねた。彼女の目はひとすじの冷たい水のように彼の怒れる闘志を冷やしたが、その水の下に何があるのかはわからなかった。彼はふいに、ためらいを覚えた。

ロレインはうつむき、ジルの手を軽く叩いて優しくうなずくと、黙って腰を下ろした。

展示室

ロレインは足早に歩いていた。自宅の方角に向かっているが、まっすぐではない。彼女は直観に従って進み、足元には注意を払わず、漠然と目的もなく、心ここにあらずだった。彼女はすべての通りをよく知っており、まるきり無意識であっても道に迷うことはなかった。

彼女は歩くのに夢中で、後ろをついてくる足音に気づかなかった。

失敗した。彼女は思った。どうしてだろう。自分がすべてを単純に考えすぎていたのだろうか。この計画がそもそも無謀だったのだろうか。早いうちにジルにすべてを打ち明けておくべきだったのだろうか。でも、打ち明けたところで何になったというのだろう。エーコはなぜ突然邪魔をしてきたのだろう。彼はティンの友人ではないか。なぜあんなふうに皮肉なことを言わなければならなかったのだろう。まさかそこには何か誤解があるのだろうか。もしかすると、そもそも自分の考えが突拍子もなかったのかもしれない。花一輪で軍艦を食い止め、スカートの裾で戦争を阻止しようなんて。こんな幼い発想は、男性たちの世界では、そもそも突拍子もない考えなのかもしれない。

彼女は分かれ道を曲がり、歩行者天国を通り、小径を迂回してまた小さな広場を通り抜け、コミュニティセンターの庭園に入った。生い茂る緑の草花が彼女を取り囲んだ。時刻は正午に近く、庭園にはほとんど人がおらず、背の低いエンジュの木に覆われた回廊が曲がりくねっている。周囲は静かで、緑は水のように彼女の気分をたちまちすっきりとさせた。

「ロレインさん」

背後から突然呼ぶ声が聞こえた。立ち止まり振り向くと、木の陰から人影が追いついてきた。エーコだった。

エーコは急いで近づくと、すまなげに慎重に言った。「ごめん、さっき道で声をかけたんだけど、君、歩くのが速くて、人も多かったから、聞こえなかったみたいだ」

ロレインは彼だと知ってうなずき、何も言わなかった。二人は向かい合い、いくらかぎこちない空気になった。

「僕は……」エーコは言った。「さっきは不愉快にさせてしまったんじゃないかな。ごめんね。わざとじゃなかったんだ。はっきりしておきたいんだけど……」

「もういいです」ロレインは短く答えた。「全部があなたのせいというわけではないし」

「取引を進めたかったんだね」

「はい」

「どうして」

ロレインは問い返した。「あなたこそどうして反対なんですか」

「彼の独占的なビジネスを本気で認めていないからだよ」エーコは答えた。「まさか君は認めるの」

「そういうことじゃありません」ロレインは彼と議論をする気はなかった。

だがエーコは話を続けたいようだ。「君は地球でもタレスブランドの服を買うのが好きだったの」

「いえ、めったに」

「でも君の周りのたくさんの女の子たちは好きだったんだろう」

「はい」

「だから君は彼のビジネス帝国にはやっぱり好感を持っているんだ」

「そういうことじゃありません」

ロレインはしばらく静かに彼を見つめると、繰り返した。「まったく違います。ビジネスかどうかじゃなくて、火星と地球の問題なんです。ビジネスだからどうだというんですか。ビジネスじゃなかったらどうなんですか。それが何の関係があるんですか」

「関係ないかな。これはこの二つの星の人間の生活そのものの違いだよ」

「そうでしょうか。私はそうは思いません」

「違うかな。君は僕よりはっきりわかっているはずだ。ここの女の子たちはみんな創作について語り合い、作品を大切にしているけど、地球の女の子たちはみんな服を追いかけて、絶えず服を買い続けることが生活になっている。これは違いではないというの」

「だからどうだというんですか」

「買い物教だよ、人の本質を物欲の表層に向かわせている」

「違います」ロレインはいくらか疲労を覚えた。彼女はこうした会話が大嫌いだった。「そういう言葉を使わないでもらえますか」

「違うっていうの」

「そうじゃありません。言葉と生活は別のものだっていうだけです。服を買うことと服をデザインすることに何か本質的な違いがあるんですか。ジルたちが生まれつきみんな芸術家だと思ってるんですか。違いますよ。あの二人と地球の女の子たちは実際は同じなんです。人間はみんな同じなんです」

「その通り、人間はみんな環境に従って生活しているからね」

「そういうことじゃないんです。それだけじゃない、というか。みんながどうして服が好きかわかりますか。個性を持ちたいからです。周りに合わせて暮らしているけど、みんな個性を持ちたいんです。服を作るのと服を買うのは、実は同じなんです。みんな自分が暮らす世界を選ぶことはできなくて、世界の動き方も自分たちとは関係なくて、みんなただそれぞれの生活をしているだけ、その世界に生まれはしたけど、個性を追求しているだけなんです」

話しているうちに、見知った少女たちの笑顔が一つまた一つとロレインの目の前に浮かんだ。似通った笑顔に、恥ずかしさや誇り、不安、称賛を求める感情が入り混じっている。彼女たちはそれぞれの世界でそれぞれの方法で生活しているが、興奮したり落胆したりする様子は似通っていた。ロレインはそうした笑顔を記憶にとどめた。それこそが彼女のダンスだった。彼女はエーコと議論する気はなく、またうつむいて歩き出した。

彼女はもう何も言いたくなかったが、エーコはねばり強くついてきた。木の枝は低く、葉がほとんど頭上に垂れかかり、木陰が顔にまだらな明暗を落とした。二人はしばらく口を開かなかった。

「地球で入っていたダンスカンパニーはコンテンポラリーなところだったんだろう」

「はい」

「前回言っていたけど、二年しかいなかったんだよね」

「そうです」

「どうして」

「地球の先生はみんなお金で雇われていて、レッスンが終わればいなくなってしまって、誰も勤怠を管理していません。ダンスカンパニーの芸術監督も何も言わず、泊まり込みの契約でない限り、いつでも立ち去って構わないんです。多くの人が出入りしていました。私は主演ではなかったので、私一人がいなくても差し支えなく、すぐに代わりが見つかりました」

「そういうことを聞いてるんじゃないんだ。僕が聞きたいのは、どうして辞めたのかっていうこと」

ロレインは答えなかった。

「建物が騒がしいのが嫌だったから？」

「いいえ、建物は良かったです」

「ダンスカンパニーの雰囲気が好きじゃなかった？」

「それも違います。私はあの子たちが大好きでした」

「じゃあどうして」

ロレインは少し迷ってから言った。「やっぱり創作がしたかったんです」

「え？　創作？　じゃあこの前、君に偉大なダンサーになりたいかどうか聞いた時、どうしてなりたくないって言ったの」

「私は創作はしたいけど、偉大にはなりたくありません」

「ダンスカンパニーでは創作はできないの」

「できます。ただあそこでは要請を受けて公演を組む方針だったというだけです。私は自分のものを踊りたかったんです」

「わかったよ。創造というのはある種の、運命を与えるやり方だ。……創造というのは、二回生きることなんだ」

ロレインは突然立ち止まった。エーコはほほ笑んだが、厳かに彼女を見つめた。カミュの言葉は小さなハンマーのように、交流を完全に拒んだ彼女の思考を叩いてそっと開かせた。彼女は、なぜエーコもその言葉をそれほどよく知っているのかわからなかった。

「人はこの世界をつなぎとめる唯一の主人だ」彼女は小声で言った。

「この世界につながっているものは、もう一つの世界に対する幻想だ」エーコは言葉を続けた。

ロレインの心は和らぎ、彼にそっと笑いかけた。彼女は突然、さほどいら立たなくなったようだ。

「火星に帰ってきて、生き返ったように感じているだろうね」エーコは尋ねた。「自由に創作ができて」

「そうでもありません」

「どうして」

「それは……」ロレインはうつむいた。「スタジオに登録したくないんです」

「え？　何か不満があるの」

「不満というほどではないです」ロレインはしばしロを閉ざし、また母親を思い出した。「周りの世界への疑いとしか言えないんですけど、一生、決まりきった生活を送ることに慣れないんです。知らないでしょう、ここでは禁止されていないのに、スタジオを移る人はとても少ないんです。いつも一段一段、見習いからマスターに、一生一つのスタジオでエレベーターに乗って上がるんです。もし地球に行ったりしなければですけど、でも私は行ったんです。地球でみんながどうやって生活しているかわかるでしょう、好きなように移動して、色々な仕事をします。私はああいう生活に、流れたり、試したりする生活に慣れてしまったから、もう、一つのピラミッドの中では生きたくないんです」

「わかったよ」エーコはほがらかに、まとめるような口調で言った。「君は子どもの頃から火星で生きてきたから、崇高な厳粛さは認めている。でも地球にも行ったから、変化に慣れたんだ。だから君は表面では両方をかばっているけど、実際にはどちらも信じていないんだね」

彼の言葉はロレインの心の底に逆巻く悲しみを揺り動かした。彼の言葉は正しい、だから彼女は痛みを覚えるのだ。彼女の問題はまさにそこにあり、どちらも心から信じることができないために、融け込むことも抜け出すこともできず、地球ではふるさとを想い、ふるさとでは地球を想っている。これが彼女の問題であり、彼女の仲間たちの問題だった。

彼女は通りを見つめ、話題を変えた。「どうしてそんなにたくさん質問をするんですか」

「君を知りたいからだよ」

彼女が立ち止まり、答えを考えていると、ふと彼のバッグのベルトにつけられたボタンが緑色に光っているのに目が留まった。それは撮影中であることを示す印だ。

彼女はたちまちはっとして、ふいにどこか騙されたような感覚を覚え、心はドスンと下に沈み、目にはうっすらと涙が浮かんだ。多くを語るつもりではなかったのだが、彼が聞きたがっているだろうと思い、ゆっくりと警戒を解いて少しずつ話したのだ。さほど多くのことを話してはいなかったが、言葉の一つ一つが、胸の内をさらけ出した心からの正確な表現だった。だが相手は単にワンシーンを撮りたいだけだったのだ。

「でも私はあなたに知られたくありません」

その言葉は軽率だったが、彼の方がずっと軽率だと彼女は思った。彼は彼女を知りたがっているが、どうして知られなければならないのだろう。彼は好奇心が強く、言葉遣いは鋭く、皮肉たっぷりだ。人間心理を探る映画監督で、観察眼と謎解きに似た知的喜びを抱いている。だが、それで彼らを理解できたのだろうか。彼女や彼女の友人たちを。身を切られるような悩み、彼らの若々しいひそかな愁い、二つの世界を行き来したために生まれた確かな疑問と不安を、彼は理解できるのだろうか。理解したがっているとしても、どれほど理解できるのだろうか。彼は終始、河の向こう岸に立っていて、その言葉はどれも正しいが、彼は苦しまない。彼は傍観者で、傍観者は永遠に苦しまない。あらゆる問題は生活する者の問題で、ひとたび傍観してしまえば、何の問題もなくなるのだ。

「あなたは」彼女の涙は目の縁にたまっていたが、落ちてはこなかった。「両方を信じないことが何か面白いことだと思っているんですか」

言い終えると彼女は駆け出し、彼を庭園に置き去りにして、遠ざかる後ろ姿を見つめるに任せた。

目が覚めた時はすでに夜で、ロレインはベッドに横たわり、昼間のことを思い返した。

気分はまだいくらか波立っており、目が覚めた途端に昼間の庭園や小径がありありと目に浮かんだ。

彼女は黙って自分に問いかけた。二つの世界を比べることにこれほど過敏になり、まともに生活できないほどになってしまっているのに、そこに共通のものを見出したいとなぜこれほど願うのだろう。人間には適応と呼ばれる力があり、もし自分が単純に適応しようとしていただけなら、すべてはずっとやりやすかったはずだ。単に社会制度が異なるだけなら、その違いに従って生活すれば済む。

しかし彼女は、そうすれば自分は不安になるといつも感じていた。いったいどんなものに心の中でひそかに促され、二つの生き方の違いを単なる制度上の相違とだけ捉えることをよしとせず、哲学そのものの相違ととらえるようになったのか、自分でもはっきりと説明できない。

地球人はいつも自分たちを自由だと言い、しかもそのことを誇りに思っていた。彼女は地球流の自由の味を試してみて、彼らは間違っていないと信じたし、そうした漂泊を心から愛してもいた。しかし彼女は幼い頃に火星の学校で、火星人こそが自由なのであって、衣食の保証ゆえに自分を安売りする自由から逃れられているのだと教わった。自分を売るという考えに頼って生活のための収入と交換せざるを得ない時、人は生きるためにあがくことにどうしても消耗し、口にする言葉はもはや自分の言葉ではなくなり、単なる金銭の意志となってしまうから、火星でこそ人間は自由なのだ、と。彼女は幼い頃に親しんだジャン＝レオン・ジェローム（一八二四～一九〇四、フランスの画家・彫刻家）の十九世紀の油絵『奴隷市場』を覚えている。あの絵は強く心を揺さぶり、地球で長い間ネットワーク取引によって自分を売ろうという気持ちになれなかったほどだ。

　今や二つの世界で過ごしてきて、彼女はどちらの束縛がより大きいのかわからない。衣食を分配するシステムか、あるいは生きるために戦う貧しさか。だが彼女は、人は誰しも自由を愛し、異なっているように見えれば見えるほど、骨の髄は同じなのだと知っている。

　自由！　生活とは芸術だが、芸術の本質は自由だ。

　ふいに母の声が聞こえた。優しく、ぬくもりに満ちた声だった。それは彼女が五、六歳の頃に母が言った言葉だった。彼女の心は一瞬にして温かくなった。母が自分をとても可愛がり、様々な芸術活動に連れていってくれたのを覚えている。その頃自分はまだピンクのスカートをはいて母の胸に抱かれ、書斎で笑い声にあふれた大人たちの話を聞き、窓から滝のように差し込む陽光が本を通して大人たちの生き生きとした表情を照らしていたのを見ていた。滔々《とうとう》と話し続ける人もいれば、ずっと黙ってほほ笑んでいる人もいたが、誰もが束縛されない自由な雰囲気を身にまとっており、母は彼らの中で笑い、生き生きと穏やかな表情をし、顔には自由の味わいがあった。そこはまるで別世界のように感じられた。自分はただの小さな子どもだったが、そこにいてとても楽しかった。

知っている？　あなたは光とともに降りてきた子ども、あなたの降誕こそが不思議な芸術なのよ。

母は彼女にそんな話をした。

その頃彼女はまだとても小さくて母の言葉の意味を理解できず、ただ首をかしげて母の膝の上に座り、その細めた目を見て母は自分を好きなのだと知り、それが内心とても誇らしかった。彼女はその頃、たった四歳ほどだった。

思い出が少しずつ心の中に流れ込み、彼女は物事のつながりを覚えていなかったが、それらの光り輝く言葉や場面は覚えていた。それらは記憶の深海に眠り、とても長い間、意識のサーチライトに照らされることがなかったものの、消えてしまったわけではなく、より多くの模索と思考の中で氷の層が一枚一枚溶けていき、海水が波打ち始めたのだ。

窓は夜の純白の月光を通し、ベッドは窓辺にあり、出窓につながっている。窓の外にはツタが植えられ、枝がフェンスに絡みつき、長く柔らかな天然のカーテンを垂らしている。窓は夜の貝のよう、月光は天国の神託のようだ。

夜色は優しく、彼女はふいにまた両親の部屋に行ってみたくなった。

身体を起こし、スカートをはいてベッドから跳び下りる。

静かな廊下を抜けて、彼女は再び父の書斎にやってきた。

書斎は前に見た時と変わらず、永遠に清潔で、ただ花は置かれていた場所からはもうなくなっていることが一目でわかった。

部屋はいつも通りの清浄さを取り戻している。月光の下の室内は空っぽの舞台のようで、夜はまるで無人の演劇のようだ。ロレインはゆっくりと舞台の中央に歩み出て、壁に沿って進み、書架が作り上げる背景の前で、誰にも聞こえない声で静かな独白をした。お父さん、お母さん、聞こえますか。彼女は黙ったまま語った。あなた方の言葉を覚えていたこと、今やっと気がつきました。私は地球に行って、一人で歩くことを学びました。忘れていたと思っていたものを、全部覚えていたんです。

辺りはひっそりと静まり返っている。答えはない。

知らぬ間に、彼女は再びコンソールのそばに来ていた。コンソールの足元はすでに空っぽで何もない。辺りを見回しても、何も新しいものはない。花が置かれていた場所はごく普通で、塑像も装飾も、隠れた扉もない。

二列の文字を除いては。

ロレインがさっと身体をかがめると、銀白色の月光が床板の縁の曲線を照らし、小刀で刻まれた二列の文字がかすかに光を反射し、くっきりと見えた。彼女はわずかに緊張して、じっと目を凝らした。最初の一列は九つのアルファベット、二列目は十三のアルファベットと数字の組み合わせだ。

その二列の文字の長さに、すぐにピンときた。パーソナルスペースのIDとパスワードだ。

彼女は跳ね起きて棚から紙とペンを見つけ、床に跪《ひざまず》いて一文字ずつ書き取った。それから身体を起こし、髪についた埃にも構わず壁際の端末に駆け寄り、自分のデジタルスペースに入って書き取ったIDを検索した。手はわずかに震え、指一本でゆっくりとキーを打つ。

母の名前。彼女はクリックして入った。

目の前のディスプレイが一瞬にして一つの部屋に変わった。それはスペースの3Dフォームで、彼女は慌ててドアのそばから3Dグラスを取ってきた。個人情報ファイルのスペースは2Dにも3Dにも切り替えることができ、2Dは閲覧しやすく、3Dは直観的にイメージできる。スタジオや論文には普通、2Dが使われ、プライベートのインターフェースや芸術作品にはしばしば３Ｄが使われており、立体空間の中では作品はホログラフィーで記録され、電子日記は本の形にしたり、音声で流したり、山肌に刻んで永遠に堂々たる様を見せたりすることもできる。

それは石壁に囲まれた部屋で、火星の至る所にある軽やかで透明な壁やドーム型の天井とは異なり、ロレインが地球で訪れたようなルネッサンス期の建築にとてもよく似ていた。長方形のホールは直線的で、ブルーグレーの巨大な岩を積み上げた壁、高い天井には天井画が描かれ、四隅には石膏でできた精緻な天使の彫刻がついている。部屋は広くはないが、壁一面に開かれた巨大な窓が柱の間から光を通し、室内の明暗に奥行きを持たせている。部屋には絨毯が敷かれ、大きさのまちまちな壁龕《へきがん》や展示台があり、母の彫刻の３Ｄ映像がそこに展示され、神秘的で永遠な姿で、部屋全体に別の星の太古の気配をもたらしている。

ロレインの胸は激しく高鳴り始めた。

それは母の記憶のデータベースだ。

彼女は室内をゆっくりと歩き出し、塑像の中に凝固しているそれらの魂に手でそっと触れた。それらのボディはカーブしたラインを描き、両手は天に向かって伸び、筋肉は緊張し、永遠に手に入らないものを永劫にわたり求め続けているかのようだ。仮想の陽光が縦長の窓から流れ込み、白い光が彫像を照らして、それらを悲劇の中に定まった役割のように見せ、展示台の上に永遠の悲しみをとどめている。

彼女はある花瓶を持ち上げた。首が長く胴の部分が太い古めかしい形で、古代エジプトかマヤ文明を思わせる物だ。

しばらく観察し、花瓶の表面に刻まれているのが母の日記で、古い飾り文字が自動的に表示されていることに気づいた。

ロレインは天使だ、光をもたらしてくれる。

彼女はその言葉を見て、視線がたちまち止まった。

時に人は人生を深く理解していると思い込むが、一条の光はなおすべてに疑問を抱かせる。人は人生を真に把握することは永遠にできず、いわゆる理解ということはある種の果てしない自問自答であるに違いない。交流、交流とは魂だ。先生の到来は何と言っても重大な事件で、ロレインが生まれたその年は、必ず火星の歴史に刻まれるだろう。

私が生まれた年。ロレインは考えた。つまり十八年前、その年に何が起こったのだろう。先生とは誰なのだろう。

彼女の胸はドキドキと高鳴り、仮想空間にいても耳に届きそうなほど、深い静寂を縫って室内に響いた。じっくりと観察すると、母の日記は優美だがあいまいで、明確な説明がなかった。傍らには磁器の器が一つ、それに皿が一枚あり、それぞれの上に明瞭ですっきりとした言葉がいくつか刻まれ、まるでゆったりとした時間の中でトンボが水にとまっているかのようだ。

彼女はすべての日記を詳しく一通り読みたくなり、それまでは知らなかった過去の事件に自分が近づいていることを直感的に感じた。だがちょうどその時、展示室の開いた扉の外から突然物音が聞こえた。誰かが外からサインインしたようだ。彼女はドキリとして、顔を上げてしばし迷い、皿を置くと、扉の外へ出た。

塔

エーコはロレインを見て驚いた。

彼が見知らぬ仮想の広場に立ち、これからどこへ行くべきか迷っていたちょうどその時、奇妙なことに、ロレインが広場の片側の灰色の大きな扉から出てきたのを見かけた。赤いスカートが石壁に映えてとても目を引く。

彼はそこがどこなのかがわからなかった。そこへやってきたのは、先生の日記の中にハイパーリンクを見つけたためだ。

私たちはしばしばそこで見解を発表し、距離を乗り越える。それは最良の時間だ。

先生はそう書いていた。その中の「そこ」という文字の色がほかとはやや異なることに気づいて手を置くと、周囲の世界が急速に姿を変えた。こうして「そこ」へやってきたが、そこがどこなのかがわからなかった。

目の前はがらんとした長方形の広場で、濃い灰色の巨大な石板が敷き詰められ、回廊を伴う石造りの建物が周囲を取り囲み、回廊には荘厳な彫像が見える。広場には誰一人としておらず、中央には枯れた池がある。周囲の建物は直線的で、厳粛で圧迫感があり、四隅には尖塔があり、まるで神々が傲然と見下ろしているかのようだ。広場の中央に立っていると、たちまち孤独で卑小な心地になる。広場の一隅は細長い出入口で、左右を背の高い建物に挟まれ、明るい光を放っている。反対側には高い教会風の建物がそびえ、これもやはりゴシック様式で、正面は細長く、丸天井は軽やかで、扉は固く閉ざされ、飛梁《とびばり》は切り立つ峰のように天空に突き刺さっている。彼はまず教会に行こうとしたが、なぜか反対側の出入口の方が気になった。歩きながら振り返ると、出入口の向こうの光は不思議と人を引き寄せるようで、背を向ければ向けるほど明るく輝くように思えた。彼は途中まで行きかけて考えを変え、振り向いて出入口に続く小径を進んだ。

ちょうどその時、ロレインが出てきた。

彼はすぐに立ち止まった。ロレインも立ち止まった。二人は向かい合い、しばらくの間、どう反応すべきかわからずにいた。

エーコが先に動き出し、軽くうなずいて彼女にあいさつをした。

「どうしてここに」

「どうしてここに」

エーコは少し考え、今は率直になるべきだと思った。

「先生のスペースから入ってきたんだ」

「先生？」

「僕の先生は以前、火星に来たことがある。十八年前だ。ここに八年間住んでいた。それで僕は先生の恋人と知り合った」

「十八年前？」ロレインは突然、小さな驚きの声をあげた。

「ああ」エーコは答えた。「戦後、地球人が火星に来たのはそれが初めてだったそうだ」

ロレインは何も言わず、目を見開き軽く唇をかんで彼を見つめ、顔には驚きとわずかな戸惑いを浮かべている。

「ここはどこなんだろう」彼は尋ねた。

「私にもわかりません」

「じゃあ君はどうやって来たの」

「母のスペースから」彼女はまだ目を見張っている。

「母も……先生のことを話していました」

「君のお母さんが？　お母さんの名前は」

「アデル。アデル・スローン」

エーコは眉をひそめた。その名前は聞いたことがない。少し考えて尋ねた。「ジャネット・ブルックは知っている？」

「もちろん知っています」ロレインは言った。「母の一番の友達です」

「本当に？」エーコは思わず口走った。「彼女が僕に、スペースに入る権限を与えてくれたんだ。僕の先生の恋人だよ」

それではっきりとした。ロレインの母が書いていた「先生」とは、エーコの先生のことだったのだ。彼はロレインが驚いて口を開けたのを見て、そこにどんな深い意味があるのかわからず、慎重に尋ねた。「君のお母さんはどのスタジオに？」

「最初は水力発電第三研究室に」ロレインは小声で答えた。突然の発見に緊張しているようだ。「でも最後の二年はどこにも登録していませんでした」

「最後って？　お母さんは亡くなったの」

「はい。両親は亡くなりました。父は生前、光電第一研究室で働いていました」

「えっ」エーコははっとした。「お父さんは光電研究室に？」

「はい。処罰されるまではずっと」

「どんな処罰？」

「火星の第二衛星に採掘に行かされたんです」

「どうして」

「私にもわかりません」

エーコはますます緊張してきた。「じゃあ二人はそれで亡くなったの」

ロレインはうなずいた。「そうです。採掘船の事故で」

エーコはしばし呆然として、長い間口を開かなかった。どうしたのかとロレインが尋ねても、彼はしばらく、どう答えるべきかわからずにいた。頭が混乱し、考えは舞い飛ぶ幾千もの雪片のようだった。ロレインの父が死んだ。彼は光電研究室にいた。罰を受けて死んだ。先生の死とロレインの両親の死は互いに交錯し、彼はそこに必然的な関わりがあるのかどうかわからなかった。小さなチップがこれほど大きく悲しい結末をもたらしたのだろうか。心の中に深く巨大な罪の意識が湧き上がる。もし先生の探求がロレインの両親の処罰をもたらしたのなら、目の前のこのか弱い少女にいったいどんなふうに向き合えばいいのだろう。彼女はこんなに繊細に見えるが、そのような死の中で孤独に成長したのだ。彼は胸の動悸を抑え、自分が火星に来た最初の目的と、ここ数日の発見を一つ一つ、簡単に説明した。

「こういうことなんだ」彼は最後に言った。「先生は君たちの最も中核となるデータベース保存方法を持ち去った。先生の名はアーサー・ダボスキーだ」

ロレインは呆然と立ちすくみ、大きな目は瞬きもせずに強いショックをあらわにし、しばらくしてようやく、独り言のようにつぶやいた。「そうだったの」

エーコはうなずいた。「何て言えばいいかわからないけど、先生の代わりに謝るべきなのかもしれない。謝っても何の役にも立たないかもしれないけど」

ロレインはまったく何の反応もせず、ただ呆然と悲しんでいるようだった。「そうだったの……」

「大丈夫？」

彼女は力一杯首を振って何も言わなかったが、表情は複雑で、彼は彼女が泣いているのだろうかと思った。仮想空間は人の表情やしぐさを伝えることはできるが、液体はない。慰めの言葉をかけたかったが、ジャネットと向かい合った時のように言葉が出てこなかった。

彼は黙って近寄り、片手をロレインの肩に置いた。胸がじんと苦しい。

「どうしてそんな……」ロレインはつぶやいた。

そうだ、どうして。エーコは内心、抑えきれない悲しみを感じた。世界はこれほど広いのに、志を同じくする友人をなぜ受け入れられないのだろう。

「ようこそ来た、我が友人よ」

その時、突然声が高らかに響き、エーコとロレインを驚かせた。

「ここは初めてかね、我が友人」

二人は声の主を探して周囲を見回し、その声が広場の片隅の出入口から来ていることに気づいた。教会から見ると広場は魚の腹にあたり、つきあたりの出入口は魚の口、回廊は小さな歯が入れ違うように出入口の両側にあり、出入口の向こうにははかなたに海が白く光っている。白い光は細く伸びてまぶしく輝いているが、そこには何らかの物の形は見出せない。その傍らから、一人の白髪の老人が回廊を歩いてきた。背が高く、声は重々しく、血色の良い顔に明るい笑顔を浮かべている。彼は両腕を広げて彼らを迎えた。その手は大きく、力強かった。

「ロニングおじさま」

ロレインはふいに叫び、興奮した様子で近づいて老人に声をかけようとした。エーコも彼女の後について歩いていった。

だが老人はロレインのことを知らないようだ。

「ようこそ、我が友人」老人は言った。「すまないが、まだ君たちのことを知らないのだ。ここへ来て二日目で、まだよくわからない。だが安心したまえ、数日もかからずに全員のことを知るだろう、ここに来る全員のことをだ。ここに来たのなら、忘れることはない」

「おじさま？」ロレインは呆然とした。

「私はここの番人だ。塔の門番だ。私のことは門番と呼べばいい。君たちは塔を見に来たのかね」

「塔？」ロレインはつぶやいた。

「もちろん、私たちの塔だ。道案内が私の務めだ。私は君たちの手伝いがしたい」

「おじさま、どうしてここに」ロレインは頑なに尋ねた。

「私がなぜここにいるかだって」老人の顔に笑みが浮

かんだ。「私が死んでから、私のメモリーはここへやってきたのだ」

エーコは驚き、思わず口を開いた。「あなたは……」

「そうだ」老人はほがらかに笑った。「私は死んだ。なぜそのことを知っているのかは聞かないでくれ、私にもわからないのだ。君は私と話をしているが、してもいないのだ。私は私のメモリーだ。私のメモリーは理解することはできないが、私のやり方で受け答えをすることはできる。私は死んだが、まだ私を守る役目を果たすことはできる。ずっと長い間」

「おじさま、私がわからないの。ロレインよ」

「お嬢さん、泣かないで、泣かないで。何か悲しいことでもあったのかね」

エーコはロレインの目がいっそう悲しみを帯びたのに気づいたが、老人は相変わらず優しくほほ笑み、彼女のことがわからないようだった。彼は老人を観察した。老人の笑顔は桁外れに明るく、腹は丸く、銀髪は少しの乱れもなく、声はホルンの音色のように重厚に響く。

エーコの心の底から、骨身にしみるような寒さと敬意が湧き上がった。彼は目の前で話している人物にどう向き合えばいいかわからなかった。彼はすでに閉ざされた魂と会話をし、魂の安息と笑顔の輝きが一つに融け合っているのを自らの目で見ているのだ。ひっそりと寂しく横たわる肉体を目にしたようだった。生命力は完全に消え失せているが、生前の願いは身体の外に飛び出し、記憶を伴って回路の中で動いている。回路の中の電子の秩序は氷のように冷たいが、外側の笑顔には永遠の温度がある。彼はこの老人を知らなかったが、ロレインの悲しみを感じることはできた。電子プログラムは優しい感情を喚起することはできるが、理解することも、聞き取ることもできない。

「ありがとうございます」エーコはロニングに言った。

「見学をしたいのですが、軽率に飛び込んできてしまって、決まりがわからないのです。どうかご容赦ください」

「構わん、若者よ。あまり気にすることはない。塔の前では決まりはないのだ」

老人は二人を連れて歩き出した。エーコがロレインを見やると、彼女はやや落ち着いており、気落ちした様子で彼らについていきている。

「塔について知りたいかね」

ロレインが老人を見つめるだけで答えないので、エーコはうなずいて言った。「はい。伺いたいです」

「塔は理想の心臓部だ。広義の言語の統合だ」

「広義の言語？」

「そうだ、広義の言語だ」老人は穏やかに語りながら、意味ありげな目つきをした。「すべての表現は言語だ。感知、論理、絵画、科学、夢、諺《ことわざ》、政治理論、激情、心理分析。これらすべては世界の表現だ。すべての表現は言語なのだ。我々がまだ世界の姿に関心を持っているのなら、すべての言語に関心を持たなければならない。言語は世界の鏡なのだ」

言語は光の鏡だ。

エーコは突然、先生が死の間際に言った言葉を思い出した。彼は深く息を吸い、胸はひそかに高鳴り、今この時と先生が亡くなった瞬間には秘められた関係があるような気がした。

彼は注意深く耳を傾けた。老人は水が流れるように言葉を続けている。

「……すべての言語は鏡だが、どの鏡もある特定の弧度の範囲だけを照らし出す。すべての鏡像は真実だが、どの鏡像も一つだけでは真実たるに十分でない。君は自由主義と全体主義の議論を理解しているかね。理性と非理性の議論は？　それぞれがどのような尺度で真実を表しているか知っているかね。それぞれがどのような集合体の映像なのか。これこそが鏡像についての主張だ。それはすべての鏡像の中の影を尊重するが、どれ一つとして崇拝せず、言語の間を行き来し、鏡の中の影を用いて世界の真実の姿を作り出そうとするのだ」

鏡の中の影。エーコは心の中で繰り返した。言語は光の鏡だ。

「影像から光源を推測するのですか」彼は尋ねた。

「そうだ。その前提は、真実が存在し、影の断片も真実を構成することができると信じることだ」

鏡のためにに光を忘れるな。エーコはうなずいた。

彼らはゆっくりと細長い出入口の前にやってきた。白く光る海はすでに間近に迫り、通路の手前の方はまだぼんやりと判別できるが、奥は何も見えない。白い光はたちこめる霧のように光の点がおぼろげに瞬いては素早く滑っていき、通路全体が色とりどりの渦のように見える。

老人は笑い、片手で通路の中の白い光を指し、身体の前で反対の手の指を三本伸ばした。

「すべての時代にその時代の病がある。我々が暮らす時代の最大の病は、分かつことのできないものが、分かつことのできるものを分かつことを妨げていること、奪い合わなければならないものが精神の往来と自由を束縛していること、鏡が照らし出す映像が支離滅裂で、互いに対照したり組み合わせたりすることがまだできないことだ。人々は長きにわたって世界を忘却し、ただ鏡像だけを覚え、照らされる物体を忘れてしまった。人々はうぬぼれて動き回り、それぞれが破片を抱えながら、互いに隔たっている。これこそが、我々に塔が必要な理由だよ」

老人の声は波のようにうねり、厚い胸腔の共鳴は吟唱のような韻律を伴い、言葉は平凡なようでいてゆったりと波打ち、ある種の詩を聴いているかのような味わいがあった。

「行きなさい」老人は相変わらずほほ笑みを浮かべ、

分厚い手のひらでエーコとロレインの背を軽く叩き、その温度はまるでケーブルを通ってエーコの実体の身体にまで伝わるようだった。「この通路を通り抜ければ塔だ。見に行きなさい、すぐそこにある」

エーコは見渡す限り真っ白な前方を見やって、また老人に視線を戻した。「あなたは一緒に行かないのですか」

ロニングは笑って手を振った。「私は行かない。案内はここまでだ。ここまでしかできないのだ」

エーコは前を向き、前方へと歩いた。ロレインはついてこず、振り返るとまだ老人のそばにいて、老人の思い出に浸りたいようだった。彼はそっとため息をついてロレインのそばに戻り、その手を取った。彼女の手は柔らかくて冷たく、彼の手の中で少し震えたが、拒まなかった。彼女は彼と共に通路に入り、時折振り向いたが、立ち止まることはなかった。通路は白い光に覆われていたが、床は硬く、虚空を踏んでいる感覚はない。白い光はすべてを包み込み、前方は果てしがない。両側にはすでに柱や塑像はなく、空間全体が現実から離脱し、抽象的な光のトンネルになったかのようだ。

二人はゆっくりと、慎重に歩き続けた。ふいにある言葉が目の前に現れた。くっきりと、冷静に、強烈に、あたかも一陣の光のように目の奥に差し込み、続いて脳と心の中に差し込んだ。多くの論理的推測が追いつく暇もなく、言葉は刻みつけるように心の中に差し込み、文字は決して挑みかかるようでも目障りでもなかったが、穏やかで確固とした力を持っていた。

「理論は私たちの発明だ。私たちは推測と予想と仮説によって一つの世界を創造する。それは実存の世界ではなく、この実存の世界を捕らえようとして私たち自身がつくる網なのだ。――ポパー（カール・ポパー、一九〇二～九四、イギリスの哲学者）」

エーコは全身に鳥肌が立った。さらに多くの言葉が、四方八方から急速に浮かび上がってくる。

「感覚とその上に築かれた思想は窓だ。哲学者の職務は、力を尽くして自分自身を歪みのない一枚の鏡とすることだ。——ラッセル（バートランド・ラッセル、一八七二～一九七〇、イギリスの哲学者、論理学者、数学者）」

「哲学にとって真の困難とは、観察し思考する個人の時間的、空間的な多様性にある。だがそれを解決する鍵は、我々が知覚する多様性とは単に一種の現象にすぎず、決して実存ではないことにある。——シュレーディンガー（エルヴィン・シュレーディンガー、一八八七～一九六一、オーストリア出身の理論物理学者）」

エーコは、空間と時間の秩序が混沌とした一本のトンネルの中に自分が入り込んだことを知った。言葉たちが入れ代わり立ち代わり現れて白い光の中で輝き、壁に映し出される絵のように誰にも注目を迫らないのに、視線を外すことができない。

「言葉や習慣の中に、政治における憲法や宗教における教理の中に、文学や技術の中に、何世代もの人々の仕事が積み重なっており、誰もがその力を尽くしてそうした精神を吸収してきた。——ジンメル（ゲオルク・ジンメル、一八五八～一九一八、ドイツ出身の哲学者）」

彼らが足を速めるほど、言葉も増える。人名は二つの星の三千年の時間と、この上もなく多岐にわたる領域に及んでいた。いくつかの人名はエーコも耳にしたことがあったが、知らないものもあった。彼は注視し、読み、記憶し、感じた。すべての言葉はロニングの言葉と絡み合い、先生の言葉と絡み合い、さらに相互に一体となって、無数の、素材も色も違う組紐が絡まり合いながら螺旋を描いて上昇するかのようだった。彼は言葉の中に浸り、白い光の通路に融け込み、方向を見失い、距離の感覚を失った。突然、出口が現れ、はっきりと開けた世界が視野に飛びこんできて、彼はまるでふいに夢から覚めたように、目の前の景色があたかもナイフの切っ先のごとく鋭い輪郭を持っているように感じた。彼は出口を出る直前の最後の一言だけを覚えていた。

「美とは物理的現象を通しておぼろげに表出される『一なるもの』の永遠なる輝きにほかならない。――プロティノス（二〇五？～二七〇、古代ローマ時代のギリシアの哲学者）」

彼は前方を見つめ、呆然と立ち尽くした。ロレインも彼のそばで呆然としていた。二人は何も言わず、目を凝らして並んで立っていた。見渡す限りの荒野で、荒野の中央には巨大な円筒形の建築物が浮かんでいる。荒野には奇妙なところはなく、地球の乾燥した内陸部でよく見られる風景だった。果てしなく、雑草がまばらに生え、大地は灰色で干からびており、視界が開け、空には変幻自在の低い雲が幾重にも重なっている。風景に奇妙なところはなく、地球の多くの場所で目にすることができるものだ。ただ、空中の建築物だけが異様だった。エーコは一目見た時から目をそらすことができなかった。円筒形は上が狭く下が広く、上は空につながり、下は地に接している。それは堅牢なようには見えず、形は刻一刻と変化し、壁はまるで霧でできているようで、一つに凝集したかと思えば、常に旋回し流れている。壁には四方八方に伸びる通路があり、その形態は様々で、機械のアームや数字、音符、水彩で描かれた線もあった。すべての通路が円筒の中では集まって霧の雲となり、外では思い思いの方向に伸び、旋回してバラバラになり、先端はまるで別の世界に入っていったかのように、空気の中に消え失せている。

エーコは驚愕し、長い間じっと見つめるうちに、心がたちどころに澄みわたってきた。あたかも空中に氷のように冷たい水が降り、すべての疑問がその瞬間に押し流されたかのようだった。彼は天と地の間に浮かぶ巨大な柱を見つめ、オードブルのプレートのように整然とした、万物が帰っていく霧と通路を見つめ、霧の上に刻まれた五つのアルファベットをはっきりと読み取った。

B－A－B－E－L

バベル。塔の名はバベル。言葉の塔バベル。すべての広義の言語が融合し、科学と文芸と政治と技術が収められた精神の塔、それはバベルをおいて他にない。人類はもう一度バベルの塔を打ち立て、天に通じようとする野心をもう一度試している。言語の転換と相互コミュニケーション。バベル。塔の名はバベル。バベルの頭文字はBだ。

エーコは両手を頭上に高く伸ばし、空に向かって長い間振り上げた。目を閉じ、心の中で叫ぶ。物音は何もないが、彼には轟音が聞こえた。先生、と彼は天空に向かって叫んだ。ここが、あなたが自分を埋葬したかった場所ですか。これこそが、あなたの最後の願いですか。あなたはここを守りたかった、人類の言語の統一を守りたかった。ロニングのように、一人の案内人として。そうですか、先生、これこそがあなたの最後の願いですか。もしそうなら、僕はあなたがそれを成し遂げられるように全力を尽くします。彼は心の中で一言一言語った。頬をなでる風を感じた。それは本物ではなく、仮想空間の中では風も砂もないことを知っていたが、彼はそれが本物だと信じたかった。

熒惑

風が心の中を吹き過ぎ、仮想の砂地に土埃が巻き上がる。ロレインが空を見上げると、果てしのない荒野の空いっぱいに流れる雲が、まるでバイオリンが天国で鳴り響くように悲しみと衝撃を交錯させていく。彼女は内心の感覚を表現できなかった。彼女はバベルの塔を見た。バベルを見たのは初めてだった。バベル。言葉の塔。世界の塔。異なる世界の言語、異なる言語の世界。数字が階段の周囲をめぐり、言葉が舞い上がり、色は敷きつめられて天に通じる翼となり、旋律はのびやかに広がる。

塔は空中で旋回し、虚空から来て、虚空へと去っていく。全体から喩えようのない光芒を放ち、発光している部分は一つもないのに、すべての部分が明るい。塔が存在している場所だけが明るく、暗い記号の組み合わせが回転し融合する中で明度を増しており、塔そのものが光芒だった。光芒の中に時折、図像が現れては消え、人と風景が入り混じりながら空中で回転し、アルファベットと数式の間でかすかに入れ替わり、あたかも世界と世界が互いに融け合っているようだ。

ロレインは塔の足元で死を超越した。冬の日の太陽のようなロニングの笑顔を見た。彼は死ぬことはない。すでに死んでいて、もはや再び死ぬことはない。ロニングは塔の足元で安寧を得た。彼女の手を引いてここへ導き、彼女はここでその意思を悟った。世界の様相に関心を寄せ、映像の破片が真実を綴る。彼女はその言葉の確かな意味をまだ理解できないが、記憶にとどめる。ちょうど十一歳の時に彼が言った言葉を記憶したように。

彼女は荒野の果てに砂埃が舞い上がるのを見て、突然、祖父やその友人たちが守っているものが何なのかを悟った。祖父、ロニング、ガルシア、ガリマン。彼らが荒野に飛び立ち、守っているものはまさにこの仮想の塔、真実以上に真実であるこの塔なのだ。すべての世界にそれ自身の神話があり、火星も例外ではない。彼女は地球で多くの神話を読んだ。東方、西方、熱帯、寒帯、宇宙から発し、文明が誕生するまで。神話とは歴史でもあった。彼女は異なる世界を行き来し、世界の神話はいつもその世界に固有のものであることに気づいた。東方神話には常に独り往来する仙人がおり、西方神話には常に同種族で集住する巨人がいる。彼女は初め、こうした精神のありようの差が理解できなかったが、のちに東洋の霞たなびく険しい山並みを実際に見て、また西洋のどこまでも連なる草地や森林を見て、それがどれほど自然なことなのかをようやく悟った。高山は独行にふさわしく、原野は群れにふさわしい。それは蒼天と大海の贈り物であり、すべての神がふるさとの神なのだ。

火星の神話は砂漠にのみ属す神話だ。それは砂嵐の中で飛び立つ翼の神話であり、その神話は歴史が浅く、豪放で、荒々しく、性急で、清らかで麗しい風景のようなロマンは一片もなく、薄暗いジャングルのような神秘も寸分もなく、ただひたすらまっしぐらに飛翔するものだけが登場する。それは土埃を巻き上げ、砂粒を貫き、爆発を起こし、太陽を迎え、砂漠を抱き、力強く悠然として、鉄のように硬く、鳥のように軽やかだ。地球の巨大な宇宙船の前では火の中に飛びこむ蛾のようなもので、悲壮だが決然としていた。祖父とその仲間たちこそがそのような神話であり、砂漠の中央の塔は彼らの原野の水源なのだ。

ロレインは声を立てずに泣いた。涙はなかった。一つの世界はいつも一つの土地とその神の集合体で、異なる世界を通ったことのある者だけが、その合一を失うのだ。

公演の日が訪れた。

ホールの照明が緩やかに落ちていき、淡い金色の座席が一つ一つゆっくりと壁に沿って上昇し、それぞれ異なる高さで止まる。天幕は暗く、銀白色の星たちがぽつりぽつりと光り、劇場全体を果てしない宇宙に浮かべている。卵型のドーム屋根の一端に宇宙から撮影した地球が現れ、もう一方の端に赤い火星が現れた。遠くから近くへ、次第に鮮明になる。一つの星はアクアマリンの外縁を白雲が取り囲み、もう一つの星は赤い土壌と穴だらけの山々だ。二つの星は両端にあり、巨大な物体が相呼応するがごとく、観客席はその間に挟まれてゆっくりと漂い、取るに足りない宇宙の塵のように、細やかに、波に任せて流れる。劇場全体が暗く荘厳で、音楽が四方八方から鳴り響き、湧き上がる。

ロレインはバックステージで準備をしていた。火星。熒惑。彼女は心の中でそっとつぶやく。

赤い土地、夜空の中のふるさと。

彼女にとっての最初の火星は地上から仰ぎ見てもはっきりと見えない明るい点であり、近くでははっきりしているのに頭の中では模糊とした印象であり、呼び起こすことのできない幼少時の記憶であり、思い出そうとし、また思い出すまいとした日々の黄昏だった。

彼女の二つ目の火星は書物の中の見知らぬ記述であり、映像の中のもう一つの世界だった。数字と真空で爆裂する鮮血であり、絶え間なく続く、雷鳴のように重苦しい戦いだった。人々の声の中の戦慄、子どもたちの好奇の探検と邪悪な幻想だった。太古の戦いの神、原初の老人だった。

彼女の三つ目の火星は太陽と星の光が差し込む窓、窓を押し開けて見る小さな広場、広場の扇形の芝生、芝生の上の白く小さな花、花の向こうに広がるチューブトレイン、チューブトレインにつながるガラスの建物、ガラスの建物が延々と連なる透き通った輝く都市、少女がデザインし、創作し、成長し、結婚し、家庭を持つという選択をする唯一の国だった。世俗の生活であり、単純な家だった。

火星。熒惑。一千八百日の別れ。赤い土地、夜空の中のふるさと。

ロレインはバックステージからゆっくりと手を伸ばし、両腕を胸の前で揃え、指先を両側に滑らせた。暗闇は果てしなく、袖口のダークゴールドが見え隠れして、まるで原野の夜空を銀河が行き交っているようだ。暗闇の劇場から風音が起こっては消え、ホルンの音がかなたから漂ってきて、ドラムと木琴の澄んだ音が低くリズムを刻む。老人が海辺で一千年の物語を語る。鮮血と栄光が唇を震わせ、死にゆく魂が風の中で舞い上がる。ホルンがフェードアウトし、東洋の竹笛の音色がうねりながら漂い、思い出が星空をわたり、劇が始まる。それはすでに慣れ親しんだ旋律で、ロレインは楽曲のすべての起伏、すべての隠された装飾音を記憶しており、曲の中で語られる神話や現実をそらんじることもできる。

竹笛が一つの旋律を吹き終えると、ロレインは跳び出し、最初のドラムの音が鳴り響くと同時に右足を舞台に踏み出した。

ついにダンスが始まった。世界は消え失せ、暗闇の中に彼女だけが残る。二つの星の画像はソロダンスに変わった。彼女は自分が通ってきたすべての国を記憶していた。それは運命であり、魂の旅だった。彼女はもはやふるさとの規範に融け込むことができないが、ふるさとの夢を永遠に記憶している。その夢を骨髄に刻み込み、すべての国を自分の中に取り込む。

どの世界にも融け込むことができなくなった時、彼女は両親や彼らの先生のように、心の中で放浪し、ふるさとをはるかに望みたいと願った。

ロレインは倒れた瞬間、小さな驚きの声を耳にした。

どの方向からかはわからず、声も聞き分けられなかった。ただ、倒れた時、誰かの両手が背後から自分の肩を支えたことだけがわかった。

その日はダンスに向かなかった。踏み出した第一小節から、彼女は足の感覚が普段とは異なることに気づいた。軽すぎて力を込めて踏み込めず、速さが足りず、音符はどれも軽く、遅い。ターンの後は絢爛たるドラムの合奏が大気を破り、彼女はその瞬間にジャンプして七回転のターンをすることになっていたので、足の指にひそかに力を入れた。だが指が突然いうことを聞かなくなり、空中で美しいターンを決めた後、着地をする時に右足がこらえきれず、痛みとともに身体ごと床に倒れた。

ホールに明かりがともり、彼女はまぶしい光に目を開けることができなかった。エーコがそばにいて、自分の肩をつかんでいるのが見えた。ほかにも多くの人が客席から潮のように押し寄せていた。

病室

エーコはルディと並んで病室の小さなソファーに腰掛け、ロレインの手術が終わるのを待っていた。病室はすでに整えられ、きれいに清掃されて、ベッドには柔らかな寝具がかかっている。患者が安眠できるよう、病室の壁は乳白色に調整され、金属の柱も優しげな黄緑色に塗られている。機器は低いキャビネット型に作ってあり、表面には装飾をあしらい、患者が不必要に緊張しないようになっている。

エーコとルディは長い間、無言だった。ルディはロレインが倒れた時にエーコが手を差し伸べたことに感謝したが、エーコは何も言わなかった。その後は二人とも言葉が見つからなかった。エーコは自分より何歳か若いこの金髪の青年を見つめ、彼の焦りと不安を感じた。ルディは黙って座っており、さほど神経質なしぐさは見せなかったが、重ね合わされた両手が互いをきつく握っているために、指の関節が青白くなっていることにエーコは気づいた。彼は自分の妹を心配し、年長者の責任感にも似たものを漂わせていた。エーコ自身も心配だった。ロレインが倒れた時、自分は最も近くにいた。彼女の足先が床に着いていても身体を支えられず、足の指が床の上で折れ曲がるのを彼ははっきりと見た。骨折したのは明白だった。ただ怪我が深刻でなく、手術後に静養すれば回復し、今後のダンスに影響しないことを願うしかなかった。

時間はゆっくりと過ぎていき、病室は暗く重苦しかった。

突然、扉が開いた。

エーコとルディは同時に立ち上がった。扉は素早く、鋭く開いた。入ってきたのはロレインでも医師でもなく、制服を着た二人の若い男だった。先頭に立っている人物はルディと面識があるようで、入ると目礼をした。

「あなたがエーコ・ルーさんですね」彼はやぶから棒に尋ねた。口調は丁寧だったが、表情は氷のように冷たい。

「ええ、そうです」エーコはうなずいた。

「カーソンです」男は名乗った。「監視システムの一級監視員です。ラッセル区の安全と秩序を担っています」

エーコは何も言わず、続きを待った。

「いくつかの質問にお答え頂けますか」彼はいったん言葉を切ると、エーコを少し見つめてから続けた。「今夜の公演の際、あなたはなぜ客席ではなく、ステージのそばにいたのですか」

エーコは質問の意図を推し量り、慎重に答えた。

「私はカメラマンですから、近距離で撮影したかったのです」

「その行動は許可を得ていましたか」

「僕が同意しました」ルディが口を挟んだ。「今夜の進行は僕が担当でした」

　カーソンは彼を一瞥したが、構わずに、相変わらず厳しい表情のまま、エーコへの質問を続けた。「事故当時、ステージには上がっていましたか」

「いいえ、ずっと下にいました」

「ではダンサーから一番近かった時はどのくらいでしたか。一メートル以上離れていましたか」

　エーコは眉をひそめた。「どういう意味ですか。あなたたちは私を疑って……」

「はい。私たちは、あなたがロレインさんに何らかの働きかけをして事故を起こさせたのではないかと考えています」

　カーソンは率直に疑いを認め、背後の助手は電子ノートに記録した。エーコは息をのんだ。こんなことになるとは思ってもみなかった。彼はきっぱりと否定した。「いいえ、絶対にしていません。私はずっと撮影していました。彼女が転倒したのを見て駆け寄ったのです」

　ルディもエーコを弁護しようとして言った。「彼がカメラマンなのは本当です。僕が撮影機器を検査して入場を許可したんです。恐らく誤解ですよ。彼には公演を妨害する理由などないはずですし、ロレインに危害を加える理由はもっとありません」

　カーソンはエーコをじっと見つめ、ルディの傍らに歩み寄ると、何かを囁いた。ルディは顔色を変えて眉をひそめ、まるでもう一人の別の人間を見るように、疑わしげにエーコを見た。彼は口を閉ざし、もう何も言わなかった。

　カーソンは再びエーコの前に戻ると、軽く咳払いをして言った。「先ほどの質問について、もう一度よく考えてみてください。別の質問をしましょう。ロレインさんとジル・ペイリンさんのパーソナルスペースにサインインしたことはありますか」

質問を聞いて、エーコは事態が深刻になったことを本能的に悟った。彼はうなずいて認めた。「……はい」

「サインインして何をしたのですか」

「彼女たちの日記を読みました」

「ほかには」

「何も」

「他の場所にはサインインしましたか」

「……」

「なぜあなたはデータベースのアカウントを持っているのですか。私の知る限り、地球代表は全員、ホテルのサービスを利用する権限しか持っていません」

「……」

「技術情報を盗むよう、誰かの指示を受けているのですか。それとも、何か企みが？」

「……」

カーソンの質問は錐のように冷たく、鋭く、続けざまで、的をまっすぐに射抜いた。エーコは答えられなかった。自分がどうやって閲覧の権限を手に入れたかは説明できない。ありのままに答えればどんな結末になるかわからない。機密を守るとジャネットと約束したのだ。彼女の許可がない限り話せない。彼はただ沈黙で答え、心の中で打開策をさぐるしかなかった。

エーコは緊張していたが、最低限の判断力は失っていなかった。どうやらまずい状況であることはわかった。ロレインのスペースに入っただけでなく、謝罪のメッセージまで残した。それは二人の間に少なくともいさかいがあったことを証明し、彼に対する疑惑を証拠立てるものだ。彼は先生のことを慰めたかっただけだったが、言葉が足りず、疑いを生んでしまった。もっと深刻なスパイ容疑については、自分に弁解の余地がないことははっきりしている。彼はジルのデザインのパラメータを調べ、さらにデータベースのシンボルであるバベルの塔にも行ったのだ。単なる好奇心からだったが、その理由が浅すぎることは自分自身でわかっていた。誰も彼の潔白を証明してくれず、彼の足跡はあまりにも疑わしく、たとえジャネットが説明してくれたとしても、スパイの嫌疑は逃れられないだろう。手のひらにじっとりと汗が浮かんだ。

その時、再びドアが開いた。

今度入ってきたのは数人だった。先頭に立っているのは最初の夜の晩餐会で見た赤黒い顔の小柄で太った役人で、後ろに続く二人は火星の役人、その後ろはテインとドイツのホフマン大佐、最後はビバリーと火星総督のハンス・スローンだ。

一行が入ってくると病室はたちまち満員となり、火星と地球の役人たちは自然に二手に分かれ、誰も口を開かず、まるで雲が垂れ込める低気圧の夏の日のように空気が張りつめた。

「エーコ・ルーさん」ハンスがその空気を破り、静かに尋ねた。「私たちの質問はすでにお察しのことと思います」

エーコはうなずいた。「はい。わかっています」

「では、あなたの行動について説明して頂けますか」

「……できません」

「誰があなたにデータベース侵入の権限を与えたのですか」

「……お話しできません」

ハンスはまるでエーコに答案を見直す機会を与えるかのように、しばらく口を閉ざした。彼はエーコをじっと見つめ、視線は穏やかで脅迫や強制は伴っておらず、むしろひそかな期待がこもっていた。エーコは何も言わなかった。

「では、データベースを閲覧した理由を説明して頂けますか」

「私は……あのスペースに好奇心を持っていたので

す」

「単なる好奇心ですか」

「単なる好奇心です」

「なぜ」

エーコが答える前に、傍らに立っていた赤黒い顔の太った男がわめきだした。「言い逃れはいい加減やめさせろ。まるっきり時間の無駄だ。スパイが本当のことを言うとでも思っているのか。とっくに言っただろう、そいつは投票を妨害しに来たに決まってる」

「ホアン」ハンスが低い声で制した。「慌てるな」

エーコはいくらか呆然とした。「投票って？　何のことですか」

「いい加減にしろ！」ホアンは怒って叫んだ。「しらばっくれるな。ここにはこれだけの人間しかいないから、はっきり言ってやる。おまえらは火星の民衆が核融合技術の提供に同意しないと予想して、投票を操作しようと潜入したんだろう。違うか、この偽善者め！」

「いえいえ滅相もない、あなたがたは誤解なさっていますよ」ビバリーが慌てて手を振り、肩をそびやかしながらほほ笑みを浮かべて言った。「私たちにはそんなつもりは絶対にありません。エーコ・ルーさんの行動は彼のプライバシーですから、私たちは事情を知りませんし、ましてや指示などはしていません」

ビバリーが言外に言おうとしているのは「彼は我々とは無関係で、処分したいのなら我々を巻き込むな」ということだとエーコにはわかった。だがこの時、彼にはもうビバリーの言い逃れを構っている余裕はなくなっていた。彼は他のことを考えていた。核融合技術という言葉が絶えず音を立てて頭の中をめぐっている。彼らがこのことについて交渉していたのは知っていたが、この時、嗅ぎ取ったのは別の匂いだった。

ハンスがもう一度ホアンを制止した。「慌てるな、足取りはすべて記録してある」

彼はそう言いながら振り向き、最初に入ってきたカーソンを探した。カーソンはうなずくと、すぐに助手のメモを差し出した。ハンスはうつむいて調べ、読み終えてからホアンに渡した。ハンスの表情は相変わらず穏やかで、顔色一つ変えていない。ホアンは読み終えるといくらか不満げにうなずき、ひげが疑いのカーブを描いた。

「いいだろう。さっきの言葉は撤回する」彼は口先では譲歩したが、まだ追い詰めるような目つきをしている。「だが投票場に行っていなかったとしても、その企みがないことにはならない。早いところ素直になった方が身のためだと思うがな。俺は事をでかくしたくはない。ずっとしらを切り続けて、何かが見つかったら、俺たちは刑罰も辞さない。質問するが、あんたは何かの技術を盗もうとしてたんじゃないのか」

「まさか」エーコは言った。「僕がどんな技術を欲しがるというんですか」

「あんたがいらなくても、欲しがる奴がいる。あんたたちは交渉がうまくいかないんで、こっそり盗もうとした、そうじゃないのか」

「勝手な推測はやめてください」

「地球に情報を送らなかったか」

「送っていません」

「だが記録がある。あんたは大量のデータをダウンロードしている」

「それは全部映画ですよ」エーコはいくらかカッとなった。「調べてもいいですよ。なんでも調べられるんじゃないんですか。僕のアカウントがダウンロードしたデータをみんな調べれば済むことでしょう。あれは全部映画だ、全部僕の先生、アーサー・ダボスキーのね。すべて事実ですよ。自分の先生の映画をダウンロードしてはいけないんですか」

彼は激しい尋問に気圧《けお》されていら立ち、完全に冷静でいることができなかった。先生の映画を純粋に守りたい気持ちだった。それらは最初は政治と関わるものではあったが、政治的な陰謀ではない。頭の中で様々な考えが渦巻き、技術、交渉、取引、核融合といった言葉が反響して、空気の中で今にも爆発しそうな政治的陰謀という論調と混じり合い、それは二つの星が対抗し合って上げる激しい炎なのだとすぐさま考えた。彼はその中にある、せめぎ合う力を突然意識した。そしてロレインがいつか語っていた言葉を思い出した。これはビジネスかそうでないかの問題ではなく、火星と地球の問題なのだ。それでようやく、彼はロレインの気持ちを、彼女の悩みを理解した。彼はここ二十日ほどの行動を思い返し、複雑な気分になった。頭が混乱し、ハンスが彼の言葉を聞いて何か思いついたらしく、ルディを呼んで耳元に何事かを囁いたことに気がつかなかった。

　ホアンはエーコの激高した様子にも動じず、警戒する太ったハリネズミのように、相変わらず冷たく尋ねた。「調べるさ、必ずな。安心しろ。次の質問だ、ありのままに答えろ。塔に何をしに行ったんだ」

　エーコは落ち着かなくなった。「好奇心です。単なる好奇心。言ったでしょう」

「塔がどこにあるか知ってるか」

「少しは」

「少し？　ずいぶん謙虚じゃないか。何が少しだ。少しばかり知っている奴がまっしぐらに見つけ出したのか、ちっとも苦労せずに。それまで十分に調査しなかったと言えるのか。誰が信じるっていうんだ。あんたは明らかにとっくにわかっていて、長いこと企み、指図を受けて、わざわざそのために行ったんだ、俺たちの中枢を破壊するためにな。違うか？　図星なんじゃないのか」

「違うに決まってますよ。まるででたらめだ」

「じゃあ、何のために行ったんだ！」

　ホアンの怒号は雷鳴のようだった。エーコは喉が渇き、唇が麻痺するのを覚えた。

ホアンは火の玉のように一歩ずつ迫ってくる。「しかもあんたは二回も行ってる。一回目は好奇心だと言ったな。じゃあ、二回目は？　何て言い訳するんだ？」

エーコはホアンからじっと見つめられ、何と説明すべきかわからなかった。彼は先生のことをジャネットとロレインにしか話しておらず、今言うべきかどうかわからなかった。二回目に行ったのは先生の願いを叶えるためだ。ジャネットは先生の記憶を葬ってほしいと言った。彼女にしか彼の潔白は証明できない。だがこれは秘密の行動で、彼女は自分の権限を越えてしまっており、彼が正直に打ち明ければ彼女は不必要に攻め立てられることになる。彼はロレインの両親のことを思い出して怖気づき、口を閉ざしているしかなかった。彼はハンスを見つめ、ハンスもまた彼を見つめた。ハンスはもうホアンを止めようとはせず、やはりその質問の答えに興味を持っていることがわかった。エーコは黙り込み、他の人々もみな沈黙した。病室の空気はまるで凍りついたようで、誰もが彼を疑いの目で見ていた。ティンは腕組みをして声も立てない。ビバリーは眉をひそめ、火星の側の、ハンスの隣に立っている。ホアンの威圧的な視線だけが、室内で唯一、燃えさかる炎だった。

その時、またドアが開いた。

人々の視線がさっと集まる中、ロレインがそこにいた。彼女は医師の肩の上に座り、真っ白い入院着を着て、顔色は青白く水のように静かで、背筋を伸ばして首を起こしており、見た目は弱々しそうだったが、現れたその瞬間から、無視することのできない汚れのない力を感じさせた。彼女の右足はワイヤー製のブーツで覆われ、左足は裸足で、医師の肩の上に腰掛けていた。医師は中肉中背で肩幅は広く、しっかりと立ち、両手で彼女の脚を支えている。

「私がその人に行ってもらったんです」ロレインは静かに言った。小声だが、落ち着いている。

「ロレイン……?」ルディがつぶやいた。

「そうです。私です」ロレインは言った。「私がエーコさんをスペースに招いて、塔へのリンクを渡したんです」

「……なぜ」

「理由はありません」

「ロレイン、何を言っているかわかっているのか」ルディの声は厳しく、疑いに満ちていた。「これは真剣な質問だ」

「はい、わかっています」ロレインはエーコもルディも見ず、ホアンの目だけを見ていた。「私は真剣です」

　ロレインの穏やかな声は少しも変わらず、ゆったりと涼やかで、静まり返った室内であたかも空気を破裂させる針のようだった。すべての人が彼女を見ていた。エーコを除いて誰もがこの変化に対応できず、疑いの念を持っていた。しかし誰も疑問の声を上げようとしなかった。ロレインの痩せた身体は、そうするには忍びなかった。みな黙り込み、彼女の説明を待っていた。

展望室

ロレインは病室の入口で室内の言い争いを耳にした。レイニー医師が車椅子を押し、彼女は静かに座ったまま、室内のたたみかけるような尋問に耳を傾けた。彼女はすぐに言い争いの原因を理解した。室内の対話は小さなハンマーのように、一言一言が彼女の胸を叩いた。廊下は長く真っ暗で、深夜には人もおらず、空気は冷たく乾いて身体の中を行き過ぎ、彼女はかすかに身震いした。

ホアンは細部を探り、攻撃し、妨害し、エーコに謀略を認めるよう迫り、紛争のわずかな手がかりを見つけて開戦の理由を作ろうとしている。ホアンは武力行使の主張をずっと手放しておらず、直接攻撃すら考えているが、足りないのは理由だ。強く、疑いのない理由なのだ。細部とはつまり理由なのだ。情勢の前では厳密さは必要ない。一人の人間の一つの間違いは多くのことを生むが、それが誰で、何が間違いなのかは重要ではない。幸い、エーコは何のデータも地球に送っていないが、何か送ったものがあるなら、謀略は必ず成立する。

彼女は車椅子の肘掛けを強く握りしめた。まだ手術後の倦怠感が抜けず、両手の指に力が入らない。ホアンが衝動的な詰問を投げた時、彼女はまるでホアンの声に重さがあり、直接壁を貫いて自分にぶつけられたかのように、思わず肩を震わせた。

彼女の心は千々に乱れたが、どうすべきかはわからなかった。彼女はエーコがわけもなく疑われることを望んでおらず、それはエーコの先生が母の先生でもあったからというだけではなく、いわれのないどんな非難も見たくなかったためだ。

その時、一本の手が背後から彼女の肩を抱えた。大きく、力があり、温かい。彼女はそのぬくもりの中で心を静め、振り返って感謝の視線を向けた。レイニー医師の顔は暗い夜の中で寛大に見えた。彼女はゆっくりと考えをまとめた。

「レイニー先生」ロレインは囁くように言った。「手伝ってもらえませんか」

「もちろん」レイニーは答えた。その言葉は温かく、きっぱりとしていた。

「私を……抱えて入っていってもらえませんか。高く抱えて……」

レイニーはそれを聞くと穏やかにうなずき、何も聞かずに身体をかがめ、右腕でロレインの両足を抱き、左腕で彼女の腰を支えて、右肩に彼女を高々と抱え上げた。ロレインは人に身を預ける得難い安心感を覚えた。レイニーは中肉中背だが、肩と腕はがっしりと力強かった。ロレインは初めは落ち着かなかったが、腰が安定すると怖くなくなった。ずいぶん長い間、こんなふうに人に抱き上げられていなかった。最後にこんなことをされたのはまだ五、六歳の頃だ。父親が亡くなってからは誰にも自分を抱かせなかった。彼女はレイニーの肩に乗って両足を浮かせており、右足は手術をしたばかりで何の感覚もなく、左足は冷えて、廊下の暗闇の中でつま先が震えている。

彼女は恐る恐る扉を開け、緊張をこらえた。室内の大人たちに一斉に視線を向けられ、全身がこわばり息が苦しくなったが、呼吸によって自分を支えた。一人一人が懸念や気遣いから無理解な疑いまで複雑な表情を入り混じらせ、サーチライトのように四方八方から自分の顔を照らすのを感じた。

考えておいたことを話すと、予想通りもっと大きな疑いが向けられた。

「はい、わかっています」彼女は言った。「私は真剣です」

「でも、きっと理由があるんだろう?」兄が眉をひそめて彼女をじっと見つめる。「まさか以前からエーコさんを知っていたのか」

「はい。知っていました」ロレインは小声で、恥ずかしそうに答えた。「知っていましたし、それに……私はエーコさんが好きなんです。地球にいた時から好きでした。エーコさんが撮る映画や、文章が好きです。だから私のスペースに来てもらいましたし、塔も見学してもらいました。塔は母に連れていってもらった場所ですから、私も好きな人を連れていきたかったんです。これがすべてです。調べても構いません。私も塔に行きました。母のスペースからです。それだけです」

話し終えると、室内には気まずい空気が漂った。大人たちはただ顔を見合わせ、服の袖が衣擦れの音を立てた。彼女は真剣なふうを装うことによって本当の真剣さを打ち消そうとした。でたらめの感情をしゃべることによってでたらめの罪名を消してしまおうとした。大人たちは沈黙し、一人の少女の甘いファン心理をどう扱うべきか、誰にもわからずにいた。ホアンの色黒の顔には赤みが差し、何とも読み取れない表情を浮かべている。ロレインは期待を込めて彼を見つめた。子どもの頃から彼が自分の甘えに弱いことを彼女は知っていた。

ホアンはすぐに軽く咳払いをすると、すべては記録してある、引き続き調査をすればいい、性急に結論を下す必要はない、と言った。

彼がそう言った以上、他の人々にも異論はなかった。硬直した局面は一時的に解消された。そうそうたる人物たちが一人また一人と部屋を出ていき、その足取りは様々で、それぞれに考えごとを抱えているようだった。祖父と兄は残って彼女の世話をしたそうだったが、ロレインは疲れていないと言い張り、明日来るように言った。エーコは何も言わなかったが、部屋を出る前、彼女に感謝の視線を向けた。

ロレインはレイニーの肩の上に静かに座っていたが、首はこわばり、身体は硬くなっていた。全員が立ち去り、誰もいなくなって部屋が静まりかえると、彼女はようやく重い荷物を下ろしたようにふらりと倒れかかった。レイニー医師がずっと彼女を支えていた腕を伸ばし、その身体を柔らかく受け止めた。


廊下は長くがらんとして、漆黒の闇が慰めるような優しさをたたえている。つきあたりは三日月形の窓で、遠くの水色の灯火を映し出している。レイニーはロレインの車椅子を押し、廊下に沿ってゆっくりと進んだ。ロレインが眠りたくないと言うので、レイニー医師が気分転換にと連れ出したのだ。暗い廊下は二人の姿を包み、車椅子の車軸が規則的な音を立てた。

「ありがとうございます」ロレインは小声で言った。

「どういたしまして」レイニー医師の声は穏やかだった。「どこに行きたい？」

「わかりません。どこでもいいです」

彼は黙って彼女を押し、エレベーターに乗り、さらに乗り換えた。初めから今までずっと彼は何も尋ねなかった。二人は角を曲がり、休憩室を通り抜け、怪獣のような巨大な計器が立ち並ぶ貯蔵庫の周囲を回り、最後に精巧な作りのアーチ型の扉の前に着いた。レイニーは扉を開け、ロレインを押して入った。

その瞬間、ロレインは自分がマアースに戻ってきたのかと思った。扉がゆっくりと開き、夜のとばりが降りた。彼女はまるで直接星空の中へ、果てしなく優しい茫漠たる宇宙の中へと入ってきたように感じた。

そこは巨大な展望室だった。正面は整ったカーブを描くガラスの壁で、天井のソーラーパネルは両側に開かれ、ガラスには継ぎ目がなく天井まで伸びている。

壁面は楕円体のようで、極めて透明度が高く、何の遮るものもなく広い荒野に身を置いているように、視界が大きく開けている。病院は郊外に近い場所にあり、展望室は通常の建物より高いため、景色を一望できる。近くの建物は整然と立ち並び、遠くの建物は星のように密集し、果てしない荒野は穏やかな静けさに包まれ、砂嵐は吹き止み、世界は寂寥《せきりょう》として、かなたの山脈が暗がりの中でぐっすりと眠る黒い獣のようにおぼろげに起伏している。展望室の内装はシンプルで床はつややかに光り、曲がりくねる浅い池が足元から伸びている以外、ほかには何もない。ロレインは夜空に向かって深々と呼吸した。病院にこれほど美しい場所があるとは思ってもいなかった。

「ここは都市のほぼ最南端にある。ここからはまっすぐ〈断崖〉を眺められる」

レイニー医師が彼女の後ろで説明した。彼の声は低く穏やかで、夜色にとても似合っていた。

ロレインはガラスの外を眺め、長い間何も言わなかった。〈断崖〉はまるで黒い剣のようにかなたに横たわり、闇夜が彼女の全身を包みこみ、いら立ちがゆっくりと引いていった。星空がすべてを覆い尽くし、遮るものは何もなく、ダンスの現場に戻ってきたかのように、宇宙が舞台となって、両端に横たわる星に向き合っている。地球は青と緑が入り混じり、火星はオレンジ色で荒々しく、冷ややかに向かい合い、最も近くにあるのに、最も遠いようだ。星たちはあらゆる方向で輝き、明るく、暗く、見渡す限り果てしなく、宇宙の真ん中で孤独な自分が躍動している。

ロレインは目を閉じ、傍らに立つレイニーにそっともたれた。胸中の悩みが夜色の中でゆっくりと空気に流れ込んでいく。レイニーは彼女に安心感を与えてくれる。それは長いこと忘れていた父への信頼感に似て、まるで秋の木のように生い茂り、奥深く、成熟し、穏やかだ。彼のしぐさはいつも落ち着いており、ペーパーナイフのように簡潔にして正確だった。

長い時間がたち、彼女はようやく口を開いた。展望室は広々として、自分の声が蠟燭のか細い炎のようにか細く聞こえた。

「先生……」

「レイニーでいいよ」

「レイニー……先生、入院は長いんでしょうか」

「その必要はないはずだ」レイニー医師は穏やかにきっぱりと答えた。「単なる趾骨《しこつ》骨折だ。すぐに回復する」

「また歩けるようになりますか」

「もちろんだ。心配はいらない」

「じゃあダンスは」

ロレインがその質問を勢い込んで尋ねたのは気が急いていたからではなく、言い遅れたら口に出せなくなるのではないかと思ったからだ。彼女はレイニーが答える前に一瞬迷ったように感じた。ほんの一瞬で、具体的にどのくらいの時間だったかは知りようがなかったが。

「今はまだ何とも言えない。まずは様子を見よう」

「……それはどういう意味ですか」

レイニーはまたしばらく沈黙した。「大きな問題は骨折ではなく腱鞘炎《けんしょうえん》だ。炎症が酷いのは運動量が多すぎるせいかもしれない。ダンスは……できるかもしれないが、この先もっと大きな怪我をしないように、しばらく休んだ方が良いだろう」

ロレインは気が沈んだ。それがどういう意味なのか、彼女には誰よりもよくわかった。レイニーの言葉は明確だが抑制が効いており、明らかに、彼女を刺激することも、威圧的な保護者のように振る舞うことも望んではいなかったが、彼の考えはすでに十分はっきりとしており、言葉に隠された意味も十分に明白だった。

彼の答えはロレインにも察することができた。腱鞘炎という言葉を聞いて、心の中に自然と答えが生まれた。腱鞘炎炎症は常に衝撃よりも深刻で、決して悪くはならないが、良くもならない。関節の微細な運動に頼っている人にとって、深刻な炎症は悪夢だ。一生の障害を負いたくなければ、永遠にそこから退くのが最善の方法だ。

レイニーの宣告は夜の間に水に落ちた鉄球のように、まっしぐらに水底にぶつかった。ロレインが感じたのは驚きではなく、舞い上がった砂が落ちてくる感覚だった。

実は、彼女はこの結末をとっくに予想していた。地球で彼女は何度も踊れなくなった。火星の三倍の重力に直面し、足は鉛に縛りつけられたかのようにほんの少しも持ち上げることができなかった。当時は、いつか両足がこのような重力との戦いに耐え切れずに打ち負かされる日が来るとしばしば考えたものだった。彼女は二つの結末を考えた。一つはふるさとに戻る前に踊れなくなること、もう一つは歯を食いしばって数年間を耐え、火星に戻って力の限り跳ぶこと。だがこんなふうにタイミングの悪い結末だけは予想していなかった。ついにふるさとに戻ったのに、もう踊れなくなったのだ。あの巨大な重力場を離れ、のびのびと軽やかに踊れるようになったばかりなのに、もう踊れなくなってしまった。歯を食いしばって耐えた毎日とその毎日の中の希望が終わり、もはやあの苦しみを受ける幸運すらなくなってしまった。舞台は幕を閉じ、早々に終わりを告げた。星と星の間には時折いくつかの火花が走るが、瞬く間に消え去り、静寂だけが残される。自分はあんなに懸命に踊り、超えられない距離を超えようとしてあれほど努力したのに、やはり成功しなかった。負荷を超えるほど足を痛めつけたのに、空には届かなかった。両手を伸ばし、全身の力を込めても、二つの星をつなぐことはやはりできなかった。結局は転んで、最後は投げ出すしかない。重力は超えられず、距離も超えられない。

ただ、なぜ様になるような幕切れさえないのだろう。

ロレインは顔を上げ、ドームの向こうの銀河を眺めた。どんなことでも受け入れよう、ただ一曲踊り終えられさえすれば。顔を上げると涙がこぼれ、目じりから耳にかけて音もなく流れた。それはとても温かく、一晩中硬直していた首すじを潤した。今度こそ、思い残すことは何もなくなった。彼女は思った。

レイニー医師は跪いて片膝を立て、顔を上げて彼女を見つめ、その涙を見た。彼は丸縁の眼鏡を掛けており、レンズ越しの視線は優しく、包みこむようだった。彼は何も慰めの言葉を言わず、ロレインの脚をそっと持ち上げ、彼女が履いている細いワイヤーで編まれたブーツを支えた。

「これは特製のブーツだ。脚部を固定し、大腿部のワイヤーはマイクロセンサーに接続されている。センサーはマイクロ電極につながり、かかとより上の神経活動をブーツに伝え、歩行をコントロールする。しばらくはこれを履いて歩くといい。だが慣れるまでは恐らくある程度時間がかかるから、気をつけないといけないよ」

それから彼は少し動かしてみるように言った。右足を上げてみると膝は問題なく、ふくらはぎの収縮も正常だ。恐る恐る足首を動かすとやはり感覚がなかったが、ブーツはワイヤーと共にとても自在に動くことがわかった。

「コントロールできる?」

「大丈夫です」

「それなら良かった。普通の人は最初はあまりうまく履きこなせないから」

ロレインは苦笑した。彼女が履きこなせるのは、やはりダンスをしていたおかげだ。ダンスで重要なのはコントロールであって、絶対的な高さではなく、つま先が正しい時に正しい位置に置かれ、高くも低くもないこと、筋肉一つ一つがコントロールされていて、緊張しすぎでもなければ緩みすぎでもないことだ。彼女はブーツを見つめ、細いワイヤーが自分を包み込み、細かなしぐさをありのままに伝え、敏感で忠実な感情のように、神経を動作に変換してくれるのを感じた。レイニーは傍らにしゃがんだままじっと見つめ、質問も催促もしない。

「レイニー先生」ロレインは足を動かしながら小声で尋ねた。「先生は神経科のお医者様なんですよね」

「まあ、そういうことになるだろうね」

「ずっとわからなかったんです」彼女は言った。「人の脳細胞と空の星では、いったいどちらが多いのか」

レイニーはほほ笑んだ。「それはやはり星の方が多いだろう。人の脳細胞はたった百億余りしかないが、銀河系の恒星は三千億個あり、銀河系外にはさらに数千億の星系がある」

「じゃあもし星の一つ一つが脳細胞だったら、星系は知恵ということですよね。それはもちろん人間よりずっと賢いんでしょう?」

「脳細胞の間にホルモンが伝達されるように星と星が対話できるのでなければ、知恵は生まれようがない。だがそれは不可能だ。星々の間は遠く離れているし、真空で隔てられてもいる」

レイニーはそこまで言うと口をつぐんだ。ロレインも黙り込んだ。レイニーの言葉は夜のうわ言のように、広々とした展望室の空気の中をこだました。

「レイニー先生……」しばらくして、ロレインは顔を上げた。

「なんだね」

「先生は今年おいくつですか」

「三十三だ」

「じゃあ覚えていますか、十八年前、先生が十五歳の年に火星で何が起きたのか」

「十八年前……つまり火星暦二二年だね」

「そうです」

「その年はいくつかのことが起こった」レイニーの声には意味ありげな響きがあった。

「覚えているんですか」

「誰もが覚えているよ」レイニーは答えた。「とても重要な年だったからね。地球暦二一七二年だ。和解時代の始まりと言われている」

「和解時代？」

「そうだ。地球と火星がかつて完全に隔たっていた時期のことは知っているだろう。戦争の前半期、地球は火星に基地まで設置していた。地球陣営に届く物資はしばしば火星陣営に略奪された。だが戦争が後半に入り、地球が火星から撤収して空爆を開始すると、火星はほぼ孤立状態となった。食料、水、衣料、あらゆる物資を自分たちで生産しなければならなかった。考えるだけで難しいことだが、やり遂げねばならなかった。もしやり遂げていなかったら、今の私たちはいなかっただろう。

戦後の十年間、地球と火星はまだ完全に断絶していて、地球人に頭を下げて助けを求めるべきではないと考えた人たちもいたが、ガルシアは断固として、恩讐のために長い未来を葬るべきではないと主張した。彼は当時三十三歳で、最初の外交使節になった。どうやったのかは知らないが、とにかく彼は成し遂げた。火星暦一〇年、マアースが運航を始め、二年後、二つの星の間に最初の交易が行われた。火星はチップの技術を地球の窒素化合物と交換し、往来が復活した。その後は十年間、物々交換が行われた。双方は原始時代のように資源と技術を交換し、互いに警戒し合っていた。すべてはマアースの艦上で行われ、地球に降り立つ火星人はいなかったし、火星に来る地球人も誰一人としていなかった。こうした状況が火星暦二二年、つまり和解時代の最初の年まで続いた。当時私たちはずいぶん長いこと報道を目にしたものだ。一時代の終焉と、別の時代の始まりだ、とね」

「その年に最初の人が来たんですか」

「そうだ。主に技術を学ぶために。火星の方が自ら譲歩して、まず地球人を受け入れ、生命の安全を保証し、彼らを代表として、火星の先進的技術を学んでもらおうとしたのだ。その一歩で火星は極めて大きなリスクを冒した。私たちが唯一、地球と対抗できるものは、絶えず更新を続ける技術だ。もし地球がその神髄を学んだら、それによって火星に脅威をもたらさないとは保証できない。しかし当時の政策決定者は、どうあっても一歩を踏み出さなければならないと考えた。もし双方が永遠に行き来しないとしたら、最後に損をするのはやはり火星だ。地球は独立して生存できるが、火星は相変わらず苦しいままだ。結局、十八年前に最初の使節団が来訪し、全部で十人が五つの火星の技術を学んだ」

「その中に映像技術があったんですか」

「そうだ。それは当時とても重要なコミュニケーション技術だった。そのために一人は頑としてここに残った」

それが母の先生だったのだ、とロレインは思った。エーコの先生でもある。先生は彫刻家ではなかったが、両親と芸術について語り合った。先生は両親の少年時代の芸術の夢をかきたて、二人に地球の自由な息吹をもたらし、移動の概念をもたらした。三人は書斎で概念の歴史について議論し、二つの星の異なる生活様式を統合しようと試みた。書斎には先生の気配が、先生の映像が、先生の言葉が永遠に残った。先生がちょうどロレインの誕生と同じ時期にやってきたからこそ、母はロレインを光と呼び、誕生は交流の訪れを伴ったのだ。

もしもそれが先生でなかったら、両親は死ぬことはなかっただろう。もしも両親の死がなければ、彼女は地球へ行くことはなかっただろう。だがもしも地球へ行かなかったなら、彼女はかつてのことをさかのぼって確かめようとはしなかったはずだ。すべてはとうに書き記されていた。彼女は生まれてから十三年後にこの過去を探す旅に足を踏み入れると定められたのであり、それは彼女の運命、生まれながらの運命なのだ。

彼女は星空を眺め、暗闇を背にしたあの銀色の孤独な船を探した。船には孤独な船長がおり、たった一人で、二千万と二百億の、彼を理解していない人々の間に生きている。彼はすでに三十年船上で生活し、道の終わりに近づいている。星空は渺茫として何も見えず、その姿は想像するしかない。彼女はガルシアが一人でパーティーの終わった廊下を歩くのを、加齢のために緩慢なその姿が船の最前部で立ち止まり、床まである舷窓から、火星の、彼が強く愛しながら戻り得ない都市を眺めるのを想像した。

彼女はマアースでの安穏《あんのん》とした日々を思い出した。あの頃も彼女はこうして星たちに抱かれて座り、時間は夜ごとに静止していた。彼女と仲間たちはキャビンを駆け回り、ドーム型の舷窓の前でジオ酒を飲み、マアースの古さな大声でからかった。彼らは無重力キャビンに飛び込み、身体をひねり、回転し、どの筋肉を動かしても制約を受けない心地よさを味わい、小さなボールが傍らを漂っていくのを眺めた。彼らは蹴り、回転し、飛び、汗を拭いて笑い、抱き合い、たくさん酒を飲み、眠らなかった。あの頃彼女はとてもふるさとが恋しく、家に帰りたがり、帰ればすべての不安や悩みから離れられると思い込んでいたのだが、今はむしろ、あの古めかしい船だけが平穏の源だったのだと気づいた。彼女はそこで単純に、純粋に暮らした。そこでだけ単純に、純粋に暮らすことができた。そこには恐怖はなかった。人と人の対立はなく、人と世界の対立もなく、世界と世界の対立もない。

「レイニー先生はおじいさまと親しかったんですか」

「まあまあだ」

「それなら一つ伺っていいですか。ありのままを教えてほしいんです」

「どんなことだね」

「おじいさまは、独裁者ですか」

「どうしてそんなことを。地球人がそう言っていたの?」

「はい、そうです」ロレインはうなずいて語り始めた。彼女がそれを語るのは初めてだった。「最初は大きな国際会議で、何とか人類未来シンポジウムという名前で、私や友人たちが火星の代表として招かれたんです。きらきらしたホールに、スーツ姿の人たちがたくさん座っていました。由緒あるホールで、数百年前の激動の時代に革命宣言をした場所だということでした。天井が高く厳かで、宗教画が壁に描かれ、まるで神様が雲の中から見下ろしているようでした。

私たちはみんなびくびくと怖気づいて、かしこまって腰を下ろし、火星の数少ないきちんとした代表になろうとしていました。会議は穏やかでしたが、退屈でした。有名な学者の方たちが壇上で演説をしましたが、ほとんどが私たちには理解できない内容でした。難しいし面白くないので、口実を作って帰ろうとした時、ある教授が突然、火星の話を始めたんです。『私がお話ししたいのは、オーウェル『一九八四年』（イギリスの作家ジョージ・オーウェル〔一九〇三〜五〇〕が一九四九年に発表したSF小説）の、ハクスリー『すばらしい新世界』（イギリスの作家オルダス・ハクスリー〔一八九四〜一九六三〕が一九三二年に発表したSF小説）の、そしてカフカ（フランツ・カフカ、一八八三〜一九二四、チェコ出身の作家）の一連の傑作における警告がこれほど鮮やかに力を持っているにもかかわらず、人類はまだ彼らの予言を着実に実現しつつあるということです。人々は目隠しをして生活しています。まるで二百年前の映画『マトリックス』（一九九九年公開のアメリカのSFアクション映画）のように。機械の時代が到来しています。強大で力強く、人類を部品として組み込むオートメーションシステムが生まれつつあり、そのうえ人類に向かって着実に近づき、人間をのみ込み、押し流そうとしています。それはしばしば自らを偽装し、美しい庭園に扮して人々に真相を見せまいとします。しかし、その外見が恐怖であるか甘美であるかにかかわらず、その本質はいずれも同様に人間性の殺戮《さつりく》であり、奴隷化なのです。火星が最も良い例です。皆さん、よくお考えください。もしもこうした機械システムが補佐し、腹の底が知れない独裁者だけを頼みとするのでなければ、どうしてあのような狂った、だが長期的な裏切りを続けることができ、自分の意思を持っている人々を集団で信義に背かせ、生命を投げ打ち、破滅に向かわせることができたでしょうか』

その時、レイニーは小声で口を挟んだ。「彼は君が誰なのか知っていたのかい」

「知っていたと思います」ロレインは答えた。「わざとなのかそれともそうでないのか、彼の目は私をさっと見て、少し笑いもしたようでした。でも彼は話をやめず、情熱を込めて語り続けました。『ですから皆さん、このことを永遠に覚えていて頂きたい。身近に現れる可能性のあるすべての、人間を巨大な独裁システムに組み込む小さな芽を常に警戒しなければなりません。いわゆる人類の未来は、まさにこのような警戒の中にあるのです。火星の悲劇を地球で繰り返してはなりません』

その時私はとても寒く感じて、唇は真っ白になっていたと思います。ハニアが横から私の手を握りました。彼女の手もとても冷たかった。ホールの聴衆を見回しましたが、まるで顔のない頭の海を見ているようでした。明かりは目がくらむほどまぶしくて、音は周囲から襲ってくるようでした。私は怖くなり、ただ習慣的に自分を保って背を伸ばして座っているしかありませんでした。あれはたぶん、覚えている中で一番長い一日でした」

レイニーは彼女が言い終えるのを待ち、穏やかに言った。「あまり気にしなくていい。そういう場面で故意に一人の少女を刺激しようという教授が紳士だとは絶対に言えないよ」

「今はもう大丈夫です」ロレインは振り向いて彼を見つめ、うなずいた。「そういうことが増えて、もう慣れました。その人もわざと私を攻撃したわけではなくて、真相を暴露する快感を感じていたんだと思います」彼女は顔を上げてレイニーを見た。「レイニー先生、おじいさまがお父さんとお母さんを処罰したんですか」

「そうだ」

「お父さんとお母さんの罪は、火星を売ったことですか」

レイニーは正面からは答えず、彼女のそばにしゃがみ込んで片膝をつき、眼鏡越しに温かなまなざしを向けた。「今となっては、二人の罪名を追及することはもう重要じゃない。重要なのは、君のおじいさまが君を地球に行かせて何を理解させようとしていたかだ」

ロレインはいぶかしげに尋ねた。「何を理解させようとしていたか?」

「君のおじいさまは、内心では君のご両親の言葉に同意していたんだ。しかし彼は総督だから、賛成することはできなかった」

「賛成って……何にですか」

「経済的自由と職業選択の流動性、それが君の両親が願っていたことだったが、おじいさまはそれに賛同することはできなかった。もし賛同していたら、データベースの統一性と経済の統一性に危機が生じてしまう。彼は火星経済を統一させる必要性を理解していたが、同時に一人の人間が生存環境を自由に選べることは、多くの場合確かに精神的想像力にとって重要な条件であることも理解していた。彼は総督だから、いかなる態度も示すことができなかった。それはわかるね」

「それじゃ……おじいさまは本当はどんな制度が良いと思っていたんですか」

「これは良いか悪いかの問題ではなく、選択できるかどうかの問題なんだ。当初、戦争の勝敗はすべての知識を電子空間に集め、集中して政策決定をし、強大かつ迅速でいられるかどうかにかかっていた。電子空間は私たちの国よりも歴史が古く、和平後の政治や芸術はすべてその礎《いしずえ》の上に打ち立てられたが、これはどのように選ぶかという問題ではなく、歴史の経路の問題なんだ。君のおじいさまは、歴史の経路は選びようがないことをはっきりとわかっていた。あの年の教育討論会で、君のおじいさまは学生派遣賛成側に立ち、留学に賛成票を投じた。それがなぜかはわかるね。彼の一票は極めて重要で、それは彼が総督だからというだけではなかった。当時の形勢は膠着《こうちゃく》状態で、複雑な議論が行われ、賛成と反対が大差ない中で、君のおじいさまの一票はほとんど最終決定だった。君たちの団の名も彼が決めたんだ。マーキュリー、わかるはずだ、調和の神、神々の伝令使だ」

「おじいさまが……私を地球に行かせたのは、お父さんとお母さんの考えを私に理解させたかったからですか」

レイニーはやはり直接の答えを避け、ただ小さくため息をついた。「おじいさまは繰り返し言っていたよ、君はお母さんにそっくりだって」

ロレインは帰宅したばかりのあの黄昏を思い出し、ふいに鼻がツンとした。

「レイニー先生」ロレインはとても小さな声で尋ねた。「おじいさまはいったいどういう人なんでしょうか」

レイニーはしばし沈黙し、ゆっくりと答えた。「君のおじいさまは、心に重すぎる荷物を抱えた方だよ」

ロレインは突然耐え切れなくなり、涙がこぼれ落ちた。長い間の内心の疑惑も、この時涙とともに流れ出した。長い長い間の涙が、一千八百の昼と夜の別れと不安が、張りつめた心を下ろした途端、ゆっくりと流れ出したのだ。

「レイニー先生、昔のことをたくさんご存知ですか」

「あまり多くは知らない」レイニーは答えた。「ただ誰もがそれぞれ特別な事柄をいくらか知っているものだ」

「話してもらえませんか」

「今日はもう遅い。もし聞きたければ、他の日に話そう」

レイニーはロレインの肩を抱き寄せ、力強く叩いた。ロレインはレイニーの腕によりかかり、涙は平穏で広大な夜の中を静かに流れた。もう長いことそんなふうに涙を流していなかった。彼女は涙の中で、ダンスに別れを告げるように悩みに別れを告げ、足の怪我に向き合うように過去の死に向き合った。彼女は空を見つめ、地を見つめ、はるかかなたの、永遠に別れを告げた星たちを見つめた。

レイニーはずっとロレインの後ろに立ったまま彼女の肩を抱き、頭を自分の腰にもたせかけ、背中をゆっくりとなで、彼女がようやく落ち着くと、その腕をそっと叩いて言った。「もう寝なさい。明日は何もかも良くなる」

青い海のような展望室を離れ、レイニーはロレインの車椅子を押して病室へ戻った。夜はひっそりと静まり返り、長い廊下は奥深く寂しげで、壁には白いライトが掛けられていたが、その光は弱々しく、廊下にわずかな神秘を添えるだけだった。車椅子はゆっくりと滑り、昼間はせわしない実験室や計器室、手術室を通り、角を曲がり、階段を通り抜け、寝静まった部屋部屋を過ぎていった。

最後の角を曲がって病室が近づいた時、二つの背の高い黒影が突然目の中に飛び込んできた。

ロレインは驚いて叫び声を上げ、影の方も彼女の悲鳴に驚いて叫び出した。レイニーが素早くスイッチを入れると乳白色のトップライトが灯り、ロレインがまだ慣れない光の中で目をこらすと、目の前に立っていたのはアンカとミラーだった。

「二人ともどうして？」

「来てみたら部屋に誰もいないから、手術が終わっていないのかと思ってしばらく待っていたんだ」ミラーが笑いながら説明した。

「それほど長く待たなかったよ」アンカが言った。

ロレインは胸の中がふわりと温かくなり、小声で尋ねた。「どうして明かりを点けないの」

ミラーが口を開けて笑った。「子どもの頃の思い出を語り合ってたんだ、暗い方が雰囲気が出るから」

アンカは何も言わず青い目でロレインを見つめたが、その目には笑みがこぼれていた。

「これまだ温かいから、食べて」

彼は背後の床から箱を取り上げ、ロレインに手渡した。

「何？」

「モリーさんのプディング」アンカは偶然その辺りのものにぶつかったかのように何気なく言った。「うちの近くだから、公演の前に買ったんだ」

「温める場所が見つからなくて大変だったんだ」ミラーが口を挟んだ。「何軒も回ったけど、どこも目の前で閉まっちゃった。二回ともほんの少しの差だったんだ」彼はそう言いながら手で一メートルくらいの幅を示して見せ、正直に笑った。彼の肌は浅黒く、丸い顔は仔熊のようだ。

ロレインはミラーに笑いかけたが、心の中にはさざ波が起こった。彼女はアンカの目を見つめ、アンカも頭を動かさずに彼女を見ており、その目は相変わらず彼女がよく知っているままに透き通っていた。彼はやはり何も言わなかった。だがどんな言葉も思い出とは比べ物にならない。彼女が話したことを彼は覚えており、それは何よりも重要だった。

彼女は手を伸ばして箱から小さな器を取り出し、まだ温かいプディングをすくって一口食べた。爽やかな甘さが口の中でたちまち溶けた。彼女は笑って二人にも一つずつ勧め、二人は女の子の食べ物だからと断ったが彼女は許さず、今日は絶対に自分の言う通りにしてもらうと言って同じ味を味わわせたがり、そこでようやく二人ともひとさじずつ飲み込んだ。夜更けは水のように、灯火は時間を忘れた笑顔を照らし、無人の廊下は静かに伸び、話し声はこだまして、跳ね返りながら家庭の味わいをもたらしていた。

シングルルーム

エーコはホテルの部屋で透明の壁に向かい、表の漆黒の空を仰ぎ見ていた。三つある月のうち二つが見え、星明かりは普段ほど輝いていない。風が吹き始めた。彼には音が聞こえない。暴風雨がもうすぐ襲来するようで、砂の粒が外壁を叩くのが見える。

夜はすでに深い。しかしエーコはまだ眠くなかった。疲れているのに安眠できない。病院から戻って以来、彼は室内をうろつき、一人で青黒い夜空に向かい、立っては座り、自分に語りかけ、空と対話をした。彼はこれほどあらゆる方向から自分に疑問を投げかけたことはなかった。地球にいた数年間、撮影は非常に順調だった。自分はすでに未来の道すじを見つけ、残るはただ前進し闘う情熱だけだと思っていた。だが火星の旅はすべてを変えた。

エーコがビッグビジネスに反対するようになってすでに久しい。彼は多くの反主流派の先達の反抗精神を受け継ぎ、同じ中身でパッケージも似たような、ありきたりの題材の「大型スーパーマーケット」式の映画に対抗し、自分の「小さな商店」式の映画を作った。彼は主流の商業映画の製作者を「労働者」と呼んだ。彼らは単にこまごまとした断片をそれぞれが担うだけで、物語全体はほぼまったく把握しておらず、単調な繰り返しの単純労働に決して反感を抱かないからだ。彼は「大型スーパーマーケット」の取引所にはほとんど足を踏み入れたことがなかった。彼はまるで商品棚の上の動物形のクッキーを嘲笑するように、そうした高値で売るために媚びへつらった作品を嘲笑した。十八世紀の浅はかで空虚な、ただ張り合うことしか知らない貴族たちを軽蔑するように、そうした流行に追随する頭のイカれた買い手を軽蔑した。反抗のために創作し、千篇一律なものに本能的に反発し、形式に対して確かな自信を持ち、極端に風変わりなものに大きな好感を抱いた。あけっぴろげな金銭崇拝や人の心を惑わす空虚なほら話に対して、自分は正義を貫き、少数者の苦しみのために多数者の愚かさを風刺するのだと考えていた。

そうしたすべてがかつてはエーコの確固たる生活だったが、今この時は、自分に対する根本的な疑問に向き合わなければならなかった。彼は荒れ果てた赤い大地を通り過ぎたが、そこのすべてが彼の考え方を変えてしまった。彼は立ち去る時になってようやくそのことに思い至った。この時になって彼の自問自答はようやく形が整い、明確な意味を持った。

自分のあらゆる行為が真にビジネスに反抗してはおらず、別の方向からそれを強化していたことをこれほどはっきりと意識したのは初めてだった。彼はビジネスがもたらす売買の論理を決して打ち破ってはおらず、売買に提供できる一組の商品を別に作っていたにすぎなかった。彼は孤独な狼をイメージし、自分こそが自由な狼だと思い込んでいたが、狼は偽物であり、イメージこそが真実なのだと、イメージとは模倣を意味し、模倣とは消費を意味しているのだということに気づかなかった。彼がティンを皮肉った言葉は口に出した時と同じ重さをもって我が身に跳ね返った。彼もまた商品拝物教の創造者であり、一連の言葉を生み出したが、その言葉はティンの誘惑と何の違いもない。エーコはビジネス社会の真のモデルに背いたことなどなく、彼がビジネスを促進し、記号化されたより多くの追随を促進すれば、彼の忠実な追随者は彼の作品を買い、ノベルティグッズを買う。彼が多くの貧しい人々を撮影すれば、その映像で豊かな人々はさらに豊かになる。彼は天を衝く高層ビルから金をもらい、ビルの外の孤独な影を撮影する。ビルの外の孤独な影を撮影し、生まれた金をまたビルに返す。こうした循環が何度も繰り返される。彼が撮影した人々は彼が撮影した映画を見ることができない。彼は自分の映画を分かち合うことを考えたことがなく、火星にいてその方法の良さを感じはしたが、地球ではその気ままな考えは論理に合わないのだ。

エーコは自分を見つめた。ガラスの中の黒い影は痩せて悄然としていた。彼は自分のすべての言葉を思い返し、それがどの程度「世界の光」を反映させたものだったかを考え直してみて、その結果に落胆した。彼は形式上の完璧さによってビッグビジネスの対極に行きついたが、世界の光を考えたことがなかった。自分の慣れ親しんだ言葉の中にひきこもり、言葉によるコミュニケーションを試したことはなかった。自分の表現が他人と異なっていることが嬉しかったが、異なる表現の後により深い景色があるのかどうかは気に留めなかった。彼は大型スーパーマーケットの中の作品を見に行かず、そこの言葉も使わず、彼と彼の追随者たちはそのことを誇りに思い、互いの身分の証としていた。しかし彼は世界の光に注意を払わず、常に鏡の中の像に注目していた。もしもそれが単にある種の鏡像の対立面であるなら、自分の鏡像は独立した存在と言えるのかどうか、自問したことがなかった。言葉と言葉は置き換えられないもので、置き換える必要もないとばかり思っていた。

鏡像は光の意味においてのみ互いに通じ合うことができ、言葉もまた世界のためにこそ交流を必要とする。

エーコはガラスに両手をついて、窓の外を眺めた。すでに夜半を過ぎており、黎明は遠くない。風はひとしきり強まってはまた弱まる。静まったかと思うと、再び砂利が襲ってくる。静かな夜に頭からつま先まで包みこまれ、ひそかに荒れ狂うかなたの深海のように、黒く連なる山々が大地の悲壮なラインを描き出し、素朴でいて重々しい。

交流。交易。主客を入れ替えられた物事。最初の交易は交流のためだったが、現在の交流は交易のためだ。交易が不要になれば、交流も忘れ去られる。言葉の断絶は共謀が生み出したもので、共謀は利益をもたらし、怨恨をもたらし、かりそめのアイデンティティをもたらし、それによって生み出される様々な購買欲をもたらした。交流は損なわれたが、交易は生長した。

世界に関心を持つ者だけが交流に関心を持つ。エーコはロレインを思い出し、彼女が語った人間の共通点を思い出した。あのか弱い少女はすっかり途方に暮れ、彼女の模索はやはり壁にぶつかった。だが衝突の時に彼女は言葉を忘れ、網の目のように入り組んだ矛盾に直面してあごを高くもたげ、王女のように力強かった。彼は彼女を泣かせてしまったのに、彼女は彼を救ったのだ。

エーコは窓外の星空を眺めた。星々は神の光のごとく輝いている。地球ではこれほど明るい夜空を見たことがなかった。地球の分厚い大気が視線を遮っているうえに、夜のネオンがまぶしすぎる。彼は星空についてほとんど知らなかった。ただ想像でその姿を描くだけだった。

そこかしこに見える建物は巨大な鳥の翼のように、大空に黒いシルエットを描いている。かなたにはダークブルーのチューブが網の目のようにもつれ合い、キャンバスに思うままに描いたラインのように、輝きながら伸びている。砂嵐は激しさを増しているらしく、彼にはそうしたものたちが暴風に巻き込まれて小さく震えているように見えた。

エーコはディスプレイの画面を開き、ここ数日受け取った地球のニュースを表示した。ニュースは無音だったが、画面上では夥《おびただ》しい人々が旗を振ってシュプレヒコールを上げていた。それはこのひと月、地球で起きている経済危機だった。彼は早くからそのニュースを耳にしていたが、今日初めてその意味を理解した。

それは言葉に依存した経済の危機だった。地球のIP株が数日で値崩れした原因はほかでもなく、IPエージェントがそれぞれのレベルで過度に複雑化し、たった一言を幾層にもパッケージングして売り出し、たった一つのアイディアも巨大で空虚なものとして登録できるようになったためだった。人々はもはや知識そのものを目的として購入しなくなり、購入してもそれを開けずに転売した。知識は転売されるたびに値上がりしていったが、値下がりもし、価格が上がれば注目される価値は下がった。それはコストのない売買、水のない水源であり、度重なる取引が黄金色に輝くパッケージの風船を作り、それがある日、針の一突きで突然破れ、たった一言の漏洩《ろうえい》がすべてのパッケージの値崩れをもたらした。世界は震え、人々は通りを駆け回り、抗議のデモを行い、結集して洪水となり、感情が逆巻いた。

エーコは決意した。データベースを地球に広め続け、自分の創造物を公開し、少なくとも自分は先生の努力を前進させよう。彼は、誰もが自分の思考に責任を持ち、誰も自分の言葉によって利益を得ることのないような公共の言語空間を作りたかった。バベル、それはどれほど大きな夢であり、野心であるだろう。人々が言語の中で統一を始めた時、塔は天国の高みに近づいた。地球のメディアはすでに徹底した商業主義になり、ビジネスに対するいかなる疑問ももはや存在しないほどだ。権力と文化資本は最大の暗黙の了解に達し、前者が道を敷き、後者が笛を吹き、共に利益を得、互いに守り合う。疑問は商品棚に陳列され、議論と追従はパッケージングに頼って競争する。エーコは何らかの行動をとることを決意した。彼はこれまでそうした決意をしたことがなかった。それが見つけようとしていた答えなのかはわからなかったが、先生がかつて、彼にはなかった沈黙の勇気を持ち、夢見る者から行動する者へと困難な歩みを進めていたことを彼は知ったのだ。

ベッドに戻って横たわり、手足を伸ばし、壁に掛かった炎のようなフレームの中の風景に触れた。風景が消えてヴェラが現れた。初めて見た時と同じように花柄のスカートをはき、目を輝かせ、甘く純粋な笑顔を浮かべている。彼はアカウントとパスワードを伝え、彼女がほほ笑んでうなずき、手を伸ばして扉を開いてくれるのを待った。しかし彼女はそうせず、困惑したように何度も首を振り続けた。エーコは、自分のアカウントが抹消されたことを悟った。彼の行動が注意を引いて以降、もうシステムに入ることができなくなったのだ。最後にバベルに別れを告げてから、スタジオの内容を再び閲覧する機会は永遠に失われてしまった。

彼はベッドに横たわり、目を上げて、視界に逆さまに映るヴェラを見ながら彼女と会話しようとした。彼女の変わらない優しい笑顔は悲しみの夜にそぐわなかった。彼はディスプレイから画面の背後にある空間を想像し、空間の外側からその内側を沈黙したまま凝視した。九大システム、無数の空間《スペース》。太陽光、大気、水、生物、土地、星、監視、芸術、航空。これほど簡単で原始的な名前が、九本の太い藤蔓のように牧歌的な郷愁を帯び、バーチャルの世界で絡まりながら成長している。その世界では、図書館のようにすべての言葉を読むことができる。もし天国があるのなら、そこはきっと図書館のような姿をしているだろう、とかつて誰かが言っていた。彼は手を上げてミラーフレームについている小さなボールを回転させた。部屋のガラスの壁は透明から淡いグリーンへ、淡い黄色へ、淡い赤へ、淡い紫へと色を変えた。さらに回転させると透明に戻った。彼はもう一度空を埋め尽くす銀河を眺めた。星は神の光のごとく頭上で輝いている。

エーコは先生の最後の作品を見終えた。先生はモノローグの中で、それが古代の東方の寓話をリメイクしたものだと語っていた。その寓話のあらすじは、ある男が別の都市へ行き、そこの人が美しく道を歩く様を見て学びたいと思い、長い間学んだものの会得することができず、ふるさとへ帰ろうとするが、歩く方法をすでに忘れてしまっていることに気づくというものだった。先生は、それはあらゆる寓話の中で最も悲劇的なものだと語っていた。それが悲劇なのは、真実だからだ。

エーコは静かにベッドに横たわっていた。窓外の風は止んだ。彼は、火星には雨が降らず、暴風雨などはさらにないことを思い出した。誰も暴風のことには思い至らない。それは単なる彼の幻覚なのだ。彼は前を向いてじっと横たわっていた。はるかかなたから最初の陽光が差した。もうすぐ夜明けが訪れる。彼は知らぬ間に寝入っていた。

始まりとしての終わり

エーコが最後にロレインに会ったのは、代表団の出発の前日だった。公演からすでに三日が過ぎていた。ロレインはまだ入院中で、レイニーが彼女の看護をしていた。代表団はすべての日程を終えようとしており、陳列ブースは順序通りに撤去され、スタッフが後をきれいに片づけ、支度を整えて出発を待っていた。エーコは朝の短い時間を割いて、一人でロレインの病室に向かった。

その日、地球人への送別として、火星の多くの場所には優しさがあふれていた。通りには二つの星の形を模した小さな風船が飾られ、展示場には柔らかな色調のリボンが掛かっていた。広々とした展示ホールは宴会場となり、最後の夜の報告会とパーティーのため、火星側は盛大に飾りつけをしていた。通りのディスプレイは双方の首脳の友好的なほほ笑みを映し出している。その優しさの裏にどのような危機が潜んでいたのかを知る者は誰もいない。ロレインの病室は喧噪から離れ、そうした曰く言い難いせわしなさは感じられず、ただいつも通りの毎日がこれまで通り穏やかに、陽光に満ちあふれて続くようであった。百合の花びらの縁は金色に輝き、柔らかな音楽が空中に漂い、時間は止まり、空気は優しかった。

エーコはロレインの枕元に腰掛け、二人とも口数が少なかった。エーコはロレインに丁重に感謝を述べたが、ロレインはその必要はない、自分は何もしていないと答え、自分が倒れた時に二度も支えてくれただけで十分だと言った。エーコがかつての自分の向こう見ずな振る舞いを謝罪すると、ロレインは笑って、構わないと答えた。ささやかなプレゼントがある、とエーコが話すと、ロレインは目を上げ、興味深そうにそれは何かと尋ねた。エーコはバッグからチップを取り出し、ウェアラブル３Ｄグラスに差し込んだ。ロレインはベッドに腰掛けて３Ｄグラスを掛け、慣れ親しんだ空間に入った。慣れているのに、別の世界のようだった。それは時間の彼岸だ。劇場が見え、観客たちが見え、彼女自身が見えた。彼女は映像の中で、奇妙な、自分と遭遇する旅へと足を踏み入れた。長い間、彼女はそうやって自分のダンスを見たことがなかった。曲は聞きなれた楽曲で、ステップはよく知っているステップ、周囲の気配すら慣れ親しんだ湿り気を帯びている。彼女の姿はフロアの中心にあり、完全にその中に没入し、視線の的となっている。彼女は真の意味で自分の傍観者になり、ゆっくりと、一歩一歩、踊り続けるもう一人の自分に近づいた。すぐそばまで近づき、ほとんど皮膚に触れられそうだ。手を伸ばそうとしたが、やはりこらえた。誰にも自分が見えないことはわかっていた。彼女は本当の芝居の中に入り込み、その芝居の中では観客こそが主役だった。周囲のすべての人がみな踊る自分を見ているとはいえ、傍観している自分こそが舞台の真の中心だということを彼女ははっきりとわかっていた。彼女はもう一人の自分を見つめた。これまで自分を見たことがなかったが、彼女は見た。そのダンスはまるで彼女自身に見せるためであるかのようだった。彼女は透明な魂のように、他の人たちとともにフロアの隅に立ち、曲が終わり人々が立ち去るまで鑑賞した。安らいだ気分だった。公演はついに完全に上演された。

ロレインはグラスを外した。エーコはベッドサイドに座り、穏やかに落ち着いて見守っていた。彼女は長いことぼんやりと座り、室内の明るすぎる日差しにゆっくりとなじんだ。

「気分は悪くないかな」

「ありがとう。本当にありがとう」

彼は笑った。「どういたしまして。気に入ったのなら良かった」

「こういう自分は今まで見たことがありませんでした」

「僕もだ」彼は言った。

二人は静かに座ったまま、長い間何も言わなかった。

エーコが考えていたのはティンの暗示のことだった。それは彼がマアースの艦上で火星のプリンセスに対して憶測していたことだ。ティンのそもそもの考えによれば、あいまいであろうと一瞬であろうと、エーコはどうあってもロレインに関するロマンスを生み出すべきだった。一面の夜空によって隔てられた最後の別れに、彼女の身分や、その美しい面差しに浮かんだ哀愁や、軽い身体を包む半ば透き通ったロングスカートを添えれば、魅力たっぷりの典型的なシーンができあがり、ネットのベストセラーとなるのは確実だ。だが彼はそれを実行に移さなかった。彼は確かに意味深なシーンをいくつか生み出した。彼のことが好きだと彼女に言わせはしたが、その一切はそれとはまったく異なっていた。彼はそうしたすべてを考え、大きな皮肉を感じた。そうしたことを彼女に告げたいとは思わず、ただ彼女自身がしまっておくようにと、真実のシーンを贈ったのだ。

ロレインの胸に渦巻いていたのは記憶への思いだった。彼女はここ数日気弱になっていたが、この時再びほんの少しの強さを取り戻した。彼女はもう一度記憶の意味を推し量り始めた。以前はしばしばこう言われたものだ。自分の映像があれば、過去の時間が生まれ、しばしばそれを取り出して振り返り、懐かしみ、その中で生きることができると。彼女もかつてはそう思っていた。記憶とは過去を開くためのものだと。しかし今日、映像の中で立体的な真の自分を見た時、ふいに、記憶の意味とは過去を閉ざすことだと気づいたのだ。彼女の記憶はある種の実体的な居場所となり、そのために安心して別の姿に変わることができるようになった。彼女はもう変わることを恐れる必要も、過去を失ったり昨日を否定することを恐れる必要もない。過去の彼女はすでに生存を手に入れ、そのために彼女は安心して歩むことができるようになった。

エーコとロレインは静かに視線を交わしたが、互いにそれぞれの思いを胸に抱えており、どう話を切り出すべきかわからず、そのまま何も言わずにいた。

エーコは最後に笑って言った。「安心して、君の映像は全部ここにあるよ。一つも持ち帰ったりしない」

ロレインは彼が何を安心させようとしているのかわからなかったが、彼の誠実そうな表情を見て、うなずいてほほ笑んだ。

二人はまた慌ただしく展示会についての意見を交わし合い、確実に親しげではあるが深入りはしない態度で、多くは語らなかった。ロレインの面差しは透き通るように白く、まつげは長く黒く、エーコは痩せた顔つきで、カールした髪が額にかかり、もともと深い眼窩がいっそう仄暗く見えた。

ロレインは少し考えて尋ねた。「明日の出発は早いんですよね」

「ああ」彼はうなずいた。「早朝の飛行艇だ。今日午後の記者会見と夜のパーティーには出席しなければいけないから、出発前に来る時間はなさそうだ」

「ええ。お気をつけて」

「帰ってからも連絡できるかな」

「わかりません」ロレインは答えた。「祖父は星間通信については協議中だと言っていましたが、いつ答えが出るかはわかりません」

「以前は多くのことを誤解していたのかもしれないと思うんだ。もう一度君にインタビューする機会を持てるかな」

「あるといいですね。私の知らないこともたくさんありますから」

その後、彼らは穏やかに互いに別れを告げ、もう永遠に会うことはないかもしれないという事実にはどちらも触れなかった。朝の日差しは暖かく、彼らは何も言わずとも、その暖かさを壊すことは良いことではないと感じていた。二人は和やかに会話をし、友情をもって別れた。エーコは立ち上がりあいさつをして、病室の出口で振り向き軽くうなずいた。ロレインはエーコの後ろ姿を見つめた。その足取りはきっぱりとして、まるで小さな帆船が果てしない大海のかなたへと駆けていくのを見るかのようだった。

翌日早朝、ロレインはバルコニーから代表団の離陸を見送った。ルディが彼女に付き添い、朝の陽光の中に並んで座っていた。

見渡す限りの赤い大地に、太陽はくっきりと陰を映し出している。大地は半分が暗褐色に、もう半分が黄金色にはっきりと区切られている。直線が粗い砂利の上を舐め、まるで彫刻のお披露目で開かれるシルクのカーテンのようだ。遠くの〈断崖〉はごつごつとして、その縁は目を射るほどに鋭い。

早朝の静けさに二人は言葉を忘れた。ロレインはめったにない安らぎを感じながら兄とともに腰掛け、長い間口を開かなかった。

ロレインはしばらくしてからやっと本当に大切なことを思い出した。「最終決議はどうなったの？　私、まだ知らないの」

ルディは小さく笑った。「僕たちにとってはとても有利というだけだよ」

「どういうこと」

「まず二人の水利専門家が残って、必要な技術を教えてくれる。それから……僕たちの代価も多くはないよ」

「あの人たち、核融合エンジンを欲しがらなかったの？」

「そうだ。彼らは放棄したんだ」

「どうして」

ルディは狡猾な笑みを浮かべて言った。「僕たちの核融合技術には先進的な核廃棄物処理技術や海水処理技術が必要だからだ。地球で原子力発電が最も進んでいるのは欧州だが、海水処理はアメリカが握っている。彼らは技術を相互に公開したがらず、将来的な利益が損失を受けることを恐れている。中露が協力すれば掌握できるのに、なぜか対立しているようで、互いに攻撃し合っている。他の小国の代表は、大国が核融合技術を得て将来自国の生存にとって脅威となることはなおさら望まないから、結局全員が放棄したんだ」

「じゃあ、あの人たちは何を欲しがったの」

「彼らが要求したものは二つ、劇場の壁とチューブトレインだ。チューブトレインは彼らが長年狙っていたもので、これまでも二回、議題に上った。地球は超高層ビルであふれているから、チューブトレインを使ってビル間の交通を実現できれば、自動車や飛行機よりもずっと便利になる。劇場の壁は、主に僕と、テインという奴が水面下で交渉したんだ」

「テイン？」ロレインは呆然とした。「あの日に見学に来ていた……」

ルディは眉を上げて少し笑った。「そう、あれは僕が手配したんだ。僕は戦争を望んでいたが、おじいさまはそうではなかったから、代わりの方法を考えるしかなかった。すぐに成功するとは思わなかったよ。テインがどうやら大きな影響力を持っているらしいことは予想外だった。僕はもともと、彼はただの面白い人間だと考えていたが、見損なっていたようだ。昨日、今回の地球の経済危機は彼と大きくかかわっていると聞いた。どういう状況かはわからないし、知るのも面倒だが、これほど小さな技術が核融合の代わりになるなら儲けものだ、喜んで応じたよ」

ロレインはそこまで聞いて、胸が激しく動悸を打った。

「じゃあ、ホアンおじさまは」

「しばらくは絶対に派兵動議を起こしたりしないだろう」ルディは少し笑った。「でも知ってるだろう、外交関係っていうのは……」

彼は言い終わらないうちに笑いだし、言葉を止めた。ルディは今日はシンプルなコットンのシャツを着ており、ここ数日で初めて一度も制服に袖を通していなかった。彼は砂利の山の上に腰を下ろし、興味深げに、それでいて淡々と語った。両手を膝の上に置き、片足で音楽に合わせるように軽くリズムを刻んでいる。ロレインは彼の生き生きとした顔立ちを静かに見守った。その時太陽はもう目の前に昇り、まぶしく輝いて、彼の金髪はきらきらと輝きだした。ロレインは彼を見つめながら、親しみの中にある種の距離を感じた。兄はもう子どもの頃の兄ではなく、彼女ももはや子どもの頃の彼女ではない。それが地球に行ったことの中で最大の損失なのかどうかはわからなかった。政治は兄にとって一番の居場所だが、彼女は自分の居場所がどこにあるのかわからずにいた。

その頃、エーコは飛行艇のシートで安全ベルトを締めていた。窓外を凝視すると、平坦で荒れた大地は金色の光芒を反射し、クレーターや砂利がはるかかなたの地平線にまで続いている。飛行艇の翼のそばには、白く細長い搭乗ターミナルがまるで橋のように、宇宙船と都市の間に最後の架け橋をかけている。橋は金属の骨組みで、優美なカーブを描き、金属の長いパイプが隙間なく整然と組み合わさり、内部をあらわにしたガラスが陽光の下でまぶしく光っている。空港は秩序ある機械の運動場だ。搭乗ターミナルが四方八方から伸び、様々な形の宇宙船が正しい位置で眠っている。

飛行艇がゆっくりと動き出した。通信は途絶えた。機体が上昇し、母体とのつながりを軽快に断ち切る。

エーコが空港の出発ロビーに目をやると、ジャネットのいるガラスの一角が見えた。彼女は見送りに来た政府の一団とは行動を共にせず、一人きりでやってきて、ターミナルビルの隅に黙って立っていた。エーコには彼女の顔が見えなかったが、想像することはできた。ジャネットはゆったりとした白いスカートをはいており、それは彼女が若い頃に先生を見送った時にはいたものなのかもしれなかった。エーコは先生の気持ちを想像した。十年前のその時、彼もまた今の自分と同じように宇宙船の舷窓のそばに座り、ターミナルビルのガラスの向こうの白い人影を見ながら手を振って別れを告げ、次に訪れる時を想っていたかもしれない。彼もその時自分のように将来に迷っていたはずだが、自分もまた先生のように、また戻ってこられると思いながら結局は二度と戻らないかもしれない。エーコは先生のその後の火星に対する感情を理解し始めていた。自分が永遠の別れを告げたことを絶望をもって知れば知るほど、心の中では帰れることを願っていたのだ。

ジャネットは彼が先生の記憶を葬る手助けをした。それ以降、エーコはデータベースには一度も入っていない。彼は先生が今どうしているのか、ロニングのように平和で喜びにあふれ、永遠の知恵の塔の中で永遠の番をしているのかどうかわからなかった。もしかすると生き生きとした表情を浮かべ、しばしばジャネットと雑談をすることができているのかもしれない。エーコにはそれを見ることはできなかったが、そうであってほしかった。

テインはエーコのそばに座り、手の中のタブレットのファイルを読みながら素早く仕事を片づけ、時々顔を上げた。今回、彼は最大の勝者で、交渉で得た劇場の壁面技術は彼の〈夢幻の旅〉を最大限に飾り立て、体験型シアターとして全世界二十都市で多くの利益を上げるだろう。彼はジルの衣装について検討はしたものの、結局、劇場の壁面を選んだ。

「なぜロレインと取引せず、兄の方としたのですか」エーコは尋ねた。彼はその原因は自分にはないと知っていた。

ティンはかすかにほほ笑んだ。「あの若者が何を欲しがっているか、私にはわかったからだ。あの壁の技術は彼が担っている。もし地球と契約すれば、それに続くのは数年間の安定したツアーと経費だ。あの若者は大きな野心を持っていて、早く上に行きたがっているから、ああした担当者になれたのは絶好の機会だった。我々はお互いに必要とするものが手に入って大喜びなんだよ。だがロレインは……理解できないとしか言えないな」

ティンの思考の中で、自分の利益の最大化を求めない人間は不可解なのだ。彼は経済学における多様な効用関数に精通していたが、利益の最大化を求めない関数はそこには存在しなかった。彼は様々な情勢を洞察したが、率直に言って、ロレインやアーサーは彼には理解できなかった。彼はそのことを意に介さなかった。理解できない人間は多く、彼はすべての人間を理解しようとはせず、理解できるものだけを理解したいと思っていた。彼はアーサーに対してできる限りのことをした。最高の医師を招き、最高の家に住まわせ、最善の友人のように彼を見舞ったが、理解しようとは考えなかった。エーコは、自分にはティンを責めることなどできないことを知っていた。ティンはただいつも自分が正しいと考えたようにやり、自分のやり方で正しい決定を下し、一つ一つの可能性を計算し、結果を最適化するだけだ。彼はこの世界には他の意味もあるとは考えず、意味の追求もしようとはしないだろう。

ティンの言葉は、エーコが認めざるを得ないと感じるものだった。交渉の結果を発表した時、ティンは、小さな利益を推し量ることこそが安定の源だ、と笑って言った。エーコは、彼は正しいと認めた。代表団のメンバーは互いに利益を譲らないが、ティンだけは共通のメリットを彼らに与え、彼らはテインのメディアイメージに頼り、そのイメージによって有権者の信頼を打ち立てている。今回のIP株の大暴落はあらゆる国の研究員や購入者にとって大きな打撃だったが、テインだけはさほど大きな影響を被らなかった。彼はただの市場の管理者で、売買双方から手数料を得るが、売買には加わらない。彼はそうした大暴落を早くから予見しており、暴落後に各国政府が自分に対していっそう依存を強めることも予見していた。火星への旅は彼がビジネスを開拓する上で絶好の機会だった。彼は最初から火星と組むことを決めており、右派のチャック教授がどれほど地球各国の連衡《れんこう》を主張しようと構わなかった。

テインの他に、今回の旅を喜んでいる人物はもう一人いた。ビバリーだ。彼はタレスの次世代テーマパークのイメージアンバサダーに内定しており、そのテーマパークは火星と環境保護をテーマとし、ビバリーは火星の歴史を借りて自分の優雅さを全世界に伝えようとしていた。ビバリーは何が起きていたのか知らなかった。彼とテインは互いに必要なものを手に入れ、戦争の危機はひっそりと過ぎ去った。

エーコはそうしたことにとらわれたくなかった。彼は陰謀の倫理には陰謀の哲学があり、世界中がそうした哲学のもとに打ち立てられていることを知っていたが、今はもはやそのことを過剰に気にかけはしなかった。彼が注目したいことはもう変わったのだ。彼は世の中の鏡を集め、砕け散った光をもう一度形作りたかった。先生の記憶はすでに永眠し、生前の願いは彼に引き継がれるのを待っている。世界にはまだ、彼が近づき、集めるのを待ち受けているある種の精神がある。彼は窓の外のますます小さくなる都市を眺め、心の中でそっとさよならを告げた。それは十五歳の時に見た星であり、二十五歳の時に深く心に刻んだ星だった。決して忘れないだろう、と彼は思った。

金色の大地がはるかに広がり、見渡す限りの原野の中、目に映る火星にはバグパイプの音色が聞こえるようだった。

「兄さん、見て」ルディが話していた時、ロレインが突然、小声で遮った。

ルディは立ち上がり、窓の外を見た。空はまだ深いダークブルーで、銀白色の巨大な飛行艇が極めて速い速度で旋回しながら上昇し、翼が反射する光芒がその先端をかすめる中、流星のごとく大地から空へと突入し、美しい弧を描いて宇宙の中の見えない老船へと向かっていく。

ロレインはふいに頭の中が真っ白になった。彼女は自分と地球のすべてのつながりがこの瞬間に断ち切られてしまったのを知った。この時から、地球は記憶の中にだけ現れる言葉になった。彼女の生活の一部は終わり、別の生活が芽生えていた。彼女には未来がどうなるか、生《せい》の使命をどこで見つけるべきなのかわからなかった。空には星々が輝き、広大な大地はひっそりと静まり返っていた。

第二部　孤独な惑星

「レイニー先生、当時戦争を推進した力は何だったんでしょう？」

「きっと……自由だろう」

「人種的な自由ですか？」

「そういうわけじゃない。私たちは今でも本当の人種とは言えないから」

「じゃあ階級的自由？」

「それも違う。当時戦闘に加わった人々の階級は様々だった」

「それならどんな自由ですか？」

「ライフスタイルの自由だろう」

「アメリカの独立のように？」

「似てはいる。でもまったく同じというわけじゃない」

「でも地球人に言わせれば、私たちには自由がなくて、彼らこそが自由を手にしているって」

「君はどっちが自由だと思う？」

「うまく言えません。自由の定義とは何でしょう？」

「君にとっての自由の定義は？」

ロレインは唇をかみ、憂わしげにレイニーを見つめて答えた。「わかりません。私が生きていく上でそれが最大の問題なんです」

書物

　火星に立って見るなら、火星の都市はいにしえのバビロンの空中庭園のようなところだ。バビロンの夢のように、空中庭園の夢は火星の都市で華麗なる復興を遂げた。都市全体が一つの巨大な構造物で、流線型の家屋が重なり、バルコニーと柱が互いに連なって波うち、ガラスのドームの下には至る所に咲き誇る花々とよく茂った草が見え、緑豊かに、透明な輝きを放っている。

　火星の都市は整然とした幾何学構造に設計され、定規で描き出した連続模様のように、陽光の下で渾然一体となってきらめいている。上空から俯瞰すれば、一番目立つのは各地区のそれぞれ中央に設けられたランドマークで、都市全体に点在し、深い眠りの中にいる巨人か翼を畳んだ鳥のように、遠く隔たりながらそれぞれのフォルムが響き合っていた。それらはたいてい群を抜いて高くそびえ、中世都市につきものの大きな教会のようだった。その周囲をめぐる小径《こみち》が四方に広がり、円と三角形が互いに内接し、掛け軸のような歩道が放射状の光線のように延びている。民家の庭は六角形が多く、互いに接し、層を成して連綿と連なり、大海のように広がり、ジグザグな小径が歯車のようにその前をかすめ、次の住宅街へと続いてゆく。

　都市全体に視覚的な中心は存在せず、北には小型の塔が一列にそびえ、南には広大な傾斜地が連なり、西には牧場が広がり、東には九つの巨大な円柱形の給水塔があった。チューブトレインが連綿と続く屋根をまたいでおり、高所から見下ろせば、なめらかで引っかかりのない曲線画のようで、細かく入り組んだデザインだがもつれてはいない。

こうした都市は数学に対するオマージュである。発展した古代文明の多くは数学を尊んだ。シュメール文明は数学に優れ、今なお用いられている六十進法を発明し、エジプト文明のピラミッドは幾何学の頂点であり、ギリシア文明では数こそが宇宙で、数の調和が宇宙の真の美を体現していると信じられた。火星は荒野の中に描き出された都市で、無から有に至る夢であり、大地の幾何学は無限に近づくプラトンのクッキーだ（ヨースタイン・ゴルデル『ソフィーの世界』でイデア論の説明に用いられた喩え）。

火星と古代文明のもう一つの相似点は天文学が発展を主導したことだ。ほとんど遮蔽物《しゃへい》なく宇宙にさらされ、彼らの視線は初めから底知れぬ暗さの宇宙の蒼《そう》穹《きゅう》に面していた。夜空は白日であり、暗黒が光明だ。彼らが夜空を理解するのは、山河の民が山を理解し、海岸の民が海を理解するようなものだ。

数学と天文学は火星人にとっての灯台で、火星人なら誰もがその重要性を知っていた。ただ彼らの精神的な核心は古代文明とはまったく異なる。彼らは天文学によって神の思し召しを知ろうとはせず、数学によって神の恩寵に近づこうとすることもなく、ひたすらその正確さを愛し、宇宙が適切に真実を表現しているのを愛した。それは神の概念に等しかった。彼らは神を持たない民族で、唯一の客観的で簡素化された精度だけが、彼らを共に信服させ深く頼らせるのだった。

そうした内部のロジックに一般人はもうめったに触れない。だがレイニーには一貫して明白だった。彼は歴史家だったからだ。

地球から火星を見るなら、火星はリアルな存在ではなく、ただ抽象的な荒廃のさまが、書物の間に控えめに広がっている。ロレインは図書館でしかそれを見ることはできなかった。訪れる人のない図書館で、高い木製の書架の間にそれを見つけ、ページをめくると、それはビッグバン、ローマ帝国や蒸気機関車と一緒くたに、細かくびっしりと記された金文字の辞書の中央に描かれていた。荒れ果てた表面は粗く、切り取られた一角から、一層また一層と地質構造が露出し、横には数字が注記され、解剖学標本のように矢印でその体表面のくぼみの来歴が一つずつ示され、最奥部の傷痕が展示されていた。

開かれたページはひっそりと陳列されている。時間は書架の間で灰燼《かいじん》となり、民族は雁《かり》の渡りのさなかに移住し、武器がぶつかり合い、機械が狂ったように運行した。殺し合いや謀反は栄光と、泥は血と混じり合い、行間は喧噪に満ち、歴史は錯綜し、陽光の差し込む静かな図書館の中で、触れれば粉々に砕ける塵と化し、脆く、うす暗く、誰も問うことはなくなった。世界は細かな文字の中で数に変じ、抽象的な顔に変じ、存在しない幻覚へと変じた。ロレインの火星はその中にあった。彼女はそこに抱かれて生まれ育ったのに、それは書物の中では漫画のような灰色の塵に変じてしまっていた。

それは同様に客観性への崇拝だったが、冷ややかで傲慢な客観性は、客観的な声音で語り、裁き、抗弁を許さず、羞恥の余地も残さない。それはロレインに告げていた。見るがよい、これこそがおまえの世界だ、単純で荒れ果てた物体で、灰色の醜い塵芥《じんかい》だ。

そうした記述を普通の人はほとんど気に留めなくなっていたが、ロレインはひそかに注意を向け続けていた。彼女は歴史の探求者だった。

砂漠の宮殿の片隅で、ロレインは車椅子に座り、ほっそりとした姿が宮殿のいかめしい城壁に休む小鳥のようだった。

理屈から言えば、ロレインは火星の王女であったが、古代の姫君のように前後に供の者を従えてはいなかった。彼女はセミラミス女王（古代バビロンの空中庭園を造営したとされる伝説的な女王）のように愁いに満ちた面持ちで「生活とは退屈なものじゃ」と嘆息するわけにはゆかず、氷の美女褒姒《ほうじ》（西周の幽王の妃）のように珍宝を前にして首を横に振り一顧だにしないというわけにもゆかなかった。彼女のために巨大な城池を築く者はおらず、彼女のために遠方にのろしを上げる者もない。彼女は孤独な王女だった。兄や祖父は議事院で激しく公共事業に関する政策を論じているところだったし、友人といえばそれぞれのスタジオで火星の暮らしになじもうと努力していた。

　いにしえの世なら、彼女は輝く陽光に満ちた薔薇《ばら》園に座り、幸福そうな甘えた笑みをたたえ、自分の長年にわたる遊歴の冒険を、傍らの忠実で容貌優れた護衛の騎士にゆるゆると語って聞かせていたことだろう。だが彼女は古代に生まれはしなかった。彼女は何より現実的な火星に生きていた。彼女の前には病院の展望室の小さな浅い池があり、人影はほとんどない。地面はなめらかなすりガラスで、乳白色とベージュ色の菱形模様が描かれている。直径三メートルの立柱に支えられた巨大なドームのガラスの壁は、足元に調節灯があり、明るさと温度は自分で操作することができた。

　彼女の傍らには騎士はおらず、レイニー医師が時折相手をするくらいだった。彼女は毎日一人で夕日を見に来た。患者がいなければ、レイニーは彼女に付き添った。

　夕日を見る習慣は地球で身についたものだ。火星の落日は直接的で簡潔で、白い太陽が黒い星空から地下に没するだけだった。夕焼けがもつれ合うこともなければ、冷ややかな光や暖かい光がひとすじずつ消えることもなく、ただ辺りの風景が少しずつ闇に沈んでゆくばかりだ。はるかな群山が日の名残の中で濃い色のシルエットに変わる様子は、奥行きがあって豪快で、どっしりとして優しかった。地球とは違うにしても、ロレインは気に入っていた。夕日を見ていると気持ちが静かになり、追憶すら安らかになった。

　レイニーは時に彼女の横に腰を下ろし、巨大なガラスの壁を背にし、彼女がぽつりぽつりとためらいがちに語る追憶に耳を傾けた。

「初めて誰かがおじいさまのことを独裁者だと言うのを聞いた時、とっさに感じたのはショックと侮辱でした。おじいさまは身内だし、身内を守るのは人間に備わった本能的な尊厳の感覚でしょう。でももっと問題なのは、おじいさまはずっと火星の英雄だったから、地球人に敵とみなされるのは想像がついていたけど、冷血な暴君呼ばわりされるとは思いもしなかったってこと。この二つは違うんです。地球人に敵と呼ばれても、おじいさまが火星の英雄であることは変わらないけれど、暴君だとしたら、火星の敵になってしまうから」

「君はどっちを信じる？」

「わからない。ずっと疑問を抱え続けてるんです。誰にも聞いてみることができなくて」

「どうして？」

「おかしいんですが、恥ずかしさと怖さのせいです。知りたくない真相を面と向かって告げられるんじゃないかと思って。否定できないけれど認めたくもない、そんな真相に直面したら自分がどう反応してしまうかわかりません」

レイニーは少し間を置いて言った。「それはおかしいことじゃない、少しもおかしくないよ」

ロレインはレイニーを見つめ、かすかに口角を上げ、うっすらと感謝の笑みを浮かべた。彼女はレイニーをよく知っているわけではなかったが、こういう話ができるのは、彼の包容力ゆえだった。レイニーには彼女が得たいと望むようなどっしりとした落ち着きが備わっていると思った。彼はめったにいら立ったりせず、彼女に何かを説明する時は穏やかで寛容だった。時に彼女が腹を立てたり悲しんだりすると、彼は物事の背後にある因果関係を解き明かし、彼女の興奮を緩やかに流れる河へとゆっくり自然に溶かしてくれるのだった。雪山の樹木が風に吹き飛ばされたりしないのと同じく、そうした説明を聞くと落ち着いた気持ちになった。

ロレインはレイニーが普通の医者とは違って、むしろ作家のようだと感じていた。彼女はよく窓際で書きものをしている彼の姿を目にしていた。長方形の小机には、ノートパソコンとデスクライトの他には何もなかった。彼は長いこと集中して問題に向き合い、固く閉じた口に手を当て、時折顔を上げた。丸眼鏡が窓に向かい、かすかに遠くの光を反射していた。彼女はもし誰かが彼女の疑念を受け止めてくれるとしたら、レイニー以外にはいないと思っていた。彼女が何か相談したいと思った時、向かい合った聞き手に何より備えていてほしいのは、物に動じないことだった。教え導いてくれなくてもよいが、かといって批判するようなこともしない。

「地球に着いて二カ月後には、もう意味のわからないことに遭遇して、不意を衝かれちゃって」

ロレインは言葉を切り、追憶に浸った。地球に着いた最初の年は、一番困惑を覚えた一年でもあった。

「地球に着いたばかりの頃、ダンスカンパニーの紹介で借りた部屋は、ピラミッド型のビルの高層階にあって、広くて快適だったし、大家さんは一人暮らしのおばあさんで、豊かで教養があった。部屋を借りたのは初めてだったから、慎重に礼儀正しくしてましたし、おばあさんも丁寧なかたで、最初の一カ月は何ごともなく過ぎました。

二カ月目に夕食の席で、火星の暮らしについて話したら、おばあさんは急にものすごく驚いたように言ったの。『あなたは火星人なの？』って。

私は不思議に思って、『そうです。ご存知ありませんでしたか？』

『知らなかったわ』おばあさんは言った。『ダンスカンパニーの子だとは聞いてたけれど。でも私たちは入居者について詮索《せんさく》したりしないから』

　おばあさんはそう説明すると、急に不思議な反応を見せたんです。おばあさんは話しながら心を動かされたように、目には慈愛と悲しみの色を浮かべて、私の手を取ると、それまで見せたことのなかった熱心さであれこれと私の生活の細かいことを尋ねました。

　おばあさんはその日から私にとても良くしてくれるようになりました。しょっちゅう我が子のように胸に抱きしめて、たくさんおいしい物を食べさせてくれて、地球を紹介しようと連れ出してくれたりもしました。私にはその急な好意の原因がわからなかったけれど、感動して、火星人だからこんなに友好的に親切にしてもらえるんだと思い、ひそかに自分の血筋を誇りに思っていました。

　それがある日、おばあさんの何気ない一言で、こうした変化の本当の理由がわかったんです。

　その日、おばあさんは私を見て、無意識にため息をついてつぶやきました。『こんな良い子が、どうして火星に生まれてしまったのかしら』

　私はあっけに取られました。どれだけ子どもでも、その意味はわかったから。

　私は急いで聞いたんです。『どうしてそんなふうにおっしゃるんですか？』

　おばあさんは慈愛深く私を見て、『十歳になると政府に強制労働をさせられるんでしょう？』

　その瞬間、私は全身の血が冷たくなるのを感じました。おばあさんの優しいまなざしにどんな意味が込められていたかをたちまち理解したんです。それは物乞いの集団や孤児院の悲惨な運命から抜け出して来た子どもに寄せる特別な哀れみで、その子の出身と生存環境の劣悪さに対する同情から見せる、親切で善良だけれど、無意識のうちに高みから見下ろすような優しさでした。私はとっさに何と答えたら良いかわかりませんでした。火星での十三年間の成長の経験から、私はずっと火星の文明が地球より先進的に発展していてすばらしいと信じていました。それがどうして彼女の心の中では、急に物乞いの集団や孤児院みたいな場所になってしまったのか、耳にしただけでそこまで憐憫《れんびん》の情を起こさせるなんて。私はどこでどう間違ってこういう話になったのか、見当もつきませんでした。

それから私はその部屋を引っ越しました。大家さんの好意に私は向き合うことができなかった。私は日記におばあさんの好意を書きつけて、心に感謝を刻んだけれど、あの憐憫に向き合うことはできなかったんです」

ロレインは話し終えると、視線を落として自分の両手を見つめた。彼女は小さい頃に自分が何より怖れているのは他人の敵意だと思っていたが、後にだんだんと、より向き合うのが苦しいのは憐憫だと知るようになった。自分が求めていない時に相手が自発的に心から与えてくれる憐憫だ。

レイニーはずっと集中して耳を傾けており、口を挟むことはなかった。

彼女が口をつぐむと、彼は腕組みし、少し考えて尋ねた。「僕が思うに、彼女が言っていたのは選択授業のスタジオ実習のことじゃないか?」

「ええ」ロレインはうなずき、「私も三年目になってようやく反応できたんです。それのことだって。当時はすごくあのおばあさんを訪ねて説明したかった。でもその時には地球の反対側にいたし、それからもう会うことはありませんでした」

「その人もきっと忘れているよ」

「そうかもしれません。こういうことは、私の胸の中だけにくっきり残っている」

ロレインはまた言葉を切り、しばらく考えてから続けた。「でもこのことは私自身も整理がついたとは言えません。私にはおばあさんがなぜああ言ったのかはわかるけれど、どうそれを評価すべきかはわからない。

ああ言われて嫌だったけれど、その言葉におばあさんなりの理屈があったことは認めざるを得ないから。

それからクリエイティブ・コンテストの時」

クリエイティブ・コンテスト。ロレインは口をつぐみ、胸の中でもう一度その単語を繰り返した。彼女はそれを忘れることができなかった。

クリエイティブ・コンテストは火星の子どもにとっては何より大切なイベントで、三年に一度、十四歳から二十歳までのすべての少年少女が対象となり、形式不問、題材不問で、ただ創意を競うものだった。どのグループも作品を一つ提出し、どの作品が最も独創的なアイディアで、最も巧妙に現実化されているかを比べる。優れた技術と創意はそのまま国家の未来の重点プロジェクトに選ばれて実現される可能性があった。

クリエイティブ・コンテストはいつもあらゆる子どもたちの注目を集めていた。ロレインたちは子どもの頃からその到来を情熱的に待ち焦がれていた。王子様とお姫様の恋物語を除けば、彼女らの最大の願いはクリエイティブ・コンテストの舞台に上ることだった。参加者としてでも、花輪を捧げる妖精の少女としてでもいい。そうした少女たちはロングスカートでギリシア神話の女神に扮し、金のリンゴが誰の手中に帰するかを荘重に告げた。少女たちはあるいはモニターの前に座り、あるいは牧場の柵に腰掛け、頬杖をつき、もの思いにふけった。全身全霊で自分が舞台に上がる日を待ちわびていた。その時間は水彩画のように単純でほがらかで、同じ方向を見ていた。

それは彼女が地球に持って行った最初の風船で、そして同時に最初に割れた風船だった。

「それが地球で遭遇したもう一つのショックだったと言えるでしょうね」ロレインはしばらく言葉を切ってまた続けた。「地球に出発する頃、私はまだそういう栄光にこの上なく憧れていました。肌身離さず小さいノートを持って、イラストを描いてはごちゃごちゃした説明を書き込み、経験から学ぼうと思っていました。新しいものを身につけたら火星に持ち帰ってクリエイティブ・コンテストに参加するつもりだったんです。その願いは風船みたいなもので、私のスーツケースの後ろにふわふわ浮いていました。地球での最初の年、私は真剣にノートの計画を少しずつ実行してみました。インターネットを使うことを覚えて、珍しくて新しいプロダクトを検索しては、原理はわからなくても解説をメモしていました。それからこっそり大学の授業に潜って、学生に紛れて、わかったようなわからないようなコンセプトをメモして、いずれ必要になる時に備えていたんです。

でもある大学に潜った時、私の風船は割れてしまった。

当時私は教室の他の女の子と話していました。その子は何歳か年上で、教室でタバコを吸って、何も意に介さず、さんざん世の荒波に揉まれたような雰囲気でした。ある化学の名詞についてその概念を尋ねると、教えてくれたけれど、私にまだ子どもなのになぜこんなことを勉強したいのかって聞きました。説明すると、その子は初め興味深そうに、どうして参加するのか、優勝者の賞金はいくらかって尋ねたんです。賞金はないって答えたら、優勝作品はいくらで売れるのかって聞かれました。お金にはならないし、昇進もできないけど、多くの人に見てもらう機会を得られるし、都市計画に採用されたらこの上ない名誉なんだって説明したんです。

それを聞いて、女の子はアハハと軽やかな笑い声を上げると、私に尋ねました。『とすると、そのコンテストはただで貢献するだけじゃないの？』

私はびっくりして答えられなかった。

女の子は頭をそびやかして椅子にもたれると、笑いながら私を見て言いました。『あんたたち本当に面白いね。政府にそうやってただで知恵を搾取されてるのに、まさか自分の権利を守ることを知らないの？』

私はあっけに取られて、その子の言っている意味がわかりませんでした。最初は困惑していたけれど、だんだんとかすかな恐怖に変わりました。私はただその色とりどりの風船が急にしぼんでしまったのを感じたの。そしてものすごくがっかりしたけれど、止めることはできないし、どうしようもなかったんです」

彼女はレイニーを見つめて、「レイニー先生、どうして物事はいつも私たちが最初に思っていたようには運ばないんでしょう？」

レイニーはロレインの傍らに座り、肘をついて両手の指を組み合わせ、どう説明したものかとしばらく考えるように、目を細め、空中のどこかに焦点を合わせようとしているようだったが、ややあってゆっくりと口を切った。「それは往々にして、こういうことだろうね。ある文明の中で暮らしている人が周囲の物事を見るのは、それぞれ個別のこととして見るけれど、別の文明から視線を投げかければ、政権の側からすべてを見て、そうした角度でその文明のあらゆる事象を説明しようとするからだ」

「じゃあそう解釈すべきなんでしょうか？」

レイニーはまたしばし口をつぐんだ。「一般的な状況では、その文明の中にいる人はそんなふうには考えないと言えるだけだ」

ロレインは窓の外の夕日を見やった。夕日には空のかなたのはるかな憂愁が漂っている。それから彼女は振り返ってレイニー医師の目を見すえた。レイニーの目は濃い色で、眼鏡の銀色のフレームが夕日の光を受けて輝いていた。

「レイニー先生、公文書館の資料を閲覧する方法を知りませんか？」

「何か調べたいのかい？」

「ええ。昔の資料を見たいんです。私の家族について、おじいさまについて、おじいさまのお父さまについて」

「君はご家族から話を聞いていないのかい？」

「いいえ。両親が死んだ時私はまだ小さかったし、兄はめったに私とそういう話をしないから」彼女はややためらってから、「おじいさまには、とても聞けなくて」

ロレインが祖父に聞きたいことはたくさんあったが、たいてい彼女には直接尋ねる勇気がなかった。地球では大勢の人が彼女に言った。ハンス・スローンが総督になれたのは、その父が全権を掌握した独裁者だったからだと。息子にその地位を譲るのは古今の独裁者に共通する習性だ。彼らはまことしやかに表情をつけて語った。だがそうした言葉は彼女には口に出せなかったし、聞いてみたいとも思わなかった。彼女の身体には祖父の血が流れている以上、面と向かって言葉で疑念を追及することはできなかったし、祖父の前では、口を開くことができなかった。

彼女は期待を込めてレイニーを見つめ、そっと唇をかんだ。

「手続きから言えば」レイニーは落ち着いて答えた。「二つのルートがある。一つは歴史スタジオの許可証を持って、研究に必要な資料を探すと言い、公文書館に申請を提出すること。もう一つは資格を有する人に許可証を出してもらい、私的な代理として臨時に、あるいは長期的に出入りし、調査を代行するということだ」

「資格を有する人って？」

「総督。それから各システムの最高長老。さらにシステムを監視する三人の大法官」

ロレインは落胆した。そうした人々は今の彼女には誰より接触したくない相手だし、彼らにしても彼女に証明書を発行してくれることはなさそうだった。

「じゃあ私は入れないんですね」彼女は小声で言った。

レイニーはしばらく口をつぐんだが、ややあって言った。「実は、私には資格があるんだ」

「先生に？」

「そうだ」レイニーはうなずいて、「君のおじいさまから長期許可を得ている」

「おじいさまが？　どうして？」

「私が史料を整理していて、関係する出来事を調べる必要があると知っているからね」

「歴史を書いているんですか？」

「そうだ」

「お医者さんでしょう？　どうして歴史を？」

「業務時間外には業務外の関心があってね」

「先生はおじいさまとよく行き来しているんですか？」

「よくでもないが、昔おじいさまの頼みを聞いたことがあるから、そのお返しで私の求めに応じてくれたんだ」

「どんな頼みですか？」

「工事に関することだよ」

ロレインは好奇心をそそられ、詳しく聞きたかったが、レイニーは説明を続けるつもりがなさそうなので、聞きにくいことだと察し、口を閉じてそれ以上尋ねなかった。レイニーが想像以上に彼女の家族と近く、彼女の知らない過去についても知っているようだったのは、思いがけないことだった。

「じゃあ私に許可証を出して頂けませんか？」彼女はしばらく考え、じっとレイニーを見つめた。「臨時で私に一度だけ入らせてくれませんか？　一度でいいんです」

「原則から言えば可能だ」レイニーは彼女の目を見つめながら、それでもすぐに答えようとはせず、ゆっくりと問い返した。「でも、どうして過去の出来事を追究しなきゃならないのかは考えてみたのかね？」

「考えました……いくらかは」

「どうしてだい？」

「自分を見つけたいからでしょうか」ロレインはこのところ考えてきたことに思いをめぐらし、できるだけ率直に言った。「兄には過去にあまり執着するなって言われたけれど、私はあきらめがつかなくて。何が今の私を定めたのか知りたいんです。もしそれが周囲の世界だとしたら、この世界を定めたのが何なのか。もしそういう過去を知らなければ、未来に対する選択もできないでしょう」

「わかったよ」レイニーはうなずき、「その理由は納得できる」

ロレインはふっと息をつき、「じゃあ、認めてくださるんですね?」

「そうだ、認めよう」

ロレインは感謝を込めてレイニーにほほ笑みかけた。レイニーの表情は穏やかだった。彼女はそれ以上質問せず、レイニーも話を続けはしなかった。静けさが二人を覆った。レイニーはロレインの車椅子を少し押しやり、彼女が夕日の光を浴びられるようにした。太陽は星々に取り巻かれて徐々に姿を消すところだった。夕焼けに染まることこそないものの、素朴で壮麗だった。火星は孤独な恋人が顔を向けるように、名残惜しげに、だが少しもとどまることなく、光のぬくもりに別れを告げ、光を背後に残した。ロレインは見渡す限り広がる大地に煙のような往事を見たようだった。荒野で猛るように上映される映画の、その幻影の中に最後のひとすじの光芒を捉えたのだ。

光がついに消えてしまうと、ロレインは小声で言った。「レイニー先生、ずっと聞きたかったんですけど、歴史は本当に書けるものなんでしょうか? 私は何だかだんだん、誰もがそれぞれ正しそうに聞こえる歴史を書けるんじゃないかって気がして来て」

「そうだよ」レイニーは言った。「でも、だからこそ書く価値がある」

「じゃあ私たちもいつか本に書かれるんですか?」

「そうだ。あらゆる人間が最後には本に書かれる」

レイニーはロレインの車椅子を押して展望室の端に行き、展望室はとうとう完全な夜に包まれた。星の光に照らされ、展望室からはどこよりもはるかに広がる大地を見渡せた。粗野で荒れ果て、数千キロメートルも続く。火星の山河や峡谷は地球よりずっと広大な規模とずっと切り立った輪郭を有し、彼らの都市と夜空のように、直接的で素朴で、むき出しだった。

レイニーは実験的な歴史を執筆しているところだった。

歴史を記すには様々な方法がある。編年体、紀伝体、あるいは出来事史だ。だがレイニーが書いているのはそのどれでもなかった。彼は自分の書いているものをどう呼ぶべきかわからなかったが、もしかすると言葉の歴史と呼ぶべきかもしれない。主人公は時間でも出来事でも人物でもなく、抽象的な語句だった。彼は叙述の客観的なデータ性にはさほどこだわらなかったし、単独の個人によって彼が関心を抱いている問題を表現できるとも考えていなかった。彼はむしろ論理の線でこれらの時間や出来事と人物をつなぎ合わせて真実のプログラムを作りたかった。彼らは無意識のうちに演じていたが、思いがけず連続性を獲得することになるのだ。

今彼が執筆しているのは自由史だった。彼はすでに創作史と交流史を書いており、次に書こうとしているのが自由の歴史だった。

自分が暮らす国について、彼の抱く感情は複雑だった。十年前の事件の記憶がいまだに胸につかえていたが、彼は国を築いた者の当初の志がこの国を自動運転の機械のようにすることでないとは知っていた。彼らは生命を賭して地球からの補給を捨て、その土地を去り、独立と精神の富、データの共有を求めた。彼らを導くものはただ一つ、自由のみだった。もしそうした信条による支えがなければ、わずかな軍勢で強大な敵に挑み最後まで戦い抜くことはできなかっただろう。現在の国家には現在の問題があるが、かつての志は純粋だった。

レイニーは毎日多くの時間を読書と執筆に費やした。病院での仕事は神経科の研究員で、診療を担当する正規の医者ではなく、忙しくはなかった。彼は神経系と生理的力学構造を研究しており、新しい医学機器を開発していたが、固定した研究室に所属するわけではなく、自分の研究グループとプロジェクト予算を有しているわけでもなかった。通常の予算では大規模プロジェクトをまかなえないため、大きな成果を上げることはできなかった。こうした制限と孤独の短所と長所はいずれも明らかだった。短所は将来性がないことで、長所は余暇がたっぷりあることだ。彼は毎日長い時間をかけて散歩し、読書し、彫刻し、書きものをした。

彼が暮らしているフラットから病院までは三キロメートルで、チューブトレインに乗れば一分間の距離だった。だが彼は毎日徒歩で往復し、街の中心の庭園を通りかかれば腰を下ろし、ベンチに座って向かいの木を観察した。庭園には樹木が茂り、自然の神秘ゆえに彼は独りきりで過ごすことを愛するようになった。彼は他人との交際を拒むわけではなかったが、日々の暮らしの中で彼がしょっちゅうやりとりできる人はわずかだった。彼はそのことについてはあまり考えないようにしていた。それに伴って生まれる苦しみに陥りたくなかったからだ。

彼は執筆から大きな楽しみを得ていた。執筆のおかげで、生活の大半を占める苦しい時間は容易にやり過ごせるようになった。日が経つにつれ、彼は執筆にある意味で依存するようになっていた。膨大で乱雑な歴史の資料庫にのめり込んでいる間だけは、彼は他のことに気を取られず決然として孤独に満ちた日々を過ごせたし、他に何も求めることはなかった。彼はかつて罰された者であり、何につけてもたいていそれ以上を求めることはできなかった。

レイニーは言葉遊びを好んだ。彼は単語を生活から取り出し、紙の上に植え、それを囲んで人間の舞台を築いた。単語の置き換えはそのまま生活の様相の置き換わりをもたらしたし、それはもはや彼の習慣となっていた。彼は小さい頃からこうした習慣を身につけていた。彼は子どもの頃に単語が書かれたブロックを組み合わせて遊ぶおもちゃを持っていたが、それが思惟の形成に深く影響を及ぼしていた。孤独な子ども時代に、そのおもちゃは無限に豊かな想像を与えてくれ、ずっとそばにいてくれた。

レイニーの父は口数の少ない退役兵士で、レイニーは一人息子だった。彼は戦後七年目の生まれで、母は彼が三歳の時に家を出ており、レイニーには母の面影はぼんやりとしていて、夢の中でさえおぼろげなままだった。父は寛容でさばけた人間で、分をわきまえており、あれこれ愚痴を言うことはなく、ただ軒下に座って三歳のレイニーにこう言っただけだった。出来事と出来事は人と人との距離とは別物であって、出来事の織り成す地図は独自のものであり、出来事それぞれの距離は、どれを取ってもまったく変わらないのだ。父は金属の碗と皿をシミュレーションゲームのように並べ、夕暮れの中座って歌を口ずさんでいたが、それからというものレイニーにはめったに構わなくなった。彼は妻との離別をその時代の一つ一つの離別へと溶かし、悲しみの後、妻を見送るさなかに、星を音符にする抽象的な楽譜へと昇華させた。幼いレイニーはそれから誰にも束縛されることのない環境で勝手に成長した。

レイニーの成長に何より影響を与えたのはあのおもちゃのセットだ。彼は子どもの頃、セルフキッチンのぴかぴかの床で、一人で城と軍艦や大砲をこしらえて遊んだ。それはごくごく普通の組み立ておもちゃだったが、様々な形状のブロックを建築材料のように互いにつなぎ合わせることができ、どのブロックにも単語が書いてあって字を覚えるのに役立った。レイニーは二歳から十一歳までそのブロックたちと仲良しだった。単語と単語が互いに支え合う、ブロックたちの不思議な性質に彼は驚いた。「勇気」は一本の長い棒で、見たところとてもきれいだし、彼はそれと「純粋」をつなげて小さな塔を作ることができたが、塔を大きく拡張しようとすると、横に寝かせるしかないことに気づいた。そうしないと「勇気」が邪魔で、他の建材をしっかり差し込めないからだ。彼はそれらの単語の形を観察し、様々な組み合わせと重層的な使い方を試してみた。幼い彼にとって、それは驚異的で興味を引かれることだった。彼は宿題や家庭生活と同じくらいかそれ以上にブロックに打ち込んだ。それは彼の心の中で独自の遊びへと変化していた。大人になってからも、彼にはそれらの単語が目に飛び込んで来ることがあった。演台の下で講演を聴いている彼には、壇上の城から伸びる「付和雷同」に、何本もの「嘲笑」が引っかかり、城を覆う幌布のような「狼狽《ろうばい》」と櫛《くし》の歯が抜けたような「知識」を隠そうとしているのが見えた。

彼はゆっくりと成長し、心の中のゲームは日増しに落ち着いた思考へと変わっていった。彼は幾度もこの国がかつて経験した歳月をどうやって記述しようかと考えた。実際に経験した人の語る事実を記録しようかとも考え、データと図表で分析し比較しようと考えてみたり、年ごとに最も入り組んだ細部を編纂《へんさん》しようかとも考えたりしたが、しかし彼が最終的に選んだのは言葉だった。彼にしてみれば、言葉を経由してこそ、その中の一人一人の選択と苦闘が明らかになるのだった。

歴史は記述できるものかどうか、レイニーは簡単には結論を出していない。彼は歴史というものは見つめる目によって決まるということを知っていた。視線が声を決め、目が口を決める。

書物の浩瀚《こうかん》な世界において、歴史は常に水の様相をまとって現れる。線的な史観を持つ者にとってみれば、歴史は河の奔流で、ひたすら前に進むもので、神によって運命の終着点と人間の行く末が掘削されているかのようだ。彼らからすれば、火星の存在とはこれまで人類が実現したことのない真正の社会主義で、科学技術が一定の発展を遂げた後の必然的な改革であり、ユートピアの夢想が初めて真実として表現されたものであり、時間の矢の最先端であった。他方で循環史観の信奉者にとっては、歴史は華々しい噴水であり、華麗な外見の中は空虚で、水は噴射された後にまた池の底に戻り、物語は終わることなくひたすら繰り返して上演される。彼らにとっては、火星の物語は歴史上幾度も繰り返されてきた探検、開発、独立、強固な統治の再演で、人々は新世界を開発したら造反するが、造反者たちは新たに圧制の主人となるのだった。また他方で虚無主義者にとっては、歴史は永遠に現実の一角にすぎず、現実は静かな深い海であって、人々が目にすることができるのは表面の白い波の花のみで、目の届かない無数の細部こそが主体を構成する海底の水流なのである。彼らは様々な事件の偶発性を信じ、後世の解説を信じず、実際にはスローンという人物が偶然のタイミングで偶然の暗殺を行っただけで、それが長期にわたって醸成された必然的な歴史の因果だというのは、後の世の人々の誤解にほかならないと考えていた。最後に、仮借ない弱肉強食の掟の信奉者にとっては、歴史は虚空に交錯する幾筋もの気流にすぎず、ぶつかり合ってしのぎを削り、かたや生存しかたや滅亡し、強者は生き延び、弱者は消えるだけだ。彼らは歴史を真実だとは思っていたが、宿命もなく、規律もなく、あるのはただ実力と実力のぶつかり合いで、どんな哲学や社会体制とも関わらず、ただ火星本土の軍事力が地球の軍隊に打ち勝てるほど強大になったタイミングで戦争が始まっただけで、実力が結果となっただけだ。真実がどうあれ、レイニーは信じていた。水というあり方の中で最も説明し難いのは、一粒の水滴なのである。

レイニーは本を読むのが好きだった。読書の良いところは孤独な人間の孤独を薄めてくれることだ。一年また一年と続く一人きりの暮らしにもかかわらずレイニーに自らを哀れむ気持ちや憤懣がさほど生まれなかったとすれば、それは彼が歴史に残る他の歴史家の姿に共鳴するところを見出していたからだろう。スコラ学に精通し、神を頌《たた》えるために人間世界の功績を綴る歴史家のことではなく、ホメロスに始まり近世の小説家に受け継がれた、公衆に向けてロマン主義的空想物語として叙事詩を歌い上げる吟遊詩人のことでもない。それは古代東洋の特殊な歴史家たちだった。個人の視点から書き、孤独で失意に沈み、厳粛で客観的なのに、自身の痕跡を至る所に残している。彼らの姿に、レイニーは自身の影を見出した。

他方、ロレインが読書を好むのは、彼女に言わせれば、読書は孤独でないのに孤独な作業だからだった。

ロレインは小さい頃からよくわかっていたが、上の世代の成したことによって彼女の名前はすでにこの土地の運命につながれていた。しかし彼女にはこうした絆が栄光なのか苦渋なのかはわからなかった。彼女の読む本に出て来る他のお姫様は、みな彼女より純粋で毅《き》然《ぜん》としていて、そのおかげで彼女よりずっと幸福だった。

彼女はモンテ・クリスト伯に寄り添うエデの話を読んだことがある。エデの父は栄《は》えある英雄で、異民族の横暴と小人《しょうじん》の裏切りをおいて、民族の領袖《りょうしゅう》たる父の永遠を損なうものはほかになかった。暴君スッラの傍らにあったヴァリニアも、目の前のローマの独裁者が愚昧で無恥で、奴隷を虐待しているのに対し、立ち上がった剣闘士の首領スパルタクスは勇敢で正義感にあふれ、颯爽としてたくましいのを見て、暴君の統治に反旗を翻した隊伍へとためらいなく身を投じた女性である。だが忠実であれ背信であれ、女の一念を貫くからこそ深く人を魅了するのだ。彼女はこうした女たちの台詞を思い描くことができた。「ああ、お父さま、どんな障害に阻まれても、私は永遠にお父さまを愛しております」とか「さにあらず、暴君よ、いかなる邪魔立てをされようと、そなたを打ち倒してみせようぞ」と。

しかし彼女自身はそんなふうには振る舞えなかった。彼女は古代の姫君ではなかった。彼女は二十二世紀の現実の火星に生きているのだ。彼女は自分のいる世界がどんなところだかわかっておらず、だから自分の態度を決められずにいた。こうした感覚は彼女を孤独にした。彼女は優柔不断な当惑顔はみっともないものだと感じていたが、事実を尊重しようとすれば、どうしても態度を決めかねた。

彼女はお姫様の物語には共鳴する人物を見出せなかったが、旅人の本には見出すことができた。

「砂漠が人に与える最初の印象は、空漠と静寂に過ぎない。それは砂漠がそもそも移り気な恋人を好まないからだ。自分のふるさとのごく平凡な村であっても、もし僕らがその村のために世界の残りすべてを捨てようとしないのなら、僕らは避けられるだろう。その伝統と風俗に入り込もうとせず、その宿敵について知ろうとしなければ、それがどうしてある人々のふるさとなのかを知ることはない」（サン＝テグジュペリ『人間の大地』、中国語の引用から訳した）

そうだ、彼女はまったくそんなふうだった。彼女は家を離れてから初めてふるさとの意味を知ったが、それゆえふるさとは彼女にとって遠いものとなった。今になってわかったが、本当に火星を自分のものにしていたのは小さい頃の彼女だけだった。その頃彼女は来る年も来る年も同じような生活を送っており、ほかの見方ができることなど知らなかった。彼女はふるさとの風俗習慣にどっぷり浸かっていて、その宿敵に対しては寛容さなどみじんもなく、移り気でもなく、ふるさとのために宇宙すべてを捨てることも辞さなかった。ふるさとが本物のふるさとだったのはあの頃だけだ。彼女はこの文章の行間の意味を理解した。旅人がこうした文句を記す時、彼はすでにふるさとから遠く離れることが運命づけられているのだ。

ロレインは本を閉じ、本の濃い青とオレンジ色の表紙をじっと眺めた。

風と砂と星と。(『人間の大地』の英語版訳題)

彼女はそれらの文字を読み上げた——火星が持てる唯一の宝を示す、それらの文字を。

クリスタル

ジルが訪ねて来た時、ロレインは少し上の空だった。ジルが入って来た瞬間、ロレインはちょうど読んでいたレイニーの原稿をこっそり夜具の下に押し込み、何ごともなかったかのように枕元の画集を手に取った。彼女はジルに自分が何に興味をもっているのか、話したくなかった。何か隠す必要があるわけではないが、どう説明したものかわからなかった。

昇ったばかりの太陽の下で、ジルの表情はいつものように活発でほがらかだった。

「最近どう?」ジルは抑揚を付けて言った。

「まあまあ」ロレインは適当な受け答えをした。

「歩けるようになった?」

「まだちょっとだけ」

ジルの顔にわずかな落胆の色が浮かんだのを、ロレインは見てとった。実は彼女はこんなに長く入院している必要はなかった。レイニーによると、彼女の足指の骨のくっつき具合は良く、これからは家で養生すればよいということだった。ただ彼女はここを出たくなかったのだ。まだレイニーに色々なことを尋ねたかったし、病院の展望室で夕日を見ながら古い本を読むことに未練があった。静かで沈潜できるこうした時間は家に帰ったら無いかもしれないし、ここにいる限り、世間の喧噪から遠ざかっていられた。

ジルは言いたいことを胸にとどめてはおけないとばかりにまくしたてた。

「ねえ知ってる、クリエイティブ・コンテストが開かれるのよ！　最初の選考は来週よ。もうチーム分けもできてるの。もう退院できると思ったから、うちのチームに申し込んでおいたんだけど。私とダニエル、ピエールよ」

それを聞いたロレインは、数日前のレイニーとの対話を思い出すと、急に思いが乱れ、狭い出口にせき止められる奔流のように、一連のシーンが頭に押し寄せた。

「どうしたの？」彼女がぼんやりしているのを見て、ジルはいぶかしげに、「クリエイティブ・コンテストよ。まさか忘れたとか？」

「ううん、まさか」ロレインは慌ててかぶりを振った。「忘れるわけないじゃない」

ジルは熱く語り始めた。ロレインはじっと座ったまま黙って聞いていたが、上の空だった。

「……ちょうどチームの名前を決めたの。これから毎日午後に乗換広場に集まって話し合うのよ。どのチームも旗をデザインして掲げるの。うちのチームの旗はリリーが作って……私はこう思っていたけど……でも、ダニエルが……何日か様子を見て、足が良くなったら、一緒に来て話し合おうよ。スイーツを食べながら打ち合わせしてもいいし」

ジルは楽しそうに話していたが、声は空中に漂い、遠く感じられた。ロレインは参加したくなかった。地球で悟った物の見方を思い出さずにはいられなかった。専制制度は教育によって統治を強固にする。しかしそういうことは何一つジルには説明しようもなかった。

ロレインはため息をついた。ジルの生き生きした顔を見て彼女は複雑な気持ちになった。ジルはちょうど窓枠に腰掛け、面白そうに準備の過程の様々な細かい場面を話していた。ロレインは窓の外を見ていた。外は陽光が降り注ぎ、逆光でジルの姿は暗いシルエットとなり、明るい窓辺で輪郭がくっきりと見えた。窓辺についた腕はふっくらして、ふわふわした髪の毛から後れ毛が飛び出し、白く輝く太陽が彼女の後ろから光を投げかけていた。ロレインは急に疲れを感じた。地球の記憶が忘れられない習慣となったように、彼女は何に対しても疑いを抱き、神経質になり、内心の不安から逃れられずにいた。

彼女はそっと首を振り、ジルに尋ねた。「コンテストでは何を出品するつもり?」

「また服を作るの!」

「どんな服?」

「ピエールの開発した新しい素材で作った服。彼の研究している素材は、建物の屋根みたいに光と電気を生む効果があるんだけど、それを使って発電できる服を作るの。ダニエルは超小型回路が得意だから、導線を服の縫い目に取りつけて、電流を流すの。私はデザイン画を描いたんだ! 今度の素材はこの前作ってあげたのみたいに薄くて柔らかくはないけど、甲冑《かっちゅう》みたいな勇ましくて勢いのあるものが作れるから」

ロレインはうなずいた。「なかなか良さそうね」

「すごいんだってば! デザイン画はもうダニエルと私で完成させていて、ここ何日かピエールが病院に詰めていなければ、実験を始められたんだけど」

「ピエールがどうしたの？」

「おじいちゃんが病気で、病院で付き添いをしなきゃいけないんだって」

ロレインははっとした。「そうなの？」

「うん」ジルは首をかしげ、「そう言えば、私もお見舞いに行かなきゃ。ピエールのおじいちゃんもこの病院にいるんだ」

彼女は言いながら窓辺から跳び下り、ロレインの腕をぽんぽんと叩き、急いで出て行こうとした。ドアのところまで来て、また何かを思い出したように、急に振り返り、目を輝かせた。

「そうだ、忘れるところだった。この週末に大きな集会があるから、来るといいよ」

「何の集会？」

「全チームがみんな集まるの！　最初の選考に備えての壮行会！」

「毎日集まってるんじゃないの？」

「全然違うよ。今回は野外の食事会で、食後には小ホールでダンスがあるんだから」

「じゃあ私は無理だな」ロレインは首を振った。「楽しんで来て」

ロレインはジルの言う集会がどんな形式かわかったが、行く気はしなかった。彼らは小さい頃から毎日一緒にいて、一緒に授業を受けて一緒に遊び、一緒に戦士ごっこをして、一緒にスタジオに入り、それから記念日のたびに一緒に大きなパーティーを開いた。パーティーでは、彼らは前回終わらなかったゲームをし、互いの過去を持ち出してふざけ合い、踊る時に誰か二人の間にある雰囲気が生まれているのを敏感に察しては歓声を上げてからかい、そして次の集まりを約束した。

彼女はそうしたパーティーが嫌いではなかったが、別の形のパーティー、完全に見知らぬ者同士の集まりがまだ記憶から去らなかった。そういう時、夜空には明るい光が瞬き、ダンスホールはヘリパッドに取り巻かれ、臨時に停められた小型飛行機は休息する鳥の群れのようで、疲れた男女が互いの間をすり抜け、魅惑的な微笑の間をグラスが行き交い、名前を尋ねることもなく抱き合い、そして身を翻してそれぞれ帰路に就く。毎回新しい顔ぶれで、毎回紹介し合い、毎回それぞれ身体を揺らす。ばらばらになった魂が一時的に出会う。そして二度と戻ることはない。奥深く長い通路には各国の雑貨が山になっていた。スリランカの鏡、タイの煙管《きせる》、ドイツの杖、メキシコの彎刀《わんとう》。漂泊の孤独。

レイニーはディスプレイ画面を閉じ、ハンスの家にゆっくりと向かった。彼は車には乗らず、歩きながら考えごとをした。閉じたばかりの映像がまだ彼の心を占め、もともとの思考とあいまって、いくつかの問題が頭をもたげようとしていた。

映像はハンスから渡されたもので、見たら意見をくれと頼まれていた。バーチャル撮影の画面には、地球の水流と火星の岩山が合成されていた。レイニーはハンスがなぜ彼にこれらの映像を見せたのか、わかるような気がした。はっきり口に出して言いはしなかったが、ハンスの意図は明らかだった。

レイニーは歩きながらハンスに会ったら言わなければならないことを考え、小径は思考と同じように足元を伸びて行った。

レイニーはハンスが昔の仲間を大事にする男だと知っていた。ハンスの過去についてはいくらか知っていたし、子どもの頃の願いや親友の理想を一生涯覚えているタイプの男だとわかっていた。そんな人物はめったにいないため、レイニーは一人一人をよく覚えていた。彼らは往々にして鉄のように無言で、鉄のように意志堅固だった。ハンスは同世代の中で唯一まだ現役で働いていた。死ぬ者もいれば、病気になった者もおり、まだ背筋を伸ばしていかめしい姿で各方面の意見に耳を傾けることができるのは、ハンスだけだった。彼は内心大切にしているものを支えに、この長い歳月を過ごして来たのだった。

ハンスの最も親しい友人の中で、ガリマンは彼と肩を並べて長年戦ってきた唯一の戦友だった。彼らは共に戦時の航空部隊から歩み出し、戦後の再建の初日から互いにそばを離れなかった。その当時ロニングは東奔西走し、ガルシアは長年にわたって船上におり、ただガリマンだけが四十年一日の如くハンスの傍らにあって、吼《ほ》える獅子のようにいつもそばに控えていた。ハンスがディオクレティアヌスだとすればガリマンは共同皇帝マクシミアヌスだったが、彼はマクシミアヌスのように総督とひそかにたもとを分かつつもりはなく、カエサルを育てるようなことはさらになく、ただ数十年変わることなく、ハンスと肩を並べてこの都市の異なる分野で戦い、風砂に対抗し硝煙の上がらぬ戦場で粉骨砕身した。互いの支えがなかったなら、二人とも今日まで歩を進めてくることはできなかっただろう。

ハンスの世代が火星という国家全体の創造者である。彼らが三十代で誕生に立ち会った火星は、嬰児さながらにそれからの四十年間で少しずつ成長してきた。ガリマンは技術畑の建築家で、都市構造の設計者だった。彼は二十二歳の時に最初のガラス建築の設計図を作り、それがのちに火星の住宅の核心となる構造原理と、都市のインフラ計画の根本をなした。彼らの都市はその基礎の上に構築され、拡張した。不朽の革新的技術を核として、そのまわりに無限に形式を変化させる芸術と、壮麗でディテールに富んだ修飾が展開されていた。それは理念から生まれた都市で、ガリマンがその脳内に水晶の空中庭園を描き、山谷の人々を導いて、ついに戦争の闇夜を脱したのだった。

ハンスが信奉するあらゆるものの中で、ガリマンと彼の都市計画は極めて重要な位置を占めていた。ハンスは大部分の建設作業に参与し、若い頃には一介の飛行士として各地に奔走し資源を採集したのをはじめ、老年になってからは総督として作業計画を進め、一つまた一つと完全な計画に認可を与えた。この都市のために注いだ心血はガリマンにも劣らず、彼はそのために他人と争い、自分の人生を賭して都市の完璧を守った。

レイニーにはわかっていた。ハンスに今この都市を放棄するよう選択させることは他の何にもまして困難で、特にこの肝心要《かんじんかなめ》の時、二期連続の総督の任期の終点に至り、静かに任を降りる前の最後の関所というところで、このような大きな決断を下すには必ずや板挟みの苦しみがあるはずだ。

レイニーがハンスの書斎に入った時、ハンスはちょうどガリマンの映像を閉じるところだった。レイニーは最後のシーンを目にした。それは四十年以上前の映像で、ちょうど血気盛んな年頃のガリマンの若い顔が放つ、抑えることのできない情熱が、なめらかな壁からあふれんばかりに、薄暮の老人の広い書斎の空気に延焼し、激しい気炎を上げていた。

窓の外では太陽が沈むところで、窓の中の後ろ姿は孤独だった。

レイニーはしばらく立っていたが、そっと咳払いをした。ハンスは振り返り、レイニーの姿を見ると、黙ってうなずいた。レイニーがテーブルの端に腰を下ろすと、ハンスは彼に茶を淹《い》れてやり、また壁のボタンを何度か押した。しばらくして、デカンタの酒と二種類のつまみがコンベアでゆっくりと上がって来ると、ハンスは扉を開けて取り出し、窓辺の小さい四角のテーブルに並べた。

「映像は拝見しました」レイニーは言った。

ハンスはレイニーに酒を注いでやり、集中して耳を傾けていたが、口は開かなかった。

「彼らのシミュレーション計画も見ました」

「どう思う?」

「問題は二つあるでしょう。一つは大気、もう一つは水温です」

ハンスはうなずき、レイニーが話を続けるのを待った。レイニーは黙ってしばらく考え込み、伝え方を思案した。ハンスのまなざしは穏やかで落ち着いて見えたが、レイニーはその中に、手術室の外で医師が出て来るのを待っているような期待の色が潜んでいるのを見て取った。明らかに、ハンスには期するところがあるのだ。

「大気の問題が一番困難です」レイニーは言った。「開放式環境で気体を保持するのは閉鎖式の環境に比べて一万倍も困難です」

「気圧が下がりすぎるのかね?」

「ええ。でも最大の問題はそこではありません。最大の問題は気体の比率です。人間は周囲の気圧とバランスを取っている水風船のようなもので、周囲の大気が変化すれば、人間の体内にもすぐに変化が生じます。酸素の割合が低すぎれば大脳に異常が現れます。酸素以外の気体は不活性でなければなりません。さもなければ身体の反応を妨害しますし、ありふれた元素でなければならないとすると、窒素以外の選択肢はありません。二酸化炭素の濃度が高すぎれば窒息してしまいます。水分の含有量もある程度一定に保たねばなりません、人体は湿度に敏感ですから。要するに、地球の大気をほとんど複製しなければなりませんが、脱出速度がこんなに小さく分子が宇宙空間に散逸しやすいところでは容易ではありません」

レイニーは話しながら、自分の身体から数千本、数万本もの細い糸が伸びて空気としっかり結びつくのが見えるように思った。地面を離れた植物のひげ根に土がいっぱいついているように。彼は一貫して、人類を宇宙のあちこちに送り出そうというような奇矯な幻想を敬して遠ざけており、そんな情熱にたやすく動かされたりはしなかった。彼は人間を彫刻のような独立した存在ではなく、一重の膜に内外両方の気体を加えたものとみなしていた。人間はどんな環境に放り出しても生存できるわけではなく、環境を離れれば人間としての定義すら失われてしまう、水を離れれば形を失うクラゲのようなものなのだ。

ハンスの表情が若干緩んだ。レイニーの答えに心強く感じ、受け入れようと思ったらしかった。ハンスはうなずき、口を挟むことなく、質問の方向を転じた。

「では水温は?」

「それも同様に難しいでしょう」レイニーは言った。「水を液体の状態にとどめ、本物の大気の循環を形成することができなければ、いわゆる開放式の生態環境には意味がなくなってしまいます。どの地点であれ火星の気温が夜間に氷点下に達することは否めません。川は凍結しますし、昼になっても溶けきれないでしょう。もし人工的に熱を与えるとしたら、膨大なエネルギーが消費され、結局のところ今の都市に勝ることはないでしょう」

「つまり、開放式の試案が成功する可能性は低いということか?」

「可能性がゼロだとは言いませんが、非常に困難です」

「そういうことか」

「もちろん」レイニーは言葉を補った。「ざっと見積もってみただけで、信頼できる試算はまだですが」

「構わない」ハンスはゆっくり言った。「ただ知りたかっただけだ。最終的な決断は私一人が下せるものでもない」

レイニーはややためらった。「今はどの段階なのでしょう?」

「まだ計画の申請段階だ。提出された技術の細部についてアセスメントを実施し、信頼性を分析している。

「議事院での審議はこれからだ」

「議事院での投票ですか、それとも国民投票になるのですか？」

「まだ決まっていない」

「どちらを支持なさいます？」

「それもまだ決めていない」ハンスは答え、しばし口をつぐんでから続けた。「今回の決定には慎重に当たらなければ。私にできるのは恐らくそれしかない」

レイニーはハンスの言葉の端々ににじむ深い苦衷に動かされ、ややあってうなずいて言った。

「わかります」

レイニーはハンスの言葉の意味を理解していた。ハンスはこの都市に残りたいと思っていたが、それを貫き通せる可能性はあまりない。

ハンスはもう戦士の身分ではなく、総督だった。戦士は親友の理想のために心を決め、鬨《とき》の声を上げることができるが、総督には許されない。総督には個人的な決断を推し進める権力はない。その役割は法廷の裁判長のようなもので、政策を討論する際の公正な秩序を仕切り、いつどんな方法で討論を続けるかを判断するが、勝手に討論の結果を定めることはできない。彼は基本的な技術面の原理を理解しようとしていたが、裁判官が事件を知ろうとするようなものにすぎない。

このところ、計画の議論は日々白熱していた。ケレスが上空をめぐるようになってから、未来都市の計画が議事日程に組み込まれた。最初はコンセプトデザインにすぎなかったが、地球との交渉の進展に伴い、一歩ずつ詳細な計画の報告へと変じていった。火星の議事の慣例に照らせば、あらゆる提案は、まずデータベースの提案インターフェースで研究成果と信頼できる論拠を公開し、それから自由討論を経て、最後に議事院か国民投票で結果を出すことになっていた。

目下最も激しく議論されている二種類の計画は、移転計画と残留計画で、前者はクレーターの谷に移転し、開放式の生態環境を構築することだったし、後者は今のガラスのドームを保持し、ケレスから降り注ぐ水を都市の周囲に流して川にしようというものだった。いずれの計画にも理があり、同時に困難もあり、互いに拮抗して、支持者の情熱の程度も甲乙つけがたい。ハンスの職責はこの議論を仕切ることだったが、もし都市を放棄し、新しいすみかを選択する計画が最終的に通過すれば、彼にも変更するすべはなかった。

「実は」ハンスの声は急に低くなった。「来てもらったのは、一つ頼みがあってのことだ」

「お聞かせください」

「暇な時に周囲の意見を聞いてみてくれ」ハンスは慎重に言葉を選んだ。「人々の傾向を知ることは、決定の助けになるはずだから」

「わかりました」

「無理はしないでくれ」ハンスはややためらった。「わかるだろう、本来、こういう手は使うべきでない」

「わかります」レイニーは言った。「ご安心ください」

ハンスはうなずき、それ以上何も言わなかった。レイニーはハンスの深刻な苦悩を見て取った。彼の内心では二つが激しくせめぎ合っている。一つは大切な友人が心血を注いだ街を晩年になって荒廃させたくないという個人的な望みで、もう一つは正義の手順を個人的に左右してはならないという社会制度上の信条だ。彼はいずれも重視しており、どちらもたやすくまげられなかった。

ハンスには最終的な投票の方法を決める権利があり、ガリマンとクリスタル都市にとって最も有利な方法を選ぶことができた。理屈の上では、投票方法は事柄自体の性質によって決まるもので、あるべき結果から決定すべきではないが、エリートの長老から構成される議事院と国民全体の意見では往々にして見方に相違があることは、一般市民にも知られていた。総督がもしそれを明確に看取していれば、望む方向に基づいて法律の許す枠内で投票方法を選択することができた。そうした微妙な選択が、往々にして最終的な政策決定に直接影響した。ハンスは以前から一貫してそうした手段を軽蔑していたが、今回ばかりは、ついに頭《こうべ》を垂れて頼ろうという気に傾いていた。レイニーは忍びない気持ちになった。彼はハンスがこれまでいかに正規の手順を重んじていたかを知っていた。民主的な火星イコール民主的な政策であり、計画に偏りがないことが都市の運行を保持するための核心であり精髄だった。

レイニーは、ハンスの苦衷は、終生やむを得ず自分では望まない決定を続けたことだと思った。

彼は向かいの老人を見つめた。ハンスは黙ったまま手酌で飲んでおり、かすかに波うつ茶色の髪の毛は後ろにきっちりとかしつけられていたが、濃いひげにはは白いものが混じり始め、口の両端には皮膚のたるんだ皺があった。この二十年というもの彼の容貌には大きな変化はなかったが、よく見ればその皮膚は日々老いてゆき、目の下と首の皺がますます増えていることがわかった。時間が自らを証明しようとするなら、鋼鉄のような肉体も従うしかない。

「実際のところ」レイニーはできるだけ気軽な調子で言った。「あまりご自分に厳しくされなくても、自然に任せては。最後の結果がどうあれ、ガリマン参謀長官はおとがめにはならないでしょう」

ハンスは顔を上げて窓の外を眺め、かなたに目をやり、過去を振り返っているようだったが、同時に悲観的な未来を見ているようでもあった。夕日が彼の顔に当たり、皺をくっきりと際立たせた。彼はしばらくしてから口を開いたが、その口調はゆっくりとして、かすかな疲労の気配があった。

「この人生には心残りが多すぎる」彼は低い声で言っ

た。「今回もそうなりそうだ」

「仕方のないことです」レイニーは言った。

「私は家族と友人のほとんど全員を見送った」ハンスは急に振り返り、レイニーを見て、「全員だ」

レイニーは返す言葉を持たなかった。老人は視線を凝らしたが、焦茶色の目には容易に表に出ることのない隠れた悲痛が浮かび、海面だけ風が穏やかで波が静かな深海のようだった。彼の心情はレイニーにはよくわかったが、答えるすべを持たなかった。

「もしかすると、あの時早く引退なさっていたら良かったのかも」

「君にそう勧められたことがあったな」ハンスは言った。「きっとあの頃からけげんに感じていたことだろう。この地位に何を恋々とするのか、心にそぐわぬのに、なぜ早く引退しないのかと。私にもわかっている、早く引退すれば良かったのだし、もしかすると五年前に留任すべきではなかったのかもしれない。だがどうしても安心できなかった」ハンスはそこまで言うと、声を震わせた。突然湧き上がった巨大な感情に押し流されるように、ほとんど悲しげでもあった。「安心できないのだよ」

君にわかるかね、彼はそんな目つきでレイニーを見ていた。

レイニーもハンスを見つめ、人生のたそがれに至った老人が自己と格闘しているその姿を見つめた。彼はため息をつき、うなずいた。夕日が音もなくかなたに輝いている。老人のひそめた眉と顔の輪郭が夕日の下でこわばった。ハンスはなお自己を抑制し、興奮する様子はなかったが、悲愴《ひそう》なまでのやるせなさが彼の身体から抑えられずに広がっていた。

しばらく経って、緊張した空気はゆっくりとほどけた。

ハンスは杯を置き、ティーポットから冷めた茶をのろのろと注ぎ、日頃の落ち着きと静けさを取り戻した。

感情は茶のように冷め、ハンスは手でこめかみを支え、普段の話題へと戻って行った。データベースのインターフェースを通じて議論する制度の改革を語り、しばらく前に提出された土地システムの研究報告について語り、サイス・クレーター内の地形と今後の開発予定を語った。レイニーは静かに耳を傾け、時折一言、二言簡潔な質問と分析を差し挟んだ。

最後に、レイニーはハンスに言った。ロレインは過去の歴史に興味があるようです。彼はロレインが公文書館に行きたがったことは言わず、ただ家族の歴史を知りたがっているとだけ言った。

「あの子は何を尋ねた？」

「かつての生活についてです」とレイニーは言った。「それから戦争の起因について」

「それで何と答えた？」

「大したことは話していません、関係する本を見せてあげると言っただけです」

ハンスはうなずき、ゆっくりと言った。「君に任せる。もしあの子が知りたがっているのなら、教えてやるべきだろう。あの子も大きくなったんだ、いずれ過去を知りたがる日が来る」

レイニーはうなずいて答えた。彼はハンスにとってロレインのことがルディ以上に気がかりだと知っていた。二人はさらに少し話をし、彼は立ち上がってハンスにあいさつをした。ハンスは門まで一緒に出て、レイニーの肩を叩き、後ろから見送った。レイニーは階段の曲がり角で振り返って見たが、ハンスは日頃の厳粛な様子を取り戻していた。片時の動揺の痕跡はその顔にはなく、老人はいつもと変わらず端正で落ち着いていた。

メッセージ

ロレインはアンカに公文書館について来てもらおうと思った。彼がそばにいてくれれば、普段より勇気が出る。最終的にどんな歴史が明らかになろうと、彼が一緒に調べてくれれば、一人で追い求めるより楽に乗り切れる。

彼女は病室のベッドに座り、パーソナルスペースにサインインし、メッセージボックスを開いた。意外にも六件の未読メッセージがあった。それは珍しいことで、入院している間、彼女の受信メッセージはだいたい毎日一件しかなかったからだ。彼女は素早く送信者をチェックしたが、ほとんどは水星団《マーキュリー》のメンバーからで、青い縞になったメッセージボックスのリストが、病室の壁の百合の花に囲まれて寂しげに輝いて見えた。

彼女は最初の一件を読み始めた。ハニアが水星団《マーキュリー》の全員に同報で送ったメッセージだった。

親愛なる兄弟姉妹へ

突然の連絡ですみません。でも以下のような状況は私たち全員が共に直面しているものだと思います。

このところクリエイティブ・コンテストが始まって、誰もが周囲から様々なチームの誘いを受けていることでしょう。皆さんがこのコンテストをどう捉えているかはわかりませんが、私はそれが巻き起こす精神の昂揚には与《くみ》してはならないと思っています。それは虚栄に満ちた情熱で、賞や、大勢の前で頭角を現す栄誉を必要以上に重んじ、多くの若者を功利的にし、真の知恵というものを考えることなく、どうやって他人を圧して審査員の評価を勝ち取るかということのみを考えさせ、受賞こそが生活の最大の意義だと思わせるものです。それはこの世界にコンテストが多すぎるせいだと私は考えています。日常生活は大小の競争にあふれ、数学、スピーチ、演劇、弁論といったように、その功利性が真の思考を忘れさせ、そのせいで知恵はどんどん遠ざかってゆきます。地球は現実的で、功名心にはやる気持ちもここよりずっと小さいでしょう。ですから私は言いたいのです。観念の革命を起こしませんか。私たちはクリエイティブ・コンテストに抵抗し、旗を掲げて対決し、あるいはスピーチを発表してこうした虚栄と功利性とを批判しましょう。どう思いますか？　具体的な方法について私はまだ考えていませんが、まず叩き台として、皆さんに議論して頂きたいと思います。

ハニア

ロレインはメッセージに目を通しながら、ショックでしばらくぼうっとなった。

一昨日自分が感じた追憶と懐疑を思い出せば、共鳴を感じたがためらいもあった。ハニアも明らかに同じ問題を感じ取っていたが、ロレインが統治者と統治の方法に疑いを持ったのに対し、ハニアは若者の不純な動機に疑念を抱いていた。賛同の返事を送るべきかどうかわからなかった。ハニアの批判には理屈が通っているが、観念の革命に関しては、彼女はためらいを覚えた。両親のことを思い出し、二人ならどう決めただろうと内心考えた。

二件目のメッセージはミラーのハニアへの返信で、同様に全員に同報で送ったものだった。

僕は革命には賛同しない。コンテストに参加したくなければ参加しなければいい。僕も嫌だけれど、革命の必要性は感じない。熱血青年がすべて虚栄でも、大した問題じゃない。

ミラー

続いてはロングの返信だったが、ハニアの意見と同じで、ミラーとは反対だった。

賛成だ！　とっくにそうするべきだった。単純に利用されていたんだ。純真な情熱がこんなふうにばかげた形で権力者の側に利用されるなんて、ただで彼らに知能をくれてやるようなものだ。とっくに革命すべきだった、人々の目を覚まさせるんだ！　この狂ったシステムは人間を完全なでくの棒にしてしまう。知恵の搾取は血を吸い取るようなものだ。

ロング

ロレインの動悸は激しくなった。彼女が一番恐れていたのはそのことだった。彼女は自分がこのシステムの悪辣《あくらつ》さに気づき、最終的にそれと闘う道を歩むのを恐れていた。もしそれが本当に悪辣なら、闘わざるを得ないが、闘うことは祖父と敵対することを意味している。そんな事態は望んでいないし、どう向き合ったらいいかわからなかった。明るく輝く文字を見つめながら、彼女の内心は複雑だった。

続いてその下をクリックすると、次はトーリンからのロングをなだめるメッセージだった。

ロング、僕らは地球人の考えに完全に合わせることはない。地球人が僕らを罵るのは、おおかた戦争に敗れた歴史と猜疑《さいぎ》心が原因だ。大人たちも皆が圧迫者というわけではない。彼らがこうしたことをお膳立てするのも、やはり僕らのためという志から出たものなんだろう。

すぐにロングの反駁《はんばく》が続いていた。

トーリン

僕らのためだって？　お笑い草だ。すべてのお膳立ては彼ら自身のためだ。体よく言えば、最も理想的な教育ということだ。だが、理想の教育とは何だ？　言うまでもなく、システムの部品とシステムに忠実な人間を育てることだ。僕らの留学についても同じことが言える。君たちは僕らが地球に行ったのはいいことだと思っているのか？　無邪気もいいところだ。言ってしまえば僕らは人質だ。交渉によって交換する手付金と切り札だ。手付金がなければ、彼らはそれと交換に資源を得ることができない。僕らのためだなんて、口実にすぎない。

ロング

ロレインは激しくショックを受けた。彼女はロングがどうしてこんな結論に達したのかわからなかった。何か証拠があるのか、それとも彼の憶測だろうか？もし彼の言うことが正しいのなら、ここで言及された事柄に関連して、彼女が以前には考えもしなかったたくさんの推理が導き出される。彼らの身分はたちまち留学生から政治的人物へと変わるし、彼女一人に限らず、他の子どもたちの地球行きも不純な動機からそそのかされたことになる。それはほとんど真実とは思えなかったし、いたずらに危機感をあおる陰謀論のように思われた。

考えがまとまらず、頭の中は真っ白になった。彼女はディスプレイに向かってしばらくぼんやりしていたが、ほとんど麻痺したように、最後の一通のメッセージを開封した。

やっと水星団《マーキュリー》と無関係なメールだ。発信地はマアースで、送信者はエーコだった。

ロレインへ
　足の怪我は良くなったかい？　僕はマアースの船上で、星々と一緒だ。

　急に君にメールを送ったのは、尋ねたいことがあるからだ。どうか悪しからず。

　君ももう知っていると思うけれど、僕の先生のアーサー・ダボスキーは十年前に火星を離れる際、君のお父さんから渡された火星のデータベースの容量に関する電子工学の計画を持って行った。ただ、君は知らないかもしれないが、彼が進めようとしていたデータベース計画は様々な商業的な理由によって実現することはなく、先生は失意のうちに地球で亡くなった。今回僕が火星に来たのは、一つには先生の遺志を理解し、その夢を継ぐためだ。僕は映画製作者で、安定した責任ある公共空間の重要性を理解している。だから僕は先生の未完成の事業を継続し、創作のための場を生み出したいと思う。少なくとも、一部の自由な芸術を集めれば、商業的な論理ばかりに従わなくても済む（知っているだろう、地球では、売れなければ一巻の終わりだ）。

　この数日で気づいたんだが、このことには思ったよりずっと障害が多い。商業的な理由だけではなく、もっと複雑な社会的な要因がある。これは芸術の領域の問題だから、政治的にはさほどの邪魔は入らないと当初は思っていた。だが、政府の官僚たちにこの計画を説明しようとしても、最初の反応からして不賛成なんだ。理由はあいまいだったが、態度ははっきりしている。やがて僕は理解した。政策決定者にとっては、創作というのは芸術の問題ではなく、雇用の問題だったんだ。彼らが毎日心配しているのは失業で、ネット市場は地球上の最大の産業であり、一貫して安定した雇用の源泉だ。クリエイターが一人いれば、プレスとエージェントの雇用も生まれるが、もしそういう需要がなくなって、発表も鑑賞もすべて火星のように単純になったなら、必ず失業者が大量に発生し、失業によって引き起こされる社会恐慌が、すべての政府の統治に脅威をもたらすだろう。

僕の火星視察はやはり短すぎたと思う。全体的な生活に関係する問題が各方面に及んでおり、細部が全体に影響する。僕は火星でいったいどれだけの人がクリエイティブな仕事に従事しているのか、それ以外の仕事や、反復作業から成る単純労働と必要なサービスがどのように分配されているのかわからないし、どうやって奨励されているのかも知らない。こうした仕事は、地球の生活では主体を構成しているが、火星でもまったく必要がないわけではないだろう。もしクリエイティブな仕事が栄誉によって奨励されるのなら、単純労働を促すものはいったい何なんだろう？　突然尋ねたりしてすまないが、君は僕と同様に地球を理解しており、地球における金銭の力を知っているから。

早く快復して、退院して静かで満たされた日々を送れますように。

君の友　エーコ・ルーより

ロレインは最後の一言を読んで、不意に胸の内にざわめきと動悸が起こるのを感じた。彼女はすぐさま返信ボタンを押し、急いで次の文章を入力した。

エーコ

メッセージをありがとうございました。お気遣いの言葉にも感謝します。でもそうではないの、私は穏やかでもなければ満ち足りてもいません。

私は心の奥底ではあなたを羨んですらいるのです。なぜなら、あなたは相変わらず行動を計画し続けているし、行動が可能でもあるから。たとえ困難があっても、やはりその道を進んでいるのです。なのに私には向かうべき方向すらありません。

ご質問の答えは私にはよくわかりません。もしかすると模範解答があるのかもしれませんが、私の目からすると、最もシンプルな答えは「誰も考えたことがない」というものです。色々な事柄がどうして当然といった感情をもって受けとめられているのか、想像がつかないかもしれません。もし地球に行ったことがなければ、私たちだってそうした事柄に疑いを抱くことはなかったでしょう。

火星では多くの仕事が十代の若者に担われています。例えば街角で店番をしたり、採掘場で車の運転をしたりするような、授業の一環としての実習もありますが、まったく見返りも利点もない場合もあります。どうやって意欲を湧かせるのかと不思議に思われるかもしれませんが、実際のところそういうものはまったく必要ないんです。参加する学生たちは皆自発的に希望し、申し込みが空前の盛り上がりを見せることもあります。もし地球だったら、統治者に安く利用されているとの批判が出ることでしょう。でも実際には多くの学生が、働くのは楽しいことで、授業よりも面白いと考えているのです。誰もそれで稼ぐことはないし、稼ごうとも思いません。

私たちのクリエイティブ・コンテストと呼ばれるイベントのようなものです。

ロレインは素早く、途切れることなく長い文章を入力したが、書いているうちにふと手を止めると、書き続けられなくなった。

彼女はそこまで書いて、自分が下した評価に突然気づいた。書いている間はただの感情の発露だったが、文字にしてみるとその行間にはいくつも複雑なところがあるのを意識した。実際のところ、彼女が示した答えは人々の無意識であり、稼働するシステムに無批判に従っているということだったが、それ自体が一種の指弾と批判で、ロングの見方とも一致していた。彼女は自分がこうした見方を信じることができるかどうかわからなかった。改めて水星団《マーキュリー》のメッセージを読み返したが、自分のこうした答えはずいぶん子どもっぽいものに感じられた。いずれにせよ、たとえ水星団の中でもこんなに意見のぶれが大きいのに、どうして火星の誰もが一致して目をふさいでいると仮定することができるだろうか？

彼女はゆっくりと落ち着きを取り戻し、ペンを置いて下書きを保存すると、数日寝かせて考えをもっとはっきりまとめてから返信しようと決めた。

数えてみると代表団が火星を発ってから十数日になる。旅程は始まったばかりで、この先には八十日余りの航行が控えている。彼女にはあの船がますますかなたへと遠ざかり、内心の使命を携え本物の海へと漂っていくのが見えた。船は孤独で進みはのろかったが、航路は前方を示していた。彼女はまた初めからエーコのメールを読み返し、文中のかすかで控えめな理想の息吹に感銘を受けた。彼は旅の途上で、彼の世界には欠けているが必要だと考えることを実行しようとしていた。こうした信念は力と確かな方向を備えていて、その確信が人を安心させた。自分のここ十日間の生活を振り返ってみると、ちょうど対照的だった。彼女は前にも進まず安定してもおらず、現実には満足していなかったが、そこに欠けているものが何なのかわからずにいた。周囲の世界は彼女のそばで見えない雲のように渦を巻き、回転しながら彼女を包囲し、それなのにこの目で捉えることはできなかった。それは何か常ならぬものを内包しているようなのだが、彼女の目では見通せなかった。彼女は水槽の魚のように、目を見開いたままぐるぐると泳ぎ回ることしかできなかった。

彼女はマアースを恋しく思った。マアースは闇の中を行き来し、ガラスに落ちた一滴の水のように、そこに伍すのは星々のみだったが、脇目も振らず、決して方向を失うことはなかった。彼らはかつて冗談でマアースに冥界の渡し守の名を付け、カロンと呼んでいたことがあったが、今となっては、あんなに生気に満ちた場所はないように感じられた。

彼女はレイニーが帰って来るのを待って、尋ねてみようと思った。

レイニーは夕食後、ビリヤードクラブにやって来た。毎週水曜と日曜にはここを訪れるのが習いになっていて、めったにない人との交流の機会だった。

火星では厳格に旧約聖書の教えを信奉する人はもうわずかだったし、研究生活のスケジュールも融通の利かないものではなかったが、それでも多くの人々がやはり先祖伝来の、七日間で一週間のサイクルと日曜日を安息日とする古い習慣を受け継ぎ、月曜から金曜まで仕事をして、日曜を人と会って楽しみ語り合う時間に当てていた。女たちは誰かの家に集まり、子どもたちに食べるものを作ってやったし、男たちはあちこちのクラブに分かれて身体を動かし、ひととき勝負を楽しみ、それから他の研究領域の男たちとニュースや社会情報を交換した。プールとゴルフ場を除けば、火星にはこうしたスポーツ施設は珍しくなかった。

日曜日のクラブには、いつもニュースがあふれ返る雰囲気があった。いつものなじみの顔を目にし、入れ替わる新しい話題を耳にすることができた。得意げにすべてを語って聞かせる自慢屋がいれば、あいまいに言葉を濁してひそかに互いに対抗しあうライバルもいるし、仕事がうまくいかず暗い顔をして恨みをため込んだ者がいることもあった。まるでパリの某伯爵夫人のサロンや、人でごった返す燕京《えんけい》の小さな茶館や、北海道で男たちが退勤後に立ち寄っては一杯引っかける居酒屋のようでもあった。

男たちは互いに顔を合わせると、いつもの方法であいさつをし、それから何の気なしに千篇一律のニュースを伝え合った。誰それがまた昇進したとか、誰それが誰それに目をかけているとか、最近どんな重大な変革が起こっているとか、出世の良い機会だとかいう話である。

「マーティンが最近、研究室の主任に昇進したらしいね」

「それだけじゃないよ。彼は研究所に三つあるセンターのうち、一つのセンター長になって、五つの研究室を取り仕切ってるんだから」

「どうしてそんなに昇進が早いんだ?」

「そもそも指導教授が良かったからさ。彼の先生は最近、システムの長老の一人に昇進したらしく、研究しているテーマも火星の次の重点プロジェクトに決まっているとか。彼はとてもマーティンを高く買っていて、たくさんの重要なフェイズで彼にシミュレーションをさせたそうだ。だから彼のインパクトファクターがあっという間に上がって、何人もの先輩を追い越したんだとさ」

「そういうわけか。道理で先週、妙に生き生きしてると思ったよ」

「だから、やっぱりいいプロジェクトにつかないと」

言葉の主たちは休憩所に座り、スーツのベスト姿でキューを磨きながら、進行中のゲームを見守っていた。一人は頭頂部がやや薄く、もう一人は豊かなあごひげを蓄えていた。丸テーブルにはコーヒーと茶菓子が置かれている。二人の男はどちらも気軽でこだわらない様子を見せており、話題を探して自分たちにとってもどうでもよい些細なことを話しているらしく、仕草は礼儀正しかったが、口元にはわかる者にはわかるほほ笑みを浮かべていた。レイニーは彼らとは幼なじみだった。二人の傍らに座り、柔らかい背もたれに寄りかかって、手にしたキューを床に立て、笑みをたたえて耳を傾けていたが、口を挟むことはなかった。もともと口数が少ないので、誰も不思議には思わなかったし、彼が何か話したいかどうか気にかける者もいなかった。

二人の男は世間話を続けていた。

「今回は可能性があると思うか？」頭髪の薄い男が尋ねた。

「難しいなあ。あってほしいけれど、なんとも言えない」あごひげが答えた。

「君たちの研究室はプロジェクトに参加してるのか？」

「ああ。僕らは山派で、岩壁の中にケーブルを埋設する方法の可能性を試験した。君たちは？　こっちは川派になるだろう。僕自身は山派寄りなんだが、でもうちの研究室のボスは強情なじいさんで、人工的に大気を作れるなんて信じようとせず、河川の底のパイプラインの設計を最適化するシミュレーションを無理やり請け負ったんだ。面白い内容じゃないが、承認されたら予算はかなりの額になる」

山派と川派というのは言いならわされた移転計画と残留計画の呼び名だった。移転計画の目標は戦前に人々が暮らしていたクレーターで、残留計画は今の都市の周囲に川を掘削することだった。

「まったく！　じゃあ僕らは対抗しているんだね？」あごひげの男は笑って言った。

「そうだね、どっちがついてるかな？」

「まったく運試しだよ。このプロジェクトはもし受けられれば一生続けることができて、何も心配いらない。でもこの様子じゃあどうなるかわからないな」

「ああ、お互いついてるといいな」

「どっちもっていうのは無理だろう」あごひげの男はまた笑い、「どうだ、もう一ゲームやるか？」

二人は立ち上がり、今対戦を終えたばかりの別の二人の男と交替し、ビリヤード台の両側に立つと、優雅な姿勢で互いに相手に譲る仕草をした。一人は身体をまっすぐにしてビリヤードキューを磨き、もう一人はトライアングルラックを使って赤の球を並べ、色つきの球を一個ずつ正確にそれぞれの位置に並べた。ブレイクショットをする方が身体をかがめると、澄んだ球の音が、静かなパーティーでシャンパンの栓を抜くように賛嘆の声を呼んだ。

下がってきた二人も世間話を始めた。彼らはさっきの二人が座っていた場所に腰を下ろし、やはり二杯のコーヒーを受け取って襟元を緩めると、ほほ笑みながらレイニーにあいさつした。一人は眼鏡を掛けた老人で、ぼんやりした朴訥な顔つきだったが、穏やかだった。もう一人はレイニーと同い年の背高《せいたか》のっぽで、額が広く、眉が上下に踊り、ほがらかで興奮した面持ちだった。

「この前、水道管が水漏れしたと言ってましたが、修理しましたか？」青年が老人に尋ねた。

「直したよ。カップボードの裏のボードを取り外したんだ」老人の声は低かった。

「カップボードが外せるのは良かったです。わかっていたらうちも取り外せるようにしたのに」青年は両の眉毛をぐっと上げた。「うちの子どもが四六時中隙間に物を落とすんでね。子どもがハイハイしている間、僕たちは後ろにくっついて、落ちたものを拾わなきゃいけなくて」

「何カ月だい」

「一歳ですよ。歩けるようにはなったけれど、まだよちよちだから一番面倒な時期です」

「もう一歳かい。時間が経つのは早いものだ」

「まったくです。上の子はもう僕の腰まで背が伸びたんですよ。ナナも字が書けるようになりました」

「じゃあ忙しいな」

「ええ」青年は声を上げて笑った。「あなたはもう解放されたでしょう？　息子さんはしょっちゅう帰ってくるんですか？」

「そうでもないよ。去年子どもが生まれてからめったに帰って来なくなってね」

「今度移転することになったら、新しく家を選ぶ時、息子さんの近くに引っ越したらどうですか。お一人では寂しいでしょう」

「そうでもないさ」老人は言った。「慣れたからね」

一人は声高に、一人は低い声で二人は話し続けていた。先ほどの二人の話し合う声と一緒に混じって空中を行き来し、煙のように辺りに立ち込めた。レイニーは遠くからそれを眺め、内心ではハンスの頼みを考えていた。彼は自分の任務に良心のうずきを感じた。こうした対話から何を知ることができるというのか？　彼にはさほど自信はなかった。火星の都市はハンスの心の中では一つの理想だったが、一般人にとっては生活の背景にすぎなかった。移転するかどうかといった問題は、就職の機会や、引っ越しと住宅を選ぶ機会、人に抜きん出る機会といったように、利用可能な様々な機会へと変じ、もはや総体ではなく幾千万の小さな紛争の感情的な欠片《かけら》になってしまった。一つのプロジェクトを一千個、一万個にすれば、誰もがいずれかから利益を得られる。クリスタル都市の瓦解《がかい》については、誰の言葉からも形勢を読み取ることはできなかった。

レイニーはかすかに感じ取っていた。ハンスの憂慮は方向性のないくぐもった雷になっていた。二つの原則の対立も消失し、最終的な決定がどちらになろうが、壁のガリマンの映像はすでに具体的な真実の生活の破片の中に消え失せていた。

こうした会話はレイニーにはなじみのものだった。研究室の進捗と予算、妻の家事の問題や、子どもたちの愉快な逸話、住宅のメンテナンスとリフォーム。それは満たされた実際的な生活で、仕事と家庭、住宅というように、一人の男が一生涯で心を費やすに足る日常生活は、こうした会話の中で覆いが剝がされる。野心のある男は、学術の頂点を極めることや、議員となって高位に就くことを目指して努力し、政治的な関心のない男は、ゆったりとすべてを享受するが、職場と自宅、クラブの三カ所を一本の線で結ぶ生活は静かで平穏だった。ガーデニングを楽しむ者も多く、家の裏庭の草をむしり樹木を育て、子どもにブランコを作ってやり、電子回路を改修して設置する——二百年前の地球の小さな町での生活と何ら変わりはなかった。彼らの生活費は年齢に従って増額された。決して贅沢とは言えなかったが十分な額で、ゆっくりとした昇給が老いに備えられるという希望的な錯覚を与えていた。

レイニーはこうしたすべてを知り尽くしていたが、会話に加わろうとはしなかった。彼にはこうした話の種がなかった。プロジェクトも担当していないし、妻子もなければ、住宅もない。彼はいわゆる普通の生活を持っておらず、従って話すこともなかった。彼の不足は明白な因果関係によるもので、一つの点からもう一つの点を導き出せたし、あそこが不足しているならここも不足する、ということが推し量れる類《たぐい》のものだった。

レイニーは十数年前、職場に入ったばかりの頃にある事故のために処罰されており、五年間はプロジェクトと研究経費を申請することができなかった。一年あまり経っただけで、交際相手は彼を捨てて別の男を選んだ。火星の規定に照らせば、独身男は単身者向けフラットの分配を受けることができたが、永遠に自分の戸建て住宅と庭園を持つことはできなかった。長い時を経てこれらは過ぎ去ったこととなってはいたし、捲《けん》土重来《どちょうらい》を期してすべてを埋め合わせることもできなかったわけではないが、この経験の後では、彼はこうしたものを得ようとする気持ちを失ってしまった。彼の禁令はとっくに解かれており、再起も可能だったが、彼はチームを組んで戦争のようにプロジェクトを競うことには無関心で、一人で日常的な材料を使って単純な実験をしている方が良かった。女性と交際することもできたが、彼は二人が主導権をめぐって互いに引っ張り合い、相手の前で自分をひけらかすことにうんざりしていた。最初の彼女には自分でもよくわからない困惑を感じていたが、そのプロセス全体がどういうことだったかに気づいた後でもう一度繰り返すとしたら、それはわざとらしい演技のような気がした。彼は二つの複雑で、それぞれに考えがあり、理解することができない個体が、一緒に座って互いにどれだけ目がくらむほど愛しているかを伝え合うというのは、あまりに現実味に欠けているように思われ、どうにも我慢できなかった。互いの不理解と距離を認めた上で、一緒にいることを考えられる相手にめぐり会えればと思っていたが、そんな相手に出会ったことはなかった。

彼は追ったり追われたりするゲームは、職場で毎年行われる予算のせめぎ合いと同様に嫌いだった。彼はすべてはモチベーション次第なのであるということに気づいた。本人の関心がよそに移ってしまったら、様々な競争の技巧はつまらない残りものになってしまう。

レイニーは小さい頃からずっとこうした主体性の欠けた状態にあった。彼は手本となりもしなかったし、反逆者でありもしなかった。小さい頃から孤独に成長し、ずっと誰の注意を引くこともなく、口数が少なく、イベントで目立つこともなかった。他の子どもたちとの関係は悪くなかったが、大勢にアピールする力を持ったことはなかった。子どもたちの間で過ごすことにも問題はなく、たまに誰かと取っ組み合うこともあったが、特定の相手と憎み合うことはなかった。築山と人工の小川の運動場で、彼は黙って様々な道具を作っていた。あたかも黄色い砂場と色とりどりの金属遊具に見向きもせず通り過ぎる、灰色の小さな彗星のように。彼は口数が少なかったので、人から気にかけられないことが多く、彼の内心が複雑で変化や起伏に富んだものではないかなどと考えてみる人もめったにいなかった。沈黙がちの子どもにはこうした危険がつきまとう。何年か一緒に過ごした人々も、彼のことはやはりよく知らないままでいたが、理解できないというより、理解する必要性を感じないのだった。

レイニーの心は内に閉じこもっているわけではなく、精神の発達が遅れているわけでもなく、豊かな内面を持ち、流れるように思考するが口をききたがらない多くの子どもたちと同様、彼はどんな事柄が口に出され、どんな事柄が口に出されずのみ込まれるのか、その差を敏感に察知した。それはやはり単語ゲームが心に残したもので、彼の心には自分の城があり、そのため外界の表現というのは永遠に上っ面をなぞるばかりの言葉で、それなら自分の中に戻った方がましだった。

レイニーはとっくに意思疎通に支障のある子ども時代を過ぎ、泰然として他人に接することができるようになっており、時にはクラブに来て、余裕がある落ち着いた暮らしを送る一般人がするような話を他の人々と共有することを覚えていた。人といることを必要としているわけではなかったが、人と距離を置くことで人間に対する真の理解を失いたくはなかった。

彼は大勢の人の間に座り、黙ってハンスやガリマンの築いた歴史とこの国の運命を思い返していた。

レイニーが病院に戻った時、もう夜は更けていた。彼は帰る前に本を取りに寄ったのだが、みな寝静まっていると思ったのに、ドアを開けてみると、ロレインが彼のオフィスの待合室に座り、一人で本を読んでいる姿が目に入った。

「ロレイン？」彼はいぶかしげに声をかけた。

ロレインは顔を上げ、彼にほほ笑みかけた。部屋のシーリングライトは点けられておらず、円形のカフェテーブルの花瓶型のスタンドだけが点いていて、ピラミッドのような光の暈《かさ》が室内の唯一の光源となっていた。緑色の葉がスタンドの光をページの上に柔和に広げ、ロレインの頬は横からの光を受け、鼻筋がほっそりと浮かび上がり、目は輝いていた。

「お戻りですか」彼女はレイニーにあいさつした。

「待っていたのかい？　何か用かね？」

「ええ」ロレインはためらいがちに、「用ってほどじゃないんですけど、ちょっと聞きたいことが」

「そうかい？　何を聞きたいんだね？」

ロレインは言葉を切り、自分の言葉を落ち着かせようとしているようだった。「私たちの周りの人は、なぜ働いているんですか？」

「誰のことを言ってるんだい？」

「周りの普通の人たちです、オフィスの人や、お父さんやお母さんや子どもたちのような」

レイニーはさっきクラブで会った男たちを思い出した。彼らの興奮、憤怒と精密な計算、彼らの笑顔と憂い顔、彼らの努力と不本意について思い返した。彼らは毎週日曜にクラブで楽しみ、いつも交換する話題はと言えば、どんな時も子どもと昇進の話だった。彼らの目、眉毛、声、仕草。彼らが注ぎ込む理性と感情。彼は黙って考え、身辺を取り巻く家庭の生活を目に浮かべた。

「そうだね」彼はゆっくりと言った。「豊かな生活のためだろう」

「みな仕事をしたいのかしら？　それとも理想のために働いているのですか？」

「それは違うよ。そんな世界は存在しない」

「じゃあみんないったい何のために？　あんな退屈な仕事は、もし地球のようにできるだけたくさんお金を稼ぎたいのでないなら、誰がするの？」

レイニーは考えて、慎重に言った。「まず、ここには退屈な仕事はあまりない。生産はほとんど機械に任されているし、サービス業も限られている」レイニーは話しながら、ディスプレイの前に来て、ファイルを探し出すと、調べてみて言った。「エッセンシャルワークはだいたい仕事全体の……九パーセントでしかなく、ほとんどが兼業だ。動機はおおかた予算の奪い合いだろう。どのオフィスでもそこでの色々な業務は自分たちで片づけなければならないし、無人の生産ラインも普通は誰かが管理しなければならないし、輸出する製品には誰かがメンテナンスを提供しなければならない。ほとんどの場合順繰りに交代するが、個別の作業では専門の責任者がいることもある。あるプロジェクトの完成が直接翌年の予算の争奪戦に影響するから、一度何か過失があったり不満を招いたりすると、プロジェクト全体が予算を得られなくなる。それはチーム全体の存亡に関わることで、誰もおろそかにはできないし、興味があろうがなかろうがやるしかない」

「予算の争奪戦は激しいんですか？」

「激しいどころか」レイニーは穏やかに言った。「すさまじいくらいだ。毎年年度末の予算の争奪はどのオフィスにとっても最大の腕の見せどころで、いつも数ヵ月前には戦略を練り、根回しをし、説得して味方を増やすんだ。火星の資金はいつも限られていて、その点では地球と変わらない。火星全体を綿密に活動計画を立てる大企業だとしてみるといい。すべての投資が生み出すものを推計し、見返りを計算し、あらゆる不満足な結果を計上すれば、その正確さたるや小数第三位まで算出できるほどだ。クリエイティブな仕事を含む大部分の研究は、こうした推進力によって進められていて、まるきり興味関心に基づいているものなどない」

彼は言いながら、ビリヤードクラブの山派と川派の二人の男たちをまた思い出した。彼らの生活はあんなに自然で、クラブと裏庭ではかりごとをめぐらし、最も見込みのある研究室と協力関係を築いて、年度末に備えるのだった。ロレインは聞きながら、あっけに取られて目をみはり、不思議な暮らしに触れたかのようだった。レイニーはそうした反応をおかしいとは思わなかった。彼女の両親は早く亡くなっていて、本人は地球に行っており、物心がついてからはこうした事情に接していなかったとしても無理はない。予算の争奪戦は子どもたちが学校に通っている間はまだ現れないが、成人して仕事を始めてからは生活の最も重要な部分となる。

「どうして予算を奪い合わなきゃいけないんですか?」ロレインは少し考えて尋ねた。

「大きなプロジェクトを手にすれば、人の中で目立つ地位を得られるからね」

「それが大切なんですか? 注目されることが?」

「重要かどうかって?」レイニーは笑った。「こう言うしかないな。重要でなければ、歴史上のたくさんのことは起こらなかった」

「つまり、私たちの世界は完全に扇動と盲従の上に築かれているわけではないってことですね?」

レイニーは言葉に詰まった。心の中には確固たるものがあったが、彼はロレインがこう尋ねる意図に思いをめぐらし、少し考えた。

「どんな世界でもまったくの扇動と盲従の上には築けないよ」彼はゆっくりと言った。「一つの世界を運行させるなら、欲望の上に築かなければ」

ロレインはうなずき、それ以上尋ねることなく、窓の外を眺め、何かを考えているようだった。

しばらくして、彼女は立ち上がって別れを告げ、レイニーは彼女を病室に送った。彼らはゆっくりと長い廊下を歩き、それぞれのもの思いにふけり、どちらも口をきかなかった。廊下は静まりかえって、闇の中にガラスの壁が月光を反射し、二人の影をゆらゆらと逆さに映していた。歳月自身のように、果てもなければ、音もなく、付き添いもなく、ただ影だけが傍らを離れなかった。二人はゆっくりと歩き、靴のかかとが階段を打つ音を聞きながら、めいめい思いをめぐらし、二人ともこの静けさを打ち破ろうとはしなかった。

病室の戸口で、レイニーはロレインに早く休むようにと言った。ロレインはうなずき、静かに立ち止まったが、すぐに中に入ろうとはせず、小声でレイニーに尋ねた。

「レイニー先生、みんなは幸福だと思います？」

「幸福？」

その単語の豊かな含意がかすかにレイニーを動かした。彼はためらってから、うなずいて言った。「ああ、みんな幸福だと思うよ」

彼は彼らが幸福だと思っていたし、あるいは、自分はそう考えなければならないと感じていた。

「どうしてですか？」

「彼らには求めるものがあるから」

「それだけで幸福なんですか？」

「幸福とは限らないが、幸福だという感覚は持てる」

「先生もそうなんですか？」

レイニーはしばらく黙った。「あまりそうじゃないね」

「どう違うんですか？」

レイニーはまた黙った。「プロジェクトにあまり関心がないから」

「みんながそうやっているのは幸福だっておっしゃいましたよね」

「私は彼らが幸福だと思っているとしか言えないよ」

「それじゃ先生は何が幸福だと？」

「頭がはっきりしていることだ」レイニーは少し考え、静かに言った。「それから頭をはっきりさせていられる自由だ」

ロレインは部屋に戻り、レイニーは閉じたドアを見て、彼女の質問を考えていた。そうだ、彼は自分が幸福だと思っている。今の生活は孤独ではあるが、彼の心は落ち着いていた。表面的には、彼は受動的に運命を受け入れ、処罰と独身とを良しとし、政策が自分の運命を決めるがままに甘んじているようだったが、実際は、そこで本当に影響したのは彼自身の選択だった。どんな人間の運命もある程度は自分の選択だと言えるが、彼は選択しないことを選んだ。それも一種の選択だった。彼には愚痴をこぼしたり不満を言ったりする理由はないが、選択した以上それに責任を持たなければならないからだ。自由と孤独は双子のようなもので、彼は他人に束縛されない自由を選んだのだから、誰からも気にかけられない孤独を受け止めなければならなかった。

レイニーと別れてから、ロレインは一人で部屋に入り、窓の外の闇に広がる荒野を見ながら、オーディオのスイッチを入れ、火星にはない豪雨の音を流してかなたに目をやった。

雨音は壮大で、世界を包み込んだ。ロレインは両手を窓ガラスに押しつけ、夜のとばりの中の〈断崖〉を眺めていた。暗がりの中、かなたのケレスだけが頭上に円盤状の姿を見せており、二つの月は影も形もなかった。切り立った崖が黒い分水嶺のように天と地を視界の果てで切り分け、天上には星々が輝き、地上はどこまでも漆黒の闇だ。崖は近くにも遠くにも感じられ、都市との間には遮るものもないが、それでいて手が届かないほどはるかだ。夜の刀のように、刀身は鋭く細長い。スピーカーの雨音は真実味を帯びて、ガラスを隔てて彼女の身体に打ちつけるようだった。

この一日に耳にしたことを考えていると、彼女の胸にはひんやりとした波が立った。目の前のガラスからは強烈な光が放たれ、人の喜怒哀楽はその光の中に包み込まれているようだった。彼女は生存空間という語がこけおどしではないと感じた。彼らには金融もなく、旅行サービスもなく、交通管制もなく、個人の資料を審査する官僚のオフィスもないが、それはすべて彼らがこうしたガラスの箱の中に暮らし、生活のすべてが統一的に設計されているからだ。地球に模倣させるなら、こうした統一的な箱の中に移転させ、個々人に一律の生活費を支給するしかない。彼女はどうエーコに返信したものかわからなかった。彼は激しい社会的情熱を胸に、実現不可能に見える盛大な改革に向かって昂然と歩んでいた。

彼女はメールボックスを開き、何と書いたものかためらっているところに、突然新着メッセージを目にした。アニメーションのアイコンが光っている。

送り主はアンカだった。

　ロレイン、

　退院の日時を教えてくれ。一日休みを取ったから、病院に迎えに行って、午後は公文書館に一緒に行こう。

　残り数日だろう、どうか身体を大事に。

　　　　　　　　　　　　　　　　アンカ

その瞬間、ロレインの心は穏やかになった。静かな字が闇の中で温かく部屋を照らし、憂慮や陰謀、革命、歴史や論争はすべて遠ざかり、闇の中にただ静かな文字のぬくもりだけがあった。彼女はふと深い疲労を感じた。

膜

退院の日の朝、ロレインは別の病室を訪ねた。

ピエールの祖父は彼女と同じ病院に入院していた。同じ地域の患者はだいたい同じ病院に入ることになる。患者名簿からすぐに病室は調べがつき、彼女は入院病棟の二階の高度治療室にやって来た。院内では最高ランクの病室で、喧噪を離れ、ドアには緑色の葉の形をしたプレートがかかっていた。ドアは開いており、ロレインは静かに外に足を止めた。室内は広く、壁は半透明に設定され、花の香りが漂い、海のように安らかで、中の沈鬱な空気から気をそらしやすくなっていた。

ピエールは一人で静かにベッドサイドに腰掛け、その横顔は淡い日光に照らされていた。少し伸びた髪の毛が波打って額に貼りつき、眉毛はあらわで、光の中に毛先が透けて見えた。座ったまま身じろぎもせず、無彩色の彫刻のようだった。彼はかなり経ってからロレインに気づき、慌てたように立ち上がると、ソファーを動かして彼女に勧めたが、無言のままだった。ロレインはほほ笑んで腰を下ろし、彼と一緒にベッドの上の昏睡状態の老人を見守った。老人の表情は穏やかで、まばらな銀髪が枕に広がり、顔の皮膚はたるんで垂れ下がっていたが、皺は伸びたようだった。時間や活力、鋭気も一緒に平らにされたように。ロレインは老人の具体的な症状は知らなかったし、ピエールにも尋ねなかった。彼女は彼に付き添って静かに座り、枕元を取り囲む小さな計器を見つめていた。脳波計測器は光り続け、異変計測モニターには緑色の図形がゆっくりと上下していた。数字が生命だというわけではないが、つながれた人の命がまだ保たれていることを告げていた。目には見えないが、まだそこにある。

「ジルから聞いたの」ロレインはそっと言った。

「ジル……」ピエールは無意識のように繰り返した。

「身体を大事にね、クリエイティブ・コンテストについては気にすることないから」

「クリエイティブ・コンテスト？」ピエールははっとしたようだったが、それでも散漫な表情が消えなかった。「ああ、そうだ、クリエイティブ・コンテスト」

ロレインはピエールの様子を見て切なくなった。ピエールが祖父一人の手で育てられ、長く二人きりで暮らして来たと知っていた。兄弟姉妹もおらず、老人が持ちこたえられなくなったら、彼は天涯孤独になってしまう。ピエールの小さい頃の姿が思い出された。痩せてひ弱で、引っ込み思案で、怒りっぽく、祖父の足につかまって、警戒したまなざしを向けていた。彼は誰とも冗談を言ったりふざけ合ったりしなかったが、誰かがいじめられているのを目にすると、小さなハリネズミのように身体を丸めて突っかかって行き、一言も発さず、がむしゃらに小さな拳骨を振り回した。彼は一本気な子どもだったが、今こうして祖父を見守るまなざしもあまりに一本気で、見ているとつらくなるほどだった。痩せた背中を丸めた彼は、髪の毛を顔に貼りつかせたまま、目をじっと下に向け、その身体には感情が張りつめていた。

火星に帰ってからロレインはまだ一度しかピエールには会っていなかった。彼にまつわる記憶はどれも五年前の、まだ彼女より背が低い少年のものだった。彼は成績優秀で、在学中にもういくつもの研究成果を上げたと聞いていた。彼の年齢では誰もかなわないだろう。

しばらく経って、ピエールは不意にすまなげな表情を浮かべ、ロレインの方を向いた。

「ごめん、僕の方からお見舞いに行くべきだったのに」

「いいのよ、私はもう大丈夫だから。忙しいでしょう」

「こっちも大丈夫だ」ピエールは首を横に振った。「ジルに伝えてくれ、二日くらいしたら行くからって。真空蒸着《スパッタリング》は他の人にはわからないから、自分で見ていないと」

　ロレインはピエールにまずは祖父の看病をすればいいから、あまり考えすぎないようにと言うつもりだったが、ピエールの真剣な様子を見て、うなずいた。

「わかった、戻ったらジルに伝えておく」

　ピエールはベッドの方に向き直り、ひとりごとのように言葉を続けた。「他の人にはわからないんだ。シリコンナノ電子薄膜、シリコン量子ドット、多孔質シリコン集積回路、酸化ケイ素超格子、こういう言葉を口にすることはできても、本当に理解しているわけじゃない。僕たちの光も、電気も、誰もが使えるけれど、誰も本当には理解していない」

　ロレインはどういうことかよくわからず、しばらく待って、迷いながら尋ねた。「ジルに聞いたけど、新しい薄膜を作ったんですって？」

　ピエールは彼女の方を見て笑った。まなざしはうっすら悲しげだったが、声は落ち着いていた。「そんなに新しくもないよ。光電パネルをもっと軽くて柔らかい素材を用いて作れないかと前から考えていたんだ」

　ロレインはうなずき、それ以上何も言わなかった。彼女はしばらく彼に付き添っていたが、手伝えることもなさそうなので、立ち上がって別れを告げた。

　彼は立って彼女を送った。「いつ退院するの？」

「これからすぐ」

「今日これから？」彼は驚いたようだった。「じゃあ送るよ」

「いいの、私は大丈夫」

「構わないよ。話したいこともあるから」

「何を？」

「後で君のところで話そう」

ロレインはためらったが、うなずいて承知した。別れのあいさつを交わすと、彼は彼女が出て行くのを見送った。

彼女はドアのところでそっと振り返り、水色の病室を見た。ピエールは黙ってまた同じ姿勢で座り、痩せた身体を前かがみにし、両足をソファーのオットマンに乗せ、身体は黙りこくっていたがみなぎる感情が全身をこわばらせていた。病室はしんと静かだった。

病室に戻ってもまだ朝早い時間で、陽光が室内にあふれ、百合の花はこれまで通りに悠然と落ち着き払っていた。ロレインは窓辺に腰掛けて朝食を取りながら、窓の外を眺めた。手回り品の荷造りは済んで、脇のきちんと整えられたベッドの上に置いてあった。

最初に病室に来たのはアンカだった。

彼は開け放ったドアのところに立ち、そっとノックしてウインドチャイムを鳴らした。ロレインは振り返り、彼の姿を認めると、スプーンを空中に浮かせたまま、持ち上げることも下ろすこともつかの間忘れていた。アンカは彼女にほほ笑みかけたが、何も言わなかった。陽光が彼の髪の毛に当たり、その姿を明るく輝かせていた。今日はゆったりとしたジャージ姿で、制服のようにかっちりしてはいなかったが、逆に身体の線を際立たせている。ロレインはとっさに何と言ったら良いかわからず、ただ彼を見つめていた。彼も言葉が出ないらしく、互いに顔を見合わせて向かい合ったまま、陽光がその間を隔てるように静かに漂っていた。

ややあって、アンカの後ろにはミラーとトーリン、ハニアが姿を現した。静けさが破られ、室内は一気ににぎやかになった。

「このところよく休めた？」ハニアはほほ笑みながら彼女に近づいた。

「まあね」ロレインは我に返ると、慌てて答えた。「もう大丈夫よ。自分で歩けるようになったから」

その言葉を証明するために、ロレインはそう言いながら立ち上がると、パフォーマンスのように部屋の中をぐるりと歩いて見せ、笑ってワイヤー製のブーツを持ち上げ、仕組みを説明した。彼女は軽やかに一周してくるりと身を翻し、顔を見られないようにしたが、誰にも自分の決まり悪さに気づかれたくなかった。彼女はアンカには視線を向けず、ただ静かにターンして見せた。

ベッドに戻ると、ハニアは傍らに腰を下ろし、二人の少年もその横で窓辺に寄りかかり、皆でおしゃべりを始めた。ハニアはロレインに足の感じと快復の状況、筋肉の痛みや病状をこと細かに尋ね、自分の状況と比べてみた。彼女は話しながら足を持ち上げ、そっとストレッチパンツの裾を膝までめくって、ほっそりしたふくらはぎを見せたが、くるぶしには分厚い包帯が巻かれていた。ロレインはこみ上げるものを感じ、何も言わず、そっとなでた。ハニアはそれでも毎日練習を続けていて、来月には成果発表会も控えていた。

ロレインがここ数日の状況を尋ねると、みな互いに目配せをして、例外なくレポートを書いていると答えた。あきらめが三割、皮肉が七割だった。

「書けって言うなら、書けることはたくさんある」ミラーは言った。「でもこんなふうに書かされるんじゃ本当に頭が痛い。知らないだろ、レポートのキーワードについてだけでも、アサラばあさんと三日以上もやり合ったんだから。俺の出したキーワードが規則に合わないから、将来データベース検索するのに不便だって言われて、五回も書き直したんだ」

「どうして？　私たちのレポートが学術論文にでもなるの？」ロレインはけげんに思って尋ねた。

ミラーは肩をすくめた。「そうなんだろう。レポートはどれも学術論文のつもりで書かなきゃいけないんだって」

ロレインは目を丸くした。「レポートって気持ちと思い出を書くんじゃないの」

「俺もそう思ってた」ミラーは笑った。「でも向こうは留学の成果を見せてみろって。俺たちは投資みたいなもんで、あれだけ出資したんだからリターン無しってわけにはいかないだろう」

こうなったらダンスカンパニーのコレオグラファーやインストラクターであってもやりたくないとロレインは思った。ダンスカンパニーに戻りさえしなければ、誰からもレポートの提出を求められない。天涯孤独な者がいつだって誰より自由だ。ミラーは笑うと愛嬌があって、茶色い仔熊みたいだった。いつも一番勝手気ままで遊び好きで、眠りにつけば冬眠のようにいつまでも眠っていられた。彼は真面目になれないたちなのだとロレインはこれまで思っていたが、今や彼ですら真剣になっていた。彼らの世界は変化している。一時的なことなら好きなようにできるが、一生のこととなれば、永遠に抵抗し続けることはできない。


「そうだ」ロレインは急に思い出した。「メールで言ってた件はどうなったの？」

ハニアは笑った。目には興奮と反逆、それから厳粛や厳格なんて歯牙にもかけない誇り高い表情を浮かべ、秘密めかして言った。「決まったよ。観念の革命を始めるの。先月ご両親について話したでしょ？　二人がどうして処罰されたにせよ、少なくとも私たちに手本を示してくれたんだ。規則に挑戦する勇気、私たちにもそれが必要なんだよ」

「観念の革命？」ロレインは息をのんだ。「何をするつもり？」

「最初に、ロングの言葉を理解すること」

「ああ、そうね」ロレインは言った。「私も不思議に思ってた。どうしてあんなことを？」

ハニアは声を潜めて言った。「三年目のこと、覚えてる……」

ちょうどその時、ドアのウインドチャイムが鳴り、ハニアはぴたりと口をつぐんだ。皆は一斉に振り返り、ルディとジルが戸口に立っているのを目にした。ルディは制服に身を包み、分厚いファイルを手にし、ジルは髪の毛を三つ編みにして、果物のかごを提げていた。二人が部屋に入ると、その後ろに立っているピエールの姿が目に入った。

「具合はどう?」ジルは急いで入って来るなり勢い込んで尋ねた。

「ええ」ロレインは急いで笑みを浮かべて答えた。「まあまあね」

ロレインは果物を受け取り、サイドテーブルに置いた。ジルはオレンジを取ってロレインに渡し、リンゴを二つ取って傍らのハニアとミラーに渡し、最後にまたオレンジを取ってルディに渡した。みな喜んで受け取ったが、ルディは首を振って断った。ジルの顔が赤くなったのを見て、ロレインは手を出し、そのオレンジも受け取った。ルディはずっとジルには注意を向けなかったが、好奇心に満ちたまなざしでハニアを観察していた。

ルディはハニアを見つめ、ジルはルディを見つめ、ピエールはその後ろからジルを見つめている。ロレインは微妙な緊張感に気づいた。ルディがこんなに近くでハニアを見るのは初めてだったが、率直に興味津々のまなざしを向けている。興奮して研究したくなる物事を目にするたび、ルディがこんなふうにわくわくした目をするのを、ロレインは妹として知っている。だがハニアはまだ気づく様子もなく、リンゴを食べながら隣のトーリンと小声で話していた。

いつになく穏やかな雰囲気だった。陽光はうららかで、病室はぬくもりに包まれている。すべてはあつらえたように進んでいた——優しい見舞いに温かい気遣い、明るい照明、大きくてふかふかしたベッド、薄緑の床、壁に飾られた百合の花。ルディはロレインを手伝って荷物をチェックし、忘れものがないのを確かめると、脇に立って待っていた。何とか表面的な平穏が保たれているのが明らかだった。

「ピエール」ロレインはついに口を開いて平穏を破った。「何か話があるって言ってたけど、どうしたの？」

ピエールはそれまで離れて立っていたが、ロレインの言葉で視線を集めた。彼はぼんやりした様子でドアの近くに立ったまま、近寄ろうとしなかった。ぐるりと皆を見回したが、その目は遠くを見ているようで、髪の毛はやはり額に貼りついたままだった。皆の視線によって見えない通路が渡され、ロレインとピエールはその両端に立っていた。

「あの日ステージで」ピエールは小声でロレインに尋ねた。「何かおかしいところに気づかなかった？」

ロレインは思い出してみた。「ええ……少しだけ」

皆の視線が集まり、ロレインは少しためらい、思い出しながらゆっくり答えた。「あの日ステージの上で、ずっとふわふわした感じがしてた。身体がいつもより軽くて、足に力が入らないし、リズムに合わせるのが難しかった。リハーサルではそんなことなかったのに」

「軽いのは良くないの？」ジルが尋ねた。

「良くない。ダンスで一番大事なのは地を踏みしめることだから。身体がふわふわすると力が入らないから、無理をして必要以上に力を使ってしまって、それでバランスを崩したの。本番の前に練習をし過ぎて、足が疲れていたんだと思う」

そう言うと、彼女は試すようにピエールを見た。

ピエールはうなずき、何らかの証拠を得たようだった。「訓練の問題じゃない。衣装の問題だ。衣装に揚力が生まれて、パラシュートを着たみたいになったんだ」

「何よそれ！　どうしてそんなことが？」ジルが大声を上げた。「衣装に何か問題があったの？　私のせいで怪我をさせてしまったわけじゃないでしょう? リハーサルもしたはずなのに」

ロレインは探るようにピエールを見つめ、ジルの手をぽんぽんと叩き、慰めるように言った。「そんなはずない、あなたの問題じゃないと思う。着て何度も踊ってみたし、スカートは軽くて、問題なかったよ」

彼女はピエールが奇妙な表情を浮かべたのを見た。

「普段は問題なくても」ピエールは冷ややかに言った。「あの夜は劇場のフロアの磁場がオンになってたんだ」

ロレインは衝撃に打たれた。

「ああ!」ジルは忽然と悟ったように言った。「ピエール、あの衣装の素材は磁場の影響を受けるってこと?」

「そうじゃない」ピエールははっきり言った。「僕の素材は磁場の影響はまったく受けない。磁気モーメントはゼロだ、事前に測ってある」

彼はそこで言葉を切り、唾を飲み込むと、ごくりとのど仏を動かした——溺れかかった魚のように。「でも誰かがスカートに細工したんだ」

ロレインの胸の不安はますます強まり、小声で尋ねた。「確かなの?」

ピエールはうなずいた。「公演の夜、僕は手術室の入口でスカートを預かったんだ。素材の問題じゃないかと気になって、帰って計測を行った。それで見つけたんだけど、スカートの表面にははっきりと磁気モーメントを持つ薄膜が施されていた」

彼はまた口をつぐみ、視線をルディに向けた。その時、部屋中の誰もがピエールの言わんとすることを理解し、ジルも彼の目から疑いを読み取った。ロレインはこの瞬間、ピエールの内気な小声以上に大きく響きわたる言葉はないと思った。空気はたちまち気まずいものになった。

「ルディさんを疑ってるってこと?」ジルはつぶやく

ように尋ねた。

ピエールは答えず、目をゆっくりとジルに向けた。

「どうしてルディさんを疑うわけ？」ジルは腹を立てて大声で言い、守るようにルディの前に出た。「どう見てもあなたの素材が悪かったんじゃない、自分の問題なのにどうしてやたらと他人を疑うの？」

ピエールはジルを見すえて、理解できないというように眉をひそめた。ジルの反応は明らかに彼の予期していないものだった。彼が内心募らせていた対決の感情は、鈍い一撃を食らったように動揺したようだった。

ロレインの気持ちは張りつめていた。ルディを見つめて、今立ち上がって何か言ってほしいと願った。彼女は緊迫した空気にのまれ、議論されているのが自分の問題だということをほとんど忘れていた。ピエールにこんな形でルディとぶつからないでほしいと思ったが、それは兄を守りたいからではなく、ピエールが非難すればジルは彼の反対側に立つだろうからだった。ジルはルディに良く思われたいのだし、少女というのはこんな時には理屈なんて構わないものだ。ロレインはピエールを見つめて胸に痛みを感じた。この瞬間ピエールの目には落胆と恐れの色が浮かんでいたが、ロレインはそれを見て彼に同情し、またジルにも同情した。ルディが立ち上がって追及に答え、率直に説明してくれればと思った。彼女の足の怪我は何日も経ってもうあまり気にならなくなっていたが、兄が誠実に自分のしたことに責任を持ってほしいと思った。

「でたらめに疑ってるわけじゃない」ピエールはジルに言った。

「でたらめじゃないの」ジルが逆ねじを食わせた。

「違う」

「違わない！」

その時、ルディがようやく口を開いた。

「でたらめじゃない」ゆっくりとした口調で、目はただロレインに向けたまま、ジルとピエールのことなど意に介していないようだった。表情こそいくらか気まずそうだったが、壁にもたれたまま、制服にはやはり皺一つなく、両手をポケットに突っ込み、落ち着いて感情を見せないようにしていた。「僕のせいだ」

ジルは動きを止め、ぽかんと口を開けた。

ルディはロレインを見つめて言った。「すまない、僕が勝手にやった」

「兄さん」ロレインは何と言ったら良いかわからなかった。「いつ……」

「スカートを規定の検査にかけた時、ついでに薄膜処理をした。劇場のソファーの表面と同じ原理で、数ナノミクロンだから感じないが、磁場ではわずかに持ち上げる力が生じる」

ルディは他の皆を一顧だにせず、口調は普段より落ち着いているくらいだった。物腰にも平静が保たれていて、今この時に試されているのは誠実さではなく沈着さであり、彼がすべきなのは過ちを認めることではなく、ただ冷静さを保つことであるかのようだった。そこまで話すと、彼は言葉を切り、また付け足した。

「悪かった、僕の余計な手出しだった」

「余計な手出し？」ハニアが不意に冷ややかに口を挟んだ。「自分の言ってることがわかってるの？」

ルディは彼女の方を向き、静かに尋ねた。「どういうことだ？」

ハニアは冷笑した。「余計な手出しで片づけられるようなこと？　どうでもいいような些細なことなの？　ロレインは踊れなくなるどころか、歩けなくなるかもしれなかったんだよ？　そんなにいいかげんに済ませられるの？」

ロレインはハニアを見つめた。ハニアの姿は傲然としてまっすぐで、ことさらにルディに食ってかかっているようだった。ロレインには、彼女が憤っているのはルディの犯した過ちというより、その泰然自若とした自分のせいではないかのような態度だとわかった。

「ロレインにかかる重力をちょっと軽くしたかっただけだ」ルディは言った。「重力！　また重力」

「僕の思い違いだった。重力が小さくなれば高く跳べると思ったんだ」

「常識ってものがないの？　ダンスは高跳びじゃないのよ」

「高く跳べれば有利だと思ったんだ」

「本気なの？」

「そう思った」

ハニアは答えず、口元にはっきりと嘲りを浮かべ、音を立てずにため息をついたようだった。彼女はぐるりと周囲を見回し、ロングコートを脱ぐと、淡い黄色の短いトップスとコットンのストレッチパンツ姿になった。普段のトレーニングウェアだろう。軽く身体をならすと、腕のバングルが音を立てた。

「あんたたちが地球に私たちを送り出したのも、もっと高く跳べるなんてたわごとのせいだった。どうすれば高く跳べるか知りたい？」ハニアはルディを見すえて、「教えてあげる」

言うなり、周囲に構うことなく病室の空いたスペースで軽快に跳躍し、回転しながら三回ジャンプすると、口角をかすかに上げて尋ねた。「今のは高かった？」

答えを待たず、また二歩助走して、ジャンプすると両足を空中にまっすぐ伸ばした。安定した着地を決め、また同じ言葉を繰り返した。「今のはどう？　高かった？」

答える者はなかった。

「知らないでしょうけど」ハニアは冷静に言った。「こんな高さでは入門したばかりの子どもにもかなわない。でもこの場にはそんな子どもたちはいないから、わからないだけ。もっと高く、もっと高くって、私たちを地球に送ったのももっと高く跳ばせるため。でも何と比べるの？　カエルだの蚊だの、アンドロメダ座の宇宙人なんかと比べるの？　馬鹿も大概にしてよ、違うのはわかってるでしょう。人間が超えようとしているのは、人間の高さにすぎないの」

ルディはひたと彼女を見すえ、だいぶ経ってようやく口を開いた。「何が言いたい？」

「私が言いたいのは、あんたたちはただ私たちを高く跳ばせようとしてるってこと。そもそもの初めからそうだった。だけどロレインが経験した苦しみ、耐えられない不適合について、考えたことある？　高さってやつのためなら、人が苦しかろうが何だろうがどうでもいいってわけ？」

ロレインはベッドに腰掛けたまま、離れたところからハニアの顔を見て、動悸を抑えきれずにいた。ハニアは凜としてうら悲しげで、第二ポジションのまま身じろぎもせず、すらりと立った姿は、白い孤独な鶴のようだった。

ロレインはこの一部始終を目にして、誰より複雑な気持ちだった。ここまで来たら、単純な事故では済まないし、彼女一人の問題でもない。でも実際は、ルディが今回騒ぎを大きくしなかったとしても、彼女は遅かれ早かれ怪我して引退することになっていただろう。彼女らはもともと他の誰よりも身体の調整に苦労していて、腱鞘炎もかなりひどい状態になっていた。それは長年にわたって蓄積されたものだ。もともと彼女らは期待と任務を負い、ただ高みに近づきたいとばかり願い、重大な使命に背いてはならないと思っていたが、後になってどうしてそうしなければならないのかと考え始めた時には、怪我が重なり、快復は望めなくなっていた。

ロレインはハニアの言わんとすることがわかった。彼女とルディの口論は今回の事故についてだけのことではなく、もっと抑圧的な問題を論じてもいるのだった。馬鹿も大概にしてよ、とハニアは言った。人間が超えようとしているのは、人間の高さにすぎないの。

室内の空気は重く張りつめた。ハニアはプライドを抑えつけた。ジルは不満を抑えつけた。ルディは敗北感を抑えつけた。空気が緊張を強いていた。ロレインはどうすべきかわからなかった。彼らが言い争っているのは彼女の問題だが、彼女こそ誰より彼らに争ってほしくないと思っていた。

まさにその時、レイニーがドアを開けて入ってきた。レイニーは部屋いっぱいの若者を見て、笑みを浮かべて会釈すると、おはようと言った。彼の顔を見ると急に、ロレインは力強い、頼みの綱が現れたと感じた。レイニーの落ち着いて痩せた横顔、さっぱりと剃られたあご、安定して力のある両手、丸眼鏡がもたらす安らぎはまるでその時まさに彼女が求める助けのようだった。

「レイニー先生、もう退院してもいいですか？」ロレインは慌てて尋ねた。

「いいよ、問題ない」レイニーは笑って答えた。

「最後の検査をするんじゃないんですか？　いいんですか？」

「必要ないよ。今朝レントゲンを撮ったが、癒合の具合は良好だ。定期的に検査をすれば大丈夫だ」

「それなら、これで私たちは失礼します」

ロレインはそう言ってつかまりながら立ち上がると、コートをはおり、荷物をまとめ、忘れものがないか確かめた。他の皆も次々に立ち上がり、彼女に手を貸し、荷物を持ってやり、レイニーが部屋を片づけるのを手伝った。

たちまち口論の気まずさは細々としたせわしさに取って代わられ、互いに相手構わず、病室のあちこちで「このカップは持って行くの」という類のやりとりが交わされた。すぐに荷物は全部片づき、彼らは次々に外に出た。ちょうど午前中の陽光がうららかだった。

ルディは先頭に立ち、ジルはその後ろについて、ピエールがジルを追った。ミラーたち四人は後ろを行き、ロレインが最後に扉の外に出た。

敷居をまたいだ瞬間、アンカがロレインの横にやって来て、ぎゅっと彼女の肩に腕を回した。前を歩いている者の目には入らなかった。彼女は顔を上げて彼を見たが、彼は見返すことなく、視線を前に向けたまま、かすかにほほ笑んだ。その瞬間ロレインは不意に自分の胸に落ち着きが下りてきたのを感じた。

「午後……?」彼は他の人に聞こえないよう小声で言った。

「二時、三号駅でいいかな?」

「わかった」

二人はすぐに離れ、アンカはミラーたちの方に行き、ロレインは反対側のルディたちが待っている方に行った。

レイニー医師は最後尾を歩いた。彼はロレインのまなざしから部屋の中の気まずさを読み取っており、だから何も言わずに穏やかに端に立っていた。彼らが次々出て行くのを見て、彼も病室を出ると、ロレインの隣に来た。

「約束した物だ」

彼は封筒をロレインに渡したが、印章付きの赤い金属の薄膜で厳封されているのは、個人情報の証明で、通常最も重大な許可証でなければここまで厳重な身分証明は用いられない。羽根ペン時代の赤い封蠟《ふうろう》のようなものだ。

ロレインはちらりと見て、すぐに悟った。彼女は感謝を込めてレイニーを見た。

「ありがとうございます」

レイニーはほほ笑んで何でもないと首を横に振り、気をつけるんだよと彼女に言い含め、それから階段の上に立って彼ら一行が去って行くのを見送った。ロレインは曲がり角まで下りると手を振って別れのあいさつをし、レイニーも彼女に手を振った。

　ロレインは階段を下りる前に最後にもう一度振り返ってこの二十日間近くを過ごした病室を眺め、名残惜しい気持ちが湧いて来るのを感じた。彼女にはわかっていた。病院の外はせわしなく繁雑な別世界で、二度とこんなふうに世間から隔離されたような日々は来ない。これほどひっそりとしていたこの期間、十年という混沌とした喧噪の時間がはらはらと目の前を舞い下り、塵はそれぞれの場所に落ち着いて、波の逆巻いていた海もいたって穏やかであるようだった。未来に彼女を待ち受けているのがどんな運命かは定かではなかったが、彼女は必ずここを懐かしく思うだろうと考えた。彼女はしばらく佇んでから、足を引きずって長い階段を下りて行った。

　ロレインを見送ると、レイニーは自分の書斎に戻り、新規の仕事を始めた。彼はこの都市を、都市そのものの思想と歴史として描き出そうとしていた。都市というのはそもそも都市であるにもかかわらず、最後に人々に記憶されるのは芸術の舞台としての歴史であって、都市としての歴史を気にする者はめったにいない。ユゴーはかつて、印刷術の誕生以前、人間の思想は建築によって表現されたと言った（『ノートルダム・ド・パリ』）。だがレイニーは、飛行技術が生まれてから、人間の思想はまた建築によって表現されるようになったと思っている。

　地球上の居住可能な土地の大部分はこれまでに建築によって散々覆い尽くされ、新しい建築はもともとの基礎の上に何とかしてわずかな隙間も逃さず建てられている。たとえ大規模に打ち壊されて再建が必要になったとしても、どの世代の新生児も知らぬうちに習俗に従ってしまうように、その身には四方から押し寄せた烙印《らくいん》がある。土地を完全に元に戻して新たに始めるというのは不可能なことで、遺跡の破壊という犠牲の下に行われる建設には最初から殺戮の幻影がつきまとっており、たとえ完成したとしても、手放しで新しさを喜べない。

また一方で、地球の建築は土地に根ざした性質をすでに日に日に減じており、周囲の建築物の圧力に影響されることはあっても、土地との関係は失われていた。大地の様々な資源は基本的に地中から根こそぎにされており、地表で幾度もの周期を経て、世界各地に散らばり、資本の高低起伏に沿いこそすれ、もはや山河の高低起伏とは無関係になっていた。地球の建築はますます世界の標準を指向するようになり、大都市の巨大なビルや、郊外の庭園付きの豪邸は、どこに行っても区別がつかず、建築は生活階層を物語るばかりで、自然や地理を反映することはない。

だが宇宙には何もなく、あらゆる建築はゼロからスタートする。人類が両足を宇宙空間に踏み出してから二百五十年間この方、様々な奇妙な構想が暗黒の荒涼たる虚空に生まれ、一つまた一つと、地球では想像もできないような空間に庭園が造られてきた。形は奇異で風変わりで、運用システムは複雑で絶えずアップデートされている。

それらは天地と緊密な結びつきを保っていて、天空から息を吸い、地底から養分を得ていた。宇宙資源の開発はまだ不完全で、建築は井戸のように自然の深みに手をのばし、現地の材料で、地形を利用し、環境に応じて自分を形作った。対地同期軌道を回る環形都市であれ、月の上のスパイダーシティであれ、火星のクレーター内居住区であれクリスタル都市であれ、環境の中で育つ植物とほとんど同じく、周囲から切り離すことはできなかった。

人類が自然をトーテムとして崇める宗教と自然を征服しようとする工業的理想を経験してから、こうした自然と融合する宇宙空間の道は、人類の思想と建築に共通する、第三の大きな発展段階となった。建築は砂漠に咲く花だというのは、若き日のガリマンの最も有名な言葉だ。

火星の都市は砂から生まれた。鋼鉄、ガラスとシリコンチップは火星の赤い土壌の最も豊かな産物だ。彼らは一番目から骨格を、二番目から血肉を、三番目から魂をこしらえた。都市はどこもかしこも砂から抽出されて凝結し、粗削りな外面を脱ぎ捨て、透明に輝きながら傲然と立った。大地の深部から湧き出す潮が、地表の分厚い幾層もの被覆を突き破り、惑星の表面に噴き出して泉となるように。

ガラスの輝きは、人類文明と同じだけの歴史を持つ。フェニキア人は砂の上にきらきら光る玉を見つけ、エジプト人と中国人は数千年前にガラスの器を制作し、中世紀には神を頌《たた》えるために絵付きガラスを供物とした。現代の工業化社会ではガラスのレンズで宇宙を目にしたし、二十世紀以降に突然流行したガラスのカーテンウォールと、建築家ル・コルビュジエによって、建築材料としてさらに完璧なまでに様々な機能が開発された。従って、火星は新たに創設された天国というより、人類文明の千百年に及ぶ悠久の伝統の延長にあるというべきだろう。

火星のガラスの使い方はよそとは異なり、火星の環境を利用し、その貧弱さと劣悪さを逆手に取っていた。火星の大気は薄く、気温も低いため、家屋は最も単純な吹きガラスの方式を採用して建造された。加熱されて半流動状態になったガラスに気体を注入し、冷たい大気にさらして急速に冷却すれば、すぐに膨らんだまま形になり、大した支柱も要らず、内外の圧力差で自動的にドーム型の丸い構造が保持される。そうやって全体の形ができれば、住宅の細部の構造は好きなように彫琢《ちょうたく》を凝らせたし、後は彫刻でもステンドグラスでも表面加工でも、ガラス工芸のあらゆる精華を思うがままに利用できた。それは空気と草花をすべて自分の体内に抱え、寒冷と真空を完全に頭上はるかに隔てていた。

このガラスの都市は人間と自然が互いに依存し合う共生の理想を現実に凝結させたものだった。火星の住宅は人間の衣服のように身体から離れることなく、人間と庭園は魚と水のように堅く結びついていた。住宅を満たす空気は大半が庭園の植物によって濾過《ろか》されたもので、都市の空気生産場はただ必要な分を補充するだけだった。住宅の生活用水はそれぞれの住戸の壁の間を往復して濾過され循環し、ごく少量の廃棄される液体だけが都市の中央処理パイプラインに流れ込んだ。住宅は中庭も含めて人間と小さな生態圏を構成し、苦楽を共にする総体として、終《つい》のすみかを構成していた。最初期、この都市は一棟の住宅から始まり、のちにその複製が都市を拡張していった。それは細胞のように、基本的だが完全で、結晶格子のように、微細だが無限だった。今や千変万化の都市で、大半の住民は古代中国の建築思想を選び、庭園を囲む形で居住棟を建て、上には透明なドームがかかり、外には閉じていたが内側は心地よく開かれていた。そして天然のアーチ型の天井とドームにはしばしばローマ風の端正さが借用され、人々はドームの内側に壁画をプリントしたり、または上端から下に線を延ばし、ギリシア風の花の彫刻が施された立柱へとつないだりして、模倣ではあったが俗っぽくはなかった。

こうした建築において、膜というのは非常に重要な思想だった。火星のあらゆる建築内部は薄膜で覆われ、薄膜加工とガラスの添加物の配合によって、壁と天井が様々な機能を果たすようになっていた。ガラスの四分の一反射膜は、屋内の赤外線の一部を室内に反射することによって部屋を自然に暖かく保っていた。熱抵抗繊維膜は暖房そのもので、光電膜はスクリーンにすることができたし、磁気モーメント膜は磁力を利用して物を動かすことができた。それは実用的な補助工具にはとどまらない、一種の生活方式であった。器物と住宅が渾然一体となり、人は移動に際して器物を持ち歩く必要はなくなった。

それは現代のピラミッドで、夜空を指してそびえ立つ荒涼たる土地に築かれた広大な空間であった。

　これらすべてはまさにガリマンの哲学だった。あらゆる自然条件を利用し、劣悪を類まれなる希少性に変じた。最初の住宅は彼の設計になるもので、人々に受け入れられてから、たちまち一棟また一棟と増えていった。彼は多くの設計家を率いて、中庭からコミュニティに至るまで都市構造の規格を定めた。その歴史は今をさかのぼることわずか五十年だが、多くの人々の心には、もはや歴史のすべてにも等しかった。彼らはこの都市に生まれ、この都市で育ち、自分が目を開いた時にはもう安定した姿になった後で、すでに千年もそこに落ち着いているかのようだったし、ガリマンの哲学はすでにほぼ重要な法則になっていた。

　人々がこの都市を放棄すべきかどうかの検討を始めた時、レイニーは静かに傍観していたが、胸の内には大きな幕がまもなく下ろされるのだという悲しみがあった。人々が都市を放棄することを決めるとしても、彼には意外ではなかった。ガリマンは住宅構造の原理においてあまりに重厚な基礎をうち立てており、その後の人々は繰り返し複製するだけでよくなってしまい、大局に影響しない細部を設計するばかりで、それ以上を求める必要もなければ、実質的にはブレイクスルーを起こす機会もないため、意気込みの持って行き場がなかった。ガリマンに対する羨望の念が強くなればなるほど、自分がガリマンになりたいという思いも強まった。彼らも広く名を馳せたいと願い、創作へのアクセス数を増やすこと、巨石に自分の名を刻むことを望んでいた。彼らはすでに新しい設計を求めており、もともとの都市を覆して新たな都市を築こうとしていた。それはユゴーが言うように民衆は宗教に反対し、自由は規矩《きく》に対抗するというようなものではなく、ただ偉大な人物になりたいと願う人々がすでに偉大になった人物を追い落とそうとしているだけだった。

徽章

アンカはロレインについて公文書館に行く道すがら、彼女に革命の真相を語った。

二人は肩を並べてチューブトレインに乗った。アンカは車両の壁にもたれ、片方の腕を小さなテーブルに乗せて額を支え、長い足をまっすぐに伸ばし、態度はリラックスして鷹揚《おうよう》で、澄んだ青い目は冬の夜の湖水のように静かだった。

ロレインは首をかしげて彼に尋ねた。「今朝ハニアが言いかけた革命ってどういうことなの？」

アンカはほほ笑んだ。「何が革命なもんか。劇を上演するだけだ」

「劇？」

「ああ。喜劇だ。地球と火星を演じるんだ。君にも台詞《せりふ》がある」

「え？　何も聞いてないけど」

「大丈夫、ほんのちょっとだから」アンカはからかうような笑みを浮かべ、「君も僕も後ろに並んで解説の文句を歌うだけだ。簡単だよ。時々『おお、げにげにすばらしきかな』だとか『偉大なり偉大なり』って歌ったりする程度だから。二日くらい休んでから、二回も練習に参加すればすぐ覚えるよ」

「そうなんだ……」ロレインは安堵《あんど》のため息をつくと、「革命とかいうから、焦っちゃったじゃない」

「『革命』ってタイトルにしただけだよ。クリエイティブ・コンテストに応えるようなものだ」

「クリエイティブ・コンテスト？　そのために準備するの？」

「参加するわけじゃなくて、最終選考と表彰式の日に上演するんだ」

「ボイコットはしないの？」

「こっちへの参加によるボイコットだ」

「そういうことね」

ロレインはうなずき、気を楽にして笑った。彼女はみんなが計画しているのはショッキングな事件だと思い、ずっと気を揉んでいたが、今の答えを聞いて長いため息をついた。

革命が望ましいことなのかそうでないのか、メッセージを受け取ってから、彼女はずっと考えていた。自分の歴史上の探索なんかまだまったく中途半端だと思い、この世界に反抗すべきなのか、反抗するなら何に対して最も反抗すべきなのかわからずにいた。彼女はハニアの言葉の様々な可能性を推測し、昼の間ずっと落ち着かずにいた。だが今、アンカから実際の答えを聞いて、思わず吹き出してしまった。あれこれ思案しても現実ほど独創性はないことに気づいた。革命と名づけた喜劇だなんて、何よりの方法じゃない、それより絶妙な案があるかしら。彼女はうつむいて笑みを浮かべ、気を緩めて笑った。

「クリエイティブ・コンテストには私も参加するの」

彼女は笑ってアンカに言った。

「そうなんだ?」

「ジルのグループに誘われちゃって」

「ああ」

「もともと参加したくなかったけど。ジルがあんまり熱心だから、断るのも気が引けて」

「何を作るの?」

「服ですって、発電できる服。ピエールが光電効果と薄膜に詳しいから、屋根につけるソーラーパネルの技術を軽くて柔らかい素材に応用して、服で発電できるようにするみたい」

「そうかい?」彼女の説明を聞いて、アンカは突然姿勢を正して真剣な表情になり、目に素早い光を走らせるなり尋ねた。「どんな素材だ?」

「私も見てないんだ」ロレインは首を振り、「透明な甲冑《かっちゅう》らしいけど」

「面白そうだ」アンカは何か考えるように言った。

「どうかした?」

「まだよくわからない」

アンカは思いついたことを口に出したくはないようだったが、ロレインには彼の心が動かされたことが見てとれた。彼は窓の外を眺めてしばらく考え込み、手の指はテーブルの上を何か計算するように軽く叩いていたが、ややあってまた口を開いた。

「ピエールに聞いてみてくれないか、自分の技術を他人に貸す気はないかって」

「使いたいの?」

アンカはうなずいたが、説明はしなかった。

「わかった、聞いてみる」ロレインは承知した。

ロレインはアンカの顔に、道を模索する時の冷静な興奮が浮かんだのを目にした。こうした表情をする時、彼はピントの絞られた、冴えた輝きに包まれて見えたが、昔なじみのこういう表情を彼女は長いこと目にしていなかった。

チューブトレインが止まり、ロレインは再び注意をこの外出の真の目的に戻した。公文書館に来るのは二度目だったが、前回とはまったく別な気持ちだった。

彼女は入口でしばし耳をすまし、公文書館のずらりと並んだ灰色の立柱と両側にそびえる塑像を見つめた。それらは生命ある魂のように、あるいは思索、あるいは吶喊《とっかん》の面持ちで、彼女の訪れを歓迎しているようだった。彼女は深呼吸し、静かに足を踏み入れたが、気持ちは波立たなかった。帰郷してからこれまでの一カ月あまりで、彼女はあまりにたくさんの事柄を耳にしていたが、この時の彼女は家族の歴史を調べ始めた頃のようにおずおずと困惑したりせず、さらに追究すべきかとためらうことはもうなかった。彼女にははっきりわかっていた。ここまで来てしまった以上、あとは進むかどうかではなく、どう進むかという問題にすぎない。

ラックはロビーに立って二人を待っていた。彼は相変わらず厳かに背筋を伸ばし、正規の来賓を迎えるように二人それぞれと握手を交わした。身に着けているのは黒いニットのプルオーバーと、黒いスラックスで、礼服や制服でこそなかったが、同様に皺一つなく重々しかった。彼はつかの間ロレインをしげしげと見つめたが、その表情は落ち着いたまま変化は見えなかった。

彼はロレインから封筒を受け取ると、そっと開封し、静かに読んだ後、またそっと畳んで封筒に戻した。ロレインはやや緊張して彼の顔を見つめていたが、彼はとりたてて表情を見せず、ただうなずいただけで、堅苦しいが落ち着いた仕草で彼女に入館を許可した。

「こっちだ」彼は言った。

ロレインはやや緊張を緩め、アンカと並んでラックについて行った。だがラックはそこで足を止め、礼儀正しくアンカを制止した。

「申し訳ないが」ラックは低くゆっくりと言った。「二人を引き離したくはないが、許可証一通につき入れるのは一人だけなので」

ロレインとアンカは視線を交わし、ロレインはラックに交渉しようとしたが、アンカは引き止めた。

「これも規則なんだ」アンカは小声で言った。「ここで待ってるよ」

ロレインはややためらって、うなずいた。アンカがそばを離れると、彼女はたちまち一人ぼっちのような気がして落ち着かなさに襲われた。彼女は急いで、厳粛な姿勢で忍耐強く脇で待っているラックに追いつくと、虹彩と指紋検出システムのある閉じたガラスの扉を抜け、何もない短い通路に入った。通路は灰色一色で、絵画や装飾は一切なかった。

通路を抜けてから、固く閉ざされた金属扉の前でラックが手をかざし、パスワードを入力し、また三ヵ所のスイッチを押すと、重厚な金属製の扉は音もなく両側に開いた。ロレインは息をのみ、扉が開かれると共に光の漏れ出る隙間を凝視した。次第に、膨大な書架の海のようなホールが彼らの前に姿を現す。彼女は貪欲に周囲を見回した。部屋はおおよそ円形で、書架の海はどちらを見ても端が見えなかった。どの書架も三メートルほどの高さがあり、素材は褐色の金属で、硬質にそびえ、整然と密集して並んだ画一的な列は、命令に備えて静かに待機している軍隊のようだった。

「誰の資料を見たいんだね?」ラックは扉のところから彼女に尋ねた。

「祖父のです」ロレインは言った。「もしできれば、祖父の父のも。それからもちろん私の父と母のも」

ラックはうなずき、彼女をホール西側のエリアに案内した。彼女は自分の選択をラックがすでに知っているのだと感じた。質問したのは厳格な一貫した手続きのためにすぎない。ロレインを連れてメイン通路を進む彼の足取りは確かに落ち着いて、目的は明確だった。

ロレインは通り過ぎるすべてをさっと目に映した。高い棚は傍らに壁のようにそびえ、縮小された写真の笑顔も一つずつ、発光するボタンのように書架の棚板にはめ込まれ、足早に通り過ぎると、マイクロ化された世界を見ているようだった。

「ラックおじさま」ロレインは小声で尋ねたが、その声は広大なホールにうつろに響いた。「火星の人間は全員ここに資料があるんですか？」

「そうだ。あらゆる人物の資料がある」

「どうしてこんなふうに手間をかける必要があるんですか？　データベースに保存されているのに？」

ラックは足を止めることなく、落ち着いて答えた。声は穏やかだったが断固としていた。「どんな形式で保存されたものでも、頼りすぎてはいけない。特に一つだけに頼るのはいけない。地球にはとっくに様々な電子通貨が備わっているのに、相変わらずスイス銀行が必要な理由を考えれば、わかるだろう」

「ここには実物も保管されているんですか？」

「保管されている人もされていない人もいる」

「例えばどういったものが？」

「本人か相続者が希望して公文書館に寄贈した品物や、歴史的事件の現場の遺留品だ」

「身分や地位とは無関係ですか？」

「無関係だ」

「私の両親は何か残していますか？」

ラックは急に足を止め、そこに立って静かに彼女を見つめた。まなざしは柔らかくなり、礼儀正しく保たれた距離は縮まり、その時、ロレインは初めてこれが小さい頃のラックおじさまだと思った。

「実際のところ」彼は言った。「彼らの遺留品を扱うのは、君の責任だよ。もしいつか見つけ出すことがあれば、いつでも渡してくれ。君が望む限りだが」

ロレインはうつむき、胸の内にかすかな決まり悪さがこみ上げるのを感じた。ラックの言葉の含みは理解した。家族の遺留品を捜すのは彼女の仕事なのに、無関係な人に尋ねて回り、彼らが彼女より家族について知っているかのように振る舞っている。彼女はラックの顔を見たが、そのまなざしには憂慮と気遣いの色があった。口には出さない気遣いだ。ロレインは、ラックの口元と眉間の皺がますます濃くなっているのは、もしかすると長年の心配の残留物なのかもしれないと思った。水のように平静な瞬間にも皺を刻んだままのその顔は、痕跡を残さない砂浜ではなく、長い時を経た岩石のようだった。彼は年齢より老けて見えたが、周囲にそびえる書架との対照で、辺りを囲む写真の海にかき消えてしまいそうだった。

「ラックおじさま」彼女の心には不本意さとかすかな憂いがあった。「おっしゃることが正しいのはわかっています。他人の見解など、私自身が家族について下す判断や、私が家族から継承した遺産の代わりになるはずもありません。でも知りたいことがあるんです。もし問うことをしなければ、永遠に判断ができないでしょう」

「例えば？」

「例えば、おじいさまはたくさんの人を殺したんですか？」

「他の戦士より多くもないし、少なくもない」

「おじいさまがデモによる火星の革命運動を禁止したんですか？」

「そうだ」

「どうして？」

ラックは答えず、静かに口を結んでいた。ロレインはふと思い出した。ラックは事実だけを答え、原因は答えない。

彼女はうつむき、それ以上尋ねなかった。ラックはしばし沈黙したが、また彼女を先導して前へ進んだ。

二人は先へと進み続け、層をなす金属の書架とそこにダイヤモンドのようにはめ込まれた写真の間を通り、固定された笑顔と死者の人生を通り、火星に存在したあらゆる魂の間を通った。ロレインはそうした肖像写真に目をやったが、見きれないほどだった。彼らはみな同じように若く生き生きした顔で、今まだ健在だろうが亡くなって数年になろうが、画像と書架の世界では区別されなかった。人名は発音順に並べられ、歴史は拭い去られ、身分は拭い去られ、年齢も独自の個性も拭い去られていた。あらゆる人々はまったく同じように棚に一つの場所を占めて、もともとこの棚の一部だったのが、人の世に数十年間とけ込んでいて、また魂となってふるさとに帰り、それぞれの居場所に戻ったとでも言うようだった。

どの肖像の上にも箱が一つあり、箱の正面の電子ペーパーには文字と映像が流れていた。ロレインは慌ただしく通り過ぎながら、よく知った住宅街を目にし、子どもの頃の教室を目にし、野外の荒れた採石場を目にし、木星と宇宙の蒼穹を目にした。文章はほとんどが詳細で、人生の様々な側面に及んでいた。視線を一カ所からまた一カ所へとジャンプさせるうち、無数の細部が頭に流れ込んで来て、ぐるぐると旋回しながら舞い、つなぎ合わされて人間の姿となった。彼女にはこうした細部が本当に一人の人間を表せるのか、どれだけの細部をつなぎ合わせれば一人の姿になるのか、そしてその姿は本人とどんな関係があるのか、まったくわからなかった。

「ラックおじさま」彼女は小声で尋ねた。「ここに勤めて長いんですか？」

「ちょうど三十年だ」

「そんなに長く？　前は教育大臣も務めていたのでは？」

「あの頃は兼任だった」

「ここの仕事は好きですか？」

「ああ」

「どうして？」

「どうしてでもだ」ラックは歩きながらゆっくり答え、手で横の棚の写真を次々なでながら言った。「君たちにとっては、理解しがたいことかもしれない。君たちはいつもまずあらゆるものを検分し、それから十分な理由をもってどうしてあるものを選ぶのか、どうしてそれが好きなのか、十分な理由をもって正当化したいと思う。だが実際には、もし何かを一生続けるとすれば、それは君の人生の一部になる。選ぶまでもなく好きになる。責任を持って言うが、私はここにあるどの棚も熟知していて、君が探したいと思う誰であれ、すぐに見つけることができる。自分自身を知るようにここをよく知っているが、三十年間の在任期間で、ここにはどんな混乱も規則に反した資料の漏洩《ろうえい》も起こっていないし、どんな人も塵《ちり》あくたのように扱われたりはしていない。それが私の生活だ。ここはとりでなんだ。外で何が起ころうと、ここでは影響を受けずにかつての魂を探し出すことができる」

ロレインはラックを見つめていたが、彼の後ろ姿はもの寂しくとも、背筋はぴんと伸びていた。彼女はその瞬間急に彼を羨ましく思った。彼は十分に確信のあることについて語っているのに、彼女はというとどんなに探してもそんなふうに確信を持って口に出せる言葉はなかった。彼の確信は数十年という時間をかけて得られたもので、その口調はこの上なく平静だったが、彼が口に出したら誰も反駁できないことを彼女は知っていた。それこそが力だった。言葉の真の力だ。

彼らはついに足を止めた。ラックはある棚の前に立ち、四段目のある箱のパネルから電子ペーパーを取り、ロレインに手渡した。ロレインはそこにある名前を見て、胸が高鳴るのを覚えた。

ハンス・スローン。

一段全部がスローンの名に属していた。彼女は祖父の箱の両脇に同じ姓の記された合計五つの箱を見つけた。リチャードからハンス、そしてクエンティンとルディ、さらに最後にあるのは彼女のものだった。母の名はなかったが、すべて出生時の姓で配列されており、婚姻は考慮されないからだった。彼女はラックが手渡したその半透明の薄い紙を恐る恐る受け取り、不安のあまりぼんやりとなった。

下にスクロールしてみると、冒頭に記されているのは簡潔にまとめられた経歴だった。

「ゆっくり読むといい」ラックはゆったりと言った。「何かあったら、執務室にいるから、ドアのところの青いボタンを押して知らせてくれ」

ラックは立ち去り、広漠とした巨大なホールにはロレイン一人が残された。彼女はぼんやりと仰向いて、その時初めて、ロビーのドームが地球で目にしたパンテオンにそっくりだということに気づいた。高く、厳粛で、輝かしく、半透明なドームが薄い白みがかった陽光に照らされて荘厳な色を帯び、雲の果てに高く座しているようだった。疑いなくこれは人類の古典古代の神聖な建築を模したものだったが、ただもはや神の廟堂《びょうどう》ではなく、あらゆる霊魂に捧げられた人類の高殿となっていた。

ハンスはアンジェラ峡谷の下に廃棄された鉱船で生まれた。西経四十六度、南緯十一度。地球暦紀元二一二〇年、火星暦建国前三〇年。

ハンスの出生と同時にその母は死亡した。当時二十六歳だった飛行士のリチャード・スローンは二十五歳の妻ハンナ・スローンを連れてアンジェラ峡谷を飛行し、十六号基地に戻って出産を迎えようとしていた。しかし、突然の砂嵐に阻まれ、リチャード・スローンの飛行機は風砂に襲われて機器故障を起こし、峡谷に不時着を余儀なくされ、無線と衛星通信で連絡しながら、基地の救援を待っていた。しかし救援は訪れず、時間の経過と共に、ハンナ・スローンの出産の時が迫って来たが、救援機の姿は見えないままだった。リチャードは幾度も基地に呼びかけ、あちこちに支援を求めたが、最後まではかばかしい返答は得られなかった（基地の通信記録によれば、リチャードは峡谷に閉じ込められてからの五十一時間の間に、基地と十四回の通話に成功している）。

救援はあちこちたらい回しにされ、リチャードが聞かされたのはナビゲーションシステムをめぐる知的財産権上のいざこざがあったということと、救援に伴うリスクが法的に問題視されているということだった。リチャードは通信機で交渉を重ねるうち、次第に感情的になっていた。ハンナの身体はやがて限界に近づき、陣痛の後に嬰児を産み落としたが、大量出血による昏睡状態に陥り、数時間後に命を失った。リチャードは胸に抱いた妻の身体が少しずつ冷たくなり、生命が体内から流れ出してしまうのを目の当たりにしながら、なすすべもなかった。激しい慟哭《どうこく》の後、悲しみは怒りへと変じた。彼は生まれたばかりの息子をその亡き母にちなんでハンスと名づけ、身体を拭き清めると、自分の飛行服に包み、わずかに残された水を飲ませ、自分の体温で温めた。父と息子は身体を丸めて鉱船の一角にうずくまり、絶えず救援を呼び続け、救援船の到来を待った。ハンスはこうして誕生と同時に母との永別を迎えたのだった。

（以上の部分はリチャード・スローンによる戦争三年目の口述記録を整理したものである。それから四十四年後のその死に至るまで、リチャードはこの事件について回想し語ることはしていない）

救援船が到着した時、リチャードは四十八時間以上飲まず食わずで、明らかに脱水症状を起こしていたが、それでも気概を保ち、独力できびきびと動き、救援スタッフの助けを拒んで自分で救援船に乗り込み、帰路も医療スタッフによるあらゆる質問への回答を拒み、他の人と一緒に座ることを拒否し、通常の食事以外の医療措置を受けることも拒んだ。

「当時彼は赤ん坊を私の手に預けました」四十年後、救援船の見習い看護師ローヤ・エレーンは回想した。

「そのまま一人で隅に座りましたが、その視線は片時も私の手から離れず、じっと生まれたての赤ちゃんと私の行動に注がれていて、振り返るたびに、隅っこから向けられる深い愛情と苦しみの混じった、暗がりで燃えるようなまなざしが目に入りました。彼の顔色は土気色で沈みきっていましたが、二つの瞳だけは光を放っていました。私は何気なく振り返ってその視線にぶつかると、そのたびに思わず身震いをしました。子どもをとても気にかけているのがわかりました。一度おむつ替えの時に手を滑らせ、子どもを包んでいたおくるみがほどけたんですが、子どもが滑り落ちでもしたかのように、彼はぱっと立ち上がって、その勢いにほかの人はぎょっとなりました。その時私は不審でなりませんでした。そんなに気にかけているなら、近くに来て面倒を見たらよいのに、どうしてわざわざあんなに離れて座るのかと。でも今になって思い返してみると、とても正常なことでした。彼は自分のその時の気持ちが子どもに影響するのではと心配していたんです。そうした考え方は理屈に合わないもので、気持ちは空気のように広がったりしないんですけど、でももし私だったとしてもその時は同じようにしただろうとしか言いようがありません」

彼は隅に座って、誰のことも構わず、妻の亡骸を抱いたまま、その紫色に変色して硬直した手を握っていたので、彼女は膝の上に横たわってただ眠っているかのようでした。私はひそかに想像したものですが、あの山のふもとはいったいどんな状況だったのか、空一面の風砂に襲われてどんな感じだったか、待ち望んでいた幸福が腕の中で少しずつ硬直した死体になってゆくのはどんな気持ちだったか。きっと恐ろしいものだったと思いますが、私は当時わずか二十一歳で、それがいったいどれだけ恐ろしいかはわかっていませんでした」

救援船は緊急救援企業〈迎えに行きます〉社の火星第三支社に属するものだった。飛行船が十六号基地の三号ドックに着陸した時、リチャードは自分で下船し、誰とも言葉を交わさず、直接救援企業の本部に飛び込むと、CEOを殴って負傷させた。それからその行為が外に知られる前に、コンピューター技術企業UPC社に飛んで行き、フィリップ・リード社長を殺害した。そしてすぐに救援企業に戻って息子を連れ、逃亡を始めた。

三カ月後、戦争が始まった。

「おじいさまが戦争の始まった年に生まれたのは知ってたの」ロレインはそこまで言うと、突然言葉を切り、ふさいだ様子で言った。「でもおじいさまが戦争の原因だとは知らなかった」

「なんだか変な話だね」アンカはかすかに眉を寄せて尋ねた。「どうして君のひいおじいさまはコンピューター企業の社長を殺さなきゃいけなかったんだ?」

「私も読んでいる時に変だと思って、その部分を細かく調べてみたの。状況はもう少し複雑で、直感的な捉え方ではわからない事情があった。主な問題はビジネス上のトラブルだったの。その頃ちょうど〈迎えに行きます〉社のナビゲーションシステムのアップデート期間に当たっていて、すべての活動が止まっていたところだったの。救援船の操作システムはどれもUPC社の開発によって提供されていたんだけど、救援企業はアップデートの費用が高すぎるからって勝手にパスワードを破ったんだって。それでコンピューター会社がデフォルトのトロイの木馬を起動して、システムを完全にストップさせてしまい、高額な違約金を請求しようとしたのが原因だった。

事故の起きた日、救援企業はUPCに電話して、緊急状態を知らせ、一時的にシステムの利用許可を求めたんだけど、UPCは断った。一時的な許可がまたパスワード破りにつながることを危惧したのね。ひいおじいさまは自分でコンピューター会社に電話して、なんとかしてくれと頼んだんだけど、電話は最後まで責任者につないでもらえなかった。ひいおじいさまは最初、電話オペレーターの怠慢だと思っていて、UPCの上層部に疑いの矛先を向けてはいなかったのに、復讐心に燃えて救援企業のCEOを殴打した時、相手はUPCの社長がとっくにその電話を聞いていて、臨時許可を与えないという決定を下したのは社長自身だって言ったわけ。その理屈はすぐ想像がつくでしょう。ひいおじいさまはその頃チップ製造企業〈砂から金〉社の採掘精錬部に勤めていたんだけど、〈砂から金〉社はUPCの最大の競争相手だったし、この二社はちょうどある契約をサプライヤーとして奪い合っていたところだったの。しかもひいおじいさまは、ちょうどアンジェラ峡谷の後背部に新しく採掘場の建設が可能かどうか調査に行っていたところだったってわけ。ビジネス上の利益と個人的な感情の機微についてたぶん全容を知る証人はいないでしょうけど、ひいおじいさまは、リード社長が当時『子どもが生まれるくらいが何だ、これは三千億ユーロの大ごとだ』って発言したと聞いて、怒り心頭に発し、すぐに思い直してUPCに行ったんだって」

「ずいぶん複雑な状況のようだ」しばらく黙っていたアンカが言った。二人の間の空気はやや重くなった。

「複雑なのよ」ロレインはうなずいた。彼女は読んだ内容をほとんど全部暗記していた。子どもの頃から、彼女は何かを暗記するのにこんなに力を費やしたことはなかった。「でももっと複雑なのはその背後の事情なの。ひいおじいさまが殺人を犯してから、一週間後に捕まったんだけど、逮捕から一週間後には拘禁されていた山の洞窟から救出されて、連合軍首領に推挙されたんだから」

「何の連合軍だ？」

「のちに地球と戦うことになった反乱軍」

「そこにいたのはどういう人たちなんだ？」

「みんな普通の人。各基地の飛行士とかエンジニアとか科学者とか、ありとあらゆる人がいた」

アンカは口を挟まず、黙って考えていた。

「その部分に関する議論はたくさんありすぎて、全部は覚えきれなかった。戦争の理由としてはあらゆる説明が挙げられていて、おじいさまとひいおじいさまの略歴の下に何ページにもわたって記載されていた」

アンカはうなずいて言った。「見たところ、偶然勃発したことじゃなさそうだ。君のおじいさまの事件は偶然かもしれないが、反乱軍というのは絶対違う。彼らはきっとそういう事件をずっと待っていたんだろう」

「私もそう思った」ロレインは言った。「でもよくわからないんだけど、こういう偶然の事件と、大々的に勃発した戦争との接点はいったいどこにあるの？」

「どうやら……」アンカはしばらくうなった。「二点が重要だ。一つは企業間の確執で、もう一つは知的財産権の争いだ。のちのデータベースシステムを考えてみると、後者がありそうな理由だと思う。もちろん両方かもしれないが」

「そうかもね。でもその二つだけで開戦に十分だと思う？　ずっと考えているんだけど、知的財産権やビジネス上の理由で戦争を引き起こせるものなの？　別のことならともかく、戦争なのに」

「戦争のような大ごとになると、僕たちには判断が難しい」

ロレインは不意にこみ上げてくるものを感じた。彼女は自分の語りがあまり感情的にならないように相当の努力をし、できるだけ客観的に読んだ内容を伝えようとしていたが、ここまで話して、やはり突然湧き上がる悲しみに襲われた。「こんなふうに追究したかったわけじゃないの、ひいおばあさまが亡くなってすごく悲しかったし、他の人たちと同じようにただ家と家族のことだけを考えていたかった。でも、私にはどうしようもないの、尋ねずにいられない。もしこういう大きな問題について問わずにいたら、ひいおじいさまのしたことが正しかったのかどうかわからないままだから。どうして皆を連れてこの新世界にやって来なければならなかったのか、こうして反乱したことがいったい正しかったのかどうか」

アンカは黙って手を伸ばし、彼女の首を抱くと、長い髪をなで、優しく簡潔に言った。「あまり思いつめない方がいい。問題は新世界か旧世界かではなくて、どんな理由であれ生きた二人の人間を砂嵐の中に放置してはいけないってことだ。君のひいおじいさまはただしたいことをしただけだし、のちの戦争も彼一人でどうにかできることではなかった」

アンカはロレインの額にキスし、ロレインは彼の湖水のような目を見て、瞬時に涙があふれてきた。彼女は頭を彼の肩にもたせ、感情の波に任せた。彼女にはその峡谷が目に見えるようだった。切り立った崖が天にも届くばかりにそびえ、代赭色《たいしゃ》の表面はざらざらして、風を受けて突兀《とっこつ》と立ち、強風に巻き上げられた砂は剝がれ落ちて粉々になった仮面のように、うなりを上げながら中空に舞い上がり、空と太陽を覆い隠し、気兼ねや遠慮といった慎みをかなぐり捨て、赤裸々な欲望を伴って天地の間のあらゆる小さな生命に襲いかかる。辺りには瓦礫が、人々の魂だけが残る狂気の軍隊のように転がり、打ち棄てられた古い飛行船を風砂の渦がすっぽり包んでいる。船にはまだ運命を知らない二人が寄り添い合い、自分たちが今こうして寄り添っているように、体温で互いを温め合い、空しい希望を信じ、寒さと飢えと陣痛に耐え、新生児への幸福な願いと救援の到来という温かい望みにすがって支え合い、全部うまく行くからと励まし合い、内心の焦慮を見せないようにし、わずかな食物と水を譲り合い、助け出された後の夢を思い描き、天地も覆らんばかりの未来などつゆ知らずにいた。それは二人の最後のとりでだった。

ロレインの目は涙にくもった。彼女は心を落ち着けて泣くのをこらえ、涙は行きつ戻りつしてゆっくりと胸に戻っていった。

「当時の遺跡を見に行ってみることはできるかな？」

彼女は座り直して、そっと口にし、期待を込めてアンカを見つめた。

「どうだろう」アンカはためらって言った。「ロングたち鉱石採集班に聞いてみよう、その辺に採掘場はまだあるかどうか」

「あなたたちの中隊はあっちを飛ぶことはないの？」

「ないんだ。今の訓練は基本的に〈断崖〉の南側には行かない」

「じゃあ個人的に行くのはどう？」

「もっと難しいだろうな」

「規則が厳しいの？」

「それもあるけど」アンカは首を振った。「一番の理由はそれじゃない。一番の理由は技術的な問題で、規律の問題より難しい」

彼は言いながら、両手であれこれ手まねをし、様々なジェスチャーで飛行機器の形を示した。彼の指は長く関節がくっきりしていて、飛行機の骨格と翼のように、舞い上がるようだった。

「飛行の許可を取ることはできる。でも一番小さい飛行船でもチューブトレインの車両五つ分くらいの大きさがある」アンカは手でパンのような形の船室を示した。「少なくとも三人の飛行士が搭乗しなければならない。二人が操縦し、一人が電気系統をコントロールする。しかも地面に貼りつくように飛ばなきゃならないから、山を越えるのは難しい」

「地面に貼りつく？　高度は上げられないの？」

「地面効果翼機なんだ。高度を上げると気流が足りなくなる」

「でもスペースシャトルは……」

「それはまた別の話だよ」アンカは首を振り、「スペースシャトルは実際のところロケットで、大気によって支えられるんじゃなく、ジェット燃料で飛ぶんだ。大型スペースシャトルは普通の状況では使用できない、任務の派遣書がない限りね。ダイモスにでも飛ぶなら可能性はあるが。飛行士も自分で好きなように操縦することはできず、地上のコントロールセンターとフライトナビに従わなきゃいけないし、飛行機は半自動操縦で、個人的に飛ぶことはできない。小型スペースシャトルはというと……」

ロレインは待っていたが、彼は不意に言葉を切ると、続けようかどうしようかためらっているようだった。

「どうしたの？」

「小型スペースシャトルというのは戦闘機だ」アンカは続けた。声の調子は冷静だったが、口の端に苦笑が浮かんだ。「推進方向を三百六十度変えられるジェット式動力で、個人が操縦し、機能は優れていて、僕たちも普段完全に自分で飛ぶことができるけれど、ただフィッツが僕にあてがった機体は故障していて、まだ修理が終わってないし、足りない部品が多すぎる」

「どうして壊れた機体が割り当てられるわけ？」

「地球留学の成果を見せるためだって言われた」アンカはあざ笑うように声を立てた。「でも実際はあいつに楯突いたからだ。帰隊した日の晩、もともとまともなのが来るはずだったのに、その晩が過ぎて、翌日になってみたら故障機を持って来て直せって言うんだ。言い争いはしたくないし、方法を考えてるところだ」

「彼はどうしてそんなことを？」ロレインは言った。

「訴えたらいいのよ。絶対公平な処置じゃないわ」

「公平な処置?」アンカは同意しかねるといった体で笑った。「もともと公平な処置なんて存在しないよ」

「じゃあ戻って来てからまだ飛んでないの?」

「まだだ。毎日ただ整備士の仕事をしてる」

「地球で飛行機をリフォームしたことがあったじゃない? あんなふうにはいかないの?」

「全然違うよ」アンカは言った。「地球の飛行機の揚力は大気に依存し、揚力は(圧力×流速の二乗)×$\frac{1}{2}$で表される動圧に正比例するが、火星の大気は地球上の百分の一にすぎないから、同じ飛行機でも火星では地球の六倍の速度に達しないと墜落してしまう。そうすると時速一千キロメートルになり、恐ろしく強力で丈夫な大型機でなけりゃ、まず不可能だ。火星のエンジンは地球の原理とはまったく違う。それは飛行機が用いることのできる唯一の揚力で、仕事率とエネルギー転化効率はずっと高く、構造もはるかに複雑で、僕に理解できたとしても、バルブの改造にしたって素手でできるわけじゃない」

ロレインはため息をついて、同情をこめてアンカを見つめた。

しばらくして、彼女は小声で言った。「ねえ、前に乗ってた古い『お馬さん』が懐かしくなったな」

アンカは笑って彼女の目を見つめた。彼もそうだと言っているようだった。

「あの頃僕もそう言ったのに」彼は自嘲的に笑って言った。「信じなかったじゃないか」

アンカは地球でよくロレインを乗せて飛行した。彼女が普段乗っていたレンタルの小型飛行機とはまったく違って、彼は除籍されたおんぼろ戦闘機をリフォームして、戦闘設備をすべてきれいさっぱり取り除き、動力だけを残し、自家用機にして、自分で空を舞った。飛行機は雲の中で五十歳の老いたロバのように揺れたものの、その高度は普通の小型飛行機よりはるかに高かった。彼女は着陸するなり嘔吐したが、彼はげらげら笑い、彼女はどうして先にちゃんと言わないのと文句を言った。彼はきっと彼女がいずれこの飛行機を恋しがると言ったが、彼女はそんなことない、永遠にあり得ないと言った。当時の彼女は永遠がこんなに早く過ぎ去るとは思ってもみなかった。

彼女はあの夕暮れ、胃の腑《ふ》はひっくり返ったが、心は予想外の喜びに震えていたのを覚えている。初めてあんな雲を見た。虹のように色とりどりに輝き、足元から夕焼けの空の果てへと続いていた。あの時の夕日は大きく、はるか前方にとどまり、オレンジ色が柔らかでまばゆく、雲の光は流れ、一本ずつふかふかと互いにからみ合い、色は白から金へ、またみかん色と深紫へとなめらかに移ろい、質感はふわふわと柔らかで、神殿の入口へと敷かれた複雑な模様の絨毯のようだった。雲と雲の間から濃い青の空がひとかけら顔を覗かせていた。アンカは彼女の前に座り、操縦しながら、手を振って窓の外を指し、彼女は後部座席でしっかり彼の服をつかみ、肩に身をもたせて、目を見開き、興奮のあまり息もできなかった。

あの日の雲は本当に美しかったとロレインは考えた。もう二度と見ることはできないだろう。火星には雲がなく、飛ぶことができたとしても、雲を見ることはできない。あの偶然が唯一となった。二人が飛んだのはあの時が最後になった。

アンカは突然手を差し出して彼女の額をなでると言った。「考えるな、もうないんだから。もし自分で飛べるなら、僕はとっくに飛んでる」

ロレインは彼を見て、気が沈んだ。彼が言うのは本当だとわかっていた。彼の方がずっと飛びたいはずなのだから、もし飛べないと言うのなら本当に飛べないのだ。アンカは椅子に斜めにもたれ、片手を前に置き、片手を彼女の背もたれに乗せ、笑顔は落ち着いていたが、あきたりなさがはっきりと浮かんでいた。そうしたあきたりなさは悲しいものだった。彼女はそっとため息をついたが、何と言ったら良いかわからなかった。

「そうだ」彼女はそっと話題を変えた。「徽章を見つけたの」

「何の徽章？」

「ひいおじいさまの徽章」ロレインは彼に尋ねた。

「戦争の時代の火星の徽章を覚えてる？」

「ああ。鷹《たか》だろう？　砂漠の鷹」

「そうよ。でも今日初めて知ったの、あれはひいおじいさまが最初に決めた徽章じゃなくて、戦闘がかなり進行してから連合軍の他の将校が変更したんですって」

「じゃあひいおじいさまの徽章は何だったんだ？」

「リンゴ」

「リンゴだって？」アンカは吹き出した。

「そうなの」ロレインは手を出し、広げてアンカに見せた。「これよ」

アンカはそっとその真鍮の精巧な作りの小さな徽章を手にし、光に向けてしげしげと眺めた。

「資料にはあまり説明がなかった。私もどうしてひいおじいさまがこれに決めたのかはわからない」

「確かにちょっと……」アンカは言葉を探した。「ユニークだね」

「まず何を連想する？」

「パリスと三人の女神だ」

「そうかも」ロレインはうなずいた。「戦争の発端の隠喩かも。トロイアの血が河となって現実を映すの」

彼女はそこまで言って、言葉を切ると、うつむいて自分の手を見つめた。「でも私が最初に思いついたのはそうじゃなくて、別の物語だった」

「何だ？」

「エデンの園の話」

「リンゴは人間の神に対する裏切りを表していると？」

「ううん」ロレインは小声で言った。「そんな大きな意味じゃなくて。地球がエデンの園の象徴になり得るかどうか、火星の反乱にどんな意味があるのか、実際のところ私にははっきり説明できない。ただある言葉をふと思い出したの、男が傍らの女に内心ひそかに告げる言葉。おまえのためなら、堕落も辞さない」

アンカは何も言わず、ロレインの後ろに置いた手でそっと彼女の肩を抱いた。

「おじいさまにはお母さんがいない」ロレインは続けてそっとかみしめるように言った。「お父さんにもお母さんはいない、私もお母さんを亡くした。もしかするとうちの家系の女たちは全員若い時に死ぬのかも……」

「ばかなことは言うな」アンカは低くきっぱりと言った。「あの頃は三人に一人は死んでいたんだ。人が死ぬのは普通のことだった、何も意味なんかない」

「でも、もしかすると運命かも」

「でたらめだ。不幸な偶然で、運命でも何でもない」

ロレインはアンカを見た。彼の表情はいつになく真剣だった。彼女は急に鼻がつんとして、名状し難い心もとなさを感じた。彼女もどうして自分の口からこんな悲観的な言葉が出たのかはわからなかった。彼女はただ、こんな悲しい物語を聞いた後で、無限に悲しい未来だけが自分の気持ちを落ち着かせられるような気がした。彼女は初めてこんな深い疲労と、進みたくない気持ちと、なすすべのなさを感じていた。いずれ訪れる抗い難い運命の前では、人間が全力を尽くしてもなすすべはない。人間はあんなにも簡単に消えてしまう――風に砂が吹かれるように簡単に。彼女はアンカの肩に顔を伏せて声を上げて泣いた。アンカは何も言わず、彼女の頭を胸に抱いて、しっかりと腕を彼女の背中に回した。

二人は長いこと座っていた。がらんとした雄大な廊下の目立たない隅に座っていた。勇壮な青銅の彫像が二人の両側に並び、生き生きとした神々が見下ろしているように、灰色にそびえる立柱の間に立って永遠の謎となっていた。廊下は見えない果てまで延びていて、古代ギリシア文字で大文字の運命、詩と知恵の語が刻まれていた。世界は静まりかえり、辺りには人影一つ見えなかった。

石

退院の時、ロレインは自分が近日中に病院に戻ることはないと思っていた。しかし公文書館でたまたまレイニーの過去に関する文書を目にし、レイニーが彼女に伝えていなかったその過去について、直接尋ねてみようと決めたのだった。

退院から二日後、彼女はまた病院の正面扉を押した。その事件が気になるのは、レイニーが医者になった理由だからというだけではなく、祖父とも関係していたからだった。実際それが二人の関係の核心にあり、その事件のせいで、レイニーは神経医療の研究の道に転じ、ロレインの治療に当たることになったのだし、またその事件のせいで、レイニーは祖父と知り合い、友情と信頼を得て、公文書館に出入りする特殊な資格を手に入れたのだった。彼らの関係ゆえに、祖父は彼女をレイニーに託し、レイニーは彼女に許可証を渡したのだったし、その背後のいくつもの原因が、今になってついに一つの点でつながったのだった。

レイニーと彼女の家族とを結びつける重要な事件とは、ある過ちだった。よく考えるべき点だとロレインは思った。それは誰の過ちだったのか、彼女にはわからなかったが、そこには腹に一物ある悪人がいたわけでもないようなのに、レイニーは人生に大きな損失を被《こうむ》った。

ロレインはレイニーの資料を読んだ。若い頃の彼は、機器センターから古典哲学研究室に及ぶ多岐にわたる研究室で授業を履修し、最終的に十八歳で進路を決める時にバイオミメティクスを選び、二十歳でバイオミメティクスセンターの研究室に加わり、そこで動物や機械の構造と歩行を研究していた。

研究室に入って三年目に、鉱石運搬車が事故を起こした。バイオミメティクス技術を応用した採石車が試験運転の途中で発火し爆発したのだった。スタッフに死傷者は出なかったものの、損失は相当な規模になった。調査グループは真っ黒に焦げた残骸を捜索し、少しずつ当たりをつけ、最後に事故の原因をセンサー設備の漏電に絞り込んだ。それは判定困難な事件で、残骸は焼け焦げ、部品は溶けてひとかたまりにくっついてしまっていたし、どんな検証も実施しようがなく、正確な測定はよりいっそう不可能だった。従って、部品の設計ミスなのか、加工のミスなのか、組み立てのミスなのかは突き止めようがなかった。

どんな重大事故の後でも必ずそうするように、不確定な状況で事故の責任追及調査委員会が開かれた。朝から晩まで三日間にわたり、システム全体の上から下まで数十人が詳細な調査の対象となり、さらに三日間の議事院特定項目調査チームと総督の話し合いを経て、最終的な結果が公開された。処分されたのはレイニー一人だった。

「どうして先生の過失だと断定できたんですか?」ロレインはレイニーに尋ねた。

「できなかったんだ」

「じゃあどうして先生が処罰を?」

「事故が起きたら誰か一名、あるいは複数名を処罰しなきゃならないからだよ」

レイニーは彫刻刀を置き、穏やかに、感情に波を立てる様子もなく答えた。事件から十年余りが過ぎた今、掘り返して詳しく問いただす人が現れるとは思いもしなかった。ロレインの顔を見ると、浮かんでいるのは心から彼に同情している真剣な表情で、かすかに眉を寄せ、本当に困惑している様子だった。レイニーはそれを見て心を動かされた。これまでこの事件について彼に尋ねた者は人勢いたが、哀れみや遠慮が先に立ち、彼の境遇に思いを致すことができる者はほとんどいなかった。

「過失を起こした人がとがめられるべきなのに、どうして適当に誰かに決めたりできるんですか?」彼女は続けて尋ねた。

「問題は、当時の状況では正確に過失の所在を突き止めることはほとんど不可能だったということだ」

「先生の抗弁書を読みましたが、設計に問題はなかったとする十分な理由があったのでは?」

「そうだ」

「じゃあどうして後で撤回したんですか?」

レイニーはしばし沈黙した。彼は当時の様子を思い出したが、どの一幕もまだありありと目に見えるようだった。

「どういう計算だったか教えてあげよう。当時の状況では、どうしたって処分を下さないわけにはいかなかったが、問題はいったいどれだけの人数を処分するかということだった。設計の問題なら私一人で済むが、加工管理が不適切だったということになれば、大勢が処分の対象となる」

彼は事故部品の設計者で、彼が担当したのは採石車の後ろ脚に相当する部分の関節のセンサーだった。問責決議の日、採石車に関係する二つのシステムの責任者は粛然と着席し、議事院の議員による司会の下、監査システムスタッフが脇に一列に並んだ。壁には加工工程記録が投影され、採石車のモデルが会場の中央を静かに這っていて、出席者に取り囲まれた様は、猟師に包囲されて捕らえられた獣のようだった。レイニーは後ろの席に座り、調査責任者による報告を聞いた。様々な分析と指示が周囲を飛び交う中、彼の小さい頃の癖がまた始まり、言葉の中に言葉を聞き取り、言葉と言葉が心の中で組み合わされた。

火星では問責が最も重要だった。実験が失敗し事故が起きるたび、過酷なまでに冷徹な問責と事故の再現が行われた。レイニーはこの事件の陰にあるものを考えてみた。それは工学プロジェクトに必要な厳格さに由来するだけでなく、システムの制度運用上の要求に応えるものでもあった。火星のシステムは政府であると同時に企業でもあり、あらゆる人々の生存がその安定にかかっていた。重要なのは質の保証だ。システムの全権を握る指導者による生産者集団の独占状態で、顧客を争奪する市場はなく、他の企業との競争もないのだから、せめて厳しい問責制度がなければ、ややもすれば不注意や過失はかばわれ、質の保証が不可能になる。火星の資源は哀れなほど少ないので、節約して効率を上げるため、生産者間の競争は立案段階での勝負となる。プロジェクトが立ち上がってからは、一つの案のみが実行に付され、その時にはすべてに責任を負うのは該当の生産者集団となる。システムこそが全業界に等しいというこうした現実は二重の意味をもたらした。片方では、システムとその中の集団は、どんな集団もそうであるように自分たちのスタッフを守ろうとするが、他方では、システムは市民の観点からはその領域の全権委託者であり、法律と同様に市民のために公正な判決を下すことに責任を負わねばならなかった。従ってシステムの責任者には二重の身分が与えられることになり、対外的立場と対内的立場を兼ね、指導者であると同時に管理者でもあり、保護を与えると同時に懲罰も下さなければならない。監査システムがあるにせよ、こうした二重性はやはり存在していた。

責任。ここでのキーワードは責任だった。もし生産者に対して責任を取るなら、将来の生産を最大限に最適化すればよいが、外部と国民全体に責任を負うとすれば、結果を顧みることなく事実に即して公正に処分を進める必要がある。当時の状況では、管理の手抜かりを追及しようとしたら、上から下まであらゆる部分の緩みが罰されねばならなくなり、必然的に人員の損失を招き、生産は停滞し、工程そのものにとって損失となる上、しかも当時のプロジェクト指導者はその領域の権威で、余人をもって代え難い専門家だった。

責任。内部に対する責任と対外的な責任。レイニーは内心その微妙な単語について考えていた。調査員が彼を呼び、いくつかの質問をしたが、考えに沈んでいた彼には、一部分しか耳に入らず、最後の一言だけが聞き取れた。

「……あなたは自分に責任があると思いますか？」

「責任？　何の責任ですか？」彼はほとんど本能的に問い返した。

事実に対する責任なのか、生産に対する責任なのか。調査員はまた何かを喋ったが、彼の耳に入ったのはやはり最後の一言だけだった。

「……あなたの指導者はあなたに対して妥当な処分を下す責任を負っています」

「それはどういう責任ですか？」彼は尋ねた。

制度の厳正さを守る責任なのか、それともシステムの安定を守る責任なのか。

文と文が組み合わさって、鎖のように連なる塔の基礎となり、どこに鉄梁を差し込めばよいのかわからなかった。

二重の意味が責任を分岐させた。横に置くか縦に差すかでまったく異なる結果をもたらす。彼はためらいながら積み木を手に取る幼子のように、頭の中であれこれと、種々の可能な形を考えた。

誰も彼の反応に取り合わなかった。討論と決議が続き、データと図表が次々に壁に映し出された。調査員、エンジニアと議員は厳しい顔つきで、弁論したり、うつむいて私語を交わしたりした。レイニーからは彼らはとても遠くに感じられた。髪の毛とひげが行きつ戻りつして揺れる絵のようになり、彼は薄々察した。最終的な決定はまもなく水面に浮かび上がる。

二日後、ハンス総督が自らレイニーの小さな家を訪れた。ハンスが口を切るより先に、レイニーにはわかっていた。ハンスは若い頃の戦闘の勲章を手にし、手ずからレイニーのゆったりしたグレーのシャツに付けた。彼は何かの代表ではなく自身として謝罪と感謝を伝えに来たと言った。勲章には郷土を防衛せよと記されていた。真理を防衛するのではなかった。

レイニーは処罰を受けた。最終的に事故の原因は設計上の誤りということになったが、それが処分の対象となる人数を最小限にできる案だった。当時鉱石の採掘は重大な局面にあり、プロジェクトには大量の人手を要し、責任者が担っている重大な技術は彼にしか担当できなかった。レイニーは自分の設計に問題はなかったと信じていたが、しかし抗弁しなかった。設計に問題があったかどうかは当時最も重要な問題ではなく、最も重要なのは責任だった。手がかりとなるはずの事故の残骸が燃えて端緒が失われてしまった時、議事院は処分が遵守すべき方向を選択する必要があった。彼らはシステムの安定を守る責任を選んだ。余人に代え難い人材は守られ、今後の生産もただちに継続される。

処分は生産に対して最も有利な方向で進められる。その理屈はレイニーには明らかだった。

ハンスはレイニーの向かいに座り、うつむいてため息をついた。レイニーはハンスを眺め、急に同情の気持ちが湧いてきた。この結果はハンスが望んだものでないことは見て取れたが、それでも彼はやはりレイニーの居所を訪れ、自分がその身を賭して勝ち得た栄誉を手渡した。

レイニーは職を解かれ、第一線の工程を司る研究室で働くことはできなくなった。ハンスは彼に行先を選ぶことを許したが、レイニーにはそれがハンスの謝意だとわかっていた。幼なじみがサリーロ区第一病院で神経科医をしていたので、そこを選び、工業用センサーから医学センサリーへと専門を転向した。彼は事態を明晰に捉えていたので、恨みを抱くことはなかった。鉄梁が行き交う複雑な鉄の骨組みには、怨恨もまた差し込む場所がなかった。彼はただ時たま荒涼を感じることがあるだけで、小さい頃に一人で機器が冷厳に並ぶ人気《ひとけ》のない運動場に座っていた時のようだった。人気がないのは珍しくもないし、冷厳さも珍しくなかったが、個人的な空漠とシステムの冷厳が遭遇する時、彼の胸にはこうした荒涼たる感覚が生まれた。

実際のところ、レイニーは職場にはあまりこだわっていなかった。彼はちょうど当時最先端のエンジニアリングにうんざりしていたところで、職場を異動して、本を読んだり書きものをしたりする時間が得られるのは、悪い話ではなかった。彼が病院で平穏に過ごすうち、ハンスが時折訪ねて来るようになり、次第に二人は年の差にもかかわらず人知れぬ友人となった。彼が歴史を書きたいと思っていることを話すと、ハンスはすぐに個人的な許可を与えた。

「じゃあ不本意じゃありませんか？」ロレインはそっと尋ねた。

「いわゆる不本意っていうのは」レイニーは笑って言

った。「自分がしたいことや自分に合ったことができない状態だ。鉄にとっては鉄筋や鉄骨を作るのに加われなかったら不本意だろうが、砂や石だったら、不本意ということはない」

彼はそう言って机の上から黄土色の石を手にし、手のひらで重さを量った。

「皆が鉄骨になりたいと思うわけじゃない」彼は言った。「私は彫刻の方がいい」

ロレインはその硬くざらついて、不規則な形の小石をレイニーの手から取り上げ、自分の手の中に収めて静かに眺めた。彼女は腰を下ろし、両手を彼の書きもの机に乗せ、頬杖を突いて、手の中の石を眺めたり、レイニーを眺めたりした。彼女は何か言いたい気がしたが、考えてみて結局口に出さなかった。二人の後ろから、彫刻の獅子が彼らを見つめていた。

一時間後、ロレインはそっと稽古場の扉を押した。

それは使われなくなった大型倉庫で、黒くそびえる鉄骨に、灰色に広がる床、がらんとしたホール、隅には建築廃材で組み立てた簡易ステージがあった。陽光は開けた場所に薄く広がり、数十メートル四方のスペースの中央には誰一人姿はなく、壁際には物が積み上げられていたが誰も気に留めず、ライトは視線の先にある小さな舞台にスポットを当てている。ステージ上で台詞合わせをしている者もいれば、ステージの下で慌ただしく駆けずり回っている者もおり、矩形のフレームから吊るされた背景幕には、漫画のようにデフォルメされた王宮と玉座が描かれていた。二人の人物がちょうどステージの中央でやりとりをしているところで、声はかたや高くかたや低く、かたや速くかたや緩やかで、空中を旋回しながら上ってゆき、演出家の指示を受けてざわめきが起きる中、ドームに反射してはるかにこだました。

ロレインはゆっくりとステージに向かい、灰色の床には長い影がぽつりと裾を引くスカートのように伸びた。

「ロレイン！」

レオンがまず彼女の姿を認め、笑って手を振った。彼は急ぎ足に道具置き場に向かい、ウインクしてあいさつした。黒いタキシード姿で、手には巨大な段ボール箱を抱え、額に汗を浮かべていた。礼服は彼の姿をすらりと高貴に見せていたが、箱の中には雑多な小物や道具が放り込まれていて、優雅な伯爵が苦役の幸福を味わっているかのようだった。

「やっと来たのかい？」ミラーが舞台の隅からロレインに手を振って笑った。「遅刻だぞ！」

ミラーはステージ前方の端に座り、露天商のように茶色のぼろきれを前に広げ、その上にいくつか色とりどりのガラスの破片を並べていた。彼は役者なのだが、今は出番ではなかった。頬杖を突いて芝居を眺め、悠然として、何一つこだわりのなさそうな笑顔で、周囲のすべてに注意を払い、時々そばの道具係の方に顔を向けて何か話していた。

「来たんだね」トーリンはロレインの方に小走りにやって来ると、「まずは様子を見てくれ」

彼はロレインの両頬にキスして、笑って肩を叩くと、リハビリの状況を親身に尋ねた。そしてすぐさまステージ後方に立っている合唱隊を指し、彼女の位置を説明した。彼が演出家だったが、細面《ほそおもて》で切れ者らしく、帽子を目深に被って髪の毛を押さえている。ロレインと話が済むと、急いで大またに照明係のキングスレーの方に歩み去った。

ロレインはステージに目をやった。合唱隊は主役の背後に並び、黒と白のローブで互いを区別しながら、両側に二つのアーチ型の隊列で向かい合う、現実の外にいる天使の壁のようだった。アンカは白いローブを身に着け、左側の合唱隊の中心に立ち、歌詞を手にしていた。彼女が目をやると彼も彼女を見ており、人の群れを越えて彼女に視線を投げかけると、かすかにうなずいた。彼の長身は人目を引き、目は舞台の後ろにいてもはっきり明るく輝いていた。

彼女は目立たないよう前に出た。練習に参加するのは初めてだった。

ステージ下手《しもて》の階段で、丸めた布団を抱えてアニタが出番を待っていた。彼女はロレインに笑いかけた。手はふさがっていたが、目でロレインの右足を示した。

「足は良くなった?」彼女は小声で尋ねた。

「うん」ロレインはうなずいた。

今日のアニタは髪をアップにして、元気いっぱいに見えた。顔にはオーバーな濃い化粧を施し、一目で富豪の夫人を演じるのだとわかった。派手好きで押しの強い金持ちの奥様だ。

「本当にぐちゃぐちゃだね」アニタはステージに向かって笑って口を尖らせた。

「どうしたの?」

「みんなでたらめにやってるんだもん」

「台本があるんじゃないの?」

「あるけど、もう何回修正したことか」

「あなたの役は?」

「弁護士。私の本業」

アニタの専攻は法律だった。ロレインはうなずいた。そして彼女の抱えた布団を指して、「じゃあそれは何なの?」

「死体」アニタは笑って答えた。

ロレインはぎょっとして、詳しく聞こうとしたが、アニタは指を一本出して出番だと告げ、布団を抱えてトントンとリズミカルに階段を上がって行った。後ろ姿は左右に揺れてはいても、決然としていた。

ロレインもアニタの後ろについてステージに上がった。彼女は端からそっと後ろの合唱隊に入り、アンカの隣に立つと、顔を寄せて彼の持った歌詞を覗き込んだ。アンカは歌詞を彼女の前に差し出した。読んでみると、確かに彼が言っていた通り、これ以上簡単にはできないくらい簡単な歌詞で、ずっと同じ文句ばかりだった。「おお、げにげにすばらしきかな！」紙にはこの文句だけが何行も繰り返されていたが、口調とトーン、他の人の台詞も記されており、どこでどうやって歌うか示されていた。彼女がアンカに目をやると、彼はきゅっと眉を上げ、にっこり笑った。「これだけだよ」と言っているようだった。

二人の視線は一緒にステージの中央に向けられた。登場したアニタが独白を始めたところで、どうやら妻が夫に死なれた悲しみを訴えているらしく、舞台に床が延べられ、中には黒い顔料で太い眉毛とひげが描かれた人形が硬直していた。アニタが演じる妻は当初悲しげな顔つきで暮らしを心配していたが、ふと脇の人物と言葉を交わすと、たちまち喜色満面に手を叩き、興奮して舞台をぐるぐる回った。

「おお、げにげにすばらしきかな！」アンカと白の合唱隊は歌い出した。

それからスーツに革靴のビジネスマンらしい人々が出て来て、手には書類を振り回し、大声で騒いだが、アニタは落ち着き払って自在にあしらい、煙管《きせる》をくわえて優雅なポーズを取り、しなを作りながらも舌鋒鋭く相手に迫った。労働者の扮装をした二人が例の人形を幾度も担いだり下ろしたりし、アニタも何度も人形を持ち上げては、ビジネスマンたちに向かってその手を振った。

ようやくロレインは要領をのみ込み、歌詞に印がついているところで、正確に周囲のメンバーと一緒に歌い出した。

「おお、げにげにすばらしきかな！」

彼女はだんだんと芝居に集中し、外の世界を忘れ、ステージが現実に取って代わったかのようだった。台本を読んだのは初めてで、思わず笑ってしまうところも多く、時には歌詞を見るまでもなく、自然に「おお、げにげにすばらしきかな!」が口から飛び出した。彼女の反対側では、黒の合唱隊がひたすら「偉大なり偉大なり」と歌っていて、彼らとは違う場所で感嘆の声を上げ、舞台の両端で照応し、横並びのコントラストを成していた。

筋は次第に進んで行き、荒唐無稽な印象はいつのまにかリアリズムに取って代わられていた。ロレインは最初のうちずっと笑っていたが、最後まで見てしまうとまったく笑えなかった。少しずつその苦味がひっそりと迫るのに気づいたが、最後まで来ると胸が冷えるような感じさえした。彼女の声は少し嗄《しわが》れていた。ステージの上で初めて、起こり得る真実が突如として迫って来るのを感じた。

リハーサルが一段落すると、ロレインはこらえきれずに舞台の端に行って座り、息せき切って周囲に尋ねた。「最後の部分はどういうこと?」

ハニアが隣に立ち、落ち着いて答えた。「あの日言う暇がなかったあれだよ、ロングの発見」

「彼は何を見つけたの?」

「お母さんの作業日誌。お母さんは外交文書資料の管理に携わっていて、様々な交渉や交易の往来の細部にわたる流れを記録する責任者だった。三年前に火星がアセチレンとメタンを購入した際、交渉はずっと行き詰まったまま、何カ月も決着に至らなかったんだけど、地球人は何か裏があると勘ぐって、火星人が貨物を受け取ってから策を講じて引火させ、奇襲をかけるつもりじゃないかと恐れていたんだよ。ロングはそれに気づいたの。どうあっても可燃物だから、地球側も警戒を怠ることはできなかった。交渉は一月から六月まで続いて、行き詰まっていたんだけど、そこに芝居じみた出来事が起こった。七月十二日、私たちの北米での休暇が始まり、七月十八日に協議書が交わされ、八月一日に火星側は帰途に就き、八月十日に私たちは自由の身になってそれぞれの学校に戻ったってわけ。私たちはもちろんそういうことは知らなかったけど、時間の順序からすると、偶然だとしたらでき過ぎだと思わない？」

「それでロングは私たちが人質だったたって結論を導いたわけ？」

ハニアはうなずいた。

ロレインは口の中でつぶやいた。「……そこから考えるに、この五年間というもの私たちは交易の人質で、留学というのはただの名目だったわけね」

ハニアはそっとロレインの手を握った。「こういう話は聞きたくないと思うけど、本当に怪しいの。そうだとすれば、あなたのおじいさまが誰かの代わりにあなたを入れたというのも意味が違ってくる。たぶんあなたのご両親が亡くなったのとは関係なく、総督の孫娘も行くところを見せつけて、私たち他のメンバーの保護者を安心させ、危険を気取らせないためだったのかもしれない」

「危険……」ロレインはぼんやりとしてくるのを感じた。「危険にさらされるのは、私もみんなと一緒ってことね」

「何かあったら私たちを英雄扱いするんだよ」

「ひどすぎる」

「僕たちだってそんなこと信じたくはないさ」トーリンが横から口を挟んだ。「だから前の台本を変更して、今の結末を加え、大人たちの反応を探ろうってことになったんだ。真実でなければ、彼らには意味がわからないだけだが、真実だったら、たぶん激怒するだろう」

「君のおじいさまを批判するわけじゃない」ミラーが絶妙のタイミングで割り込んで補足する。「この政策に携わった人々を追及するんだ。恐らく君のおじいさまの意思ではなく、誰か他の人の案だろう」

ロレインは黙ってうなずいたものの、やや困惑していた。祖父に対する疑惑と非難を再び耳にし、ずっと抱いていた疑念が一気に高まった。それをみんなに気《け》取《ど》られたくなかったが、この場をはずす口実も見つからなかった。アンカを探したが、彼はちょうどどこかに行っていた。

彼女は顔を背け、話題を変えた。「じゃあ他の部分は？」

「みんな私たちの経験を劇にしたの、気づいたでしょう？」

「アニタの部分はわかったけど。あの時言ってた『死者の版権』の話でしょう？」

「そう」アニタは笑った。「あの時はただ冗談のつもりだったけど、最近になって地球ではアメリカのある州で正式に法案が提出されたっていうじゃない、内容は当時の私の案と基本的に同じなんだって。知ってたらとっくにこのアイディアで特許を申請しておいたのに、そしたら今頃はお金持ちだったな。しかも『異星人の版権』の前例を提供できたのに」

「いいアイディアだ！」トーリンが言った。「それも入れようか？」

「勘弁して」アニタが言った。「あんたって演出家は本当に面倒ってことを考えないんだから。この二日間でどれだけ足したと思ってるの！」

ロレインは少し気分が晴れ、続けて尋ねた。「その後の場面はロングのあの話？」

「そう」アニタがうなずいた。「それも私たちがこの劇を『革命』って名づけた理由だし、あの時は本気の革命だったんだから、劇に入れなきゃもったいないでしょう」

「あの時も本気じゃなかったでしょう？　若者が血気にはやって集まっただけじゃないの？　何もしてないでしょう」

「革命ってそういうものでしょ」アニタはおどけて笑った。「じゃなかったら革命って何なわけ？」

ロレインも小さく笑い、張りつめていた気持ちがようやく少しずつほぐれてきた。

「いつ上演するの？」

「最終審査の日。あと一カ月ちょっとね」

「わかった。今後の練習は全部出られるから」

「あんまり真剣にならなくていい」トーリンの表情はリラックスしていて、ほっそりとした両頬に生き生きした表情が浮かんだ。「楽しみでやってるんだ。それが他の人たちとは決定的に違うところだ。来たければ来れば良いけど、無理するな」

ロレインはうなずいた。仲間たちの気楽で心地よい雰囲気の中で、彼女に少しずつ懐かしい帰属の感覚が戻って来た。彼らはずっとほほ笑んでいた。疑っている時すら笑っていた。彼女はそれに慰められ、張り詰めた気持ちは胸の湖底に沈んだ。彼らが顔に表さないものが何なのかはわかっていたし、どうして顔に表さないのかもわかっていた。周囲に向けた嘲笑と不服によって焼けつくような内なる追及心は隠されていたし、彼らは周囲に疑念を向けていたが、怒りという形は取らなかった。それらすべてがロレインをリラックスさせた。彼女は彼らに加わって働き始め、建築廃材で作った舞台を行き来し、スカーフで嘘を編み、床に座って悲しみに向かって笑いかけた。顔を上げて空を見ると、午後の陽光が灰色の倉庫に透明な虹を架けており、塵が漂って、氷のようにひんやりとしていた。

練習が終わった時、アンカがロレインを呼びとめた。彼は練習の途中で気づかれぬよう姿を消しており、長いこと戻って来なかったが、ロレインがちょうど不審に思っていたところに、突然入口に姿を現し、目立たないように合唱隊の列に戻った。彼は何も説明することなく、元のように歌っていたが、練習が終わった時、皆の後ろからロレインを脇の方に呼んだ。

「昨日ピエールに連絡してくれたんだろう？」彼は言った。「後で僕もメッセージを送ったんだ」

「そう。うまく行った？」

「まあまあだ。今日の昼は彼と研究室に行ってたんだ」

「何しに行ったの？」

「薄膜の技術を見に行った。たぶん使えると思う」

「何に使うの？」

「飛行機の改造だ。昨日、僕の飛行機は飛べないって言っただろう？　彼の光電膜を飛行機の翼に貼ってエネルギー源にすればかなり役に立ちそうだ。でもまだわからない。実験が必要だ」

「ピエールは承知したの？」

「承知してくれた。彼の方では問題ないけど、今の問題は何とか実験の方法を見つけることだ。フィッツには知られたくないからな。僕がよそで実験を進めたとなれば面白くないだろう」

「じゃあどうする気？」

「こうしてくれないか」アンカはロレインの瞳を覗き込んで言った。「クリエイティブ・コンテストのチーム参加を申請してくれないか？　僕たちの中隊は参加を認めてないんだ。クリエイティブ・コンテストの参加チームはあちこちの研究室と加工場の使用を申請する権利があるし、それで人目を避けることができる。まだ間に合うかな」

「規約では一次審査の前ならチームを組んでいいことになってるけど、でも……もう明日が一次審査よ」

「わかってる、さすがに無理かな」

「大丈夫」ロレインは小さな声できっぱりと言った。「やってみる」

「ああ」アンカはうなずいた。「じゃあ任せたよ」

ロレインは笑ってどうってことないと示した。彼女はもちろん彼の手助けをしたかった。この世界で、彼女が何より願うことといえば彼のために何かすることだった。彼に目標ができたので嬉しかった。彼の真剣さを見ると落ち着くのだ。

「どんな実験をしたいの？」

「組み立てと試験飛行だ」

「大丈夫なの？　危なくない？　絶対危険は冒さないでね」

「大丈夫だよ」アンカは口元に笑みを浮かべ、「他のことならともかく、危険を冒すことこそやらなくちゃ」

アンカの声はがらんとしたホールに響いた。皆は荷物を抱えてぞろぞろと出て行き、彼ら二人が最後に倉庫を出た。出る時にロレインがそっと倉庫の重い扉を閉めると、鉄と鉄がぶつかり合ってくぐもった音を立て、人の心にしみわたるようだった。

翌朝、クリエイティブ・コンテストのルソー区一次審査が地域の児童教室で開催された。

児童教室は地域の子どもたちが何より好きな場所で、一次審査の会場がここに決まると、参加する者もしない者も小躍りして喜んだ。その日子どもたちは朝から教室に詰めかけ、急な潮が押し寄せるように、小さなスペースをたちまち満員にした。どの地域も小規模ではあったが、参加年齢に達している子どもたちは数百人程度おり、二、三人ずつ散らばると、すぐに会場いっぱいになり、たちまちにぎわいを見せていた。

その日の教室は色鮮やかだった。会場は特別なしつらえをせず、ステージも作らなかったし、遊具を移動させたりもしなかった。ただテーブルと椅子には絵が描かれ、神話のモチーフであふれ返り、色とりどりの旗が掛かって、壁のスクリーンには参加者の紹介が流れていた。児童教室はもともと総合的な教育施設で、楽器やイーゼル、光電デモンストレーションの実験まで、様々な設備が完備していた。机と椅子をコンテストの出来合いの展示台とすれば、特別な準備は要らず、ふだん置いてある文房具を片づけるだけでよかった。子どもたちは朝から設営を始め、様々な小さい展示物を棚に乗せた。ようやく日の目を見た新兵が、堂々としながらも孤独に点呼を待っているようだった。

ロレインは人混みの中、なじみの感覚が胸に込み上げるのを感じた。火星を離れたのが早く、参加した選択授業は少なく、スタジオにも所属したことがなかったので、子どもの頃の記憶を呼び起こすものはみな、児童教室に残されていた。顔を上げると、たくさんの断片が今でも空中に漂っているようだった。壁の方には牧童の歌を合唱した声のかけらが残り、本棚の脇には彼女の手が触れたうっすらとした跡が残り、テーブルにはうっかりこぼしてしまった落ち着いた色の顔料が残り、空気には彼女のスカートの色が残っていた。彼女は自分の姿を、無邪気だった頃の自分の姿を目にした。五歳から十三歳までのほとんどの時間を過ごしたこの場所で、当時の記憶がまなざしの中で少しずつよみがえり、水分を失った野菜が水に浸されてまた生き返るようだった。

数人の優しく美しい先生たちが会場をゆっくりと巡回していた。彼女らは一次審査の審査員だった。大勢の子どもたちが後ろについて、あちこち行き来し、まるで貴族の女性が後ろに引きずった何重ものスカートの裾のようだった。審査委員会の意見は相当の比重を占めるため、どのチームも早くから準備をし、様々な目新しい方法を用い、短時間の作品紹介で先生たちに完璧な印象を与えようとしていた。

「……二十一世紀のファッションの巨匠ロマニアスはかつてモダンダンスの思想を借用し、衣服を人間の身体と空間との関係だと定義しました。私たちのデザインはまさにその思想の延長にあります……」

ジルが表情豊かに語り、両手を身体の前でひらひら踊らせていた。プレゼン原稿を書くのに彼女は一週間を費やし、前日の夜にはまだつっかえつっかえ暗唱しているところだった。

「……衣服に対する人々の概念は通常は単なる保温や装飾を意味し、空間と自然に対しては疎遠で没交渉、という態度を取っています。ですが、私たちは、人間の精神的な目標は慣例に基づく思考の型を打ち破り、思想を絶えず革新することだと知っています。私たちがこの甲冑《かっちゅう》を作ったのは、まさにそのためです。これは日光を電気エネルギーに変換でき、宇宙服や採掘服の製作に適していますが、それだけではなくさらに完全に新しい概念をもたらすことができます――私たちの身体は自然を避けることができるだけでなく、真に自然を抱き、自然を利用することもできるのです……」

ジルの笑顔は優しく、声の調子はなめらかで自然で、抑揚に富み、昨夜の練習のほどがうかがわれた。彼女は時々ロレインに目をやり、ロレインは観衆の中からうなずいてみせた。彼女の隣では、ダニエルが水色のユニークな甲冑に身を包み、胸を張って次々にポーズを変え、古代ギリシア彫刻の姿勢を取って見せた。

ロレインはジルを見ながら、地球で彼女が一年間暮らした古い屋敷とそこの下宿人の異教徒たちを思い出していた。ジルと長く一緒に過ごすうち、「革新」が彼女の口癖だと気づいた。どうやら毎日新しい思想やアイディア、情熱を抱いているらしかったが、それは地球の古い屋敷の下宿人たちと奇《く》しくも一致していた。当時彼らも革新を口に出すのが習慣になっていて、毎日何らかの革新を語っていた。彼らは常に新しい楽しみの方法を追い求め、行動も振る舞いも前衛的で、奇妙な服装をして得体の知れない薬を服用し、大都市を軽蔑し、完全に新しく別の生活を創造するのだとことあるごとに言っていた。ロレインは彼らの風変わりなパーティーに参加し、彼らと一緒に富豪の屋敷を占拠した。彼らは服に草花を飾り、都会のビルからエスカレーターをもぎ取って来ては窓辺に設置して滑り台にした。ジルは革新を口にし、下宿人たちも革新を口にしていたが、彼らは誰も互いの生活を想像したこともなかった。

古い屋敷の住人にはカンガルー兄さんと呼ばれる男がいて、彼女が地球で一番長く知っている相手だった。穏やかな禿げ上がった中年男で、他の下宿人たちが着ている奇妙な服は身に着けず、通りでの彼らの集会に参加することもなかった。博物館に勤める彼の仕事は、彫刻に扮することだった。アーティストたちが伝統的な彫刻の概念に挑戦するためにわざわざ招んだのだそうだ。時々、彼は退勤時にこっそり博物館の動物の像を持ち出して、広場に並べ、都会生まれで野生動物を見たことのない人々を驚かせると、翌朝また元に戻していた。彼は以前にこっそり高層ビルの入口にセメントを打ち、交錯する革靴の跡と動物の足跡をつけたこともあった。ロレインは彼がいつもどうやって捜査の手を逃れているのか知らなかったが、彼が毎日楽しそうにふざけていて、悠然と過ごしていることだけはわかっていた。

ロレインは思い出にふけりながら、他の人たちについて前へと進んだ。ジルはプレゼンを終え、駆け寄って来てロレインの腕をつかむと、もう一方の手でどきどきする胸をさすった。額にはかすかに汗の粒が浮かび、大きな目には探るような色が浮かんでいた。ロレインはほほ笑んでうなずき、彼女のふっくらした手を取った。

二人の前方では、色とりどりの展示物が所狭しと審査員を取り囲んでいた。斬新で面白い小さな作品が次々に現れ、拍手と驚きの声があちこちから起こり、先生たちの周りを囲む子どもたちもどんどん増えていった。

ロレインはブレンダと他の二人の少女が見事な両面画を制作したのに目を引かれた。画布は半透明で、表側にはもの思いにふける少女が描かれ、裏側にはうつむいて散歩する少年が描かれている。どちらの側から見ても人物は一人しか見えないが、星と月は両側から見ることができて、どちらから見ても光を放ち、画面の両側を照らしているが、どんな素材を使ったのかはわからなかった。

一行はついにすべての展示台を通過し、ホールの中央に戻ると、今しがた記録したすべての作品を点検した。

ジーン先生は記録簿を開き、会場全体を見渡した。その声は澄んで優しかった。

「まだ展示されていない作品はありませんか？」

みな静かに、互いに顔を見合わせた。

「百十二チームの展示を確認しましたが、漏れがなければ、今日の一次審査はここまでとします」

ジーン先生は繰り返して尋ねたが、彼女の背後では、もう記録簿の片づけにかかっている先生もいた。

ロレインは発言する決心を固めたが、内心やや不安だった。あえて危険を冒すことに決めたのは、これが唯一のチャンスだったからだ。

「まだあります」

ロレインは自分の声が、午前中の喧噪の果てについに静かになった会場に、異様に柔らかく穏やかに響いたのを耳にした。彼女は一歩前に出ると、心臓の高鳴りを抑え、わざと他の参加者には視線を向けず、ジーン先生だけを見つめた。そしてゆっくりと中央の一番広いテーブルの横に行き、手を出してテーブルにぐるりと並んだ展示作品をそっと注意深く、少しずつ動かすと、真ん中に小さなスペースを作り、濃い青のなめらかなベルベットの敷布を覗かせた。それから前日にレイニーのところから持って来た小石をポケットから取り出し、そのスペースに置いた。黄土色の石は、ころころと丸く、表面はざらざらして、見たところ鈍重でほかの展示物の影にかすんでしまった。彼女は石を置くと、ジーン先生を見た。

「これは……？」ジーン先生は困惑したように彼女を見た。

ロレインは笑い、小石を指して言った。「これが私の作品です。タイトルは『孤独』です」

先生たちは互いに顔を見合わせ、辺りを囲んだ子どもたちも黙ったまま互いに相手の顔色をうかがっていた。色鮮やかで複雑な技術を駆使した建築やロボットの間にあって、石の原始的な粗雑さは時宜を得ない言葉のように辺りの環境になじめず、テーブルの上で落ち着かない様子で、包囲された容疑者の周りに自動的に丸い空隙が形作られるようだった。

ロレインは泰然と皆の顔を見ていた。こうした静寂はまさに彼女が予期し待ち受けていたところだった。

沈黙がほとんど一分間続いた後、ジーン先生はゆっくりと口を開いた。「この……発想はいいわね」

彼女は丸々とした身体をひねり、ほかの子どもたちの方を向いて、できるだけ自然な口調で言った。「ロレインはよくやったわ、彼女の作品が提起しているのは、私たちのコンテストは必ずしも高度な科学技術を必要としないということです。皆も思考の幅を広げてみて」ロレインはほっと息をつき、ジーン先生の好意を理解し、感謝をこめてほほ笑んだ。

コンテストは終了した。皆が片づけにかかり、会場は再び喧噪に包まれ、笑い声とふざける声が、コンテストが終わったという気楽な嬉しさを伴って少しずつ舞い上がり、色とりどりの旗は壁から外され、先ほど掛けられた時と同じ大らかさを振りまいていた。ばたばたした雰囲気に部屋全体が占拠され、孤独な石ころは再び人々の視野から消え、まるで現れなどせず人の注意を引いたこともないかのようだった。

帰り際に、ジルはロレインの腕を引き寄せて、こっそり尋ねた。「私にも教えてくれなかったのね！　どうやって思いついたの？」

「何を？　石のこと？　別に何も考えてないけど」

「すごい独創性じゃない！」

「そうだった？」

ロレインはほほ笑み、「なじめない」という言葉だけを考えていた。彼女はその石を手にしてレイニーのことを考え、彼女と仲間たち皆のことを考え、苦しさを感じた。彼女は何も持たずに、空中を指してこれが「夢」という作品だと言おうかとも考えていた。だが考え直し、それはあまりに悲観的だと思って、結局はやめたのだった。彼女は自分に独創性があるとは思っていなかった。もしカンガルー兄さんから何かを学んだとすれば、自分に独創性があるとは考えないことだった。彼女には感情があったが、それが独創性だとは思わなかった。

その日の午前中、彼女は本当に独創性のある作品を目にした。それは大きくて薄い中空のガラスの球体で、中にはもう一つの一回り小さいガラス球が入っており、さらにその中には、一つまた一つと透明の球面がはめ込まれており、最後は小さくて見分けられなくなった。どの球面にもそれぞれ緑地があり、住宅、滑り台、工場もあった。一番外側の球殻の内面には、空に逆さ吊りになったような同様のミニチュアの世界があり、細かく作られた小人たちが逆立ちして様々な仕草をしていた。球体は宙に吊るされ、世界は一つまた一つと重なり、緑の大地は一つまた一つと透明に輝くガラス越しに、人目を引き付けた。ロレインにはどうやってこれが作られたのかわからなかった。彼女はただ目を凝らして、一つまた一つと無限に内に連なるような球面を見、尺度はまったく異なるが構造はそっくりの世界を眺め、空のように包んでいるのに逆さまになっている一番外側の空間を見つめては、自分もひっくり返っていて、果てしない宇宙の深みに放り込まれたように感じていた。

翼

二十一世紀中葉から、自家用飛行機は地球人の主要な交通機関となった。都市はどんどん拡張され、高層建築はますます巨大化し、地上の交通は次第に負荷に耐えられなくなり、空は翼のついた自家用車に占拠されるようになった。地球では、飛行というのは複雑なことだった。子どもにとっては夢と刺激で、青年にとっては女の子を追いかける手段で、大人にとっては一種のステータスシンボルで、老人にとっては不平たらたらでも乗らずには済まされない足の役割を担っていた。社会学者にとっては新たな組織形態の誕生で、政治家にとっては領空紛争で、環境保護主義者にとっては大気汚染という悪の根源で、財界人にとっては経済衰退への救世主だった。あらゆる人々にとって、それは新時代の象徴だった。

高校生は通学に用い、大学生は冒険に用い、スターはバカンスに用いる。それぞれの好みは異なり、飛行機は複雑なものになった。高速を求めれば、新型固形燃料が必要になるし、安定のためには、翼端部に失速平衡器が必要になり、飛行高度制御のためには、空燃比制御装置が必要になり、他の飛行機との衝突を避けるため、精密なグローバルナビゲーションシステムが必要になり、様々な気流に適応するため、インテリジェントな流量センサーが必要になる。人間の疲労による過失を避けるため、完全自動運転システムが必要になり、遠距離通信とウェブ会議を開催するために、高画質モニターと信号受信器が必要になり、襲撃を防ぐために、弾道ミサイルが必要になり、企業存続のためには広告が必要になり、死なないためには自動パラシュートが必要になり、セックスのためにはリクライニング可能な柔らかい椅子が必要になる。飛行機にはあらゆる奇妙なデザインが生まれ、材料も様々だった。シンプルなものが複雑になると、シンプルさは忘れ去られる。子どもが食べて寝れば生きていられるとわかっているのに対し、大人はたくさんのことをしなければ生きていけないと言うようなものだ。複雑から単純に回帰するには大変な忍耐力を要する。

「飯食ってれば生きてられるさ」ミラーは言った。

トーリンはうつむいていて、その目の前にはごちゃごちゃと図の描かれた電子ペーパーが広げてあった。

「でももう減らせるものはないぞ」

電子ペーパーには、歪んだ字でそれぞれの部品の名称が示され、いくつかの部品には大きな×印がつけてあった。三人の少年はこの薄い紙を囲み、額を集めて話し合いに熱中しており、ロレインは横の鉄の足場に腰掛け、両足をぶらぶらさせていた。少年たちは火星の小型飛行機を全面的に改造しようと考えていた。鉱物採掘や護衛や戦闘や輸送といった機能をすべて取り払い、高度と速度も飛行可能かどうかを基準として、最小限の設備で最低限の目的を達しようというのだった。

それはクリエイティブ・コンテストの一次審査から七日目だった。第一次審査を通過したので、チームは正式に成立し、実験計画がスケジュールに組み込まれるようになった。アンカは自分の飛行機改造計画を仲間に伝え、予想外の積極的な反応を得た。例の峡谷に行って事故現場を探したいというロレインの希望も多くの支持を得て、興奮して一緒に行きたがる者が何人もいた。ロングは鉱石採掘船をレンタルしようと言い、ハニアは中心になって組織を招集し、トーリンは演出家の傍ら秘密作戦の指揮を執った。ロレインにはそうした反応が理解できた。何と言ってもガラスの箱に閉じ込められ、最終レポートにかかりきりの日々を送る彼らにとって、過去の事件を追及する冒険の旅にはこの上なく心を揺さぶる力があった。数人の中心メンバーは毎日集まるようになり、実行計画を議論し、ロレイン自身の探索も歴史に対する思索や大空への渇望に変じていった。

「僕たちの方向性は逆だったんじゃないか」アンカは脇の柱に身をもたせ、低い声で言った。

「どういう意味だ?」トーリンが顔を上げて尋ねた。

アンカは言った。「僕たちはずっと飛行機を前提に削減していったから、全部必要だと思った。でも実際にはゼロから始めて加えていってもいいんだ、最低限必要なものだけを」

「ゼロから始めるって?」トーリンは眉をひそめた。

「無からってわけじゃない、空気からだ」

ロレインは彼ら三人の向かい側の鉄の足場に座り、足が地面に届かなかったので、ぶらぶらさせていた。

三人の少年はもう一晩中真剣に議論していた。

彼らの作業場は稽古場として使っている倉庫の片隅の物置で、ぽつんと大きな郵便ポストのようで、すぐ前をくっきりした輪郭の鉄の足場が横切っており、三角形の小さなスペースだけが残されていた。夜はもう訪れており、やって来る者はおらず、作業場はひっそりして、この片隅だけ明かりが点いていた。男子たちはいくつか箱を運んで来て、適当に座り、文字や図を書きつけては、ポータブルプレイヤーの映像を壁に映し、様々な飛行機の写真を一枚ずつ投影していた。

アンカは柱にもたれ、足を交差させたまま、トーリンを見て言った。「結局、墜落せずに峡谷まで飛ぶということ以外、クリアすべきミッションはないわけだ。だからいっそいわゆる飛行機ってのをやめにして、翼だけを残し、機体をミニマムにして、エンジンもなくせばいい。そうすれば負荷を最小限にできる」

トーリンは驚いた。「エンジンだって? エンジン無しに飛べるのか? 太陽エネルギーを使うにしても、ジェットエンジンはなしってわけにいかないだろう?

ジェットなしにどうやって推進力を得るんだ？　翼で羽ばたけるとしても、水平飛行速度を保たないと」

アンカは首を振って言った。「水平飛行速度は逆風を揚力に利用するために必要なんだ。もし峡谷への進入方向を気にしないなら、完全に風に従って、昆虫みたいに飛べばいい」

ミラーは尋ねた。「風に従って？　計算したじゃないか、揚力が不十分だって」

アンカは言った。「総揚力は機翼の面積と正の関係を持つから、翼をできるだけ大きく作ればいい。大気が薄い分だけ揚力は小さいが、単位面積あたりにかかる力もその分小さい。計算してみたが、翼は地球の時より何倍かに大きくできる」

ミラーはやや疑っていた。「でも翼の根元の強度は十分なのか？　曲げモーメントが大きすぎるんじゃないか？」

アンカは肩をすくめた。「さあ。思いついただけだ。実行可能かどうかはよくわからない」

トーリンは小さくうなずき、ミラーに言った。「計算してみる価値はあると思う。翼の支えが適当な力のモーメントを見つけられれば行けるはずだ。鍵になるのは揚抗比で、適当な機翼の形状と、適当な風を見つけなければならない。何とかなりそうな気がするぞ、ここは空気の密度こそ低いが、風が強い場所はたくさんあるから」

ロレインはずっと口を開かず、自分のタブレットを手に、いたずら書きをしていた。トーリンの目は左右の間が狭いが、炯々《けいけい》として力があった。ミラーは褐色の肌に、丸顔、ぼさぼさの髪。アンカはだらしなく寄りかかり、靴もちゃんと履いていなかったが、柱にもたれているとすらりとして見えた。彼女には彼らの話の内容はよくわからなかったが、アンカの言葉は耳に入った。飛行機は材料と風とのダンスにすぎない。それを聞いて彼女ははっと悟った。飛行について語る前に空気について語らなければならないし、行動を語る前にはそれを取り巻く状況について語らなければならない。

　夜は静かで、ロレインは少年たちとドームの外の月を眺めていた。彼らは彼女と同様、地球では上空を移動することに慣れていた。彼らを見ていると安心できた。まだ端緒についてはいないが、どんなことであれ彼らがその気になれば、できないことはないと思う。どうして自分がそう信じているのかわからないが、もしかすると彼らと一緒に漂流するのに慣れているせいかもしれないし、彼らが考えている時の目の中に燃える情熱を見ているのが好きだからかもしれなかった。

　少年たちは熱を込めて議論を始めた。風に乗って飛ぶための不可欠の条件と設備は何か。聞いている限りでは様々な現実に即さない克服不可能な困難がありそうだが、彼らは一つずつ丁寧に練り、妨げとなっている大部分の障害を取り除いた。頑固な病気やボトルネック、喉に引っかかった骨のように残っているのは、いくつかの小さな部分だけだった。

「ロレイン、君は現地の地形の具体的な描写が資料にどう書かれていたか覚えていないか？」

　トーリンが不意に顔を上げてロレインに尋ねた。三人とも手を止めて彼女を見つめており、議論の分かれる問題に遭遇し、信頼できる外部資料が必要になったらしかった。

「覚えてる」ロレインは彼らを見て、「ただもともとの記述がちょっとしかないから」

「何て書いてあった？」

「屈曲した岩山で、まっすぐ雲の高さまでそびえ、岩壁から強風の時にはたくさん砂石が落ちるって」

「風は強いのか？」

「かなり強い」

「でもそれは暴風の時の状況だろう？」

「うん」

「じゃあ普段は？　通常の風はどうなんだ？」

「資料にはなかった」ロレインはややためらい、「でも岩壁にはたくさん風穴があって、それから風食作用でできた谷間があるみたい」三人の少年は互いに顔を見合わせると、トーリンはアンカにうなずいて見せ、アンカは電子ペーパーにいくつかの単語を書き記した。

「具体的な位置とルートはわかるか？」アンカは書き終えて顔を上げ、優しく尋ねた。

「わからない。でもキャンプから遠くはないはず。もし当時救援船を派遣していれば、半時間で行けたってあったのをはっきり覚えてるから」

「救援船は直接飛んで行けるのか？」

「うん」

「じゃあ僕らの飛行機も行けるな、問題なく」アンカはミラーに言った。

ミラーはうなずいた。最大の問題に解答が得られ、ほっとしているのが伝わった。

「それじゃ何のために飛行機を作るんだ？」ミラーは考えて尋ねた。「鉱石採掘船で向かえばいい」

ロレインは首を振って言った。「私が探している谷は地上にあるけど、あの事件に関わるほかの遺跡は岩山にあるの」

「岩山の上に？」

「そう」ロレインは確信を持って言った。「昔のキャンプはみんな岩山にあったでしょう、そこにも行ってみたいの」

「そうなのか？」ミラーはけげんそうに言った。「何で俺は知らなかったんだ？」

「知らなかったの？」ロレインもけげんに思った。「みんな知ってると思ったのに」

「俺は知らなかった」ミラーは振り返ってあとの二人を見て、「おまえたちは？」

「僕も知らなかったな」アンカは言った。

「聞いたことあるような気がするけど、それにしてもちょっとだけだ」トーリンはわずかに眉根を寄せた。「今考えてみると確かに変なところがある。あの頃の歴史は授業ではずいぶん大ざっぱな扱いで、戦争については詳しくやったけど、戦争前の時期っていうのは本当に記憶に残ってない」

「……そうかも」ロレインは少し考えて同意した。

「じゃあ君はどうして知ってるんだ?」ミラーは尋ねた。

「忘れちゃった……もしかすると両親から小さい頃に聞いたのかも。よくわからない、ただずっとそういう印象があるの」

「具体的な地形を説明できるかい?」アンカが尋ねた。

「谷があって、人は岩壁に暮らしていて、その他は……よく覚えてない」

「調べてみるか、誰かに聞いてみることはできないか?」

父も母もずっと以前に亡くなっていて、他に聞ける人もいないと答えようとして、ロレインは不意にレイニーを思い出した。彼ならきっと知っているだろう。これだけ長く歴史を調べているんだから、手元にはきっと一番詳しい資料があるはずだ。彼女はうなずき、たぶん大丈夫だと思うと答えた。

アンカもうなずき、電子ペーパーを取り上げ、いくつかの単語を注記すると、また初めから終わりまでざっと見て、まとめて言った。「今日はこれくらいにしておこう。さっきの問題はかなり解決できたし、後は鍵になる二つだけだ。一つは地形で、もう一つは翼のコントロールだが、これはすぐに答えが出ることじゃないから、いったん帰って調べてみよう。何かわかったらメッセージで連絡してくれ」

「翼のコントロールって?」ロレインは思わず尋ねた。

「一番肝心な技術的問題だ」アンカは説明して、「翼を大きく作ろうって話しただろう、そうすれば気流は利用できるけど、重大な問題が生じる。翼の動きはコントロールがとても難しくなるんだ。実際の乱気流は予測困難で、プログラムの設計は難しいし、設計しても適用できない可能性が高い。機体から不要なものをそぎ落とすと、プログラミングによる操縦が特に難しくなる。だからといってコントロールしないわけにゆかないし、機翼のコントロールができなければ、気流の力を借りるどころじゃなくなる」

「そういうこと……」ロレインは口の中でつぶやいた。

彼女にはプログラミングはわからず、そこに具体的にどんな困難があるのかはわからなかったが、アンカの口調から問題の深刻さを理解した。既成の設計は何であれ人間が幾度となく修正を重ねて練り上げた最良の真髄だから、そこに何らかの修正を加えようとすれば付随する障害に対処しなければならないということだ。彼女はエンジニアではないが、その理屈はわかっていた。少年たちを眺めると、問題に取り組む彼らの表情は真剣で、真剣さによってはつらつとしたものになっていた。彼らは課題を認識していたが、そのせいで奮い立っていた。彼女は彼らと共に、夜に包まれたがらんとした倉庫を出た。内心ふとこの何日も感じたことのなかった確かなぬくもりを感じた。

ロレインとレイニーは昆虫研究室で落ち合った。これは彼女からレイニーに頼んだことで、昆虫の飛行原理を知りたいと言うと、レイニーは喜んで承知し、以前に学んでいた昆虫実験園に彼女を案内した。

レイニーは若い頃にここで三年間過ごし、生物の運動／感覚受容器と圧力感知を研究していた。火星の多くの作業機械は、這って歩く昆虫の構造を模倣したもので、長く器用な肢によって鉱物を採掘し、砕石がごろごろしている地面を飛ぶように移動できる。彼らはここで昆虫の肢運動を研究し、電子機器に変換して、工事プログラムに応用していた。

研究室には大きな温室の庭園があり、中には様々な珍しい植物が栽培され、起伏に富んだ人工のジャングルが作られ、蜜蜂、トンボ、カマキリ、蜘蛛《くも》や様々な甲虫が飼育されていた。ロレインが足を踏み入れると、すぐにトンボが一匹頭に止まり、彼女は大声を上げた。トンボは震えながら飛び去った。彼女はあっけにとられて、ぼんやり立ちつくすと、考えていたことがどこかに飛んでゆき、目の前に広がるすべてに完全に気圧《けお》されてしまった。こんな光景はほとんど初めてだった。どの花も金色に輝く蕊《しべ》を広げ、どの片隅にも小さい虫が潜んでいてしょっちゅう飛び出し、どの翅《はね》にも色鮮やかな誘惑が羽ばたいていた。どこもかしこもうっそうと茂り、蝶は上へ下へと舞い、大きな花は少女のスカートのように広がった。こうしたすべてを彼女は火星ではもちろん、地球でも見たことはなかった。彼女は地球で花屋にも行ったし、草原に行きもしたが、こんなに豊かで自由な生物の庭園は初めてだった。

「きれい」彼女は小さく賛嘆の声を上げた。

「確かに美しい」レイニーは言った。「これがあったから私は最初この専攻を選んだんだ」

「全部火星で繁殖させたんですか」

「そうだ。最初に地球から持ち込んだのはそれぞれ十つがいで、残りはすべてここで繁殖したんだ」

彼らは花の茂みに立ち、レイニーはそっと一輪の花から蝶をつまむと、ロレインの手のひらに乗せた。ロレインが丹念にためつすがめつすると、蝶は静かにとまったまま、か細い肢を高速で震わせていた。触ってみたくなって手を出したら、飛んで行ってしまった。

「レイニー先生」彼女は見上げて尋ねた。「昆虫はどうして飛べるんですか」

レイニーはそばにいた蜜蜂をつかまえ、ひっくり返して、胸部をロレインに示した。「翅の振動が見えるだろう？　これが一番基本的な動力だ。ただ種類によって方法は違う。蜜蜂は翅のひねりで翅の間に挟まった空気の夾角《きょうかく》を変えるが、トンボは二対の翅を上下に羽ばたかせ、小さな渦を作る」

「鳥もそうですか？」

「鳥とは違う」レイニーは言った。「鳥の翼は振動しないし、逆に昆虫の翅はめったに羽ばたかない」

「昆虫はどうやって翅をコントロールしているんですか」

「基本的には翅の根元の筋肉のひねりだ。昆虫の翅は軽くて薄いから」

ロレインはうつむいた。小さな蜜蜂はレイニーの手の中で絶望的にもがき、腹部を胸の前まで丸めては、小さな肢でばたばたと宙を蹴り、甲冑《かっちゅう》のような口吻を動かし続けていた。レイニーが手を緩めると、蜂はよたよたと飛んで行った。彼がまた手を伸ばすと、トンボが一匹飛んで来て、手の上にとまった。

レイニーはトンボを見ながらほほ笑んだ。「これは余談だが、今の人間は数値のシミュレーションに頼り過ぎていると思う。何でもコンピューターにかけて計算するのに、めったにそれ以上に観察してみることはない。古代とはちょうど反対だ」

時は無言で流れ、午後のひとときは過ぎ去ろうとしていた。たそがれ時、ロレインはしばし、内心で次に何と言おうか思案した。

「レイニー先生」彼女はやぶから棒に尋ねた。「火星の人間は以前谷間に暮らしていた時期があったんじゃありませんか」

「え？」レイニーは面食らったが、穏やかに答えた。「そうだよ。正確に言えば、巨大なクレーターだが」

「いつ頃のことですか」

「百年前だろう」

「どうしてその話はめったに聞かないんでしょう」

「評価が難しいからね」

「どうしてですか？　どういう土地だったんですか」

レイニーはしばらく黙ってから答えた。口調は悠然として、空中にバーチャルの古画を描いているようだった。「当時の人々にはまだガラスの住居がなく、飛行船をそのまま改造したトタンのキャンプを除けば、ほとんどの人が山の洞窟か地下の掩体壕《えんたいごう》に暮らしていた。岩山は寒くて光も不足していたが、宇宙線をかなり遮ることができた。人類にとっては、生存と安全がいつだって最優先だ。当時の住居はかなり簡素で粗雑な作りで、小さな穴で外の世界につながっており、表面を簡単に処理しただけの黄土色の壁に、電気ストーブで暖を取り、昼間でも明かりが必要だった。しかしそれでも、そうした住居でさえ建設は困難だったんだ。建築工事はすべて岩山で作業しなければならなかったし、重機を持ち込むことも難しく、多くの工程は手作業で完成させなければならず、かなりの苦労だった。しかも損壊が生じれば、新たに開削するのには相当の時間がかかる。生活物資も大半が地球からの供給に頼っていた」

「地球人と火星人は一緒に暮らしていたんですか」

レイニーは彼女の方に振り向くと笑って言った。

「当時はまだ火星人という概念はなかった。人間は皆地球人だったんだ」

ロレインは少し心を動かされ、この言葉の含意をよく考えてみた。古くから伝わる謎かけのようだった。

「その山谷はどこにあったんですか」

「〈断崖〉の中腹だ、赤道の南からそう離れていない」

「今でも当時の遺跡は残っているんですか」

「あるはずだ、戦争で破壊されていなければ残っているだろう」

「行ってみることはできますか？」

「難しいだろうな。もうほとんど誰も行くことはないから」

「自分で行くのも無理ですか」

「もっと難しいだろう」

「レイニー先生」ロレインは言葉を切ると、ずっと身につけていた真鍮のリンゴをこっそり握り、慎重に尋ねた。「当時はいったいどうして戦争になったんですか」

レイニーは彼女の目を見て、逆に尋ねた。「そうだな、戦争の原因は君も知っているんだろう?」

「ええ」ロレインはうなずいた。「でも知りたいのは目的なんです。原因は原因で、目的は目的ですから」

レイニーはうなずいて理解を示した。「最も重要な目的は、新しい社会を構築することだ」

「私たちのこの都市のように?」

「そう言ってもいいだろう。だが原型と核心をつくったにすぎない。今の都市の運営は三十年間の戦争を経てゆっくり発展して来たんだ」

「最初の核心とはどういうものだったんですか」

「データベースだ。すべての核心はデータベースだ。データベースを基礎として運営される都市を発展させたんだ。それで都市の運営を計算するわけではなくて、ただのアーカイブだ。市内の誰による発見であれアーカイブし、少しでも新しい探索がなされるたびに、自由にシェアした。すべての人間の思想の自由は保護された」

「でもどうして独立しなければならなかったんですか? もともとの基地ではそういうことはできなかったんですか」

「難しかっただろうな。経済全体の変革が必要だからだ。言い換えれば、こうした都市はあらゆる精神の探索を完全に公開し、経済には参与しないことを要求する。つまり、物質的な生産と精神的な生産を二つのまったく異なる領域に切り分けて、完全に区別するというのは、史上初の試みだった」

「つまり、精神的に生み出されたものは売買の対象にはならないということですか」

「そうだ。それが当時の人々の発した宣言だった」

「それは良いことなのですか、悪いことなのですか」

「答えはないだろうな」レイニーはそう言ってまた視

線を暮色に覆われた空へと向けた。「少なくとも当初自発的にこの行動に参加した人々にとっては、それは信念だった。信念だから、良いとか悪いとかで測ることができない」

「それはどんな暮らしなのか……」ロレインは小声で独りごちた。

　レイニーは正しいかどうかの評価は下さなかったが、歴史的選択について簡潔に要を得た説明をし、ロレインの祖父とその友人たちの若き日々について語った。彼の話は大まかなものだったが、それは歴史的事件の流れよりその中の人間の姿の断片の方がはるかに人の心を打つと思ったからだった。

　レイニーは戦争終結前の文献をたくさん読みあさっており、彩雲のように美しい情熱に打たれずにはいられなかった。それは現実離れしたところのある躍動の時代だった。砂漠の中の理想の国。乾いた世界に清らかな泉を掘る。当時は多くの事業が促進するまでもなく進められ、砂漠に花を咲かせるというイメージそれ自体が多くの人を鼓舞していた。

　戦争の初期、反乱軍はまだ、地球駐留軍が根拠地とした谷をはるかに臨む谷に駐留していた。両者の唯一の差は、反乱軍の方が〈断崖〉の端に近く、大平原の近くにあったということだ。当時の食糧や物資の半分は、地球からの補給を地球駐留軍から奪って入手していたが、さらに栽培や養殖のために土地を開発することも必要だったからだ。当時の科学技術は怒濤《どとう》の勢いで発展しており、当時のような外圧のもと、かくも多くの知恵と頭脳が結集した時代は、いまだ類を見ないだろう。反逆者たちはもともと科学者であり、キャンプでの様々な知識の囲い込みが不満で、束縛から逃れようとしていた。そうした囲い込みは政治やビジネス上の理由によるもので、彼らにはそもそも無関係だった。生存条件がかくも劣悪な火星にあって、互いの発見をもとに自由に交流することができず、探索して得られたものをシェアすることができなければ、誰も歩を進めることはできないというのが彼らの認識だった。彼らが情報のプラットフォームを築いたのは、ただ発展のためで、当時はまだ芸術や工芸、装飾は含まれず、政治投票をはじめとする後のあらゆる物事もなかった。

戦争が戦争の時代に生まれた人々を育んだ。彼らの世代はこの土地に生まれ、この土地で育ち、多くの人々がこの土地で死んだ。ハンス、ガリマン、ロニング、ガルシアは皆戦争の子どもだ。彼らは飛行士でもあったが、それだけにはとどまらなかった。彼らは最も困難な情勢の中、人々の信念が最も揺らぎやすい時代に成長していた。彼らは信念の継承者だった。

戦争の後期はハンスと仲間たちが表舞台に躍り出た時期だった。ハンスは強健な若者で、新婚の妻と共に空を駆けめぐり、二十二歳で飛行士育成教官となった。彼の父は当時まだ健在で、火星の総督としてまさに黄金期に当たり、放射線の影響による病のせいで面やつれしていたものの、矍鑠《かくしゃく》たる精神はそのままだった。ガリマンは当時まさに頭角を現したところで、金髪を振り立てて怒れる獅子のように舌鋒鋭く人に迫った。最終的に反乱軍に谷から出る決心を固めさせたのはまさに彼の建築設計ゆえだった。颯爽たるガルシアは活発にあちこちで講演を行い、のちに外交官として発揮される潜在力を当時すでに垣間見せており、鋭い言葉でデータベースの理想を人々の間に息づかせた。詩人の素質を備えたロニングは立て続けに一連の文章を発表し、ハーバーマス（ユルゲン・ハーバーマス、一九二九年生まれのドイツの哲学者・社会学者）の唱えたコミュニケーション的合理性を才気あふれる情熱的な論述に移し変え、都市全体の建設の様々な面に応用した。

それはあらゆる理想が最も豊かだった時代だ。レイニーは知っていた。現実がどうあれ、当時の人々はあれほど真実こめて手を伸ばし、天空に対して求めたのだった。

昆虫研究室を出てから、ロレインは急に踊りたくなった。

彼女は何日も踊っていなかった。心はもっと気になることに占められていたし、身体もずっと休養を強いられていた。彼女は自分がもうダンスに別れを告げたと思っていた。足にしてもそうだし、心の持ち方にしてもそうだった。今日彼女は怪我をしてから初めて、踊りたいという気持ちになり、全身を動かして、飛び跳ねては回転して完全に生《せい》の状態に没入したいと思った。彼女にはどうしてだか説明できなかったが、もしかするとくるくる舞う蝶を見たせいかもしれなかったし、空の果ての〈断崖〉のせいだったかもしれないし、束縛を解き放とうとする歴史について聞いたせいだったかもしれなかったし、空を飛ぼうとしたせいかもしれなかった。昆虫研究室の出口にしばし足を止め、振り返ってガラス扉の後ろの緑の茂みの中を羽ばたく翅《はね》を眺めているうち、身体の中に長く眠っていた衝動がまた動き始めたのだった。

レイニーと別れ、消灯後のダンス教室にやって来ると、明かりは点けずに、すでにともっている青い街灯の光を借りてゆっくりとストレッチした。開脚し、基本のポジションを取り、鏡に向かって連続で回転した。厚い床板を踏んでいると安定感があった。床板は忠実なダンスパートナーだった。床板は彼女を支え、彼女は爪先で床板の触感を探った。

彼女が踊るにつれ、思考は身体と共に起伏した。

二十二世紀のダンス哲学は複雑で、人々はダンスを人間と空間との関係として理解しており、たくさんの互いに矛盾する流れがあるのを彼女は知っていた。ある者は身体言語で新たな記号を生み出すことを主張し、ある者はダンスがまさに人の身体に加えられた様々な記号に反対するものだとみなした。しかし彼女は、そんなに奥深く複雑なものとして捉えはしなかった。彼女にとっては、ダンスは外界との関係ではなく、自身との関係だった。幾度もダンスによって何を目指すかを考えてみたが、最終的な結論はコントロールだった。プロジェクトチームが彼女にダンスを習わせたのは、高く跳ぶという人体能力を伸ばすためだったが、彼女は正確さの方が高さよりずっと重要だと思っていた。最も難しいのはより高く跳ぶことではなく、爪先をちょうどある位置に到達させることで、高すぎても低すぎてもならない。

彼女は足を軽く腰の高さまで蹴り上げ、また戻し、今度は後ろに蹴り上げると、そのまま静止した。

ダンスを始めてから、彼女は自分の身体に対する理解がごくわずかであることに気づいた。人はどうやって座るかとか立つかとか、どんな動作で歩けば転ばないかということを考えてみたりはしない。それはとても不思議なことで、身体それ自身に生命があるかのようだった。身体には古い記憶が、理性的な意識が知ることすらない習慣のようなものが、たくさん備わっているのだ。

突然、彼女の心に光が差した。

彼女の思考は前夜に舞い戻り、鉄骨のそびえるホールに戻り、少年たちの討論に戻った。あの時、ありとあらゆる議論を重ねたが、肝心要のパーツが一つ欠けていて、ジグソーパズルの人物の目のピースが足りないように、すべて揃っているのに、一枚の絵が見えてこなかった。

そして彼女は今、足りないものを悟った。翼のコントロールだ。

翼のコントロールにはもしかすると大脳は必要なく、身体に備わる本能だけで良いのかもしれない。

船

最終審査の日がやって来た。

最終審査の開催は各区の持ち回りで、今回はアリョーシャ区だった。アリョーシャセンタースタジアム周辺は早々《はやばや》と飾り付けがされていた。広場は全体がロマン主義時代の地球の雰囲気に飾られ、クラシカルで豪華だった。コンテスト会場はにぎやかな雰囲気で、ドームには雲上の宮殿と舞い踊る天使が投影され、交響曲が辺りに鳴り響いた。ローラースケートを履いた少年たちがあちこちの台の上からジャンプし、空中で技巧的な回転を見せると、着地してから会場を一周して手を振り、次々に高まる歓声を浴びた。

観客席は興奮に包まれていた。会場で最終審査を見ることができるのは極めて名誉なことで、各区の優秀な参加者だけがその機会を得られた。子どもたちは皆期待していたが、コンテスト自体の魅力に加え、閉会後に大小様々なダンスやパーティーが続くからでもあった。それは他の地区の子どもたちと知り合う絶好の機会だった。この日、誰もがめかし込んで会場に現れ、少女たちはドレスの裾をつまんで顔を上げ、少年たちは制服のジャケットの裾を広げてもったいぶっていた。会場に来ることのできない子どもたちはほとんどが一緒に集まり、それぞれの地区で、お菓子と飲み物を買って、仲間たちに遠くから声援を送った。

楽屋も興奮していた。ジルはプレゼンターとして最後に選ばれた少女の一人だった。彼女は楽屋で緊張して鏡を見、ひっきりなしに近くの少女に自分の髪の毛が乱れていないか、花冠が歪んでいないかと尋ねた。もうすぐまばゆい光の中を大勢の観客の前に出て行くのだと考えると、緊張のあまり手のひらには汗がにじんだ。ステージでの流れを繰り返し暗唱し、何度もロレインをつかまえて、正しく覚えられているかどうかチェックしてくれとせがんだ。周りも大混乱で、少女たちは化粧し、服を着替え、あちこち駆け回っており、時には「私のネックレス見なかった？」といった悲鳴が聞こえた。ロレインにはほとんどジルの声も聞こえなかった。

「どうしてメイクしないの？」ジルはロレインに尋ねた。

「もうしてるけど」ロレインは言った。

「それだけ？」ジルは驚いてロレインの手を放した。

「これだけ」ロレインは笑った。「私は合唱隊だもん」

ロレインは裾の長いドレスを着て、全身に何の飾りもつけず、ただ肩に目立たない花を一輪飾っていた。長い髪はそのまま下ろし、額に金のリボンを巻いただけで、編んだり結ったりはしなかった。化粧もほとんど施さず、素顔のままだった。ジルには信じられなかった。やっと出番が来たのに、こんなにいいかげんに済ませるなんて。ロレインは説明を加えず、彼女の役は後ろに並んで盛り上げるだけだとか、公演が終わったらすぐに着替えないといけないから、できるだけ簡単な方がいいのだなどとは言わなかった。二つ目の理由はどうあってもジルに知られるわけにはゆかなかった。

今日の劇は三番目の演目だった。ロレインはまったく緊張していなかった。彼女は今日の公演は誰かに見せるものではなく、落ち着いて自分を表現するものだと思った。そういう時、人は緊張しない。

彼らの出番はオープニングの二つの歌とダンスの後で、正式な演目としては最初だった。出番を待っている間、ロレインは舞台袖の隙間から、華やかな色彩のスタジアムのドームを見上げると、宇宙の果ての星雲のようだった。彼女は水星団《マーキュリー》の仲間たちと一緒に立っていたが、彼らも緊張した様子はなく、皆言葉少なに、時々小声で退場の心得を伝えるくらいだった。出番がやって来た。

「ご来場の皆様、最終審査に残った若者の皆さん」花火が雨のように上がる中、司会役の教育大臣の低い声が響いた。「……共にこの思想の饗宴を祝しましょう！……創造は我々の栄光です！」

カーニバルは幕を開け、芝居が始まった。

会場のライトはミラー一人に当てられた。彼はぼろぼろの茶色いシャツをまとい、先がとがって破れた茶色のニット帽を被り、黒い革のゆったりしたブーツを履いていたが、足の親指が顔を覗かせていた。木の棒で包みを担ぎ、失意に沈み落魄《らくはく》したよれよれの姿だ。彼は前に二歩進んでは、後ろに二歩下がり、髪をかきむしり、空に向かってため息をついた。

――俺はみじめな宿無しだ、才能と夢を抱いているのに誰もわかってくれない。驚天動地の偉業を志したが、現実によって粉々に打ち砕かれた。おお、宇宙よ、なぜこんなに不公平なんだ？　俺はもともと癌の偉大な克服者であろうとしたのに、永遠の宿無しになっちまった。ああ、俺が何をしたって言うんだ！

フォロー・スポットが舞台の下手《しもて》を照らし、宿無し男の最初の追憶を照らし出した。一人目のミラーの役は見るからに新入生で、襟の詰まった白いワイシャツを着て、書類を両手で持ち、興奮した様子で太った中年男の隣に立っている。中年男は厳粛な面持ちで居丈高な様子だが、学生は傍らでうやうやしく控えている。

――我々の研究室に歓迎しよう。ここは最上の歴史ある研究室で、革新こそが我々のたゆみなく求める目標だ。我々の信念は、新たな技術と思想、永遠の真理を絶えず追求し、常に聡明で活動的で向上心豊かな頭脳を保ち、我々の研究室が永遠に最前線で人類の探求を牽引し、永遠に傑出していられるよう努力することだ！

黒い合唱隊の声が悠揚と響いた。「偉大なり偉大なり」

——先生、それはすばらしい、お話に感銘を受けました。僕の仕事はまさにおっしゃることに合致します。

——そうかね？　何の仕事だ？

——ご覧ください、生産工程を最適化しました！　研究室に入ってからすぐ細かく工程図を観察して、ここにフィードバックプログラムを加えたんです。たちまち生産時間が半分に短縮されました。

——何のためかね？

——いけませんか？　こうすればコストと価格の両方を引き下げることができるじゃありませんか！　予算の獲得に有利ではないんですか？

——若者よ、本当に予算はそうやって獲得できると思っているのかね？　世間知らずもいいところだ！　予算とは壮大な宣言によって獲得するものなのに、まさか知らんのかね？　そんな無駄なことに力を費やさず、壮大な見取り図に力を投じてくれ！

黒い合唱隊の声がまた響いた。「ああ、偉大なり偉大なり」

下手のライトが消え、フォロー・スポットがまたミラーに当たった。彼は車輪のついた小船に乗り、懸命に漕いでいる身振りをして、天地に苦しみを訴えた。

——ああ、俺はあの時はわかってなかったんだ。俺の考えた方法なんて研究室にもとっくに思いついた連中がいたが、ただ口に出さなかっただけだ。コストがかかり、価格も高ければ、申請して得られる予算も高額になり、別のことに使うことができる。こんな簡単な理屈にどうして気づかなかったんだろう！　俺はただ結果を公表しただけなのに、まさか怒りを買って、遠慮もくそもあらばこそ、俺を別の大陸に追い出すとはな！　ああ、まったく俺はこの世で一番不幸な男だよ！　この教訓を肝に銘じて、理想を堅持し、新大陸で人生を賭した事業をやり直すぞ。

小船はゆらゆらと進み、星空を渡って、ゆっくりと舞台の上手《かみて》に進んで行った。右側のライトが点くと、二人目のミラーが銀色に輝くきらびやかなつなぎの作業服に身を包んでいた。ハリネズミのように逆立てた流行の髪型で、もう一人の中年男性の横に立ち、最前の学生時代同様にうやうやしかったが、今回の男はより鋭いまなざしで、髪はてかてかとなでつけられていた。

——よく来たな、若者よ！　我々はあらゆる創意と改善を歓迎する。より多くの利益をもたらすからな。おお、利益！　宇宙で最も神聖な名詞よ、そなたは人類と社会全体の福利を示している！　我々はさらに交易と協議、契約を増やして、他人の需要を満たすべく供給を増やし、自身と他人に幸福をもたらすのだ！

その時、ロレインと彼女の加わった白い合唱隊が初めて口を開いた。「おお、げにげにすばらしきかな！」

——社長、それは実にすばらしい。まったく心服致します。私の仕事はまさにおっしゃることに合致します。

——何だって？　どんな仕事だ？

——ご覧ください、生産工程を最適化しました！　研究室に入ってからすぐ細かく工程図を観察して、ここにフィードバックプログラムを加えたんです。たちまち生産時間が半分に短縮されました。

——おお、それはすばらしい、コストがずいぶん削減された！

——それから価格もです。

——いや、価格は変えんよ。

——ええ？　どうしてですか？　値下げすればもっと多くの人が買うでしょう？

——さにあらず。若者よ、おまえは癌の薬の需要と値段の関係を何だと思っているのか？　値段が高ければ買わないとでも？　まったく世間知らずもいいところだ！　コストが削減できるのはもちろん望ましいが、我々の利益には一切口出ししないでくれ。我々の利益は、社会的効用なんだぞ！　できる限りコストを削減しろ、そうすれば百パーセントの利益と社会的効用が生まれる。

白い合唱隊が大声で歌った。「おお、げにげにすばらしきかな！」

上手のライトが暗転し、ミラーが再び観客の前に姿を現したが、今回は座り込み、服はいっそうぼろぼろになり、前にはぼろ布を広げ、ガラスの破片を並べていた。彼は呼び売りの仕草をし、あちこちに顔を向けながら、観客に解説した。

――あいつらを見て、心中の憤懣が収まらなかった。やつらの薬はもともと八分の一の価格で売れるのに、絶対に承知しないいんだ。だから俺は、薬の成分と製造工程を盗み出し、自分で生産を始め、ずっと安く売ってやったんだ！　これも俺が悪いわけじゃないだろう？　だがあんなに度量の狭い連中だとは思ってもみなかった。俺が商売の邪魔をするってんで逆ギレして、露店を出すのも認めず、俺はあちこち逃げ回らなきゃならない有様さ。見てくれよ、この布もこんなにぼろぼろになっちまった！　もし親切な弁護士さんが拾ってくれなかったら、まったく食う物にもありつけなかったよ！

ミラーが視線を舞台の中央に向けると、白い光が天上から投げかけられ、円形のスポットを照らし出した。アニタが扮した富豪の女性が中央に立ち、神々しく天からの光を浴びていた。三人目のミラーの役が彼女の隣にいた。

――私は夫に死なれた薄命の女です。ああ、かくも不幸な運命によって、うら若い身で天涯孤独となり、生活のよりどころを失ってしまいました。夫は作家でした。紛れもなく偉大な作家だったんです、少なくとも私はずっとそう信じていました。でも彼はまだ十分にお金を稼ぐ前に亡くなってしまったんです、なんて薄情な、どうしてこんなふうに私をたった一人放り出して行ってしまったんでしょう？

そこで、アニタはミラーの役の方に向き直った。今度の彼はこざっぱりした古い服を身につけ、何日も飢えていたように、手にした白パンをむさぼっていた。アニタは哀れむようにその頭をなでた。

——あなたは先人の技術を改良したと言ったわね？

——そうです、先人の生産工程を最適化しました。

——以前の特許出願者はあなたの変更に同意したの？

——きっと同意するはずです、どうしてだめなのですか？　その人の案は引用されることで生き続けるのに、許可しない理由がありますか？

——ああ、まったくもっともだわ。実にすばらしい哲学ね！　あなたは思想の上で私の疑問を解決してくれたわ。これで道が見つかった。私の計画を知っている？　単純なことよ。死者の知的財産権という概念を提起しようと思うの。生者が知的財産権を保護されるなら、死者にはどうしてそれができないの？　夫の作品を分析したり引用したり、あるいは取り上げようとする人には、私に対して費用を払ってもらうわ。夫はきっと同意するでしょう？　死んでからも収入があれば、彼は死んでからも生き続けられるわ！

白の合唱隊は時機を逃さず横から歌で盛り上げた。

「おお、げにげにすばらしきかな！」

続いて、舞台には突然たくさんの人が押し寄せ、至る所を行き交った。アニタは死体の人形を抱きかかえ、ひっきりなしに手形を押し、契約にサインし、商売の相談をした。金を取るならもう彼の作品は論じないと抗議する者もいたが、アニタはまばたきしながら彼らに策を授けた。権利を得たらまた転売すればいい、転売の回数が増えるほど利益を得られる人も増えるし、亡くなった作家の代理権を全部オークションにかければ、最後には知的財産権の派生物の市場が生まれ、金融にも匹敵するくらい、多くの人にぼろ儲けの機会を与えられる。

白い合唱隊はますますほがらかに歌った。「おお、おお、げにげにすばらしきかな！」

混乱を極めた舞台で、物乞いのようなミラーは人混みの中から這い出すと、手には何も持たず、人々に忘れられて、自分の包みを背負い直した。辺りを呆然と見回すと、再び孤独で寂しい小船を見出した。またそこに乗り込んで、ゆっくりと無言のまま漕いでゆき、しばらくして舞台下手の彼が出発した大陸に舞い戻った。アニタと他の人々は闇の中に消えた。

彼は落胆しきってバーのような場所に行き、傍らの誰かに苦しみを訴え、これまでに目にしたことを告げた。相手は彼の語る内容に興味を示した。

——待ってくれ、今何と言った？

——俺の改善と革新は誰にも相手にされなかった、って言ったんだ。

——そうじゃない、その前に言ったことだ。

——連中は音楽をいくつものパートに分割して、それぞれ引用権を売り出した。そうすればもっと金になるし、音大生向けに広告を打てば、学生たちは卒業試験のために故人の作品をたくさん買わなきゃいけないと思うようになる。

——すごいな、それは良い考えだ。俺もそうしよう。一篇の文章を細かく分割して、自分で自分の成果を引用すれば、発表論文数を増やせる上に、引用率も上がって、研究室の主任はきっと満足するだろう。そうだ、学生に広告を打つのも妙案だ。自分の指導学生に引用させればいい、どうしてそんな方法を思いつかなかったんだろう。すばらしい、それで俺のインパクトファクターはどんどん上がり、すぐに研究室で最年少の指導者になれる！

長いこと沈黙していた黒い合唱隊がまた声を張り上げた。「偉大なり偉大なり！」

隣の男は未来への憧憬と自己陶酔に浸り、ミラーの存在はまた忘れられてしまった。彼はため息をつき、また小船に乗り、もう一度二つの大陸の間に漕ぎ出すと、たった一人、目的地もなく、向かうべき方向もなくさすらった。今回は漕いでいる時間がとても長く、台詞もなく、舞台の下手から上手まで、ずいぶん時間をかけ、辺りは静まりかえった。

今度は舞台の上手にたくさんの人が集まっており、一人を取り囲んでは、あれやこれやと尋ねていた。その人は問いつめられて言葉につまり、一人ぼっちのミラーの姿を見ると、目をくるりと回し、進み出てミラーの手をつかんだ。

――そこのお若い方、あっちの大陸からおいでなすったんだろう？　それはすばらしい。あんたが誰よりも公正だ。この人たちはわしらの会社のミネラル配合保健製品に基準を超えた有害物質が含まれているって疑っていて、どう説明しても信じてくれないんだ。頼む、この鑑定結果を読み上げてくれないか。（小声で）あんたが言えば彼らはきっと信じるから、うまくいったら百やるよ！

白い合唱隊は彼に協力するように、小声でもったいぶって歌った。「おお、げにげにすばらしきかな！」

ミラーはしかし首を振り、彼の言葉の意味が理解できないようだった。

――配合物と検査方法を直接公表すればいいでしょう。どうしてこんなことをするんです？

――そんなことがどうしてできるか！　企業秘密だぞ。

――僕たちの大陸ではみんな公開されてますよ。

――ダメだ、ダメだ、公開したら商売が成り立たないだろう！

その時、周囲の人々はミラーの言葉を聞いて、次々に大声で叫び出した。「公開！　公開！　調査！　調査！」彼らはミラーを一番前に押し出し、両手を高く上げて、男の背後にある厚紙で作ったビルに押し寄せた。大声で「透明化、革命」とスローガンを叫び、雪のように辺りを舞う紙片をまき、入り乱れた声が「粉飾決済をやめろ！　財務の問題を暴け！」と叫んだ。ミラーは人波に揉まれてあちこちによろめき、着ている服はますますぼろぼろになってジャングルの中の子どものようになり、いつ落ちて来たのやら二枚のボール紙を背負い、あちこちに身をかわした。すぐに、興奮した人々は「革命」と書かれた大きな旗を掲げ、ミラーを担ぎ上げると、舞台中央の空いたところに突撃し、ごちゃごちゃに入り乱れた。人々は方向を失い、声を上げてもすぐに巨大な喧噪にのみ込まれて何を言っているかわからなくなり、誰かが走り出し、誰かが誰かと意味もわからず殴り合いを始めた。ミラーは人々の手を何度かたらい回しにされた揚げ句、再び忘れ去られた。彼は舞い上がり、空中に漂い、ワイヤーで吊られ、二枚のボール紙が翼のようにばたばたと羽ばたき、ネバーランドのピーターパンに変じた。孤独な光のようなライトが、彼を追って照らし出した。

長いこと漂って、彼は急に墜落した。観客席から思わず悲鳴が上がった。だがミラーは床に落ちたのではなく、広がった網の上に落ちた。彼が呆然と左右を見ると、厳粛な面持ちの人々が両側に隊列を組んで待ち構えていた。

ホールに明かりが点き、観客は初めてその網がずっとそこにあったことに気づいた。ミラーが漕いでいる小船の後ろにあって、舞台の奥に隠れていたのだった。

網の上に座ったミラーは、ハンモックに腰掛けているようで、無邪気で何も知らないような表情だった。彼はぼんやりと両側の人々を見たが、人々は彼には目もくれなかった。両側にはそれぞれ要人が一人ずつ立ち、何か交渉しているらしく、どちらも高々と腕を振り上げ、声を立てずに言い争っていた。二人の間には巨大な天秤《てんびん》があり、左右に揺れ、上にはすでにたくさんの分銅が乗っていた。交渉は膠着《こうちゃく》状態に陥り、片方が怒りに満ちて自分の側の皿にまた一つ分銅を乗せると、天秤は彼らの方に傾いたが、相手は意に介する様子もなく乗せられた分銅を払い落とし、天秤はまた反対側に傾いた。両者は一言も発さぬまま殴り合いを始めそうな勢いになったが、一人の要人が身を挺して冷静に局面を収め、もう一人の要人に向かって網に座ったミラーを指差した。相手はその意味を悟り、うなずくと、表情一つ変えずにミラーのところにやって来て、彼をつかまえると天秤に放り出した。ワイヤーに吊り上げられたミラーは空中で二回もんどり打つと、ポトンと天秤の皿に座った。天秤は一瞬傾いて、安定を取り戻し、静止した。左右どちらの陣営も満足して笑い出し、握手を交わすと、友好的に肩を叩き、二つの袋いっぱいの品物を交換した。

その時、黒い合唱隊と白い合唱隊が初めて同時に口を開いて歌った。「偉大なり偉大なり、おお、げにげにすばらしきかな！」

その一幕は会場を静まりかえらせ、ほとんどの観客はただじっと見つめたまま、物語が続くのを期待していた。しかし皆を落胆させたことに、突然急転直下の展開で、水星団《マーキュリー》の役者と招かれたエキストラたちが突然四方八方から飛び出してきて、群舞のように音楽に合わせてぐるぐると走り始め、二周走るとミラーを持ち上げ、また稲妻のような速度で袖に消えてしまい、がらんと寂しい舞台とあっけに取られた観客を残した。

公演はこうやって竜頭蛇尾に終わった。客席の拍手はまばらだった。出演者たちは気にせず、カーテンコールに顔を出しすらしなかった。舞台の注意はただちに次の演目と胸を躍らせる表彰式へと移った。

水星団《マーキュリー》はすぐに楽屋に戻り、出番を待っている出演者やスタッフがざわざわと入り乱れる間をすり抜け、舞台衣装を脱ぐと、示し合わせたようにそれぞれその場を急いで後にした。ひっそりと裏門から出て、路地を歩き、まっすぐにロングがずっと待っている採石場へと向かう。

採石場に足を踏み入れると、ロレインの日には中央に横たわる一艘の壊れかかった船が飛び込んだ。飢えた大魚が口を開けているようだった。

その日は朝から、ホアンはずっと落ち着かない感じがしていた。

午前中、彼は最新型の変形戦闘機のテスト飛行を観閲していた。結果には満足だった。戦闘機の研究開発には何年もかけており、波乱含みで様々な失敗もあったのが、ついに大規模に生産して編隊を組めるまでになり、ホアンには胸にのしかかっていた岩が取れたような落ち着きが生まれ、さらに澎湃《ほうはい》たる野心が生まれた。この日のために黙々と長い間準備を重ねており、その間の努力を誰よりも知っているのは彼自身だった。

朝、飛行センターの金属扉が彼の前でゆっくりと開くと、眼前に広がったのは新しい機体が整然と列をなす光景で、彼自身よりはるかに雄壮で、誇らしげに甲冑《かっちゅう》に身を固めた忠実な戦士のように、陽光に照らされた銀の角《かど》が光芒を放っていた。それを目にして彼の胸には名状し難い怒濤《どとう》が渦を巻いた。歴史が目の前で音もなく、しかし波瀾の予感とともに幕を開けるのを目の当たりにしているようだった。彼にはよくわかっていた。人類の歴史において、目の前の編隊を超える編隊が存在したことはない。彼はすでに歴史の一ページを記し始めているのだ。

観閲の後、彼は監視センターにやって来た。理論的には、都市運営の制御は航空システムの責任範囲に属するわけではないが、ホアンは航空システムに属する研究室がより高性能で精度の高いリアルタイム監視について研究できるよう育成を続けていた。目的は明確で、将来の編隊巡航管理システムの基礎を築き、同時に偵察と哨戒の必要に備えて技術的サポートを確固たるものにしておくためだった。彼らの監視センターには部屋一つが割かれて都市の隅々まで見ることができる、監視システムのコントロールセンターにあるものと同様のモニターが設置されていた。厳密には法制度にのっとったものではなかったが、ホアンは自分の地位を利用してこの部屋を存続させていた。

その日、彼はどことなくうっすらと不安を感じていたが、観閲の際には問題は見つからず、観閲の後に監視センターにやって来た。

新しく投入した蜂の目を模した監視カメラは試運転の最中で、都市の重要地点から鮮明な画像を送って来ていた。見たところ不審な点はなさそうで、暇そうな者も慌ただしげな者も、人々は普段通りそれぞれの位置にいた。ホアンは黙って監視した。都市の東。南。西。北。三機の飛行機が街の東から飛び立ち、鉱石採掘船が南部の十二号出口を通過するところだ。

ホアンの視線は突然一点に引き付けられた。彼はただちに命じて十二号出口の画面を拡大させた。何かがおかしい。鉱石採掘船が街の外に出るのは正常なことで、毎日様々な採掘船と調査船が外に出ていた。だが細部の何かが彼には引っかかった。もしかすると飛行船の外観かもしれないし、画面の中で言葉を交わしている少年たちの顔かもしれない。

画面がアップになり、話している二人の顔がはっきりと見えた。ホアンは監視カメラの性能に満足した。モニターの中の少年にはどこか見覚えがあるような気がしたが、どこで会ったのかは定かではなかった。ためらっているうちに、ロレインの顔が目に入った。彼女はうつむいて採掘船から下り、さっき話をしていた少年の横に立つと、甘い笑みを浮かべて出口の管理員と話をした。

「盗聴システムをオンにしてくれ」彼は低いがはっき

りとした声で命令した。

研究員はうなずき、スイッチを入れた。

「わかりました、ありがとうございます！」

ホアンには言葉の最後の部分だけが聞き取れた。ロレインの澄んだ甘い声が管制室にこだまし、それから彼らがまた船に乗り込む姿が映った。採掘船は年とった鈍重な恐竜のようにゆっくりと這うように進み始め、上方に開きつつある隔離ゲートをくぐり抜けた。

ホアンはただちにハンスと通話した。彼は目にしたものを、落ち着いた厳かな口調で報告した。

「承知の上ではないのか？」

「いや、知らない」ハンスは言った。

「じゃあ調査するか、それとも追跡させようか？」

ハンスは少し考えて、ゆっくりと言った。「いや、とりあえず必要ない。こちらで調べてみて、後で知らせる」

ハンスの映像がスクリーンから消えた。ホアンが意外に感じたのは、ハンスに驚いたり緊張したりするそぶりが見えなかったことだ。ホアンは管制台の前に座り、頰杖をついて、言いようのないいら立ちを感じた。あの子どもたちがどんな理由で街を出るのかは知らないが、それは問題ではなく、彼が憂慮するのは、安全規定の実施が不十分だということだ。もし勝手に自分で操縦しての逃亡であれば、都市の防御が甘いどころか、こんなに簡単に突破できる穴があるということだ。規律も安全もあったものではない。彼は机を殴りつけた。考えれば考えるほど腹が立ってきた。

しばらく待とう。彼は机上の命令ボタンを見て、ハンスがどうしてこんなに意に介さないのかと量りかねていた。


火星の大部分の大人にとって、この日はただ一年のうち三百日あまりの平凡で静かな一日にすぎなかった。少年たちがすぐにも点火されそうな興奮の中に浸っているにしても、忙しい大人にまでそうした雰囲気が伝染することはなかった。

平凡で静かな一日で、エンジニアたちは忙しく、子どもたちはコンテストを見に行き、先生は子どもたちを見ていた。それは逃亡にうってつけの日だった。

ウォーレン・サンギスは土地システムの一般研究員だった。彼は才能に乏しく、野心にも欠け、仕事は適当にこなせば良いと思っていて、大局には関心がなかった。この日は彼にとっては平凡な一日ではあり得なかった。採掘船の出入口の守衛に当たっていたが、長いこと憧れていたマーサという娘にデートの約束を取りつけることに成功した日で、同時に初めて過失によって処罰される日になるはずであった。彼がボタンを押して三層に密閉されたゲートを開けた時、彼はその小さな動作がどんな結果を招くかは想像していなかった。彼は部屋の中の娘のことばかり考えて、外のことは完全に忘れていた。

採掘船は黄色い砂漠の上空を漂い、船内には料理のにおいが立ちこめた。

ほとんど引退に近づいた早期の採掘船で、黄土色の船体は移動する砂丘のようだった。戦後の建設の黄金時代、それは戦友と共に不滅の貢献をなし、都市全体の重金属の半分近くはこれらの船によって供給されたのだった。当時採掘船はいったん外に出たら数日は連続で稼働する必要があったので、船体の壁は小さな城壁のように厚く作られており、船内にはキッチンやバスルームが完備し、設備は簡素だったが周到に設計されていた。

そして今、船内はパーティー会場と化していた。船内の仕切りはばらばらに外され、空間は開《ひら》け、全体を一目で見渡すことができた。計器が固定されていたスチールの棚は外して床に置かれ、船員の寝室だったスペースは解体され、部屋の間仕切りは鉄の棚の上に寝かされ、二つのテーブルになっていた。テーブルクロスには長い房飾りがついていて、もともと地球博覧会の展示台の敷布だったのだが、会の終了後はエキシビションセンターに放置してあり、誰も管理していなかったのだ。テーブルは色とりどりだが、どの皿も異なる家庭のもので、形も模様も様々だった。皿を持って来なかった者はナイフやグラス、調味料の瓶を持って来た。どれもごたまぜに置かれて鮮やかにひしめき合い、移動サーカスのようだった。ロングが外出実習許可証をくすねて来ており、こっそり拝借して、また戻しておくつもりだった。

船室はにぎやかな喧噪に満たされた。はやし立てる笑い声が次から次へと続いた。酒瓶がぶつかり合い、澄んだもの寂しい音を立て、シュワシュワと炭酸の泡がグラスの中ではじけていた。液体はたまにテーブルクロスにこぼれ、にじんで一輪の花となった。

アイナが最後の料理をテーブルに並べ、アフタヌーンパーティーの開始を告げた時、ジオ酒はすでに五、六本が飲み干されていた。少年たちは歓声を上げて立ち上がり、カードゲームの片づけをすると、酒瓶を始末し、食卓をもっともらしく整えた。

「ウラー！」

グラスが頭の上に掲げられ、海の潮のように起伏した。

風

昼食が始まり、一斉に料理へと手が伸びた。奪い合いが続く限り、食べ物が足りるということはない。アイナは料理の腕をずいぶんと上げたが、彼女に言わせれば、火星に帰ってからほかに何も楽しみがないからということだった。ココナッツミルク入りの南洋風ケーキ、牛肉と卵のヌードル、ニンジン入りベイクドチーズケーキ、野菜炒めに魚肉と卵炒め、海藻サラダ、ナッツにレタス、リンゴのタルト、それからコーンと鶏肉のキノコスープ。食欲をそそる香りが立ち込め、酒にむせて咳き込む声と共に笑い声が席上に満ちた。

今回やって来たのは合わせて十二人で、女子が四人、男子が八人だった。大きなテーブルを囲んで、てんでに楽な姿勢で座っていた。少年たちは足を組み、少女たちはお喋りしながら果物を切って食べている。小さな窓には、昔のままの黄土色の砂石が映っていた。飛行船の走行は安定しており、じっくり見極めようとしなければ、移動していることすら感じさせないほどだった。

「みんなレポートはまだ出してないの?」アニタが尋ねた。

ミラーが聞き返す。「何だ? 君は出したのか?」

アニタは笑った。「まだよ。だから聞いてるんじゃない。みんな出してないなら、安心した」

「そんなもの書く暇があるかよ。劇の練習でひいひい言ってるのに」トーリンが言った。

「焦ることないだろ」ミラーが言った。「書く必要があるのかどうかもわかりゃしないんだし」

アニタはいぶかしげに、「どういうこと?」

ミラーは笑い出した。「こうやって勝手に街の外に出て、捕まったら、三万字の反省文を書かされて、二カ月の奉仕労働の罰を科されることになるんじゃないか。それから先のことはわかりゃしない。このままばっくれて済むかもしれないぞ」

ロレインはハニアが皿に梨を盛り付け、テーブルに並べるのを見ていた。少年たちが口々に賛嘆の声を上げる。目を細めると、規則正しい機器のブンブンという音がロレインを取り巻いているようだった。これが仲間だ、と彼女は思った。ジルたちのことも大好きだけれど、全然違う気がする。一緒にいても、周囲にとけ込めなかったのに、この船でみんなといるとそんな感じも消えていった。どうしてだろう、彼女は自分に問いかけた。こういうすべてをどうやって言い表せばいいんだろう。

彼らは一路南へ向かっていた。午後の太陽が西に傾き始め、腹がくちくなると、いっそう気怠《けだる》い雰囲気になった。もう用いられなくなった機械のアームが壁に掛かったまま、鋭角的な指を握りしめ、古物特有の厳粛な姿を見せている。縦に通る水の循環パイプにはコーティングが剝がれた部分もあり、ごぼごぼと規則正しい水音が聞こえていた。午後のキャビンは暖かく、天井のおんぼろファンは大口を開けて笑っているようだった。

アンカとロングは前方で操縦を担当し、一人は手を伸ばしてあれこれ指示しつつ自在にボタンを操作し、一人はピアノの鍵盤に指を踊らせるように素早くつまみを回していた。アンカは方向制御の必要からずっと最前部にいたが、ロングは計器のコントロール担当で、時々コントロールパネルの前に行っては、旧式のメーターの針が振れているのを確認するだけだった。

「なあ、今回の上演で何か変わるかな?」ロングはコントロールパネルを離れてテーブルに戻ると、本題に入った。

「わからないいな」トーリンが言う。「俺の判断だと、大人たちは無言を貫くだろう」

「俺もそう思う」ロングが言った。「表立って何か言われることはないだろうが、水面下で接触があるかもな」

「じゃあ何て答えるんだ？」

「何て答えるかって？　そのまま答えるのさ。全部実際の体験だし、問題ないだろう」

「そういう意味じゃなくて」トーリンは言った。「もし大人たちに腹を探られたら、何て答えるかってことだよ」

「やっぱりそのまま言えばいい。連中に協力するつもりはないって言うだけだ」

トーリンは答えず、黙ったまま他のメンバーを見た。

キャビンは徐々に重苦しい雰囲気に包まれた。ロレインにはロングの真意を測りかねた。ロングは洞察力に優れていたが、辛辣《しんらつ》な性格で、オーバーな物言いを好んだので、どの程度の意味で協力しないと言っているのかはつかめなかった。ロングは窓辺に座り、指でテーブルを叩きながら、断固として何も構いつけない傲岸《ごうがん》な表情を浮かべていた。皆黙り込んで互いに顔を見合わせている間に、ハニアだけが立ち上がって、窓辺のロングの傍らに立った。

「私もそれを聞きたかった」ずっと口をつぐんでいたハニアは、この時ようやく皆の顔を見てゆっくり口を開いた。「私たちこれからどうするか考えてる？」

「あなたは……」ロレインがそっと尋ねた。「どうするつもり？」

「革命する」ハニアははっきりと言った。「本物の革命」

「劇が革命なんじゃなかったの？」

「私がそう言ったわけじゃない」

「俺が言ったんだ」トーリンはロレインに答え、またハニアに向き直って尋ねた。「でも君もあの時は賛成しただろう？」

「そう、でも私はずっとこれはただの一つのステップだって言ってるでしょう」

「じゃあこの先はどうする気？」ロレインは尋ねた。

「打破しようよ」ハニアは言った。「ああいうますます硬直してきたものをね」

「そうだ」ロングは言った。「もう俺は我慢できない。周りの連中はどいつもこいつも面の皮を厚くしてやがる。どんな手段でも使って上司に取り入り、機会をうかがっては、システムのお偉方の好みに合わせた研究ばかりしてるんだ。功利的もいいところだよ、徹頭徹尾堕落した功利主義だ」

「でもな」トーリンが言った。「地球でもそうじゃなかったか？」

「そうだ、だが地球人はどっちにしたって表裏がない。骨の髄まで功利的なら、自分が利益を追ってるって言うだろう。こっちのように、『誰もが創造と知恵を追求する』なんて聞こえの良いことばかり言っておいて、やっぱり骨の髄まで功利的なのとは違う。上っ面だけだ」

「みんながそうってわけじゃないでしょ」ロレインが言った。「本当に探求の日々を送ってる人もたくさんいる」

「俺はお目にかかったことはないな」ロングは言った。

「功利的じゃない人間がいるなんて信じられない」

「おまえは地球流のプロパガンダに影響されてるんじゃないか」トーリンが言った。

「ならおまえは自分の利益と権力のためでなく何かをする人を見つけられるか？」

「どこかにはいるよ」

「それは表面だけだ」

「じゃあ毎日研究室にこもっている人たちについてはどうなんだ？」トーリンは尋ねた。

「名誉が欲しいんだ、背後には目的がある」

ロレインは小声で割って入った。「どうしてそんなことで言い争うの？　こんなことに何か意味はある？」

「あるさ、もちろん意味はある」ロングは言った。「俺たちがしようとしているのは、功利性を認めて、虚飾のベールを剝ぎ取り、口先だけの華やかな意義やらをすっぱ抜くことだ」

「地球のような金のやりとりしか残らない方法に戻ろうっていうのか」

ハニアが彼に代わって答えた。「少なくともそういう功利性を表に出せばいい。もっともらしいお体裁には、みんなうんざりしてる」

トーリンはハニアの目を見て尋ねた。「ロングに賛成するんだな」

「うん、賛成する」

「じゃあ何をすべきなんだ？」

「まずは流動性を高めること。身分を流動的にすること。住宅の移動も認めるべき。風のように。今のように人間を永遠に一カ所に縛り付けておくんじゃ、表面的には競争がないようでも、水面下ではどれだけ暗闘が繰り広げられているか」

「だけど、取り合いになったら火星の自然資源が全然足りないのはわかるだろう」

「その一言が、いったい何年言われてきたことか」

「ハニア」トーリンは若干心配げにハニアを見やると、「ちょっと過激だぞ」

ハニアはぎゅっと口を結んで彼を見返した。うつむきもせず反駁《はんばく》もせず、長い髪を片方に流し、ほっそりした首を出した。

しばらく誰も口を開かなかった。だいぶ経って、ミラーが口ごもりながら割って入った。「なあ、俺は、結局は色んな人がいるんだし、それ自体はどうってことないと思うな」

「それは麻痺してるからだ」ロングが言った。

ミラーはかすかに眉をひそめ、真剣に首をかしげて考えていたが、何も口には出さなかった。ロレインは言いたいことがたくさんあるように思ったが、どこから話せば良いかすぐには思いつかなかった。ロングとハニアは窓際にいて、一人は座り一人は立ち、誰よりも自信に満ちた姿勢だったが、ぎこちない動きというわけでもないのに、どこか金属的な硬さを漂わせ、空気を凍りつかせた。

「おい、ロング！」

ちょうどその時、アンカが突然前方から呼びかけ、一触即発の対話を遮った。

彼はキャビンの方を振り向いて、手招きして全員に言った。「ちょっと来てくれ、着いたみたいだ」

皆一斉に音を立てて立ち上がり、前方に集まって、窓の外の視界とディスプレイのマップを見た。前方の窓から眺めたところ、彼らは採掘船が比較的狭い谷を通り、崖を迂回しているのに気づいた。船は山の下をよたよたと進む。切り立った火のように赤い断崖は、頂上が見えないほどだった。日差しが崖全体を照らし、でこぼこした岩肌が、壁画のような全体に三日月形の影を落としていた。彼らは窓に張り付き、両側の雲つくばかりの断崖を眺め、ゆっくりと別世界に入ってゆくような秘密の感覚に胸を高鳴らせた。等高線を示したマップ上を、小さな赤い点の採掘船が、二本の寄り添った曲線の隙間を少しずつ移動していた。

「ここじゃないか？」アンカはディスプレイを指してロングに尋ねた。

ロングはうなずいた。

アンカは振り返ってロレインを見た。「ここが君の探している場所かどうかはわからないけど、見つかった資料から位置を確認できるのはここまでだ」

そう言っている間に、採掘船はもう狭い出口を抜け、さっと幕が開かれたように陽光がキャビンに差し込むと、一人一人の頭に降り注いだ。急いで視線を窓の外に向けた瞬間、彼らは皆目が釘付けになった。

目の前の地形は広い漏斗形で、山々の陰に潜み、ぐるりと高地に囲まれていた。巨大な斜面には無数の溝が走り、氷河によって洗い流されたようだった。一滴の水も無いものの、一千年にわたる風砂の浸食で表層土は吹き飛ばされ、硬い玄武岩が角張った姿をあらわにしている。山の岩肌は剝き出しのまま、まっすぐに空に伸びているが、数百メートルから一千メートルはありそうだった。彼らの船は峡谷の入口で谷底に引っかかり、小さな虫けらのように岩に貼りついて進み、上を振り仰いでいる。はがね色の円形の隕石坑が、数十倍にも拡大されたローマのコロセウムのように、空に向かって口を開けているさまは、いかめしく壮大だった。

火星の北半球は平原だが、南半球には峻険《しゅんけん》な山々がそびえ、平均海抜は北半球より四千メートル高い。赤道付近には六千メートル級の絶壁が広がり、惑星の優しい顔を切りつけた刀傷のように、陸地の中央に威圧的に切り立っていた。若者たちはその光景に目を奪われた。南半球の山嶺に足を踏み入れたことはなかったし、火星で子どもの頃を過ごしてはいたが、目にしたことがあるのは地球の峡谷だけだった。地球のどんな地質構造も、火星と比べたら公園の築山や池のように繊細で可愛らしく思われた。エベレスト山の高さはオリュンポス山の三分の一しかないし、グランド・キャニオンの全長もマリネリス峡谷の九分の一にすぎなかった。火星には地球のように洗練された山景は見られず、鋭く粗野で、大なたをふるって切り出したかのような景色ばかりで、火山口と巨大なクレーターが一続きになっている。旅を栖《すみか》とする放浪者のように、沈着で赤裸々で、顔には苦難が刻まれていた。

谷底にはまったく人間の痕跡は見られなかった。歴史を調べた限り、この土地ではかつてさかんに鉱物の試掘が行われたが、広々とした谷と静まりかえった溶岩が目につくばかりで、往時の盛んな往来を記す痕跡は何もなかった。ここの狭い出入口はかつて数百から一千隻もの鉱石船が出入りする要路で、岩山には数万人が暮らし、営地が密集しており、大規模な生産活動が行われていたが、今となっては何も見出すことはできなかった。彼らは家屋や飛行船、打ち棄てられた遺跡を懸命に探したが、崖に散らばる金属の破片を除いては、満足に形をとどめた遺留物と呼べる物は何一つなかった。風砂がすべてを破壊し、地表には砂石の流れが残るばかりだ。天地は一度刻まれた烙印《らくいん》をいとも簡単に消してしまう。わずか四十年で、大地はすでに悠久の荘厳を取り戻していた。

しかし、彼らはやはり立ちつくし、目にした光景に衝撃を受けていた。探していたのはまさにここだという確信を持って。

彼らは洞窟を見つけた。山沿いに視線を上に移せば、かなりの高所まで洞窟の連なっているのが見える。風食によって形成された洞窟とよく似ていたが、入口の部分には塑像と彫刻がはっきり見えた。入口は自然の手になる奇怪な形状ではなく、砂土に大半が覆われていても、人工の痕跡と、かつての造形が見えていた。彼らは呆然と眺めた。砂土の下には歴史が埋まっている。彼らは人間が行き交う様子が目に見えるように思った。空中から伸びた不思議な手が、荒れ果てた洞窟の入口に堆積した砕石を片づけ、窓の砂を払い、静まりかえった場景を徐々によみがえらせた。彼らの目には、誰かが洞窟を出入りし、飛行船が頭上を行き交い、山全体から成る都市が大地と空の間にせわしなく、しかし静かに広がっているのが映っているように思った。

飛ぶ時がやって来た。

採掘船は穏やかな南側の斜面の下に停止した。うららかな陽光が降り注いでいる。

三人の少年がドアを開け、最初にキャビンから出た。酸素ボンベ、ヘルメット、通信用イヤホン、救急セットなど、一つずつ身につけ、センサー電極を背中に固定すると、外に足を踏み出し、風向を測定し、光の方へと翼を広げた。すべて順調で、彼らはすぐに足の裏の小型エンジンから高圧気体を発射させ、プロペラが回転を始め、風に乗って舞い上がった。

　誰もが息を詰めて彼らを見つめていた。安定して中空に上昇するのを見て、思わず一斉に歓声を上げた。

　ロレインは静かに皆の後ろから見ていたが、どこか変な感じがした。ずっとこの日を待ちわびていたのに、ついにこの日が訪れてみると、普段のどの時間とも変わらないように感じられた。うつろに響く歌声のように陽光が降り注いでいる。飛ぶ時は夢のような真実となって、いつも通りだがはるかに悠遠《ゆうえん》な微笑のように、穏やかに訪れた。彼女は空気が異様に静かだと感じた。酸素マスク越しに見える空中の少年たちは、おとぎ話の精霊のようだった。

　少年たちは山の斜面に沿って、ゆっくりと浮かんでいった。トーリンが身体の柔軟性では一番優れ、足首を左右にひねり、風の力を借りて上昇していった。レオンの動作は伸びやかで、どの体勢を取るのもなめらかだった。アンカはいつも風に逆らわず上昇し、翼がぎりぎりまで岩壁に近づいてから鋭角的に向きを変え、そのたびにひやりとさせた。彼らの姿は巨大な双翼によってほっそりと見え、風に乗って悠々と舞っていた。

　彼らは飛んだ。彼らは自分で羽ばたき、赤い空のまばゆい日差しの中を飛んだ。彼らは舞い上がったのだ。その瞬間、ロレインは胸が震えるのを感じた。

　これが最後の実験だった。胴体も、座席も、エンジンもなく、人間の飛翔に対する原初の幻想そのままに、ただ二対の翼と、一対の足の裏のプロペラだけを要する。彼らの翼には巨大な発電力が備わり、その電気エネルギーで巨大なトンボのように翼を細かく震動させていた。弾性に富んだ軽合金で身体に装着された翼では、空気を裂くような速度は出せず、風に乗って舞うだけだった。

少年たちは翼を羽ばたかせ、風に向かって回転するようにした。火星の地理条件は独特だった。日差しを浴びると、地表の温度は摂氏十数度まで上昇するが、夜間には急激に温度が下がり、零下百度になる。寒冷と暑熱の分布がはっきりしているため、空気の流れは速くなる。直射日光を受ける岩山は日中に急速に温度が上がり、温かい空気が斜面に沿って上り、力を持った上昇気流を形成する。午後の山風は最も層が厚くなり、明るい光の中、熱された稀薄な分子が軽やかに立ちのぼる。こうした地形では、薄い空気も風となるので、その力を借りることができる。

風は上空では速度を増し、山の中腹まで舞い上がると、少年たちの上昇速度は明らかに速まった。安全のために、彼らはプロペラと双翼の振動を抑え、等速で身体を下降させ、着地すると、数歩たたらを踏んで、しっかりと立った。

皆は一斉に歓声を上げた。声のない歓呼が空中を漂う。まだ翼を畳む間もないうちに、他の少年たちが大またで彼らに駆け寄り、広げたままの腕に手をかけ、ヘルメットをコツンと叩いた。ロレインの目にはマスクの下の輝く笑みが映った。空のように。

「ウラー！」

今日すでに二度目の祝賀だった。声は外に広がることはないが、イヤホンの中で一体となって響いた。少年たちは手早く装備を取り換え、互いに固定を手伝い、二グループ目の飛行者が空に舞い上がった。六人分の翼が作ってあり、代わる代わる飛んで、交替に補助役を務めた。

「おーい、女子も飛んでみないか」

イヤホンからトーリンの声が聞こえた。ロレインがためらっているうち、ハニアは立ち上がり、ウォームアップを始めた。彼女は両手を組んで頭の上に伸ばし、つま先立って左右に蹴り出すと、後ろに手を当てて腰を回し、前屈と後屈をした。彼女はロレインに笑いかけ、飛び跳ねるように少年たちの方に駆けて行った。ヘルメットの隙間から覗く目尻の上がった目元が、広げた翼のようだった。

ロレインが彼女の後ろ姿を見ているうち、谷底に風が立ち、細かい砂がヘルメットの前を転がるように吹き過ぎて行った。二グループ目の挑戦者は最初のグループよりこつをつかむのが早かった。マアースの記憶がまた一人一人の身体によみがえったように、彼らは無重力の球体の宇宙船に戻ったかのように、遊び慣れた姿勢を思い出し、何の力も借りずに身体を回転させ、ひねりによってしなやかさを得て、縮んだり伸びたりしてバランスの取れる姿勢を見つけた。少年たちは当時の隊形を思い出し、二人が逃げて二人が守った。生き生きとオーケストラの隊列を縫うチェレスタの音のように、ハニアは彼らの間を縫って進んだ。彼らはあの時の夜空に戻ったかのようだった。もし当時の幾夜もの合唱がなかったら、今もこんなに早くコントロールのこつをつかむことはできなかっただろう。自由の血液と空気が、数カ月ぶりに再び彼らを包んだ。

起伏する稜線では、陽光と影がくっきりと分かれ、かたや黄色くかたや黒く、半分だけ濃い化粧を施した顔のようだった。

ロレインが見とれていたところに、アンカが突然そばにやって来て、手を出してほほ笑みながら問いかけた。

「一緒に飛ばないか?」

ロレインが顔を上げると、アンカはダンスの申し込みのように、左足を引いて片手を前に出し、片手を横に広げた。

ロレインは笑い、そっと答えた。「ちょっと待って、スカートを取って来る」

ジルが縫ったスカートはあの舞台の後では身に着けていなかった。ロレインはキャビンで静かに持ち上げてみて、何度か囀こうとしたが、結局はいてみることにした。注意深くベルトを締め、四肢のワイヤーをとめ直した。

ロレインが再び陽光の下に歩み出した時、ダンサーの気分が戻って来た。彼女は手をアンカに預け、アンカはロレインを支えると、空中に送り出した。

飛び立った瞬間、ロレインは何度か身体を揺すった。谷の風は軽快で、そのために圧力センサーの触感も優しく変化に富んだものになった。翼は彼女が前回試験飛行した時よりずっと大きくなっていて、最初はコントロールがややぎこちなかったが、だんだんと風に乗り、すっと楽になった。全身を背後の気流に委ね、風にダンスのリードを任せ、方向を忘れれば、身体が解放される。

アンカはロレインの斜め後ろにいて、二人の間の空気の流れを利用し、ロレインは翼の向きとプロペラの方向を調整し、彼の肩を従えて次々に動作をこなしていった。どの動作も地上にいる時よりずっと緩慢で、リハーサルを重ねたスローモーション映像のように、正確に揃い、ポーズが決まっていた。彼女は急に心が落ち着くのを感じた。アンカが風と共に背後にいてくれれば、もう不安を感じることはない。嬉しくなって、以前に練習を終えて消灯してから、手足を振り回して操り人形のようにでたらめに跳ね回ったことを思い出した。窓には向かいのビルではためいている巨大な広告が映り、ビルの間をネオンがちらついて、空中に浮いているようだった。

空中で舞うのは、まさに彼女の思い描いたことだった。彼女がアンカに提案したのだった。翼のコントロールにプログラミングは要らないし、計算も要らない、たぶん肉体の本能さえあればよいと。歩いたり踊ったりするのと同じように肉体に宿る千年の本能を利用し、筋肉によってコントロールするのだ。本物のトンボのように。

レイニーのブーツも彼女を助けてくれた。その神経センサーが少年たちによって翼と身体を結びつけるのに用いられ、一つ一つの動作を増幅していた。

　ロレインは軽々と飛びながら、目を細めた。目の前には次第に幻想が広がった。果てしない荒野にいて、風が左右から次々に吹き、砂には笑い声と歌声が混じっていた。たちまち地球のダンスカンパニーの少女の笑顔が浮かぶ。頭には輝くティアラを載せ、雲の上であでやかなほほ笑みを浮かべている。またすぐに古い家屋に暮らした少女たちの鬨《とき》の声が聞こえた。草で編んだ服を着て、手には古い盾を持っている。そしてさらにジルとブレンダたちの姿が見えた。果物の殻のような凧《たこ》に乗り、空中で家の絵を描き、きゃあきゃあと声を上げては顔を赤らめている。ロレインはそれらの情景を引き止めようとしたが、風はたちまち吹き過ぎ、瞬く間に空のかなたに消えてしまった。どの一陣の風も一群の人々のようだったが、ロレインはどのグループにも属していなかった。風があちこちから吹き寄せ、彼女を四方八方に吹き散らそうとするのに、彼女は一人ぼっちで元の場所に立ちつくし、風に吹かれてゆくことができずにいるような気がした。彼女はどの風のものでもなく、どうやって他の人の方に吹かれて行ったら良いのかもわからなかった。彼女はもう風に乗って運ばれる人ではなかった。風が吹けば吹くほど、彼女はそこから選んだ一つの風だけを追いかけることがいやになった。彼女は飛びたかったが、ただ一人だけで飛びたかったのだ。

　彼女はゆっくりと傾いてゆく午後の陽光を感じながら、二対の翼の角度で空気を受け止めた。アンカが後ろでずっと一定の距離を保っているのが感じられ、ふと思いが込み上げた。ずっとこうして飛び続けていたい、永遠に着地したくない。


「誰か来たみたいだぞ！」

突然、切り裂くような叫び声がイヤホンから聞こえた。アラームのように不意だった。

「そのまま着地しろ！　船に帰れる者は帰れ、帰れなければそのまま岩山に身を隠せ。しばらくしてから迎えに行く」

ロングの声だった。ロレインはそれに応える間もなく、崖の上の平らな場所にアンカと共に着地し、翼を畳んだ。

二人はいつの間にか高く飛んでいて、他の組とかなり距離が開いていた。地上に戻るのでは間に合わず、岩山に一時的に着地した。それは打ち棄てられた洞窟の前の狭いスペースで、横には割れて崩れた階段の痕跡があるのが見えた。二人は地面に座り、ふもとを見下ろした。ミラーとトーリンは二人よりずっと低い洞窟の入口に着地していたが、他は全員無事に採掘船に戻っていた。採掘船は動き始め、山壁に近い片隅へと静かに去って行った。

それからすぐに、二人は巨大な地面効果飛行船がおもむろに峡谷の入口に姿を現すのを目にした。銀白色で、赤褐色の縞模様が入り、炎の徽章が光を放ってきらめいていた。速度は緩慢で、何かを捜索しているようだった。

「あれは……僕らのセンターの船だ」アンカが小声で言った。

「センターの？　じゃあどうしてこんなところに？」

アンカは首を振り、困惑しながらも厳粛な顔になった。ロレインはロングの機転に敬服せずにいられなかった。

大型船は谷間をためらいがちに進み、崖下に貼りつくようにしてぐるりと回り、彼らの方向に近づいて来た。

　アンカとロレインは平らになった場所の砕石の山に身を隠し、下から見えないようにした。大型船は目に見える探査カメラを伸ばしてはいないが、内部にサーチセンサーを備えているのかもしれなかった。彼らの角度からではロングの採掘船はもう見えない。適当な遮蔽物を見つけ、見えない場所に隠れているのだろう。この船は何をしに来たのか、目的地はどこなのかわからなかったし、見つからないように慎重に行動するに越したことはないと直感的に思ったのだった。

「私たちを探しに来たんじゃない？」ロレインはアンカに尋ねた。

「さあ」アンカは言った。「違うと思う。何の邪魔立てもなく出て来られたんだから、捜索活動は始まっていないはずだ」

「そうね」ロレインはうなずいた。「それに私たちがあんな大規模な捜索の対象になるとは思えない」

　アンカはうなった。「それに関しては何とも言えない」

「もし見つかったら、連れ帰られても、大したことにはならないんじゃない？」

「わからない」

「今日はもう十分。飛ぶこともできたし、遺跡も見られた。帰るなら帰るまでよ」

「あの船の目的はまだわからない。おおかた僕らじゃないだろう。見つからずに済むなら、自分たちで帰った方がいい」

「そうね、ひとまず様子を見よう」ロレインは恐る恐る下を見やった。

太陽は西に沈み、岩壁の光と影は鮮明に際立って見えた。大型船は北から南に向かって谷間をほぼ半周し、彼らの真下を通ったが、停止することはなく、西に航行を続けて、真ん中の西寄りの位置に停止した。先頭からアンテナが伸び、三百六十度回転すると、また船内に収納された。船は開けた場所に停止し、つかの間の静寂が訪れた。ロレインはアンカに身を寄せていたが、そのわずかな時間が異様に長く感じられた。夕方の風が猛り始め、地面の細かい砂石が風に巻き上げられ、船体に打ち付け、見渡す限り唯一動きのある存在となった。

どれだけの時が流れたのか、大型船は再び前進を開始し、ゆっくりと立ち去った。ロレインは小さくため息をついた。夕日が大型船の後部を照らし、船の前の灰褐色の砂地に長い影を落としている。地面を探査する黒く鋭い剣のように。

風が起こった。午後の優しい上昇気流ではなく、冷えた空気による強い乱気流だ。

風は谷間で激しく黄砂を巻き上げた。その風はさほど猛烈ではなく、平地に渦巻いて風紋を描いているだけだった。石が岩山の斜面に沿って転がり落ち、細かい砂が身体の両脇に吹き付け、戦火の中を逃げまどう群衆のように、紅塵《こうじん》がマスクに打ち付けた。アンカはロレインをかばって洞窟の内側に移動し、二人は堆積した石を風よけにした。時に激しい落石が続くと、アンカは腕でロレインの頭をかばった。

ロレインはアンカの肩に身をもたせ、不意にこう思った。ひいおばあちゃんは死の直前まで、きっと怖い思いはしなかったはず。

「ロレイン、アンカ、ミラー、トーリン、みんな大丈夫か？」

一生の時が流れたかのような半時間の後、ロレインはついにロングの声を耳にした。

「僕たちは大丈夫だ」アンカはすぐに立ち上がり、「君たちはどこだ？」

「船の道路の向こう側に退避していた。広い空間があるんだ。詳しいことは後で話そう。これから迎えに行くけど、下りて来られるか？」

二人は下に身を乗り出し、ロングたちの採掘船が身体を揺すりながら視野に入って来たのを捉えた。暮れ方の空はもう暗く、採掘船はぼんやりとして巨大な暗い影のようだった。アンカとロングは相談して、迎える手はずを整えた。

準備ができると、ロレインは深呼吸して、アンカについて採掘船に向かって身を躍らせた。しかしその瞬間、猛り狂う砂嵐に襲われ、どちらがどちらかわからないうちに、身体はもう均衡を失っていた。目がくらむのを感じたが、恐怖を感じる暇もなかった。

それからの一分間は混乱と共に瞬く間に過ぎた。猛然と両足に絡みつく気流、赤褐色の砂、叩きつけるような風、強大な気流、コントロールを失った翼、傾いて放り出され、逆さまに回転する天地、向かって来る赤い岩壁、彼女の腰をつかみまた離れた手、瞬時に支える力、真っ白な中に両足の確かな感覚と本能的にしがみついた両手。

意識が戻った時、ロレインは自分が岩壁の斜面にほとんど腹ばいになって、突き出した石につかまり、翼が背中で絶望的に震えているのに気づいた。アンカも彼女のそばに這ってきて、同じような姿勢で踏みとどまっていた。砂石が二人の脇をざらざらと流れて行った。

星

砂は身体のそばを流れてゆき、ロレインは顔を上げられずにいた。

岩山はさほど急峻《きゅうしゅん》ではなく、両足で踏んばるだけのスペースはあり、まだ相当の時間は持ちこたえられるのはわかっていた。だがこの風がいつ収まるかは見当がつかない。砂嵐の威力はわかっていた。火星生まれの子どもなら誰もが知っている。顔を横に向けて見ると、アンカはうなずいてみせた。青い目は薄闇の中で暗い海のような色を見せ、まなざしは冷静さを保っていた。ロレインは指一本で翼の振動をオフにすると、静かにうつ伏せたまま、風が吹き過ぎるのを待っていた。


「聞こえるか？」イヤホンからアンカの声がした。

ロレインは彼にうなずき、答えようとしたが、喉がかれて声にならなかった。

「右上を見てごらん」アンカが言った。「岩が突き出ている。上がれそうか？」

ロレインはそちらを見て、距離を目測した。二、三十メートルほどだが、斜面を横切らなければならない。彼女はやや緊張を覚えてぎゅっと手を握り、アンカにできるだけ笑顔を作ってみせた。「大丈夫だと思う」

そこでアンカは先に立ち上がり、それから彼女を助け起こし、斜め上方に移動した。二人は一歩ずつ慎重にゆっくりと進んだ。ロレインは横向きになって右に進んだが、まっすぐ身体を起こすことができず、手足を使い、両手で安定した石をつかんでから足に力を入れて重心を移動させた。アンカは彼女の左後方についていて、支えはしなかったが、注意深く守り、上から激しく砂が吹き付ける時には彼女に覆いかぶさった。二人は一歩ずつゆっくりと進み、わずかな距離の斜面を長いことかけて上った。アンカが最初にテーブル状の岩によじ上り、それから腕を差し伸べてロレインを引き上げた。

すぐにはおののきが去らず、ロレインはそうしてかなりの時間じっと座っていたが、やがて咳払いをして、小声で尋ねた。「下りられなくなったみたいだね」

アンカはつむじ風と共に下りてゆく砂粒を指して言った。「日が暮れてもう風向きが変わってる。これから下に向かうのは自殺行為だ」

「じゃあどうする？」

「ロングと相談しよう」

ロレインは岩壁の裾を覗き込んだ。採掘船は谷底の元の場所に停泊しているが、二人は風にあおられて、谷の入口に近い左側に来てしまっていた。遠くから見ると、船は地上をゆっくりと二人の方に這ってくるのろまなウミガメのように見えた。風砂は黄土色の幕のように席巻し、気温はどんどん下がっていた。二人は地上から三、四十メートルの高さにいて、岩壁が切り立っているので、直接飛行して下りるのは不可能だった。アンカは通信機に向かって呼びかけ続けていたが、船内から二人の姿が見えるかどうかはわからなかった。無線通信機は簡易なもので、通信可能な距離は数十メートルしかない。最初は応答がなく、採掘船が二人の足元まで来たところで、イヤホンからロングの声が聞こえた。

「そっちはどうだ？　大丈夫か？」

「今夜は下りられそうにない」アンカははっきりとロングに言った。

「酸素は足りるか？」

アンカはうつむいて酸素ボンベの残量をチェックした。「大丈夫だ。明日の正午までは問題ない」

「いる場所はどうだ、安全か？」

「大丈夫そうだ。今上がって来て見たところだが、捨てられた洞窟で、中には空間がある」

「じゃあこうしよう」ロングは言った。「君たちは上で一晩我慢してくれ、明日の朝どうにかして迎えに行こう」

「こっちは大丈夫だ」アンカは言った。「君たちは帰って構わない、明日の朝誰かに迎えに来てもらえばいい」

「俺たちを信じられないのか？」ロングが笑った。

イヤホンから、ロレインは彼の大口を開けて笑う様が目に浮かんだ。

「まさか」アンカもほほ笑みを浮かべた。

「じゃあ余計なことは言うな、下で待ってるから、何かあったら呼んでくれ」

「わかった」アンカもあっさり答えた。

「それじゃ悪いよ」ロレインは小声で言った。「みんなまで帰れなくなっちゃう」

「俺は帰りたくないんだが」今度はミラーの声だ。

「やっと遊びに出て来られたんだぜ」

「ミラー？　ミラーなの？」ロレインは慌てて尋ねた。

「無事に船に戻れた？」

「俺だ」ミラーの声はやはり笑っていた。「戻れたには戻れたが、無事ではないな」

「どうしたの？」

「足をひねった」

「ミラーとレオンはさっきほとんど転がり落ちて来たんだ」ロングが代わって説明した。「骨は折れていないのが幸いだ」

「応急処置は？」ロレインは焦って尋ねた。

「包帯は巻いた」ミラーは相変わらず気にかけない様子で笑っていた。「大丈夫だ」

「まったくおまえときたら」アンカが突然からかうように口を挟んだ。「怪我しないで帰れたことがあるか？　バルセロナの熱気球の時を覚えてるか？」

「はは」ミラーはほがらかに笑い出した。「俺のせいじゃないだろう？　急な豪雨でどうしようもなかったんだ。生まれついての不運だな」

「でも俺たちは一緒に落ちたのに、なんでおまえだけが足を折ったんだか」

「おまえだって東京では骨折しただろ」

「全然違う次元だろ。離陸の時に空港が地震に見舞われてみろよ」

「そのうちな」ミラーは言った。「そのうちオリュンポス山を飛んでみよう、俺はおまえより絶対高く飛んでやる」

「気軽に言うが」アンカが答えた。「太陽系最高峰だぞ、遊びじゃ済まない」

「馬鹿にするな。もう決めたんだ、火星を一周するぞって。マリネリス峡谷もまだ行ってなかっただろう？　それからヘラス大盆地も、この盆地の百倍くらいありそうだぞ」

「わかったよ」アンカは笑った。「おまえにそんな勇気があるなら俺だってあるさ」

夜のとばりが下りた。ロレインは平らな岩の上に座って、アンカとミラーがあれこれ言い合っているのを聞きながら、西の山陰に太陽の最後の光が隠れるのを眺めていた。膝を抱え、ふくらはぎをそっと揉んだ。

さっき下降した時にぶつけた足と膝が痛み始めた。張りつめていた神経が緩んだとたん、疲れと痛みが強く意識された。アンカを見ると、話しながら顔には笑みを浮かべていたが、手は忙しく動かしていた。洞窟の入口をふさいでいる砕石を取り除き、岩は動かせないので迂回して石をどかし、人が洞窟に出入りできるようにした。

風食で形成された洞窟らしく、午後に飛んだ場所より峡谷の入口に近かった。岩壁はここで湾曲しており、風の通り道が狭くなり、気流によって長年かけて強く急な曲線が描かれ、巨大な岩石の間に安定した空洞が形成された。ロレインはアンカについて洞窟に入った。

漆黒の闇に、ほの暗い星の光がぼんやりと一筋差し込むばかりで、奥はまったく見えなかった。ロレインは岩壁に沿って手探りするうち、人の手による加工の痕跡に触れた。壁には格子があり、壁に沿ってぐるりと水槽があり、壊れたテーブルと椅子があった。壁は普通の岩石よりずっとなめらかで、都市の建築のようにつるつるではなかったが、やすりがかけてあるのは明らかだった。

アンカは採掘船との通信を終え、電力を節約するために遠距離通信をいったん切り、まもなく訪れる夜に備えた。彼は先ほど畳んだ翼を再度広げ、洞窟の入口に固定し、最低限の風よけにすると、腰を下ろして設備の改装を始めた。

「暗すぎる」彼は飛行モーターをできるだけ星の光に向けた。「どうしようか……」

「何をしてるの？」

「翼を分解して、バッテリーの両端につなげたいんだ。翅脈《しみゃく》がちょうどいい導線になって、夜間の暖房に使える」

「電気回路が組み立てられるの？」

「得意じゃない。でもこの飛行機は一緒に作ったから、ある程度はわかる」

「じゃあこれを使える？」

ロレインは飛行防護服の外に着けていたスカートを脱ぎ、アンカに手渡した。アンカは形状を確かめた。スカートはもともと重さがほとんどないくらい薄かったが、夜の闇の中では雲のようだった。

「思うんだけど」ロレインは説明した。「発光素材でできているから、光らせられないかな」

アンカは縁の部分を触り、闇の中でうなずいた。

「できそうな気がする。ちょっと待って」

そう言って洞窟を出て、バッテリーとスカートを手に、月の光を借りて試してみた。洞窟の入口から見ると、片膝をついたアンカの身体の輪郭が黒くくっきりと際立ち、頭の上だけにかすかな銀色の光が見えた。

ロレインは不意に寒気を感じ、思わず身震いした。気温は恐らくもう氷点下に下がっているだろう。さっきまで緊張が続いていたので、気にする暇もなかったが、とっくに冷気は訪れていた。彼らは身体にぴったりした宇宙服を着ているだけで、特別な保温装置を持たなかった。洞窟の外はもっと寒いはずだ。アンカの姿勢は長いこと変わらず、このまま黒い氷像になってしまうのではないかと心配になった。

行って様子を見ようかと思ったところ、アンカはやっと洞窟に戻ってきた。

「これでいい」彼はロレインに笑いかけた。

スカートは彼の手の中で光を放ち、淡く優しい光の暈《かさ》が半球形をなし、発光する貝殻のようだった。色はここでもやはり変化して、彼の手の中でかすかに流れ、彼の慎重な足取りにつれて起伏し、ステージ上での目を奪うような華やかさは闇の中で低い歌声のような柔らかさとなって、色合いもさらに透明感を増していた。

アンカはその臨時の明かりを部屋の中央に置き、二人はその淡い光で室内を見渡した。そこは明らかに居間で、内側の壁の方には砂岩を削って作ったテーブルが半分だけ姿をとどめており、剝落して半分だけになった壁には帽子掛けの釘が残っていた。朽ち果てたうら寂しさが、かつてここにあった憩いの場のありようを描き出していた。

「ここで助かった」アンカは壁を叩き、断層をしげしげと観察した。「壁の断熱材はまだ一層残ってるし、放射線保護層もある。本当に外に放り出されていたら、今夜を無事に越せなかったかもしれない」

「暖房はなくて大丈夫？」

「今は寒いのか？」

「少し」

「夜間はもっと気温が下がる」アンカは言いながら翼をいじり始めた。「手伝ってくれ」

彼は二つの翼を広げたが、大きすぎて小さな空間には広げきれず、つかえて歪んだ。ロレインは立って手伝い、二人は注意深く二つの翼をアーチ状にたわめ、頭上にかかるようにし、両端を床に立てた。孤島で木の葉の小屋を掛ける要領である。アンカはもう一つバッテリーを抱えて来て、翼の根元の方にあぐらをかくと、複雑な電気回路をつなぎ直し、翅脈を分解して二本の導線を取り出しては、簡易回路を作った。しばらくして、少しずつ熱を発し、半透明の薄膜と翅脈からも光が放たれ、明かりと一緒に闇夜を照らした。

アンカは辺りを見回し、問題がないか確認して、ようやく座って息をついた。二人は肩を並べて床に座り、アンカはロレインに寒くないかと尋ね、片手で彼女の肩を抱いた。

「バッテリーを使い切っちゃったら、明日飛べる?」ロレインは尋ねた。

「とりあえず今夜のことを考えよう」アンカは言った。「朝になったら翼を外に出して日に当てればいい」

互いに寄り添ううち、洞窟は心地よいぬくもりに満ち、薄い翼のテントが透明なカーテンのようになった。砂石の厳しい印象も和らぎ、優しく落ち着いて見えた。月光が澄んだ水のように洞窟の入口を照らした。防護服に頭から足の爪先までしっかり包まれた二人は、何重もの衣服に隔てられ、指先ですら互いに触れることはできなかった。しかし埋め込まれた特殊な圧力センサーによってあらゆる触覚が拡大され、地面の石のざらざらした感触ばかりか、互いに支えたり触れたりする感覚も拡大されて、特殊な敏感さで寄り添った相手の身体を感じていた。ロレインは頭をアンカの肩にもたせた。

「ロングたちも義理堅いね」ロレインはそっと言った。

アンカはうなずいた。「そうだ。僕たちを置いて帰ったら、万一探し出せなくなると危険だと心配しているんだ」

「ミラーも情に篤《あつ》いわよね。私たちの中で一番楽しそうだし」

「ああ」アンカはほほ笑み、「何にも考えてなさそうだけどな」

「ハニアは違うね、何をしても楽しくなさそう」

「彼女のことはよくわからない。でもトーリンが言うように、ちょっと過激だと思う」

ロレインは横を見た。「トーリンとハニアの関係はちょっと怪しいと思わない？」

「ちょっとね」アンカは笑った。

「でもトーリンはハニアの考えには賛成してないみたい」

「ロングだけだろう、完全に賛成してるのは」

「ロングも極端よね、最近はやたらとみんな功利的だって言ってて。私はあんまり賛成できない」

「ロングの研究室には高圧的な年寄りがいて、人柄にも問題があるらしく、プロジェクトを統括してるんで笠に着てるんだ。ロングは火星に帰って何日もしないうちに何度かどやされたらしい。でも研究室の他のメンバーはみんなへつらってるんだ」

「そうなの？　全然知らなかった」

「ああ、ロングはどうもあそこで働き続けるつもりはないらしい」

ロレインはため息をついた。「どうしてかは言いにくいけど、みんな戻ってからなんか周りにとけ込めないみたい」

「そうだな」アンカはやや自嘲的に笑った。「僕らはみんなちょっと……自己評価が高いんだ」

「みんなの言ってる革命に賛成するの？」

「あんまり」

「どうして？」

「無駄だよ」

「ミラーのように、革命を信用してないの？」

「ちょっと違うな」アンカは少し考え、「革命そのもの問題じゃない。何をしても無駄だと思う」

「どういうこと？」

「うーん。みんなはあらゆることが問題だって言ってるけど、制度をどう変えても同じことで、問題は解決しない。無駄だよ」

「それは……考えたことなかった」

「じゃあ君はどう思う？」

「何か行動できたらと思う。どうしたらいいかはわからないけど」

「そうか？」

「この前の地球の代表団に映画監督がいたでしょう？　後でメッセージが来て、火星の方法で地球の問題を変えられると思うって言って、こっちの方法を推進しようとしてるの。私はそういう確信に満ちた感じがすごいと思う。結果がどうあれ、そういう理想主義的な感覚は向かうべき方向を示してくれる。私も何かの信念に基づいて観察し、行動したいと思ってる。そうすれば安定感が得られる」

「じゃあハニアの提案に賛成なのか？」

「それもちょっと違うかな」ロレインは少し考えて、「みんなの話はあいまいすぎる。情熱に燃えてはいても、どうすべきかについては、何も言ってない気がする」

アンカは小さなかがり火のようなスカートの光を見つめたまま言った。「かなり微妙な気がしないか？　地球人が火星の方法で地球を救おうとしていて、火星人は地球の方法で火星を救おうとしている」

「うん」ロレインはうなずいた。「それが一番困ったところ。この二つの世界はいったいどういう関係なんだろう？　私たちは小さい頃から地球はいずれ火星の方向に進むって聞いてたじゃない。地球にある程度の知識が備わったら、火星のように自発的に合流して交流を求めると。でも地球ではちょうど逆に、火星は原始的な都市にすぎないから、複雑に発展したら地球のようになるって言ってる。どっちがどっちの原始的な段階なのか、全然わからない」

「それは理論派の連中に任せておけばいいことだと思う。どっちにしても」

「どっちが良いとか悪いとかの問題じゃないってこと？」

「そんなところだ。戦争でこうなったから、こう発展しただけだ。良し悪しの問題じゃない」

ロレインも淡く透きとおる夕日のような光を眺め、夜の闇の向こうに幻影を見たように、小声で言った。

「ロングたちに簡単に賛成できないのもそれがあるから。良かれ悪しかれ、歴史的には、おじいさまもお友達もみんなこのシステムのためにこれ以上ないくらい心血を注いできたんだから。それに対して簡単に反対を唱えるわけにはいかない」

「聞いたことがある。当時の人々は理想主義的だったって」

「そう。ガルシアおじさまの演説とロニングおじさまの文章をいくらか読んだの。あの頃は人間を画一的に管理することを考えていたわけじゃなくて、ただデータベースは正義と交流に対する理想だって言ってただけだった。人間の知識は共同の財産で、自由権や生存権と同じように、誰もがそこにアクセスし、選ぶ権利があるって。それから、コミュニケーションを通じてのみ異なる信念がみな存在を保証され、互いに殺し合う必要はなくなる。データベースは信念の自由に対する最高の保障で、本当の意見を発表することができて、生活のために考えを曲げる必要もないし、政治に対する意見も確実に人々の耳に届けられるって」

「その頃は想像もしなかっただろうね。今でもこんなに虚飾に満ちた言葉が飛び交っているなんて」

「想像はしていたかもしれないけど、希望を持っていたんでしょう。それなら本当の意味での理想主義になる」

「ああ」アンカはしばらく押し黙り、やがて静かに言った。「そういう理想主義は僕には持てない」

ロレインは彼の横顔をヘルメット越しに眺め、何と言ったら良いかわからずにいた。アンカの落ち着きは思いもしなかった悲しみをもたらした。

何か慰めるようなことを言おうと思ったのに、口から出たのは、「風はまだ吹いてるかな」だった。

アンカは入口を見て、立ち上がり、手を貸してロレインを立たせると言った。「行ってみよう」

二人が入口に出てみると、外はもう風が止んでいて、夕方ずっと荒れ狂っていた砂嵐は少しずつ静まっていた。夜はとても静かだった。ロングたちの採掘船は少し位置を変えて、より岩壁に近い窪地にいたが、視界から消えてはいなかった。

アンカは後ろからロレインの身体に腕を回し、二人は岩壁にもたれて空を見上げた。月光が横から差しかかり、二人の身体を銀色に縁取った。頭上の濃い夜空には星が海のように見え、星々は瞬きもせず、いつまでもきらめいていた。このにぎやかな夜空の中では、個々の存在はアイデンティティを喪失し、銀河を除いて、他の天体はみなほとんど同じに見えた。億万光年のかなたのブラックホールだろうが、すぐ近くの大マゼラン雲だろうが、同じようにかすかに輝き、激しさは見えず、歴史も見えず、星の生と死も見えない。網のように密集して輝き、二人の頭上に静かに広がり、冷静だが温かく地上から不安げに見上げるまなざしに慰めるように応えていた。

「どれがどの星座かわかる？」ロレインはアンカに尋ねた。

アンカは首を横に振った。

「じゃあ地球は見つけられる？」

アンカはまた首を振った。

ロレインは残念そうに笑った。「ゼータがいれば良かったんだけど」

「あいつがいてもわからなかっただろう」アンカは言った。「専攻は宇宙学で、星は一つもわからないらしいぞ」

ロレインは突然前に歌った歌をそっと歌いたくなった。砂嵐が収まると、落ち着きへの渇望が戻って来た。星の光は歌声と同様、ふわりと漂っているのに落ち着かせてくれる。今は大気を通して声を伝えられないので、彼女は胸の中で歌った。

「昔の言い伝えはいいな」アンカが突然言った。

「え？　何の言い伝え？」

「死んだ人は空の星になる」

「それなら私も好き。過去の人たち、老いて死に、消えていった人たちは、星なんだってずっと思ってる。銀河系には三千億の恒星があるそうだけど、ちょうどこれまで存在した人類の数じゃない」

アンカは言った。「そうなるとややこしいな。人間はどんどん増えるのに、星の数は増えない」

「でもこう考えると面白いじゃない」

「ああ。確かに」アンカはうなずいた。「もし人間がこの世に訪れているだけで、任務を終えたらまた天上に帰るのだとすれば、生きていくのはずっと楽になるだろう」

「うん。きっとずっと楽になる」

二人は夜の峡谷を眺めながら、夕方にミラーと話した旅行の計画を思い出し、つい将来についてあれこれ考え始めた。オリュンポス山に行ってみたいとは思う、あれだけの高度で飛行して見上げたらどんな感じだろうとアンカが言った。ロレインが一番行ってみたいのは北部の平原にある河川跡の溝構造《ガリー》と赤道の南のラービー峡谷だった。兄さんが言ってた、もしケレスの水が降って来て、あの太古の河道に注ぐなら、何よりふさわしいって。彼女はその河道がどんな姿かを知りたかった。いっぱいに水をたたえたら本当の川のようになるのだろうか。

「いつか他の星に行けるかもね、ケレスの人たちみたいに」彼女はそっと言った。

「ケレスの人たちは今どうなんだ？」

「太陽系を無事に離れて、全部順調だって」

「じゃあ次の遠航者は選抜が始まってるのか？」

「まだだと思う」ロレインは首を振った。「次の何期かは皆ベテランの宇宙飛行士と専門家だから、私たちに順番が回ってくるのは、十年か二十年先かも」

「構わないよ。可能性があれば希望はある」

　二人は話しながらそれぞれの計画を立て、はるかな名前を、どこにでもある道路のように口にした。何キロ離れているのか、何時間かかるのかもよくわからないが、ただ言葉によって希望のない希望へと飛翔した。はるかな空の向こうでは、知らない星が一つずつ明るくなり、スケッチのような抽象性を帯びて頭上に揺らめいている。

　深い夜がロレインの長いこと見失っていた思考の流れる感覚を揺すぶった。病院での療養の日々、一人で夜の展望室で読書していた日々には、彼女は幾度もこうした水のように静かな力に浸っていた。それは皮膚の下に身を潜めて流れる海の潮で、彼女に勇気を与え、進むべき方向へと導いてくれた。

　頭上の星の光は、あたかも時が凝固してできたダイヤモンドであるかのように、突然彼女の心の奥底に埋もれていた記憶を呼び覚ました。彼女はこの上なくなめらかに——自分が思っていたよりなめらかに——本で読んだ、とても気に入っていた文章を暗唱した。

「自己の人生の時間に、護っている家に、生者の威厳に、身を捧げる者は、大地に身を捧げ、それから収穫を受けるのである。そしてこの収穫は種子を蒔《ま》き、ふたたび人々を養う。結局、適宜に歴史に反抗することを知っている者が、歴史を前進させることができる。これには限りない緊張と、ルネ・シャールが語っているあの痙攣《けいれん》した平静さが予想される。だが、真の人生はこうした分裂の只中に現われる。人生はこの分裂そのものであり、精神は光り輝く火山の上を漂い、公正さを狂おしく求め、中庸を頑固にまもり抜く。反抗の永い冒険の果てに、われわれの耳に鳴りひびくものは、不幸のどん底の用をなさない楽天主義のきまり文句ではなくて、海辺のひとしく美徳である勇気と知性のことばである。

思想の正午で、反抗者はこうして神格化を拒絶し、万人に共通の闘争と運命を分かち合う。われわれは忠実な土地、イタクをえらび、大胆で質実な思想、明白な行動、賢者の寛大さをえらぶだろう。光のなかの世界は、われわれの最初で、最後の愛である」（カミュ「反抗的人間」『カミュ全集6』、佐藤朔、白井浩司訳、新潮社）

小さいがはっきりした声がイヤホンから響く。内心の独白のように、ロレインはゆっくりとそらんじ、アリカは真剣に耳を傾けていた。夜空は超俗的に静まり、二人は長いこと押し黙り、この時に二人の心に同時に起こった素朴だが堅い意志を打ち破るまいとした。二人は言葉にしたくなかった。どんな言葉も余計だ。何億年もの時を経た谷と打ち棄てられた過去が二人の足元に静かに広がり、まさにその瞬間のこの上ないよすがとなっていた。

洞窟に戻り、二人は長いことかかってようやく眠りについた。互いにもたれ合い、互いに身動きが伝わった。どちらかが身じろぎすると、相手は思わず笑い、笑いが伝染して、とめどなく続いた。二人は幾度も眠りに落ちそうになってはまた目覚め、長いこと繰り返し、笑い疲れて、いつしか眠りに落ちた。

夜明け

アンカが身体を起こすと、ロレインもすぐに目覚めた。彼女は眠りの浅いたちで、肩にもたれていた重みがなくなると、たちまち神経が覚醒した。

彼女はまずかなたの山の峰が明るくなったのを目にし、それから洞窟の入口の輪郭が金色に輝いているのを見て、夜明けを知った。目を閉じては開き、閉じては開きを繰り返し、眠気を完全に追い払った。彼女は音を立てずに身体を起こし、辺りを見回して、アンカが洞窟を出て行ったことに気づいた。洞窟の中はがらんとして静かで、入口の床は曙光に照らされ、温かい壁のようだった。ロレインは静かに立ち上がり、翼の幕をめくり、アンカを追って洞窟を出た。


アンカは洞窟の外の右側に立ち、片手で腰をさすりながら、黙って遠くの山並みを眺めていた。空の色はまだぼんやりとして、彼のシルエットは細く長く、身体の半分は闇に隠れ、半分は日の出の方向に向かい、ヘルメットはかすかに光を反射していた。

彼はロレインを目にして、ほがらかにほほ笑むと、声を殺して言った。「外は寒いよ、どうして出て来たんだ」

しかしロレインを追い返そうとはせず、腕を広げて、ロレインが近づくと背中から抱きしめた。

「日の出を見てたの？」ロレインは尋ねた。

アンカはうなずいた。「そうだ。何年も見てなかった」

ロレインはそっとため息をついた。「私は本物の日の出を見たことがなかった。地球で海に行ったことはあるけど、ちょうど曇りだったから」

昼の気配が少しずつ訪れていた。空はやはり変わらぬ漆黒だったが、眼の届くところに、光芒がひとすじずつにぎわいを見せていた。太陽は少しずつ山々の上に昇って来たが、まだ峰の後ろに姿を隠しており、明るさは見えるものの、真の光源を目にすることはできなかった。クレーターは夜の偽装をすべて脱ぎ去り、谷間が広がり、塵埃《じんあい》が赤裸々に見え、丸まって熟睡している子どものように、前の日のあらゆる暴虐を忘れ去っていた。早朝の風は静かで、ロレインはベルトの縁取りのサテン生地がかすかに吹かれて動くのを目にしたが、風が身体に吹きつけるのは感じなかった。光は輝かしさをまとい、金と黒が山の峰の起伏に従って交替し、クレーターが広範囲に普段の黄褐色を取り戻し、光と影の鋭い縁が一本また一本と豊かでなだらかな曲線を描き、天地の間に高山や大河のように壮大な込み入った輪郭線を見せた。

「見て」ロレインは突然山の峰を指した。

「どうした?」アンカは彼女の指先を見つめた。

「稜線。陰影の縁に、形があるでしょう」

「それは……」

「人工的に彫られたんだわ」

「まさか」アンカは答えながらじっと見つめた。「だけど確かに……」

二人が顔を向けているこのクレーターの南と西側のへりはこの時朝日を浴び、奇妙な巨大な樹木の形を浮かび上がらせた。空から地面に向かって逆さに生えている大木だ。高山の滝のような坑道は太い幹で、低い位置の、次第に四方に枝分かれする無数の谷川が茂った枝のようで、地勢は天然のものだったが、連結点や縁には人工的な修飾と彫琢《ちょうたく》の形跡があり、粗い不連続は取り除かれ、山全体が完全な一枚の絵のようになっていた。夜明けの光の中、どの洞窟の口も黒々と丸く、長短さまざまな枝の間にちりばめられ、秋の豊かな実の収穫のようだった。枝の間の洞窟は明らかに磨かれており、周囲の無関係な洞窟がざらざらと不均一なのに比べるとずっとなめらかで、大きさも揃っており、遠くから眺めると、たわわに実った果実のようだった。金色で広々とした険しい峰に、黒い巨木と枝が、広大無辺で無人の空の下に、静かながらも人の心を打つ衝撃を備えていた。ロレインとアンカは見とれていた。

光芒が少しずつ移動し、二人はどちらも言葉を発することなく、影を追って視線を前進させた。太陽が昇るにつれて、影は少しずつ窪地に沈んでゆき、樹木の形状も視野の中で少しずつかき消え、根から梢へと消えていった。最後のひととき、ロレインは突然山のふもとを指して叫び声を上げた。

「あれは……HとSだわ！　おじいさまの筆跡よ」

「それって、これは君のおじいさまが……」

「そう、絶対そうだわ」

「そういうことなら、説明はつく。飛行機で来て、空から彫ったんだ」

「あのリンゴを覚えてる？」

「うん」アンカはうなずいた。「つまり、これは記念なのか？」

「たぶんね」ロレインの胸にはざわめきが起こった。「でも急に別の意味も思い出した」

「どういう意味？」

「昨夜火星と地球について話したでしょう？」ロレインは言った。「思ったんだけど、もし一つの世界とも う一つの世界がどっちもリンゴだったら、もしかするとどっちも前後の関係じゃなくて、もしかするとただそれぞれの枝で、同じ幹から始まってるのかも」

「だから世界はリンゴなのか」アンカは言った。

二人は立ったまま、長いことそうしていた。太陽が高く昇り、夜が明け切るまで。陽光が塵埃を抜けて丘一面に降り注ぎ、消えた輪郭は二人の脳裏にとどまっていた。

ロレインの頭には急に心に埋められたままだった言葉がよみがえった。どうして昨日からこんなによく思い出せるようになったのかはわからないが、それらの言葉は読んだ時に埋められていて、この日を待って地中から発芽し、大木に育ったような気がした。こんな夜と夜明けに、言葉は悲嘆に暮れる目からあふれる涙のように、何物にも遮られることなく自然に流れ出した。彼女はそっと口を開き、小声でそらんじた。

「手の届かないところにある共通の目的によって同胞と結ばれたとき、僕らは初めて胸いっぱいに呼吸することができる。経験によれば、愛するとは互いに見つめあうことではない。一緒に同じ方向を見つめることだ。同じザイルに結ばれて、ともに頂上を目指すのでなければ、仲間とは言えない」（サン＝テグジュペリ『人間の大地』、渋谷豊訳、光文社古典新訳文庫）

アンカは彼女を見つめ、目にかすかなほほ笑みを浮かべたが、目の中の表情は穏やかだった。「それも昨夜読んでいた本？」

「ううん」ロレインは首を横に振った。「これは『風と砂と星と』」（『人間の大地』の英題）

「風と砂と星と？」アンカは繰り返した。

「そう。風と、砂と、星と」

夜が明け離れてから、二人はバッテリーを翼に接続し直し、翼を洞窟の前に広げて、太陽に当て、新たな一日のエネルギーを蓄えた。

アンカが遠距離通信をオンにしてまもなく、ロングの声が聞こえた。聞こえるか、起きてるか。ロレインは首を伸ばして谷底を眺めやった。おんぼろの採掘船がゆっくりと彼らの方に向かってやって来る。ぐらぐら揺れて、慌てることなく、空が落ちて来ても心配ないといういつも通りの様子で、夜間に停泊していた窪地を少しずつ離れ、彼らの真下に進んで来た。

ミラーの声がイヤホンに割り込んだ。「夜は凍えなかったか？ 飲まず食わずだろう？ 俺たちはパーティーナイトだったぜ。パンプキンケーキを作って、冷蔵庫にはジオ酒もあったし、音楽をかけて夜更けまでカードで遊んだんだ。おい、キングスレー、あとは何をしたっけ？……」

「そりゃよかったな」アンカも腹を立てることはなかった。「そんなに鼻高々だと天窓が割れるぞ」

ロングはこと細かにアンカの手元の設備について尋ねた。船が洞窟の真下に来た時、二人の目には、ウミガメの甲羅のようなキャビンの天窓が開いて、豆粒のようなロングの頭が現れるのが見えた。額に光を受け、彼らにどこから手に入れたのか小旗を振り、船体の後部から伸びた長い竿を指している。

「あの網が見えるか？」

「ああ」

「自分たちで下まで飛んで来られるか？」

「何とか」

「あの網に飛び込めるか？」

アンカは距離と網の直径を目測した。「小さすぎる。それに遠すぎる」

「じゃあどうする？」

「しばらくしてバッテリーを投げる。受けとってくれ」

「了解だ。任せておけ」

「無理するなよ」アンカは笑ってロングに言った。

「だめならトーリンに代われ」

「また俺を信じないのか？」ロングはまた大口を開けて笑った。

アンカは手を動かし始めた。ロレインはそれを見ながら、何か手伝えることはないかと考えた。前夜は今日の出発について心配していなかった。だが実際に発たなければならなくなると、思ったほど簡単ではないことに気づいた。昨日飛び立った時には足の下から噴出する圧縮冷気があったが、今日はほとんど気体を使い切っていた。滑空して飛び立つこともできない。洞窟の高度が十分ではなく、長さも足りず、助走の必要速度に到達できない。

ロレインは気づいて驚いた。アンカは一対の翼を分解している。導線となる翅脈から薄膜を慎重に剝がし、しなやかで強靱《きょうじん》な導線をちぎらないように、丁寧により合わせて長いロープにする。なわれたロープが床にくるぐるとぐろを巻いた。彼はそれからバッテリーをロープの端に結びつけ、船上の水夫のようにロープの端を風に向かって投げた。採掘船の後部からは鉱石を集める厚い綿の網が伸びて、左右に揺れながら、しっかりとバッテリーを受け止めて船室に引き込んだ。

それからアンカはロープの中央部を自分の腰に回し、ベルトにつないで結んだ。ロレインがまだどうするのかわからずにいるうちに、彼はそばにやって来て、十メートルの余裕をもってロープをロレインの腰に結び、しっかりと結び目を作り、それから二人とも一対ずつ翼を背負った。昨夜彼らは一対の翼を分解してヒーターにし、今朝また一対をロープにしたので、二人の四対の翼はもう二対しか残っていなかった。

「これから僕を見ていてくれ」アンカはロレインに説明した。「僕のするように跳び下りればいいから」

そして、彼は洞窟の前の小さなスペースに立ち、ロングに向かって手を振ると、ロングも意を察して了解のジェスチャーをした。地上の採掘船の端から頑丈な旗竿が上がり、ロープの一端は竿に結びつけられている。採掘船はゆっくりと進み始めた。

その時、アンカは軽快に助走し、身を躍らせると、採掘船の進行方向に従って、斜め前方に下りて行った。ロレインの横を通り過ぎる時、笑って言った。「さっき、同じザイルに結ばれた人間はどうとか言ったよね?」

十メートルの長さは瞬時に過ぎ、ロレインは悲鳴を上げる間もなく、無意識に飛び出した。空中に身を躍らせる瞬間、彼女の頭は真っ白になった。落下しながら、前へと滑空する。谷の両脇の切り立った壁が巨大な波のように真正面から迫って来て、高速で落下しながら、大地がますます近づくのを感じた。距離を予測することもできず、やたらと身動きすることもできず、もうすぐ地面にぶつかって死ぬのだと思った。しかし落下速度は急に緩んだ。風が背中の翼を広げ、見えない手が空中で二人の身体を支えてくれたようだった。ロレインは心を落ち着け、ゆっくりと適応し、それほど恐ろしくなくなったと思った。下を見ると、旗竿から伸びた長いロープが見えた。凧を飛ばす糸のように、斜めに空に伸びている。彼女は凧になっていた。

ロレインは手足をまっすぐにして、もう心配することなく、腰の糸に引かれるに任せ、谷間を飛翔した。細いロープは採掘船について、上下しながら、峡谷に盛大に送られてゆったりと去って行く。峡谷の道はそう長くなく、すぐに終わった。谷の模様を見定める間もなく、V字型をした黄金の谷の入口が目の前にやって来ていた。

「今日はこっちを案内してやる」ロングは興奮して言った。「これは昨夜隠れようとしていた時に見つけた道だ」

そう言う間にも、船は谷を抜け、前日には通らなかった広い土地に入った。それからまた谷に入り、どれだけ進んだか、船は不意に方向転換して、急カーブすると、アンカとロレインは山肌をこするように飛んだ。

「気をつけてくれよ」アンカが叫ぶ。

「さっきの場所がどこだかわかるか？」ロングはアンカの非難は無視して、大声で言った。「あそこで石碑を見つけたんだ、アンジェラ峡谷とあった」

「何ですって」ロレインは向かい風の中、やっとのことで叫び声を上げた。「ここなの？」

「そうだ」ロングが答える。「君の探していた場所だ」

ロレインは空中で振り返り、一目見る間しかなかった土地を、遠くから見つめた。祖父が生まれた場所だ。

それは峡谷で、谷間には巨大な石碑があった。瞬時に通り過ぎてしまい、ずっと離れて、細かくは見えなかったが、遠くから見ると他の峡谷や絶壁と違いはなかった。そこに屹立《きつりつ》し、千年の昔から続いてきたかのような姿勢を保っている。切り立った赤い岩肌は、人の生き死にも記憶にとどめることはなく、それによって起こった戦争も、人類が捧げる敬意も記憶することはない。彼女は何度も振り返って見ようとしたが、次第に視界から消えた。それはあのかなたにあり、次第に遠ざかっていった。

彼女はついにアンジェラ峡谷を目にしたのだ。

それから、ロングの声がまた別の区域を示した。

「次は右側を見てくれ」彼は事前に予告した。

アンジェラ峡谷をすっかり後ろに置き去りにして、彼らは不意に開けた土地に飛び込んだ。

そこも谷間だったが、昨日の盆地より広く平坦だった。その谷は昨日の荒野とは天地の差で、中央には精巧で新しい金属の円形建築が、厳粛な面持ちで建っており、蜘蛛《くも》が這うように、脚はしっかり土に差し込まれている。鋼鉄の外観は白色と銀灰色で構成され、四方はそれぞれに形の異なる飛行機に取り囲まれ、建物と飛行機にはすべて火炎の紋章があった。

「アンカ」ロレインは驚いて叫んだ。「これは……」

アンカは異様な沈黙に陥った。

「これが何だかわかるか？」ロングは変わらず興奮した様子で尋ねた。「どっちみち俺たちにはわからない。ここにこんな場所があるなんて聞いたこともない。何か秘密の場所だろう、帰ってから調べてみないとな」

アンカはやはり押し黙っていた。

「何か思いつくか？」ロングはまだ問いかけている。

「ううん……何も」ロレインはアンカに代わって答え、心が重くなるのを感じた。

採掘船は獰猛《どうもう》に進み続け、陰鬱な気分に沈む暇を与えなかった。ロレインはなおも考えていた。新たな警告がまた訪れている。

「平原に着いたぞ、気をつけてくれ」

トーリンの注意が終わらぬうちに、二人の視野は瞬時に無窮《むきゅう》の空間へと開かれた。

ロレインは腰に持ち上げる力が加わり、斜め横に押されるのを感じた。急に速度が上がり、方向も乱れ、ロープは引っ張られて張りつめ、ロレインは風に舞いながらはるかに瞳を凝らした。

天幕の下、四方は果てしなく、金色の大地と空は同じように広がっている。夜明けと闇を分かつ長い線が鋭く惑星のかなたへと伸び、黄砂が天と地の境界に激しく渦を巻いている。遠くに都市が見え、少しずつ近づき、あまねく陽光を浴びて無数のドーム型の透明の屋根が輝きを放ち、あたかも燃え上がる雲のように、荒野で光を放ちながら黄砂の海にきらめいている。チューブトレインの青い線がからみ合いながら伸び、輪郭があいまいになり、天へと舞い上がりそうだった。

その瞬間、都市は砂漠のオアシスとなり、緑の希望を囲み、あらゆる視線を引き付けていた。ロレインは急に火星人を探検に駆り立てるものがわかったような気がした。彼女は小さい頃から周囲の兄やおじたちが遠方への旅行を重ねるのを目にしていた。意気軒昂に鉱石の山に飛び込み、木星に行き、真空の宇宙で飛行船の華麗な飛行を披露してみせるのも、皆ただ生存のためだけではない。彼らの出発は背後にこの都市があるためだ。この透明で軽やかな都市。それはぬくもりと、明るさと、安全だった。それは砂漠で陽光の力を蓄え、干からびた土地に希望を蓄積した。砂嵐に閉ざされた向こうにかすかにその輪郭が見えさえすれば、飛び続ける勇気が得られる。厳寒の荒れ果てた砂漠ではるかに都市を望みさえすれば、戦いを続けることができる。ロレインは両親が事故の前にこの街を最後に一目見ることができただろうかと考えた。もし見えたなら、苦痛はいくらか減じられただろう。

ロレインにとってアンカと広大無辺の大地を舞うのは二度目だった。前回は真っ赤な夕日に向かい、城壁のような雲を見下ろしていたが、今度は暗い天穹《てんきゅう》の下、雲のような都市をはるかに望んでいた。ロレインは自分も雲になったような気がした。操縦の必要もなく、激しい力もいらず、ただ浮かび流され、左に右に、風に従ってはるかな地平線に向かって飛ぶ。

砂粒が舞い上がる中、ロレインは開けた気持ちで、風に乗って翼を広げていた。

火星には雲がない。黄砂が激しい土煙を巻き上げた。議事堂に集まった人々は焦った様子で遠くに目を凝らしていた。

議事堂のホールは長方形に半円形を組み合わせた平面構造で、地面のガラスには大理石の模様が施されていた。長方形の両辺にはそれぞれ四本の柱が高くそびえている。ギリシア神殿の石柱を模して彫刻し塑造されたもので、立柱の間には巨大な銅像が立ち、銅像の背後には戦旗が掲げられていた。半円形の小ホールには金色の演台が置かれ、その上には円形の火星のシンボルが彫られ、下には七五種類の言語で「火星、我が家よ」と書かれていた。

演台の後ろにあるアーチ型の壁面は巨大なスクリーンとなっていて、今、そこには陽光の差す砂地に、四隻の巨大な艦船が重々しく隊列を組み、一分《いちぶ》の隙もなく、銀白色の外殻に点々と光を反射させ、出航前の最後の準備をしているところだった。空の果てには夕焼けのような黄砂が翻っている。

ハンスは演台に立ち、その沈着な声で緊張した人々を落ち着かせた。群衆の間ではささやき交わす声がやまず、時にのしかかるように逆巻く波となり、時ににじれてわき返る波のしぶきとなった。行ったり来たりする足音が床に響き、乾いた靴音がドラムスの細かく刻むビートのようだった。

群衆は焦慮に陥り、スクリーンに映し出された光景に対して鈍感になっていた。空の果ての黄色い雲が逆巻きながら近づいて来るにつれて、それが何を意味しているかをすぐに意識できた者はわずかだった。気の小さい母親たちは一緒に集まり、ハンカチで目元を拭っており、父親たちは一度また一度と前に進み出てハンスと対峙し、全力で効果的に大規模捜索を進めるようにと圧力をかけていた。

灰褐色の採掘船が近くまで来て、子どもたちの舞う姿がはっきり見えるようになって、議事堂の父母たちは次第に状況を埋解し、声を上げてスクリーンの前に集まった。

議事堂は異様な静けさに包まれた。不安げな沈黙が覆いかぶさり、誰もそれを打ち破ろうとはしなかった。人々は徐々に口を開けた。

その静寂は子どもたちがにぎやかに飛びこんで来るまで続いた。彼らの笑い声が外から伝わり、議事堂内にこだまし、格別にくっきりと鋭く響いた。

「……おまえさっきのはどういう操縦だよ？　酔ってたんじゃないのか？」

「ちょっとは頭を使えよ。風が横から吹いて来るんだから、ああいうふうに操縦しなきゃおまえたちは落っこちてただろうが」

彼らは足早に入って来ると、空に舞い上がらんばかりに興奮した顔つきで、歩きながらヘルメットを脱ぎ、思いきり髪の毛を振った。一陣の風が晴れ間をもたらしたようだった。しかし、すぐに議事堂に集まった父母の姿を認め、声をひそめ、歩幅も小さく慎重になり、互いに組んでいた腕もほどかれ、姿勢も思わず知らず正された。

議事堂内の厳粛さは揺るぎない壁のように、風のように入ってきた少年たちの武装をすべて優しく解除した。彼らは足を止め、議事堂の中央に立ち、互いに顔を見合わせ、誰一人言葉を発しなかった。大人たちは両側から囲むように立ち、焦って駆け寄ろうとした母親を、より辛抱強い父親が引き止めた。透明な膠着状態が議事堂を覆っていた。

その時、ハンスが演台で咳払いし、鈍い刀のような声で空気中に漂う不安を切り裂いた。彼のまなざしは沈着で、通った鼻筋も刀のように、乱れた髪と顔の皺に現れた疲労の色を打ち消していた。

「まず、君たち全員が無事に帰還したことを喜ぼう」彼は重々しく少年たちに言った。「諸君の聡明さと勇気は今回の外出で十分に確かめられた。しかし同時に、諸君の行動が他人に及ぼす影響について注意を促したい。今回まったく申請なしに行われた無責任な旅行により、諸君の両親と先生は非常に心配することになった」

ハンスはあえてしばらく言葉を切り、少年たちと、その父母を見つめた。場内は静まりかえり、彼は多くの人がひそかに拳を握りしめたのに気づいた。

「聡明な若者から成熟した大人になるのに、何より大切なのは自分の行動に責任を持つことだ」ハンスは続けた。「今回の行動は都市安全法に抵触する。正規の方法によらず勝手に都市を出て、許可証を盗用し、当事者の人身と国家の安全に重大な脅威をもたらした。万一悪い結果がもたらされていたら、想像に堪えない。こうした身勝手はたとえ学生であっても処罰されてしかるべきだ。将来の理性的な市民に対して必要とされる教育として、一定程度の処罰が妥当である。

だが、今回の事件に関与した若者は、みな地球に留学した視察団に属していたこと、また留学中に起きた出来事について適切な説明がなされていないこと、それが青少年の心理に不均衡をもたらしたことにかんがみ、次のように宣告する。少年たちは一カ月の隔離と指導教育処分とし、ほかの有責行為の処分は免除する。

同時に、この機会を借りて、ある歴史的事件について説明をしたい。二年前の地球と火星の交渉の際、水《マー》星団《キュリー》の生徒たちは確かに何も知らされぬまま交渉の人質となっていた。それは我々の過ちだ。ここにおいて、団員全員に心からの謝罪をしたい」

ハンスはそう言って、壇上で子どもたちに頭を下げた。下にいる人々はみな目をみはり、大人も子どもも口を開けた。これまで、水星団《マーキュリー》ではこの件がもたらす様々な可能性と対抗策を考えていたが、この一幕は想像していなかった。

「だが私は君たちが信じてくれることを願う。留学それ自体は政治的な保証金などではなかったことを。それを信じられんことを願う」

ハンスは少年たちが互いに耳打ちを始めるのを目にした。ちょうど予想していた通り、疑問が広がっている。彼は気づかないふりをして、穏やかに続けた。

「今回の事件で、関連する成人は相応の監督責任を負い、処罰を受けなければならない。まず処罰の対象となるのはアルー区の出境口の当直ウォーレン・サンギスだ。彼は業務上の過怠により、職責を果たさず、出境を認めるべきでない人員を出境させた。従って即日、採掘船貯蔵センターへ転勤し、フルタイムでメンテナンス業務に当たることを命じる。期限は別途定める。

次に処分を受けねばならないのはサリーロ区第一病院のレイニー医師だ。彼は少年たちを助けて歴史、生物工学、生物センサーという鍵になる情報を把握させ、さらに少年たちの計画を知りながら、良好な指導と監督、阻止の役目を果たさず、職務において重大な過失があったと認められる。厳重に処分すべきところではあるが、最終的に重大事故には至らなかったことにかんがみ、処罰を軽減する。ここに決定を宣告する。レイニー医師に現在の研究室を去り、公文書館に異動し、管理員を補助して歴史文書を管理することを命じ、許可なくして研究開発や教学の職務に当たることを禁ずる。即日執行する」

ハンスは言い終えると、群衆を見渡し、その視線はロレインの驚愕の表情の上にしばらくとどまった。それから、彼は議事堂の横の出入口から大またに出て行き、戻って来ることはなかった。少年たちの爆発的な騒ぎと父母の心配と叱責は何もかも扉の後ろに隔てられた。

終わりとしての始まり

ロレインが最後に病院の展望室にやって来たのは、レイニーが正式に立ち去る日の朝だった。レイニーの持ち物はほとんど運び出されていたが、最後に病院に来て細々した物品を片づけた。

ロレインはずっと彼の後ろについて、あちこち行ったり来たりし、二日前のように、ずっと何か話しかけようと思いながらも、口から出せずにいた。レイニーは不要になった小さな標本をロレインにやった。彼女は手に持ったまま、突っ立っていた。

「レイニー先生」ロレインは声を張り上げた。だがレイニーが振り返ると、その声はまた少しずつか細くなった。

「いえ……何でもないの……」

とうとう、やはりレイニーが気まずさをとりなした。

彼はほほ笑んでロレインに言った。「異動のことなら……」

「ごめんなさい、ごめんなさい……」ロレインはおじぎを繰り返し、長い髪が白い首筋の両側を上下した。

「本当に何でもないんだよ」レイニーはやや声を高め、ロレインの謝罪にかぶせた。「今回も君のおじいさまは私に行き先を選ばせてくださったんだ。何も不満はないよ」

「おじいさまは私たちが街を出た日に先生に電話したって言ったけれど」

「そうだよ」

「何を聞かれたんですか」

「この件を知っているかって」

「じゃあなんて答えたんですか？」

「知ってるって」

「でも私は何も言ってないのに」ロレインは焦った。

「どうして私たちの身代わりになって罪をかぶるんですか」

レイニーは静かに笑った。「でも知ってたんだよ」

ロレインは凍りついた。彼女は呆然とレイニーを見つめたが、彼の顔は相変わらず恬淡《てんたん》として穏やかだった。

その日、レイニーはロレインを連れて最後に展望室に上がった。まだ朝早く、上には誰もいなかった。朝日がなめらかな地面に降り注いでいた。人間の行いには無関係に、水がさらさらと流れている。

ロレインは壁際に立ち、遠くの断崖を眺めた。細長い燃えるような赤色は今ではまったく違って見える。

ロレインにはわかっていた。断崖の向こうのどこかに、リンダ・サイスというごく普通のクレーターが静かに眠っている。それは群山に隠れ、平々凡々に一千万年も眠っていた。風が幾度も吹き過ぎ、その中で形を得た。風が土を平らにならし、水が宇宙空間に散逸し、火山の溶岩が凍りついて岩となるのを目睹《もくと》した。それはもともと他の数千個のクレーターと同じく、口をつぐんで目立たなかったが、この瞬間にロレインの胸中の一つの目となり、無数の山々にはめ込まれ、明るく輝き、かなたの星空を望んでいた。その存在ゆえに、山々が明るく輝く。

「レイニー先生、最後にお聞きしたいことがあります」ロレインは顔を上げ、レイニーの広い額を見つめ、そっと尋ねた。「どうしてすぐ近くにいるのに、親しみを感じない人もいれば、いつも一緒にいるわけでもないのに、近しく感じられる人もいるんでしょう?」

レイニーは眼鏡を直し、ほほ笑んでロレインを見ると、また遠くの空を指差して言った。「あそこで雲を見たかい?」

ロレインはうなずいた。「二日目の朝にひとすじだけ」

レイニーは言った。「そう、火星にはひとすじしかない。でもそのひとすじが説明してくれる」

「どういうことですか?」

「雲は実は流体で、小さな水滴が空気中でとても遠く隔てられ、めいめい自由に動いているんだ。でも互いの間に同じ尺度があるから、同じ光を放つことができる。だからそれらの間には光があり、見たところ一つの総体のようなんだ」

そういうことか。ロレインは考えた。そうだ、同じ尺度、間の光。そういうことなんだ。

彼女はもう二人の真の共通点が何か気づいていた。家に帰って三日間、彼女はずっと考えていた。どうして彼らが自然だと感じることが、他の多くの人々にとっては承服できないんだろう。彼女は暗い舞台を思い出し、船の上での口論を思い出し、寒夜の洞窟、オレンジ色のヒーター、空中にこだまする明るい笑い声を思い返し、模索と妥協せぬ決意が一人一人の頭上に立ちのぼるのを目にしたように思った。ロレインは知っていた。それは成長の烙印だ。想像を超える複雑な世界を動き回るには、それが彼らにとって唯一の堅固な支えだった。共に過ごした混乱した時間は、すべて彼ら同士の帰属感の源となったし、堅固な背景で、事実で、他のどんな仮定も必要としなかった。

ロレインはひそかに安心した。見つけるべき方法は見出した。固定して変わらずにいる必要もなく、自由を捨てる必要もなく、でも遠く離れることを心配しなくてもいい、ぬくもりはいつでもある。彼らには同じ尺度があり、光がある。

彼女はすでにはっきりと自分の姿を見たので、別れを告げることができた。今また彼女ははっきりと仲間の姿を目にしたので、安心して別れを告げることができる。彼女は遠くに旅立つ孤独をもう恐れていなかった。彼らは雲で、光さえあれば一体なのだ。彼らは一本の木に実った種子で、風が四方八方に吹き散らしても、同じ道筋で漂ってゆく。

朝の光は美しく、万物は静まりかえり、街が目覚めようとしていた。ロレインとレイニーは広いガラスの前に立ち、朝日を受け、二つの黒い影になった。

ロレインはレイニーの横顔を見て、彼は彼女の考えていることをいったいどれくらい理解しているのだろうかと考えた。時々、レイニーはただ一番シンプルな事実を述べているだけのような気がする。だが別の時には、彼女が知りたいことが何なのかすべて知られているような気がする。

レイニーは今日はカジュアルないでたちで、浅緑の縞模様の白シャツに、グレーのコットンのジャケットを着て、両手をポケットに突っ込み、落ち着いて立っていた。彼は黙って遠くを眺め、厳格な輪郭の口元にはほとんど表情が現れていなかった。最初にここに来た時と同様、レイニーがロレインに与える感じは相変わらず一本の木で、動作はわずかなのに、ずっと頭を護ってくれているようだった。彼の声も一本の木のようで、まっすぐで温かかった。

　朝の静けさは打ち破られた。精神疾患の患者が飛び込んで来て、激しく壁を叩き、一群の医師と看護師が後から追いつき、展望室に押し寄せて、騒がしくその患者を押し出した。誰かが怒鳴りつけ、誰かが優しい声で慰めた。一連の過程は素早くやかましかったが、一陣の強風のように、激しく吹きつけては物語を吹き飛ばし、寂しさが残され、ますますうつろになった。

　立ち去る前、ロレインは期待を込めて顔を上げるとレイニーに尋ねた。「レイニー先生、これからも遊びに行っていいですか？」

「これからはもう先生じゃないよ」レイニーは穏やかにほほ笑んだ。「処罰規定によれば、もう教えることはできない。でも訪問は禁止されていないようだから、来たければ来るといい」

　ロレインは笑った。

　彼女はぼんやりと窓の外を眺め、彼女の人生のある部分が終わり、別の部分が始まろうとしていることをはっきり意識した。将来がどうなるのかはわからなかった。彼女は窓の外を眺めた。遮るもののない土地がもの寂しく広がっている。

第三部　明日の世界

流亡は家に帰った瞬間に真相になる。

ロレインが家を離れていた一八〇〇日の間、彼女は自分がふるさとから放逐されたとは気づいていなかった。ふるさとは彼女の胸には一種のイメージとして存在し、ただそのぬくもり、記憶、広い胸を思うことはできても、その形について思いをめぐらせたことはなかった。イメージは彼女の心に従って取捨選択され、彼女の周囲を取り巻く空気のようだった。空気と人間が衝突しないように、彼女とふるさとにも亀裂はなく、その間の距離は、ただの物理的距離にすぎないかのようだった。

家を離れる前は、ふるさとには形はなかった。ふるさとは彼女よりはるかに大きい存在で、その中にいて、天上も地下もすべてふるさとで、彼女にはその果てが見えなかったし、境界も見えなかった。彼女が家を遠く離れる時、ふるさとはやはり自分の形を持たず、はるかな空の果てにあり、異郷の空と比べて、あまりにちっぽけな存在で、空に輝く点にすぎず、細部もなければ輪郭もなかった。そうした時のふるさとは優しい表情で、大きすぎるにせよ小さすぎるにせよ、とがった部分はなく、他人と肌身をこすり合わせて、白い骨を剝き出しにするような瞬間もなかった。彼女はいつでもふるさとに浸ることができた。全身であれ全霊であれ。

しかしどんな食い違いであれ、長く家を離れた後に帰宅した瞬間にあらわになるものだ。その瞬間、亀裂は目に見え、触れることのできる現実のものとなり、二人の人間の間の距離と同じくらい明らかになる。彼女はジグソーパズルのピースのように、ふるさとの版図から転がり落ち、ぐるりと回ってまた元の場所にはめ込まれるつもりでいたのが、帰り着いた瞬間にもう自分のスペースはないことに気づくのだ。彼女の形はかつて残した空隙には合わず、はめ込むことはできない。彼女はその瞬間に初めて本当にふるさとを失ったのだ。

ロレインと仲間たちはもう帰れないことが定められている。彼らが乗った船は二つの世界の間のラグランジュ・ポイントで永遠に揺れている。永遠に揺れているが、どちらにも着けない。そうやって蒼穹を流浪するのが、彼らの運命となったのだ。

ルディ

コーヒーブレイクになり、議事堂の扉が開くと、ルディは真っ先に外に出た。彼は大またに壁際に来て、氷水を取ると、ごくごくと飲んだ。

議事堂はまったく小さすぎると彼は考えた。ぎゅう詰めでむっとして、当初どうやって建てたのだか、自然の採光と換気はひどいもので、椅子も死体のようにがちがちで、午前中ずっと座っていたら、おかしくならない方がどうかしてる。この建物は少なくとも三十五年は使われているはずだ。こんな古い建物を建て直さないなんて、まったく理解できない。記念の意味があるとは言うものの、むしろ何も変えようとしない官僚主義だろう。記念なら記念で、残しておいて展示すれば良いのに、なんだって使い続けなきゃならないんだ。まったくもってただの口実で、連中は変化を拒んでいるんだ。周囲を見渡すと、どれも長いこと使ったものばかりだ。古い住宅、古いウォーターサーバー、古い放送設備、どこもかしこもかび臭いったらない。

しかしこういう手段は使えると彼は思った。こんなにたくさんの人間がうす暗い議事堂に押し込められて、もともと頭がぼんやりしていたのが、雰囲気につられて、老人たちの思考に従わなければおかしいくらいだ。じいさんばあさん連中は、公務も永遠にワンパターンで、ぐずぐずためらってくどくど繰り返す。こんな肝心な時に、天の時も地の利もあるのに、何をためらうことがあるんだか。こんなに保守的で、変化を拒むんじゃ、どこにも行けやしない。これで宇宙の深度を探索するだのって、入口にすら立てないだろう。俺はさっきどうしてもっと率直な態度を取らなかったんだろう、穏やかすぎたな、もっとガツンとやってやるべきだったんだ。

氷水を飲み干すと、すっとする爽快感が身体をめぐり、ルディは背筋を伸ばし、大きく息をつくと、耳たぶの熱さが引いていった。

議員たちは次々に議事堂から出て来て、連れ立って長いテーブルのところに来ると、軽食とコーヒーを手に、二、三人ずつ集まって話し始めた。議員たちにとって、コーヒーブレイクは議事の時間より大切ですらある。真の交流の時間で、あらゆる連帯、あらゆる相互の支持を育むには、こうした時間に探りを入れておくのだ。リチャードソン議員とチャクラ議員がルディの横を通ったが、彼の方を見ることはなく、小声で話しながら休憩室の反対側に歩いて行った。金茶色の床の模様は絨毯のように、静かに休憩室の濃い色の扉の内側に続き、二人の姿はたちまち消え、何をしているかはよく見えなかった。

彼らの後ろ姿を目にして、ルディはうつむいて考えた。さっき議事堂で、自分は傲慢には見えなかっただろうか。あの時リチャードソン議員は彼に向かって話していたのに、彼は顔を反対側に向けて、スーザン議員の話を聞いているようなふりをした。やり過ぎだっただろうか。リチャードソン議員は気づいたかどうか、気にするだろうか。実際その時はただ無意識の行動で、本当に挑発するつもりはなかったが、今になって思い返すと、無礼さが明らかだ。彼はリチャードソン議員の話が気に入らなかった。彼は誰より頑固な川派で、感情から理性まであらゆる面で人間が天に打ち勝てるとは信じていなかった。ルディは彼に情熱と極端さを鼻で笑われたことがあったためまだ根に持っていた。

後で埋め合わせをしようとルディは考えた。何と言っても先輩になるのだから、公の場で失礼なことをするのは不適当だ。だがリチャードソン議員の恨みを買うのを恐れたわけではなく、自分の浮ついたところが嫌だったのだ。誰かの恨みを買ってもその人一人のことだが、自分が浮ついていては大勢の不興を買うことになる。微笑作戦は目指すべき境地だ。彼はその言葉を自分に向かって幾度も繰り返した。

ルディはまた一杯水を飲み、身体がすっきりするのを感じ、いら立っていた気分もだいぶ落ち着いた。

その時、フランツ議員が彼の横を通りかかり、うなずいてほほ笑みかけた。フランツ議員は禿げ頭の恰幅のよい男で、四十代の、いかにも人の良さそうな容貌だが、ルディは彼の鋭利な部分を知っていた。彼は自分の立場を明確にせず、議論の間一貫して双方が取りこもうとする中間派の立場を保っていた。ルディはかすかな緊張を感じた。

「さっきの討論をどう思うかね？」フランツは笑って彼に尋ねた。

「それは……」ルディは先ほどの対立を思い出し、慎重に答えた。「言い方次第でしょう。よく言うなら、互いに相手の観点を理解していて、基本的な誤解は生じていません。でも悪く言えば、みなお互いにもうわかっているのでしょう、ずっと明らかですから」

フランツは乾いた笑い声を上げ、彼に尋ねた。「君は議事院に入ってどれくらいになる？」

「二年半です」

フランツはうなずいた。「さっき君の新しい議案を聞いたけど、面白いじゃないか」

ルディの心臓は高鳴ったが、できるだけ落ち着きを保とうとした声で答えた。「ありがとうございます。ぜひご指導ください」

「今、時間はあるかね？　いくつかちょっと聞きたいんだが」フランツは尋ねた。

「もちろん。結構です」ルディは言った。「光栄です」

フランツはすぐに真顔になり、単刀直入に尋ねた。

「君はさっき、君の案なら昇降に便利だと言っていたようだが、そうかね？」

「そうです。山地に暮らす大きな不便は上下の交通ですから」

「君の案では磁気式のチューブトレインを使うのか？」

「チューブトレインではなく、磁気浮揚を用いた走路です」

「以前の案とどう違うんだね？」

「トンネルを建設する必要がありません。それが最大の相違です。住宅をそれぞれ独立させようとするのと同様、この方式だとトンネルに頼らず、独立して運行することができます。路線管理の面でもずっと便利ですし、建設コストを大幅に引き下げることができます」

「だが、私の理解が間違っていなければ、君の案だと地面に磁場が必要なんじゃないか？　それでも建設コストがかからないというのか？」

「必要ですが、その点はちょうど条件を満たすんです。

調査したんですが、火星の岩山の磁場はかなり強く、採掘後、電子制御により標準化すれば、格好の素材になります。どうしてこんな磁場があるのかはよくわかりませんが、当初の形成のメカニズムと関連があるのでしょう。そして私が山派の案に賛成するのは、一つには現地の材料を利用し、費用を大幅に削減できるからなんです」

「だがそれはエレベーターと比べてどうなんだ？　直線で上下するのが一番エネルギーコストの低い方法だろう」

「ですがそのためには山に穴を穿たなければなりません。上から下まで数百メートルの工事を、しかも一か所だけではなく、何か所もエレベーター用の穴を掘削する必要があります」

ルディはそう言ってほほ笑み、会釈すると、フランツを登録端末の前に案内し、自分のホームディレクトリに入り、線画を数枚開いて見せた。画面は手描きで、それぞれの角度から巨大な岩山を描いていた。傾斜した山壁に、上から下まで洞窟が並んでおり、どの洞窟も今の住宅のスタイル通りに壁と扉、窓を設置しており、見たところ都市そのものが直立して山にはめ込まれたようだった。入口と入口の間、住宅と住宅の間には、一本ずつ軌道を埋め込んだ道路が縦横に走り、山のふもとから峰まで、バーチャルの半球形の車両が山肌に貼りついたボタンのように、いくつも道路に沿って停車したり滑って動いたりしている。

これは山派の案を精緻化したものだった。山派の案は単純で直接的だった。赤道付近の巨大なクレーターを選び、多年にわたり放置されている戦前の洞窟式住居を利用する。クレーターの中を湖にし、岩壁に暮らし、峡谷に満ちた水が斜面に沿って上昇して雨となり、植生が地面を覆い、生態圏が形成される、というものである。ルディの草案はその全体の場景をさらに膨らませて描いており、絵面《えづら》は魅力的で、とりわけそれぞれの住宅の四周に高低様々な樹木を描き、車両が磁場のコントロールに従って木の下を自在にすり抜けるようにしたことで、場景には生き生きとした吸引力が生まれていた。

ルディは説明しながら、フランツを観察していた。フランツの顔からは表情は読み取れなかった。ルディはそれを良いしるしだと理解した。フランツはルディを敬服させる数少ない人物で、時事評論を大量に発表しており、歳に似合わぬ大きな発言権を持っていた。議事院においては、ルディは一般の議事代表に過ぎず、発言の機会にも乏しく、業務も煩瑣ではあったが、彼は百六十名あまりの議員を上から下まで明瞭に把握していた。フランツのような人物の支持を勝ち得ることができれば、案全体をプッシュする強力な力となる。

フランツは何も言わず、うつむいてスクリーンの中の計画書を二ページほどめくった。

ルディはそれを見ながら、胸中には様々な感情が渦巻いていた。彼にはよくわかっていた。計画がこの段階まで来たら、競合するのは哲学的思想や理念ではなく、実際的な問題において、ということになる。例えば電力をどうやって供給するかとか、貨物をどのように輸送するかとか、コミュニティの計画には実効性があるかとか、さらに欠かせないのがそれぞれのステップの予算だ。技術面の問題と資源効率にはどんな価値原則より説得力があり、各派が自分たちの計画は最大多数の最大利益にかなうと論を張る時、物を言うのは数字だけだった。ルディははっきり理解していた。チャンスをつかまなければならない。自分の技術がいずれかの計画の助けとなるのであれば、その計画は自分自身に助けの手を差し伸べるに等しい。

彼は静かに立ち、フランツを注視しながら、胸を高鳴らせていた。彼は賛成してくれるだろうか、支持者を率いてこちら側についてくれるだろうか。

それは合従連衡《がっしょうれんこう》のプロセスで、同盟を結んだ者が、優勢を勝ち得る。議事院では、強硬な保守派も強硬な急進派も少数で、かなりの部分が中立で、躊躇《ちゅうちょ》していた。現在の人数だけを数えれば、残留を支持する保守派が優勢ではあったが、中立派のうち多くが急進的な移転に傾いているようだった。急進派が頼んでいるのはこうした人々の動向だった。ルディは山派にあっては小者にすぎなかったが、頭の先から足の先まで急進的だった。彼はフランツを見つめたが、フランツはスクリーンを見つめていた。フランツの凝視の時間が長くなればなるほど、ルディは将来に自信を持てた。

待っている時間は気が気ではなかったが、無限の長さではなかった。

フランツはルディの計画書に一通り目を通すと、ゆっくりと顔を上げて尋ねた。「君たちの模擬実験を見せてはもらえないか？」

「今からですか？」ルディは少々面食らったものの、内心は狂喜乱舞せんばかりだった。「もちろんです。いつでも結構です」

夕方、ルディは帰宅すると、そのまま祖父の書斎にやって来た。

ハンスは一人で窓の前に立ち、うつむいて分厚い資料を調べていた。彼の背後に、あふれんばかりの書架から何冊もの金の縁取りをした硬い革の表紙の分厚い本が取り出されて重ねられ、全世界を背負って立つ碑のようだった。ルディは大きな物音を立てないようにした。祖父が読書中に邪魔されるのを何より嫌うのはわかっていた。しかも、あれらの本そのものが厳粛さを意味しており、本こそがこの家の真の守護者であるということは小さい頃から知っていた。本は言葉で、高邁《こうまい》な理想で、原則で、祖父の人に対する判断のよりどころだった。火星の紙は極めて高価なため、印刷される書籍はごく少数で、またこんなにたくさんの文字の集積物を手中にすることができるのも、ごく少数の人々に限られていた。ルディは自分が誇り高くあることは許されても、書物には敬意を払わなければならないと知っていた。

ハンスはルディが入って来たのを聞きつけると、振り返って、手にしていた本を置いた。

ルディは近寄ることなく、戸口に立ったまま小声で言った。「おじいさま、帰りました」

ハンスはうなずいて尋ねた。「午後の後半、おまえは先に出て行ったな？」

ルディは認めた。「ええ、フランツ議員に模擬実験を見てもらいに行っていました」

ハンスにはとがめる気配はなく、かといって褒めるでもなく、平静に尋ねた。「彼は何と言っていた？」

「興味を持ったと」ルディは言った。「僕の計画が使えそうだと言ってました。トンネル建設のコストを減らせるだけでなく、より全面的にエネルギーを利用して、磁気走路には山壁に設置したソーラーパネルの電力を直接利用できるし、将来的には高山から流れる水の位置エネルギーも利用できると。しかも……」

「わかっている。おまえたちの計画は知っている」ハンスはそっと話を遮ると、また一言つけ加えた。「おまえは手が早いな」

ルディは凍りついた。彼は祖父を見ながら、ハンスの表情からそこに込められた深い意味がないかを探り出そうとした。だがハンスの顔は平然として、ほとんど何の感情も見えなかった。ルディは押し黙り、部屋の中はしばらく静まりかえり、微妙な気まずさが流れた。

前の晩、ハンスはルディに言った。今回もやはり議事院投票を採用すると。ケレスの決定と地球との交易も議事院投票だったのだから、今回もその伝統を継続する。ハンスは今回はただ工事計画についての投票だと言った。意義と実行可能性の面から決定し、将来の生活方式についてはひとまず何も規定せずにおく。だがルディにはわかっていた。工事計画が今後のあらゆる生活方式を決定することになると。彼はその場では異を唱えなかったが、その瞬間からベストな決め手となる策略を計画し始めていた。ハンスは彼を手が早いと言ったが、実際のところもっと速いのは彼の頭の回転だった。

「おじいさま」ハンスと長いこと黙って向かい合っていたルディはその沈黙に耐えかね、静けさを打ち破った。「失礼ですが、おじいさまは移転したくないのでしょうか」

ハンスは答えず、逆にルディに尋ねた。「どうしてそう尋ねる?」

「だってご存知でしょう。国民投票にかけたら、多くの若者は移転を希望して、大きな歴史的チャンスに際して頭角を現そうとするでしょう。ですが議事院は年配の功成り名を遂げた人々が中心ですから、自分の地位に有利なよう、現状維持に傾くでしょう。議事院投票にすれば残留に有利なのではないですか」

ハンスは正面から答えようとはせず、また問い返した。「それはおまえ自身の決定理由か?」

ルディはやや気圧された。「そうです」彼はうなずいて認めた。「そう認めるのをためらうこともないでしょう。ほとんどの人が同じように考えていると思います」

「そうだ」ハンスは小さくうなずいた。「だがそれは最終的な結果には影響しないだろう」

「影響しませんか? すると思うのですが」

「今日目にしただろう。議事院投票でも、おまえたちが勝利を収める可能性は小さくない」

ルディは再びハンスの表情を観察した。皮肉や感傷が含まれてはいないかと思ったが、何も見出すことはできなかった。ハンスが彼を見る目は本に向ける目と同じく、注意してこちらを観察しているが、内心の感情の発露は見られない。どういうわけか、ルディは祖父に対して腰が引けるところがあり、自分の計画のあらゆる手順が祖父には見抜かれているのに、祖父の意向は彼にはよく見えないような気がした。彼は祖父に討論の時間を延長するよう提案したが、ハンスは態度を表明せず、ただわかった、よく検討すると言っただけだった。

ルディは部屋を出て、一人廊下に佇んだ。祖父が焦慮に駆られているかどうかはわからなかったが、自分の焦慮には気づくことができた。たとえ心の奥底にあるものであっても、彼は自分が移転にこだわる本当の理由を直視したくなかった。彼はもう将来の計画を何通りも立てており、どのバージョンにしても彼が山嶺に立って建設を指揮する場面が含まれていた。それが現実にはならないということは彼にはもう受け入れられそうになかった。だが心の表面であれ奥深くであれ、こうした個人的な野心の膨張を抱えていることに彼は恥の意識を感じた。小さい頃には、自分は一心に公衆のために務められる、純粋に客観的に世界の問題を論じられると思っていた。今日初めて彼は自分をさらけ出し、自分の欲望をさらけ出した。午後の初戦で勝利を収めたせいか、それとも祖父の言葉にこもった静かな力のせいだったろうか。

彼は心を様々に乱しながら立っていた。廊下の向こう側から、二人の少女の可愛らしい声が聞こえた。その愛らしさは彼の長い影とコントラストをなして、影をさびついた鉄棒のように見せた。夕日が西に沈むか、場違いなのはこの二人と自分のどちらなのか、はかりかねた。彼は世間話をする気持ちにはなれなかったが、習慣的にロレインの部屋に向かった。

扉は開いていて、戸口に立つとジルの姿が見えた。

「ルディさん!」ジルは声を上げてほがらかにあいさつした。

ルディはジルにうなずいてあいさつすると、ロレインの方を向いて尋ねた。「今日は具合はどうだ？　気分は良いのか？」

ロレインの髪の毛はアップにされ、後れ毛が乱れ、額には汗の粒が浮かんでいるのに気づいた。明らかに今帰って来たところなのだ。

「うん」ロレインはかすかに笑って言った。「元から良かったけど」

「違うでしょ」ジルは彼女の腕を押し、ルディに笑いかけた。「ロレインは一日中なんだか変なんですよ！私に言わせれば恋わずらいね」

ジルはそう言って、くつくつと笑った。ロレインの話なのに、自分の顔まで赤くなった。

ルディはちょっとドキリとした。たしかにあり得ないことでもない。この年頃の少女は、一番あり得るのがそういうことだ。最近のロレインの様子をルディはかなり心配していた。ロレインは一人で膝を抱えていつまでも窓辺に座り、何もせずにいることが時々あった。どうしたのか尋ねても答えようとしない。時には急に姿を消し、事前に行き先を告げることもなく、どこに行っていたのかと尋ねても答えない。火星に戻って来てもう一カ月が過ぎ、ルディは本気で心配し始めていた。恋わずらいならまだいい、少なくとも彼女の状況は理解できるとルディは考えた。

「でたらめはやめて」ロレインは小声でジルをとがめた。「そんなことありません」

しかし投げやりな調子で、反駁にすら興味がないようだった。

「まだしらを切る気？」ジルは瞬きしてルディを見た。「ルディさん、ちゃんと本人に聞いてみてください。何もないなんて信じられない。一日中忙しくしていて、こんな大きなものをこしらえて、どう見たってプレゼントじゃないですか。これが恋わずらいでなかったら何なんでしょう」

ジルの指す方を見て、ルディは部屋の窓辺に乱雑に積まれた材料に気づいた。ボール紙やら金属のフレームやら色とりどりのリボンと、置いてあるだけのものもあれば、組み合わされたものもあり、形と何に使うものかはまだ定かではなかったが、ずいぶん大きなものをこしらえていることは見て取れた。ルディはこれらがいつからあったのか気づかなかった。少なくとも目にしたのは初めてだ。

「プレゼントじゃないって言ったでしょ」ロレインは小声で否定した。

「じゃあ何なの？」

「イベントの宣伝看板」

ロレインの態度にルディは興味を引かれた。彼女の声の調子は何かを隠しているようだったが、どうしてかはわからなかった。

「何のイベントだ？」

「水星団《マーキュリー》の記念活動」

「隔離処分を受けてるんじゃないのか？」

「一ヵ月だけだから。もうすぐ解ける」

「誰が企画したんだ？」

ロレインはルディの口調がほのめかすものに気づいたらしく、そのまま答えた。「男子じゃないから、あれこれ勘ぐらないで。ハニアの企画したただの討論会。これも本当にプレゼントなんかじゃない」

「ハニア？　この前病院に来ていたあの子か？」

「そう」

「体操の選手だろう？　どんな討論会を企画したんだ？」

「体操の選手だけど、古典的研究を色々と読むのが好きなの」

「どんな古典？」

「つまり……」

「ルディさん！」そこにジルが口を挟んだ。

ロレインとルディは視線をジルに向けたが、ジルは何を言ったらよいかわからなくなったように顔を赤らめた。

「もう遅いから」ジルは少し考えて言った。「そろそろ帰らなきゃ」

「そうかい」ルディは気に留める様子もなくうなずいた。「また遊びにおいで」

「ルディさん」ジルはすぐに立ち上がろうとはせず、傍らを指差した。「あれを取って頂けます?」

ルディが振り返って見ると、大きな鉢植えの花で、よく知っていたが名前が出て来なかった。

「うちの庭の花よ」ロレインが説明した。「ジルが気に入ったっていうから、一鉢あげるの」

ルディは面倒に感じたが、文句を言うわけにもゆかず、ジルに付き合って立ち上がると、鉢を抱えて下に送りに出た。彼はロレインとこの機会にゆっくり話をしたかったが、打ち切られた話は吹き散らされた煙のように、再び集めることは難しかった。ジルの気持ちはわかっていたが、そのせいでいらいらした。ハニアの姿は回想の中でまだ鮮明だった。初めて会ったのにこんなに鮮明な印象を残す少女は珍しかった。鳥の翼のような上がり目で、誇り高い様子にそそる雰囲気があり、均整の取れた身体つきは、飾り気がなく自然だった。彼女が話したことや見たものには興味がなかったが、彼女自身には好奇心をかき立てられた。こういうことは普段なら決してロレインに直接尋ねたりはしないし、話題にする機会がめぐってきたのも今日が初めてだった。ルディはジルについて門を出たが、振り返るとロレインが窓の外の空を見上げており、何かもの思いにふけっているようだった。

「ルディさん、磁力シートの計画を推進しているんですってね?」ジルは可愛らしく尋ねた。

「ああ」ルディは答えながら、心は上の空だった。

「良かった」ジルは嬉しそうに笑った。「そのうち上昇するシートをCの字形に設計して、天蓋からカラフルな紗のとばりを下ろせるかしら」

「できるだろう」ルディはもごもごと答えたが、特に興味はなかった。

「座席の保護柵の下に小さいバルコニーを作って、花をいっぱいに植えることもできます？」

「何でもいいよ」

「じゃあどの家の前にも駐車場を作ることは？」

「何にするんだ？」

「窓辺に女の子が出て来るのを待つ男の子のため」ジルは首を傾げ、にこにこして言った。「大した役に立たないかもしれないけど、役に立つかどうかだけを考えるのはつまらないでしょ、何か創意がなければ」

創意か。ルディはどうしようもないな、というふうに彼女を見て、内心ため息をついた。

彼は火星の最も偉大な発明は何か知っていた。データベースでもなく、核融合エンジンでもなく、小型機械システムだ。プログラムによってコントロールされ、操作法は簡便で、一台の小型機械で完璧に組立作業ができた。同じものでも、入力した設計図に応じて、いとも簡単に異なるデザインに組み立てることができた。最初は孤立した小規模作業場のために準備されたのだが、のちに広く応用されることになり、ガリマンは住宅建設に利用し、タレス・グループは衣服の生産に用いた。ルディは考えた。女たちはいつも見かけのデザインを変えることが創造だと思っており、色を変えたり蝶結びを加えたり、でなければ座席を卵の殻のようにしただけでデザインだと言い張る。理念についてはまったく関心をもたずにどこがデザインと言えるだろう。まったく小型機械のおかげで、そういう女たちをずいぶん楽しませている。適当に外観を変えれば、一日中手持ちぶさたにならずに済むのだから。

女は、と彼は考えた。女たちには何かさせておかなければ、この世界はめちゃめちゃになってしまう。

夜八時、ルディはドン・ファンというバーを訪れた。このところ議員たちが夜になるとよく来る場所だ。彼はいつものように夕食後に散歩して来て、レトロな扉を開けると、入口に立ったままぐるりと見回した。リチャードソン、ウォード、フランツ、ホアンが顔を揃えていた。彼はひそかにうなずき、愉快な気分になった。皆ここにいる。

ドン・ファンは小さな店だが、人気があった。便利なのは大きめの長テーブルで、ほかのバーのように、ぽつりぽつりと置かれた小さな円形テーブルの周りに二、三脚のスツールがあるのとは違った。テーブルを囲んで人々があれこれ話したり笑ったりし、周囲には多角形のバーカウンターがあり、テーブルにつかない客は好きな場所に立って飲みながら歓談できた。バーの明かりはうす暗く、酒もありきたりの四、五種類しかなかったが、壁のディスプレイと装飾には人を誘い込むような充実感があり、ほの暗い中で、客はつい気が大きくなるのだった。

ルディは長テーブルの脇に場所を見つけて腰を下ろし、グラスに半分ほど酒を注ぐと、すぐに周囲の雑談に入り込んだ。彼は椅子の背に斜めに身をもたせ、後ろに寄りかかり、片足をテーブルの端に引っかけていた。誰かが大声で昼間は言いづらい様々な噂話をし、彼も時々みなと一緒に大声で笑った。隣に座っていたのは血色の良い頭のてっぺんが禿げ上がった中年男で、やや吃音があった。彼は長テーブルの反対側で、フランツがうつむいて隣の男と何か相談しているのを目にした。リチャードソンはテーブルの後ろのバーカウンターのところに立ち、腕時計を見て、誰かを待っているようだった。

ルディはホアンがこちらに移動してきているのに気づいた。彼の浅黒い丸顔はかすかに酒気を帯び、移動しながら通りすがりに冗談を飛ばし、大きな笑い声は豪快で、相手の肩を叩く手は厚みがあって力がこもっていた。ホアンは遠くからこちらを幾度か見た。あからさまなアイコンタクトを取ってきているようだ。ルディはそれを見て取ったが、気づいていないふりをした。ホアンの目には一瞬鋭いものがひらめいた。

「あの時君が注文したのは鱈だっただろう！　はっきり覚えてるさ」ホアンはほろ酔い機嫌の男に大声で言った。

「そんなことないだろう！」その男は大笑いして反論した。「僕はもう二年というもの鱈なんて食ってないぞ」

「まさか！　はっきり覚えてるのに。賭けるか？　ルーシーに聞いてみればいい。彼女もあの時そこにいたから」

「賭けるなら賭けるさ。何を賭ける？　俺のことなのに自分で覚えてないわけがあるか」

ルディは傍らの禿げ頭の男と話をしたが、ほとんど頭に入って来なかった。彼はグラスを手にし、辺りを見回し、自分のもの思いにふけった。二年このかた進んできた一歩一歩と、最近の計画が一気に胸に押し寄せ、杯の行き来する喧噪の中でアルコールと共に行きつ戻りつ揺れている。

ルディは議事院に来て二年半になる。議事院に対する、彼の思いは複雑だった。彼は議事院が気に入っていたが、いざ中に入ってみると大きな落差を感じた。一気にのし上がるつもりでいたが、現実に入ってみて気づいたことには、彼の言葉に耳を傾ける者はなく、早期卒業とオールAの成績には一顧も与えられず、祖父の地位ゆえに買いかぶられるということもなく、彼が優秀だとしても誰も決まりきった段取りを変えようとはせず、それどころか誰も彼が優秀だとは感じていなかった。議員たちにはそれぞれ意気揚々たる経歴があり、専念する事柄があり、一人の若者に余分な注意を払うことはなかった。彼にとって冷遇されるのは初めてだった。最初の年には天国から谷底に落ちたような大きな挫折感を味わった。

ルディは現実をすぐに受け入れた。納得はできなくとも、すぐに自分を取るに足らぬ者の位置に置き直した。彼はデータベースを使い、議員一人一人の資料ファイルと、出身と学歴、学術的成果、過去のすべての提案、投票履歴、市民からのフィードバックとクレームの記録を逐一閲覧した。さらに彼らのイデオロギー上の傾向や政治家としての性向を確認した。ルディの頭の中では議会の構造が、山脈が連綿と続く3D地図のように少しずつ鮮明な形を取りだしてきており、今やそれは実物をつぶさに再現するほどのものになっていた。おおよそ間違いなくバーの雑談の構造を見抜き、今会話している二人の折衝するだいたいの方向を推断した。彼はかつて自分が永遠にする必要がないと思っていたことに手を染め始めた。こういうことは彼は誰にも話さなかったし、祖父にすら打ち明けることはなかった。

俺が挫折を経験していないなんて言うやつは誰だ。彼は黙ったまま考えた。誰が俺の挫折を知っているだろう。天が崩れ落ちてでも来るように四六時中眉をしかめている連中も大勢いるが、実際には大したことではない。彼らは試験に不合格であれば挫折だと思っているようだが、まったくでたらめだ。人生唯一の挫折は理想と現実の乖離《かいり》で、理想すら持たない者に挫折など語る資格はない。

彼は顔を上げ、酒をあおると、うつむいた時にはホアンが横に来ていた。ホアンは相変わらず大声で笑い、片腕を彼の肩に乗せ、彼にも乾杯した。さっきグラスを合わせた一人一人と同じように。ルディはホアンの腕の重さを感じたが、できるだけ気楽な表情を作るとグラスをぶつけた。

「今日はちょうどいいところに来たな」ホアンは小声でルディに言った。「さっきメッセージが来た」

ルディは何か冗談を聞いたように上を向いて大笑いし、それから下を向いて、唇を動かさずに尋ねた。

「何のメッセージですか？」

ホアンは首をかしげ、やはり笑って言った。「地球側では月に新たな防御基地を建設することを決めている」

「え？　先方に気づかれたのですか？」

「きっとそうだ」

「とするとどうしますか？」

「できるだけ速く行動に出ることだ。これ以上引き延ばせない。やつらが建設を終えてしまってからでは遅い」

「わかりました。私に何かお手伝いできることは？」

「後で知らせる」

ホアンはルディの耳元から頭を上げ、何かつまらない冗談を言ったように大笑いしながらルディの肩を叩いた。ルディもそれに合わせて気まずそうな表情を作り、世故にうとい若者のような様子をしてみせた。ホアンはすぐに立ち上がり、また他の人と冗談を飛ばし、太った身体を揺すってバーカウンターに戻り、有無を言わせず長身の男の前に立ち、大声で話しかけた。ルディはうつむいて考えをめぐらし、酒に酔ったようにしばらく黙りこくっていた。

新たな工学上のプロジェクトが水面下から姿を現し始めている今、誰もが気づいていたが、火星は総じて新たな段階に入ろうとしていた。自然環境から社会構造まですべてが変化し、組み立て直した機器のように、誰もが自分が将来に得ることを期待する新たな地位について考えていた。

ルディには将来の火星がどちらの方向に発展するのかはわからなかったが、自分たちがまさに歴史を築いていることは知っていた。目標を持って一つの惑星を改造するのは初めてのことで、火星にとって初めてであるばかりか、人類にとっても初めてだった。あらゆる事柄が変化し揺れ動き、将来は可能性と不確実性に満たされていた。ルディは胸にたぎるものを感じた。この変革に参与すれば罪人扱いされるかもしれないが、将来の人々は参与できなかったことを残念がるはずだ。こうした時期には強力な指導的中核が必要で、このプロセス全体に重要な貢献をした者は、将来政治の舞台の中央に立つことができるだろう。戦争の時代を経た祖父とその仲間たちのように。ルディには明らかだった。彼は準備万端だった。

ハニア

ハニアはこの世界に警戒心を抱いていた。時には警戒が度を越していると自分でもわかっていたし、何一つ信用できないのは良いことではないだろうが、ほかにどうしようもなかった。彼女は自分がロレインと正反対だと思っていた。ロレインは何であれ信頼を置きすぎるし、現実離れしすぎているあまり実現するはずのない、はかない善意を信じて、事実については見て見ぬふりをするか、認めることを拒んでいる。ハニアにとっては、自分を守ることの方がもっと大事だった。彼女は愛情を信じなかったが、名のある人物が市民全員の福利のためにことを起こすというのも、同じように信じられないことだった。

ルディがハニアを訪ねて来た時、彼女は集会のスローガンを書いていた。彼の来訪にすぐには気づかず、顔を上げて彼を見た時には、とっくに真横に立っていた。手元を隠そうとしても遅かった。

「続けてくれ。邪魔はしないから」ルディは気やすい調子でハニアに笑いかけた。

「何かご用？」ハニアは彼を見た。

「別に」

ハニアは疑いながら唇をかみ、信じようとしなかった。

「何を描いてるんだい？」ルディが尋ねた。

「広告看板」

「手で描く人は珍しくなった。どうして最初からデジタルで描かないんだ？」

「見た目が良くないから」

ハニアは簡潔に答えた。本当の理由は口に出さなかった。オープンスペースであれパーソナルスペースであれ、集会の前にデータベースに何らかの情報や痕跡を残したくなかったのだ。彼女にしてみればオープンスペースもパーソナルスペースも同じだった。システムに書き込んだ資料であれば、システムを管理するスタッフには見ることができる。探ることをしてはならないとの規定はあるが、彼らは信用できなかった。

「何を広告するんだ？」ルディは相変わらずほほ笑みを浮かべ、両手をズボンのポケットに入れた。

「私がここにいるとどうして知ったんです？」ハニアは反問した。ルディの意図をつかめなかったし、彼がどれだけ知っているのかも定かではなかった。それが彼女を不安にした。

「通りかかったんだと言ったら信じるかな？」

「信じません」

ルディは笑った。「わかったよ、認めよう。君たちは時々午後にここに集まると、ロレインから聞いたんだ」

「他に何か聞きました？」

「何も。本当だよ。君たちの計画について聞いても、何も教えてくれないから」

「じゃあ何しに来たんです？」

「君に会いに」

真正面からハニアの目を見つめたルディの瞳の中には抑えた炎が燃えていた。ハニアもちらりと彼を見たが、口元に不意に嘲るような笑みが浮かんだ。彼がいつも女の子をものにしようとする時の表情を使おうとしているのがわかり、ばかばかしく感じたのだ。とりでを陥落するように挑まれるのはごめんだし、突撃しようとやる気満々の彼の様子にもうんざりした。

　彼女は再びうつむき、絵筆を取って、紙に絵を描いた。絵画を学んだことはなかったので、大きく書いた文字の周りに模様を描き添えるだけだった。文字は銃を構えた兵士のように、激しい調子で書かれていた。

「『自由なくば死を』」ルディは横に立って読み上げた。

「どうしてこれを？」

「読書討論会のため」

「何を討論するんだ？」

「私たちが本当に自由なのかどうか」

「君は自由がないと思っている？」

「まだ話し合ってないのに」ハニアは冷たく言った。

「結論が出せるわけない」

「君は自由をどう定義するんだ？」

「自分で運命を決めること」

「でも運命の偶然性は人間にとって永遠に克服できないものだ。人間は時として何一つ決められない」

「他人に邪魔されなきゃいいんです」

　ルディは興味をそそられた様子で、片腕をテーブルにつき、寄りかかってハニアの絵を見ながら彼女の姿を眺めていた。ターミナル駅の街中にある庭園で、広いガラスの長テーブルとそれを囲むように立方体のスツールが設置され、集会と絵を描くのにとても便利だった。ルディの金髪がきらきら輝いていたが、ハニアは顔を上げなかった。

「そうだ」ルディは突然思い出したように、「この間病院で、留学について君が言ったことだけど、議事院に提案報告を上げておいたよ」

ハニアは警戒して顔を上げた。「何の報告を？」

「留学の期間、適応困難による精神的苦痛を受けたことについてだよ。留学組織委員会に改めて全面的なアセスメントを実施し、留学の方法を定め直し、事前の準備とカウンセリングを強化するよう提案した」

ハニアはまたうつむいた。「私の言ったことを理解していないでしょう」

「じゃあどういう意味だったんだ？」

「私が言ったのは留学そのものについて。そういう細かい部分はどうでもいいんです」

「そもそも行くべきじゃなかったと言うのか？」

「理解できないでしょうけど、私たちはもう別の世界を見てしまったんだから、どれだけ調整したって意味がないんです。もう帰りようがないの、ああいう……」彼女は言葉を探し、「ああいう硬直したものには我慢できない」

「わかるよ」ルディはほほ笑んだ。「テクノクラシーだ」

「そう、それよ」

ルディはうなずいた。「僕だってああいうのは嫌いだ」

「そうですか？」

「もちろん。今のシステム構造に反対する文章を何度か書いたことがある」

ハニアは顔を上げ、両肘をテーブルにつき、首を傾げてルディに向かい、しばらく考えてから言った。

「じゃあ本当のところを言いましょう。今回の討論会は、実際はこういう官僚主義に反対する運動なの。住宅と研究室を流動的にして、一カ所に固定されないようにするんです」

「そうなのか？」ルディの目が興味を引かれた様子で輝いた。「良いことじゃないか」

「そう思います？」

「もちろん。当然良いことだ」ルディは確信ありげに言った。「僕も入れてくれないか。何か手伝えることがあれば、必ず助けになるから」

ハニアはしばらくためらったが、結局うなずいた。ルディの心中を推し量り、本当に共感を覚えているのが何割か、彼女に近づくためにわざと熱心に見せているのが何割かと思った。だが考えてみて、たとえ後者でもどうということはない、見境もなく、と言われたりもしないだろうと思った。彼らの目的は多くの人々の支持を得ることで、誰かが支持してくれるならゼロよりはましだ。しかもなんと言ってもロレインの兄で、総督の孫なのだ。もし彼がハニアたちの行動に合理性を認めるなら、より堂々と活動できるのは確かだ。そうして幾度か思いをめぐらし、彼女の警戒心は少しずつ和らいでいった。彼女は歓迎の意を表しはしなかったが、パネルをひっくり返すのをルディが手伝った時、突っかかったり拒んだりはしなかった。


翌日、ハニアはそのことをロレインに告げた。二人は住宅管理室に行く途中で、歩きながら話していた。

ロレインは兄の慇懃《いんぎん》さに特に驚きはしなかったが、開けた態度は予想外だった。

「一カ月前には私が革命について話すとかなり反対してたんだけど」ロレインは思い返して言った。「私もお兄さんがどういうつもりなのかはわからない」ハニアは言った。「テクノクラシーに反対だって言っただけ」

「それはあるかも」ロレインはうなずいた。「兄さんは上から抑えつけられてるのが我慢できないから。今の組織の設計には問題があるとか言ってたこともあるし」

ハニアとロレインはゆっくり歩き、ルソー区のコミュニティセンターに向かっていた。この日は平日だったので、センターの利用者は少なく、とても静かだった。並んだ円形の部屋は、日曜には美術クラブや美食クラブ、社交ダンスクラブの活動場所になるが、何も催されない日には人気《ひとけ》がなくしんとして、閉じたガラス窓から次回の活動を待つ室内の様子が見えた。二人はセンターを通り、まっすぐな大通りを南に進んだ。通りの真ん中には木と芝生があり、両側は枝葉が日陰を作る小径《こみち》になっていて、そぞろ歩くにはうってつけだった。

「お兄さんは私たちを手伝いたいとも言ってたけど」

「そうなの？　どうやって？」

「それは言ってなかった。手伝えることがあればできるだけ助けるって」

「それはいいけど」

「でも言ってみただけじゃないかな」

「それは心配しなくていいわよ」ロレインはふざけてほほ笑んだ。「言ってみただけだとしても、あなたに近づくためなんだから、これから会う機会を作るためには、簡単に気を変えたりできないでしょう。それなら口だけでは済まなくなる」

ハニアは顔を赤らめ、ロレインの腕をつねって、なじるように言った。「でたらめばかり」

「私にとばっちりが来るじゃない」ロレインは逃げながら笑って、「兄さんと付き合うなら、『お義姉《ねえ》さん』って呼ばなきゃいけなくなっちゃう」

「付き合いません」ハニアが反論した。

「うちの兄さんじゃ嫌？」

「他の誰だって嫌」

「トーリンも？」

「嫌」

「どうして？」

「前に言ったでしょ」ハニアはきっぱりと言った。「愛情なんて最初から信じてない」

「まだそんな年じゃないでしょう」ロレインはハニアを見て笑った。「なのに信じるか信じないかなんてわかるもんですか」

「でも私は信じてないの。ロングの言う通り、人は功利的なもので、愛だの何だの言ったところで、自分の利益ばかり考えて、何かしら魂胆があるからでしょう」

「兄さんは魂胆があると思う?」

「知らない」ハニアは言った。「そこまで露骨なことってめったにないだろうし。お兄さんはたぶんある種の虚栄心で、他人にちやほやされるのに慣れてるから、知らない人に会うと、自分の力を証明するために征服したくなるんでしょう」

「だとしても結構なことじゃないの、少なくともあなたに魅力がある証拠だから」

「どこが魅力よ。可能性は二つだけ。一時的な衝動か、自己愛が強すぎるか」

「なんでそんなに極端なの?」ロレインはハニアの手をつねり、「まったくトーリンの言う通りじゃない」

「あなたが単純すぎるの」ハニアは言った。「じゃあ聞くけど、アンカの気持ちを信じてる?」

ロレインはぐっと詰まり、ややあって笑った。「なんで私の話になるの?　アンカが信じられないってこと?」

「彼が信じられないんじゃなくて、愛情が信じられないの」

「何か聞いてるの?」

「そうじゃなくて。ただ聞きたかっただけ、本当に彼はあなたのことを気にかけてる?　そう口に出して言ったことがある?」

「ないけど」

「じゃあ彼が愛情を信じる人だって確信できる?」

「そう思う」

「ただよく知ってるから信じてるだけでしょう。でも何の保証にもならない」

「じゃあどんな保証が必要なの？」

「どんな保証も存在しない」ハニアは肩をそびやかして、「それが問題なの。みんなの言ってる愛情っていうのは、二人の人間が向かい合った時に心が動くだけで、その後はどうでもよくなる」

「どこからそんなご高説が出て来るわけ？」

ロレインは意に介さないふりを続けていたが、声には自信がなくなっていた。彼女はうつむいて小径の地面に目を落とし、口を結んで黙りこくった。ハニアは振り向いて彼女の顔を覗き込み、顔の前に手を出して振って見せた。ロレインは向き直り、ちょっと笑い、ハニアも笑った。二人は黙ってしばらく歩き、どちらの胸にもかすかな疑問がのしかかった。ハニアも自分が正しいのかどうか自信がなかった。自分の問題は何でも突き詰めなければ気が済まないことで、ロレインの問題は何一つ突き詰めたがらないところにあるとハニアは思った。このことは二人とも口には出さなかったものの、よくわかっていた。一度は信じてみるべきだろうかとハニアは自分に尋ねた。無私の好意とある程度の真心を。

「何と言っても」ロレインは足元を見て、胸の内がそこに書かれているかのように言った。「私は信じたいの。それからあなたにもせめて一度は信じてみてほしい。相手が誰だとしても」

ハニアはしばらく黙り、うっすらとほほ笑んだ。

「そうかもね」

住宅登録管理室はセンターの二階にあった。かなりの広さのオフィスなのに中に座っているのは中年女性が一人だけで、広すぎて索漠の感があった。オフィスには普段スタッフはおらず、予約した時間に臨時のスタッフが来るだけなので、最低限の設備とオフィス用品があるばかりだった。円形の部屋に、中央には長方形のデスクが置かれ、女性は奥に座り、デスクの表面はぴかぴかで何もなかった。

「どなたのご登録ですか？」女性は満面の笑みで尋ねた。彼女の目は眼鏡越しに、ロレインからハニアへと移り、またハニアからロレインを見て、七割の礼儀正しさと三割の疑ぐり深さをもったまま、行き来した。

「友人の申請をしたいんです」ハニアは答えた。

「どうしてご自身でいらっしゃらないの？」

「それは……」ハニアはちらりとロレインを見た。

「プレゼントなんです。本人はまだ知りません」

女性は笑った。二人の若者の無知を笑ったようだった。「あのね、それなら私にはお手伝いできません。ここは本人でないと登録を受け付けられないのよ。本人の指紋とサインがなければ契約書は無効なの。でなきゃこんなオフィスを設けてどうするの、データベースで電子情報を登録すればずっと早いでしょう。実際に来なきゃいけないんだから、本人でなきゃ意味がないの」

ハニアとロレインは顔を見合わせた。この問題は予想していなかった。

「じゃあ」ロレインは考えた。「先に代理で申請して、決まってから一緒に来るというのは？」

「ただ小さい家を建てたいだけなんです」ハニアは補足した。

「ええ」ロレインが続けて、「自分たちで建てても構いません。住宅建設管理室には行って、建材は予約して、デザインも選んだんです。こちらで登録して土地を選ばなければいけないと言われたんですけど、登録さえすれば建設を始められるんです」

「お願いします」ハニアが重ねて言った。「その人にはずいぶん助けて頂いたので」

「何とかなりませんか」ロレインが言った。

女性はじっと聞いていたが、眼鏡を外して手に持った。寛容さの中にどうしようもないといった表情が浮かび、口を挟みたいようだが何も言わず、二人が口をつぐんで期待を込めて見つめたところで、ようやくデスクに肘をついて、両手を広げた。しばらくどう言おうかと考えた後、やんわりと口を開いた。

「お手伝いしたくないわけじゃないのよ」彼女は言った。「でも指令がなければ登録はできません。方法は考えてみるけれど。その方の婚姻登録証を持って来ることはできるかしら?」

「それは……」ロレインは途端に口ごもった。「無理だと思います」

「じゃあ難しいわね。ここでは婚姻管理室の書類があれば、登録可能なの。でも無ければどうしようもない」

「彼は独身なんです」

「独身?」

「ええ」

「じゃあどうして家が必要なの? 単身者向けのフラットがあるでしょう?」

「あるんですけど、手狭なもので。前は研究室と活動室がありましたから、構わなかったんですけど、それもなくなってしまって。自由になる空間が足りないから、もう少し大きい家を建ててあげたいと思ったんです」

女性は口をぽかんと開け、また寛容さとどうしようもない気持ちを同時に表した。どう答えたらよいか考えあぐねた様子で、白い紙を一枚取ると、説明しながらざっと電気回路図を書いた。

「どう説明したらいいかしら」彼女はそれでも穏やかに、「こうとしか言えないのだけど……この管理室は抵抗器のような、あるいはこのダイオードのようなもので……ごめんなさい、私は電気回路を学んでいたものので、こういう言い方しかできないんだけど……この管理室の機能は上の管理室の書類を受け取って、次の管理室に送ることなの。抵抗器が電子を伝えるように。抵抗器は自分の主張を通すことはできないし、勝手に電子を作り出すこともできない。それは電源の仕事なの。もし勝手に自分の主張を通したら、全部ぐちゃぐちゃになってしまう。だから本当に申し訳ないけれど、お手伝いはできません」

この通俗的かつ誠実な説明は凝縮還流式熱交換器のように速やかに働き、終わるなり、空気はたちまち冷え切った。

ハニアは唇をかんで、何か言おうとしていたが、ロレインはその手を引っ張って首を振った。「しょうがないわ」

彼女は振り返って奥の女性に言った。「ありがとうございます。誰にお願いすれば役に立ちそうかご存じですか？」

「そうね」女性は考えて、「婚姻管理室に行ってみたらどうかしら。その方が結婚するお手伝いをするのがいいでしょう。結婚すれば住宅も手に入るのだから」

ロレインとハニアは広くがらんとした廊下を通ったが、壁のポスターを眺める気持ちにはなれなかった。婚姻登録管理室は同じ棟の反対側の角にあり、二人はその角にある、なめらかな曲線を描く階段を駆け上がった。しかしものは試しという気で押しかけた二人を迎えたのは静かに閉ざされた扉だった。婚姻登録管理室には誰もいなかった。予約していないのだから、誰もいなくて当然だった。あわよくばというつもりだったが、ついていなかったようである。二人はガラスの扉越しに中を覗いた。造花の置かれた白い飾り台が壁際にあり、さらに奥の壁には額縁に入った写真がたくさん飾られていた。

そこに、年配の女性が階段を下りてきて、二人の横を通った。

「すみません」ロレインは呼びとめて、「あの……この管理室は……」

そう言いながらもハニアを見やり、どう続けたらよいかためらった。

老婦人は優しく笑い、親切に、皺だらけの口元に笑みを浮かべて言った。「どうしたの?」

ハニアが引き取って続けた。「こちらの管理室で結婚相手を探すのを手伝ってもらえるかどうか、ご存じですか?」

老婦人は好奇心をそそられた様子で二人を見つめた。「あなたたちは……」

「いえ……私たちじゃないんです」ハニアは慌てて言った。「友人なんですが」

「ああ」老婦人はうなずいた。「お見合いパーティーには行かないの? 毎週末に開催されてるのに」

「友人は、あまり好きじゃないみたいで」

「あら。じゃあ考えてみましょうか」老婦人は真剣に、「どちらの研究室にお勤めなの?」

「今は研究室には所属していないんです」

「所属していない?」老婦人は眉をひそめ、不思議なことを聞いたかのようだった。

「ええ。公文書館の補助業務に当たっています」

「そういうことね」老婦人は少し考えて、「お嬢さん、私の経験からするとね、絶対に無理とまでは言わないけど、とっても難しいわね」言葉を切ってまた付け足した。「とっても難しいの」

老婦人の視線に二人は気まずくなった。ハニアはロレインを見やり、ロレインもハニアを見た。

午後遅く、二人がルソー区第一病院に向かって歩いている時、ハニアは先ほど手にしたかすかなぬくもりを忘れ、習い性になった冷ややかで硬い不信を取り戻していた。こうしてぬくもりと不信の間で揺れているのが常なのだ。たいていの場合は不信の方が無難なようだった。期待していなければ失望と困惑ももたらされることはない。彼女はまた普段の自分に戻り、愛情の背後には必ず様々な実利的な目的があると決めつけた。

「まだわからないの？」と、ロレインに問いかけた。「安定した結婚なんて、こんなふうに住宅一つの問題なのよ」

ロレインはいくらか意気消沈していたが、それでも口ではこう言った。「それだけじゃないと思う」

ハニアは話しながら胸の中にうそ寒い感じを覚えた。

「どうしてみんな離婚しないんだと思う？　別れられないからよ。前に言った治安の良さと同じで、道徳的意識が高いからでもなんでもない。ここの離婚率が低いのは、地球の夫婦よりみんな愛し合ってて家庭を重視してるからだなんてわけはなくて、住宅が一戸しかなくて、離婚したらどちらかが単身者用フラットに引っ越さなきゃいけないからでしょう。単純な話だわ」

老婦人の言葉がハニアの心には相当のショックを与えていた。前にもなんとなくわかっていたことではあったが、ここまで露骨に突きつけられたことはなかった。結婚、家庭、永遠の誓い、どれも小さい頃に思ったように神聖で堅固ではない。地球で当たり前になっていた非婚状態はさておき、火星に限っても、こういう経済的利益の前では、そこにある美しいぬくもりも大幅に目減りしてしまう。老婦人の話では、以前にある夫婦がこの問題を解決するため、もう一組の夫婦と配偶者を交換し、それぞれ離婚してからまた結婚したという。それなら家庭は二つ、住宅も二戸のままだ。でもそこにどれだけの愛情が？　ハニアにはわからなかった。彼女は自分の心がまた不信寄りに傾くのを感じた。

病院の建物が見えてきた。低い円錐形の松の並木の後ろに引き立てられて、純白の壁とシンプルな設計が、質朴《しつぼく》で清潔な威厳を見せていた。二人は足を止めた。

ハニアは仰ぎ見て、ロレインが話していた最上階の小部屋を探そうとした。

「私たちの計画、レイニー先生は知ってるの？」彼女は小声で尋ねた。

「知らないはず。何も言ってないから」

「この程度の贈り物じゃやっぱり足りないと思う。何か実のあるものを用意しないと」

「でも見たでしょう」ロレインはため息をついた。「何が用意できるって言うの？」

ハニアは何か言おうとしたが、その瞬間、二人は屋上から物体が墜落するのを目にした。目を凝らしてみると、人間だった。二人は途端に口を押さえ、驚きに目をみはり、声は喉につかえて出て来ず、心臓は早鐘のように打った。瞬く間に、その人は視界から消え、木の茂みの後ろに落ち、地面からくぐもった音が地震のように響いた。反応する間もないほど短い間に、一人の人間が放り出された荷物のように地面に落ちた。おしまいだ。

その瞬間、ハニアは心にずしりとのしかかるものを感じた。ぶるっと身震いし、振り返るとロレインの唇は土気色で、彼女も同じことを思い出しているとわかった。

二人はしばらく呆然としていたが、動悸も収まらぬまま現場に駆けて行った。病院から大勢の人が飛び出して来て、辺りを取り囲んだ。血まみれのねじ曲がった姿を見て、ロレインはぼんやりと立ちつくしていたが、小声でハニアに言った。この人には会ったことがある、先月たまたま展望室で遭遇した錯乱した患者で、その時は必死でガラスを叩いていたの。

レイニー

その日は火星暦四〇年の二七二日目で、レイニーの三十三歳の誕生日でもあった。

その日の朝、レイニーはいつも通り早起きして、大ホールと小ホールの掃除機かけを済ませると、二階の閲覧室から遠く外を眺めた。ここはレイニーが公文書館で大ホールを除けば一番気に入っている場所だった。裏手の芝生に面しており、見渡す限り静かで穏やかだった。二列の高い棚の間に立ち、窓に向かっていると、頭にまばゆい陽光を感じられた。ガラスの透光度は調節していなかった。朝の明るさは澄み渡り、彫刻を施した立柱が光を浴びている。こうした光明に彼は安らぎを覚え、生活に変わらぬ明るさを感じられた。

公文書館に来たのはレイニー自身の選択だった。長年にわたって歴史を編纂するうち、彼はここによくなじんでいた。ラック館長のことも尊敬しており、年老いた彼には助手が必要で、レイニーは内心の平穏を必要としていた。

資料室の窓は細長く、ガラスは上下にスライドさせられた。窓枠には珍しい布のカーテンが掛かり、高く上に巻き上げられて、緑の房飾りが下がり、階下の真四角の芝生と連なっていた。誕生日のせいで、過去の出来事があれこれといつもより容易に浮かんできた。彼は窓辺にいつもより長く佇み、追憶が潮のように彼を包んだ。彼はぼんやりと窓の外を眺めており、ロレインが後ろに来ているのに気づかなかった。

「レイニー先生」ロレインはそっと声をかけた。

レイニーは振り返り、ロレインの姿を目にした。彼女は黒いワンピースを着て、肌はいっそう白く見えた。

「どうしたんだい？」彼はかすかにほほ笑んだ。

「お誕生日のお祝いに」ロレインも窓辺にやって来て、優しく言った。

「ありがとう。覚えていてくれたんだね」

レイニーは心からありがたく思った。長いこと誕生祝いの言葉を耳にしていなかった。ロレインの他に、やって来そうな祝い客も思い当たらなかった。あちこちのクラブで知り合ったビリヤード仲間はいつも家で子どもたちと余暇を過ごしており、彼のような独り者を訪ねて来るとは思えなかった。彼はパーティーを企画するのも好まなかったし、人をもてなすような場所もなかったので、もう何年も一人で誕生日を過ごし、その一日をほかの一日と同じように過ごしていた。覚えていてくれる人がいるだけで、嬉しい驚きだった。

「具合はどうだい?」彼はロレインに尋ねた。

「元気ですよ」ロレインはうっすらと笑みを浮かべた。

「今、どうしてるんだ?」

「大きなイベントの準備を」ロレインは言葉を切り、ほほ笑んでしばらく口をつぐむと、もったいぶって引き延ばすように、おどけた得意げな表情を浮かべた。しばらくして彼女はようやく問い返した。「レイニー先生、もしまた研究室に戻る機会があったら、病院がいいですか、それとも機械工学研究室がいいですか?」

レイニーはあっけにとられた。「どうしてそんなことを?」

「研究室に問い合わせてみたんです、かなり望みはありそうですよ」

「問い合わせた?」

「ええ。先週ガリレオ区とワトソン区の病院に問い合わせてみて、昨日また土地システムに属する探査グループにも問い合わせました。先生の技術を紹介したら、みな先生の研究に関心を抱いて、受け入れの見込みはかなりあるようでした」

そう聞いて、レイニーは気まずいものを感じ、どう答えたものかとまどった。

「ありがとう」彼は言った。「でもたぶん無理だろう」

「どうしてですか？」

「私の個人情報ファイルは凍結されて、移動できないからだよ」

「でも私たちが研究室に行って面談した時、先方はすごく興味を持っていたし、先生の技術はきっと声望と研究費をもたらすでしょうから、先方が受け入れに同意したらそれで良いんじゃありませんか？」

レイニーは首を横に振った。「そう簡単にはいかないよ。個人情報ファイルが凍結されて移動できなければ、異動先の設備の使用許可も得られないし、研究費の申請もできないんだから、意味がない」

「じゃあ私がおじいさまに頼んで解禁してもらったら？」

「やっと一カ月なのに、総督の立場で、そんなふうに朝令暮改はできないよ」レイニーは穏やかにほほ笑みを浮かべてロレインを見た。

「それなら」ロレインは彼の答えを予期していたように、それでも食い下がった。「もし私たちが運動を起こして、こういう個人情報ファイルと研究室制度を廃止するよう訴えたら？」

「何だって？」今回ばかりは、レイニーは本当に唖然とした。

「みんなで考えたんです。こういう制度は理不尽だって。個人情報ファイルが人間を縛り付けてしまうなんて。研究室を移ろうにも、個人情報ファイル管理室の許可がなければ移れないなら、個人情報ファイルを移動できない限り何もできないでしょう。それでは研究室の責任者とシステムの長老に与えられた権力が大きくなりすぎて、彼らの言う通りにしないわけにはいかなくなってしまいます。しかも研究室の経費はだいたい大規模計画で業務を担当しているかどうかで決まってしまうから、誰もが上司に頼って、仕事を割り当てられるよう努力するようになっているわけでしょう。それが国全体の問題となって、社会が硬直し、活力が失われ、テクノクラシーの支配があらゆる人々に及んでいるんです」

レイニーは静かに耳を傾けながら、ロレインの聡明な顔を見つめた。心を込めて真剣に、訥々と話す彼女が、ひたむきに浮かべた表情はいとおしかった。彼女は二カ月前に地球に帰って来た時とはずいぶん変わっていた。あの頃はまだ困惑に満ちて、ためらいがちだったが、今ではずっと意志がはっきりして、小さな光が決然と目の中にきらめいていた。帰還後すぐの頃と比べると、肉体的な不適応と直射日光にさらされることがなかったせいか、身体つきはほっそりとして、色も白くなっていたが、目の輝きのせいで元気いっぱいに見えた。彼女の口調はゆっくりと柔らかで、もともとなじみのなかった用語をなめらかに口に出そうと真剣だった。彼女の主張がどこから来たのかレイニーにはわからなかったが、こうした若者たちの学習能力には目をみはるものがあった。

「制度を変えようとしているのかい?」彼女が言葉を切るのを待って、レイニーは尋ねた。

「ええ。そう言っていいでしょう」

「でもこう考えたことはあるかい、どんな制度にも理由があるのだと」

「どんな理由のことですか?」

「歴史的な理由だ。それから自然状態を制限する必要性、という理由だ。公平に分配しようとしたら、制限が必要になる」

「それは考えました。でも私たちはそうした理由のために制度の欠陥を無視してはいけないと思うんです」

「どんな制度でも欠点なく完璧にはできないよ」

「でも今のシステムには重大な欠陥があります。個人がシステムに従属することが求められ、従属をいさぎよしとしなければ生存することもできません。システムはそれに従わない人間を拘禁し、発狂して死に至らしめることさえあるんです。一昨日の午後、私たちはこの目で高層階から飛び降りて死んだ人を見たんです」

レイニーははっとした。「それはどこの話だ？　私はどうして知らないんだろう」

「報道されていないんです」ロレインは言った。「先生も知っている人ですよ。この前病院の展望室で見た、ガラスを割ろうとしていたあの精神疾患の患者でした」

「彼だったのか？」

「知り合いですか？」

「ああ。長い知り合いだ」

「本当に？」ロレインは驚いて言った。「じゃあどういうことなのかご存じですか？　私たちはあちこち尋ねてみたんですが、誰も答えてくれなくて。きっと様々な束縛から逃れようとしたんだと思うんですけど。よく知っている方ですか？」

レイニーは無言のまま、長く考え込んだ。その知らせは彼の心に思いもよらないうつろな感じをもたらした。長年彼の心に立ちのぼってはかき乱してきた、過去の苦い記憶がいちどきに思い返され、たちまち何とも言えない複雑な感情がこみ上げた。人の世の移ろいと運命はまったく予測できない。彼が死ぬとは本当に思ってもみなかった。人間の幸不幸は予知できないどころか、定めることすら難しい。人を激しく左右する事柄と言える。死の前では、何かを得るために闘うか闘わないかなど、空しいだけだ。

彼は黙ってため息をつき、ロレインに言った。「君たちの心遣いには感謝するけれど、心配しないでくれ。君たちの友情は私にとってなくてはならないものだが、それさえあれば十分だ。私は今も満足しているし、これ以上どうこうしようという気はないよ」

ロレインは意図をはかりかねたようで、またこの返答にもの足りない気持ちもあり、しばらくためらってからうなずいたが、それでも言い足した。「レイニー先生、先生のお気持ちは尊重しますが、もう一度考えて頂けませんか。先生は恬淡《てんたん》としていらっしゃるけれど、それは弱さからではないでしょう。先生は良い方ですから、本来であればもっと色々なものが得られるはずなんです」

レイニーは少し笑った。「ありがとう。考えてみるよ」

ロレインはうつむいた。「ちゃんとした世界なら、先生のような方から何かが奪われることはないはずだって気がするんです」

レイニーは感動に打たれた。こんないたわりは期待していなかった。彼らの過ちの責任を取ろうと自らハンスに申し出た時、レイニーはそれが何かの恩恵だなどと考えてはいなかった。ただ子どもたちが遊びに出ようとしたのは悪いことではないし、その処罰によって一生が左右されるのは、幕引きとしてはどうなのか、と思っただけだった。あの時考えていたのは単純なことで、こんなふうに気遣われるとは思いもよらなかった。どう反応したら良いかわからなかった。彼はもう長いこと感情を外に表していなかった。

少し考えて、彼はロレインに問い返した。「最近何かあったのかい？　どうして急にそんなに極端なことを言いだした？」

「極端だと思いますか？」ロレインは聞き返した。

「少しだけね」レイニーは言った。「ただ、先月はまだ革命に対して疑いを持ってたのにと思って」

「ええ」ロレインは認めた。「でも最近になってますます行動の意義というものが気になってきて。生活には何らかの行動が必要だと思っています。でなければ方向を見失ってしまうから。あの時貸してくださった本の文句を、最近繰り返し考えているんです。すごく気に入りました。『われわれ誰もが、歴史のなかにあってしかも歴史に対立しながら弓を引きしぼるべきだ。ついに一人の人間が生まれる時、時代とその青春の憤怒とを捨て去るべきだ』（カミュ「反抗的人間」『カミュ全集6』、佐藤朔、白井浩司訳、新潮社を参考の上中国語から訳した）。私も何かできたら良いと思いますが、今は本当に目標がなくて、意味があると思えるのはただこれだけなんです」

「それは良いことだ」レイニーは確かな調子でうなずいた。

ロレインは彼を見つめた。「先生、公平に見て、今のシステムは硬直していて、自由がなさすぎると思いませんか？」

レイニーは正面からは答えず、逆に問い返した。

「前に言ってた地球の人間同士の距離について覚えてるかい？　人間同士が他人のようで、孤独で、互いに信じ合えずにいると？」

「ええ、覚えています」

「実はこの世界にあるのはたった二つのシステムだけだ。固体と流体だ。固体の特徴は、構造が安定していて、それぞれの原子が自分の位置に固定しており、原子と原子の間には強大な力とつながりがあることだ。流体の特徴はというと、自由に行き来して、相互に独立し、どんな小さな粒子の間にも固定した連絡はなく、力もないことだ」

「それはつまり……」ロレインは考えた。「自由を求めるなら情愛はあきらめなくてはならないと？」

「同時に並び立たない価値観というのはいくらでもある」

レイニーにはわかっていた。火星は文字通りのガラス体だと。都市は結晶格子のように均一で安定しており、どの家庭にも一棟の住宅が割り当てられ、どの家の建物も庭も同じような大きさで、住宅は串に刺したように連なり、幾重にも巻かれたネックレスのように並んでいる。彼らはほとんど転居することもなく、子どもたちは両親の家で成長し、結婚すると自分の住宅を得て別の場所に身を落ち着ける。一生に二つの住宅で、人間があたかも土地に根付いてしまったかのようだった。地域共同体は子どもが成長する世界のすべてであり、何より大切な構造だった。子どもの目に映る者は、誰もが成長の過程を共にする仲間で、成人後に自分の道を選択してからも一生付き合ってゆく相手となる。都市は人口に合わせて年ごとに広がっていったが、新しく開かれた居住区は元の市街とまったく等価で似たような姿だった。同じように住宅が連なり、同じように静かで均一で、どの家もそれぞれ設計こそ多種多様だが、一緒に並ぶと統一的な総体となる。五百万の人口が均等に分散していて、都市は構造的な中心を持つようには見えなかった。安定しているから、固定したつながりができるのだ。

「でも雲についておっしゃっていたでしょう？　つながっているけれど、自由でもあるって」

「雲か……」レイニーはうなずいた。「だが雲が一つにつながって見えるのは外から光が照らしているからこそで、その統一性は長続きしない」

「よくわかりません」ロレインはうつむいて言った。「私はただ、もし先生がそんなに流れのままでいるなら、どこへ向かって人生を送っていらっしゃるのかと思って。すべてを達観していれば、空しく感じたりすることはないんでしょうか？」

「私かい？」レイニーは下を向いて考えたが、直接答えず、閲覧室の向こう側を指した。

レイニーはロレインを連れて幾重にも並んだ書架の間を通り抜けた。古い書籍のバーガンディの背表紙がずらりと揃い、金文字の書名がエキゾチックな雰囲気を醸し出している。パルプ紙は年月を経て黄ばみ、昔の時空に生きる昔の人のようだった。陽光が片側から差し込み、屋内は異様なまでに静まりかえり、天井を気づかぬほどの速度でめぐっていく星座が、捉え難い時間を示していた。レイニーは生活を包む幾重もの虚像を通り抜けて現実の深みに至り、記憶の倉庫にしまわれた素朴な言葉と向き合っているようだった。二人は静かに口をつぐんだまま歩みを進め、靴音だけが響いた。

レイニーはまっすぐに「地球の古典」と表示された書架にやって来ると、一冊の本を指して言った。「これがさっき君の言った本だ」そしてその隣から慎重にもう一冊の薄い本を取り出し、知りつくしたページを開いて読み上げた。

「『……私が興味を引かれるのはどうやったら聖者になれるかだ』

『でもあなたは神を信じようとなさらない』

『そうだ。神を信じない者も、聖者になれるのかね？　それが今日ぶつかった唯一の具体的な問題だ』

『そうかもしれません。でも、ご存じの通り、私は失敗者については自分のことのように思うのですが、聖者にはご縁がございません。ヒロイズムにも聖者の道にも私は興味を持たないのでしょう。私が興味を引かれるのは真実の人間であるということです』」（カミュ『ペスト』中国語訳より訳出）

彼は読み終えると本を閉じたが、胸の内にはいつもそうであったように風砂が渦巻いていた。目の前に本の人物が面している黒い大海が浮かび、この星の広大で野性的な黄色い砂漠を思い浮かべることができた。そうしたものが彼の目指す方向で、見失ったことはなかった。大地の上を慌ただしく通り過ぎる人々をまぶたに浮かべることができた。黄砂の中から形を現してはまた灰と散り、頻繁に行き来し、喧《かまびす》しく袖を擦り合っている。彼はその中に分け入り、人々の狂喜と悲痛に取り囲まれた。彼は人々の顔を見ていた。彼の心の中で重要なのは、彼らがどんな衣服をまといどんな習俗に従いどんな制度を定めどんなことをしているかではなく、彼らが足を止めて目や顔、身体で互いに向き合うかどうかだった。それにこそ彼は真に興味を抱いていた。

「真実の人間？」ロレインはつぶやくように尋ねた。

「そうだよ」レイニーは笑った。「それが私のなりたいものだ」

「でも真実の人間って何ですか」

「他人と向かい合うことができる人間だ」

ロレインは彼の言葉の意味を考え、それ以上は尋ねず、思いを凝らしていた。ひたむきな黒い瞳は深い泉のようだった。

彼女は手を出してレイニーから本を受け取り、優しく表紙をなでながら、重々しく丹念に眺めていた。

「『ペスト』」彼女は読み上げた。

「『ペスト』だ」レイニーは繰り返した。「つまり、どちらに進むこともできない、ということだ」

ロレインは最初のページを開き、一行目を音読した。

「……『ある種の監禁生活によって別の監禁生活を表現し、虚構の物語で現実の事件を説明するのは、どちらも理にかなっている』……」

レイニーはもう解説や説明を加えなかった。ロレインは独りうつむいて読み、真剣なまなざしで、軽く唇をかんでいた。

レイニーには、彼女が短時間でさほど読み進められないことはわかっていた。自分でもさほど明確に説明はできないし、宇宙の深みに隠された生存の真理ならいっそうのこと、彼自身にも完全に悟ることはできなかった。彼は黙ってロレインの言う行動の意義を心に浮かべ、また自分があまりに行動を取らなかったのではないか、あるいは行動を避けすぎたのではないかと反問した。現実に打ちのめされた時、彼は以前にもこうして自分に問いかけ、自分の行為が、人生の真に適切な方向からかけ離れてはいないかと糺《ただ》したことがあった。いつもなら、行動に対する彼の見方は悲観的で、永遠に果てのない深海では、流される小舟が勇猛な泳ぎに勝ると思っていた。だがまた別の時になれば、彼はこうした沈思黙考を貫くことで傍観者の苦悩を味わったために、深い自責の念を覚えることもあった。ロレインの問いは正しく、それがまさに彼の内心にわだかまる矛盾だった。

突然、メロディーが二人と書架の間の静けさを打ち破った。訪問者だ。

「あっ」ロレインは本を置き、「時間です！」

「何だって？」

ロレインはあちこち時計を探し、ため息をついた。

「時間が経つのがこんなに早いなんて」

わけがわからずにいるレイニーに、ロレインは一緒に来るよう手招きした。

二人は二階の回廊を通り、天使の像が立つ階段の角を曲がり、扇形に広がる大きな階段を下まで下りて、公文書館の正門に来た。ロレインは立ち止まり、呼吸を整えると、レイニーに意味ありげに笑いかけた。それから壁のボタンを押し、黄銅色の厚い門がゆっくりと弧を描いて開くのを見て、門の外に合図を送った。

レイニーはロレインの両手に沿って外に目をやり、そこに見えたものに内心はっとなった。彼が目にしたのは、少年たちが彼に笑いかけ、ほがらかに手招きしている姿だった。彼らの前に、レイニーが以前に作った彫刻が勢い盛んな軍勢のように威厳を持って並んでいた。真ん中にあるのは彼が一年近くかけてまだ完成せずにいる雄獅子で、誰かの手によって尻尾の部分はだいたい仕上げられていた。正確でも完璧でもなかったが、相対的な身体の構造としては合っている。獅子は重々しく雄々しく中央に座り、黄土色のざらざらした姿に年を経た族長のような雰囲気をまとい、軍人のような綬《じゅ》が掛けられていた。周りの小さめの彫刻に囲まれると、異国から品物の献上に訪れた商人のようで、銅鈴《どうれい》のような目も光を宿しているようだった。レイニーはこれまで気づかなかったが、自分の彫刻はこんなに生き生きとした姿を見せるのだ。大小の彫刻が整然と隊列を組み、中央には「お誕生日おめでとう」と斜体で縫い取りしたビロードの旗が立っていた。

風はないが、綬ははためいているように見えた。

ロレインは少年たちの間に入っていて、彼らと一緒に誕生日おめでとうと歓声を上げていた。誰かが説明した。レイニー一人ではこれだけの荷物を運びきれないだろうから、作品と工具を全部持って来て、ここでもつれづれに楽しめるようにしたのだと。様々な声が入り乱れ、明るく強い日差しの下で輝きを放っていた。二人の少年が頭に布を巻き、手にはスコップを持って、歌いながら踊っている。さらにもう一人の少年はどうやら獅子と他の動物たちを指揮して前進させる将軍のようだ。

レイニーは何と言ったらよいかわからなかった。どんな言葉でも胸の内を表すことはできそうになかった。彼はもう長いこと、こんなに温かい思い出を持ったことはなかった。

彼は久方ぶりの生命力に動かされた。

レイニーは火星の特別な年に生を受けた。火星暦七年。分岐の年。彼は今年三十三歳で、三十三年前の分裂に思いをはせるたび、内心嘆息するばかりだった。彼にはわかっていた。ハンスの数十年にわたる選択のうち、火星暦七年の分裂こそ何より不本意な決定だった。

火星は一貫して固定化した世界だったわけではなく、創始者は当初ただデータベースを選択しただけで、何らかの社会の姿を想定していたわけではなかった。理想に燃えた人々が仮想したのは純粋に自由な世界で、好きなように新たな世界を発見し、好きなように他人の成果を応用し、自ら生活費を得られるのだった。しかし建国七年目の整備において、火星で定められた制度運用上の規律は人々をその対極に押しやり、安定した秩序ある効率優先の構造を選択させた。

一般的な状況では、機械の設計が完全になり、加工が精密になるほど、システム内部の熱運動はノイズとエネルギー消耗の最大の原因となる。社会にとっても同じだ。好きなように行き来できる世界は好ましく聞こえるが、実際の生産現場においては大量の社会的資源の損失をもたらす。従ってあの年、火星都市においてシステム制度が固定化され、自由でランダムな「運動」は最低限に抑えられ、システムは何段階ものレベルと次から次へと連なる部門の連鎖によって新しく整えられた。別の表現をすれば、システムの官僚化だ。

あの年の決定は国民投票にかけられたのではなく、議事院で全議員の投票によってなされたものだ。どんな議案に国民投票を実施するかはかなり微妙なさじ加減で、総督の任にあったリチャード・スローンは最終的に議員投票のみを承認した。ハンスと仲間たちは全員が議員だった。彼らはこれに関して激論を展開し、仲間のうち何人かは効率のために自由を犠牲にすることを嫌ったが、頑として譲らなかったのはロニングとガルシアだけだった。ハンスとガリマンは現実に対して理念の妥協が必要だと考えていた。ハンスとガリマンはシステム計画に賛成票を投じ、ロニングとガルシアは反対票を投じた。あの年の投票は賛否が伯仲し、最終的な結果は僅差だった。理屈の上では、議員は各システムの建設と決定に最も積極的に参与した者から構成されるので、システム計画を支持すると考えられた。だから改革派が大勝を収めるはずだったが、最終的な結果は拮抗していた。官僚派が若干の優勢を占めたのは、スタジオを単位とする電気回路のようなシステムを設置することで、統括と管理に多大な便宜を与えたためだった。当時の情勢下で、ハンスとその仲間たちがどんな役割を果たしたかは、誰にも明確な説明はできなかった。

こうした局面に臨み、各人の個性の相違がはっきりと明るみに出た。それぞれが異なる世界を選び、システムに加わるかあるいは遠く去るか、道はそこから分かれた。

ハンスはシステム化を好んではいなかった。彼は自由にチームを組んで領域横断的に研究する統一以前の方法が気に入っていた。しかし彼は、部門を区切って流れ作業にすることがいつの時代も効率を高める最も確かな方法だということも理解していた。彼は最終的にシステム化に賛成することを選んだ。彼はシステムの中にとどまり、航空分野に専念し、豊富な戦闘経験と辺境の視察によって仲間の信頼を得、十年後には航空システムの長官に昇任した。

ガリマンは住宅計画の設計者で、戦争の時代にすでに火星中が認める設計の成果を上げていた。改革後もシステムから出て行くことはなく、土地システムに属するガラス研究室に入り、研究と政治の二足のわらじを履き、彼の研究室を火星の最高レベルに導いて、自分ものちには土地システムの長官になった。

だが、ロニングとガルシアはそんなふうに落ち着いて現実を受け入れはしなかった。ロニングは新しい学校が専門教育に特化し過ぎていることを嫌った。彼は永遠のゼネラリストで、自分にしっくり来るポストを見出すことができなかった。それであらゆるマネジメントと政治の仕事から身を引き、名目的な閑職の下で小惑星の間を転々としたのち、ケレスの住民と深い友情を結んだ。一方ガルシアはシステムの管理を嫌ってはいたものの、政治から完全に身を引くことはせず、システムの中でさらに二年間頑張り、官僚と協力するすべを身につけるつもりでいた。しかしそれは果たせなかった。彼はシステムの中に生きることは望まなかったし、人から排斥もされた。そこで、当時は誰も担おうとしなかった地球との外交関係を打ち立てる任務を進んで引き受け、それからというもの空のかなたの人となった。

こうした選択は後になって、当事者にとって多かれ少なかれ予想外の結末をもたらした。ハンスは火星の総督の地位に上りつめたが、システムの権力機構について異議を唱えた息子に、最終的に処罰を下さねばならなくなった。ロニングの放浪はついには永遠の流浪となり、衆に伍さぬ彼の姿はどこにも容《い》れられなかった。ガリマンが仕切っているシステムはケレスを必要とし、ロニングには彼の物語と共に星空で寿命をまっとうしてもらうしかなかった。ガルシアは終生マアースに暮らし、二度と地表に戻ることはなかった。彼は火星のために一つの窓を開いたが、ハンスの息子に抵抗の意識を授けることになり、最後には死に至らしめたし、ハンスの孫娘を精神の流浪の旅路に送り出すことになった。

この年はレイニーにとっても決定的な意味を有した。ガルシアが地球の閉ざされた門を開かせ、地球と外交関係を築いた時、地球がまず出した要求は戦争捕虜の釈放だった。そこでレイニーの母は去って行った。彼女は思いがけない朗報に狂喜し、三歳になったばかりのレイニーを残し、あてどもない帰郷の旅路につき、二度と戻らなかった。

レイニーが資料を整理するたび、こうした遠くまた近い出来事が彼の心に入り込み、ひそかに嘆息させるのだった。彼は窓から外を眺め、歳月のある時点が別の時点に川の支流のようにはるかに影響していることに感嘆した。都市は大地の上に脆弱ながら輝きを放って広がり、人間の姿は歳月の中で両腕を広げ表情を凍りつかせたシルエットとなり、一歩ずつ、予測できない運命の分岐点から歩み出していた。

レイニーは公文書館を出て、映像資料館に通じるチューブトレインに乗った。

彼は車内から公文書館を見て、ここにとどまることが正しいのかどうかと自問した。長いこと考え、やはりそれが正しいと思った。時にレイニーは自分が過去の人物や出来事の方をよりよく知っているような気がした。そうした情景や文物は一貫して彼の生活の中にあった。うす暗い街灯の照らすゴミだらけの青石の街路や、青銅の彫像が高くそびえるロンドンの古い橋は、別の惑星のものとはいえ、公文書館の片隅の赤い小さな丸テーブルに投影されると、傍らの景物よりも親しく思われた。そうした人々がずっとそばにいてくれるので、彼は黙ってねばり強く思考することに間違いはないと信じられた。

彼は長いこと映像資料館に足を運んでいなかった。かつて数年の間、毎年二度ずつ訪れていた。ここ数年は次第に疎遠になり、行く回数も減り、追憶すべき相手もそれほど頻繁に頭にのぼることはなくなった。ただ彼はそれでも道順はしっかりと記憶していた。出発点が異なっても、同様にたやすくたどり着くことができた。出かける前に連絡はしてあり、ジャネットは彼女のスタジオで静かに彼を待っているはずだった。

彼女に会ったら何という言葉をかければ良いものかと考えていた。毎年のことながらどう口火を切ったものかわからずにいた。ジャネットは彼より十二歳年上で、共通の知人が二人をつなぎ、年の差を越えた友人関係が結ばれていた。知り合ったきっかけは二人にとっては言うまでもなく、疑いなく明らかだったから、今さら口にしても仕方がなかった。

ロレインには言っていなかったが、レイニーは以前アデルの学生で、地区の彫刻スタジオで三年半にわたって彫刻の課程を学んでいた。

レイニーはジャネットに会って、胸にこみ上げるものを感じた。地球から来た若者がアーサーの死の知らせを持って来てからというもの、彼女は一夜にして何歳も老けてしまった。信念は人の精神を支えることができるし、精神は老いを支えられる。ジャネットはこの十年は活力を保ってきたものの、今にして、皮膚は言った。「あなたでさえ歴史を目にしたように思うのなら、私はどうだと思う?」

たちまちたるみ、口の端には消せない皺が現れていた。

レイニーの姿を見て、とても親しげな優しい態度を崩さなかったが、そこにはうっすらと悲しみの影が差していた。彼女は彼を自分のスタジオに案内し、椅子を勧め、お茶を淹れてくれた。彼も遠慮したり隠したりせず、あいさつが済むと、ロレインの口から聞いた若者たちの革命の計画を直接ジャネットに告げた。

レイニーの予想通り、ジャネットはしばし沈黙し、目を窓の外のどこか何もない場所に向けた。

「十年になります」レイニーはため息をついた。

「そうね。十年」ジャネットは言った。

「時々歴史を目にしたように思うことがあります」

「……」

「あの情熱とひたむきさは、とても似ています」

ジャネットは視線を戻し、うつむいた。自分のティーカップから茶を飲み干すと、顔を上げて悲しみに堪えない様子でレイニーを見つめ、長いため息をついて

ロレイン

死が目の前に訪れた時、ロレインとハニアが思い出したのは同じ記憶だった。それは地球で経験した恐ろしい出来事で、まだ幼かった二人の心に、その瞬間は長くとどまっていた。

　それは休日のことで、人々は海辺にヴァカンスに押し寄せ、街に残った人はわずかだった。水星団《マーキュリー》の十人ほどの仲間たちは、久々の機会を利用して、世界各地からバンコクに集まると、安い貨物輸送用の小型飛行機を借りて、都市の上空を当てもなく漂流した。輸送用の飛行機はスピードが遅く、ぐらぐら揺れて不安定だったが、キャビンは広く、ゆったりと輪になってポーカーに興じた。ロレインは最後部に足を組んで座り、少年たちは笑って騒ぎ、けだるいがほがらかな雰囲気だった。窓の外は鉄筋コンクリートの高層ビルで、その真ん中辺りの高さを飛ぶと、日の光がビルの角に反射して光っていた。

　そんな午後のアンニュイは偶然の出来事によって破られた。あの時ロレインは何の気なしに窓の外に目をやり、ちょうどビルから人が転落するのを目にした。他の数人も目撃し、ぴたりと手が止まった。それは一人の男で、もがきながら彼らの飛行機のそばをかすめていった。服は風に膨らみ、顔は歪んだまま固まり、デフォルメタッチで一瞬を凝固させた版画のような強烈さで彼らの目に映った。ロレインはぎょっとして窓辺に貼りつき、行方を見定めようとしたが、下は黒く深淵が広がるばかりで、何も見えなかった。都市では、ビルの頂上からは地面が見えず、道ばたからは空が見えない。脅えきったロレインを、そばにいたトーリンが抱きしめ、そっと目を覆ってやった。

数分後、ネットで更新された情報から、製薬開発者の自殺だと知った。KW32ウイルスの特効薬を開発したと伝えられており、投資者はおしなべて高い期待の中、次々に彼に投資し、その価格は一気に高騰したが、結果発表は幾度も延期され、巨額の経費が投じられたにもかかわらず、満足のゆく成果は遅々として認められなかった。彼への投資額は市場の頂点に達したこともあったが、自殺の二日前には最低を記録し、売り抜けが不可能になった投資者が無数にいた。投資者の恨みは募り、彼はついにプレッシャーに耐え切れなくなった。ネットニュースでは死亡の情報の下に暖色系の文字で注意が喚起されていた。投資は慎重にすること。あまりに先端的な研究は投資額を回収できないリスクがあるので、気軽な投資はお勧めしません。

あんな死を彼らは初めて目にした。その夜彼らは一晩中外をぶらついた。最初は通りに面した居酒屋で夜更けまで過ごし、それからずっと歩き続けた。通りはもともと静かだったが、夜ともなれば人っ子一人見えず、街灯ですらわずかだった。ロングは上着を脱いでロレインにはおらせた。夜明け間近になって空腹のあまり、まだ開いていた店に入り、適当に腹を満たした。小さな店内で一人酒を飲んでいた男と化粧の崩れた女はけげんな顔で彼らを見ていた。誰も昼間の事件については触れなかったが、皆ひどく落ち込んでいた。彼らにははっきりしていた。研究とはどういうことか、彼らよりわかっている者はいない。研究とは運試しで、必ずリターンのある投資とは違い、スケジュールによって管理された網の中で穏やかに生きられる者は誰もいない。

その時、彼らはこの上なくふるさとを恋しく感じた。ふるさとでは調査研究にこんな緊迫した圧力はないと知っていたし、従ってこんな事件が起こるはずはないと思っていた。だが彼らは間違っていた。

この時の記憶が訪れた時、ロレインは不意に気づいた。それは自分の思いもかけなかった時に訪れたということに。過去のすべてをまだ細かく整理できずにいるうちに、もう現実が記憶とがっちり重なり、彼女の記憶庫からある情景を引きずり出し、新たな意味を与えた。それらすべては彼女の予期を超えていた。

ロレインはふるさとに何を期待していたのだろうか。黄金のエデンの園のように豊かで、花咲き乱れる光景を期待していたわけではなかった。彼女はふるさとが貧弱で狭く危険で、常に死の淵を歩いており、誰もが注意深く物資を節約しなければならないことを知っていた。そういうことはわかっていたが、それでもかつての彼女は、ふるさとは穏やかで、地に足がついた気持ちになれ、危険とは無縁のところだという幻想を抱いていた。ふるさとでは誰もが衣食に事欠かず、興味や夢を追うことができて、一分一秒を争う仕事に押しつぶされることはなく、自分で時間の配分をすることができたのを覚えていた。そのすべては記憶の中でどんなにのんびりとして、自由だったか。でも今や周囲の事物が、記憶の領域を侵犯し始めているようだった。ふるさとの暮らしは想像していたようにシンプルで安逸なものではなく、やはり様々な競争があり、多くの形のない束縛があり、多くの従わざるを得ない圧制があり、一人一人を電気回路のような結節点に縛り付け、身動きが取れないようにしていた。その内部にはやはり死があり、陰に陽に繰り広げられる戦いがあり、愚直な人は偏見にさらされて幸福を得ることはできない。これはどういう世界なのだろう、どうしてもう一つの世界のようにこちらでも、人の暮らしはこんなに困難になっているのだろう。

レイニー先生は他人と向き合うことのできる人になりたいと言っていた。ロレインは考えた。じゃあ私は。

レイニー先生は行動の人ではないが、ロレインは自分が行動の人であるべきなのかどうかわからなかった。彼女は今後の活動に参加すべきか決めかねていた。ここは大きな岐路である。当初参加をためらったが、それから参加へと気持ちが変わった。道具作りも手伝ったが、レイニー先生と話してから、また参加しない方へ気持ちが揺れた。

ロレインは窓辺に座り、空を眺めていた。二つの選択肢が胸の内で交互に優勢を占め、長いこと決断しかねている。いつか目にした死は生活の覆いを切り裂くナイフのように、記憶の倉庫に巨大な裂け目を作り、そこからたくさんの断片が堰を切ったように洪水となってあふれ出し、彼女は世界の外側に座って自分の彷《ほう》徨《こう》を眺めていた。

彼女は前に集団行動に参加した時のことを思い返していた。地球の友人たちと一緒に行動した時の記憶である。彼女が加わったのは原理主義者のグループだったが、極端な環境保護主義者たちで、環境を守るために様々な古い生活方式に傾倒し、近代都市を破壊しようとしていた。昔ながらの生活を送っている民族がほとんど消失しようとしている二十二世紀という時代にあって、彼らの傾倒ぶりには極端で猟奇的な信仰に近いものがあった。あまりに珍しければ、極端に神秘化され、強い魅力を持つようになる。彼らは皆年若く、世界各地で様々な抵抗活動を展開し、抗い難い勢いで進展する都市化に反対する一大ムーブメントとなった。その当時、地球の都市は拡大の一途をたどり、ばらばらに暮らしていた人々を籠絡して集住させ、交通エネルギーを減少させた。それはもともとエネルギー不足への対処法だったが、だからといって原理主義者たちは良しとしなかった。

「欲望にきりがないだけだ！」彼らは言った。「まったく必要ない」

その時彼らは高原のテントの前に座り、かがり火を囲んでいた。ロレインは顔を上げて聞いていた。

「あんなスーパー都市を建設してどれだけのエネルギーを食うと思う？」一人の若者が彼女に説明した。

「荒廃した環境をメンテナンスするのにどれだけの代価が必要だと思う？　昔のような一つ一つの単純な村落ならどんなに良かったか。点在というのが最良の方式だ！　村では生活を満足させられないだって？　人はどうして村から大都会に出ないといけないんだ？　欲望に際限がないからだ！　欲望はすべてを堕落させる。地球はもともと天国だったのに、人間が欲望につられて堕落したせいで、どんなざまになってしまったか見てみろよ！」

ロレインはわかったようなわからないような気持ちでうなずいた。

「自分にまだいくらか純潔な血が残っている間に、あらゆる欲望を無上とする贅沢に対抗して、連中の夢を壊してやるんだ」

彼らはいつも義憤に駆られていた。

「デモをするんだ、あんなろくでもない建築を取り壊して、自然に還り、怒りを吐き出し、俺たちの声を発するんだ」

ロレインは少し考えて尋ねた。「政府と談判してはだめなの？」

「あいつらは信頼できない」彼らは笑った。「君は独裁者の孫娘だから、政府を信頼できるだろうが、俺たちはできない」

こういう質問をする時、実はロレインにとって答えはどうでも良かった。その時彼女は彼らについて長い旅路の末に人気《ひとけ》のない空漠とした高原の大陸にやって来ていた。太古の姿どおりの雪の大地と陽光の中で、鉄鍋で調理し、テントの入口に座ってめったに見られない星を振り仰いだ。彼女には彼らの目的は定かではなかったが、一緒に旗を振りスローガンを叫んだ。彼女は遊びに行った純真な子どものようで、道の先や方向について尋ねることはなく、ただ興奮して前に走り、さまようことはなかった。今にして思えば、あの酔いしれたような日々はどんなに幸福だっただろう。かつて楽しんで心から打ち込み、余計なことを考えなくても良かった日々、決然とした情熱的な理想主義者たちについてデモを行い、旗を振って叫んだ日々は、今の彼女からすれば、何と幸福だっただろう。あの時、ついに彼らは高地の飛行場を破壊したかどで一斉逮捕され、三日間大勢でひとところに拘禁された後で各国に送還されたのだった。あまり体裁はよくなかったが、壮烈な結末で行動にピリオドが打たれた。混乱の中で笑いながら大声で別れを告げ、それぞれの道を歩んだ。

そこまで思いをめぐらしたところで、ロレインは突然床に跳び下り、裸足で壁のスクリーンのところへ駆けて行き、メッセージボックスを開いた。

エーコ、

お元気ですか?

以前に書いていた計画の進展はどうですか?

あなたの行動に敬服し、すべて順調であるよう願います。

今日は聞きたいことがあるんですが、地球の原理主義者たちの近況はご存じですか? 何か行動や新しい宣言を起こしたりしていますか? 今はどうしているのでしょう? 以前に一緒に行動したことがあるので、気になっているんです。

よろしくお願いします。

ロレイン

ロレインはこう書いて、送信ボタンをクリックすると、遠くに旅立つメッセージアイコンを見ながらぼんやり座っていた。彼女は自分にはやはり行動が必要だと気づいた。彼女は制度そのものにさほど関心を持ってはいなかった。こういう制度であれまた別の制度であれ、彼女にとっては大した違いはなく、ハニアの義憤を引き起こしたシステムの悪にしても、彼女にとってはそこまでの感覚はなかった。彼女はただ行動それ自体に引かれているのだった。彼女が好むのは、そうした行動の中で人間の身体から赤裸々な生命力がほとばしるのを見ることだった。瞬間的な発散は、日頃の堅苦しさや不満、虚飾に満ちた姿とは異なる。そうした行動の中で、人間は生き生きと力強く、自分の意志と一体になっていた。彼女はそうした状態を羨んでいた。

彼らの行動について考えながら、彼女は最後の決断を下した。どうあっても一度は努力してみる価値があると彼女は思った。自分たちは十八歳で、世界の片隅に立っている。この世界が自分たちの意にかなう姿でないなら、もしかするとこれが世界と闘う唯一の機会かもしれない。彼女はあれこれ考え、やはり加わることに決めた。

行動の前の最終打ち合わせで、ロレインは何より入りたいが同時に入りたくない場所に足を踏み入れた——父の書斎だ。ルディがハニアとこの行動に参加する他の友人たちを家に相談に招いていた。ロレインは驚いた。兄がここまでごたいそうな形でご機嫌取りをするとは思っていなかった。

ロレインはややためらっていた。このところの経験の後、父の書斎は頭の中で暗く深い庭へと変じていた。長いことそこには足を踏み入れていなかった。何を恐れているのかわからなかったが、死者の形見の品でないのは確かなのに、とにかく自分が懸命に追い求めていた物事には直面したくなかった。もしかすると当初過去の追究に力と心を傾けすぎたせいで、波乱に遭遇して逆の極端に走りやすくなっているのかもしれなかった。彼女は兄について書斎の扉を押し、黙ったまま、少しだけ足は行き渋った。横を通ったハニアもロング、トーリンも、誰も彼女のためらいには気づかなかった。

部屋は相変わらずひっそりと静かだった。壁際の長方形の机には絵筆と彫刻刀、出されたままのティーセットが眠っており、にぎやかな宴席が終わったばかりのように、すべてに骨董のようなぼんやりした感じが漂っていた。日光が窓から差し込み、青緑の窓枠を通して屈折し、冷たく静かなアーチ型の光となっていた。日光が当たらない場所には、暗い影が深く遠いところへと伸び、窓辺の明るさを際立たせ、夜には現れない超俗の清らかさをにじませていた。

「座ってくれ」ルディが皆に声をかけた。

ロレインは彼らが次々とばらばらに腰を下ろすのを見て、内心はっとした。本棚の周りにめいめい座り、兄はハニアの傍らに、トーリンとロングは彼らの向かいに座り、棚に寄りかかる者もいれば、台に足を乗せ、膝に頬杖を突いている者もいた。何もかもが、位置もポーズも表情も、彼女の頭にぼんやりと残る子どもの頃の記憶に符合した。小さい頃彼女はちょうどこの同じ場所で、棚に寄りかかって皆の横から声を上げずに見ていた。そして楽しそうな人々もちょうどこんなふうにばらばらに座り、何か現実離れしたことを意気軒昂に語り合っていた。

ロレインは彼らを見ていた。ハニアは首をかしげ、仰向いて部屋のぐるりに掛かった絵画を見回した。髪の毛が滝のように背中に垂れ、表情は好奇心と興奮でいっぱいだった。トーリンとロングはすでに本棚の書名を眺め始めており、手に取りこそしなかったが、まなざしは背表紙を貫くようで、声を抑えて話し合っていた。ルディは本棚に寄りかかって立ち、長身をスマートに見せていた。彼はカジュアルな服装で、すらりとして整った顔立ちで、口元には満足げな笑みを浮かべていた。

「行動の日にちは決まったのか？」彼はハニアに尋ねた。

「まだ。四、五日後になりそう」

「日曜はどうだ」ルディは提案した。「議事院大会があるから、より多く注目を集められる」

「挑発的すぎませんか」トーリンはやや心配げだった。

「大丈夫」ルディは言った。「何も起こらないよう君たちの安全は保証する。君たちに正面きって行動する勇気があるかどうかだ」

ハニアは眉を上げて笑った。「ないわけないでしょう」

ロレインは口を挟まなかった。何も言いたくなかった。彼女は時空の交錯がもたらす恍惚に入り込んでいて、周囲からは現実感が失われた。褐色の本棚は金色の陽光のベールを被り、壁にはデジタルフォトが自動で現実のように映し出されていた。黒髪に黒い目の母は燃えるような情熱をもって空に向かって演説し、父は向かいに腰掛けて手を膝に置き、静かに落ち着いて意見を述べている。両親は現在の彼らのすぐ傍らに立ち、明るい笑顔で、視線が彼女の身体を通り抜ける。それからもう一人、あのアーサーという小柄な男で、濃褐色の髪の毛は縮れていて、口数が少ない。彼の記憶はわずかだったが、彼女の頭をなでて、船乗りシンドバッドの話をしてくれたのを覚えている。彼らの顔と姿は空中に静止し、透明な幽霊のように辺りで呼吸している。窓辺のテーブルは時を超え、未完成の影像は十年の光を浴び続けている。

「いつでも私は怖くない」ハニアはルディを見すえた。「どうして私たちを手伝ってくれるのかを知りたいだけ」

ルディはほほ笑みを浮かべた。「本当のことを聞きたいかい？」

「もちろん」

「原因の一つは、君を愛してしまったからだと思うな」

ハニアは口の端にかすかな笑いを浮かべた。「信じません。あいにくだけど」

「別の原因は、君たちに賛同するからだ」ルディは意に介さず、相変わらず平静に笑って言った。「前からシステム機構の改革を訴えたかったんだが、反発が大きいだろうと思って、人に話したことはなかった。君たちの挙げたあらゆる弊害は、機構の硬直化も方式の融通の利かなさも、個人の自由が制限されていることも、全部その通りだと思う。君たちは電気回路のような行政機関と言ったが、僕から見ると、決して行政機関だけの問題ではなく、あらゆる機関が電気回路のようにコントロールされていて、人間に自由を与えていない。そこでは人間はある研究室から別の研究室へと受け渡される、部品のような一部にすぎず、設計に従って動作し、魂は必要とされない。僕はずっとこういう改革を提起したかった。僕らは誰もがより良い世界を求め、欠陥に対して目をつぶることは絶対にできない」

「でも」トーリンは眉をひそめた。「あなたは僕たちの主張を拡大していると思います。僕らはそこまで広い範囲では考えていません。エンジニアリングに関する機構は複雑すぎるから、そこに手を入れるつもりはありません。しかも今は研究室間で自由に連絡してプロジェクトを申請できる制度があるでしょう?」

「そうだ。でも君たちはたぶんわかっていない」ルディは言った。「もしあらゆる研究室がコンポーネントだとか、レジスタンスユニットやコンデンサー、量子トランジスタだと想像すれば、いわゆる自由な組み合わせというのは自発的に自分を電気回路に組み込み、競って自分を次の巨大な電気回路の一部にすることだ。しかもいったんプロジェクトの立ち上げに成功すれば、後はただ繰り返しと服従にすぎない。そこで利益を得るのは誰だと思う? すでに功成り名を遂げた年配者だけだ。次の世代の社会の電気回路を設計する権力を手に入れたら、その身分を利用して彼らが描いた軌道に帰順させる。彼らの権力は大きすぎる。君たちの言う問題は決して行政だけの問題ではなく、社会を動かす哲学の問題なんだ。僕たちは行動を起こすのなら、怖じ気づいていてはいけない。直接、鋭く、ナイフのようにこの世界の心臓を貫くんだ」

誰も口を開かず、静かに待っていた。ハニアはかすかに目を細め、何か考えているようにルディを見ていた。トーリンとロングは互いに視線を交えた。

「あなたの指摘する問題は」ロングが急に口を挟んだ。「功績崇拝症候群に起因していると思います」

ルディは慎重に言った。「じゃあ君はどう思う？」

ロングは答えず、続けて尋ねた。「でも僕たちはあなたが何をしたいのか知りません」

「何をしたいかって？」ルディは目に黒い光を走らせると、小さく笑い、ゆったりと書斎の反対側の壁際へと歩いた。手で操作し、小さなタッチスクリーンで素早くいくつかのオプションを選ぶと、下にさっとスワイプし、何かのボタンに触れ、同時に腕で壁面全体を指した。手で壁に燃えさかる画面を呼び出しているようだった。冷静な声で告げた。「僕がやりたいのはかつて両親がしたことだ。革命だ」

ロレインははっと息をのんだ。

彼女はじっと向かい側の壁面を見た。そこには古い動画が映っていた。動画の中の両親は、表情が鮮明に見て取れ、興奮した面持ちで、肩を寄せ合い、すっくと立っていた。二人は儀式の際の礼服を着ていたが、襟元と袖口のボタンは外され、華やかですっきりしていたがラフな感じだった。二人の後ろには、二台の大きな鉱山機械車両が猛獣のようにうずくまり、静かに命令を待っていた。車体の最上部から下まで垂れた巨大なポスターには、旗と神像、人の群れが描かれ、大きな字で「腐敗した圧制はいらない」と記されていた。

動画は静かに再生され、さらに多くの人が画面に現れた。前へと押し寄せる者や、腕を振り上げ人の波に話している者、スクリーン動画の旗を掲げている者、クエンティンとアデルを取り巻いて見つめている者。どの画面にも、「平等」や類似のスローガンと気の利いた文句が映り、登場する人々は大勢とまでは言えなかったが、沸き返るような情熱が画面の外へとほとばしっていた。

ロレインは見とれた。そのまま動画の中に入ろうとするかのように、ゆっくり壁際に進んだ。ルディはもうスクリーンを離れて討論に戻っていた。討論は再開し、ハニアが何か言ったようだったが、ロレインの耳には入らなかった。手を伸ばして壁をなで、画面を通じて時間の果ての両親の顔をなでているようだった。

彼女は急に3Dグラスのことを思い出し、戸口に走って行って、持って来ると掛けてみた。彼女は長いことホログラフィックな空間に入っていなかったが、今この時ほどホログラフィーがあってよかったと思ったことはなかった。眼鏡を掛けると、全神経を集中させ、動画の中に突然現れた3Dの立体空間で辺りを見回し、一時的なめまいに耐え、辺りの情景と人々を見極めようとした。

彼女の周囲は両親が集会を開いている場所ではなく、両親もいなかった。間違えたのだろうか。それともさっきの動画にはホログラフィー版が備わらず、プログラムが自動的にここを位置付けたのだろうか。いずれにせよ彼女は見たいものを見ることができず、気がつくと厳かで陰鬱な雰囲気のホールにいた。周囲には大勢の人が黙ったまま座っていた。彼女はそこが議事堂のホールだと気づいた。周囲の沈黙はわざとらしく、沈鬱な雰囲気が辺りを支配していた。

彼女にとって興味を引かれる場面ではなかった。いったん立ち去ってフォルダーから両親の動画を探そうとしたところで、祖父の姿が目に入った。彼は横の扉から入って来て、落ち着いた足取りで議長席に座った。後ろには仲間たちがついて来ていた。彼は何か言ったが、彼女には聞こえなかった。動画に音声は付いておらず、あったとしてもどこを操作すればオンになるのかわからなかった。彼女には平静な祖父の顔つきと、かすかに表れた悲しみと疲労、良心の呵責しか見えなかった。祖父は何かの演説を行っているようだったが、聴衆全員に対して告白をしているようでもあった。彼は胸の輝く徽章を外し、静かに目の前の机に置くと、ホールをぐるりと見渡した。

それから、彼女はホアンの姿を見た。何が起こったのかはわからなかったが、画面に大きな転換が現れたのを感じた。ホアンは急に彼の席から立ち上がり、手で指示をして、その場の全員が彼の手に従って上を見た。ロレインには彼らが見たものは見えず、目に入るのはホアンの非常に厳しい表情だけだった。激しい勢いで、たやすい挑戦は受けつけないかたくなで冷厳な表情を浅黒い顔に浮かべ、手を振って聴衆を静まりかえらせた。

先を見ようとした時、不意に画面がまっ暗になった。

眼鏡を外すと、兄が目の前に立っていた。彼はコントロールパネルを閉じ、横の壁にも何も映っていなかった。彼はロレインの眼鏡を取り上げた。彼女は取り返そうと思ったが、彼は落ち着き払って眼鏡を自分のポケットにしまった。怒りの色はなかったが、疑いを許さない決然とした様子だった。彼はロレインに向かって首を横に振り、表情は穏やかだったが、高みから見下ろすように、「言うことを聞いてくれ、すべてはおまえのためだ」と言っているようだった。

ロレインは腹を立て、ふくれて首を振った。スカートの一件から、彼女は「おまえのためだ」と言わんばかりの兄の独り善《よ》がりな態度が気に入らなかった。懇願するように兄を見たが、兄はもう背中を向け、部屋を出ようとしていた。追いかけて気づいてみれば、他の友人たちは皆先に部屋を出て、部屋はまた静まりかえり、誰も訪れなどしなかったかのようにひっそりとしていた。

「兄さん」階下に行く時、ロレインは手すりのところに立ち止まってルディを呼び止めた。「どういうこと？」

「何がどういうことだ？」ルディは振り返り、少し顔を上げてロレインを見た。

「私が見た映像」

「何を見たんだ」

「兄さん、何かあったの？　どうして態度を変えたの？　二カ月前には革命に反対してたのに」

「そうだったか？」

「そうよ。どうしておじいさまがデモによる革命行動を禁止したのかって聞いたら、危険すぎるから禁止すべきだって言ってたじゃない」

「ああ」ルディは無表情のまま、少し考え、ゆっくりと言った。「言ったかもしれない。でもよく覚えてないな」

　ロレインは少しためらって言った。「兄さん、変わったわね」

　ルディの口元にかすかな笑みが浮かんだ。「自分のしていることはわかっている」

　二人は黙って階段を下りた。ハニアたちはもう戸口にいて、会釈すると手を振った。ルディは彼らとまた何か約束したらしかったが、ロレインはもう聞く気分ではなかった。画面が頭の中に入り乱れて渦巻き、現実の周囲に取って代わったようだった。

　翌日、ロレインは北区の第一航空センターにやって来た。ここを訪れるのは初めてだった。航空センターの施設は広大で、人影は少なく、広いホールは四十本のシルバーグレーの柱でぐるりと支えられ、地面には静止した軌道が交錯していた。ホールの周囲には自動運転の機器設備があり、静かで秩序だっていた。

　ロレインは遠くからアンカの姿を捉えた。彼は一人で作業に没頭しており、彼女に気づかなかった。彼はその日当直だった。ロレインは公開の当番表で調べ、事前に連絡せず、一人でやって来たのだ。アンカは彼女に背を向け、うつむいて何かを修理していたが、かがんだ背中は広く平らだった。ロレインはそっとホールを通り抜けた。広々とした収容スペースには二機の真新しい飛行機が横たわっている。シルバーホワイトで、流線型のほっそりしたデザインに、表面はすべすべと輝き、岸に打ち上げられた完璧な輪郭のイルカのようだ。鉄のフレームがホールの四方にそびえ、厳格に畳まれた機械のアームには、威圧的な厳しさがあった。ホールにはアンカ以外に人の姿は見えず、壁にはコントロールライトが意識を備えた付添人のように点滅していた。

アンカは壁際の台の傍らで、片膝をついて、両肘を張り、両手で何かをはめ込もうとしていた。彼の前には、分解された白い部品が二つになって、割れた卵の殻のように寝かされている。片方はほとんど空で、片方にはぎっしりと電子部品が詰まっていた。

「アンカ」ロレインはそっと声をかけた。

アンカは振り返り、驚いたように、手の甲で鼻の頭の汗を拭うと、鼻の頭が油に汚れた。

「まだ機体修理をしているの？」

「ああ。ナビゲーションシステムだ」アンカは手を広げて足元を指した。「もうすぐ終わる」

「そうしたら飛べるの？」

「そう祈るよ」アンカはため息をついた。

ロレインは彼のうんざりしながらも真剣な面持ちを前に、どう慰めたり励ましたりすればいいかわからなかった。

「全部こうやって手で修理するの？」

「そんなわけないよ」アンカは首を振った。「密封された小型の内蔵コンポーネントは手じゃ開けないから、メンテナンス施設に操作の時間を申請して、機械アームで作業するんだ」

「すごい！」

「じゃなきゃどうしようもないから」アンカは仕方な

さそうに笑った。

「フィッツ大尉はまだちゃんとした飛行機を割り当ててくれないの？」

「いや。僕が皆の前で自己批判すれば割り当てられる」

「そう……」ロレインはそれ以上尋ねるのを控えた。

アンカは彼女を見て、意に介さないようにちょっと笑ったが、またしゃがんで作業にかかった。ロレインは横の小さな工具箱に腰を下ろし、静かに彼を見つめていた。

「どうして今日は来てみる気になったの？」アンカは手を止めずに尋ねた。

「あのね……二つあるんだけど」ロレインは言った。「一つ目は、航空システムではホアンおじさまはどんな存在なのか聞きたくて」

アンカは顔を上げ、手を止めた。「どうしてそんなことを？」

ロレインは目にした光景をざっと説明し、それから付け足した。「どうしてか、ホアンおじさまのイメージは毎回違って、優しそうに見えたかと思うと、怖そうにも見える。あの時に何が起きたのかわからなくて、聞きに来たの」

「僕もそれは聞いたことがない」

「ホアンおじさまは航空システムではどんな感じ？」

「そうだな……」アンカは考えた。「哲学を持った人だ。でも反道徳主義みたいだな」

「どうしてわかるの？」

「どうしてかはわからないけど、そういう印象だよ」

アンカは口をつぐみ、また一言補足した。「口数が少なくて、僕たちも普段あまり会うことはできない」

ロレインはうなずいた。「航空システムは平時に軍隊を配備できるんでしょう？」

「ああ、できる」

「どうして？　理屈からすれば、航空システムは輸送と巡航を司るだけじゃないの？」

「理屈で言えばそうだ。でも航空システムの設置は当初から一貫して軍事的だ。いつでも配備できる」

アンカはそこまで言って、何かを思い出したようだった。「峡谷を飛んだ時に基地を見かけたのを覚えてる？」

ロレインは細かく思い出した。「最後に私たちが空から見たあれ？　アンジェラ峡谷の近くの？」

「そうだ」アンカはうなずいた。「戻って来てから知ったんだけど、あれは秘密の軍事研究センターなんだ」

「軍事？」

「そうだ。航空システムに所属してる」アンカは言った。「ホアン長官が自ら設立したらしい」

「そうなの？　どうして聞いたことがないんだろう」

ロレインはいぶかった。「まさかおじいさまも同意してるの？」

「それはわからない」

ロレインはしばらく押し黙った。気になる情報がどんどん押し寄せて、全部前には聞いたことがなかった話ばかりだ。彼女はそれらをどう捉えたらよいのかわからなかった。ただ彼女の世界は彼女が見通せるよりずっと複雑なのだと思った。アンカも何か思うところがあるように、作業の手を止めたまま、かすかに目を細め、ぼんやりと地面に目を落としていた。しゃがんだまま膝に頬杖をつき、何か考えているようだった。

「今度の日曜、来てくれる？」

「日曜？」アンカは彼女を見た。「日曜に何があるんだ？」

「私たちのデモ集会じゃない」

「何をする集会だ？」

「ハニアが発起したの、住宅と所属を流動的にしようっていうデモ。一斉メールでずっと話し合ってたでしょ。受け取ってない？」

「ああ」アンカは仕方なさそうに言った。「見たよ。でも気にしてなかった」

「じゃあ来る？」

「わからない、行けたら行く」

アンカは冷たい感じがして、どこか上の空で、長い指でまた作業を始めた。ロレインは彼を見ているうちに、急に自分から遠くなってしまったと感じた。今日彼のところに来たのは、胸の不安と落ち着かない感じを話して、温かい慰めの言葉をかけてほしかったからで、彼ら自身にはよく理解できない大きな事柄を話すだけのつもりではなかった。でも彼女はどう続けたらよいかわからなくなった。アンカはすぐ前に座っていたが、彼女には自分の困惑を伝えることができなかった。洞窟でのあの寒かったがぬくもりのある一夜を思い出したが、それもとっくに遠ざかってしまったような気がした。彼らは戻ってから一カ月隔離され、それからまたそれぞれに忙しく、慌ただしく会っても簡単に言葉を交わすだけだった。ロレインは急に、二人の間には何も特別なものはなく、以前のあってないような温かさは一時的な気持ちの盛り上がりだったように思えてきた。彼女はハニアの言葉を思い出した。彼女は長く続く愛情に悲観的な態度を取っていた。

「私のしてることが気にならない？」彼女は衝動的に、やぶから棒に尋ねた。

アンカは顔を上げ、けげんそうに言った。「何のこと？　日曜のことか？」

「違う。私は日曜のことなんて気にしてない」

「じゃあ何のことだ？」

「何か具体的なことじゃなくて、私のことを気にしてるかどうかを聞いてるの」

アンカは彼女を見て、目には瞬間的に悲しみを宿したようだったが、また突然遠ざかってしまった。「何を言わせたい？」

ロレインは言葉に詰まった。アンカの平然とした態度が胸に刺さった。彼女は悲しげに言った。「何を言わせたいかって？　何を言わせられるの？」

アンカは答えなかった。

ロレインはしばらく口をつぐんでから尋ねた。「永遠の愛情を信じる？」

「信じない」アンカは言った。「そういうものは信じたことがない」

ロレインはそれ以上何も言わなかった。彼女は立ち上がって帰ると言った。アンカはうなずき、気をつけて帰れよと、まだ勤務時間が終わらないから、送って行けないと言った。彼女が期待していたのは、彼が何か言ってくれるか、もうしばらく引き止めてくれるかだったが、彼は何も言わなかった。それで彼女は黙って立ち去った。まっすぐホールを出て、ずっと振り返らなかった。

ジル

ルディさんはいったいどういうつもりなんだろう。ジルはこの日複雑な気分だった。ルディの挙動は奇妙だ。彼女はひそかに考えた。一種の暗示のようでもあるし、一種の告白のようでもあるけれど、どこか違うような気がする。この世にこれ以上複雑な状況なんてないでしょう。彼女は考えた。直観を信じたかったが、自分が感情的すぎて、些細なことで騒ぎすぎているのではと心配だった。

みんなは知らないけど、私は悲観的なのよ。彼女は独りつぶやいた。幸せを期待しているのに、幸福が少し近づいて来ると、信じられなくなる。

彼女は改めて頭を整理した。

それは少しの前触れもなく起こった。ルディは何気なく近づいてきて、次の日に研究室に見学に行こうと誘いかけた。ジルはただただ驚きでいっぱいだった。皆の前で言ったのだから、本に書いたようなものだ。彼女が仲間たちと花壇の脇に座っているところに、彼が友人たちとチューブトレインから下りて来た。彼女の姿を見て近づき、皆に小声であいさつすると、彼女のところに来て、明日一緒に新型水利プロジェクトの研究室に行かないかと尋ねた。彼は明るい笑顔で、礼儀正しかったが、有無を言わせぬ口調で、彼女はしばらく自分の耳が信じられなかった。

ジルはあの時顔が赤くなったかどうかわからなかったが、今は両頬が少し熱かった。自分の部屋にいるのに、彼女は手で顔を隠し、軽く唇をかみ、笑顔が広がらないように抑えた。

……誘いなんだから、告白ではないにしても、少なくとも好意の表れよね。どうして音楽ホールじゃなくて研究室かといったら、もしかすると彼の仕事を知ってほしいのかも。……でも、私が明日は何を着て行けばいいかって聞いた時、どうしてあんな他人みたいな目をしたんだろう。しかもちらちら横のリリーを見てたし。……ルディさんはリリーが好きなのかな、それで怒らせるために、私に話しかけたのかも。……そんなわけない、ルディさんはそういう人じゃない。……でも私が見つめると、本当に何だかどぎまぎしてるみたいだった。……ルディさんが誰かを好きだって話は聞いたことないな。

ジルは胸に痛みを感じ、長くため息をついた。

どうしたらいいのかな。彼女は考えた。どうして私はこんなに敏感なんだろう、他の人が気づかないような細かいことに気がついたりして。彼女はそっとため息をつき、鏡の中の自分を見た。鏡の中の少女は悲しそうで、ふっくらした顔には人に知られぬ憂いが漂っていた。

ジルはロレインと幼なじみで、ルディとも親しく、彼の世話になっていたし、彼の色々な習慣をよく知っていた。その頃に種がまかれたのだと思っていた。ロレインが地球に行って、ルディと会う機会は減ったので、種はすぐに芽吹くことはなかったが、ずっと心の中に埋まったまま、ゆっくりと成長していた。神秘的な花園さながらの夢を胸の奥に抱き、いつかその人が降り立って、自分の人生を明るく照らしてくれるのだとずっと信じていた。

十六歳の時、待ち受けたその瞬間が訪れた。彼女は地区のダンスパーティーで、ルディが踊るのを目にした。それは成人式で、ルディは人の輪の中で、衆目を一身に集め、覇者の笑みをたたえ、誇り高いまなざしで、シャツのボタンを外し、力強くリズムを取っていた。それからというもの彼女は長く心から離れない恋に落ちたのだった。彼のために笑い、彼のために悩み、彼のために自分を変えることも、すべて辞さなかった。

ジルはルディがどんな女の子が好みなのかを知りたかった。賢くて上品な子か、活発で輝くような子か。ルディに自分の絵やデザインを見せ、もし少しでも褒めてもらえれば、それで幸福に満たされ、頭の働きが活発になり、鋭いセンスが生まれるのだった。この前ロレインに作ってあげたスカートを気に入ってもらえたので、彼女はそれからダンスの衣装とドレスをデザインしていた。

ルディは優秀だと知っていたから、自分も同じように優秀でありたかった。彼女はデザインでは新参者で、まだ知名度が低かったので、デザインのインパクトファクターと完成した服のアクセス数はどちらも初心者レベルにとどまっていた。そのために彼女は焦り、発奮して努力した。服装デザインは他のほとんどの業界とは異なり、飲食業に似た競争の激しい市場だった。鋼鉄や薄膜、精密な探測機のようなものを生産するには、プロジェクトによって予算を奪い合うことになるが、服は服であって、競うのはごまかしの利かないアクセス数だった。クライアントがデザインを選びそれを生産するのだから、生産量が人気のほどを表すことになる。それは隠しようもなく露骨だった。ジルの成績は平凡で、しょっちゅう意気阻喪しては、自分のように抜きん出た力がない凡庸な者は、どうしたってルディさんにはふさわしくないと思う時もあった。彼女は精力を傾け、自分のサイトには誰より頻繁に新しいデザインを公開していた。

ジルはいつも考えた。どうしてルディさんは特定の女の子に心を向けないんだろう。理想が高すぎるのか、まずキャリアを築きたいのか、それとも心中ひそかに心を寄せる相手がいるのかしら。もしかすると普通の軽い男の子たちとは違って、割と保守的で、あまり気持ちを上手に表せないのかもしれない。いずれの状況であれ、ジルにとっては、格別な魅力となった。きっと彼は愛情をとりわけ大切にしていて、だから何年も一人でいるのだとジルは思っていた。

ジルにはあれこれ考えている暇はなかった。今日はクレーターモデルの水利試験の日で、彼女は積極的にボランティアを務め、集団奉仕に加わることになっていた。もともと興味を持っていたが、満ち足りた興奮に、ますますやる気をみなぎらせていた。翌日の約束への嬉しい期待を胸に、鼻歌交じりで家を出ると踊るように歩いた。彼女の目に映るのは、至る所にあふれる陽光と咲き誇る花々だった。

試験は歴史館の前の「黄金の道」で行われることになっていた。ジルは歩きながらその名前を考え、本当に縁起が良いと思った。次の日の幸運を直接表しているようだった。彼女が着いた時には、もうたくさんのボランティアが来ていて、白地に漫画のキャラクターが描かれたベストを着て、忙しく設営をしていた。

「ハーイ、ウォーレン！」ジルは笑って親しい同級生に声をかけた。

「ジル」その少年は箱を運びながら、首だけでジルにあいさつを返した。

「何してるの？」

「水車の模型を組み立てるんだ。すぐに回るよ」

「何か手伝うことある？」

少年は口をとがらせて歴史館の方向を指した。「あっちでフォーリーさんが割り当てをしてる。急ぎなよ、遅くなるとすることがなくなるから」

ジルは慌てて少年の指した方向に駆けて行った。歴史館の正面ロビーの外にはたくさんの人が輪になって、列を作って階段の上に集まっていた。中央のフォーリー氏は電子手帳を手に大声で叫び、必要な作業とそれぞれに必要な人数を発表していた。下の人々は大人数だが整然としている。いつも大規模な臨時の活動のたびに、こうやって現場で当面の仕事を分配するので、もう皆、勝手知ったるものだ。フォーリー氏が仕事の名前を叫ぶと、一群のボランティアスタッフが自分から名前を申し出て、横からやや年かさの研究員が出て来ては、彼らを作業の場所まで連れて行くのだった。ジルは人の群れの後ろに来ると、慌てて列に並んだが、作業の割り当てが終わってしまうのではと気が気でなかった。

「黄金の道」の中央には、なかなか壮観なクレーターのモデルがもう完成していた。以前は高級将校の彫像が並んでいた円形広場に、土砂と岩石を積み上げて築かれ、傾斜した盆地と、一面蜂の巣のように洞窟がある山壁は、形状もテクスチャーも真に迫って壮観だった。黄土色の斜面が日光を反射し、地味ながらも輝かしい気勢に満ちていた。山には頂上から谷間まで峰に沿って下る長く曲がりくねった河道が築かれ、途中で分岐して伸び、山に沿って建てられた岩屋を通って谷底に注いでいる。クレーターの中央には、燃え始める前の太陽のような、巨大な球状のライトが下がっていた。

「水門の開閉弁の監視と測定！」フォーリー氏が大声で叫んだ。

数人の少年が手を挙げて混雑から抜けた。ジルはまた少し前に進んだ。

ジルは首を伸ばし、爪先立ちになって、フォーリー氏を見ながら人造のクレーターにも目をやっていた。クレーターの荒々しさに恐れを感じたが、壮観さには感動を覚えた。

ジルは将来こういう山の斜面で暮らす様子を想像してみた。未来の住宅を想像し、その時にはどうやって外でデートするか、買い物をするかを考えた。彼女の思いは白い浮雲のように、すぐにルディへと飛んで行った。彼女はずっと夢を持っていて、自分がルディと二人の家を選ぶ様子を思い描いていた。それは心の奥底に潜む願望で、誰にも語ったことはなかった。建築はわからないが、細部と美的感覚には自信があった。彼女は他の人が気づかない小さな物事に味わいを感じることができ、何より好きなのは歩きながら庭園の魅力を考え、将来ルディと一緒に新しい家のデザインを相談するところを想像することだった。

彼女はガリマンの発明に誰より感謝していた。こういう住宅を発明し、便利な小型機械による建築プログラムを発明したのは、きっと愛し合う二人が家の設計を選べるようにするためだ。どんなに幸福な過程だろう。愛の巣を選び、互いに一生離れることはない。

「農場模型の設営！」

ジルが想像を羽ばたかせている時、フォーリー氏の声がまた響いた。

ジルは急に自分の前にはもうあまり人が残っていないことに気づき、急いで手を高々と挙げ、叫んだ。

「やります！　私がやります！」彼女はめでたく選ばれ、喜び勇んで三十歳ほどの実験用の白衣を着た女性について クレーターの模型のそばに行った。女性はとても優しく、めいめいに一袋ずつ草花と樹木の模型を手渡し、クレーターの片側の斜面いっぱいに植えるように指示した。ジルは興奮して、手で土を掘り返しては、小さな模型を一つ一つ差し込んでいった。

「これから数日またボランティアの人手が必要になる」フォーリー氏の声は相変わらずよく響いて人の群れを突き抜けた。「中でも一番重要なのは実験用農地のコントロールと農作業だが、希望者がいれば後でマシューズさんに申し込みをしてくれ」

彼の指はジルたちを指導した白衣の女性に向けられていた。ジルはさっと立ち上がり、手の土を払い落とすと、嬉々として申し込んだ。「やります！」

マシューズさんは穏やかに笑った。「ありがとう、でもこの仕事に必要なのは成人なので」

「私は十八歳になっています！」

「そうなの」マシューズさんは笑い、「じゃあ後で名前を教えて、数日後に面接で選抜するから」

「選抜があるんですか？」ジルは頼み込んだ。「私にやらせてください」

「あのね、これはすごく注意深くやらなきゃいけない大変な仕事なの。要所では二十四時間態勢の監視が必要なのよ」

「できます！」ジルは少し考えて、言い直した。「必ず努力しますから！」

マシューズさんは笑って彼女の頭をぽんぽんと叩くと、説明してくれた。ジルは好奇心いっぱいにあれこれ尋ね、マシューズさんはどの質問にも根気よく答えた。ジルが何の実験農地かと尋ねると、彼女は火星で初めての露地栽培農地になるだろうと言った。ジルは興奮して歓声をあげ、今までこんな光栄に浴したことはなかった、もし手伝いに行くことができたら、歴史に刻まれると思った。

勇ましい設営作業が盛んに行われているうちに、太陽は広場の片側から頭上に上ってまた次第に西に傾き、山嶺はもう完璧に作られて、農地から発電所から居住区域に至るまで生き生きとディテール豊かで、息遣いが感じられるほどだった。選ばれた動物の模型が農地や林の間に置かれ、見え隠れしていた。クレーターに置かれた人間のミニチュア模型と、その外側で忙しく働いている本物の人間が互いに呼応して、神話と人間界が互いに理想を目指して創造しているようだった。

午後三時ちょうど、誰もが首を長くして待っていたところに、高くそびえる貯水車がついに模型の地で運転を始めた。高くそびえるティーターン神のように、鋼鉄の身体に生命の甘露をたたえ、衆人の期待の中でゆっくりと水がめを傾けると、水門から出た清水は神兵の車馬が天から降臨したようにほとばしり、模型のクレーターの谷底に注ぎ、波が逆巻く湖をなし、水面は次第に上昇した。同時に、クレーターの中央の巨大なライトが点灯し、明るい黄色の光が笠に導かれて方向の確かな光の束となり、湖水に隣接する山肌を照らした。その過程はゆっくりと厳かで、非凡な勢いを示し、尺度の限界を超えていた。

「親愛なる友人たちよ」フォーリー氏が階段の上で声を張り上げて演説した。「我々は幸運だ、歴史的瞬間をこの目で見たのだから！　これは人類史上最も輝かしく記載に値する歴史の転換点の一つである。なぜならばこれは人類の知恵が宇宙の自然に対して大規模に行う初めての創造であり、人間の力と天との融合であり、火星の栄光で、独立した人種としての我々が未来に踏み出す第一歩で、最も重要な一歩だからだ。こうした戦役に参与し貢献することができるのは、この時代に生まれた我々の幸運であり栄光なのだ！」

ジルは聞きながら胸をたぎらせ、幸福への志を固めていた。新しく生まれた大きな山と湖を目にし、立ち込める水煙と光あふれる土地を目にし、清らかな風が自分の顔に吹きつけ、鳥の声と花の香りが辺りに感じられるように思った。彼女の瞳はうるんだ。

湖水はもう相当の深さに達しており、事前に植えてあった作りものの水草が波に揺れ、水面に緑色を浮かべ、かすかに光を反射していた。強いライトの照射を直接受け、山と湖の明暗を分けた両側の温度にははっきりと差が生じ、水は蒸気になって上昇し、空中で少しずつ集まって雲となり、ますますはっきり見えてきた。周囲で見守る人々は驚きの声を上げてささやき交わした。それから、またしばらく往復を続けるうち、クレーターの上空に漂う細かい土埃がついに十分な水蒸気を集めて水滴となり、ぱらぱらと雨が斜面に優しく降り、ちょうど一面の緑の上に注いだ。誰もが一斉に手を叩き、ジルは自分が植えた木と花が雨の露を受けているのを見て、言葉が出ないほど感動した。

ジルはその日興奮のあまり、翌日ルディと行く予定の場所についてまったく考えもしなかった。

実際にはルディは最初から、行くのは光電薄膜の研究室だと彼女に話していた。ただ彼女は緊張のあまり、内容を気に留めていなかったのだ。もし耳に入っていたら、すぐに反応していただろう。それはルディではなく、ピエールの研究室だった。

ピエール

ジルは僕の光だ。ピエールは考えた。

この言葉が頭に浮かぶたび、かすかな絶望を感じた。ジルとは同い年で、小さい頃から一緒に授業を受け、同じグループで実験をし、一緒に校外実習に参加した。自分の花を知るように、ジルのことは知っていた。彼女は何より明るく輝く光で、彼は黙ったまま彼女の背後に隠れていた。彼女はほがらかで、エネルギーに満ちて、ちょうど彼とは反対だった。いつも率直で勇敢で、そこが一番好きだった。自分ではそういうものを備えていないので、彼女が笑い、彼女が地団駄踏むのを見つめているのが好きだった。もしずっと暗がりに隠れて彼女を見つめていられたら、もし何か彼女を笑わせるものを作れたら、もし彼女の澄んだ声が響くのを聞いていられたら、どんなに素敵なことだろう。

ピエールは黙ってジルを見つめていた。彼女とルディは彼の前を歩き、見学しながら話したり笑ったりしていた。ピエールは内心引きつるような圧迫感を覚えた。彼は鈍感ではない。ルディがジルを連れて彼のスタジオにやって来た時、ルディの意図を見抜いていた。それでも押し黙って一言も発さず、コメントもしなければ態度にも表さず、スタジオから製造作業場まで、どんな意見を言うことも拒み、徹頭徹尾、ルディとジルの二人の対話が続いていた。

「ピエールの作品はものすごく多いな」ルディはジルに言いながら、振り向いてピエールをちらりと見た。

「そうなの」ジルは眉を上げて笑った。「彼はね、小さい頃からクラスの優等生だったの。私たちの誰にも解けなかった数学の問題を、彼はちょっと見てすぐ解いてしまったんだから、ほとんど異常なくらいだった！」

ルディはまたゆっくりと言った。「今回の僕たちの新しい計画では、ピエールの反射膜が大きなウェイトを占めてるんだ」

「反射膜って？」

「鏡みたいなものだが、軽くて薄く、ずっと大きくも作れ、柔らかくて曲げられるし、回路を取り付ければ、向きと形状の調節も可能だ。僕らはそれを宇宙に広げ、太陽光を反射させるんだ」

「ああ」ジルは言ったが、わかったようなわからないような反応だった。

「こういう膜を馬鹿にしちゃいけない」ルディはまたちらりとピエールを見て、さも面白そうに根気よく言った。「こいつが肝心なんだ。これがあれば、いつでも湖水を保温できるし、夜間も反射膜を二つ使えば太陽光をもたらして、水流が凍るのを防ぐことができる。昼間は特定の方向に向けて、空気の温度を局地的に不均一にできる」

「それから？」ジルは懸命に真剣に耳を傾けている様子を見せた。

ルディはほほ笑んで彼女を見ると言った。「それから僕たちは流水と雲、雨、森林を手に入れられる」

「あっ！　模擬実験で見たあれみたいに！」

「そうだ。それから山の上の都市もだ。気に入ったかい？」

ジルは力をこめてうなずいた。「気に入りました、昨日見てすごく良いと思ったの！」

ピエールは何も言わず、ずっとジルを見つめていた。彼女は相変わらずいつもの通り、率直な活発さがまる出しで、思ったことはすべて顔に書いてあり、笑う時には下あごを上げるので、赤ちゃんのようだった。彼はそんなふうな彼女を見ているのが好きだった。話をする時には集中して、周りのことなんて気に掛けず、いつでも急に不思議なことを思いついたように驚嘆し、それなのに自分が何を言っているのかわかっていない。彼女はそもそも自分が何を言っているのかわかっていなかった。だからものすごく愛らしく見えた。ピエールは彼女がルディに向ける視線に目をやるうち、抑えつけた気持ちが痛みに変わっていった。自分は怒るべきだと思った。だがどういうわけか、自己憐憫と絶望は不思議な力で彼を引きずり込み、そこに溺れて行動を控えさせようとした。

彼はそんなふうになるまいと、心でため息をつき、口を開いてルディを遮った。

「実験してみたけど」彼は言った。「まだ不確実ですよ。先日言った通り、あなた方の求める面積は大きすぎる」

ルディは表情一つ変えずに彼を見ていたが、言った。

「構わない、まだ時間はたっぷりある。今回はまず申請しておいて、通ってから実験を続けてもいい」

ピエールは真空室へと向き直った。製造作業場では

せわしなく機械のアームが動いて低いうなりを上げている。真空室は小さいが頑丈な城のようで、円筒状の厚い壁に、透明な円形の小窓がついている。彼らは電磁場によってコントロールされる操作アームが器用に動き、つやつやとなめらかな薄膜を伸ばす様子を見た。スプレーガンの近くでは光と炎が上がり、多層分子は精密に組み合わされ、細かく敷きつめられ、薄いのに不透明、という矛盾が解消されていく。

ルディは横から彼を見ていたが、慎重に尋ねた。

「今は重力環境にあるが、もし直接空間実験室で加工すれば、もっと大きくできて問題はなくなるんじゃないか?」

ジルは好奇心いっぱいに身体をかがめ、小窓に顔を寄せ、手を目の脇にくっつけて、尻を突き出していた。今日の彼女は髪を高く結い上げ、巻いた髪を幾筋か頰の横に垂らし、広い額を出していて、口をきくたびに眉毛が上下するのが見えた。ピエールは彼女を見つめ

ていたが、彼女は気づいていなかった。彼は静かに考えた。今日の彼女は本当にきれいだ、今までこんなにきれいだったことはない。もしもったいぶったところがもう少しなくなればもっといい。彼女は笑顔を抑えるべきじゃない。彼女の目は美しく、天然の無邪気さに満ちている。彼女は自分をわかっていないんだ、彼女は明るく輝く光なのに。

彼は振り返ってルディを見ると言った。「重力は最大の問題ではありません。問題は……面積が大きすぎて、格子構造が乱れることです」しかし彼はまた補足した。「でも……つなぎとなる『骨格』の数を増やす可能性は排除しませんが、まだ計算が必要です」

彼は客観的に、誇張せず、ためらいもなく言った。薄膜は彼の家族のようなもので、彼は自分の身体と同じようにそれらを理解していた。彼は薄膜に抱かれるように生きていた。薄膜も彼の「君たちを延展したい」という希望を大切に受け止めてくれた。彼が薄膜を大きくできるというのなら、できるのだし、彼がだめだと言うのならだめなのだ。それについて彼は確信を持っていた。火星全体で彼ほど薄膜を理解している者はいなかった。彼は真空室できらきらと輝くなめらかな表面を眺めながら、秘められた優しさを感じた。こうした優しさはジルに対する優しさと一緒になって、彼の絶望をますます強めた。結局は、どちらも自分が手にすることはできないかもしれないと思った。薄膜であれジルであれ。彼が恋している ものはどれも彼のものではない。

彼はルディの意図をわかっていたが、ジルを巻き込みたくなかった。彼には見抜くことができたが、ジルは何も知らずにいて、それゆえよけいに悲しかった。

三人が制作作業場を後にした時、ピエールはジルにコーヒーを持ってきてくれと頼んだ。ジルは喜んでいそいそとその場を離れ、ピエールとルディは廊下に立っていた。

「彼女を連れて来るべきじゃなかった」彼は言った。ルディはちょっと笑って言った。「本当に君の助けを得たいんだよ」

ピエールは彼の気楽で愉快そうな顔を見ながら、沈黙で答えた。

「僕はこうするべきじゃなかったかもしれないが」ルディは言った。「でも、さっき道すがらジルと話したけど、彼女は本当にクレーターの計画を気に入ってるんだがな。嘘じゃない」

「信じます」

「あと三日……」

「僕に答弁に立ってほしいんですか?」

「ジルは期待を込めて壇上の君を見上げるだろう」

「彼女には関係ない」ピエールは言った。「僕が支持しようがしまいが彼女には関係ありません」

ルディは彼を見つめ、ゆっくりと笑顔を消し、真剣な調子になった。「わかった、ならもう言わない。でも真面目に考えてくれ、僕らは本当に君を必要としている」

ピエールは何も言わなかった。ジルはもう三杯のコーヒーと二皿の菓子を盆に載せてふらつきながら戻って来るところだった。遠くから彼らに会釈した。彼らはもうその話はせず、ルディもジルに告げたりしなかった。

ピエールはそれ以上何も言わず、落ち着いて二人を送り出した。ジルは出口で彼に手を振ると、ルディについて遠ざかって行った。ピエールには彼女が顔を上に向けてルディに笑いかける様子が見え、胸にうずきを感じた。彼は自分がこんなにもたやすく痛みを感じるとは知らなかった。

ピエールはめいった気持ちで研究室を片づけ、大またに外に出ると、病院行きのチューブトレインに乗った。

彼は道すがらジルのことを考えていた。彼はまだ十九歳にもならず、女の子とどう付き合ったらいいかわからない。ジルのことが好きだったが、ずっと遠くから黙って彼女の満足げな笑顔を見ているのが好きなだけだ。彼女に触れようとしたことはなかった。一度だけ皆で出かけた時、ジルは薄手のワンピースにむっちりした身体を包み、額に汗を浮かべ、息を弾ませて拭っていたことがあった。彼は抱きつきたい衝動に駆られたが、それ以外は一度もそんなことはなかった。その一度にしても、彼の衝動は頭の中にとどまり、行動に移すことはなかった。彼女が恋人になるなんて考えたことはなかったし、他の男子が女の子を引っかける技巧について話しているのを耳にするのも嫌だった。彼の光であるジルを、汚《けが》したくなかった。自分の決定は自分のもので、彼女と関係させたくなかった。

ピエールは毎日研究室を出るとまっすぐ病院に向かった。祖父は相変わらず昏睡状態で、医療機器によって生命を維持していたが、彼は病室で付き添いをし、隣に座って本を読んだ。彼にできることはあまりなかったが、他に行く場所もなかった。祖父は彼の唯一の家族で、祖父がいなければ、家は空っぽだった。

ピエールの友人は多くなかったし、仲間の活動にもあまり参加しなかった。彼は人といるのが苦手で、参加すると緊張するのだった。彼は数学のような純粋な美を好み、人間の堕落と卑俗を嫌った。集まりに顔を出すくらいなら、病院で一人リーマン幾何学に取り組む方が良かった。

彼は祖父のベッドサイドに座り、いつものように計器の目盛りを一つずつチェックした。すべて正常だ。精巧な小型モニターが半円に並び、枕元を囲んでいる。その後ろにはさらにたくさんの機器とモニター画面が接続されていた。

彼は両手を椅子に突っ張り、祖父の老いた顔を見つめた。おじいちゃん、決断の時が来たよ。心の中で言った。河川の温度を保つ彼らの計画はどれも実現には遠く、見込みがあるのは僕のだけだ。彼らは蓄電による加熱や、人工太陽案を出してるけど、エネルギー消費が大きいし広げるのが難しい。帆型ソーラーパネルの反射を利用するにしたって、僕のほど薄くて強い材料はない。おじいちゃん、もし僕が無理だって言えば、川派が勝って、移転しなくてよくなる。白い氷原が僕らの街を取り囲み、ガラス建築と永遠に輝きを共にする。こうなったら良いのかな。

ベッドの上の老人は身動きしなかったが、ピエールにはそのまぶたの下で眼球が動いているように思われた。錯覚だとはわかっていたが、錯覚の真実を信じたかった。

彼は毎日やって来て祖父に話しかけた。普段誰にも話さないようなことを。変な話だが、祖父の意識があった時より、今の祖父にかける言葉の方が多かった。

僕はもう決めたと思う。おじいちゃん、この決定に賛成してくれるかな。

彼は続けて言った。おじいちゃん、彼らにはわからないんだ。僕はもう色んな反応を想定してる。そう、僕にはわかるんだ。でも彼らには実は何もわかってない。彼らは誰かが創造したものを、何てことなく当然のように利用するけれど、頭を使って考えることはない。思考に怠惰で、偏見ばかりがすぐに頭をもたげる。僕らの今の住宅は皆の誇りで、それは誰だってわかってるけど、いったい何人が本当にわかっているだろう。誰もわかっちゃいない。

彼は話しながら祖父の掛け布団を直してやった。祖父が払いのけでもするかのように。無意識のうちに。祖父は今でも怒りっぽく威厳ある老人で、しゃんと立ち、大勢の人の間で忙しく働き、片時も休む間がないように感じていた。

誰が土と砂の美を知っているだろう。人々はただきらきらと透明に輝き、曲線がなめらかだと思っているだけだ。家を建てるのに必要なのは輝きとなめらかさだけであるかのように。彼らは素材の真の美を知らないし、壁が複合ガラスで、ソーラーパネルはアモルファスシリコンで、壁のコーティングは金属と有機ケイ素化合物の半導体で、屋内の酸素はケイ酸塩の分解に伴う副産物で、これらあらゆるものが土と砂から生まれることを知らずにいる。僕たちの住宅は砂から生まれ、ひともとの花のように砂漠から生え出たのだ。誰がこれをわかるだろう、誰が輝きと荒漠は同じ物事の両面だと理解するだろう、誰が僕らの建築はどうして他のものでは取って代わることができないかを本当にわかっているだろう。

彼はそう言ってうなだれ、頭を手に埋めた。真っ白なシーツが目の前に揺らめき、彼は軽いめまいを感じた。彼は背を丸め、思わず身体をこわばらせた。祖父の表情は相変わらず穏やかで、彼の焦りをなだめているようだった。モニター画面には薄緑色の文字が躍り、三本の曲線が交差しながら伸び、砂時計が時間の流れをなでてゆくようだった。

少なくとも僕にはわかってる、少なくとも僕には物事の固有性がわかるし、少なくとも僕には何を継続発展させなければならないかはわかっている。

彼はつぶやいた。おじいちゃん、僕の選択に賛成してくれるでしょう。

三日後に公聴会が議事堂ホールで開催された。

ピエールは一人で後ろから二列目に座り、どちらの陣営にも加わらなかった。ルディは熱心に、朝から彼のために手はずを整えてくれ、議員たちに紹介し、推薦しては公平な褒め言葉を贈った。答弁が始まってから、ルディは前列に座る必要があったが、ピエールは行く気がせず、一人で後ろに残った。

人の間を通り抜けてゆくルディを見ながら、ピエールは捉えどころのない思いにとらわれていた。考えるに、この世には注目の的となることを定められた者もいれば、人の注日を集めるのを好まぬよう定められた者もいると彼は考えた。彼とルディは初めから違う種類の人間だ。ルディは小さい頃から一挙一動が人目を引くのに慣れていて、何をするにも気ままに振る舞えばよかった。研究成果を出せば自然と誰かが取り上げてコメントしたし、誰の注意も引かなければそれが大変な侮辱のようなものだった。だがピエールは知っていた。大多数の人にとっては絶対にそうではない。ピエール自身、すでに幸運なうちに入るだろう。彼のほかに、多くの人々が終始暗がりにいて、誰の目も引かぬまましぶとく生きていた。

注目だけが注目を集め、チャンスだけがチャンスをもたらす。彼はそう考えた。もともと正のフィードバックのプロセスで、どう調節したところで変わりようがなかった。

周囲では議員たちが慌ただしく行き来し、開会前の最後の準備をしていた。多くの年配者が彼の前を通り、彼に声をかけたが、彼はいつも最低限の言葉で答え、こうしたやりとりに気まずいものを感じた。彼は一人で会場の最後列に座り、彫刻に囲まれた大ホールに一つずつ明かりがともり、ブロンズ像の頭上に光の輪が輝くのを見ていた。

突然、誰かの手が肩を叩いた。振り返って見ると、ロレインだった。

「ねえ」ロレインは小声で、「兄さんを見なかった?」

ピエールは議長席の方を指した。「さっきまであっちにいたけど」

「わかった」ロレインはうなずいた。「出てったのかも。しばらく待ってみる」

彼女はそう言ってピエールの隣に座り、彼に笑いかけた。

「今日報告をするの?」彼女は尋ねた。

「うん」彼はうなずいた。

「決めたの?」

「うん。聞いたの?」

「兄さんが言ってた」彼女は慰めるように言った。

「どっちに決めたっていいのよ、考えが決まったならそれでいい」

「わからない」ピエールは言った。「考えが決まったのかどうかは僕にもわからない」

彼女はしばらく彼を見つめていたが、何と言ったらよいか決めかねるようで、しばらくためらった末に言った。「もしかするとこれはすごく大きな運命で、私たちが何か言ったからどうにかなるものじゃないのかも。だからあんまり思い詰めないで」

「そうだね」彼は小声で言った。「ありがとう」

ロレインはしばらく黙っていたが、また尋ねた。

「おじいさまはどう?」

「安定している。ずっと同じだ」

「お医者さんはいつ目覚めるか言ってた?」

「いや」ピエールは言葉を切って、「目覚めるとも限らない」

ロレインは何か言いたそうだったが、ちょうどその時、ルディが横の扉からホールに入って来た。ピエールはロレインに指差して知らせ、彼女の慰めの言葉を打ち切った。ロレインはそこでうなずき、立ち上がってじゃあねと言うと、会場の前方に歩いて行った。

ピエールはほっそりした彼女の後ろ姿が階段をゆっくり下りてゆくのを見ながら、不意に頭の中に彼女がさっき口にした言葉がよみがえってきた。運命。彼には目に見えるようだった。彼らは濃い霧に包まれた岐路で、それぞれに分かれて進み、どの方向も先が見えない。こういう感じはこれまで経験したことがなく、どうして急に宇宙の分かれ道のような感覚を持ったのか彼にはわからなかった。

運命なんてありはしない。彼は自分に言い聞かせた。

その点を貫け。彼は胸中に入り乱れる不安から逃れようとした。運命という言葉は彼を不安にさせた。真実なんてない、完璧な数学を除いては。彼は考えた。運命なんて、説明しがたい因果関係と現実に対する逃避的な説明で、非理性的な嘆息にすぎない。定理より美しいものはない。定理はすなわち数学だ。数学は唯一純粋で、永遠の存在だ。数学の定理の絶対性に比べたら、人間世界の規則なんてあちこちぼろが出る妥協にすぎない。妥協は一時的なものだ。一時的なものは粗末なものだ。

彼はそう考えながら、内心保ち続けていた信念を繰り返すうち、胸の内の不安が少しずつ落ち着いてきた。これから壇上で演説しなければならない原稿を黙読してみると、勝手知ったる技術パラメータに気持ちが安定した。完璧なのは物質だ。彼はまた考えた。永遠の定理に従って永遠に存在する物質だ。それと比べれば、制度も習俗も利益も何になるだろう。つかの間のはかない現象にすぎないのに、どうして心血を注がなければならないんだ。完璧な宇宙こそが人間の永遠の場所だ。彼はまた手にした薄膜のサンプルにちらりと目をやった。薄膜は完璧な輝きを放っていた。

公聴会がついに始まった。

議事堂大ホールが今日のように満席に近くなることはめったになかった。議員たちは皆揃い、きちんとした服装に真剣な顔つきだ。会場はばたばたしていたが誰一人声を立てる者はいない。ピエールは黙って座っていた。壇上の演説者は一人また一人と入れ替わった。両派とも強大なチームを集め、代表一人が紹介し、数名の技術代表者がそれぞれプレゼンした。演説は華麗で、プレゼンも多様で、未来の火星がまばゆいばかりに天井スクリーンに映し出された。提起される問題は非常に先鋭だった。長いこと経ってようやくピエールの番が来た。彼は落ち着いて壇上に上がり、真剣な聴衆を見下ろしたが、現実離れしたふわふわした感じがした。

「帆型ソーラーパネル技術の実現について、責任を持って示しましょう。可能です。十分な面積と強度を備えた反射膜を設計し、宇宙空間で広げ方と角度を調整し、昼夜を問わず太陽光を地上の特定の位置に反射させることで、水を保温し蒸発させる十分な可能性をもたらします。移転計画の発展を支持してよいでしょう。

続いては私の詳細な計画と技術パラメータですが……」

客席でかすかなざわめきが起こったが、彼は気づかないふりをした。評価は人それぞれだとわかっていた。こういう反応はとっくに織り込み済みで、気にすることはなかった。彼は様々なプレッシャーを受けながら、最終的に決定したが、ジルのためだけではなく、むしろそれより長いこと心に秘め、抱き続けてきたもののためだった。

彼は一通り見回したが、ジルの姿がないことに気づき、それでまた胸が痛み始めた。そんな自分が嫌で、あらゆる物事に対して恬淡としていたいと思っていた。だがジルがいないのを見ると、やはり抑えきれない痛みを感じた。

トーリン

トーリンはこんなに大勢が現地に集まるとは思っていなかった。事前に計画を立てていたが、突然現れた予定外の参加者を加えると、彼の準備では到底追いつかなかった。彼は胸騒ぎを覚え、やや心配になった。

ロングはまだスピーチをしていた。トーリンはロングの輪郭がくっきりした横顔を見たが、彼がこの新たな状況に何か反応する様子はなかった。ロングは心配ということを知らない人間だが、トーリンは違う。彼は俳優が多すぎる舞台は演出家のコントロールを脱するということを理解していた。大勢の人間が集団になると思いもかけない事態があれこれ起こるものだ。ロの渇きを覚えたが、水を飲めそうな場所はなかった。飲み物を探す気にもなれず、いくらか緊張して広場の隅々を観察した。

「ロレイン！」

澄んだ甘い声に振り返ってみると、ふくよかな赤い髪の少女がばたばたと駆けて来て、興奮してロレインの手をつかんだところだった。トーリンは彼女に見覚えがあった。会ったことがある気がする。

「ジル？」ロレインは意外そうだった。「どうしてここに？」

「ルディさんが私たちに来るようにって」ジルと呼ばれた少女は笑って言った。

「兄さんが？」ロレインはいっそうけげんな顔をした。

「うん。あなたたちの集会は重要な意味があるから、もっとたくさんの応援が必要だって言われて、人を集めて来たの」

「本当に？　兄さんはそれをいつ？」

「昨日。昨日の午後」

「え？　そうなの」ロレインはわずかに眉を寄せた。「でもどうして私に言わなかったんだろう？　三十分前に会ったのに、何も言ってなかったけど」

「忙しかったんでしょ。ルディさんはいつも忙しいから」

ロレインは幾重もの疑念にとらわれながら、どうにかうなずいた。ジルは興奮して、辺りの何もかもが新鮮らしく、あれこれと尋ねていたが、ぐるりと見回すうち、たちまちロングに注意を引かれた。彼女と一緒に来た数十人の若者たちはてんでに散らばっていたが、多くはロングを取り巻き、何か手伝うことはないかと進んで尋ねる者もいた。

トーリンはざっと数えたが、水星団《マーキュリー》の十数人に、集まっていた野次馬が三、四十人、そこにまたこの騒々しい若者が集団でやって来たので、小さな広場にはもう百人に上る人間がひしめき合っていた。大きな広場ならこれでもやり過ぎではないが、彼らが選んだ場所は普通の乗り換え駅の公園で、こんなに大勢が集まったら混雑が生じる。さらに次々と駅から出て来た人々が、彼らの姿を見て、好奇心からあれこれ尋ね、どんどん群衆は増えていった。旗と電子プラカードは隅っこに押しやられ、公園の歩道はほとんどふさがってしまった。トーリンはまずいと思った。予想外の混乱は何にしても望ましい現象ではない。

ロングは相変わらずスピーチを続け、声高に訴え、状況の変化は無視しているようだった。

「……僕らの世界における統制と服従のあり方は、過去の世界とは同じではありません」ロングは言った。「過去の統治者が人々を統制するには、三つの方法がありました。伝統的な家父長制によるか、法律と武力の権威によるか、あるいは個人的な魅力によるか。でも僕らの世界はいずれにも属しません。僕らの世界はすでに一つ一つの巨大で複雑な電気回路に変貌しています。それぞれの部門が部品で、人々はみな一個の電子にすぎません。僕らにできるのはただ服従することです。電圧の推進力に服従し、あらかじめ決められた青写真に服従する。拒むことも逃げることもできず、いかなる自発的な行動も受け入れられません。

一人の人間にとって、居住空間を築くのは疑いなく自由な権利の一つです。あらゆる人は生まれながらにしてこうした権利を持っています。ですが僕らの今の世界では、この権利はシステムによって統制され剝奪されています。システムの規定に従い、システムに申請し、システムの責任においてしか住宅を建てることができず、一つの場所に釘付けにされてしまいます。規定に従った人生を送らなければ、どれだけ正直で善良な人でも、どれだけ多くの人が彼を助けようとしてもなすすべはありません。これは何という世界でしょう？　僕らはそんな世界は要りません。僕らはシステムに生活を決められたくありません。僕らは自分たちの土地で自由に息をしたいのです！」

「ウラー！」誰かが拍手した。彼らは今着いたばかりで、ロングのスピーチの全体を聞いていたわけではないが、誰か一人二人が喝采すれば、大勢が後について手を叩き始めるのだ。

トーリンはロングの張りとリズム感のある理知的な声を聞きながら、その力を感じ取っていた。彼は感情に訴えてアジテーションするタイプではなかったが、決然とした彼のスピーチは鮮やかで力があった。周囲では多くの人が熱心に耳を傾け、耳打ちし合っている人もいたが、嘲笑や悪口ではなく、異なる意見を出してあれこれ話し合っている様子だった。それこそが目的なのだから、今回の作戦は少なくともかなりの部分で成功したと言えるだろう。

それでもトーリンは安心できなかった。一つには内心の不安がますます強くなってきたから、もう一つは周囲の集会参加者が勝手にあれこれ始めるのを目にしたからだった。若者たちの気持ちは沸騰直前の湯のようで、ふつふつと泡がたぎり始めていた。小さいグループに分かれている者もいれば、端で旗を振り回している者も、スローガンと一緒に誰かを喜ばせる言葉を叫んでいる者もいた。教師だろうとトーリンは推測した。こういう日は不満を発散するのにうってつけだ。

こんな光景はどれもトーリンが期待したものではなかった。彼はもともと集会には反対だったが、最終的に承知したのは、ハニアがただの討論会で、制度と哲学に対して反省を促すだけだと言ったから、参加に同意して動員を担当したのだった。彼は普段からまとめ役で、皆の信頼を得ていた。彼は全身全霊で各所の準備を整えたが、今日のような混乱の場面を見たいとは思っていなかった。ハニアが事前にこういう状況だと知っていたのかどうかが気になり、落ち着かない気持ちになった。知っていたとすれば、わざと彼には教えなかったのだ。

彼はこの過程でルディがどんな役割を果たしたのか知らなかった。ハニアがルディと繰り返し交渉しているのを見て、彼は嫉妬を覚えた。ハニアがこんなに人の影響を受けるのは初めてだった。ロングとハニアは事件が広く影響を及ぼすことを願っており、規模が大きければ大きいほど良いと思っていることは知っていた。だがトーリンはそれを望まなかった。それどころか、今回のスピーチのテーマについても懸念していた。彼らが話す二つのテーマはそれぞれ別のことだと思っていたのだ。住宅建築の自主性と電子回路化された社会とは別の問題で、彼は二つをくっつけるのが正しいかどうかわからなかったし、問題の焦点を不明瞭にするのではないかと思った。彼は討論だけを望み、明確性を望んでいた。だが明らかに、他の皆は同じ目標を持っているわけではなかった。ハニアの情熱は執拗で、何が何でも変革に結びつけなければならないという決意が秘められていた。

その時、ハニアはちょうどロレインと一緒に、熱心に何かを議論していた。トーリンは人の波を通り抜け、二人の後ろに行って、声をかけようとした。二人は彼に気づかず、対話の最後の部分が彼の耳に入った。

「……どうして教えてくれなかったの？」ロレインはハニアに言った。

「反対されると思ったから」ハニアはうつむいて言った。

「じゃあどうしてこんなことを？」

「私たちには支持が必要なんじゃないの？」

トーリンははっとした。ハニアは知っていたのだ。事前にルディから知らされたか、それともそもそも一緒に始めたのかもしれない。不愉快な気分になった。彼は初めから蚊帳《かや》の外だったのだ。しばらく呆然として、ロレインの言葉を聞き逃した。彼が気づいた時には、やぶから棒な一言が聞き取れただけだった。

「……今回は信じる気になったの？」

「一度は信じてみてほしいって言ったじゃない」ハニアは無理しているようだった。

「どうしてこんなに急に？」

「……情熱でしょうね」

ハニアは短く答え、口をつぐんだ。今この話題を続けたくないようだった。彼女は一歩踏み出し、うつむいて巨大な電子プラカードを積み重ね、ロングの方向に向かった。プラカードを台車で一番混み合った場所に運ぼうとしているらしかった。足取りは急いでいるが、地面から目を離さず、慎重に足元を確認しているようでもあったし、急いで先ほどの話題から逃げようとしているようでもあった。彼女は重い台車を素早く押し、トーリンもロレインもその後ろ姿を見ながら、長身で痩せた彼女の力と敏捷さに驚いた。

彼女はルディのことを言っていたのだろうかとトーリンは考えた。情熱ゆえに彼を信じた。ハニアは前から頑固なところがあり、誰に対しても心を許さなかったのに、今回はどうしてこんなにルディを信じるのだろう。彼が話す時の力のこもった調子だろうか、それとも彼女がちょうど必要としていたことを彼がしてやったからだろうか。

トーリンはまたロレインに目をやった。彼女は静かに立ったまま、青ざめた顔で、白いワンピースのせいで余計に抜けるような肌の白さが際立っていた。トーリンにはまだ気づかず、じっとハニアの後ろ姿を見つめたまま、片手を口元にやり、何か考え込んでいるようだった。今日のロレインはギリシア風のロングスカートをはいていたが、ハイウエストと長い裾が、姿をすらりと見せていた。それは皆の一致した意見により、集会に古典的な議論の雰囲気を出すためにまとった衣装だった。彼女は周囲の喧噪の中にじっと立っており、しかもこうした服のせいで、トーリンには急にロレインが、周囲の世界に属さないはるか昔の人物のように見えてきた。全身に柔らかな白さが輝いている。

トーリンはロレインに話しかけようとしたところで、突然、騒ぎが皆の注意を引き付けた。

トーリンは急いでそちらに目をやったが、よく見ると何でもなく、知らぬ同士の少年たちが、ぶつかったとか足を踏んだとかで騒ぎ始めただけだった。彼は安心してほっとひと息ついた。

こちらに注意を戻そうとしたが、騒ぎはまだ続いていた。小さな衝突が騒乱の幕開けとなり、大勢の声があちこちに波立った。他の場所でも小競り合いが始まり、草原に落ちた火の粉が燃え広がってゆくようだった。誰かが何か叫び、すぐに歓声が起きた。広場の人数はますます増え、少年たちが大人と言い争いを始める姿もあった。親が帰るように言うのに、子どもは聞かないようだった。彼らの声はますます大きくなり、目をぎらぎらさせ、手を引っ張ろうとする大人の手を払いのけ、表情は断固としていた。広場の声は入り乱れてごっちゃになり、ますます騒がしくなった。

トーリンはさらに心配になった。人数の超過だけでまずいと思ったのに、口論や保護者との対立と来ては、なおさら彼の意図したところではない。この状況がどこへ進むかわからなかったし、どんな事態を招くかも予想がつかなかった。こういうのは嫌だった。彼は予想がつかないコントロール不能な状況全般を嫌っていた。

突然、誰かが大声で、議事堂前の広場に行こうと叫んだ。あそこは広くて傾斜もないし、どれだけ人が増えても平気だ、しかもちょうど会議中だから、何をするにももっと注目を集められる。

「ウラー!」大きな集団が高く叫んだ。若者たちはもともと沸騰直前の熱湯のようだったのが、この言葉を聞いて、火が点いたように、たちまち大勢が呼応して集まり、歓呼の声を上げて答えながら、興奮して「行くぞ!」と叫んでいた。せっかちな者は進み出し、落ち着いた者も進んで片づけを始めた。若者たちはたちまち川のような流れとなり、旗とプラカードを掲げ、でたらめな軍隊のように前に詰めかけ、情熱をみなぎらせて駆け出しては歩道に流れ込んだ。逆巻く大河が激しい勢いで堤防に築かれた水路に流れ込むように。

トーリンは緊張した。そんなふうになることを望んでいなかった。集会はただの集会で済むが、議事堂に行くなら直接的な異議申し立てになる。彼はどうやって制止しようかと考えたが、興奮した群衆の中で、何もできないことに気づいた。ロレインと話をしようと思った。彼女は他の人について動こうとはせず、流れの中で白い立柱のように佇んでいた。

トーリンは思った。もし群衆に影響を及ぼせる者がいるとすれば、それはロレインだ。彼女は口数が少なかったが、それだけの影響力を持っているのは彼女ただ一人だった。

「ロレイン」彼は近づいて声をかけた。「行かないのか?」

ロレインは振り返り、彼を見たが、まだ呆然としているようだった。「トーリン」

「どうしたんだ？」

「トーリン、教えてほしいの。間違ったことをしている人がいて、それが自分の近しい人だったら、あなたはどうする？」

トーリンはためらった。「お兄さんのこと？」

「そう」ロレインはうなずいた。「どうしてこんなことをするんだろう」

「人を集めたことか？」

「それだけじゃなくて」ロレインは心配そうだった。「感じるの。色々なことを手配しているはず。さっき議事堂に行こうって叫んだあの男の子も、たぶん兄が前もって打ち合わせていたんだと思う」

「本当に？　知り合いなのか？」

「家で会ったことがある。よくわからない、何もわからないんだけど、心配なの。何のためだかわからない」

「じゃあこれから皆を止めたら？」

ロレインは目を上げて彼を見つめた。「どうやって？」

「こんなやり方は間違ってると言ってみたら？」トーリンは自信を持って慰めるような調子で、促してみた。「君にはその力がある。皆は君を知っているし、君の言葉なら聞き入れるだろう」

「でも私は止めるべきかどうかわからない」ロレインは言った。「それがもう一つの問題なの。努力して何かをして、世界の欠陥を正すべきなんじゃないかとも思う。ハニアの情熱は本物だから。兄のような方法は嫌だけど、止める手立てがない」

ロレインは彼を見つめた。長いまつげを震わせ、瞳を凝らし、見間違いようのない困惑を顔に率直に浮かべ、軽く唇をかんでいた。トーリンは初めて気づいた。ためらいと困惑もここまで明確にできるものなのか。彼は彼女と同様にその困惑をはっきり知ることができたが、二人とも同様に答えはなかった。慌ただしく前に進む若者たちの間で、次第に広場に残ったのは彼ら二人となった。二人は異なる気持ちを胸に、同じようにためらっていて、皆について行くべきかどうかわからずにいた。

トーリンはふと気づいた。彼はとっくに演出家ではなくなっている。舞台がかかって俳優が登場する瞬間に、劇はもう彼のコントロールを離れていた。彼は俳優全員に見捨てられたのだ。彼らには激情が必要で、心配性で保守的な演出家は必要としていなかった。彼は周囲にばらばらと道具が残された歩道と芝生を見回し、もう彼の劇ではないことを見て取った。彼は落ちた残骸を拾い、ロレインも加わった。

「私たちも行こう」ロレインはそっと言った。

トーリンはうなずいた。彼らは肩を並べて騒ぎながら駆けてゆく隊列の最後についた。

ロレイン

ロレインは時間と共にためらいの度を深め、進むべきか引き返すべきかわからずにいた。広場は情熱をみなぎらせて跳ね回る少年たちでいっぱいで、久しぶりらしい熱狂をほとばしらせていた。普段の広場は荘厳で、静まりかえっていかめしかったが、今はにぎやかで、雑然として騒がしかった。歌声の中を旗が高くはためき、お祭り騒ぎのような若者たちが大笑いしながら声高に罵り合っていた。

ロレインは端に立ち、衝動的に周囲に合わせて歌いたいと思い、また次の瞬間には解散して帰ろうと勧めたいと思った。前に原理主義者たちと歌い騒いでデモをした情景を思い出した。そういう生命力に魅せられていたが、今ここでは、彼女はそんなふうに我を忘れるほどの興奮に身を委ねることはできなかった。彼女は依然として不安を感じていた。彼らは兄に情熱的な言葉で鼓舞されてきたのだが、今は歌い踊るのが自分たちの主張のようになっていた。彼女はどこかが違うと思った。はっきり言えないが、どうしてもどこかが変だと感じた。

彼女にはわかっていた。興奮は伝染するので、興奮の理由は知らなくて良いし、感覚さえわかれば良かった。彼らは道々次から次へと誰かから聞いてやって来た若者たちと合流し、今では水星団《マーキュリー》以外にも百人に上る人数となり、広場に散らばり、大きなうねりとなった。彼らは興奮し、普段のダンスパーティーやクリエイティブ・コンテストの時のように興奮して、ロングとハニアを囲み、巨大なプラカードを振っていた。

「改革！　自由！」彼らは歌うように叫んでいた。

兄さんはどこだろう。

ロレインが迷っていると、突然議事堂の通用門から十人ほどの制服を着た人々が現れ、若者たちに向かって歩み寄り、広場の両側に散らばった。彼らと前方の者が何を話したのかは聞こえなかったが、若者たちが次第に押されて集まるのが見えた。よく見えないので、彼女は素早く横を通り抜け、最前列に割り込んだ。

「どうしたの？」周囲の人に尋ねた。

彼女に取り合う者はなく、辺りは喧噪に満ちて、皆の注意はあちこちに分散していた。だがロレインが前に進むと、多くの人は自然と道を空けた。彼女はこのスカートのせいだろうと思った。異界から来たような姿の彼女は、人混みを通り抜けるのに苦労しなかった。先頭で双方が穏やかならぬ語調で対峙しているのが見えた。大人の表情は冷たく、若者たちの感情は熱く、大人の言葉は低くて聞き取れないし、若者の声ももつれ合ってやはり聞き取れず、激情が一方から他方へと押し寄せていた。小突き合いや悶着が起こったらしく、次々に加わる者がいて混乱している。彼女はますます心配になった。広場は沸き返った熱湯のようだった。誰かが押し合い始め、叫び声が聞こえ、さらに多くの人を刺激した。

全員の興奮が最高潮に達した時、議事堂の正門が突然開いた。

皆が一斉に視線を投げかけたが、ゆっくりと開かれた門の中には誰もおらず、厳粛にそびえる内門が見えた。地面は輝いていたが無人で、両側に開いた扉は山の洞窟のように、中から冷たい風が吹いて来た。皆一時的に静かになった。

しばらくして、階段の上に人の姿が現れ、下に声をかけた。

「ロレイン、ちょっとおいで」

レイニーだった。

ロレインは虚を衝かれた。この場でレイニーに会うとは思いもしなかったし、レイニーがこんなふうに群衆の中から自分を呼び出すとも思っていなかった。周囲を見回すと、周囲の人々も彼女を見ていた。彼女はまたレイニーに目を戻したが、彼の顔は厳かで平静だった。彼女はうなずき、スカートの裾を持ち上げて階段を上がった。その短い間、誰も言葉を発しなかった。皆の視線はロレインの後ろ姿を追っていたが、彼女は立柱の下で立ち止まり、ゆっくり振り返った。

「みんな、しばらく待っていて」彼女は言った。

口から出た声は、自分でも予想しなかった涼やかな柔らかさをまとい、広場の上空にふわりと浮かんで響いた。下の反応を見極める間もなく、すでにきびすを返して議事堂のロビーに入っているレイニーの後を追って、ロレインは急ぎ、議事堂の正門は二人の背後でゆっくりと閉まった。

レイニーは彼女の前を歩きながら声をかけることもなく、小さな休憩室の前でようやく足を止めた。

振り返ってロレインを見ると、扉を開き、彼女を先に通した。小部屋はがらんとして清潔だった。ガラスケースが窓辺に並び、壁には絵が掛かり、反対側には小さなテーブルとグラスファイバー製のふかふかした椅子がある。

レイニーは急いで口を開きはせず、ロレインに座るよう手で勧めた。ロレインは座らなかった。さっきまでの喧噪を離れ、こんなにひっそりと静かな場所に来たので、斜めに差し込む透明な日差しを見ながら、ロレインはまだ耳に音が響いているようで、身体がふわふわして、現実離れした感じがしていた。

「レイニー先生」彼女は尋ねた。「どうしてここに?」

「公文書館のスタッフだからね。こういう重大な会議では、あらゆるファイルのデータが必要になる」

ロレインはうなずいた。何か言おうとしたが、言うべきことが見つからなかった。

レイニーはグラスに水を入れ、そっとロレインの前に置いた。

「手短に言おう」彼は言った。「彼らを外に長く待たせてはおけない」

ロレインはうなずいた。

「どうして君を呼び出したかわかるかね?」

ロレインは首を横に振った。

「これを見せるためだ」

そう言いながらレイニーは壁に近づき、ゆっくりとガラスケースを開け、何かを慎重に取り出すと、手のひらに乗せてロレインのところに戻り、手を開いて見せた。

ロレインが顔を寄せて見ると、ブローチだった。ごく普通の金色のワイヤーで編まれた蘭の花で、先端には二つの色ガラスがはめ込んであり、精巧だが高価ではない。彼女はためつすがめつしたが、特に珍しいところはなかった。

「誰のブローチですか」

「ある年配の女性だ」

「どういう人なんでしょう」

「ごく普通の退職した老婦人だよ」レイニーは長いため息をついた。「もともと何も特別な人ではなかったが、特別な状況で亡くなったんだ。およそ十年前、彼女はまさにここで、議事堂前の広場での事故で亡くなった。それからというもの、このブローチは事件を思い出すために保存されているんだ」彼はそこで言葉を切った。「あと二ヵ月でちょうど十年になる」

ロレインはレイニーの口調からかすかに何かを感じ取り、胸がずしりと重くなり、唇の乾きを覚えた。彼女はそれ以上言わないでほしいような気がして、レイニーの口から語られることを聞く勇気がないかもしれないと思った。だがその一方で、もっと聞き続けたいという思いの方が強かった。彼女の抱いている疑問をすべて解決してほしい。疑わしい秘密にはどれも特別な魅力がある。彼女の動悸は激しさを増したが、話をやめてほしくないという思いもいっそうつのった。

「その人は……どうして亡くなったのですか」

「空気の漏出だ」レイニーは落ち着いて言った。「広場の空気調節弁が破損し、空気が噴出し始めたんだ。そうした事態が起こると、ネットワークが自動的に警報を発し、空気調節弁の近くの安全シャッターが自動的に下り、広場の大部分のエリアを外から隔絶し、内部の安全を確保する。同時に、広場と他の区域の連結通路にも当然シャッターが下り、大規模な空気の漏出事故が起きるのを防ぐ。だが悲劇の起きた日、ブローチの持ち主は散歩の途中で広場を通りかかり、通路の出口でちょうど破損した空気調節弁に近づいた時、下りて来たシャッターの間に避ける間もなく閉じ込められてしまった。空気がすさまじい速度で噴出し、彼女の身体は驚く間もないうちに破裂した。残されたのはこのブローチだけだった」

ロレインの顔は蒼白になった。「その日……何が起きたのですか」

「その日は広場で激しい集会が開かれた。君たちの集会より激しく、規模も大きかった。主催者もずっと経験豊かで、手腕も人員・資金もより十分だった。彼らはその日、重機を手配して、議事院前の広場に巨大なガラスの住宅模型を作り、一つずつ芝生に並べた。重機はとても高く、自動運転モードに設定され、最上部のぎらぎら光るライトは二つの目のようで、威風堂々たる姿だった。その日は集会の参加者が大勢いて、みな成人だったが、とても高揚した雰囲気で、スローガンを叫ぶのも君たちよりずっと息が合っていた。それから治安要員が出動した。皆平時から任に当たってている監視システム所属の警備員だが、その日の態度には問題があった。誰かが傲慢な、あるいは耳障りなことを言ったのか、双方は口論を始め、次第に揉み合いになって混乱が生じた。皆の注意が逸れた隙に誰かが接触して重機が横転し、空気調節弁が破損し、空気が漏出した。老婦人の他に、集会に参加した二人の若者が混乱の中で命を落とした」

レイニーは穏やかに表情を変えることなく語り、ロレインは息を凝らして聞き入り、瞬きもしなかった。

「それなら」彼女は慎重に尋ねた。「その集会の主催者は？」

「君のご両親だ」

ロレインははっとした。内心気にかかっていたことがついに明らかになり、心に大きな穴が開いたような、虚しさを感じた。

「それからどうなったんですか」

「お二人は処分された。二人だけじゃなく、当日参与した主なメンバーと秩序維持に当たった治安部隊は、程度こそ異なれ誰もが処分を受けた。ただ、最も重い処分が下されたのは君のご両親だけだった」

ロレインは血の気が引くのを感じた。「アーサーおじさまへの技術漏洩のせいじゃなかったんですか」

「違うよ」レイニーは重々しく首を振った。「お二人が処罰されたのはこの事件のためだ。半ば廃棄されたダイモスに飛ばされるのは非常に重い処分で、対象になるのは死亡事故の関係者だけだ。死者が出なければ、スタジオ制度に反対しようが技術漏洩だろうがこんな処分は受けない。他に当日の治安維持の責任者だった首席治安官とその部下も処分を受けている。彼らはまだダイモスにいるよ。予測可能な事件で、悲惨な結末をもたらさないように処理することは可能だったからだ。アーサー・ダボスキーが去ったのはこの事件の後だ。君のご両親が処罰されたから、彼は地球に帰ることにしたんだ。君の父上は光電研究室を離れる時に技術を持ち出し、彼に贈ったんだ」

ロレインはダイモスの名を耳にし、まならうに両親の部屋の遺影が浮かび、二人の生前の若く何の憂いもない顔が浮かんだ。二人は半透明の雲のように彼女の前に漂い、不意に光を放つ幻影のようだった。レイニーの手の中でブローチは、時間の濃い霧を貫く矢のようにまだ輝いている。彼女のまなざしはぼんやりとした。

「おじいさまが処分を?」彼女は顔を上げてレイニーを見つめた。

「そうだよ」レイニーはうなずいた。「だが違うとも言える。処罰の決議は三名の大法官と監視システムの長官によって下される。君のおじいさまはそれを監督するにすぎない。そこでより重要なのは君のおじいさま自身の問題だ。当時ちょうど総督に就任して一カ月だった。それは最初に遭遇した重大な危機だった。総督の立場で、息子夫婦が先頭に立って国家の制度全般に反対し、秩序を維持することができず、混乱と死をもたらしたら、自身こそ責任は免れない。当時は多くの人が、君のおじいさまは責任を取って辞職するか、弾劾《だんがい》されるべきだと考えた」

「弾劾?」

「総督の就任直後で、議会の改組すら終わっておらず、地位はまったく安定していなかった」

「じゃあそれからどうなったんですか」

「その年の議会は紛糾し、ほとんど混乱状態だった。君のおじいさま自身には大局を定める力があったが、それだけでは足りなかった。もしホアンが即座に断固として正面に出なければ、総督の地位は実に危うかっただろう」

「ホアンおじさまが？」

ロレインは瞬時に父の書斎で見た古い動画を思い出した。

「そうだ」レイニーはうなずいた。「当時は彼も航空システムの長官に就任したばかりだった。彼は特別なことはせず、ただ議会で弁論する時に、君のおじいさま以外の人に対して忠誠は尽くさないと宣言しただけだ。その影響は大きかった。クーデターの可能性を示唆しているからね。当時、ホアンは航空システムで非常な威信を持っていて、就任したてとはいえ、ほとんど満票で当選したのは、建国以来空軍では類を見ない出来事だった。君のおじいさまも空軍の出身で、弾劾案の投票の日、空軍は飛行機を派遣して上空を巡航した。その結果が弾劾の失敗だ。この事件を君がどう捉えてもいいが、君のおじいさまはこういう背景で総督の地位を確かなものにしたので、それから何年もあてこすりの対象となった」

ロレインはあっけにとられて聞いていたが、口の中でつぶやいた。「……そういうことを私はどうして知らなかったんだろう」

ロレインはホログラフィー動画の祖父の顔を思い出した。峻峭《しゅんしょう》で、冷静だが苦痛に満ちていた。彼女は当時の情景を推し量った。その時どんな感情が祖父の心の中心を占めていたのだろう。息子夫婦の反対に遭った苦しみか、息子夫婦を処罰する苦しみか、それとも他人に非難され指弾される苦しみか。彼女は想像するうちに胸がずきんと痛んだ。まさに両親が祖父に苦しみをもたらし、そしてその苦しみは最終的に彼らの身に返って来たのだということに、はっと気づいたからだ。

「兄はそれを全部知っているんですよね？」

「そのはずだ」

「じゃあ……どうして今回私たちの行動を支持したんでしょう」

「それは……」レイニーはためらい、何か言いたそうにしたが口にはしなかった。「先にさっきの話を片づけよう。ご両親が起こした運動は何を主題としていたか知っているかね」

　ロレインは首を横に振った。

「すべての世帯が住宅を得られるようにということだ」レイニーは言った。「すべての夫婦に住宅を割り当てるためだ」

「え？」

「そうだ、つまり現在の住宅政策だ。ご両親の運動は制止されたが、その主張はのちに議案として提出され、最終的に通過して、今の政策となった」

「まさか……」ロレインはためらった。「昔は違ったんですか」

「それ以前は個人の研究業績と地位に応じて分配されていた」レイニーはため息をつき、はるかな過去を目にしたようだった。「都市建設の当初、物資が十分でなく、皆宿舎に一人一部屋で暮らしていたが、卓越した研究員だけが、業績を数値化してその順位に基づき戸建て住宅を得ることができた。この政策は最初のうちは問題にならなかったが、三十年を経て問題が累積し大きな弊害となった。技術が採用されなかった者は、一生住宅の分配を受けられない。そこで人々はシステムの責任者に頼るようになり、高い地位にある者に取り入って自分の技術がプロジェクトに取り入れられるように求めた。結果として権力は拡大され、住宅分配は不平等になり、科学研究も変質してしまった」

「でも私は小さい頃から誰もが戸建てに住んでると思ってましたが」

レイニーは笑った。「君の暮らしているエリアは建国の元老や長老が集まっているコミュニティだから、住宅を得た卓越した人ばかりだったんだよ」

「じゃあ両親はどうして……」

「アーサーのためだった」

「アーサー？　それからジャネットおばさんの？」

「そうだ。アーサーはシステム内の地位を持たなかったから、住宅申請の基準を満たせずにいた。ご両親はそれに対して非常な不満を持っておられた。権力の濫用による不公平を目にし、親友が制度からはじかれるのを目にして、絶対的な平均化された公平を求めるようになったんだ」

「なのに私たちは……」ロレインは小声で言った。

「それに反対している」

「君たちは自分たちで家を建てたり、売買したり、あるいは相互に交換したりしたいと思うのだろう。自由を求め、均一化に反対する」レイニーは穏やかに続けた。「それは実は新しいことではない。戦前はそうだったんだ。戦前は、住宅は完全に自分で建てるか売買で手に入れるかだった。当時の居住地はそれぞれ企業に属していて、個人や団体は自分で工具を準備するか大企業から購入するかだった。それは地球の伝統にのっとったもので、新しいことではない。だが火星はどうしても地球とは異なる。火星の資源は非常に乏しく、しかもほとんどはそのまま利用することはできない。建築を担えるのは、鍵になる鋳造と精錬の技術を握るいくつかの企業だけだったから、そういった企業が寡占状態で生活コストを高騰させ、市場をコントロールしていた。当時、頭脳と能力を持つほとんどの個人は気づいていた。こうした状況で豊かな生活を得るには、自分の才能や知恵ではなく、資源の支配によるしかないと。だから彼らは生命を賭して、あらゆる人々にプラットフォームを与え、資本ではなくすべて才知に頼って身を立てるような国を作ろうと誓ったのだ」

「それはつまり」ロレインには次第にのみ込めてきた。「両親がおじいさまに反対し、私たちは両親に反対していて、そしておじいさまが反対しているのが私たちの主張だということなのでしょうか」

「そう言っても良い」レイニーの口調は相変わらず平静だった。「自由と才能、そして均等は、ある世代のフォロワーを集める魅力的な言葉だからね」

「別の世代は反発するってことですか」

ロレインはうつむき、呆然とした思いにとらわれた。

彼女は次にどこに向かうべきかわからなかった。行動は結果をもたらさず、世界は不完全で常に欠陥を有し、永遠に打倒と再建が続く。次にどこへ向かえば良いのか、彼女にはわからなかった。彼女の一家はそのためにこんなに多くの代償を払ったのに、この世界にはいったいわずかなりとも改善の痕跡はあるのだろうか。ないあるとすれば、どちらに向かっているのだろう。彼女は世界のなら、人々はどうすれば良いのだろう。彼女は世界が空しくなった気がした。彼女は何もない宇宙の辺境に立ち、果てしない前方を見つめているようだった。

見渡す限り天国は存在しない。

「レイニー先生」ロレインはレイニーを見つめ、胸の内にうっすらと悲しみが湧き上がった。「ご存じでしょうか、私は当初今回の行動にそんなにのめり込んでいたわけじゃないんです。長いこと参加すべきか迷っていました。最終的に参加を決めたのは、私に何ができるか、どこに自分の求めている感覚を見出せるかわからなかったからです。私が求めているのは生命力——自分を解き放てる湧き返るような力と、ある種の……意義なんだと思います。全身全霊をかけて打ち込むに値すると思えることをしたいんです。ただその感覚を求めていただけで、その内容自体は、そこまで考えていませんでした。それが正しいのかどうかすら慎重に考えもせず、すごく単純に生命を燃やしたいと思っていたし、燃えるのを感じたかったんです」

レイニーはうなずいた。「わかる気がする」

「幼稚だとお思いになりますか」

「そんなことないよ」レイニーは言った。「全然思わない。内心そんなふうに望んでいる人は多いはずだ。功績崇拝症候群って君たちが言ってたのを覚えてるかい？　それは珍しいことでも何でもない」

「大きいものに引かれるからですか？」

「それだけじゃない。より大きな傾向としては、自己を完成させたいということだ」レイニーは小さくため息をついた。「自分を酔わせる感覚と意義とを探したいと君は言うが、同じように感じている人は少なくない。そういう人たちはただこうしたはるかな幻影の中に自分を意義ある存在として感じようとしているのだ。そういう望みがあるのでもなければ、どんな煽動も統制も意味を持たない。もし自分から電気回路の一部になりたいと思う人がたくさんいなければ、安定した電気回路システムは作れない。人は功績に酔いしれているわけじゃなく、大きなことの創造によって、個人の存在意義を見出せるんだ」

「でも実際には無意味なんですよね」

「君が意味をどう定義するかによる」

ロレインは考えた。「じゃあ私はこれからどうすればいいんでしょう」

「君が自分で決めなさい」レイニーは言った。「私はただ君に昔の出来事を教えるだけで、最終的な決定は君自身が下すんだ」

レイニーは扉のところへ行き、そっと休憩室の金色の小さい扉を開いた。扉の枠には細かい花模様と岩石の模様が施され、中央にはきらきらと輝く鏡がはめ込まれていた。

ロレインは鏡の中に自分の姿を見た。白いハイウエストのプリーツスカートの裾が地面に引かれ、頭には造花の白い花冠を被り、おろした黒い髪は腰に届いている。彼女は自分の顔が青ざめてぼんやりしているのを目にした。二ヵ月前に鏡に映った自分とそっくりだ。彼女はあの時、明るく強くなりたいと思ったが、これだけのことを経た今、自分はよりいっそう思い迷って青ざめていた。彼女は鏡に向かって進み、自分に向かって進んだ。扉のところに来て、立ち止まってレイニーを見た。レイニーはうなずき、彼女は手を伸ばして鏡の中の自分に触れたが、別の時空に触れるようだった。

短い回廊を一世紀も歩いていたようだった。彼女は一歩ずつ百年の歴史が描かれた床を踏みしめ、つま先にガラスと彩色金属の冷たさを感じた。両側の回廊には円形のばら窓があり、床一面に幾何学模様の陽光が落ち、ステンドグラスは日の光を受けて清らかな絵になっている。正門は重々しく閉ざされ、外のあらゆる音から隔絶されていた。

門を開く前に、レイニーは急に彼女を呼びとめ、少し考えて言った。「もう一つ、一緒に伝えた方がいいだろう。この前君が言ってた、病院で飛び降り自殺をしたあの患者のことを覚えてるかい?」

「ええ、彼が何か?」

「彼はジェンキンスといって、私の知り合いだ。私が処分を受けたことは覚えているかい?」

「はい」

「私は十年前に処分された。当時の長官がジェンキンスだった。彼は頑固で独善的で、権力志向が強い男で、システムの管理には熱心でなく、ただ自分の崇拝者を増やすことに熱中していた。私が処分された時に彼はシステムの長官だった。あの採石車が事故を起こす前に、車両生産ラインの管理はもう実際には混乱していて、安全検測を重視する者はいなかったし、あの車両が事故を起こさなかったとしても、時間の問題だっただろう。あの時彼は処分を受けず、調査報告もあいまいで、議事院は彼の地位を守った。だが、彼がそこから教訓を得て工事車両の生産監督を改善することはなく、システムの中で質的な刷新がなされることのないまま放置され、安全上の問題はなくならなかった。一年後、ついに重大事故が発生した。彼は処分され、一生役職に就くことはできなくなった」

「つまり、彼が先生の一生を台無しにした人なんですか」

「彼一人がというのは言い過ぎだが、責任があるとは言えるだろう」

ロレインは呆然としてレイニーを見つめ、捉えどころのない思いになった。憎むべき男が彼女らの前で死んだのに、彼女らはこの男のために声を張り上げていた。彼女はこの件をどう受け止めたら良いのかわからなかった。この男の頑固さと独善性のせいでレイニーは終生にわたる処分を受けたのに、この男は精神の均衡を失って死に、弱者の姿で同情を買い、彼女はあの悲惨な一幕のために不平を鳴らしたのだった。

「彼はどうして病院に?」彼女はレイニーに尋ねた。

「人々がもう彼の名を頌《たた》えないのに耐えられなくなったんだ」レイニーは静かに答えた。

彼はそう言うと、ロレインの肩を叩いた。厚い手のひらが以前同様彼女に確かな力を与えた。顔を上げて悲しげに見上げるロレインに、彼は無言のままうなずきかけた。彼が門の開閉ボタンを押すと、重厚な金属扉が両側にゆっくりと開いた。ロレインは門の外を眺め、一面の金色の海のような広場の陽光に、目がくらんだ。

陽光を見つめる彼女の前に広がるのは一面に輝く空白で、前方は何も見えなかった。

しばらくして目が慣れると、彼女は周囲を見回した。階段の下には若者たちが幾重にも輪になって集まり、立っている者も座っている者もにぎやかにあれこれ話していて、相変わらず興奮した雰囲気だった。彼女が出て来たのを見て、彼らはぴたりと静かになった。視線が一挙に彼女に集まり、彼女が口を切るのを待っていた。彼女は何歩か下に降り、声が届くところに行った。レイニーは降りて来なかったが、後ろで遠くから見守っているのが感じられた。

「今日は皆帰りましょう」彼女は咳払いして言った。

彼女の声は軽く柔らかく響き、大きくはなかったがよく通った。張りつめた空気の広場上空に旋回する。誰もが彼女を見つめたまま、一瞬誰も反応しなかった。

「帰りましょう」ロレインは重ねて言った。「理由は今度説明します」

広場はざわめき始め、互いに顔を見合わせ、議論が巻き起こり、声は次第に高まった。

「大まかでも理由を説明してくれないか」誰かが大声で言った。

「理由は……」ロレインは誰が尋ねたのかよく見えず、少したゆらって言った。「理由は……歴史です」

「どういう意味だ？」

「今度説明します」ロレインはまた繰り返した。

皆がまだ落ち着かずざわめいているのを見て、彼女はまた階段を二段上がると、声を張り上げて、切実な調子で皆に懇願した。「どうか今回は聞いてください、帰ってから皆さんに説明しますから。今日は帰りましょう、皆さん帰って頂けませんか」

彼女は悲しげな調子で言い終えると、静かに皆を待ちながら、舞台がはたと中断されたような感傷にとらわれた。舞台がちょうど最高潮に達した時、彼女は興冷めな守衛のように、ぱっと観客席の照明を点ける。皆我に返り、ステージは物語からただの書き割りに変わり、のめり込んだ感情はふつりと途切れ、皆に大きな不満がわき起こる。彼女にはその不満が見て取れたし、いっぱいに膨らんだ興奮はこのまま終われないことも見て取れた。それでも彼女には他の選択肢はなく、ただ自分の心に忠実に振る舞うしかなかった。彼女は自分でも認められない状況で猪突猛進することはできず、興をそぐしかなかった。彼女は皆の反応を待ち、皆も待っていた。その瞬間、広場は一面海のように、憂わしげに静まりかえった。

彼女は階段の上で、そっと両手を上げ、口元で手を合わせた。白いロングスカートとローマ風の柱が彼女を古代の巫女のように見せていた。彼女には自分と自分の声が遠くに感じられ、声は気泡のように陽光の中を漂っているように思われた。

それから、彼女は自分の声が若者たちの間に作用を及ぼしたのを目にした。彼らはゆっくりと動き出した。短いざわめきの後、ゆっくりと四方に移動し、片づけをし、次々とこの小規模な広場を後にし、四方の小径を通って立ち去っていった。ロレインはずっと階段の上に立ち、それ以上何も言わず、広場を席巻した騒ぎが太陽と共にゆっくりと沈み、寂寥にのみ込まれるまで立っていた。

彼女は疲労を感じ、家に帰りたかった。レイニーは彼女に議事堂で弁論を傍聴するかと尋ねたが、彼女は首を横に振り、中に入ろうとは考えなかった。代わりにハニアとトーリンに傍聴してもらい、彼女自身はゆっくり身を横たえ、一切合切を夢の中に押し込みたかった。

ロレインは帰宅すると、習慣的にメッセージボックスを開け、新着メッセージを確認した。特に期待はしておらず、寝る前にちょっと見ようと思ったのだが、一通の新着メッセージのアイコンが点滅し、注意を引いてすっかり眠気を吹き飛ばしてしまった。

それは地球からのメッセージだった。

ロレインへ

メッセージありがとう。僕の事業は難航していて、がっかりしているところに、温かいメッセージが嬉しかった。君の方はどうしてる？ 元気で過ごしているだろうか。

事業はなかなか進まず、もう続けられないと思うくらいだ。地球の環境はやはり火星とは違いすぎる。強く根付いた歴史はたやすく変えられはしない。今はフランス革命の時代のようにはゆかず、革命はますます困難になっている。地球上のあらゆる国の生活様式を、一カ所から変えてゆくことは難しい。他の芸術家に公共空間の計画を説明するたび、人知れずコントロールしようという陰謀を企んでいるのではないかと疑われる。政府はこの計画の承認に乗り気でない。版権の売買停止によって国内総生産が数兆ドル単位で減少し、経済が縮小するというのが理由だ。経営者はもちろん計画の実施にはさらに反対だ。彼らが重視しているのは利益なのだから。これらは当然言うまでもないことだ。人類全体の芸術と思想の交流に明らかに寄与する行動が、ほとんどあらゆる人から反対されるのはなぜなのか、時に本当に理解できないと思う。

原理主義者について尋ねていたが、ちょうど先頃彼らの消息を耳にした。僕らが地球に到着して一カ月余りになる。宇宙船を降りた翌日から、テインは新しいテーマパークの建設準備に取りかかった。彼は集中爆撃のような宣伝はせず、ニュースの注目度を利用して、ウェブ上の各コミュニティで火星都市の映像を放映している。砂漠のオアシスのようなイメージはすぐに拡散され、ガラス建築、あふれる緑、人間と環境の一体化といったすべてが新しいコンセプトとなり、環境保護活動家と原理主義者の憧れとなった。彼らは熱狂的にコメントし、賛美し、持ち上げ、新しい運動として、まだ建設が開始されてもいないのに竣工の日には現地に集まろうとしているくらいだ。彼らは積極的に計画し、世界的ネットワークで呼びかけているが、工事のスポンサーについては調べていない。テインはこれに満足し、新しいテーマパークに好ましい自然愛好的効果を持たせることを決め、より多くの人を引き付けようとしている。

今の地球には毎日多すぎるくらいの運動が起こっている。どれがどういう目的なのか区別できないくらいで、時には自分もこうした無数の流れの中の一員にすぎないと思うこともある。火星はむしろ幸福なのかもしれない、シンプルな道を行く人は幸福なものだから。

火星の近況はどうだい？　すべて順調であることを祈るよ。

君の友　エーコより

ロレインはメッセージを二回繰り返して読み、読み終えると窓辺に座り、膝を抱えて頭を乗せ、窓の外の夕日を眺めた。この日は砂嵐が吹き荒れ、地平線にはぼんやりと金と黒が溶け合い、夕日はほとんど沈みかけていて、砂煙の間で格別憂わしげに見えた。

彼女は不意に疲労を感じた。あちこちを熱心に駆け回ってきたことに疲弊していた。そうして駆け回ることに終わりはあるのか、終着点はどこなのか、ある人々にとっての終点が別の人々の起点になるのではないか。そう考えると、どこにも行きたくない気持ちになった。ただこれらすべてがどうやって始まったのかを見極めたかった。運命の風に乗ってしまったようだが、風に吹かれて漂いたくはなく、ただ立ち止まってぼんやりと眺めていたかった。各地を流浪するという情熱を失ったのは初めてだった。ただ静かに座っていたい、世界が終わるまで座っていたい。

彼女はその時、病院でレイニーに問いかけたことを思い出し、いくらかわかったような気がした。

レイニー先生、幸福とは何だと思いますか？
頭がはっきりしていること、それから頭をはっきりさせていられる自由。

ロレインは空の果てを見ながら、アンカのことを思い始めた。いつも困って寄る辺ない時にはとても彼に会いたくなるのだった。果てしない風砂と夕日が大きな幕のように彼女を包み、彼女は一人芝居の孤独な俳優のように、観客のいないがらんとした劇場でたった一人床に座っている。彼女はあの暗闇を見極めたかった。渦巻く風砂に席巻された幕の中でしっかりした手を握っていたかった。アンカが恋しかった。

その時彼女はもう何日もアンカと会っていないことを思い出した。彼はまったく今回の行動には参加せず、顔も出さなかった。何をしているのかは知らない。彼女は窓枠から跳び下りてスクリーンの前に移動し、彼に連絡してみたが、話中音が続くばかりで応答はなかった。

レイニー

レイニーはロレインの後ろ姿を見送ると、ハニアとトーリンを連れて改めて議事堂ホールへと戻った。公聴会はまだ続いており、彼が一時間ほど離れていた間に、議程は少し進んだだけだった。

彼は二人の若者を連れて公文書館員のオブザーバー席に座った。自動録画設備は深海に潜む魚のように、人に気づかれぬリズムで呼吸し、話し声の波の下で作動し続けていた。ハニアとトーリンは彼の後ろに座り、物珍しげに辺りを見回している。彼は二人を観察したが、ハニアは傲岸な面持ちで、唇をかんだまま壇上を見ており、何か不愉快な気持ちを毅然と押し殺しているようだった。トーリンの表情はずっと穏やかだが、憂いの色も濃く、もの思わしげに壇上を見たかと思うと、瞬きもせずにハニアを見つめている。

演台はまばゆく照らし出されている。ホールの照明もすべて点灯し、聴衆一人一人が金色に縁取られ、演台の角やマイクも光を反射し、あらゆる視線を集めていた。天井の照明は円錐形の光を下に投げかけ、重々しく立つ巨大なブロンズ像を照らし、どの彫像にも聖者のような視覚効果を与えていた。十個の異なる角度に設定されたホログラム投影機は舞台の中央に生き生きした映像を作り出している。どの角度から見ても建築と風景は実物そっくりで、立体的で豊かな造形の中に夢のように美しい幻影が生まれていた。演説者が立っている壇が照明の中心となり、演説者は四つの方向からのスポットライトを一身に集める。光は強烈ではないが密集して、星の光がきらめくようだった。十数メートルの高さのドーム天井は普段は日光を通し、厳かで聖なる雰囲気だが、今は完全に暗くなり、広大ではあったが、壇上の輝く照明とは比べようもなかった。

演説者は高揚していた。こうした注目を浴びて、高揚を抑えられる者はなかなかいなかった。今の話し手は名高い川派の元老で、彼は歴史から説き起こし、皆が知っている、あるいは知らない細部を表情豊かに描写し、この砂漠の街がいかに人類を救ったかを語り、このゆったりと安らかな生活が過去の辛苦とは天と地ほどかけ離れていることを語った。彼はこうした都市で形成された平和なゆとりこそ、火星が自ら築き上げた真の精神であると語った。それは真理を探究する最良の環境で、オリュンポス山のふもとのプラトンの楽園で、これを放棄するのは精神的人格を放棄するようなものである。自分のものでない自然環境を追い求めるなら、最終的には運命の罰を受けることになる。彼の言葉は多くの老人や保守主義者の共鳴を得て、拍手で途切れるたびに、プラトンの楽園に言及するたび、辺りには崇高な感覚が立ち昇った。

舞台の下には様々な挙動が見られた。台上の激情に共鳴する者もいれば、表情一つ変えない者もおり、まださやき合って何か計画しており、壇上の演説を無視している者もいれば、二階のギャラリーをせわしなく行き来しては積極的に次の演説の準備をしている者もいる。大部分の人はすでに態度を決めており、まだ中間でためらっているごく一部の議員を両派が奪い合う形となっていた。レイニーは、公聴会は形式的には計画に対する公正な投票だが、実質的な結果は会場外の幾重もの深い海での工作によって決まることを知っていた。こうした光景を目にするたび、神が予言した結末に向かう芝居のように感じられた。

ハニアは集中して聞き入り、前の座席の背もたれに腕を乗せ、そこにあごを置いて、食い入るように壇上を見ていた。何か考え事をしているような表情で、よくわからないことがあると小声でレイニーに尋ねた。それに比べると、トーリンはそれほど集中しておらず、真剣に聞いてはいたが、内容に関心を持っているというより、ハニアの気になることに関心を寄せていると言った方が良さそうだった。彼はハニアを見つめ、眉間には若干の不安の色が見えた。

その時、ルディが登場した。ルディは山派の最後から二人目の登壇者だった。彼の経歴とエンジニアリング関連の背景からすれば、こんなに後ろの位置には入れないはずだったが、レイニーは彼の成長の早さを知っていた。山派の影響力のある議員たちの多くがルディを支持していると聞いていた。そこにはリチャードソンや要求の厳しさで知られるフランツも含まれている。レイニーはルディがどうやってそこに到達したのかはわからなかったが、彼の政治的手腕は知っていた。今ではルディは自分の磁気技術を管理するだけではなく、山派の計画に関する研究室間の連絡と意思疎通を引き受けていた。

ルディは壇上に上がり、四方の聴衆に頭を下げてあいさつした。それから静かに横向きになり、事前に準備してあったビジュアル資料のホログラム映像を再生した。彼は自信に満ちて、ほほ笑みを浮かべ、金髪を頭の後ろになでつけていた。映像は山の斜面の住宅と磁気浮揚車の生き生きした明瞭なイメージで、楽観的な雰囲気を持ち、気力満々だった。

「尊敬する皆様、こんにちは」映像が最後にストップすると、ルディは咳払いをし、ほほ笑んで言った。「今日は皆様に我々のプロジェクト計画全体の最後の二つの部分をご紹介できて光栄です。それは交通と経済改革です。

先ほどご覧頂いた通り、クレーターへの移住計画では、より自由で、より便利な磁気浮揚車がポイントとなります。磁気コントロールで、簡便かつスピーディーに、岩肌に沿って敷設した道路を移動するものです。山の上り下りという最も困難な問題をたやすく解決し、しかも誰もが自分の乗り物を所有する楽しみがあります。原理としては単純で、技術的条件も可能な範囲です。簡単にご紹介させてください」

ルディはそう言うと、新たにホログラム映像を起動し、静止画像を映した。半球形の小さな車の断面図で、底部が路面に付き、路面の下には渦を巻いた電気回路がある。ルディは説明を始めた。表情は落ち着き、話し方はなめらかでよどみなく、内容は丹念に準備され、一般の聴衆にも理解できるものだった。

レイニーはハニアの集中に気づいた。彼女は両手の指を組み合わせ、堅く握り、目は壇上に向けたまま、疑念と観察に幸福感と羞じらいが混じったような表情で、時折誰かがルディに拍手を送ると、彼女は率直に得意げな表情を見せた。ルディの演説は群を抜いており、口調は断固として、説得力を備えていた。

「その他に、我々の計画がもたらす最大の利点をご紹介しましょう。経済モデルの改善です」ルディは技術について話し終えると、話題を転換した。「技術は生活の背景で、経済は人の生活様式と密接に関わっています。現在我々の都市では、住宅は都市の一部分であり、個々人も都市の一部分で、自分で自由に土地を選択する権力はありません。その主な原因は技術にあります。今の住宅は一度で全体を成形する吹きガラス工法で、都市に接続している必要があり、都市全体の計画が不可欠です。個人や一般の団体には自分で建築することはできませんし、他の住宅様式を選ぶこともできず、個人の自主性の大きな障害となっています。

　我々のクレータープランではまさにこの問題について解決策を案出しています。先ほど皆様が目にした、そして敬愛するルーク女史が先ほどご紹介した、クレータープランの洞窟は天然の洞窟を研磨したもので、外壁と室内装飾の材料は様々な種類から選ぶことができ、住宅と場所に不満があれば交換も可能で、真の居住の自主性を実現します」

　そこまで聞くと、レイニーは突然ハニアがそっと腕を叩いたのを感じた。

「レイニー先生」彼女の唇は青ざめていた。「彼は何を言ってるんですか」

　レイニーは彼女を見た。「住宅市場のことだと思うよ」

「住宅を自由に交換するんですか」

「そうだ」レイニーはうなずいた。「変革の重要な点の一つだ」

「長いこと計画してたんですか」

「長くもないだろう、最近提出したんだ」

　壇上で、ルディはさらに人の心を揺さぶる青写真を描いていた。「……もし誰かがこうした自主の意義に疑念を呈するとしたら、皆様にこういう事実をご覧頂きましょう。不完全な統計ですが、住宅の均等化政策が実施されてから、データベースに蓄積されただけでも、クレームの記録は三百十五件、毎年平均三十一件に上ります。ここにはデータベースに訴えられない生活上の悩みや不満はカウントされていません。人間には家屋の建築と変更の権利があります。それは基本的な自由です。

この点は十代の若者たちも意識しています。まさに今日、情熱と社会正義に駆られた若者のグループが、外に集いこの政策の改正を訴える呼びかけを行っています。彼らは非常に広い住民の声を反映しています。彼らの呼びかけはシステム制度全体の改革を目指しており、国全体をより良くしたいという強烈な推進力であります。敬愛する議員の皆様、どうかこの声に耳を傾けてください。偉大なる移転の機会を利用して、勇猛果敢に新たな社会への改革を進めましょう。それは火星にとって、あらゆる人々にとって、この上なく重要な意義を備えています」

ハニアはまた質問した。声はか細くほとんど聞こえないほどだった。「彼は票を獲得しようとしてこんなことを?」

レイニーは彼女の不安げな面持ちを見て、注意深く言った。「重要と思われる理由を一つ増やそうとしているだけだろう」

ハニアの両手はかすかに震え、椅子に座ってまっすぐ背筋を伸ばしていたが、その身体を強烈なショックが貫いているのは明らかだった。彼女は静かに座り、口をつぐんだまま耳を傾け、目をひたとすえ、身体をこわばらせて待っていた。トーリンが心配そうに彼女を見て、話しかけようとしたが、彼女は耳を貸さず、一言も答えなかった。

彼女はずっとそのまま座っていたが、演説を終えたルディがステージの端から降りて来て、端の通路に来た時、彼女はぱっと立ち上がると、階段を駆け下りてルディの前に立ちふさがり、派手な平手打ちを一発見舞った。

乾いた音が空気を破り、皆は予期せぬ物音に驚き、低い声を上げた。

ハニアは何も言わず、すぐに身を翻してホールの横の扉から飛び出して行った。ルディは呆然とその場に立ちつくしたまま、手で頬を押さえ、しばらく放心状態だった。トーリンは立ち上がり、階段を駆け下りると、彼女の後を追って飛び出して行った。ホールでは先ほどの派手な一幕に気づいた者もおり、物珍しそうに眺めていたが、気づかなかった人や関心を示さない人は、相変わらずうつむいていた。レイニーは胸の内で同情のため息をついた。瞬時に起こった変化ではあったが、事前に決められていたかのようだった。

レイニーはハニアの怒りの理由を感じ取ることができた。表情から察するに、彼女は真剣にルディについて考え、これまでのすべてに向き合っていたのだ。彼は先ほどの広場での集会の激しさを見ていたので、今この瞬間の彼女の気持ちを理解することができた。今日まで、彼は山派の策略について耳にしていたが、ただ集会がこんなに大ごとになるとは思っていなかったし、当事者である少年少女が全体像を何も知らずにいるとは思いもよらなかった。彼はハニアが駆け出して行った時の表情を思い返した。蒼白な顔に、悲しみと憤怒が記されていた。真相が明るみに出た後の苦痛によって、彼女の誇り高い顔には自尊心の傷がありありと刻まれており、同情を引いた。

ルディはまだそこに立ったまま、顔を怒りに染め、追いかけるべきか残って続きを聞くべきかとためらっているようだった。彼の手はまだ熱を持った頬に当てられたまま、目はハニアが出て行った扉に向けられていた。彼はハニアがこの場にいるとは思いもよらなかったらしく、こうした突発的事態への対策を準備していないようだった。彼も焦り、心をかき乱されているのは見て取れた。ハニアは彼にとってどうでも良い存在ではなさそうだ。彼は長いことためらった後、二度にわたって足を踏み出そうとし、また踏み止まり、自分自身と闘っているようだった。結局彼は出て行かず、横の人目を引かない場所に腰を下ろした。壇上に目を向けてはいたが、明らかに心ここにあらずだった。

レイニーは彼の顔を斜め後ろから眺め、わずかに顔の輪郭から子どもの頃の活発な姿を見出した。同じように金髪ですらりとして、同じように鼻筋が通っている。ただ、今のルディの顔には、子どもの頃の絶えず外に表れる冒険心と好奇心と情熱はうかがえず、代わりに抑制とあか抜けた雰囲気が表れていた。レイニーにはわかっていた。彼はもう少しずつ束縛されているのに、自分ではまだ気づいていない。彼は適切に振舞おうとすることで意志を抑えつけ、自由によって野心を購《あがな》ったのだ。野心に生きる者の選択は常にただ一つで、従って自由は失われる。

レイニーはため息をつき、また視線を壇上に戻した。若者の愛憎を見抜くことはできたが、介入することはできなかったし、またそう望みもしなかった。壇上では、川派の最後から二人目の演説者がすでにスピーチを終えようとして、ほとんど結末に差しかかっていた。さっき気を取られていて、レイニーは前半部分を聞いていなかったので、大体の内容を聞き取れただけだったが、大まかに言ってガラスで蓋をされた河道ではコントロール下で実験生物の育成が可能だという話だった。青写真は完全で、計画も実行可能だったが、スピーチは平凡で、聴衆の心に情熱的な想像は引き起こされなかった。彼はすぐにステージから下り、拍手はまばらで、一日座っていた人々は疲れを感じ始めていた。

その時、ホアンが姿を現した。彼は山派の最後の講演者で、しんがりを務める人物だった。彼が現れると、場内に稲妻が走ったようだった。眠気を感じていた人々ははっと目覚めた。

レイニーにはよくわかっていた。ホアンは誰より厳格で苛烈な人物で、彼が姿を現しさえすれば、注意を引かずにはいられない。彼はルディの洗練された物腰とは対照的に、いつも獰猛《どうもう》な野性味を覗かせ、誰はばかることなく強大な意志を辺り一面に燃え上がらせるのだった。彼は小男でたくましくもなく、ころころした身体つきはむしろ厨房のシェフのようだったが、ひとたび口を開き、独特の硬く冷酷な調子で全体に号令をかけると、稲妻のような黒豹と化して舌鋒鋭く迫るのだった。彼は十年にわたり航空システムの長官の座にあるが、こうした個人的な力なくして、尊大な将軍たちを心服させることはできなかっただろう。

まさにこの時登場したホアンが、山派の最も強力な切り札となることは疑いない。航空システムは火星の建設の根幹だった。航空システムによって採掘されなければ、多くの資源はすぐに尽きてしまうだろう。

ホアンは単刀直入に口を開き、聴衆は物音一つたてずに聞き入っていた。

「我々の今日の選択は、単なる居住方式の選択を超えた意味を持つ。我々の選択は、火星の民の未来、そして人類全体の未来に関わっている。

我々はすでに一つの人種である。生物学的にも精神のレベルでも、すでに一つの人種を称するに足る。我々の肉体は地球人より大きく、強健で、跳躍と飛行機操縦に優れ、寒冷と酷熱に耐えることができる。地球人がより完全な段階へと進化した結果であり、我々はまったく新たな人類である。精神や知恵の角度から見ても、我々が地球人をはるかに凌駕《りょうが》することは疑いない。我々は文明と芸術の共有を受け入れた人種であり、宇宙の果てと時間の終わりまでを見通す力を備え、幼な子ですら地球の成人よりも世界に対して開かれた視野を持っている。我々は総体として生きる者であるが、自らの分断化を進める世界において地球人はすでに自己分裂の世界システムの中で破片へと堕し、視野狭窄に陥り、人類という総体における自己の崇高な価値など想起することすらできない。我々は人類の継承者であり、もしわれわれ種族に一つの名称を与えるとすれば、『人類族』以上にふさわしい名称はない。

我々は火星の民であり、同時に人類の最も正当な継承者である。

人類が何より恐れねばならぬものとは何か？　狂風や巨岩か？　寒冷と酷熱か？　それとも貧困と苦闘か？　大間違いだ！　人類が最も恐れねばならぬのは腐敗と衰退であり、人類全体の強大な生存能力が衰え、懦弱《だじゃく》かつ虚弱、軟弱な腑《ふ》抜けになることだ。地球人はまさにその方向へと進んでいる。彼らはいやらしく臆病な肥満症患者になり、際限なく膨張する欲望の中で酔生夢死の日々を送り、脂肪と麻薬によってあらゆる感覚を麻痺させられ、わずかな崇高さすら保っていない。彼らはたまたまの思いつきを知恵とみなし、恥知らずにも知恵を転売し、知恵とは長期にわたる探求だということも知らず、偉大な精神は贈与と共有を渇望するということも知らない。彼らは自分たちの惑星を忘れ、人工の風景に耽溺《たんでき》しており、自分たちの国土に対する理解も我々の一般人の半分にも及ばない。彼らは歴史に反逆した者の子孫であり、我々は彼らと共通の祖先を持つことを恥じるほどだ。地球の表面を占拠する無能な退化者どもではなく、我々の上にのみ、人類の真の勇敢さと誇りを見出すことができるのだ！

我々の使命は人類の運命を引き受けることであり、それは逃れることのできない高貴な責任である。我々は人類が宇宙に対峙する最前線にあり、未知の中に分け入って探索するすべを知っており、過酷な自然環境の中で鍛錬し、バベルの塔によって荒れ狂い猛進する知恵の嵐を巻き起こす。予測可能な近い将来、我々は偉大な劇の序幕へと足を踏み入れることになるだろう。それは人類が広大な宇宙の中に自ら広がってゆく、新たな大航海時代である。人類は自己を超越することが運命づけられており、また超越せねばならない。人類は新たな環境で生存することを学ばねばならず、新たな環境に自らを適応させねばならない。あらゆる手つかずの自然の凶暴性は現在こそ猛獣だが、未来においては友人である。手なずけるまでの間は隠れ住んでいてもよいが、決して屈服することはできない！　我々は何としても出て行かねばならない。過酷な寒さの中で自らを鍛えるのだ。永遠に現在の都市の中に身を潜めていては、いずれ我々は地球人のように腐敗し退化してしまう。これは偉大な歴史の転換点だ。選択は我々の手の中にある。望もうと望むまいと、未来は必ず訪れるのだ！」

ホアンは滔々《とうとう》と弁じ立て、映像の助けは一切必要としなかった。彼の声は荒々しく激しく、ティンパニーのように響き、クレッシェンドするたびに身震いするほどの激しい気勢で迫った。身ぶり手ぶりは少なかったが、手にも身体にもエネルギーが凝縮され、黒い風船のようにいつ破裂するかわからなかった。

ホアンを見ながら、レイニーの胸中の海にはゆっくりと潮が満ちてきた。ホアンは子どもの頃から、他人と異なる強硬な性格の片鱗《へんりん》を見せていた。彼は孤児だったが、それを重荷に感じたことはなかった。彼の祖母が亡くなった時には荒れ狂い声がかれるまで泣いたが、それから後はほとんど涙を見せたことはなかった。彼はまったく自分の殻にこもってはおらず、自分を卑下することもなく、悲しみにとらわれもしなかったが、他人の手助けを受け入れようともしなかった。彼は小さい頃から航空システムの駐屯地に暮らしており、陸地より飛行船になじんでいた。戦争が終結した時、彼は十六歳で、飛行場以外の場所で生活することを拒んだ。彼は一貫して強硬で、一匹狼で、温かく優しい戦争孤児支援センターは敬して遠ざけた。彼は誰の助けを借りようともせず、他人に助けの手を差し伸べることもめったになかった。唯一の例外がハンスだ。ハンスは彼より十四歳年上で、彼が唯一信頼して頼ることのできる存在だった。彼らの友情がどうやって築かれたのかは誰も知らない。ただ人々はハンスが彼を祖母の傍らから救い出したのだと噂していた。

ホアンは敵味方をはっきり区別していた。彼の辞書には裏切りと寛容という文字はない。愛とは忠実であり、憎しみとは許さないことで、他人への借りと自分の貸しははっきりと記憶していた。彼は地球人を許したことはない。火星が戦争の起因だったとしても、地球は敵だった。

レイニーは、これがハンスの長年の懸念であることを知っていた。ハンスは権力に対してとっくに倦怠を覚えていたが、長年総督の地位を去らなかったのは、職務を離れた途端、抑えられない冷たい炎が穏やかな海の底から噴き上がり、火星よりもはるかに挙動不測の困難なもう一つの世界を直撃することを憂いたためだった。それが火星の最大の危機だった。ハンスには誰よりよくわかっていた。他の細々した弊害と比べたら、こうした征服欲の方がずっと危険だ。システムの問題は改善可能で、データベースを利用したフィードバックと議案の提出システムはすでにほぼ完璧で、後は忍耐力さえあれば良かった。しかし征服欲はそうではない。それは天国を描かず、彼岸を描かず、現世には十分強大な知恵を集中させた火星人にとっての最大の危機だった。火星人は団結力を持つが、希望を思い描くことができない。従って自ら誇りを満足させることもできず、比較と征服によって自己を証明する必要があった。ハンスはこれを長く心配していた。火星人は容易に己の身を捧げるし、誰よりもたやすく歴史的使命に衝き動かされた。

この日がついに来る。レイニーは考えた。ハンスが長年その到来に抗ってきた日がついにやって来る。

ハンスが壇上に上がった。彼は川派の最後の発言者で、ホアンの直後に登場し、ホアンが下がるのとすれ違った。ホアンに巻き起こされた激情の波がまだ収まらない大海の中、ハンスは静かにしっかりと立ち、その姿はゆっくりと浮上する長く身を潜めていた黒い潜水艦のようだった。彼は落ち着いて、決然として、年老いて見えた。聴衆をじっと見つめ、すでに記された運命の向こう側を見つめているようだった。聴衆は静まり、拍手の波が過ぎた。

ハンスはすぐには口を開かなかった。彼は黙ってしばらく立ち、自分の肩から鷹の徽章を外すと、手のひらに乗せて会場全体に示した。それから二羽の金色に輝く鷹を演台の中央に置き、顔を上げ、また会場を見回した。

「まず、説明しなければならないのは、総督として、私はいずれの弁論にも参与する資格を持たないということだ。政治秩序の公平を保つのみで、個人の立場で誰かを支持することはできない。だが私は今日残留計画の答弁に参加し、個人的な意見を述べたい。よって総督の徽章を事前に外し、ここにいる全員に預ける。あと一ヵ月で次の総督の選出となり、私の任期は本来そこで終わりだ。繰り上げての退任ということになろう」

会場には低いざわめきが起こったが、ハンスの耳には入らないようだった。

「今日は我々の派の都市発展計画を説明すると同時に、対抗する派への質疑を行う。二つの計画を比較した結果、我々は、現在の人類のレベルはまだ開放空間での生存基準に達していないと考える。

河川計画の都市設計は現在のモデルをそのまま敷き写しにするのではない。現在すでに成熟している技術の基礎の上に、絶えず新たな形式を開拓しようと望むものだ。ケレスの天水と、コントロール可能な川の流れがあれば、私たちは川沿いに点在する都市を建設することができる。現在のような唯一の都市ではない。

こうした新たな都市において、私たちは新たなモデルを試行することができる。ガラスの外殻がベースにはなるが、様々な異なる形式を発展させ、大地と連結させる初歩的な案も試行することができる。その時には、住宅建築工法は単独のスタジオや部門によって掌握されることはない。私たちの技術は公開され、能力を備えた団体が習得し発展し、資金助成を受けることになる。新たに建設される都市では、どの都市にも独立して運営される議事院が設けられ、それぞれ都市の資源の分配と安定した運営について決定する。都市間の交通は地面効果翼機を用いるが、この技術は長年利用されており、全幅の信頼を寄せることができる。都市は未来の火星の基本となる単位で、囲まれた河岸にはいくつもの都市が繁栄し発展し、どの都市もそれぞれの特色を備えるだろう。

さらに重要なのは、こうした平原に囲まれた密閉された都市空間で、私たちはより多くの科学的実験を行い、人体を徐々に環境に適応させ、いつか外に足を踏み出すため、より着実な基礎を築くことができるということだ。減圧環境、低酸素環境、高濃度放射線環境などは、先に研究室で長期のシミュレーションを行い、人類の体質に現在と比べて大きな変異が見られるようになった段階で、確信を持って密閉された都市から外に出、自然に足を踏み入れることができるだろう。進化はゆっくりとした予測不可能な過程だ。現在の人類はいずれ超越されるにせよ、それが今でないことは確かだ」

レイニーは見ながら、昨日の午後のハンスとの対話を思い出していた。ハンスが公文書館にやって来て、自ら資料調査をした後、レイニーの休憩室に来て、二人で静かに茶を飲んだのだった。その時、ハンスは憂慮に沈んでいた。

「レイニー」ハンスは一見脈絡のなさそうなことを尋ねた。「昆虫についてはよく知らないのだが、昆虫の身体は巨大化が不可能だというのは本当か？」

ハンスはレイニーの向かいに座り、眉が視線を遮り、低くゆったりした調子は、静かな川のようだった。レイニーはハンスの顔に老いの徴候を捉えた。輪郭は峻峭で、石像のように硬い印象を与えた。彼は三十年間老いの影を見せなかったが、いったん始まると速かった。ハンスの背後では、時計の振り子が軽やかに揺れ、時間の痕跡を描いていた。

「そうです」レイニーは言った。「昆虫は体表の気門で呼吸するので、大きくなり過ぎると窒息死してしまいます。骨格も体表にあるので、あまり重い胴体を支えることはできません」

「その身体を無理に拡張したらどうなる？」

「断裂します」レイニーは静かに言った。

「必ずか？」

「必ずです」

レイニーは幻想絵画でよく大きさを変えた動物を目にしていた。実際の大きさはただの偶然で、随意に変更可能であるかのように描かれたものだ。でもレイニーはそんなことが不可能だと知っていた。進化の終着点はバイオリンのように完璧で、わずかに大きさを変えることすらできなかった。変えてみたところで、現状には及ばない。生物と環境は双方の進化の過程で、最終的には協調する。飛ぶ鳥が巣をかける場所を選び、巣穴が次の世代の鳥を選ぶ、というように。この選択と被選択の過程がある程度まで進むと、平衡状態が訪れる。見落とされがちな常識だが、進化の行き着く先は極端ではなく、最適なところだ。

ハンスは細かく突き詰めようとはせず、カップに手をかけたまま、だいぶ経ってうなずいた。知らない人が見たら耳が遠いのだと思うだろう。レイニーはまた彼に水を注ぎ、二人は腰掛けたまま、薄緑のカーテンが時折背後で風にはためいた。

「そうすると」間を置いてハンスは尋ねた。「君の考えでは、変化の過程で大切なのは何だね」

「急がないことです」レイニーは言った。「急がないことだと思います」

レイニーはハンスの憂慮を理解していた。ただ彼は尋ねなかったし触れなかった。彼らは気まぐれのような言葉で、運命の謎かけをしていた。

　今日のハンスは壇上に立ち、昨日見せた感情の波はすっかりなりを潜め、もう黙りこくって考えに沈んだりせず、演説に打ち込んでいた。その声には内心に渦巻く激情が加わり、普段の重々しさに悲痛な色が与えられていた。ことによると彼は今回の演説を、四十年にわたる政治生涯に幕を引く、最後の独白と考えているのかもしれなかった。全力を傾注し、次々に浮かぶ追憶の中、普段どれだけ冷静で剛毅でも、この瞬間は感情をあらわにせずにはいられなかった。

　ハンスの前に並べられたのは困難な選択肢だった。残留を選択したのは、ガリマンの住宅のためだけではなく、生存環境をやみくもに開拓するのを良しとしなかったからだった。ハンスは子どもの頃、父が幾度もこういましめたことに思い至った。衝動的な大胆さというのはだいたい単なる無鉄砲だ。彼は小さい頃に経験した、ほとんど死と隣り合わせの飢えと寒さを思い出した。それは戦争の最初の数年で、一切を顧みぬ反逆者たちは代償を支払うことになった。地球の物資を奪うことに失敗し、また痩せた土地に花を咲かせることもできず、熱血と衝動に動かされた反乱軍はほぼ全滅に瀕しており、強靱《きょうじん》な意志と散発的な勝利だけで持ちこたえるのは困難だった。クレーターを出たのが彼らの最初の転換点となり、それから彼らは室内で植物を栽培できるようになり、空気と暖かさを獲得し、死からやや遠ざかった。戦後間もない頃もほぼ同様の困難にあった。彼らは敵を敗退させたが、同時に地球の輸送船という唯一の物資の来源も失うことになった。資源の争奪戦は過去のこととなり、すべてを砂漠に求めるしかなくなった。それはある意味では不可能な任務だった。また長年の苦闘の末、地球との和平交渉が終わり、物資の交換が初めて軌道に乗った。これらすべてを経験し、この歳月目にした死と苦痛の記憶を経て、本能が軽率に出て行くことに警鐘を鳴らしたので、彼は異を唱えるしかなかった。欠乏するものは多く、意志の力で補えるものではなかった。

「クレーター計画の代表に最後の質疑をしたいと思う」ハンスはまっすぐに会場のホアンを見つめた。「現在の人類はまだ脆弱で、実験環境で長期の訓練を行ってから、開放的空間に出る方が成功の確率が高くなるということには同意するかね？」

ホアンは避けることなく、答弁人の席から立ち上がり、胸を張り厳粛にハンスに相対した。

「しかしその頃には水はない」彼はきっぱりと答えた。「今水を河川跡に注ぎ入れたら、それを将来集めてクレーターに降らせることはできなくなる。しかも大きな面積の平原で水や水蒸気を維持するのは盆地よりはるかに難しい。その時になってまた水を含有する天体を捕まえることは不可能だ。従ってこの機会を逃したら、惑星上に真の開放的生態を築くことは永遠にできなくなる」

ホアンの舌鋒は鋭かったが、ハンスも退かなかった。

「ではさらに聞きたい。君たちの青写真で、あらゆる不可欠の物資はどこから調達する？」

「鉱石からだ。我々の鉱石製錬技術はここ数年で長足の進歩を遂げた。小惑星帯にも開発の余地がある」

「だが知っているだろう、あらゆる物資が自分たちだけで精錬して得られるわけではない」

「ほとんどは可能だ」

「不可能だ」ハンスは断固として否定し、悲しげに首を振った。「その点ははっきりさせなければならない。大気圧を維持するのに十分な窒素が精錬のみによって得られるかどうかはひとまずおこう。岩壁の住宅を建造するのに必要な軽金属だけを取っても、火星で精錬することはできない。火星にはアルミニウム、マグネシウム、ナトリウム、カリウムが欠乏しており、十分なのは重元素のみで、君たちの設計が必要とする軽さと柔軟性を満たすことは困難だ。地上の都市の素材はガラスで、これが我々の手中にある唯一の無尽蔵の物質なのに、君たちはそれを捨てようとしている。さらに岩山と地下に大規模なケーブルを敷設しようという。しかし聞きたいのだが、それに必要な絶縁体、プラスチックとゴム、あらゆる有機物を、どこから得ようというのか？　現在我々は少量のゴムを有し、地球からも交易で手に入れることが可能だが、大規模にクレーターを改造するとしたら、必要な物資はこの微々たる量でどうやってまかなうのだ？」

ホアンはしばらく沈黙して言った。「それは些細な問題だ」

「違う！」ハンスは大喝した。

ホアンは黙りこくって抵抗した。

「私を見ろ」ハンスは言った。「おまえたちが考えているのは略奪だな？」

ホアンはハンスを見返し、やはり何も言わなかった。

「そうなんだな！」

ホアンはついにうなずいた。「そうだ」

「だがそれは戦争を意味する。わからないのか？」

「わからない」ホアンは極めて冷淡に答えた。「ただ一定の程度のコントロールと威嚇によって、上納を要求するだけで十分だ」

「あり得ない」ハンスは老いた声で絶叫していた。「おまえたちはまだわからないのか？　抵抗と交戦を引き起こさないわけがない。数年にわたる衝突が続き停戦は困難になる」

ホアンはなお決然としていた。「それが問題とは思えない」

「まだ苦しみたいのか？」

「たくさんだ」ホアンは言った。「だから強大になる必要があるのだ！　我々は帰るんだ、帰って勝利を収めるのだ。我々には強大になる権利があり、何も問題だとは思わない。我々がいなければ、いずれ地球人は互いに争って自滅の道をたどるだろう。我々はあの儒弱さを断ち切り、人類の霊魂を利益の煮汁の中で腐らせてはならない。地球は我々を歓迎すべきだ！」

「いいかげんにしろ！」ハンスは憤激して遮った。声は嗄れていた。「それは口実にすぎない！　おまえが強大になるのは勝手だが、略奪する権利はない」

「だが奪い取らなければ、生き延びることはできない」

「そういう生存方法を誰もおまえに強いはしない」ハンスはついに心に秘めていた言葉をはっきり口に出した。「戦争を起こすことは許さない。私が総督の地位にある限り、そんなことは許さない！」

ホアンは落ち着いて、口をつぐみ、演台に置かれた金色の鷹を指すと、冷ややかに言った。「しかしあなたはもう退任した」

その言葉は錐のように空気を切り裂き、ホールは静まりかえった。

レイニーはこの一幕を苦しい思いで見ていた。彼はハンスが力を振り絞り、前かがみになって、興奮して手を演台につき、力いっぱい十本の指を開くのを見て、ハンスの内心の悲痛を感じた。かすかに震えてすらいた。ハンスが公開の場でこんなふうに感情をあらわにしたことはなく、恐らくこれが最後になるだろう。彼の眉根は寄せられ、額には青筋が走り、灰白色の眉の下で眼光は炯々として、なすすべもない苦しみと決意がみなぎっていた。悲壮な一幕だった。レイニーは遠く見ながら、自分の無力さにも苛まれていた。ハンスが不可避の運命と格闘しているのが見えた。ハンスはそれを予想しながら、なお一歩ずつその方向に向かっていた。

レイニーにはハンスがなぜここまで拘泥するのかわかっていた。ハンスが幼い頃、彼の父のリチャードはある夜更けに自分の当初の衝動的な行為とそれがもたらした戦争への悔悟の念を見せたことがあった。リチャードは戦争を率いるには向いていなかった。そうした位置に押し出されたが、好んでそうなったわけではなかった。彼は心に傷を負い、妻のために復讐しようとしたが、のちに起こったすべてを予想していたわけではなかった。彼は一再ならず幼いハンスに言った。こんなふうにしたくはなかった、色んなことをこんなふうに解決したくなかった。彼は深夜にハンスの前で泣き、五歳のハンスは彼の涙を拭った。ハンスは飛行船で生まれ、成長し、死を恐れることはなかったが、多くの死者の嗚咽と絶叫が彼の夜更けの悪夢となった。リチャードが六十歳を過ぎ、最後に世を去った時、ハンスへの唯一の遺言は停戦だった。ハンスが全力を尽くして火星を独立させたのは、この遺言を成し遂げるためだった。ケレスの住民の移転を承認したのも、地球との水資源の争奪を避けるためだった。

ホアンはそれらを知っており、長年の間静かに雌伏していた。彼は野心家ではなく、そんな境地をすでに超越していた。彼は自分の哲学に忠実で、それは彼を救ったハンスに忠実なのと同様だった。ホアンとハンスは数少ない互いの理解者だったが、同時に世界最大の敵でもあった。尊敬し合っている双方が往々にして敵であるということがわかれば、二人の長年の情誼と対抗も理解できるだろう。ホアンはハンスに感謝しており、長いこと彼の命令に従い続けていたし、ハンスはかつてホアンが死を賭して彼に忠誠を誓ったため、ホアンに彼が求める自主権を与え続けていた。ホアンは旗色が悪かったわけではなく、ただ機会を待っていたのだ。ハンスも愚かではなかったが、これは火星の民の精神的危機で、ホアンが表明しなくても誰かが表明するとわかっていた。ホアンはずっと征服を渇望しており、ハンスはそれも理解していた。だがハンスはひたすらに期待していた。目下の困難を克服し、良好な状態を維持して独立して生存しさえすれば、征服への欲望は影を潜めると。だがこの日の情勢から見ると、ハンスは結局目算を誤っていた。人間の欲望が生活を作るのであって、生活が人間の欲望を作るわけではない。

レイニーは初めて傍観者の苦痛を感じた。これまでの大小の事件では、彼はいずれも部外者であり、心にかけることはなかった。だがこの日、彼は初めて部外者である自分の立場に痛みを感じた。録画装置が黙々と作動して、全方位から今の一幕を完全に記録している。あまりに客観的で、そのせいでこんなに胸が痛む。

ちょうどその時、議事堂ホールの扉が荒々しく開かれた。皆が視線を向けると、ぱりっとした軍服姿の大尉が足早に入って来て、階段に沿ってまっすぐホアンの前に来た。身をかがめて何かを耳打ちすると、ホアンは顔色を変えたが、すぐに平静さを取り戻した。大尉は報告を終えるとうかがうように見て、何らかの指示を待っているようだった。ホアンはためらい、ちらりと壇上のハンスを見た。

「どうした？」ハンスは尋ねた。

「システム内部の問題だ」

「言ってみろ」

「大したことではない」

「言え！」ハンスは声を荒らげてどなった。「君が私を総督として認めずとも、私が航空システムの終身長老であることに変わりはない。システム内部の問題を追及する権力はある！」

ホアンはうなったが、落ち着いて言った。「地球の水利工事専門家二名が飛行機で脱走した」

「何だと？」

「脱走した」

「なぜだ？」

「わからん」

「どうして急いで追跡しない？」

「その必要はない」ホアンは冷ややかに言った。決意を固めたように、目を細めた。「追跡には及ぶまい」

アンカ

アンカはガラスの壁の向こうのやや濁った色の空を眺め、時に鋭く時にぼんやりしたかなたの地平線を目にした。天気は確かにあまり良くなかった。彼は考えた。天気図に示された強風は本物だろう。

彼はスタッフバッグに携行品をさらにぎゅっと詰めた。ヘッドランプ、多機能ナイフ、乾パンはサイドポケットに入れ、酸素ボンベは余分に二つ、寝袋に巻き込み、動かないようにした。バッグを床に置き、片膝で空気を押し出し、手でぎゅっと紐を引いて口を閉じた。バッグは限界まで圧縮され、四角く平らには見える。彼はじっくり点検して、満足ではないがそれ以上どうしようもなく、バッグを手にしてクローゼットを閉めた。今回携行する給養物資は基準より多く、バッグは標準サイズより明らかに大きかった。このバッグがすっきり給養スペースに収まるかどうかは自信がなかったが、手のひらで測ってみると三つ半で、ちょうどぎりぎりだった。

彼は部屋の扉を開け、左右を見回した。通路はがらんとして誰もいない。彼は本を手に外に出ると、後ろ手に扉を閉め、カフェの方へ向かった。

窓の外の空はまたさらに濁り、太陽は少しずつ西に傾き、日没まで二時間余りあるが、もうゆっくりと暗くなっていた。彼は歩きながら空を見上げ、飛んでゆく細かい砂から風速を判断した。風は強まったり弱まったりして、大部分の時間はそれでも穏やかだった。風が吹き始めるまでまだ数時間ある。彼は壁のデジタル時計を見た。不時着からもう三時間余り経っている。普通の小型戦闘機に標準配備されている酸素と給養なら、あと五、六時間は持ちこたえられるだろう。

暗い青の空にうっすらと砂煙がかかった。

カフェには四、五人の客がいた。中の一人が自慢げに語るのに、二、三人の仲間が周りで耳を傾け、離れたところには男が一人タブレットを覗き込んでいる。フィッツ大尉はいなかった。

アンカはコーヒーを一杯取り、一人離れた男のそばに腰を下ろした。手にした本を広げてテーブルに置くと、ノートを出し、読書しながらノートを取るふりをし、電子ペーパーにあれこれ文字や図を書き込んだ。その男の方を見やったりはせず、相手も顔を上げて彼を見ることはなかった。彼は昼にちょうどこの位置でたまたま消息を耳にしたのだった。午後は午前中より人が少なく、想定外の事態が起こらなければ今度も耳に入るだろう。

フィッツ大尉が行ってから一時間ほどになる。どう考えてももう帰って来る頃だ。またここに来るとしたら、ちょうどいい頃合いだ。もし三十分経っても来なければ、おおかたもう来ないだろう。そうなったら別の方法で探りを入れるしかない。

アンカはうつむいて本を読んだが、集中できず、語句は断片的にしか目と頭に入らない。

われわれの兄弟は、われわれと同じ空の下で呼吸しており、正義は生きている。すると生と死を助けるふしぎな悦びが湧き上り、これをあと廻しにしようなどという考えは捨て去られるだろう。悩みの多い地上では、その悦びは、はびこる茨《いばら》であり、苦い食物、海からの荒々しい風、昔ながらの、そして新たなる夜明けである。(カミュ「反抗的人間」『カミュ全集6』、佐藤朔、白井浩司訳、新潮社)

フィッツ大尉はどんな知らせを持って来るのだろうとアンカは考えた。

正義は生きている。あと廻しにしようなどという考えは捨て去られる。彼はその二行を再び読んだ。彼はこの言葉が気に入った。彼は苦痛の大地を好んだ。彼は疲れを知らぬレーダースコープを好んだ。乾パン。地平線から吹いて来る寒風。昔ながらの、そして新たな夕日。こうした語句は大地のように素朴で堅実だった。彼は深く息を吸い、空気から切りつけるような冷たさを感じた。

この本は先週読み始め、ずっと机に置いてあり、さっき出がけにそのまま手にしたのだった。読書の気分ではなかったが、一度読んだ文句は自然に視界に飛び込んできた。

今から都市の外に出るとしたら。彼は計算した。二時間以内に帰って来られる。三十分かけて移動し、二十分で遭難者を収容し、それから急ぎ七十分以内に帰還する。それはもちろん一番順調だった場合で、直行直帰、途中で時間を取られないという前提だ。事故がなければ、できるはずだと彼は考えた。日没までおよそあと二時間半だ。つまり、出発するかどうかは三十分以内に決めなければならない。夜間飛行はしたくなかった。夜間飛行には危険がつきもので、特に今日はできるだけ避けたかった。

道中の状況についてはさっき考えてあったが、今もう一度頭の中でシミュレーションした。フライトマップによると、事故の起きた地点はそう遠くなく、見つけやすそうだった。ほとんど一直線に平原を越えた〈断崖〉のへりで、しかもクレーターには入っていない。自動操縦も設定できるし、自分で操縦してもよかった。その位置なら探し出せると彼は確信した。

フィッツ大尉はまだ帰って来ないが、アンカは行かねばならないだろうと予感した。

この常軌を逸した度量の広さは、反抗心から発する度量の広さだった。それは適切な時に助力を惜しまないが、不正義は決して受け入れない。

隣に座っている男をアンカはよく知っていた。バーガーという中佐で、フィッツの上司であり、従ってアンカの直属の上司でもあった。この日の昼、アンカが一人で昼食を取っていた時、ちょうどフィッツとバーガーがこの場所で落ち合って緊急事態を報告していたのに遭遇したのだった。フィッツはバーガーの腹心の部下で、ホアンの腹心の系列だった。普通は耳に入らない情報が、軍営専属のこのカフェでは口伝えに広がった。フィッツはアンカの姿を見て、ややためらっていたが、アンカは無関心を装い、顔を上げずに本を読んでいた。フィッツは小声でバーガーに伝えた。この日の朝脱走した二人の地球から来た水利工事専門家の飛行機が故障し、〈断崖〉の縁の狭い入口に不時着し、救援を求めていると。

アンカはまた時計を見た。午後四時を回り、事故の時点から三時間半が経過している。

フィッツが戻って来た。

アンカは遠くからフィッツの姿を認めると、すぐに顔を伏せ、午後じゅう読書を続けていたふりをした。

フィッツは厳粛な面持ちで、大またにバーガーの隣に来ると、立ったまま首を振った。

「助けなくて構いません」彼は小声で言った。

バーガーはうなずき、とっくに予想していたように、落ち着き払って無関心だった。彼はフィッツに、では具体的にはどう処理するのかと尋ねた。フィッツはすぐには答えず、また疑ぐり深いまなざしをアンカに向けた。アンカは彼の視線を感じ、本を閉じて立ち上がり、自然なそぶりで席を離れた。カフェを出る時、振り返って見ると、フィッツはバーガーの前に腰を下ろし、小声で何か言い、バーガーは黙って聞きながら、たまにうなずいていた。

アンカは落ち着いた足取りで自分の部屋に戻り、さっきパッキングした荷物を取り出すと、計画を実行に移した。

彼はこの結果を意外には思わなかった。バーガーが驚かなかったのと同じように。事前にほぼ予想されたことで、脱走の報に接した瞬間から、彼はかすかにこの事態が起こることを感じていた。

あの二人の地球人は間抜けだ、火星の飛行機を操縦できると思うなんて。アンカは考えた。罠かどうかはさておき、そうでなかったとしても、自分を高く見積もりすぎている。忍び込んだよそものに輸送機がこんなに簡単に乗っ取られるとしたら、長年の操縦訓練にはいったい何の意味があるというのだ。マアースまで飛ぶなんて言うのは簡単だが、飛行士だって数年訓練した程度では不可能なのだから、二人の素人にできるわけがない。

脱走の理由はしかし明確だった。航空システム内部でまもなく開戦だという流言が飛び交い、他のシステムや一般のエンジニアの間でも口にされるようになっていた。二人の地球人にとっては疑いようもなく青天の霹靂《へきれき》で、耳にするなり地球に逃げ帰って報告しようという考えがきざした。彼らは数日中にちょうどマアースが出航すると聞き、輸送機を一機盗み、こっそり貨物室に入り込もうと思ったのだった。

脱走を思いつくのは不思議ではないとアンカは考えた。だからといってよりによって銃口の前に身を投げ出さなくてもよいだろう。ホアンが救出しようとしないのは、彼らがスケープゴートにうってつけだからだ。民衆には地球人が火星の重要機密を盗んで逃走しようとしたと言い、地球が火星に対する巨大な陰謀を隠していたと訴えれば、人々の地球への憤激を引き起こすことができ、出兵案の可決も後押しされるだろう。そして同時に、たとえ失敗に終わったとしても、彼らの死は地球の当局の怒りをかい、向こうから火星に対して蜂起するかもしれない。そうなったら開戦は必至だ。ホアンはずっと口実を求めていたが、地球人たちはわざわざ自分からその口実を担ったのだ。

彼らは飛ぶことを甘く見すぎている。飛ぶことを軽く見る者は飛ぶことにきりきり舞いさせられる。飛ぶことは他でもなく、命を賭けることなのだ。

アンカは飛行服に着替え、荷物を手に部屋を出た。

戸締まりをする前に一通り室内を見回したが、おおむね整理されている。服が二着椅子にかかり、枕と寝袋は広げられていて、夜帰って来てそのまま寝られるようになっていた。彼はロレインから贈られた小さな飛行機の模型を持って行こうかと考えたが、手に取ってみて荷物になると思い、元に戻した。

ロレインのことを考えると、彼は少し迷った。メッセージを送って自分の行動を伝えようかと思ったが、時計を見て、やはりまず出発することにした。時間が迫っていたからでもあるし、今日はロレインたちの行動の日で、メッセージを読む時間はないだろうと思ったからだ。

帰って来てから連絡しようと考えた。無事に戻って来られたらの話だが。

彼は通路を抜け、知り合いに遭遇しないよう、普段から人通りの少ないやや遠回りの道を選んだ。この日集合訓練はなく、ばらばらと二、三人ずつ飛行場から戻ってくる姿があるだけだった。数日間の密度の高い訓練と任務の後、多くの者は時間があれば休養を取ろうとしていた。廊下は人気がなく、白い宿舎の扉はどの部屋も閉まっていた。

アンカは自分の足が通路を踏みしめる音を聞くことができた。鼓動のように規則的で、冷たく聞こえた。

彼はロレインのことを考え、水星団《マーキュリー》の他のメンバーが今どうしているかと考えた。彼らの行動はもう数時間前に始まっているはずだった。結局どうなっただろうと思った。アンカは参与していなかったが、彼らの相談のメッセージはどれも一斉送信だったから、全体のスケジュールは知っていた。彼は相談には参加せず、遠くからずっと見ているだけだった。

彼はロレインにどうしたら自分の気持ちをうまく説明できるかわからなかった。参加したくないかと聞かれた時は、はっきり説明しなかった。彼らのことが気にならないわけではなく、そういう行動にはどうしても参加したくなかったのだ。

どうしたいって言うんだ。彼は考えた。制度の変更か。それからどうする。生活様式を変えるのか。何の役に立つ。本当の問題はそこにはない。まずいところがあれば、不公正や偏見なんかは、どんな方法に変えたってきっと残る。問題はどんな方法かじゃない。人類が試してきた完全な方法にだって同じくらい不公正があった。それでも功績のみが賞賛される。真の問題は人間だ。ある人間が他人をいじめるとしたら、どこでだっていじめるだろう。どんな変化を望むというのか？　何も望めない。

人間の問題は人間についてしか解決できない。だがこの問題は永遠に解決できない。個人の問題はその個人についてしか解決できない。何かまずいところがあれば、その部分に対抗するまでだ。それを除いて、人間は何もできない。

これからも、子どもたちは不公正によって死ぬだろうし、完全な社会においてすらやはりそうなのだ。人間が全力を振り絞ったところで、たかだか算術級数程度の遅々たるペースで世界の苦痛を縮小する方法を考えることしかできない。

アンカは早足で、だが落ち着いて歩いた。緊張はしていないが、いくらか心配ではあった。緊張してもろくなことにならない。ただ強さを損なうだけだ。彼は細部に気をやることで本能的な緊張を薄めた。気がかりなのは頭上の空の色だった。ピンク色が濃くなったのは、風が強まったことを意味している。遠くの風砂がまさにどんどん襲ってくる。まだ距離はあるが、いつ加速するか知れたものではない。彼はその前に急がなければならなかった。

その時空港にはもう誰もいなかった。こんな天候の日に飛び立つ者はいない。彼は自分の飛行機を見つけ、ハッチを開けた。周囲にはほとんど空所はなく、白いサメのような機体が整然と並び、遠くから見ると海原のようだ。どの機体も機首の側面に火炎の紋章があり、サメが覗かせた銀色の牙がぎらぎら輝いているようだった。飛行場は眠りについていた。静けさの中に潜む息遣いが聞こえるようだった。前日の盛大な閲兵訓練とせわしない出入りの後では、今この時の静寂は猛獣の眠りのようだった。

アンカは給養スペースを開け、パッキングした荷物をぎゅっと押し込んだ。やや無理はあったものの、何とか詰め込んだ。二人分の食糧と酸素ボンベを用意していた。万一帰還することができなかったら外で夜を過ごすことになるが、やや容量オーバーだった。小型戦闘機は二人分の座席しかなく、二人分の給養しか積み込めない。別に貨物スペースもあり、万一に備えて物資を蓄えることができたが、今回は折り畳んだ一対の大きな翼と小型エンジンを積んだらもういっぱいで、それ以上の余地はなかった。アンカは固体燃料を調べたが、余裕はありそうだった。吸排気システムの数値は正常で、バルブと点火プラグも正常だった。

機体は彼が自分で整備したものだった。自信はなかったが、この上なく熟知していた。彼自身の身体と同様に。

前日の戦闘訓練には彼も参加した。機体は全体として安定していて、何も異常はなく、少なくとも見る限りでは他の者と大差なかった。それで彼はずいぶん慰められた。自分にエンジニアの才能があるとは知らなかったが、ただフィッツに屈服したくなかったし、殴り合いのような能のないことはしたくなかった。

訓練は陣形配置のテストだった。二十五機の小型飛行機が空中に三つの異なる陣形を敷き、それぞれ空中に浮かんだジェット機をレーザー砲で攻撃し、攻略の時間を計測し、陣形の協力と相互の影響を計算するものだった。ただの単純な訓練で、対抗形式ではなく、飛行と射撃のみだった。アンカはそうした訓練を気に入っていた。いずれにせよ、彼は認めなければならなかった。空中を縫うように飛び、仲間たちと互いに引き立て合い、精確に目標を射撃し、自分の軌道の描いた弧を目にするのは、人間が体験できる何より爽快なことだった。戦闘を憎んではいたが、彼はスピードに激しい喜びを感じた。

アンカはもう何日も周囲の人々が大声で戦争を議論するのを傍観していた。支持する者も、反対する者も、ほぼ例外なく激しく熱狂していた。それはケレス・プロジェクトに対するのと同じく、天地をどよもし、鬼神をも涙させるような熱狂だった。それ以外は話題に上らなかった。アンカは賛成ではなかったが、彼らの熱狂は理解できた。平凡な繰り返しの生活を数十年経た今では、真の戦闘ほど人の神経を刺激するものはなかった。航空部隊のメンバーは平時においては鉱山に勤務しており、自ら採掘するか、輸送に携わるラクダとなるかだった。彼らは実戦を渇望し、生死の境界で、肉体と知恵の限りを動員しなければならない戦闘を渇望していた。

アンカはホアンのことも理解できた。彼の演説には極めて人の心を動かす力があった。彼は自分の言葉を心から信じており、自分だけの利益を図る無恥の輩《やから》ではなかった。彼のような人間は誰より危険だが、誰より力を持っている。彼が長年エネルギーを蓄えていられたのは、勝利を心に秘めていたからだ。ホアンは一心に火星の人類を高みに引き上げ、新たな宇宙の歴史を創始しようと考えていた。彼は自分が強大であったから、火星のあらゆる人間が同様に強大であることを望んだ。アンカはホアンに嫌悪は抱いておらず、ホアンは横暴だったりへつらってばかりいたりする配下の士官よりずっと実力があると思っていた。ホアンは独断的だと言う者もいたが、航空システムでのアンカの経験では、ホアンは独断専行とはかけ離れていた。

ホアンの最大の問題は独断ではなく、その根拠のない判断にあった。アンカはもし地球に行ったことが無かったなら、ホアンの高貴さと卑しさ、剛毅と懦弱に関する見方に同意しかねないほどだった。彼はホアンと同様に悪を激しく憎んだが、彼が会った地球人は、ホアンが言うほど鈍く劣ってはいなかった。火星人が地球人の言うように鈍く劣っていないのと同じことだ。アンカは地球人全体を蔑視することはできなかった。地球人が火星人全体を蔑視することを望まないのと同様に。

アンカがホアンに賛同できないのは、卑しい全体など存在せず、存在するのは卑しい一人一人だからだ。一つ一つのことを解決するしかなく、人間の集団そのものを解決することはできない。永遠にできない。

アンカは飛行機に乗り込み、安全ベルトをすべてきちんと締め、座席の角度を調整し、どのモニターも正常であることを確認した。七つのミラーが七つの異なる角度の視野を映し出しており、風速と気圧の指針はこの時静かに停止目盛りを守っている。彼は動力装置の電源を入れ、地面の軌道をオンにした。機体は軌道に沿って滑り出し、見えない電磁波が出発信号をゲートに送った。機体は安定して、合金鋼の外殻は硬くて重く、触れた手に堅固な信頼感を与えた。

ゲートの前で、アンカは指紋とIDコードを読み込ませ、機器が認識するのを待った。このゲートは都市から出る唯一の無人ゲートだったが、理由は単純で、この飛行場から飛行機で出発できるのは許可証を有する者だけで、技術こそが最良の防護だからだ。アンカは外での試験飛行訓練のチャンスを五回分持っていた。研修生は皆各自スケジュールを組んで訓練することができたが、彼は機体整備の後で試験飛行し、まだ二回しか使っていなかった。

ゲートがゆっくりと開いた。一層。二層。三層。アンカは深く息を吸い、前方に光り始めた茫々たる大地に向かい、制御盤に手を置いて準備した。

機体は加速し、初めのうちは軌道によって動力を加えられていたが、後から機体自身の動力へと自然に移った。閾値付近まで加速し、固体燃料が燃焼を始め、エンジンは下方と後方にジェット噴射を始め、機体は地面を離れ、機首が上を向き、たちまち加速し、空へと突き進んだ。バックミラーには飛行場の建物がたちまち小さくなるのが見え、噴出した気体は薄い空気の中で凝固して四散する白煙となった。

　飛行の感覚は良好で、機体は揺れず、各項のパラメータと指標は皆安定して、燃料も十分だった。アンカは前方に大きく開《ひら》けた大地と空を見ながら、胸がからりと広がるような爽快な気分になった。その爽快さは楽しみとは異なり、楽しみを超越するもので、激しい起伏が絶えず続くためにかえって起伏がないも同然となり、突出した快もなければ苦もなくなる。こうした爽快さは空に舞い上がるたびに感じることができたし、空を舞っている時にしか感じられなかった。彼はそのために離陸し、見渡す限り果てしない空と灰色がかった黄色の大地のために飛んだ。

　戦闘機は高速で、彼は極めて慎重に方向を制御した。フライトマップには赤い曲線が描かれ、彼はその曲線に沿って少しずつ進んだ。戦闘機は常に管制センターと連絡しているので、アンカは救助信号がセンターに伝えられると、すぐにシステムに位置を入力した。その地点は都市からそう離れておらず、〈断崖〉の手前で、足元から二百メートルほど離れたところで不時着を余儀なくされたのだった。二人の地球人はそう間抜けでもないな、とアンカは考えた。安全に着陸させられただけでも大したものだ。もちろん、輸送機は物資が無傷であることを保証するため、通常非常に安定した着陸システムを備えており、それがかなりの程度彼らを助けたのだろう。負傷者がいなければ、まっすぐ都市に帰還すればよく、途中にさほどの障害はない。

　何があろうと、生きた二人の人間を砂嵐の中に放置してはいけない。

空の果てには次第に炎のような風砂が立ち上り、見たところ予想したより強い風のようだ。砂嵐がいつ到達するかわからなかったが、巻き上がる土煙は昔の戦場で襲ってくる奔馬のようだった。

彼らをその場に取り残しておいたら、たぶん死んでしまうだろう。それはだめだ。どんな理由であれ生きた二人の人間を砂嵐の中に放置してはいけない。復讐は例外だ。それは別の問題で、一対一の恩讐だ。今のような状況でそうするのは間違っている。何らかのいわゆる目的のため、それもかなり疑わしい目的のためなのだから。風砂は夜にかけて到達するだろう。具体的な時刻は予測できないが、彼らにとっては同じことだ。

反抗するというなら、とアンカは考えた。こういう事態に対してのみ反抗しよう。地球人に対抗して何になる。想像の中の悪人に対抗し、そのために率先して悪をなすことをいとわない、そんなのは恥ずべきことだ。

空の果ての砂煙を見ながら、彼の内心の懸念は強まった。見たところ砂嵐は想像より大きく、勢いもすさまじい。航行速度を上げ、全速力を出し、少しでも時間を稼ごうと思った。もし今日折り返せば、途中で砂嵐に巻き込まれる可能性が五割を超える。出発前の予想よりかなり高い確率だ。彼は他の選択肢を考えてみた。機内に残ればもっとまずいことになる。彼は機内で夜を越すことを考え、二人に必要な給養を届ければ十分だと思っていた。だがこの砂嵐の勢いからすると、機体は埋まるかひっくり返るかすることになる。砂に混じって石も襲いかかるだろう。都市の住宅はどこも端の部分に損傷を受けていた。外で夜を越すとしたら、明日の朝まで無事でいられる可能性は二割にも満たない。もう一つの選択肢はクレーターの内部に入って洞窟を探し、この一夜を過ごすことだ。しかしそれでは生き延びられるのは彼一人だ。防護服は一着しか持っておらず、輸送機にも恐らく余分にはないだろう。防護服は非常に貴重な資源で、一般人の手には入らない。前回外に出た時は、ロングの採掘船の配備の恩恵に与《あずか》った。採掘では外に出て探査しなければならないこともあるが、輸送機はそこまでの贅沢はできないだろう。防護服を着用せずに洞窟に入るとしたら、待っているのは死のみだ。足が機体の外に出る前に、薄い大気にさらされた人間は即死するだろう。その選択肢は取れない。それは二人を死なせる道だ。そんなことなら、何のために出て来たのかわからない。

彼はあれこれ考え合わせ、やはり今日のうちに帰還することにした。安全に帰れる可能性が四割というのは小さくはない。大きくもないが、賭ける価値はある。

彼は、今回の出立は軽率だったのではないか、リスク評価が足りなかったのではないかと自問し、しばらく考えたが、こうした危険を自分は予測していたという結論を得た。彼はそれに非常な驚きを感じた。出発前、彼は自分が安全性を十分に考えて出て来たと思ったが、今になって自分の思考の跡を検索してみると、この危機に対して驚きは感じていないことに気づいた。彼は意識下でこの瞬間を予想していたが、決意を揺るがさないため、わざとしっかり考えずにいたのだ。空を飛ぶとは生命を賭すことだ。胸の奥深くで彼はその点を理解していた。

何がどうあれ、それこそが出発の意義だ。彼は自分を慰めた。こうした天候で、救助の手がなければ、一晩中安全に過ごせる者は誰もいない。

彼は空のかなたにますます高く猛る旋風を見ているうちに、突然笑いと共に闘志が湧き上がってきた。こうなったら競争だ、おまえが速いか俺が速いか。

彼は輸送機を視界に捉えた。測定された位置とぴったりで、不時着を余儀なくされてから、二人の地球人は余計なことをする勇気はなく、ずっと元の場所で待っていたのが見て取れた。彼らはきっとかなりの希望を持っているだろうとアンカは想像した。火星が彼らをたやすく死なせるわけがないと。もしかすると救出されてからどう言い訳するかを考え、二人は機内でどう答えるかリハーサルをしているのかもしれなかった。

アンカは機体を減速し、方向転換して輸送機の上空を旋回し、エンジンのジェット噴出量を減らし、少しずつ高度を下げながら、輸送機に信号を発し、救助を受ける準備を指示した。機体は安定して高度を下げ、地面に近づいたところで、エンジンは噴気の方向を変え、機体はゆっくりと輸送機の近くに着陸した。

アンカは後部扉から脱出用通路を伸ばすことにし、チューブ状の通路を操縦して直接輸送機のドアにつなげ、口の部分をしっかりと機体の外壁に吸着させた。それから、彼はできるだけ素早く安全ベルトをすべて外し、後部から翼と防護服を取り、着込んでヘルメットをかぶると、前部扉を開け、操縦席から這い出した。機体の上に立ち、扉を閉めると、翼を装着し、ふくらはぎにエンジンを固定し、ロープで自分の腰を機翼の先端につないだ。この作業を完了すると、彼は輸送機の窓ガラス越しに、二人の地球人に合図し、扉を開けてこちらの飛行機に移動するようにと示した。二人は不安げに機体前部の窓に張り付いて外を見ていたが、その合図を見て、大喜びで、すぐさま扉を開けて戦闘機へと移動し、コックピットに入ると前後に座った。

アンカは機体の上にしゃがみ、手ぶりで前に座っている者に離陸の操作手順を教えた。彼は理解力がそう高くなく、何度も繰り返してようやく理解した。彼は手ぶりでアンカに何をしているのかと尋ねたが、アンカは笑って答えなかった。

最後のボタンが押されると、戦闘機は急に上昇した。機体の下に四本の支脚が顔を出し、飛行機を一メートル余り持ち上げた。それからエンジンのジェット噴射が始まった。飛行のどの過程より大きな気流が生まれる。このように垂直上昇が可能であるというのは、機敏さと臨機応変を備えたこの戦闘機の優れた性能なのだが、その機体の形状を制約している最大のボトルネックでもあった。ジェットによる離陸では、エンジンの強さの他、機体の軽量化も必要だった。二人しか乗れず、給養は一袋しか積めない。

アンカは落ち着いて、名状し難い興奮によって懸念を覆っていた。彼は後方側部にしゃがみ、両手を機体について、百メートル走選手のスタートのような姿勢を取った。機体は空中に舞い上がり、加速を始めた。彼は翼が背後で開き、背面を牽引する四方に伸びる張力を感じた。彼は興奮を感じ、身体を緊張させ、じっと進行方向を見すえ、力が十分になったと感じたところで、同時に四肢に力をこめ、自らを空中に送り出した。がくんと下降してから、彼は翼に支えられて空に舞い上がったのを感じた。

この感覚はよく知ったものだった。風に向かい旗のように舞い上がる感覚で、彼はまたロレインと一緒に飛んだあの日を思い出した。今日はあの日よりさらに速度が出ていた。彼は飛行機を巡航モードに設定し、普段の半分の速度にしてあったが、それでも高速で、ロングの採掘船の全速力よりも速かった。機体は自動操縦モードになっており、自動的に飛行センターに行く。あらゆる戦闘機にはその機能が備わっており、どこにいても、自動的にプログラム設定された基地の方向に飛べる。それは特に飛行士が事故に遭った際に有用で、犠牲になった騎兵の亡骸《なきがら》を背に老馬が自陣に帰営するようなものだった。

アンカは自分を戦士だと思った。空の果てに猛っている黄砂の戦隊はどんどん近づいており、敵の騎馬隊がついに山を越え、もうもうたる戦塵の向こうに獰猛な顔を見せたようだった。彼は背中の筋肉に力を入れ、翼の角度を調整し、できるだけ真正面からの衝撃を避けた。翼は一定の強度を備えていたが、それでも薄く壊れやすかったし、壊れたら非常に危険なことになる。

彼は強風によって支えられる必要があったが、風が強すぎてもいけない。

　空の色はますます暗くなり、日没まで半時間も残っていなかった。今の速度では、後半は夜の闇を飛ぶことになる。アンカは大丈夫だろうと思った。都市の近くまで来れば、彼らは安全だ。彼は空の向こうを見た。夕日のまばゆい輝きは色あせ、誇り高く輝く白は陰鬱な金色に変わり始め、狂風が巻き上げた砂塵が時に空を覆うと、太陽はあいまいな光暈《こううん》になった。黒い空と金色の大地が地平線に溶け合い、砂塵は潮のように、次々に地から天へと届く波濤を巻き起こした。風砂はこちらに進攻を始め、彼の身体は風の中で上下した。幾度か激しい衝撃を受け、彼は大きく振り回され、風の中の葦《あし》のように、黒と金の間を揺さぶられた。世界の総体が彼の身体と共に揺れ動き、大地は傾いたかと思うと、たちまち日頃の威厳を取り戻した。

　空を飛翔するうち、彼の心に孤独とそれゆえに生まれた誇りが感じられた。天地の間には何もなく、ただ彼一人が風砂に向かって闘っている。彼は突然の孤独に粛然とし、ただちに穏やかな気持ちになった。

　砂は同じ方向から次々に彼の身体に襲いかかり、彼は本能に頼って身をよじっては避け、平衡を保っていた。それはたった一人の戦いだった。彼は力を振り絞り、元気を呼び起こした。彼は自分の選択を信じなければならないと知っていた。支援もなく、仲間もおらず、救援チームもいない風砂の中で、自分を信じなければならなかった。そうしなければ、きっと力を失ってしまう。自分こそが唯一の仲間だった。

　だが苦悩は、希望と信仰をすりへらし、孤立するだけであり、不可解なものになる。（カミュ「反抗的人間」『カミュ全集6』佐藤朔・白井浩司訳、新潮社）

　アンカは自分を信じた。彼は誰にも言ったことはなかったが、自分を信じられると思った。彼は救いに関する言葉を信じてはいなかった。ある文明を救い、ある惑星を救い、人類を救う。いや、そんなものも彼は同様に信じなかった。人類を救えるものなどなく、人類を救うために一部の人間を死なせることの正当性もない。そう発言する者は他人を騙していないとしても自分を騙している。一人の人間を救うだけだ。それ以外には何もない。

「彼らの全部が救われないなら、ただ一人を救って何になる」これはカラマーゾフの言葉だったろうか。カラマーゾフとは誰だろう。アンカは考えた。自分には彼が何のことを言っているのかわかる。だが自分はむしろこう言いたい。もしたった一人すら救うことができなければ、彼らの全部を救って何になる。

彼らは将来のために現在を忘れ、強権の煙霧によって獲物が存在していることを忘れ、華やかな都市によって郊外の貧困を忘れ、がらんどうの土地のために毎日の正義を忘れる。

アンカの身体は疲労を感じ始め、思ったように動けなくなってきた。彼は力の限り抵抗し、次第に暗くなる黄昏の中で前方を見つめていた。街はまだはっきり姿を現さない。彼はもう長いこと飛んでいると感じたが、まだずっと飛ばなければならないようだった。彼は手足を伸ばし、希望を抱くように夜の真空をかき抱いた。その瞬間彼は刀の雨のような衝撃を感じ、痛みによって我に返り、また手足を胸の前に縮めた。

彼はロレインを思った。この前飛んだ時は彼女も一緒だったのに、今は自分一人だけだ。彼女がくれた模型を持って来なかったことと、メッセージの一通も送らなかったことが悔やまれた。彼はうっすらと何かを感じていて、それでわざと送らなかったのだと思った。それでも今になって彼は後悔していた。彼女に何か言いたかった。彼女は今となっては唯一の心残りだった。この前永遠の愛情を信じるかと聞かれた時、彼は信じないと答えた。ロレインが他の少女のようにそんなことを尋ねるとは思っていなかった。それでも彼女は尋ね、ひどく失望したようだった。そうだ、彼は永遠を信じない。でたらめではない。彼は天地の尽きる時までなどということは信じない。彼はある時ある場所ということだけを知っている。彼女は他の人とは違う。一人の人間が生涯に何人と一緒に飛べるだろう。彼女は唯一無二だ。彼女は終始心のある場所を占めている。

暗闇と風砂がついに幾重もの幕のように全方位から包み込んだ。彼は目を閉じ、激しく逆巻く波を感じた。それでも勇気を振り絞り、身体を縮め、怒号を上げて上下に荒れ狂う風に揺さぶられながら希望を持ちつづけた。彼はまた目を開き、ついにはるかに青い都市が出現したのを見た、この時に思い出せる唯一の言葉を心の中でつぶやいた。

一人の人間がついに生まれる時、時代と時代が生んだ青年客気の憤怒とを捨て去るべきだ。弓はしぼられ、弦根《つるね》は鳴る。はりつめた緊張の極、まっすぐな矢は、剛直にそして自由に、勢いよく一挙に放たれるだろう。

（カミュ「反抗的人間」『カミュ全集6』、佐藤朔、白井浩司訳。中国語に即して若干訳文に変更を加えた）

ハンス

ハンスはガリマンの傍らに腰掛け、病室は夜の砂漠のように静かだった。彼は長いこと座ったまま、一体の彫像のようで、むしろ寝台で眠ったままの老人よりも彫像らしかった。部屋には明かりは点いておらず、漆黒の夜があらゆる物体を隠し、静かな月光が蒼白な暈を投げかけ、ベールのように、向かい合った二体の彫像を覆い、彫像の無言の悲しみにもの寂しい慰めをかぶせた。

ガリマン。ハンスは言った。想像したか、こんな結末を迎えるとは。

ハンスはうなだれ、ベッドの端に両肘をついて、顔を両手に埋め、長いこと身じろぎしなかった。声を上げず、すすり泣きも怒りを表しもしなかったが、限りなく深く重い苦痛が身体の内にこもり、力の限り抑えつけてようやく自分を保っているということは見て取れた。ベッドに横たわる老人も動かなかった。老人の顔は蒼白で、頭髪はまばらで、身体にはたくさんの細い管が装着されていた。

人間の一生には多すぎる心残りが定められているのだろうか。ハンスはガリマンに尋ねた。そうなのか。

彼はベッドの上の老人の肩をつかんだ。四十年前にしょっちゅうそうしていたように。手が触れたところは、痩せこけてたきぎのように骨が浮いている。寝間着に包まれているのはただの木製の骨組みのようだった。彼は長いこと肩をつかみ、自分の熱と感情を手のひらからガリマンの体内に伝え、彼を呼び覚まし、再び生命を求めようとしているようだった。だが長いこと経っても、闇の中の老人は何の反応も見せなかった。

ハンスはついにそっと手を放したが、内心の起伏は静めようがなかった。彼は立ち上がり、窓辺に行き、窓を開けると、両手を窓台に置いた。窓辺の時計は動かなくなったように見えた。生命が静止する場所で、時間も静止しているようだった。

ハンスはどうやってこの二十四時間を思い起こせば良いかわからなかった。彼の人生で、この二十四時間は最も重要な二十四時間だったが、彼には直視できず、どう思い返せば良いかわからなかった。

二十四時間前、彼はまだ議事堂のホールに座り、疲労と虚脱を感じながら公聴会の終わりを見届け、目の前で慌ただしく立ち働くスタッフの姿を見ていた。その時の彼は疲弊してはいたが悲しみはなく、当惑してはいたが心は定まっていた。将来どうなるかはわからなかったが、人事は尽くしたと思った。

それはホアンとの口論の直後だった。彼は二人の地球人に対するホアンの処置に同意せず、追跡すべきだと思ったが、ホアンは不要だと言った。ハンスが理由を尋ねると、彼らは有益な情報を持ち出したわけではないからだとホアンは答えた。ハンスは反対だったが、ホアンも譲らなかった。ハンスはそこで、航空システムの長老たちを集めて公聴会の後に会議を開くよう命じた。ホアンは不承不承うなずいたものの、必要はないと言い張っていた。当時ハンスはまだ地球人の飛行機が不時着したことは知らなかったが、彼は直感的に、我関せずの態度を取るのは適切な処置ではないと感じた。地球人が脱走に成功したかどうかにかかわらず、見て見ぬふりをするのは不謹慎で、人のそしりを受けると思った。

彼は会場に座ってホアンを待っていた。照明を落としたホールは、喧噪が消え失せた後はそうであるようにがらんとしていた。彼の胸には不安が予感されたが、その時はただ疲労困憊《こんぱい》の残響だと思っていた。

どれだけ座っていたか、今日一日の情景が彼の脳裏を飛び去り、長年の往事も一つ一つかすかによみがえり、彼は様々な友人を追憶し、火星と地球の四十年間の離合を追憶していた。スタッフは彼の近くで清掃作業をしていたが、注意深く彼を避け、考え事の邪魔をしようとはしなかった。彼はスタッフたちを見ながら、自分が部外者のようで、舞台の幕が下り、芝居がはねるのを見ている観客のようだと思った。

ちょうどその時、彼はその知らせに接した。もともと彼が待っていたのはホアンと長老だったが、待った揚げ句にこんな知らせを受けるとは想像だにしなかった。彼は自分の耳を信じられず、知らせを伝えた者を万力のように固く両手でつかみ、もっと細かく尋ねようとした。そこからこの知らせが嘘であることを聞き出したかった。彼はどれだけその知らせが嘘であることを望んだか知れない。

ガリマン、知ってるか。ハンスは急に振り返り、窓辺からベッドの老人を見た。あの少年の遺体を目にした時、あそこに横たわっているのが彼ではなく自分であればとどれだけ望んだことか。

彼は拳を固く握り、自分の胸を打った。そうすれば少しでも心臓を楽にできるかのように。

彼はまたあの光景を目にした。思い出すのが恐ろしいのに、一度また一度と思い出している光景だ。それは忘れられなかったし、忘れさせまいともしていた。回想は恐ろしいものだったが、その恐ろしさに直面するよう自分を強いた。

その少年は病室の中央に横たわっていた。ベッドはその一つだけがぽつんとあった。病室は大きくなく、濃紺の壁に、カーテンが半分閉まり、半分だけの陽光が入って、何もない壁に当たっていた。

少年は陰影の中に横たわっていた。ハンスは一歩ずつ彼に向かって歩いた。少年の身体は白いシーツで覆われ、病室に横たわる姿は穏やかで、一見安らかな死のようだった。しかし近づいてみれば、巨大な衝撃の後で人為的に並べられた平和だと気づいた。平和なのはベッドだけだった。身体のねじれと損壊はシーツの上からも明らかで、見た者を戦慄させた。ハンスはシーツの一角をめくり、一目見て目を閉じた。

少年はまるで分解された機械のように、そこに横たわっていた。頭と顔は原形をとどめず、腕と足は皆折れ、折れた肋骨が刃物のように身体の中から外に飛び出していた。彼の身体には幾筋か鮮明な傷痕があり、決闘の後で残った刀傷のようだった。それは手術の痕だった。医師たちが力を尽くしたことはハンスにはわかっていた。しかし空中から落下した肉体は、力を尽くしたからといって死から救い出せるものではなかった。肉体は完全なのにちぎれており、硬直しているのに弛緩《しかん》していた。整った力強い顔立ちだったのが、衝撃で潰れ歪んでいた。当時防護服には損傷がなかったのが幸いで、さもなければ完全な遺体を回収することすらできなかっただろう。ハンスは生涯で無数の死を目にしてきたが、これほど衝撃的な死はなかったように思った。

ハンスは少年のベッドの前で、震える手を差し伸べ、その額をなでようとしたが、しかし手を下ろすことはできなかった。彼は嗚咽を漏らすことはなかったが、しかし次第に、震えは手から全身に広がった。

これは私の過ちだ。ガリマン、わかるか、私の過ちなんだ。

ハンスは手を窓枠にかけ、激しく力を込め、窓枠を地面に押し付けようとしているようだった。

死んだのは私であるべきだった。若い頃に思い描いたあるべき結末だ。だが私は最終的に勇気を失い、私の過ちのせいで彼が身代わりになったんだ。いや、そうでないとは言わないでくれ。そうなのだ。私の過ちだ。私は中身のない志を口にするばかりで、行動しなかった。停戦や交流を口にしながら、征服欲を放置していた。禁令を出せば戦争を阻止できるつもりでいたが、軍部の欲望が燃え上がった時には、どうやっても阻止できはしない。自分と他人を欺くだけだ。ホアン一人の過ちでもない。彼は一面に燃えさかる火の舌にすぎない。私はもう炎にのみ込まれていたのだ。地球人が脱走したと聞いた時、何を考えていたのか。彼らの安全に思いを致すことはなく、彼らがもたらす効果と、地球と交渉する際に占める位置を考えていただけだった。効果によって評価していたのだ。それが何と私があの時に考えていたことだ。アンカは死ぬべきではなかった。あの時に義を貫いて捜索救援隊を派遣していれば、犠牲を出すことなく無事に救出できたのだ。それなのに私たちは皆何を考えていたのか。どんな情勢がより安全かということだ。

アンカは私の身代わりになったのだ。彼は老いて弱った私の若い日々に代わって死んだのだ。私は恥じ入るべきだ。

ハンスは拳を固く握りしめ、眉根を寄せて目を閉じた。窓から身を乗り出し、顔を上げ、身体の中に抑えつけられた鬱屈を声にして発散するかのように。だが長いこと経っても、彼は何一つ声を立てなかった。月光が頭から肩に降り注ぎ、彼の腕と肩は鉄板のように緊張していた。

長い時間が過ぎ、彼の身体から力が抜け、疲労の色がより濃くなった。彼はまた振り返り、再びガリマンの傍らに戻って腰を下ろすと、両手であごを支え、無限の悲しみをもってガリマンの変わらず平静な顔を見つめていた。

ガリマン、君は知らないだろう。彼は胸の中で言った。あの少年はロレインの愛する人だったんだ。私にはそれがわかっている。君は知らないだろうが、私は知っている。もうロレインに合わせる顔がない。今この時あの子はどれだけ悲しんでいるだろう。私はこの人生で誰より大切な人たちにあまりにたくさん背いてきた。もしかすると私こそが最大の罪人なのかもしれない。

ハンスは窓辺に長いこと佇んでいた。ガリマンの隣に戻った時、彼の心はかなり落ち着きを取り戻していた。夜が更けて、院内の他の病室の明かりは一つまた一つと消えていった。

ガリマン。ハンスは言った。この人生で私はあまりに多くの人に背いてきた。最後には君の期待までも裏切ることになった。

最終的に決議を承認し、君の築いた都市を放棄することにした。私に腹を立てるだろうか。君の同意を得ずに勝手に決めたことを恨むだろうか。君は以前のように根拠に基づいて反論するだろうか。目覚めてからこのすべてを知ったら激怒するだろうか。ガリマン、そうしてほしい、どうかそうしてほしい。それなら君はまだ君なのだから。それなら私はいくらか気が休まる。

ハンスは小さくうつむいた。彼にとっては、あらゆる出来事がこの一日に押し寄せてきて、神経の耐えうる限界を試されているかのようだった。まずは午後にロレインが往年のクエンティンのように反抗し、それからホアンとの長年の意見の相違が壇上で爆発し、すぐにアンカの事故の知らせが続いた。さらに、深夜の捜索活動と夜を徹しての救護活動、夜明けに彼の遺体を目にし、最後に崩れ落ちそうになって朝の最終投票を実施した。

もしかするとこの一日が、君と私との一生の結末なのかもしれない。彼はガリマンに言った。

最終的な二つの重大議案の投票では、一つは通過し、一つは否決された。通過したのはケレスの天水を用いたクレーター計画で、それはほとんど予想通りだった。真の自然に足を踏み入れるということは密閉されたケースの中で五十年余り生活した火星の人々にとっては、この上ない誘惑だった。否決された計画はホアンの提出した出兵議案で、この議案は二カ月前にひそかに提案され、静かに身を潜めたまま水面下で力を蓄え、ほとんど優勢を占めるまでになっていた。だが最後の票決で反対票が多数になった。アンカの死の知らせが議事院に届き、朝の会議には無視できない哀悼の空気に覆われたのだ。彼の差し出したものを直視せずにいられる者はなかった。地球人は無事に帰還し、口を極めての感謝と共に、地球に帰ったら交渉では火星のために尽力すると誓った。

残る細かい議案は形式的なものとなった。一年に一度の最も厳粛な投票会議で、大半の議案はすでにデータベースの中で十分に議論されており、ここまで来れば後はつなぎのようなものだった。最も重要な計画だけが重大な意見の相違をもたらすのだった。

ハンスは壇上に座り、自分の退任前の最後の重要な職責を果たした。朝の陽光はやはりいつものように安らかに、議場のドーム天井から一人一人の頭上を照らし、いかなる動揺や悲嘆にも変わることはなかった。ハンスは皮肉なものだと思った。悲しみも喜びもない日光の下には、悲しみにも怒りにも居場所はない。彼は勝手知ったる手順通りに議事を進め、話しぶりはいつもの通り威厳に満ち、態度はいつもの通り不偏不党だった。一夜の動揺を経て、彼は明鏡止水の心境に達していた。

ハンスが最終的に通過した議案書に正式に署名捺印した時、彼の手はわずかにためらった。彼にはわかっていた。この印が押されれば、彼とガリマンの一生を捧げた都市は歴史となる。

彼はその時普段通り落ち着き払い、胸の内に湧き上がるすべてを今この時の夜の深淵に残した。

ハンスは日頃追憶を避け、追憶のもたらす軟弱さと躊躇を避けていた。ごくわずかな時、彼はおもむろに厳粛に心の堰を切って落とし、儀式のように、記憶を押し流した。彼は滝の中に立ち、見えない水流に全身を打たせた。

幼い頃、彼は砂石の家に暮らしていた。映画の中では半地下の掩体壕を見たことがあったが、住んだことはなかった。物心ついてから、彼はずっと冷たい山の洞窟に住んでいた。あの頃周囲は常に戦火が入り乱れ、戦闘準備か、迎撃か、作戦か、偵察かで、常に待ち、脅え、また待ち、また脅え、常に誰かが死に、家は目の前で崩れ落ちた。

当初の家屋は山の洞窟で、外壁は金属で作られていたが、金属は薄すぎては放射線を防ぐことはできず、厚すぎては資源の不足が問題になる。密閉した入口は掘り出すのに時間がかかり、爆撃のたびに逃げ場を失う人が出た。彼らは困難の中を二十年間持ちこたえ、戦争後期になってようやくガリマンが現れた。

ガラスは砂漠で最も容易に手に入る材料で、成形も容易なら、組み立ても簡単で、気圧を利用して成形し、壊れてもすぐに再建可能だ。ガリマンの住宅は単純な建築ではなく、完全な小型のエコシステムだった。エネルギー生産、換気、水循環、生物の培養、ゴミの分解、それは曲芸師のように、器用にいくつもの皿のバランスを取ることができた。彼らは爆撃に際しては地下に隠れ、廃墟の上にすぐさま新たなふるさとを築き上げた。

ハンスは古代の書物にあるような虐殺のさまを目にしたことはなかった。彼らの戦争は宇宙空間で行われ、後に彼自身も飛行士になったが、敵の顔を見たことはなかった。幼い頃の記憶では、戦争はたまたま起こる爆撃で、火炎もなく轟音もなく、黒雲が空に上ることもなく、ただ重い金属の砲弾が空から降って来て、瞬時に炸裂し、洞窟の入口をふさいでしまい、たちまちのうちに目覚めたばかりの人々を永遠の眠りにつかせた。こうしたことは数ヵ月に一度だったが、爆撃と爆撃の間は毎日恐怖に駆られていた。間隔が開けば開くほど、びくびくして過ごすことになった。彼らは密閉された洞窟の中で、空を見ることなく、ひそかに推測するのが習慣になった。ガリマンの住宅が現れ、ようやく彼らは襲いかかる砲火を直視することができるようになった。それは夜空を直視させ、脅えた気持ちを蒼穹の下にあらわにし、心を蒼穹の下にさらした。

ガリマン。ハンスは言った。あの頃君は本当に勇猛だった。まだ二十歳にもなっていなかったのに、机を叩いて自分の計画のために弁じる勇気があった。それも不思議な話だが、老人たちは腹を立てなかった。君は自分でも信じられなかったくらいだ。こういうことを、君はまだ覚えてるか。君は天才だ、猛る雄獅子のような天才だ。

我々の今日を想像できたか、ガリマン、あの時はみんなまだ二十代だった。一緒に酒を飲んで笑ったことを覚えているか。誰もが将来の国家の要人になることを夢見ていたが、当時はただの笑い話だった。想像できたか、本当にみんな要人になったなんて。今日に至るまで、全員一度は要人となった。それは誰にも否定できない。君は満足したか、今日のすべては当時の私たちの想像とどれだけの違いがあるだろう。

ガリマン、君はあまりに誇り高かった。誇りゆえに人に恨まれ怒りを買い、誇りゆえに人は君を記憶し君に屈服した。誇り高さのあまり、功績を誇張して褒め称えられることを軽蔑していた。君はそんなのは低劣だと嫌い、誇りを傷つけるとして、自分から君の貢献を語ろうとすらしなかった。どれも些細なことで口に出すほどではないと人には思わせて、君自身にとってすら取るに足らない些事《さじ》のようだった。だが私だけは、君が内心それらすべてにどれだけ執着していたかを知っている。ガリマン、君はどうして誇りを棄てて率直に認めなかったんだ。君は自分の技術を愛し、自分の作品を愛していて、あらゆる細部もおろそかにしないほど執着していた。倒れる直前の週末にもまだシリコン素材の熱エネルギー性質を研究して、住宅の性能をより高めようとしていた。そういうことをどうして率直に皆に知らせないんだ。君が自分の注いだ心血を重視することは、何も認めるに恥ずかしいことじゃないだろう。君がそんなに誇り高くなければ、君を理解していない人々も、地位を独占する過去の男だなどと君のことを思わず、一緒に協力して未来をより良くしようとしただろうに。

ガリマン、私は最終的に君の都市を、私たちの都市を放棄する案を承認した。恨まれるだろうか。ずっと君が目覚めてくれることを強く望んでいたが、今日になって、むしろ永遠に目覚めないでくれと思っている。そうすれば君は永遠に理想の夢の中に生きられるし、一桑畑を海原に変えるような変化と打ち棄てられた空っぽの都市を目にしなくて済む。どちらが耐え難いのだろう。生涯にわたる波乱と、最期の時にすべてが無に帰すことと。

ガリマン、私はここだ。聞こえるか。

ハンスは黙って胸の内につぶやいていた。彼はガリマンには聞こえないとわかっていたが、それでも何もかもを打ち明けたかった。彼にはわかっていた。ここに横たわっているのはかつての勇猛な青年ではなく、赤ん坊のように無力な老人だ。ガリマンは子どものように深く眠っていた。ガリマンはあらゆる鋭利な性質を潜め、昨日までの一切を潜めていた。

ハンスが自分の生涯にわたる出来事を追憶するたび、何より慰められたのは彼と友人たちが皆火星の重要な人物になったことだった。彼は総督に就任し、ガリマンは住宅を建築し、ロニングは宇宙各地を遍歴して一生ケレスを助け続け、ガルシアはマアースの船長を三十年間続け、地球と外交関係を結び、互いに留学生を派遣する協議に署名した。彼らはずっと肩を並べて共に作戦に当たり、戦争の最後の十年から今日に至るまで戦い続けてきた。

五十年間というもの、互いに裏切ることなく、決裂もだまし合いもなかったのは、長い歳月ハンスの最大の、そしてほとんど唯一の誇りと幸福だった。彼は彼らの期待の多くに背いた。ガルシアが官僚制度から排斥されるのも阻止できなかったし、ロニングの愛するケレスも守ることができず、それどころか最後には彼らが共に身を捧げた火星都市すら守ることができなかった。彼は仲間として不合格だったが、彼らはハンスを恨むことはなかった。ハンスは、それこそが彼の生涯の最も感謝すべき贈り物だと思った。

ロニングとガルシアは長年天の果てをさすらっていたので、ハンスに一番近しい仲間はガリマンだった。彼らは共に戦後初期の政治変動を経験し、共に新たな都市建設を率い、共に愛児を失う苦痛に耐えた。ガリマンの息子はその妻と共に飛行船の事故で亡くなっていた。飛行船は火星の第一衛星フォボスから帰還する際、旋回中に空で爆発した。クエンティンとアデルの場合とよく似ていた。それで二人はどこまでも仲間となり、そうした共通点を望みはしなかったが、仲間がいることはやはり歳月に耐える最良の薬だった。

五年前、ハンスはロレインとガリマンの孫のピエールを入れ替え、彼女にピエールに代わって地球に赴かせた。当時彼は地球に行くことが吉と出るか凶と出るか確信を持てず、ガリマンの唯一の頼りはたった一人の孫だったので、ハンスはピエールに危険を冒させたくなかった。彼がロレインを行かせようと思ったのは、当時から彼女がたくさんのことを考える子どもだったからだ。

ガリマン。ハンスは言った。ピエールは立派な若者だ。こんな孫を持って君はきっと満足だろう。今回、彼にかかったプレッシャーは相当なもので、誰よりも大きかった。公聴会の後、古い友人たちは皆首を振って、彼が君の事業を裏切ったと言った。彼は各方面からの非難を一身に受けた。でもガリマン、私にはわかっている。君はそんなふうに考えはしない。彼の答弁を聞いたが、彼は君の執着したものを棄てようとはせず、それを転換して、天上に運ぼうとしたのだ。ピエールだけが誰よりも君の事業と、君の技術を理解している。彼は君の巻き毛と発明の才を受け継いだが、君の獅子のような猛々しさは受け継がなかった。将来彼は立派な事業を成し遂げるだろう。その点は安心してくれ。

ピエールはルディより優秀で、自分にとって大切なものが何なのかを理解している。ハンスはガリマンの痩せ細った手を握って言った。これは皮肉な成り行きだ。君の孫は私の孫を支持し、私は君の住宅を放棄する命令を下した。私たちは最高の親友にして一生の戦友になろうと約束したが、それはかなったのだろうか。そして彼らは。彼らはそう望むだろうか。私たちが大切にしていたことを、彼らはまだ大切にするだろうか。

もしかするとこの世界を後進に委ねる時かもしれない。彼らの考え方は私たちとは違い、もしかするとそれが今必要な考え方なのかもしれない。彼らは安全性の意義を知ることなく、私たちが生涯求めてきたものを知ることがない。彼らが欲しがっているのは舞台で、ただ舞台さえあればいいのだ。彼らが私たちを羨む唯一の理由は、私たちがかつて舞台を有したことだ。もしかすると彼らに舞台を与える時かもしれない。

ガリマン。ハンスは言った。休む時が来たのかもしれない。私たちは皆休むべき時が来たようだ。ロニングは死んでしまったし、ガルシアはマアースの船上で死の床に就き、君はここで……私たちは皆終点近くまで歩いてきたようだ。私は自分自身を理解している。

君たちが皆逝ってしまったら、私ももう歩みを続けたくはない。皆逝く時だろう。別の天国でまた皆で会おう。

ハンスはガリマンの手を握り、長いこと握りしめてから、彼の手をまたそっと掛け布団の中に戻した。壁面は相変わらず穏やかなマリンブルーで、夜は音もなく、床と接する部分をめぐって、百合がぐるりと静かに咲き誇っていた。

ガリマン。ハンスは言った。皆は君がこの事業にどれだけ貢献したかを言うが、実は私も君もわかっている。人が事業に貢献するんじゃなく、事業が人に貢献するんだ。それらは私たちの一部となり、私たちはだから完全になることができた。子どもたちは年寄りが業績を繰り返し語るのでうんざりしているが、彼らは知らないのだ。私たちはただ自分を失いたくないだけだと。だからガリマン、君は満足するべきだ。君は自分の事業と共に最後までやって来たし、君の事業も君と共に最後までやって来た。君は幸運だ。

ハンスは顔を両手に埋め、肘を膝についた。だが私は、私は一生決定を続けてきたが、私の決定とは何だったのだろう。仲間の一人を宇宙に送り出すことを決め、もう一人の仲間の都市を破壊することを決め、息子をダイモスにやることを決め、そしてレイニーを若者の中で一番高く評価していたのに、自ら彼を冷遇した。これはいったい何の事業なのか、私のこんな一生は失敗ではないのか。

ガリマン。ハンスは言った。私は未来を楽観視していない。君だけにこう言うのは、君がもう私と同じく、世間の外にある身だからだ。若者たちはずっとデータベースについて話し合っているが、彼らは私たちのデータベースがどうして実行可能なのかを理解していない。私たちの人口はわずか二千万で、地球の中規模都市一つにも及ばない。彼らはこの数字の意味を理解せず、ただ当時の二百万が二十億に対抗した功績ばかりを語っている。実際はこの数字が私たちの基礎で、私たちのあらゆる安定と秩序は、交流が阻害されないという基礎の上に打ち立てられている。そしてこういう方式には上限がある。私たちはこれまですでに増大し過ぎている。ガリマン、私は移転の過程で分裂するのではないかと心配だ。砂山は高くなり過ぎれば崩壊するし、細胞は大きくなり過ぎれば分裂する。それは宇宙における必然で、外からの力がなくとも崩壊するのだ。文明の分裂にも理由は必要ない。社会は昆虫のように、構造が大きさを決定する。この国はきっと分裂する。

ガリマン、私にできるのはここまでだ。ハンスは最後に言った。君が言ったことをまだ覚えている。君は、我々は大地に生まれ、大地に還ると言った。私たちは何と言ってもこの大地に誓ったのだ。空は語らずとも、大地が我々の誠実さの証人だと、君は言った。

ハンスは立ち上がり、またガリマンの掛け布団を直してやり、コップに水を汲んで、枕元に置いた。ベッドサイドにはきちんと畳まれた制服が置かれていた。ピエールがしたのだとハンスは知っていた。ピエールは祖父の制服に徽章をつけていたが、どれも光り輝く栄誉勲章だった。ピエールが祖父の目覚めを願っているのをハンスは知っていた。彼もピエールと同様、何があっても、ガリマンが目覚めた時に備えてすべて準備を整えておきたかった。もし目覚めたら、何に向き合うことになろうとも、自分が忘れられたとは思わないだろう。

ハンスはすべて準備して、モニターの数値を確認し、問題がないことを確かめ、帰ることにした。彼は背筋を伸ばして立ち、きちんと軍隊式の敬礼を行った。入学初日に火星の旗に対峙するように、厳粛で力強かった。

ハンスは向きを変え、大またに病室を出た。戦場に赴く初日のように。

ロレイン

ロレインは一度また一度とアンカの名を呼んだが、答えはなかった。彼女だけでなく、誰にも聞こえなかった。ヘルメットに声の振動が響き、頭蓋骨に伝わり、彼女の大脳にブーンとうなりが響いた。彼女は顔を上げて空を仰ぎ見た。そうすれば声を遠くまで伝え、もう声を聞くことのできない人の耳に伝えられるかのように。

ロレインは彼女とアンカがかつて夜を越した洞窟の入口に来ていた。前は二人がかつて飛翔した峡谷で、後ろはあの時座った地面だった。地面には出発の時にほどいた薄膜があり、目の前には明け方に眺めた聖なる痕跡があり、足元には一緒に墜落した峰があった。

彼女にはあらゆる場所が細部まで見えた。どの一部分も、どのわずかな部分も、骨を刺すように冷たい気流のように隙間から身体に染み込んだ。彼女が目を開けると、アンカが日の前にしゃがんで翼を改造しており、顔を上げて笑いかけた。彼女が目を閉じると、彼が崖下に墜落し、音を立てて谷底に激突し、血まみれになるのが見えた。彼女が再び目を開けると、彼はやはり彼女の前にいて、せわしなく手を動かし、やはり笑っていたが、表情は恬淡としてこだわりがなかった。しかし彼女がその幻影に手を伸ばすと、彼は瞬く間に風の中に消えてしまった。彼女はもう目を開ける勇気も閉じる勇気もなく、去ることのない幻影の中で全身の力が抜けた。

峡谷はとても静かで、そよ風すら吹かなかった。陽光は明るくまぶしく、空中にはまだ彼女とアンカが飛んだ痕跡があるように思われた。彼女は飛んでいた時、アンカと空中で踊ったのを覚えていた。風が吹いて、アンカに助けられて岩山に着地した。あの時彼女の胸は激しく動悸していたが、アンカは彼女の上に身を伏せ、腕で落石から守ってくれた。彼の身体には確かな重さがあり、四方には砂石がざらざらと崩落していた。

アンカの目は混じりけのない青で、澄みきっていた。彼の目はいつも半分閉じているようで、彼女を見つめる時は語りかけるようだった。彼女は公文書館に行ったあの日を覚えていた。アンカが彼女の肩を抱いて、チューブトレインの車内で、昔の砂嵐の夜を思い描きながら、いつか災難に襲われるかもしれないと彼女が言った時、彼はそんなことはない、絶対ないと言った。彼に見つめられて気持ちが落ち着いた。彼の瞳は彼の笑顔だった。

それから足を骨折したあの日、廊下を戻って来ると、一つだけ明かりが点いていて、壁にもたれて立っている彼の姿が見え、ほほ笑みを浮かべて、手にプディングを持っていた。彼女はまた勇気がよみがえるのを感じた。彼はあんなふうに斜めに立って、一方の肩を壁にもたせ、気軽で何でもないふうで、目の中に慰めの言葉が書かれていた。

彼は彼女の家の前の小径で、彼女と向かい合って立っていた。彼の鼻に落ちた木の葉を取ってやると、彼はほほ笑んだ。彼はゆっくり休んで、ダンスについてはあまりプレッシャーを感じるなと言った。

彼は列からはぐれて脅えていた彼女の手を取り、落ち着いて彼女を見ると、ついておいでと言った。彼は彼女を連れてたくさんの道を通り、何年も経った。彼が振り返って彼女を見る時、いつもあんなふうに何でもなさそうな青い目で、ついておいでと言った。彼はいつも彼女が困惑している時に現れた。彼女を連れて飛び、彼女を連れて最高の夕焼け雲と夕日を見せた。それは何より美しい夕焼けだった。あんなに美しい夕焼けはもうあるはずがない。永遠に。彼は高く舞い上がり、どこまでも飛び、夕焼け雲の中に入り、雲の中に入った。

ロレインはそれ以上考えることができなかった。彼女の胸はどんどんいっぱいになって、耐えられないほどだった。この数日彼女は感情を失い、あらゆる追憶を拒んでいたが、今この時、あの時の大地に座っていると、すべてが土地の息吹と共に彼女の身体に侵入し、彼女はついに耐えられなくなった。

彼女は立ち上がり、平らな台で踊り始めた。彼女はジャンプをどれもピルエットに変えた。ダンスを通じて身体に蓄積された苦痛を解き放ちたいと思った。こんなに力強く踊ったことはなかった。もう長いこと踊っていなかったが、この時彼女は前より力強く踊った。これだけ力を込めなければ、気持ちに釣り合わなかった。胸がいっぱいで、指先と足のつま先にも外に流れ出す追憶がいっぱいになっているのを感じた。彼女は回転しながら、上に伸び、下に踏ん張り、蓄えてきた力を外に放出したが、同時に転倒したり勢い余って崖下に飛び出したりしないよう懸命にコントロールしなければならなかった。彼女は初めて動作を忘れ、ただ気持ちと身体を一つにした。それはこの日彼女が経験した、最も苦痛に満ち最も懸命に行われた「解放」だった。

アンカを思うと、世界のあらゆる光景が消失したかのように、ただアンカだけを残し、ほかのすべては雲散霧消してしまった。どんな世界もなく、革命も栄光も存在しない。ただ一人太古の宇宙のただ中で、怒りと悲しみが、傲岸に笑っている。それは彼女の真の踊りで、たった一つの踊りだった。

彼女は踊り続けられなくなった。あまりに疲労していた。彼女は踊るのをやめ、また山の上に立ち、力の限り下に叫んだ。声はしない。山々は無言のまま、薄い空気は音を伝えなかった。

彼女は目を閉じずには叫べなかった。心臓が肋骨にぶつかったかのように痛んだ。

アンカ。

アンカ。

そのわずか一瞬、彼女は突然このまま飛び降りたいという欲望に駆られた。洞窟の入口の平らな地面は崖から突き出していて、おあつらえ向きの天然のジャンプ台のようだった。崖は下に斜めに広がり、谷底に続く平坦な道のようだ。黄土色の谷が全世界を背負って立つように気迫に満ちていたが、その瞬間はあたかも唯一の広く慰めに満ちた抱擁のようだった。陽光は子守歌のように、風は身体を吹き抜け、風の中の彼の呼び声を連れて来てくれたようだ。

彼女はめまいを覚え、崩れ落ちた。そのまま崖下に転がり落ちたらいいと思いすらしたが、一本の腕が背後から伸びて、堅く彼女をつかまえ、しっかり地面に座らせた。彼女が顔を上げると、レイニーの同情に満ちた視線にぶつかった。彼女ははっとして、ゆっくりと現実に戻り、首を振って、突然レイニーの肩に身をもたせると、激しくしゃくり上げた。

彼女はついに泣き出した。大粒の涙がはらはらと流れ、こらえようとするほどこらえきれなくなり、最後には轟々たる川の流れになった。彼女はすべてを解き放ち、顔を伏せて声を上げて泣いた。力の限り泣き、心臓を吐き出し、記憶を吐き出してしまおうというようだった。レイニーは彼女の背をさすりながら、一言も口にせず、絶え入らんばかりに好きなだけ泣かせておいた。

これは彼の死後初めての涙だった。丸三日経って、彼女は初めて泣いた。

一週間後、ロレインは祖父と兄と一緒に葬儀に参列した。葬儀は三人のものだった。アンカとガリマン、そしてガルシアだ。ガリマンの心臓の鼓動と呼吸はついに止まり、医師は目覚めることはないと正式に診断した。ガルシアはマアースの船上で静かに世を去り、船員によって地上に送られ、ふるさとの土に眠ることになった。三人は前後して息を引き取り、都市に大きな、言葉に尽くし難い悲しみをもたらした。どんなに鈍感な者でも感じ取れた。これは一つの時代の終焉だ。アンカは二人の老人と一緒に、英雄の土地に葬られることになった。

アンカはいかなる表彰も受けなかった。彼の死は地球人のためであって、火星人のためではなかったから、規則に照らせばいかなる栄誉も受けることはできなかった。彼を英雄墓地に埋葬するというのはハンスの希望だった。彼は自分のための位置をアンカに与えた。どの墓碑も彫像のように設計されるこの英雄墓地に入るには厳しい制限があるのだが、ハンスは自分を火葬し、無限の宇宙に散骨するつもりでいたのだ。そうすれば彼は自由になり、永遠に飛び続けられる。

葬儀の日、ロレインはピエールと一緒に座った。ジルは彼女の母と一緒に座り、目を泣きはらしていた。ガルシアは長いこと地面に下りていなかったが、ジルは祖父に強い愛情を持っていて、幼い頃の記憶ではあったが、思い出がよみがえり、悲しくてたまらなかった。ピエールは泣かなかった。彼はいつもの通り、背中を丸めて静かにぼんやりと座っていた。うなだれて両手を見ていたが、その手にはガリマンの写真があった。周囲には人々が行き来して騒がしかったが、彼はすべてに無関心で、取り合おうとしなかった。

「お悔やみを」ロレインはそっと彼に言った。

「ありがとう」ピエールは落ち着いて答えた。

ロレインはピエールを見つめた。彼はまた背が伸びたようで、以前より大人びて見えた。相変わらず人と付き合おうとはしなかったが、そのまなざしは以前より決然としていた。彼は新しいエンジニアリングプロジェクトの指導グループのリーダーで、そして最年少のグループリーダーだった。彼の太陽エネルギー薄膜は実用化直前だったし、彼はさらなる発明をするはずだった。

ロレインはもう二人が入れ替えられたことを知っていた。ピエールが知っているのかどうかはわからなかった。彼に尋ねてみたことはなく、彼も悟るところがあるかのように何も言わなかった。時々もし彼女ではなく彼が地球に行っていたら、どうなっていただろうかと想像することがあった。彼は今とどう違うだろう、彼女はどんな生活をしていただろう。「もし」には結論はなく、ある時点で運命が分岐したなら、永遠に巻き戻して再試行する機会はないのだ。

彼女は改めて自分に、地球が自分に与えた影響はいったい何だったかを問いかけた。それはもう百回も繰り返した質問だったが、最後になるかどうかはわからない。地球は彼女にあまりに多くの困惑を与えたが、同時に多くの楽しい記憶を与えた。彼女はどちらを信じるべきかわからなかったが、双方の差異を理解するという願いと力を身につけていた。彼女はずっと中間で揺れ動いていたので、どちらに対しても同情できた。そのせいで以前は困惑し続けていたが、今になれば彼女はそれを淡々と受け入れられると思った。はっきりと考えてみることはなかったが、今日になって彼女はそれが運命だと感じた。

もしかするとこれが運命なのかもしれない。彼女は考えた。ある偶然によって変えられ、それから自分の必然へと向かってゆく。

彼女はピエールに会釈して、立ち上がると、前方に歩いた。ハンスとルディは霊堂の前の方にいて、献花に訪れた人々にあいさつし、会場の秩序を維持していた。ルディはせわしなくあちこちに目を配り、有能さと職業的素質を見せている。ハンスは微動だにせず中央に立ち、ただ献花に訪れる一人一人に会釈して感謝のあいさつをしていた。ハンスは総督の任を退き、ルディは新しいプロジェクトの分掌指揮に当たったばかりだった。二人の雰囲気はちょうど対照的で、一方は厳粛で落ち着いた寂しさ、もう一方は何もかもをコントロールする活発さを見せていた。

ロレインはゆっくり祖父の前に進み出ると、顔を上げ、小声で言った。「おじいさま、決めました」

「え？」ハンスは彼女が続けるのを待っていた。

「一緒にマアースに行きます」

「よく考えたのか」

「考えて決めました」

ロレインはこの決定のせいでどんな一生に向き合うことになるのかは知らなかったが、彼女はこれが現在一番受け入れたい未来だと思った。ハンスはガルシアに代わり、マアースで生涯を終えることを決め、ロレインは祖父と共に行くことに決めた。一つには彼女は最も近くで祖父の晩年に付き添いたかったし、もう一つには火星と地球に意思を通じさせたかったからでもあった。もし互いに通じ合えれば、いくらかは衝突も解決できるだろうし、アンカの死も無駄にはならない。多くの場合、最後の鍵になる瞬間を阻むためには、それ以前の名もない些細な事柄を阻まなければならない。彼女はもうバベルの塔を目にしていた。どんな違いがあっても、もしかすると別の塔には上ることができるかもしれない。そこでは惑星と惑星の間に区別は存在しない。

彼女はマアースに帰り、カロンに帰り、冥界の川の渡し舟の上で、死者と共に生きたかった。

火星ではまさに情熱的で高揚した建設が始まろうとしていたが、ロレインは参加したくなかった。火星の大部分の精力は世界を作り変える大規模工程に注がれていたが、この時ロレインは一人だけの、脆弱ではかない運命に関心を持っていた。彼女は何か偉大さのためにマアースを選んだのではなく、自分のために選んだのだった。自分が一歩ずつ定められた運命へと足を踏み入れるのをはっきりと目にした時、彼女はそれを引き受ける勇気の中に、初めて落ち着いたさっぱりした気持ちを見出した。

終わり、そして始まり

洪水の日は歴史の転換点となるだろう。過去のすべてはさっぱりと洗い流され、名残を惜しむまなざしは凍りついて彫像になり、生命の方舟《はこぶね》は新生の力を満載していた。

洪水が降り注いだ時、あらゆる歌声がいったん止まり、人々は異なる場所からじっとスクリーンに目を凝らし、それぞれの姿勢で大空を仰ぎ見た。

空は音もなく静まりかえっている。ある見えない片隅で、ある流浪の星がまた半分の軀体《くたい》を失った。火星を巡る軌道を高速でめぐっていた泥土と氷の混合物が、巨大なたいまつのように、核融合エンジンの運転によって見えない光を放ちながら母体から離れ、見知らぬ土壌に墜落してゆく。幾度も円を描き、まっすぐに火星クレーターの中央をめがけて。

それと共に、空には薄い帆のようなパネルが音もなく開かれ、伸び広がり、太陽光を受ける姿勢を正確に軽々と調整した。それは瞳のように、地球の瞳と向かい合い、陽光を流して、光の柱でせわしなく働く人々を覆った。太古の坑道の機械は整然と、無人の部屋で岩山をいっぱいにし、水力発電の準備も万端で、上下する昇降機が沈黙の音符を奏でていた。

そうした秩序ある忙しさの中、ラック総督は議事堂で演説をしていた。それは彼が新任の火星の総督として発表する、就任後初めての重大な演説だった。議事堂には誰もいない。彼の視線は複雑な模様の床板を越え、祖先の彫像を越え、開かれた正門から無限のかなたへと投げかけられた。彼は自分の顔がすべての部屋に放映され、すべての窓に映し出されていることを知っていた。彼はこの時間の重大性を感じていたが、長いことこんなに平静であったことはなかった。

「今日、まずは四人の我々がよく知る火星の功臣を記念することをお許し頂きたい。この方々は今日の功臣だ。彼らをなしに、今日の我々のこの偉大な瞬間はあり得ない。

まず、最初はロニング氏だ。彼は数十年にわたり、火星とケレスの紐帯となり、しかもケレスの住民と共に太陽系の外の星空へと流浪の旅に出た。ロニング氏はすでに世を去ったが、ケレスはまさに隣の惑星への道を勇敢に進んでいる。私は彼と彼らに、火星を代表して敬意を表したい。この人々の強い勇気がなかったら、我々は今日生存できない。

次に記念するのはガルシア氏だ。彼は長くマアースの船長と地球の使節を務め、その努力によって我々は交渉の機会と必要な技術とを手にすることができた。今回の核心となる水利閉極技術も氏によってもたらされた。ガルシア氏は永遠の眠りにつき、我々の新たな家での暮らしを享受することはできないが、彼に惑星を代表して敬意を表する。彼以上に我々の限界の先端へと近づいた者はなかった。

三人目はガリマン氏だ。その設計と建築指導によって我々の現在の家屋がある。つまり我々が去ろうとしている都市の建築だ。氏の一生は我々の生活環境とエコシステムを改善することに捧げられた。末期の肺癌により、薬石効なく、七日前にサリーロ第一病院で息を引き取った。我々はまもなく氏の設計した都市を去ろうとしているが、惑星を代表して敬意を表したい。火星は決して忘れない、我々の文明は彼の築いた都市から出発したことを。

最後の一人は我々の誰もが最もよく知り最も敬愛するハンス・スローン氏だ。彼は我々の前任、そして前前任の総督で、火星全体を十年の長きにわたり統率した。若い頃から、彼は余すことなくその力を航空と都市建設に注いだ。晩年に至り、果敢に、そして沈着にケレスの捕捉計画と洪水計画の行方を定め、最終的に現在の結果を確定した。彼の公平無私と、広い視野を備えたまっすぐな行動は、我々のこれまでの繁栄と安定の重要な保証であり、同時に今踏み出そうとしていることの歴史的な一歩の重要な推進力となった。彼は今マアースでガルシア氏から地球との交渉の任務を引き継いでいる。氏に惑星を代表して敬意を表することをお許し願いたい。彼は生涯を火星に捧げ、火星もまた一生を彼に捧げるだろう」

まさにその時、ルディがコントロールセンターで顔を上げると、壁に掛かったスクリーンにはラックの顔が映っていた。ジルは彼の隣で、そっと手を取ったが、彼は表情一つ変えずに手を抜き取り、ジルに注意を向けることなく、しばらく考え、また注意をコントロールパネルのデータに戻した。ジルは顔を赤くし、足を踏み鳴らして甘えようとしたが、結局やめた。ピエールが外を通りかかり、しばらく足を止め、悲しげな目つきをしたが、また前に歩いて行った。

ハニアは池のほとりで顔を上げた。水草が彼女の優しい指にからみつき、ぼんやりした湖と山の姿が傍らに並び、彼女の心のように軽やかに揺れている。彼女の傍らでは、トーリンがそっと彼女の腰に手を回し、肩を並べて座っていた。二人はラックの演説に耳を傾けながら、マアースのロレインにメールを書いていた。ハニアは時に顔を上げ、トーリンを見てほほ笑んだ。目元の険しさは和らぎ、幸せそうなほほ笑みがまなざしを優しくしていた。

レイニーは書架の間で顔を上げ、壁に映ったラックの姿に目をやり、ラックも彼の目を見つめていた。音楽が響き、本のページがぱらぱらと風にめくられた。戸口に目をやると、ジャネットの太陽のような温かい微笑があった。彼女は会釈したが、何も言わなかった。レイニーも黙ったままだった。共に風雨を乗り越え辺りが静まった後の穏やかさが二人で友情を結んでいた。

ホアンは第四基地の訓練センターで顔を上げ、ラックの演説を見ながら無表情な沈鬱さを顔に浮かべた。ラックはホアンを支持してくれる人物ではない。ホアンは彼の気質を誰よりよく知っていた。それについては納得できなかったが、どうしようもなかった。彼は考え、落胆したり萎縮したりすることなく、変わらず手を振って閲兵の指揮を始めた。何が何でも、世界を変える一大プロジェクトの間は、航空システムの核心にいる終始一貫した指導者を否定することは誰にもできない。彼はまだ体力もあり頑健で、システム全体の支持を受けており、将来いくらでも力をふるう機会はあった。

ラックは言葉を切った。がらんとしたホールに明るく日が差し込み、空中を見つめると、人影が逡巡しているのが見えたようだった。八本の真っ白な立柱はギリシア式の誇り高さをまとい、人類のいにしえから今に至る夢と憂愁を帯びて、高くそびえている。ラックは数限りなくここに来たことがあり、席に座って大小の会議に出席したり、壇上に立って無数の演説を行ったりした。子どもたちを留学させるというあの一番重要な討論にも参加した。だが首席台から総督として一時間に及ぶ大演説を発表するのは、彼にとっては初めてだった。だから、彼は今回のように悠然と、議事堂の細かい部分までを目の当たりにして、胸に刻もうとするのも初めてだった。

「我々は我々の惑星と共に進化する。人類が足を踏み入れたその日から、この土地こそが我々の生存の頼りだった。我々は衣食住をそこに生み出し、そこから機器と各種の気体を取り出した。そして今日から、こうした相互関係はさらに親密になる。我々は岩石の風化の速度を緩め、空気の層を厚くし、地面の温度を上げ、土壌の質を改善する。そして我々の星は生命を育む可能性を我々に与え、自由に呼吸する可能性を与える。今日から、我々はもう孤独な種ではなく、惑星と共に進化するのだ。

我々は怠惰でも構わないが、我々の惑星を欺いてはならない。

前任のハンス・スローン総督はかつてガリマン氏の言葉を我々に語った。今日私はそれを一人一人にお話ししたい。今この時、これよりふさわしい言葉はないだろう。『空は語らずとも、大地は我々の誠実さの証人となる』」

その時、土色のたいまつが地表に接近し、逆推力装置がジェット噴射を始め、少しずつ減速した。人々は明るい光の輪が、安定して速度を保ちながら山の峰に接近するのを見ることができた。それは高地に放り込まれ、あまり激しくない衝撃を起こし、凍りついた水を溶かし、峡谷に沿って遠くからこのクレーターに流れ込み、滝を形成し、川を作り、湖となるのだ。

地球の別の片隅で、ちょうどその時同じ画面がスクリーンに映っていた。ただ画面はちらりとかすめるだけで、経済ニュースのおまけとして、人々の疲れた神経を慰めるものだった。一人、二人が顔を上げて眺め、にぎやかな人混みの中、もう一つの世界で演じられている神話を思い描いた。火星の物語は永遠に神話で、たとえ現実であっても神話だった。

地球のエーコも自分の寝室に座り、私物のパソコンを見て、胸の中に湧き上がるものを感じた。火のような星が画面の中で燃え上がり、水のような小さな石がそのそばをめぐっている。彼は自分がかつて実際にこの惑星に足を踏み入れたのだと思うと、この上ない夢のような感じと同時に誇らしい気持ちになった。

宇宙空間で、マアースは安定して浮かび、昔のままだった。

ロレインとハンスは船尾部の無重力トレーニングジムにいた。そこの角度だけが火星を正面に捉えることができた。ロレインは一人でジムに身体を横たえ、広々とした中央に浮かんでいた。身に着けた服は質感がなく、裾はひらひらと空中に浮き、髪の毛は長く柔らかい吹き流しのように、身体のひねりに合わせて左右に漂った。彼女は最終的にやはりここに戻って来た。純粋な楽しみと躍動感の場、懐かしい皆の思い出、全宇宙で唯一の変わらぬよりどころ。彼女は仰向いて天井を見た。燃えるような赤い大地とラックの顔が映し出されている。ジムの端の手すりの側には、ハンスが身仕度をし、盛装に身を包んで立ち、軍隊式敬礼で天井のスクリーンに向かっていた。ロレインは祖父を見ながら、おじいさまは今日とてもりりしいと思った。顔の皺は彫刻刀の痕のようで、白髪がなびいている。彼女は祖父が今日ほどりりしく見えたことはないと思った。

マアースは地球に向かって航行しており、今は空っぽの扇形のスペースもすぐにまた貨物で満たされる。

壁の写真はまた新しくなったが、やはり毎日ぴかぴかに塵を払われ、ただ拭き掃除をする老人が代わっただけだった。

その時、ラックは演説の最後のパートに入った。その声は重々しく、目は水底で燃えているようだった。彼は彼を見つめる一つ一つの顔を見ているかのようだった。彼らは皆ラックに語りかけ、ラックも彼ら一人一人に語りかけた。

「塵埃の凝集である、人間の肉体は瞬間的な花火のようなものだ。だが私たちすべての人間の肉体には全宇宙の歴史が記されている。我々の一挙手一投足が、すでに億万年を経た大空と大海原の烙印なのだ。我々の今日の行動は大空によって記録され、我々の霊魂は土壌に書き込まれることになる。

空は語らずとも、大地は我々の誠実さの証人となる！」

陽光の中、大洪水が天から降り注いだ。

一つの物語が終わり、歴史の次のパートが始まったところだ。誰も未来がどうなるのかは知らないが、誰もが空を見上げ、広大な大地は静まりかえった。

私と私の創作

私は二〇〇六年に創作を始めたので、今ちょうど十年になる（この後記は二〇一六年に書かれた）。

この十年間、執筆は途切れ途切れで、発表し出版した作品は多いとはいえない。二冊の長篇小説と一冊の短篇小説集、一冊のカルチャー・エッセイ『時間の中の欧州』（原題『時光裡的欧州』。未訳）を出版しただけだ。とりたてて言うような成果があるわけではない。

一度ならず人に聞かれたことがある。どうして専業作家にならないの？

私の答えは、私にとって、創作が生計を立てられるような職業的スキルであったことはないというものだ。

二〇〇六年に創作の筆を執《と》る前、私は公私ともに失意にあり、ほとんど自分を救い出せるものはなさそうだった。私の失意はあらゆる方向からの自己に対する疑いに根ざしていた。

心中の不安のため、絶えず自己をつぶさに観察し自らに問いかけていたので、地に足のついた努力をすることができず、理想を捨てるべきか、自分には才能がないのではないかという疑念に苛まれていた。

　こうした自我の苦境にある者にとっては、「あなたは素晴らしい」と言われたところで何の役にも立たない。安っぽいご機嫌取りは信じられないからだ。「諦めてもいいじゃない、気持ちにきりをつけたら」というのはもっと役に立たない。そうしたところで自己評価をより低くするだけだからだ。実際のところ、唯一の救いの道は行動のみで、わずか一歩ずつでも自分を動かすことなのだ。結果がどうあれ、少しずつ前に進むことだけが、心の大切なエネルギーのもとになる。

　執筆にはそうした効用があった。

　当初私はその点を意識してはいなかった。

　大学四年の秋に博士課程への推薦を断ってから（中国には学部から推薦によって修士課程を飛ばして直接博士課程に進学できる制度がある）、短い物語を書いてみるようになった。投稿は採用されることもあれば、断られることもあった。断られれば落胆したが、いずれにせよ少しずつ挑戦してみることができる。二〇〇七年に『流浪蒼穹』の執筆に取りかかり、断続的に二年かけて書いた。その数年間も精神状態が良くはなく、相変わらず間歇《かんけつ》的だが鬱々とした気分にあった。執筆によって与えられたのは静かな気持ちで入ることができる空間だった。

　私はＳＦが好きだ。ＳＦは現実を離れる機会をくれる。「遺跡の守護者」（原題「遺跡守護者」。未訳）という作品を書いたことがあるが、人類が滅亡した後に唯一残った人間が、孤独な大地で遺跡の管理をすることを仮想した。それは自分の身に置き換えられるモチーフだった。

私は自分の日常で目にしたもの、考えついたもの、考えついたが諦め切れないものを、様々なモチーフに変えて本の中に記している。


専業作家になろうと思わないのは、自分が「職業精神」を重視しているため、何かを職業にするなら、職業的にやらねばならず、職位の要《よう》に応じて仕事をせねばならないからだ。だが私にとって創作とは、いまだかつてそういうものであったことはない。

私は生活の経験の中で想像したことを文字によって記録しているだけだ。それは私の飲食物であり、空気であり、それなしにはいられないが、食事や呼吸を職業にすることはできない。

そういうわけで私はいまだに作家ではなく、今後もそうなることはない。その力もないし、無理に得たいとも思わない。私はただ自分にとっての創作の意義を覚えておくだろう。それは苦しい日々に身につけた、生きてゆくための習慣なのだ。私はずっと書き続けるだろう。俗世の地での苦しい労働の中、たやすく消えてしまう貴重な輝きの片鱗を書き続けるだろう。

解説

作家・翻訳家
立原透耶

こんな小説が読みたかった、読み終えて最初に感嘆とともに漏れた言葉がそれである。

物語は全部で三つのパートに分かれている。火星出身の少女ロレインを中心とした群像劇にも似た展開である。ロレインは五年にわたる地球への留学を終えて火星に戻ってくる。しかしそのことによって彼女は地球と火星、どちらにおける人のあり方にも疑問を抱くようになってしまう。何が幸福なのか、何が真実なのか。苦悩するロレインに対し、火星で成長した兄は変化してしまっていた。火星を指導する祖父、謎の事故死を遂げた両親、留学仲間、火星に残った友人たち、信頼できる大人のレイニーなど多くの人々の間で、自分自身のこと、火星のこと、地球のことを考えていく。

こう書くとなんだか青春小説のように思えるかもしれない。確かに青春を描いてはいるが、内容はもっと深刻でずっと規模が大きい。若者たちは革命を唱え、大人の一部は戦争を唱える。高等な政治的駆け引きが行われると同時に、高度なテクノロジーが次々と展開されていく。どのような結末を迎えるのか、否、どのような過程を経ていくのか、その一つひとつが哲学的かつ文学的な古今の言葉とともに我々を惹きつけてやまない。

特徴的なことの一つに数多くの引用と比喩がある点が挙げられる。そのどれもが印象的であるが、なかでもカミュの文章が深い影響を与えていることがわかる。その手法は同じ作者による『１９８４年に生まれて』（櫻庭ゆみ子訳／中央公論新社／二〇二〇年）のジョージ・オーウェル『一九八四年』を下敷きにした描き方を彷彿とさせるところもあるだろう。

小説というのは絵画的であるか彫刻的であるか、といった印象があるのだが、この『流浪蒼穹』は明らかに後者である。立体的で陰影に富み、創造物の内側にまた別の創造物が隠れている。複雑な構造の奥には複数の真実が息を潜めており、主人公のロレインはその中へと分け入っていく。バベルの塔の中へと。

柔らかで繊細な表現のなかに硬派な科学技術、経済論、政治論、哲学、文学、神話といったさまざまなモチーフが登場するわけだが、本作が優れているのはまさにその点にあるとも言えるかもしれない。難解な知識をわかりやすく繊細な筆致で描くことにおいて、作者の郝景芳《ハオ・ジンファン》ほど優れている人は少ないのではないか。ストーリーに没入し、キャラクターたちに感情移入し、同時に壮大な惑星の行く末を案じる。想像力が掻き立てられると同時に深く内省することとなるだろう。

また描かれる火星の過去、現在の社会構造にも注目せざるを得ない。社会主義によって統治され、住宅は配給される。決まった職業をずっと続けていく。そこに移動の自由はない。一見たいへん平等に見える制度だが、地球の「自由」を体験した若者たちにとってそれは息詰まるものでしかない。読者はそこに中国の過去の制度を感じ取ることもできるのではないだろうか。もちろん郝景芳は以前に「中国のことを描いているのではない。世界に共通の出来事を描いているのだ」と「折りたたみ北京」について語っていたように、本作でも同様の答えを返すような気がするのではあるが。

ここで少し、解説者の個人的な感想を。本作の魅力は複数あるのだが、なかでもその豊かな表現力、滑らかな翻訳は、読みながらあちこちにラインを引くくらい素晴らしい。ゲラを神棚に供えて、翻訳力向上を祈ろうかと思っているほどである。翻訳者二名の力量には敬服の念しかない。また、個性的な、そして実在しそうな多数のキャラクターたちもとことん魅力的である。最初の頃は大人なレイニー先生に夢中になっていたのだが、次第にアンカが気になり、最終的にはヒロインであるロレインの祖父ハンスに落ちていた。複雑でかつ冷静で苦しみを抱えつつも強く気高い祖父にもぜひ注目していただきたい。

郝景芳は一九八四年生まれ、中国出身である。名門の清華大学で物理学を専攻したのち、大学院では経済学を学んだ。二〇一六年、「折りたたみ北京」で世界最高峰のSF大賞であるヒューゴー賞の中篇部門を受賞、一気にその名が世界に知られることとなった。

あとがきである「私と私の創作」にあるように、専業作家ではない。複数の事業を立ち上げてそのどれもが成功している実業家としての一面を持っている。貧困地区の子供たちにも教育を、という童行学院を設立、インターネットを利用して辺鄙《へんぴ》な土地であっても、良い教育を受けられるようにしている。その対象は児童だけにとどまらず、その土地の教師を都市部の一流教師たちが指導する（インターネット経由で）ということも行なっており、中国の教育の底上げに尽力している。

一見非常に順風満帆な人生のようにも見えるが、彼女の自伝的要素が強いと言われる『1984年に生まれて』によれば、彼女自身はそのようには考えていなかったようである。大学では劣等感に苛まされ、かなり苦しんできたことが記されている。さらに自身の作品については「SF小説」だとか「純文学」だとか考えず、「境界の曖昧な普通の小説」を書いている、それらの作品を個人的には「折りたたみ宇宙」と呼んでいるとのことである（郝景芳专访：我是一个不完全的科幻作家．澎湃新闻．2020-06-11より）。

日本で紹介された単著は以下の通り。

『郝《ハオ・》景芳《ジンファン》短篇集』（及川茜訳／白水社エクス・リブリス／二〇一九年）
『1984年に生まれて』（櫻庭ゆみ子訳／中央公論新社／二〇二〇年）
『人之彼岸《ひとのひがん》』（立原透耶・浅田雅美訳／新☆ハヤカワ・SF・シリーズ／二〇二一年）

そのほかアンソロジー集に短篇が掲載されている。

「見えない惑星」「折りたたみ北京」（ともに中原尚哉訳／ケン・リュウ編『折りたたみ北京　現代中国SFアンソロジー』収録／新☆ハヤカワ・SF・シリーズ／二〇一八年↓ハヤカワ文庫SF／二

〇一九年）
「正月列車」（大谷真弓訳／ケン・リュウ編『月の光　現代中国ＳＦアンソロジー』収録／新☆ハヤカワ・ＳＦ・シリーズ／二〇二〇年）
「阿房宮」（及川茜訳／『中国・ＳＦ・革命』収録／河出書房新社／二〇二〇年）
「乾坤《チェンクン》と亜力《ヤーリー》」（立原透耶訳／橋本輝幸編『２０１０年代海外ＳＦ傑作選』収録／ハヤカワ文庫ＳＦ／二〇二〇年↓『人之彼岸』）

A HAYAKAWA SCIENCE FICTION SERIES No. 5056

及《おい》川《かわ》　茜《あかね》

訳書
『郝 景 芳《ハオ・ジンファン》短篇集』郝 景芳
『雨の島』呉 明益
他

大《おお》久《く》保《ぼ》洋《ひろ》子《こ》

訳書
『移動迷宮　中国史ＳＦ短篇集』（共訳）
『中国現代散文傑作選 1920－1940』（共訳）
他

この本の型は、縦 18.4 センチ、横 10.6 センチのポケット・ブック判です。

〔流《る》浪《ろう》蒼《そう》穹《きゅう》〕

2022年3月20日印刷　　2022年3月25日発行

著者	郝 景 芳《ハオ・ジンファン》
訳者	及川 茜・大久保洋子
発行者	早川 浩
印刷所	三松堂株式会社
表紙印刷	株式会社文化カラー印刷
製本所	株式会社川島製本所

発行所 株式会社 **早川書房**
東京都千代田区神田多町２－２
電話　03-3252-3111
振替　00160-3-47799
https://www.hayakawa-online.co.jp

（乱丁・落丁本は小社制作部宛お送り下さい
送料小社負担にてお取りかえいたします）

ISBN978-4-15-335056-4 C0297
Printed and bound in Japan